BASTEI
LÜBBE

Von Cynthia Wright erschienen bei BASTEI-LÜBBE:

12 026 Schenk mir die Sterne
12 296 Stark wie dein Herz ist die Liebe
12 723 Süße Qual die Liebe

Cynthia Wright

ROMAN

Insel der Sinnlichkeit

Aus dem Englischen
von Kerstin Winter

BASTEI
LÜBBE

BASTEI-LÜBBE-TASCHENBUCH
Band 12 696

1. Auflage August 1997
2. Auflage November 1997
3. Auflage Juni 1999

Deutsche Erstveröffentlichung
Titel der amerikanischen Originalausgabe:
Barbados

Printed in France
Einbandgestaltung: K. K. K.
Titelfoto: Agentur Schlück
Satz: hanseatenSatz-bremen, Bremen
Druck und Bindung: Brodard & Taupin, La Flèche
ISBN 3-404-12696-3

Sie finden uns im Internet unter
http://www.luebbe.de

Der Preis dieses Bandes versteht sich einschließlich
der gesetzlichen Mehrwertsteuer.

Widmung

Für die außergewöhnliche Catherine Coulter, die sich während meiner Scheidung um mich gekümmert und mir erlaubt hat, sich in die Arme ihres Mannes zu schmiegen, wenn ich mich einsam fühlte. Sie hat auf meiner zweiten Hochzeit Klavier gespielt und mich mit meinem neuen Agenten zusammengebracht.

Eine solche Freundin findet man nicht wieder!

Danksagungen

Mein besonderer Dank gilt John Chandler und den Angestellten des historischen *Ocean View Hotel* auf Barbados. Johns Begeisterung für die Geschichte der Insel half mir, die Atmosphäre des Buches zu schaffen.

Erster Teil

Kapitel 1
März, 1818
London, England

Mit einer Kerze in der Hand drückte Adrienne Beauvisage behutsam die Tür zum Kinderzimmer der Familie Frakes-Hogg auf. Ellie und Beth, ihre kleinen Schützlinge, schliefen friedlich in ihren Betten, als sich das Kindermädchen auf Zehenspitzen näherte. Traurig betrachtete sie die Gesichter mit den rosigen Wangen, den dunklen Locken und den langen Wimpern. Sie schliefen so friedlich, als hätte der Tod ihrer Mutter sie nicht berührt.

Beth schien im Schlaf Adriennes Anwesenheit zu spüren. Sie schlug die Augen auf und flüsterte: »Warum kannst du denn jetzt nicht unsere Mammi sein?«

Adrienne seufzte innerlich. Hätte sie antworten sollen, daß sie nur wegen der Mädchen so lange geblieben war? Daß sie den Vater der beiden verabscheute? »Aber ich liebe euch doch so sehr, als wäre ich eure Mammi.«

Beth lächelte und schloß die Augen wieder. »Das ist gut.«

Adriennes Herz wurde schwer, als sie die Decke um die Kleine feststeckte und das Zimmer wieder verließ. Kein Tag verging, ohne daß sie sich gegen die widerwärtigen Annäherungsversuche von Beths und Ellies Vater, Walter Frakes-Hogg, wehren mußte.

Es war zwei Jahre her, daß Adrienne im Alter von achtzehn Jahren ihre Ausbildung beendet hatte. Ihre Eltern wünschten sich nichts mehr, als daß sie auf das Familienschloß in Frankreich zurückkehrte, aber Adrienne hatte darauf bestanden, sich eine Anstellung zu suchen und das, was sie gelernt hatte, weiterzugeben. Adrienne wollte lehren, wollte arbeiten; und vor allem wollte sie sich ihre Unabhängigkeit und ihre Freiheit bewahren. So hübsch und intelligent sie war – sie hatte keinerlei Bedürfnis, sich in die Londoner Gesellschaft, die sie für überaus oberflächlich hielt, einzufügen.

Sie hätte das Angebot von Walter Frakes-Hogg, die Gouvernante für seine zwei kleinen Töchter zu werden, sicher nicht angenommen, wenn sie sich nicht augenblicklich in die beiden Mädchen verliebt hätte.

Da Jane, ihre Mutter, bettlägerig war, brauchten die Kinder von Adrienne mehr als nur Wissen und Lektionen, und sie hatte sich alle Mühe gegeben, mit Wärme und Herzlichkeit ein wenig Frohsinn in das düstere Haus zu bringen. Das war um so einfacher, da man sie ermutigt hatte, sich als ein Familienmitglied zu betrachten und Mr. und Mrs. Frakes-Hogg beim Vornamen zu nennen.

Doch nun war sie, als sie durch den Korridor ging, der nur durch ihre Kerze erhellt wurde, nichts als froh, daß Walter nicht anwesend war: Er stattete seiner frisch verwitweten Schwägerin einen Kondolenzbesuch ab. Wann waren ihr die ersten Zweifel an ihrem Arbeitgeber gekommen? Sicher hatte es auch vor Janes Tod schon Vorfälle gegeben, die Adrienne beunruhigt hatten, doch in dieser Zeit war er relativ selten zu Hause gewesen, und Adrienne hatte so viel zu tun gehabt, daß sie es sich kaum hatte leisten können, über Walters merkwürdiges Verhalten nachzudenken. Oft hatte es Momente gegeben, in denen sie das Gefühl gehabt hatte, daß er sie unablässig anstarrte, aber immer, wenn ihre Blicke sich begegnet waren, hatte er sie nur ruhig angelächelt, und sie hatte ihr Unbehagen abgeschüttelt.

Seit Janes Tod jedoch hatte Walter begonnen, Bemerkungen zu machen, die ihr eiskalte Schauer über den Rücken laufen ließen. Er deutete an, daß sie ausgesorgt hätte, wenn sie sich nicht nur um die Bedürfnisse seiner Kinder, sondern auch um die seinen kümmern würde, aber diese Anspielungen waren derart subtil, daß Adrienne nicht wußte, ob sie ihren Wahrnehmungen trauen durfte.

Einmal war sie mit den beiden Mädchen auf einen Baum geklettert. Walter war herangekommen und hatte angeboten, ihnen herabzuhelfen. Nachdem er Ellie und Beth auf den Boden abgesetzt hatte, hatte er Adrienne gesagt, sie sollte sich einfach in seine Arme fallen lassen. Sie hatte gehorcht, und als er sie aufgefangen hatte, hatte sie gespürt, wie seine Hand sich unter ihren Rock geschoben und er sie fest an seine Brust gepreßt hatte. Der Geruch, der von ihm ausging, eine Mischung aus Sandelholz und starkem Schnaps, hatte ihr damals beinahe den Magen umgedreht.

Und dann war noch diese eine Nacht gewesen, in der sie durch ein Geräusch aus dem Tiefschlaf gerissen worden war. Jemand hatte an ihrem Türknauf gerüttelt. Wäre sie nicht so umsichtig gewesen, die Tür zu verriegeln, wer weiß, was in jener Nacht geschehen wäre! Doch ein paar Tage später fragte sich Adrienne schon, ob sie sich alles nur eingebildet hatte. Es war immerhin möglich, daß sie aus einem Alptraum aufgewacht war. Vielleicht hatte ihre Phantasie unter der Einwirkung des Traumes verrückt gespielt.

Mehr als einmal hatte sie ernsthaft überlegt, ob sie sich nicht doch besser den Konventionen beugen sollte. Sie konnte entweder nach Hause ins Château du Soleil in die Arme ihrer Familie zurückkehren oder sich wie ihre Freundinnen von *Mrs. Harrington's Seminary for the Daughters of Gentlemen* in die Londoner Gesellschaft einfügen. Alles war besser als dieses düstere Haus. Mochten Adriennes Ansichten und Verhaltensweisen in den Augen der Allgemeinheit auch unkonventionell sein – eine Eigenbrötlerin, die zurückgezogen leben wollte, war sie nicht. Wenn ihr nur eine Lösung für Ellie und Beth einfallen würde . . .

Ihr Schlafzimmer war zwar geräumig, aber kalt und finster. Adrienne entzündete die Öllampe auf der Kommode mit ihrer Kerze, drehte sich zum Bett um und hätte fast laut aufgeschrien.

»Guten Abend, meine Liebe.« Walter Frakes-Hogg saß auf dem Stuhl neben ihrem Bett, sein Mantel lag über dem Kissen. Das flackernde Licht der Lampe warf unheimliche Schatten auf sein langes, hageres Gesicht. Obwohl er mittleren Alters war, war sein Haar bereits weiß, und seine Nase und die Ohren waren von zuviel Alkoholgenuß gerötet.

Adriennes Herz hämmerte wild, aber sie gab sich alle Mühe, ihre Fassung zu bewahren. Er durfte ihre Furcht nicht spüren. »Ich muß Sie bitten, in Zukunft nicht ohne Aufforderung in mein Zimmer einzudringen, Sir. Wenn Sie wollen, können wir ins Wohnzimmer gehen, um uns zu unterhalten.«

»Nein. Mir gefällt es hier, und ich bin derjenige, der hier im Haus das Sagen hat. Oder hast du das vergessen?« Er trank einen Schluck aus dem Glas, das er in der Hand hielt, und lockerte seine Krawatte.

Adrienne spürte, wie sich die Härchen in ihrem Nacken aufstellten. Sie verabscheute seine Art, lächelnd Drohungen auszusprechen. »Ich hatte nicht erwartet, daß Sie schon so früh zurückkommen würden. Wie geht es Mrs. Halper?«

»Meine Schwägerin will bei uns einziehen und sich um die Kinder kümmern.«

»Aber das ist ja wundervoll! Mrs. Halper ist sehr lieb, und die Kinder brauchen dringend jemanden, der ihnen die Mutter ersetzt.«

»Ich will sie aber nicht hier haben. Du bist mir lieber.« Seine dunklen Augen glitzerten. »Aber sie hat kein Geld und weiß nicht, wo sie hin soll. Deswegen bin ich früh nach Hause zurückgekommen. Ich muß mir etwas einfallen lassen, wie ich ihren Plan durchkreuzen kann.«

Adriennes Furcht wuchs, als sie feststellte, daß Walter

mit schwerer Zunge sprach – offenbar hatte er eine Menge getrunken. Was sollte sie tun? Einfach aus dem Zimmer laufen? »Sir, Sie sollten in erster Linie an das Wohl Ihrer Kinder denken! Sie sind sehr oft fort, und die Mädchen brauchen die Liebe ihrer Tante!«

»Wir brauchen vor allem *deine* Liebe!« Er stand auf und ging auf sie zu. »Ich bin sicher, daß wir uns irgendwie ... einigen können.« Sein glasiger Blick wanderte über ihren Körper und begutachtete ihre üppigen Rundungen und ihren vollen, verführerischen Mund. Er begann, sein Hemd zu öffnen und murmelte: »Das würde dir doch bestimmt gefallen, oder?«

Bevor Adrienne zur Tür rennen konnte, hatte er ihr Handgelenk gepackt und zog sie in seine Arme. Sie begriff, daß sie nur dann eine Chance hatte zu entkommen, wenn sie so tat, als würde sie mitspielen. Und so erwiderte sie sein Lächeln. »Es ist schwer, Ihnen ... Ihnen zu widerstehen, Sir.«

»Ah, wie entzückend. Ganz entzückend.« Seine Hände glitten über ihre Brüste. »Du solltest diese altjüngferlichen Kleider endlich wegwerfen. Wir werden etwas Schöneres, Aufreizenderes für dich finden. Die Figur dazu hast du auf jeden Fall.«

Adrienne kämpfte gegen den Brechreiz an. »Noch kein Mann hat mir bisher das Gefühl gegeben, attraktiv zu sein.«

»Ich werde dir Dinge beibringen, die du dir in deinen kühnsten Träumen nicht ausmalen kannst.« Er senkte den Kopf, um sie zu küssen.

Rasch wich Adrienne zurück. »Oh, Sir ... mir wird so komisch. Können wir uns aufs Bett setzen?«

»Aber unbedingt, mein liebes Kind. Das ist die Leidenschaft, die dir in den Kopf steigt. Wenn ich es recht bedenke, ist auch mir ein wenig schwindelig. Vielleicht sollte ich mich sogar hinlegen ...«

Adrienne sah angewidert zu, wie er sich zurücklegte. Als

sein Hemd auseinanderfiel, entdeckte sie ein rotes Muttermal auf der knochigen weißen Brust. Die Schwellung zwischen seinen Beinen spannte den Stoff der Hose, und er atmete heftig.

»Sir?«

»Ja, meine Hübsche?«

Sie setzte sich neben ihn. »Ich ... ich bin ein wenig schüchtern. Könnten Sie die Augen schließen, damit ich erst einmal üben kann, wie man küßt?«

Mit einem lustvollen Stöhnen griff sich Walter zwischen die Beine und legte ihr die andere Hand auf die Brust. »Oh, Jesus, du bist so jung, so frisch. Ich kann es nicht mehr lange aushalten ...«

»Machen Sie die Augen zu«, flüsterte sie kokett. Als er gehorcht hatte, glitt Adriennes Hand blitzschnell unter das Kissen, unter dem ein Dolch versteckt war, seit er in der einen Nacht versucht hatte, in ihr Zimmer einzudringen. Innerlich bebend packte sie den Griff und drückte ihm die Klinge an die schlaffe Kehle. »Ich verabscheue Sie! Sie haben versucht, mich zu etwas zu zwingen, das ich nicht will, und dafür hasse ich Sie. Stehen Sie auf. Los!«

Ungläubig sah er sie an, doch dann blitzten seine Augen vor Zorn auf. »Verdammtes Biest. Gib mir das Ding, oder soll ich es mir mit Gewalt nehmen?«

»Wenn Sie das tun, bringe ich Sie um! Ich denke, das würde mir sogar Spaß machen.«

»Mach keinen Unsinn! Glaub mir, du wirst es bitter bereuen, wenn du mir etwas antust!«

»Oh, nein! *Sie* werden es bitter bereuen, wenn Sie mir etwas antun, verstehen Sie? Ich kann Ihren Ruf ruinieren, wenn ich es will! Und nun stehen Sie auf. Nehmen Sie die Hände hoch! Noch höher!« Adrienne ließ das Messer von seinem Hals bis in seinen Rücken gleiten und drückte die Spitze gerade so weit durch das Hemd in die Haut, daß

Blut herausquoll. »Ich wünschte, ich könnte Sie töten! Ihre Töchter wären ohne Sie gewiß glücklicher!«

Irgend etwas in ihrer Stimme ließ Walter Frakes-Hogg schweigen. Sie meinte es ernst! Er leistete keinen Widerstand, als sie ihn in das winzige Ankleidezimmer dirigierte und ihn darin einschloß. Doch dann erwachte sein Kampfgeist wieder zum Leben.

»Das wird dir noch leid tun!« schrie er.

»Sparen Sie sich den Atem. Sie werden mich nie wiedersehen!«

Noch während sie sprach, zog Adrienne unter ihrem Bett einen Beutel hervor. Sie hatte ihn an dem gleichen Tag gepackt und dort verstaut, an dem sie auch das Messer unter ihrem Kissen versteckt hatte. Was für ein Glück, daß sie so mißtrauisch gewesen war!

Adrienne ging aus dem Zimmer, verriegelte die Tür und hastete den düsteren Korridor entlang. Sie würde die Kinder wecken und sie zu Mrs. Halper bringen. Bestimmt würde sie sich gut um die kleinen Mädchen kümmern.

Was sie selbst betraf, so wußte Adrienne sehr gut, daß sie sich in Zukunft vor Walter Frakes-Hogg verstecken mußte. Sie traute ihm zu, daß er sich um jeden Preis rächen wollte. Schließlich hatte sie ihn gedemütigt, und das auf die schlimmste Art und Weise, auf die eine Frau einen Mann demütigen konnte!

Als sie die Mädchen aus ihren Betten scheuchte und im stillen betete, daß Walter nicht die Tür eintreten und sie alle töten würde, erkannte sie, daß sie alles dafür gegeben hätte, wenn nur ihr Vater kommen und sie retten würde.

»Willst du einen Whisky?« Adrienne blieb neben dem Flaschenschränkchen in der Ecke des Salons stehen und sah ihren Vater hoffnungsvoll an. Nicholai Beauvisage hatte eine elegante Suite im St. James' Royal Hotel angemietet, aber nachdem er schon zwei Wochen von seinem Schloß in

Frankreich und seiner Frau Lisette fort war, hatte er keinen Blick mehr für seine prächtige Umgebung. Er wollte nach Hause – und zwar mit seiner Tochter.

»Ich will keinen Whisky. Hör zu, ich werde dir sagen, was ich will. Ich –«

»Du bist schrecklich gereizt«, unterbrach sie ihn hastig. »Ein Whisky könnte deine Nerven bestimmt beruhigen.«

»Ich brauche keinen Alkohol, um meine Nerven zu beruhigen«, erwiderte Nicholai mit düsterem Blick. »Was ich brauche, ist Gehorsam und Respekt von einem widerspenstigen, ungezogenen Sprößling!«

Adrienne zwinkerte ihm zu. »Ich hasse das Wort ›Gehorsam‹. Mrs. Harrington von der Schule ist der Meinung, daß ich schon mit einem rebellischen Charakterzug auf die Welt gekommen bin, weil es ihr kein einziges Mal gelungen ist, mich in die Schranken zu weisen.«

»Ich nehme an, du willst damit andeuten, daß dein ungehorsames Benehmen irgendwie auf mich zurückzuführen ist!«

Seine Tochter lachte vergnügt auf, und Nicholai mußte sich zusammenreißen, um seine düstere Miene beibehalten zu können. Obwohl er eben noch mehr als verärgert gewesen war, hatte Adrienne es einmal mehr geschafft, ihm den Wind aus den Segeln zu nehmen. Es war ihm unmöglich, lange böse auf sie zu sein. Adrienne schien ein Zauber zu umgeben – eine charismatische Mischung aus Schönheit, Intelligenz, Witz, Wagemut und Charme. Mit ihrem gewellten, kastanienbraunen Haar, das im Augenblick zu einem lockeren griechischen Knoten zusammengefaßt war, ihren grünen, schelmisch funkelnden Augen unter den langen dichten Wimpern, mit den Grübchen und ihrem makellosen, hellen Teint konnte ihr kaum einer widerstehen. Wenn sie sich dazu durchringen würde, ihrer Herkunft und ihrer Erziehung gemäß Sanftmut und Würde an den Tag zu legen, dann würden zweifellos die begehrtesten Junggesellen um ihre Hand anhalten. Was für ein herrlicher Gedanke. Er könnte sie verheiraten und wäre mit einem Schlag alle Sorgen los!

»Ich kenne diesen sehnsüchtigen Gesichtsausdruck, Papa«, sagte Adrienne. Sie setzte sich neben ihn auf das Sheraton-Sofa und tätschelte seine Hand. »Du hoffst doch immer noch, mich überzeugen zu können, daß ich mit dir nach Frankreich komme.«

»Mein liebes Kind. Als ich letzten Monat deinen Brief bekam, hatte ich nicht den Eindruck, daß du überzeugt werden müßtest. Wieso hast du deine Meinung geändert? Du bist hier in London doch in Gefahr!«

»Ach, Papa, das war nur ein kurzer Anfall von Panik. Ich hatte plötzlich schreckliches Heimweh und habe den Brief voreilig abgeschickt. So sehr ich unser Château du Soleil liebe, Papa . . . ich weiß, daß ich dort nicht glücklich sein würde. Ein ruhiges Dasein ist nichts für mich. Im übrigen bin ich auch nicht für die Ehe geeignet, du kannst also ebensogut aufhören, in die Ferne zu starren und davon zu träumen, aus mir ein respektables Mitglied der Londoner Gesellschaft zu machen.« Adrienne legte den Kopf an seine Schulter, wie sie es als kleines Mädchen immer getan hatte. »Seit du nach London gekommen bist, um mich nach Hause zu holen, haben wir jeden Tag über dieses Thema diskutiert. Nur weil ich die Schule abgeschlossen habe, bedeutet das doch nicht, daß ich entweder heiraten oder zu dir und Maman nach Frankreich zurückkehren muß.«

»Wegen dir altere ich jeden Tag um Jahre!« klagte Nicholai.

»Warum vertraust du mir nicht einfach? Ich kann mein Leben selbst in die Hand nehmen!«

»Warum ich dir nicht vertraue? Weil du dich, seit du laufen gelernt hast, von einer Bredouille in die nächste beförderst.«

»Wenn du dich auf das dumme Abenteuer beziehst, das

ich erlebt habe, als ich von der Schule weggelaufen bin, dann kann ich dich nur bitten, nicht wieder davon anzufangen.« Adriennes Wangen nahmen eine rote Farbe an, als die Erinnerung sich ungebeten in ihr Bewußtsein drängte. Es war wirklich ein peinliches Erlebnis gewesen. Sie und ihre Freundin Venetia Hedgecoe waren von einer Mrs. Sykes aufgenommen worden, die ihnen versprochen hatte, sie in die Londoner Gesellschaft einzuführen. Doch auf den Partys, zu denen sie die Mädchen mitgenommen hatte, befanden sich ausschließlich widerliche, lüsterne Männer, die Mrs. Sykes als Kupplerin kannten und sie für die Jungfräulichkeit der beiden Unschuldigen fürstlich bezahlt hätten.

»Wenn ich deine Miene richtig interpretiere, Liebes, dann kommt mir der Gedanke, daß ich noch immer nicht die ganze Wahrheit dieses ›dummen Abenteuers‹, wie du es nennst, kenne.« Obwohl es vier Jahre her war, brachte allein die Erwähnung der Sache Nicholai immer noch entsetzlich auf.

»Ich bin ja unbeschadet davongekommen. Außerdem bin ich seitdem viel erwachsener geworden. Ich würde nie wieder so etwas Dummes anstellen. Und ich habe ein paar wichtige Dinge gelernt . . ., ganz besonders über Männer. Sie können charmant, aufmerksam und kultiviert sein, aber am Ende sind sie doch alle gleich. Männer versuchen immer, Frauen ihren Willen aufzuzwingen. Mir ist es wirklich lieber, auf mich selbst aufzupassen, als mein Leben einem Mann anzuvertrauen!«

Nicholai geriet langsam in Versuchung, sich doch einen Whisky einzuschenken. »Du kannst nicht alle Männer mit Mr. Frakes-Hogg oder den Kunden von Mrs. Sykes gleichsetzen. Wenn ich dich so reden höre, dann mache ich mir nur noch mehr Sorgen.«

»Ich bin fast einundzwanzig Jahre alt, Papa. Eine erwachsene Frau. Seit meinem Schulabschluß habe ich mir meinen Lebensunterhalt selbst verdient. Und auch wenn das Arbeitsverhältnis ziemlich abrupt geendet hat, denke ich nicht daran, nun alles aufzugeben!« Trotzig fuhr sie fort: »Du selbst hast darauf bestanden, daß ich eine gute Ausbildung bekomme, und ich bin dir sehr dankbar dafür. Dadurch bin ich in der Lage, meinen eigenen Weg zu gehen.«

Nicholais Miene verzerrte sich vor Wut, als er an Walter Frakes-Hogg dachte. Adrienne hatte in ihrem Brief nur angedeutet, daß er ihr Avancen gemacht hatte und sie mit den Kindern ins Haus seiner Schwägerin geflohen war. Doch was hatte sie ihm *nicht* erzählt?

»Was ist mit Frakes-Hogg?« fragte er mühsam beherrscht. »Du hast gesagt, daß er dich bedroht hat.«

Sie zuckte die Achseln. »Ich hatte ein ganz klein bißchen Angst, als ich den Brief an dich geschrieben habe, aber inzwischen hat sich herausgestellt, daß Walter ein Feigling ist. Ich brauche keine Angst vor ihm zu haben, aber er fürchtet sich vor *mir* – vor mir und dem Schaden, den ich seinem Ruf zufügen könnte.«

»Um Himmels willen, Adrienne!«

Ihr hübsches Kinn schob sich resolut vor. »Schon gut. Ich habe beschlossen, eine andere Stellung anzunehmen ..., und zwar außerhalb von London. Walter Frakes-Hogg wird mich niemals aufspüren, also brauchst du dir von nun an keine Gedanken mehr zu machen.«

»Was soll das heißen?«

»Man hat mir einen wundervollen Posten als Gesellschafterin von Lady Thomasina Harms, der uralten, verwitweten Mutter des ausgesprochen attraktiven Dandys Huntsford Harms angeboten.« Sie lächelte Nicholai verschmitzt an. »Vielleicht becirct er mich ja derart wirkungsvoll, daß ich mich unsterblich in ihn verliebe, und hält anschließend um meine Hand an. Dann bist du mich endgültig los.« Als sie bemerkte, daß er das überhaupt nicht komisch fand, fuhr sie hastig fort: »Ich will dich doch nur ein wenig aufziehen. Lady Harms hat mir gesagt, daß wir sofort zu ihrem Anwesen in Hampshire abreisen, sollte ich ihr Angebot annehmen. Dort werden wir dann wochenlang nur faulenzen und –«

»Ich dachte, ein ruhiges Dasein ist nichts für dich! Du wirst dich zu Tode langweilen!«

»Nein, in diesem Fall nicht. Schließlich werde ich ja für meine Langeweile bezahlt und kann mir meine Unabhängigkeit bewahren. Außerdem hat Harms Castle eine der bestbestückten Bibliotheken in ganz England! Ich kann mich also auch ganz nebenbei weiterbilden!«

Nicholai war alles andere als überzeugt. »Und was ist mit diesem Kerl, diesem Huntsford Harms? Wenn er sich auf dem Anwesen blicken läßt und seine Mutter eine gebrechliche, alte Frau ist, dann befindest du dich nur einmal mehr in einer kompromittierenden Situation, Kind.«

»Papa, ich habe nur einen Scherz gemacht. Huntsford Harms wird zweifellos die ganze Saison in dem Haus der Lady am Cavendish Square wohnen und sich zu Tode freuen, daß er seine alte Mutter vorübergehend los ist. Du weißt doch, wie vergnügungssüchtig der Adel ist!« Adrienne machte eine abfällige Geste. »Aber wie auch immer . . ., ich kann auf mich selbst aufpassen. Habe ich dir das noch nicht bewiesen?«

Sie sprang auf, stellte sich vor den Spiegel und glättete ihren blauen Spenzer und ihre weißen Musselinröcke. »Ich muß jetzt gehen, Papa. Ich bin mit Lady Harms verabredet, um ihr meine Entscheidung mitzuteilen. Sie wird sich sicher freuen!«

Er schob einen dicken Batzen Geldscheine in ihr Täschchen. »Laß mich gewähren, ja? Kauf dir ein paar neue Kleider.«

»Wenn du dich dann besser fühlst, Papa. Vielen Dank!«

Adrienne band sich gerade die Haube unter dem Kinn fest, als es an der Tür klopfte. Im Flur stand ein Lakai, der einen Umschlag mit Adriennes Namen darauf ablieferte. Nicholai sah zu, wie seine Tochter das Siegel brach.

»Seltsam, findest du nicht?« fragte er. »Wer kann denn wissen, daß du hier bist?«

Sie überflog rasch die Zeilen, dann schaute sie auf, lachte aufgesetzt fröhlich und zerriß den Brief in kleine Fetzen. »Oh, Papa, vergiß es. Die Londoner sind wirklich ein merkwürdiges Völkchen. Es macht ihnen einen teuflischen Spaß, geheimnisvolle Briefe zu versenden, aber es ist nur ein dummes, kleines Spiel, sonst nichts.« Mit diesen Worten warf Adrienne die Papierfetzen in den erkalteten Kamin und schlang ihrem Vater die Arme um den Nacken. »Hör endlich auf, dir ständig um mich Sorgen zu machen. Fang lieber an zu packen. Mutter braucht dich mehr als ich.«

Kurz darauf war sie fort. Nicholai stand am Fenster und beobachtete, wie sie aus dem Hotel herauskam und in eine Droschke kletterte. Als der Wagen sich in den dichten Verkehr eingefädelt hatte, trat Nicholai zum Kamin, bückte sich und klaubte die Papierschnipsel wieder heraus. Es dauerte nicht lange, bis er die Teile wieder zusammengesetzt hatte.

Verriegele Deine Türen, Dirne. Ich bin fest entschlossen, mich zu rächen. Du kannst Dir sicher denken, wie.

Die Oxford Street war vollgestopft mit den Kutschen gutbetuchter Kunden, die, begleitet von ihren Dienern, durch die Geschäfte eilten.

Adrienne saß in ihrem offenen Wagen und betrachtete die Schaufenster der Tuchhändler, Herrenausstatter, Silberschmiede und Putzmacher. Gewöhnlich machte sie sich nicht viel aus Mode, aber sie bewunderte echte Schönheit, und im Augenblick war sie froh über jede Ablenkung. Adrienne kam es vor, als würden sich ihre Probleme — Walter Frakes-Hoggs Rachedurst, die Verärgerung ihres Vaters und das bevorstehende Gespräch mit Lady Thomasina Harms – um sie zusammenziehen wie eine Python um ihr Opfer.

Sie schauderte bei dem Gedanken. »Eine Python!« murmelte sie. »Wie gräßlich.«

Zum Glück entdeckte sie in diesem Moment im Vorbeifahren ein geschmackvolles Ausstellungsstück im Schaufenster von E. Ralna, der Fächer fertigte. Der Fächer, den sie gesehen hatte, war ein zierliches Kunstwerk aus Elfenbein, Seide und Spitze. Ein kurzer Blick im Vorbeifahren war Adrienne nicht genug.

»Kutscher!« rief sie und lehnte sich höchst undamenhaft aus dem Fenster. »Ich muß zu dem Fächerhändler dort! Und zwar *sofort!*«

Der Fahrer ging davon aus, daß sich eine ernstzunehmende Krise anbahnte und brüllte dem Zweispänner, der sich von links zwischen Gehweg und Adriennes Droschke heranschob, eine Warnung zu. Ihr Fahrer versuchte, den Zweispänner zu schneiden, doch der schwarzhaarige Kutscher des anderen Wagens dachte überhaupt nicht daran, Platz zu machen. Die Pferde beider Kutschen scheuten und begannen, laut zu wiehern.

»Wollen Sie einen Unfall provozieren?« brüllte der Schwarzhaarige. »Machen Sie gefälligst Platz!«

»Mein Fahrgast möchte in das Geschäft dort!«

»Ach ja? Was glauben Sie, wie mich das interessiert!«

Adrienne beschloß, einzugreifen. »Sie dort!« rief sie dem Lenker des Zweispänners zu. Sie hängte sich noch weiter aus dem Fenster und deutete mit ihrem Sonnenschirm auf ihn. »Seien Sie doch so nett und lassen Sie uns eben durch.«

Der Mann zog eine Augenbraue hoch und stieß ein rauhes Lachen aus. »Für wen halten Sie sich eigentlich, Miss? Wenn Sie glauben, daß Sie etwas Besonderes sind, dann muß ich Ihnen leider mitteilen, daß ich anderer Meinung bin. Die Straße gehört nicht Ihnen.«

Empört über seine Unverschämtheit, stieß Adrienne die Droschkentür auf. Ihr Fahrer sah entsetzt zu, wie sie sich durch den dichten Verkehr auf der Straße zwängte und neben dem Zweispänner stehenblieb. Ihre Wangen waren vor Zorn gerötet, als sie mit dem Sonnenschirm vor dem Mann herumfuchtelte.

»Sie sind abscheulich! Hat man Ihnen keinen Respekt vor Ladies beigebracht?« Adrienne mochte weder ihren eigenen Tonfall, noch das, was sie sagte, aber dieser Kerl war selbst schuld. Schließlich hatte er sie derart in Rage gebracht!

»Ist denn eine Lady anwesend?« Er griff nach ihrem Sonnenschirm und zog ihn ihr aus der Hand. »Und hören Sie auf, mich mit solch einer Waffe zu bedrohen!«

Trotz ihrer wachsenden Wut bemerkte Adrienne, was für wundervolle, tiefblaue Augen der Mann hatte. Seine schneeweiße, gekonnt gebundene Krawatte betonte die Bräune seines attraktiven Gesichts. Es machte sie nur noch zorniger, als sie sah, daß er sich nur mühsam beherrschte — er wirkte, als hätte er am liebsten laut gelacht! War er wirklich nur ein gewöhnlicher Kutscher?

Sie mußte die kläglichen Reste ihrer Würde retten. »Ich denke nicht daran, noch einen Moment meiner Zeit mit einem wie Ihnen zu vergeuden, Mister.« Mit hocherhobenem Kopf wandte sie sich um und stolzierte um die Kutsche herum zum Fenster des Fächermachers.

Eugene Ralna selbst kam herausgeeilt, um sie zu begrüßen. Die Brille auf seiner langen dünnen Nase saß ein wenig schief. »Ah, das ist doch die junge Lady Adrienne, nicht wahr? Ich erinnere mich noch gut an den letzten Herbst, als Sie mit Ihrer lieben Mutter mein bescheidenes Etablissement besucht haben. Was kann ich für Sie tun? Wollen Sie für sie einen Fächer erstehen?«

In der Hoffnung, daß der unausstehliche Fahrer sie beobachtete, ließ Adrienne Ralnas Schmeicheleien gnädig über sich ergehen. »Nein, ich möchte selbst etwas erwerben, Mr. Ralna. Im Vorbeifahren habe ich diese wundervolle Kreation in Ihrem Fenster bewundert.«

»Ah! Sie haben wirklich einen ausgezeichneten Geschmack. Ganz wie die Frau Mama!« Mr. Ralna lächelte breit. »Der Fächer ist aus sehr seltenem Elfenbein gefertigt, und die kostbare Spitze stammt aus Arles. Man munkelt, daß er von Marie Antoinette persönlich in Auftrag gegeben wurde.« Ralna hielt inne, damit seine Worte die richtige Wirkung entfalten konnten, und setzte dann murmelnd hinzu: »Sollen wir hineingehen, um uns diese Kostbarkeit näher anzusehen?«

»Oh, wie wunderbar! Dieser Fächer ist ein Teil der *Geschichte!*« Adrienne wandte sich um und wollte gerade dem ältlichen Mann folgen, als ihr plötzlich jemand auf die Schulter tippte. Sie warf einen Blick zurück und sah in das Gesicht des schwarzhaarigen Kutschers. Allein sein Anblick ließ ihre Wut wieder aufkochen. »Lassen Sie mich in Frieden!«

»Sagen Sie mir bloß nicht, daß Sie den Verkehr behindert und meine Pferde in Gefahr gebracht haben, nur weil Sie *einen Fächer kaufen wollten!*«

Adrienne wandte sich mit hochmütiger Miene ab. »Ein Barbar wie Sie kann so etwas natürlich nicht verstehen. Und jetzt verschwinden Sie endlich!«

Sie war bereits die Treppe zum Laden hinaufgestiegen und wollte gerade durch die Tür gehen, die Eugene Ralna ihr aufhielt, als die Stimme des Mannes sie zurückhielt: »Kann ich davon ausgehen, daß Sie mir Ihren Sonnenschirm schenken wollten?«

Adrienne wirbelte herum und begegnete seinem spöttischen Blick. Er hielt ihr den feingearbeiteten Schirm hin, der in seinen großen Händen seltsam lächerlich wirkte. Was sollte das? Erwartete er etwa, daß sie zu ihm kam und sich das Ding holte?

Nein, offenbar nicht. Einen Moment später kam der Schirm durch die Luft geflogen, und irgendwie gelang es ihr sogar, ihn aufzufangen. Der Mann lachte spöttisch und verbeugte sich tief.

»Ich möchte Sie wahrhaftig nicht von Ihrer ach so dringenden, unglaublich wichtigen *Fächer*-Inspektion abhalten«, sagte er mit einer Stimme, die vor Sarkasmus triefte. Dann wandte er sich um und kehrte zu seinem Zweispänner zurück.

Adrienne stürmte brodelnd an Eugene Ralna vorbei in das Geschäft hinein. Zur gleichen Zeit standen auf der anderen Seite der Oxford Street zwei junge Damen mit ihren Zofen vor der Auslage eines Herrenausstatters und tuschelten über den unverschämten Beau, der Adrienne dazu gebracht hatte, bis zu den Haarwurzeln zu erröten.

»Ist das nicht Nathan Raveneau?« flüsterte die erste.

»O ja, ganz sicher«, stimmte die andere zu. »Ich habe die unanständigsten Geschichten über ihn gehört. Meine Schwester und ihre Freundinnen haben mir von ihm erzählt. Seit er aus Westindien zurückgekehrt ist, bringt er die Londoner Gesellschaft durcheinander.«

Ihre Freundin mochte mit ihrem Wissen nicht zurückstehen und fügte eifrig hinzu: »Meine Cousine hat mir erzählt, daß alle ihn nur ›den Vagabunden‹ nennen!«

In diesem Augenblick schien Nathan Raveneau die Blikke zu spüren, denn er wandte den Kopf und sah die beiden Mädchen an. Die zwei wurden zuerst bleich, dann erröteten sie und stoben anschließend davon wie zwei verschreckte Hühner.

Kapitel 2

»Ich habe nicht die geringste Ahnung, warum ich überhaupt hergekommen bin«, murmelte Nicholai Beauvisage, als er sich im *White's Club* umschaute. »Nichts ist mehr so wie früher, und selbst wenn es so wäre . . ., ich bin zu alt für diesen Unsinn!«

Raggett, der Besitzer des legendären Herrenclubs, brachte ihm einen Brandy. »Mir war nicht bewußt, daß sich hier etwas geändert hat, seit Sie uns zum letzten Mal mit Ihrem Besuch beehrt haben.«

»Verkaufen Sie mich nicht für dumm. Sie wissen sehr gut, was ich meine. Brummell und Byron sind aufs Festland ausgewandert, und selbst über dem Regenten scheint ständig eine düstere Wolke zu hängen, seit seine Tochter, Prinzessin Charlotte, im Kindbett gestorben ist. Die Stutzer von St. James' durften sich jahrelang benehmen wie verwöhnte Kinder, aber irgendwie macht es keinen Spaß mehr, finden Sie nicht?«

»Das würde ich so nicht sagen«, erwiderte Raggett und wies mit dem Kopf auf einen grünbezogenen Kartentisch, an dem einige junge Männer eine Partie nach der anderen spielten. Als Gastgeber war es Raggetts Aufgabe, jedem Besucher dabei zu helfen, sich zu entspannen und sich zu vergnügen. Als er sah, wie Nathan Raveneau herankam, nahm Raggett die Gelegenheit augenblicklich wahr. »Nun blasen Sie nicht gleich Trübsal, Sir! Hier kommt unser junger Seekapitän Raveneau, gerade frisch von den Westindischen Inseln zurück und, soweit ich das beurteilen kann, ganz und gar unverdorben von der Londoner Gesellschaft!«

Nicholai hob den Kopf. »Raveneau?«

»Oh, ja, Sir! Er müßte eigentlich ein Mann ganz nach Ihrem Geschmack sein.« Raggett ließ unerwähnt, daß alle Dandies bei White's von dem geheimnisvollen Raveneau fasziniert waren. Er nahm nur sporadisch an den Vergnügungen der Gesellschaft teil und hielt sich niemals an deren Regeln. Man nannte ihn ›den Vagabunden‹.

Nicholai starrte den Neuankömmling an, als habe er ein Gespenst gesehen. »Mein Gott, Sie sind das Abbild Ihres Vaters! Erinnern Sie sich noch an mich, Monsieur? Ich bin ein alter Freund Ihrer Eltern!«

»Natürlich erinnere ich mich!« Nathans Gesicht leuchtete in echter Freude auf. »Als ich ein kleiner Junge war – ich glaube, ich muß etwa acht gewesen sein –, segelte Ihre Frau auf der Brigg meiner Eltern von Amerika nach England ... auf der Suche nach Ihnen, wenn ich mich nicht irre. Die schöne Lisette war meine erste große Liebe, und ich betete damals inständig, daß sie Vernunft annehmen und Sie nicht heiraten würde.«

Nicholais Grinsen wurde breiter. »Kann man sich als kleiner Junge ein besseres Objekt der Begierde aussuchen? Sie haben geschmackvoll angefangen, mein Freund. Lieber Gott, ist das lange her ... fünfundzwanzig Jahre! Kommen Sie, setzen Sie sich. Erzählen Sie mir von Ihren Eltern. Ich weiß, daß sie hier in London ein Haus haben, aber ich war die letzten zwei Wochen so sehr damit beschäftigt, mich um meine widerspenstige Tochter zu kümmern, daß ich noch keine Zeit gehabt habe, alten Freunden einen Besuch abzustatten.«

Nathan erklärte, daß seine Eltern, André und Devon Raveneau, Essex in Connecticut zu ihrem Zuhause gemacht hatten. »Ich habe das Stadthaus meiner Eltern gar nicht erst bezogen, als ich in London ankam. Ich wollte nicht, daß die Dienerschaft wegen einer einzigen Person in Aufruhr gerät. Die meiste Zeit des Jahres verbringe ich ohnehin in Westindien. Da ich nicht wußte, wie lange ich in London bleiben würde, habe ich beschlossen, in ein Hotel zu ziehen. Das macht weit weniger Umstände.«

»Wenn ich daran denke, wie ich in Ihrem Alter war, vermute ich, daß Sie außerdem Ihre Privatsphäre lieben und es nicht ausstehen können, wenn die Diener Ihrer Eltern ständig um sie herumhuschen.«

Beide lachten, leerten ihre Brandygläser und kamen überein, gemeinsam zu Abend zu essen. Im Speisesaal bestellten sie Champagner und Steinbutt, der mit Schildkrötensuppe, gekochten Kartoffeln, eingelegtem Gemüse und Erbsen serviert wurde.

»Ich werde mich niemals an englisches Essen gewöhnen«, bemerkte Nathan.

»Kennen Sie Captain Gronow?« Nicholais Augen funkelten vergnügt. »Er schlägt vor, ein bißchen von allem gleichzeitig auf die Gabel zu nehmen und das dann zu essen. Behauptet, das würde den Geschmack entschieden verbessern.«

Nathan versuchte konsterniert auszusehen, mußte aber doch wieder lachen. »Ich kann Ihnen gar nicht sagen, wie sehr sich meine Laune verbessert hat, seit ich Sie getroffen habe, Sir. Dank einer temperamentvollen, weiblichen Bestie, die mich heute nachmittag auf der Oxford Street beinahe zu einem Duell gefordert hätte, war ich nicht ganz auf der Höhe, als ich vorhin hier ankam.«

»Ich brauchte ebenfalls ein wenig Aufmunterung«, gestand Nicholai. »London ist auch nicht mehr das, was es einmal war, und ich hatte es langsam satt, den Gecken zuzuhören, wie sie sich über alles und jeden lustig machten. Es erleichtert mich, daß es bei White's offenbar doch noch Männer von meinem Schlag gibt.«

»Vergessen Sie nicht, Sir, daß ich gebürtiger Amerikaner bin«, gab Nathan zu bedenken. »Genau wie Sie.«

»Nun, dann sollte London dankbar sein, daß es uns gibt.« Nicholai schenkte sich Champagner nach und seufzte. »Ich nehme an, daß meine düstere Stimmung in Wirklichkeit von den Sorgen um meine Tochter herrührt. Als Sie eben von der ›temperamentvollen Bestie‹ sprachen, war ich unwillkürlich an meine Adrienne erinnert. Wissen Sie, sie ist der Grund, warum ich von Frankreich hierher gereist bin. Ich wollte sie überreden, nach Hause zu kommen, wo sie sich um nichts zu kümmern braucht und in Sicherheit ist. Statt dessen besteht Adrienne darauf, sich *Arbeit* zu suchen. Wie eine gewöhnliche Dienerin!«

»Ist denn das so schrecklich?«

»Wahrscheinlich nicht, aber sie ist unglaublich stur, und ich muß leider davon ausgehen, daß sie in Gefahr ist.« Nicholai faßte kurz zusammen, was seiner Tochter im Haus Frakes-Hogg zugestoßen war, und erzählte von den Drohbriefen, die der Mann seiner Tochter in den vergangenen Wochen geschickt hatte. Als der Tisch abgeräumt und die Nachspeise aufgetragen wurde, beendete er seinen Bericht mit der Nachricht, die heute eingetroffen war. »Warum will sie nur nicht auf mich hören und mit mir nach Frankreich zurückkehren?«

»Hat sie Ihnen keine Erklärung dafür gegeben?«

»Nun ... doch, hat sie, aber die gefällt mir nicht. Adrienne behauptet stur, daß sie ihren Lebensunterhalt selbst bestreiten und sich weiterbilden will. Sie ist immer schon unbelehrbar und entsetzlich widerspenstig gewesen. Vor ein paar Jahren lief sie von der Schule weg und geriet in die Fänge einer Frau, die von Adeligen dafür bezahlt wurde, ihnen, nun, sagen wir ... Frischfleisch zu besorgen. Gott sei Dank konnte Adrienne rechtzeitig flüchten.« Er schüttelte den Kopf. »Seitdem ist meine Tochter natürlich ein wenig erwachsener und vernünftiger geworden, aber sie wehrt sich noch immer gegen alle Konventionen. Außerdem tragen ihre Erlebnisse mit skrupellosen Männern nur dazu bei, daß sie um jeden Preis unabhängig bleiben will. Ich kann vor Sorge um sie kaum noch schlafen.«

Nathan nickte. »Man hat mir Walter Frakes-Hogg als einen Mann beschrieben, dessen Bekanntschaft ich besser vermeiden sollte, insofern kann ich Ihre Sorge verstehen. Es muß schrecklich sein, sie unter diesen Umständen ihren eigenen Weg gehen zu lassen.«

»Wenn sie bloß auf mich hören würde!«

Nathan versuchte, das Thema zu wechseln. »Meine Eltern haben in bezug auf mich wohl auch ihren Anteil an schlaflosen Nächten gehabt. Ich habe mehr von meinem Vater gelernt, als ihm lieb war, und bin wie er Seekapitän geworden. Nun verbringe ich die meiste Zeit des Jahres auf Barbados. Ich habe mir dort ein Haus auf einer Zuckerrohrplantage gekauft.«

»Barbados! Da sind Sie aber zu beneiden, junger Freund. Barbados gefällt mir von allen Inseln, die ich bereist habe, am besten.«

Froh darüber, den älteren Mann von seinen düsteren Gedanken abgelenkt zu haben, lächelte Nathan und beugte sich vor. Sein Dessert, eine sehr süße, sehr schwere Creme, wurde unangetastet abgeräumt. »Ich teile Ihre Vorliebe, Sir. Als ich anfing, mit meinem Schiff über die Meere zu fahren, hatte ich keinerlei Absicht, mich irgendwo niederzulassen. Ich wollte Zucker und Rum laden und dann wieder verschwinden. Aber irgendwann mußte ich feststellen, daß Barbados sich klammheimlich in mein Bewußtsein und mein Herz eingeschlichen hatte –«

»Ja!« rief der andere begeistert. »Alles dort erscheint einem zauberhaft exotisch. Von der Sonne, die einem auf den Pelz scheint, bis zu der türkisfarbenen See, von dem Duft der Jasminblüten bis zum majestätischen Anblick der bärtigen Feigenbäume –«

»Und erst das Essen!« warf Nathan ein. »Ich könnte mich ausschließlich und für alle Ewigkeit von Bajan-Rum, Papaya und Fliegendem Fisch ernähren. Oder *peas and rice* und Brotfrüchte . . .«

»Und trotzdem kann man dort sogar dank des englischen Einflusses vernünftigen Tee bekommen. Ich liebe Barbados so sehr, daß ich dort an der Ostküste fünfzig Hektar Land gekauft habe. Ich habe mich bisher noch nicht dazu durchringen können, es wieder abzustoßen, denn ich habe immer noch die Hoffnung, daß Lisette eines Tages einwilligt, Frankreich zu verlassen.«

Nathan zog eine Augenbraue hoch. »An der Ostküste, sagen Sie? Ein tückischer Landstrich, und nicht nur deswegen, weil die Brandung an der Seite der Insel höllisch gefährlich ist. Noch gefährlicher erscheint mir eine *Person*, die sich im Osten der Gemeinde St. Philips niedergelassen hat.«

Er nippte nachdenklich an seinem Brandy und begann dann, zu erklären. »Ich rede von Xavier Crowe ..., meinem Erzfeind. Crowe ist genau die Sorte von Seekapitän, die den Ruf der anderen schädigt und alles tut, was in seiner Macht steht, um uns den Spaß am Leben auf dieser Insel zu verderben.«

Beauvisage sah ihn stirnrunzelnd an. »Wie kann denn ein einzelner Mensch etwas Derartiges bewerkstelligen?«

»Crowe ist erst fünfundzwanzig, zudem hinterhältig, verschlagen und viel zu reich. Sein Haus, *Crowe's Nest*, steht auf einer Klippe oberhalb des Meeres, und beherbergt eine Menge zwielichtiger Gestalten, die seine Befehle ausführen. Mehr als einmal hat er bei schlechtem Wetter bereits Laternen in die Palmen am Strand hängen lassen, so daß ein sich näherndes Schiff zum Glauben verführt wurde, es würde den sicheren Hafen ansteuern.«

»Lassen Sie mich raten«, unterbrach Nicholai ihn grimmig. »Die Schiffe segeln auf die Lichter zu und zerschellen an den Klippen.«

»So ist es«, bestätigte Raveneau. »Und natürlich wurden die Schiffe geplündert, bevor sie untergingen. Aber da Xavier selbst immer sehr darauf bedacht war, zum Zeitpunkt des Verbrechens nicht in seinem Haus zu sein, hat man ihn bisher noch nicht fassen können. Die meisten Bewohner von Barbados fürchten sich vor dem Mann und seiner

Macht. Ich allerdings verabscheue ihn nur – und das beruht auf Gegenseitigkeit.« Er hielt inne, um sich eine Zigarre anzuzünden, und versuchte, sich wieder ein wenig zu beruhigen. »Ich gebe gerne zu, daß ich auch persönliche Streitigkeiten mit ihm habe, aber in erster Linie hasse ich ihn für seinen Charakter und seine Taten, bitte glauben Sie mir das. Sie sollten es sich zweimal überlegen, bevor Sie Crowes Nachbar werden.«

Nicholai rieb sich nachdenklich das Kinn. In seinem Kopf begann ein Plan Gestalt anzunehmen. »So wie Sie *Crowe's Nest* beschreiben, scheinen unsere Ländereien ja aneinanderzugrenzen.« Er sah das Aufblitzen von Interesse in Nathans Augen und konnte sich nur mit Mühe ein Grinsen verkneifen. »Sie würden meine fünfzig Hektar zu gerne an sich reißen, nicht wahr?«

»Um auf Crowe aufzupassen und ihn möglicherweise auf frischer Tat zu ertappen – ja! Sehr gerne sogar.« Man brachte eine Karaffe mit Portwein und zwei Gläser, aber Nathan achtete nicht darauf. Er hielt die Armlehnen seines Stuhls umklammert und sah sein Gegenüber eindringlich an. »Ich wünschte, ich könnte Sie bitten, mir den Preis für Ihr Land zu nennen, aber leider habe ich praktisch mein ganzes Vermögen in das Anwesen in St. Andrew gesteckt. Das Haus und die Plantage stammen aus dem Jahr 1660 und sind ziemlich heruntergekommen. Als ich das Land gekauft und die Restaurierung in die Wege geleitet habe, glaubte ich, daß nichts mir die Freude an meinem neuen Besitz verderben könnte, aber Crowe hat mich eines Besseren belehrt.«

Nicholai Beauvisage begegnete dem Blick des Jüngeren. »Wie mir scheint, könnten wir einander helfen. Wenn Sie mir einen Gefallen tun, dann *schenke* ich Ihnen die fünfzig Hektar!«

»Angenommen!«

Nicholai gluckste vergnügt. »Sie sind jung und ungestüm.

Vielleicht sollten Sie sich erst einmal anhören, um was ich Sie bitte, bevor Sie akzeptieren!«

Nathan malte sich bereits aus, wie es sein würde, wenn das Land, das an *Crowe's Nest* angrenzte, ihm gehörte. Daß er heute abend Beauvisage im Club getroffen hatte, konnte nur als unglaublicher Glücksfall bezeichnet werden. »Dann sagen Sie es mir doch!« drängte er. »Ich tue alles!«

»Ich bitte Sie, meine Tochter bis zu ihrem einundzwanzigsten Geburtstag zu beschützen. Der ist in vier Monaten.« Er goß den dunkelroten Port aus der Karaffe in die zwei Gläser. »Adrienne hat eine Stelle als Gesellschafterin bei Lady Thomasina Harms angenommen und wird in Kürze mit ihr nach Harms Castle reisen. Dort darf sie sich dann den ganzen Sommer langweilen.«

»Ich denke doch, daß Harms Castle allein Schutz genug bietet«, meinte Nathan hoffnungsvoll.

»Lady Harms hat einen ziemlich lüsternen Sohn namens Huntsford, und da ist auch noch Walter Frakes-Hogg, der gewiß nicht so schnell aufgibt. Vielleicht mache ich aus einer Mücke einen Elefanten, aber ich würde mich sehr viel besser fühlen, wenn ich nach Frankreich zurückkehre und weiß, daß jemand, dem ich vertraue, ein Auge auf Adrienne hält.«

»Wollen Sie damit sagen, daß ich Ihre Tochter vor Gefahr und . . . und Verführung schützen soll?«

»Warum nicht?« Nicholai rutschte verlegen auf seinem Stuhl herum. »Ist es so abwegig, wenn ich mir wünsche, daß meine Tochter bis zu ihrem einundzwanzigsten Lebensjahr unberührt bleibt? Sicher denke ich, daß Adrienne durchaus in der Lage ist, ihr Leben in den Griff zu bekommen, aber sie hat nun einmal ein hitziges Temperament und einen unglaublichen Dickkopf. Mir bleibt ja kaum etwas anderes übrig, als ihr zu erlauben, diese merkwürdige Stellung bei Lady Harms anzunehmen. Aber wie soll ich in Ruhe nach Hause zurückkehren, wenn ich befürchten muß, daß irgendein ehrloser Schuft ihr in einem Moment der Schwäche die Unschuld raubt?«

»Nun, wenn das so ist . . .« Nathan konnte sich kaum auf Nicholais Worte konzentrieren. Seine Gedanken eilten voraus zum Herbst, und er sah sich bereits auf seinem neuen, um fünfzig Hektar erweiterten Besitz auf Barbados stehen. Xavier Crowe würde wahrscheinlich einen Wutanfall bekommen, wenn er erfuhr, daß Nathan Raveneau ihm nun nahe genug gerückt war, um zu sehen, was sich auf dem Nachbarland abspielte! Allein der Gedanke munterte ihn gewaltig auf, und plötzlich mußte er grinsen. »Für vier Monate kann ich alles ertragen, selbst wenn es sich –« Er bremste sich noch gerade rechtzeitig. »Selbst wenn ich dafür den ganzen Sommer in der Einöde von Hampshire verbringen muß!« Seinem Lachen war die Erleichterung darüber anzuhören, daß er sich die beleidigende Bemerkung über Nicholais langweiligen Blaustrumpf hatte verkneifen können. Er stellte sich das Mädchen als graues Mäuschen vor; gewiß wäre es längst verheiratet, wenn es auch nur im entferntesten attraktiv zu nennen gewesen wäre . . ., welche anderen Erklärungen ihr Vater auch sonst dafür vorbringen mochte.

Es war ein merkwürdiger Handel, den sie vereinbart hatten, und er ließ darauf schließen, daß Nicholai nicht nur ein liebender, sondern auch ein übermäßig ängstlicher Vater war. Aber wer war er, Nathan, schon, daß er sich darüber ein Urteil anmaßte? Die Belohnung, die er dafür bekommen würde, war schlichtweg phantastisch! Im Laufe seines viermonatigen Exils würde er endlich all die Bücher lesen können, für die er bisher keine Zeit gehabt hatte, während er die kleine vergeistigte Jungfer im Auge behielt. Wahrscheinlich würde er sich entsetzlich langweilen, aber das war nur ein lächerlich geringer Preis für Beauvisages Land, das strategisch so günstig lag. Bald würde es ihm allein gehören und ihm die Möglichkeit bieten, Xavier Crowe das Handwerk zu legen!

»Sie stimmen mir doch zu, meine liebe Miss Beau, daß meine Methode höchst effektiv ist, nicht wahr?« Lady Thomasina Harms winkte Adrienne in ihr Ankleidezimmer, in dem überall Kleider und Bücher herumlagen, die für die Reise nach Hampshire gepackt werden mußten.

Es war spät, Adrienne war erschöpft, und sie hatte es längst aufgegeben, ihre neue Arbeitgeberin wegen ihres Namens zu berichtigen. Lady Thomasina hatte sich auf ›Miss Beau‹ versteift, und Adrienne war es im Grunde egal, wie sie genannt wurde. Zudem war das noch die harmloseste der Marotten, die die alte Dame pflegte.

Lady Thomasina bot einen verblüffenden Anblick: Sie trug einen spitzengesäumten Turban, und das volle Gesicht darunter war mit entschieden zuviel Rouge und Lippensalbe geschminkt. Ein weites Kleid aus edlem Stoff mit ebenso edler Borte hüllte ihre Körpermassen ein, die sie mit einem Übermaß an Schmuck behängt hatte. Adriennes Besuch war in ein schier endloses Dinner gemündet, und nun hatte die alte Dame darauf bestanden, ihr das Ankleidezimmer zu zeigen.

»Ein so kluges Mädchen wie Sie wird doch zweifellos die Methode darin erkennen, nicht wahr?«

Adrienne starrte auf das Chaos aus alten, abgetragenen Kleidern, ausgetretenen Schuhen, Unterröcken, Unterhemden, bizarren Hüten und Turbanen, Schmuckstücken, Fächern, Täschchen, Muffs, Handschuhen und dergleichen mehr. Sie schürzte die Lippen und wagte einen Versuch: »Ich würde sagen, daß Sie eine gewisse Farbauswahl treffen . . .«

»Bravo!« Lady Thomasina klatschte begeistert in die Hände. »Sie werden das im Handumdrehen gelernt haben. Meine Besitztümer sind immer, selbst wenn ich mich auf der Durchreise befinde, nach Größen *und* Farben geordnet! Ich bin wirklich sehr empfindlich, was das betrifft. Ich mag es nicht, wenn irgend etwas nicht an seinem üblichen Platz zu finden ist!« Ihr dick gepudertes Gesicht näherte sich Adriennes. »Ich verlasse mich auf Sie, Miss Beau! Sie werden meine Habe bestimmt wie Ihren Augapfel hüten!«

Es war sehr spät, als Adrienne schließlich in ihre möblierten Zimmer zurückkehrte, und sie war zu müde, um noch etwas anderes zu tun, als sich bettfertig zu machen. Lady Thomasina hatte ihr erklärt, daß sie übermorgen abreisen würden, also konnte sie auch noch am nächsten Tag packen. Sie würde alles mitnehmen, was sie hier in London besaß, denn in Zukunft würde sie bei Lady Thomasina zu Hause sein.

Die Aussicht darauf, mit einer exzentrischen alten Dame irgendwo auf dem Land dahinzuvegetieren, versetzte Adrienne nicht gerade in Euphorie, aber sie sprach sich Mut zu, während sie sich ins Bett kuschelte. »Sei nicht albern. Es wird bestimmt ein Abenteuer«, murmelte sie. »Auf jeden Fall besser, als mit Papa nach Hause zu fahren.«

In diesem Augenblick fiel ihr wieder der Drohbrief von Walter Frakes-Hogg ein. Um ihre Furcht einzudämmen, begann Adrienne, sich in schönen Bildern auszumalen, wie ihre Zukunft auf Harms Castle aussehen würde. Mit der Überlegung, ob sie wohl den legendären Dandy Huntsford Harms kennenlernen würde, schlief sie schließlich ein . . .

Am Morgen schickte sie ihrem Vater eine Nachricht, daß sie sich mit ihm am Mittag treffen wollte, um sich von ihm zu verabschieden. Sie zog ein hübsches Tageskleid aus fliederfarbenem Musselin an und stopfte den größten Teil ihrer dunkelroten Locken unter einen modischen Tatarenhut, der mit lilafarbenen Bändern geschmückt war. Ein Spritzer des Fliederparfums, das extra für sie in Paris kreiert worden war, vervollständigte ihre äußere Erscheinung.

Adrienne begann, ihre Besitztümer zu sortieren und auf

verschiedene Koffer zu verteilen, bis der Zeitpunkt ihrer Verabredung mit ihrem Vater gekommen war. Sie war schon fast zur Tür hinaus, als ihr der wunderschöne neue Fächer einfiel, und so machte sie kehrt, um ihn zu holen. Unten im Vestibül wartete ihre Vermieterin, die sie mit trauriger Miene ansah.

»Ach, ich werde Sie so vermissen, Adrienne«, sagte Miss Hedgecoe. Sie war die Tante von Adriennes bester Schulfreundin, Venetia, und Adrienne hatte sich ohne zu zögern sofort nach ihrer Flucht aus dem Haus Frakes-Hogg bei der ältlichen Dame eingemietet.

Adrienne umarmte die liebenswerte Frau. »Ich Sie auch.«

»Trotzdem will ich nicht, daß Sie so wie ich als eine alte, einsame Jungfer enden. Eigentlich bin ich froh, daß Sie sich wieder hinaus in die Welt wagen!« Miss Hedgecoe hielt ihr einen Brief hin. »Den hat gerade ein Bote gebracht.«

Adrienne erbleichte, als sie Walters Handschrift erkannte, aber sie wollte ihre Freundin nicht erschrecken. »Vielen Dank. Ich lese ihn auf dem Weg. Ich muß mich nämlich beeilen, wenn ich pünktlich bei Papa sein will.«

Als sie in der Droschke saß, nannte sie dem Fahrer das Hotel, dann lehnte sie sich zurück und starrte auf den Brief in ihren Händen, als würde es sich um eine giftige Spinne handeln. *Ich sollte ihn zerreißen und wegwerfen*, dachte sie. *Dieser miese Schuft kann mir nichts antun!*

Doch ihre Neugier gewann wieder einmal Oberhand. Sie brach das Siegel und las:

Ich werde Dich finden!

Nicholai hatte sich ein leichtes Mittagessen in seine Suite bringen lassen. Die Diener aus dem Speisesaal des Hotels waren gerade damit fertig, den Tisch mit feinem weißen Leinen und edlem Porzellan zu decken, als Nathan Raveneau den Kopf aus der Tür zu Nicholais Schlafzimmer steckte.

»Wie lange soll ich mich denn hier drin verstecken?«

»Nun, Sie *verstecken* sich nicht im eigentlichen Sinne«, korrigierte Nicholai ihn. »Sagen wir, Sie warten nur. Sie warten einfach nur so lange, bis ich Adrienne schonend auf unser Vorhaben vorbereitet habe.«

»Und dann soll ich durch diese Tür dort –« Nathan wies grinsend auf den schmalen Durchgang in einer Ecke des Schlafzimmers »– hinaus auf den Hotelflur gehen und anklopfen, als wäre ich gerade zufällig zur rechten Zeit eingetroffen?« Kopfschüttelnd betrachtete er sich in einem Spiegel: Er trug kniehohe Stiefel, eine hellbraune Hose und einen blauen Rock, den er eigentlich schon vergangenes Jahr hatte wegwerfen wollen, weil er ein paar abgewetzte Stellen aufwies. Doch nun war er genau richtig; sein neuer Arbeitgeber hatte gewollt, daß er den Eindruck eines bezahlten Beschützers aus der Mittelschicht vermittelte.

»Ganz genau. Sie werden in den Flur hinausgehen und an die Tür klopfen, wenn Sie mich sagen hören ›Mr. Essex wird jeden Moment hier sein!‹«

»Wer? Oh, ach ja, so heiße ich ja jetzt. Und ich habe es für so klug gehalten, mich nach dem Ort in Connecticut zu nennen, in dem meine Familie wohnt!« Er brach ab und setzte dann nachdenklich hinzu: »Aber was ist, wenn der Brief, den Sie heute morgen aufgesetzt und Adrienne geschickt haben, nicht die erwünschte Wirkung hat? Was, wenn Ihre Tochter doch nicht genügend Angst bekommen hat?« *Und wie bin ich bloß in dieses absurde Vorhaben hineingeraten?* fügte er in Gedanken hinzu. *Ist es möglich, daß ich gestern abend weit mehr getrunken habe als ich dachte?* Der Plan war einfach verrückt! Und doch . . ., und doch erhielt er dadurch die reelle Chance, Xavier Crowe endlich das Handwerk legen zu können. Diese Aussicht war unwiderstehlich . . .

»Ach, machen Sie sich keine Gedanken«, sagte Nicholai beruhigend. »Ich weiß schon, wie ich mit meiner Tochter umgehen muß!«

Raveneau konnte ein Grinsen nicht unterdrücken. »Ah, ja. Sie haben die junge Miss Beauvisage ganz eindeutig im Griff!«

»Sehr witzig.« Ein plötzlicher Gedanke hellte Nicholais Gesicht auf. »Moment. Ich habe ganz vergessen, Ihnen die Brille zu geben!«

»Brille?« Nathan nahm die goldgerahmten Gläser, setzte sie auf und betrachtete sich erneut im Spiegel.

»Es ist ganz einfaches Glas, aber ich fand, daß es hervorragend zu ihrer Verkleidung paßt. Sie sehen so . . . so seriös damit aus. Ganz und gar nicht wie Nathan *Raveneau*, nicht wahr?«

In diesem Moment klopfte es. Erschreckt scheuchte Nicholai den jüngeren Mann ins Schlafzimmer, zog die Tür zu und trat zur anderen, um seine Tochter zu begrüßen.

Adriennes Umarmung war herzlich. »Oh, Papa, du bist so lieb und so geduldig, und ich bin ein hoffnungsloser Fall. Bitte, wirst du mir verzeihen, bevor wir uns verabschieden und du zurück nach Frankreich gehst?«

»Vielleicht.« Angesichts ihrer deutlichen Zuneigung meldete sich sein schlechtes Gewissen. Adrienne mochte ja nur Flausen im Kopf haben, aber sie hatte ihn noch nie angelogen. Was er nun aber vorhatte . . . »Natürlich vergebe ich dir«, sagte er hastig. »Komm und iß, solange das Essen noch warm ist.«

»Schau mal, Paps, mein neuer Fächer!« Sie öffnete ihn und wedelte damit vor seiner Nase hin und her. »Er gehörte Marie Antoinette!«

»Phantastisch, meine Liebe«, meinte Nicholai. Im stillen war er allerdings überzeugt davon, daß der Ladenbesitzer das zugegeben hübsche Ding selbst fabriziert hatte.

Adrienne küßte ihren Vater auf die Wange. »Vielen

Dank, Papa. Ich habe ihn von dem Geld gekauft, das du mir gegeben hast!«

Erst jetzt bemerkte Adrienne, wie ausgehungert sie war. Sie hatte den ganzen Morgen und den Vormittag mit Pakken und Reisevorbereitungen verbracht und keine Zeit gehabt, ans Essen zu denken. Begeistert ließ sie sich nieder und machte sich über die Lachs-Mousse her, während ihr Vater sie lächelnd beobachtete. Die ganze Zeit über plauderte sie über die bevorstehende Reise zum legendären Harms Castle in Hampshire.

»Hör dir das an!« rief Adrienne plötzlich zwischen zwei Bissen. »Ich rede und rede und habe noch nicht einmal danach gefragt, wie es dir geht! Papa, erzähl du jetzt! Was hast du gemacht, seit wir uns das letzte Mal gesehen haben?«

Er griff über den Tisch, um ihr die Hand zu tätscheln. »Nichts. Nur meine Hoffnung genährt, daß du deine Meinung änderst und mit mir zurück nach Hause fährst. Stell dir nur vor, wie sehr sich deine Mutter freuen würde, wenn –«

»Das ist gemein, Vater. Es ist nicht fair, Mutter ins Spiel zu bringen!« Adrienne zog die Stirn kraus. »Im übrigen war sie auch immer schon eine unabhängige Frau, und ich weiß, daß sie die erste wäre, die verstehen würde, daß ich zu alt bin, um mich noch an ihren Schürzenzipfel festzuklammern.«

»Kind, es ist ja nicht so, daß ich mich nur wie ein eigensinniger alter Vater benehme.« Nicholai hielt inne und sah eine Weile wortlos in ihre lebendig funkelnden Augen, bevor er fortfuhr: »Ich habe in der Tat Grund, mich um deine Sicherheit zu sorgen, und ich kann unter diesen Umständen nicht einfach nach Hause reisen. Schau, ich habe den Brief, den du gestern zerrissen und in den Kamin geworfen hast, wieder zusammengesetzt. Ich weiß, daß Walter Frakes-Hogg weit davon entfernt ist, der harmlose Maulheld zu sein, als den du ihn mir beschrieben hast.«

Adrienne sah ihn niedergeschmettert an. Dann senkte sie den Kopf und legte die Gabel nieder. »Wirst du jetzt darauf bestehen, daß ich mitkomme?« Als er keine Antwort gab, straffte sie hoffnungsvoll die Schultern, stand auf und kniete sich neben seinen Stuhl. »Oh, Papa, ich weiß nicht, wie ich es dir erklären soll. Ich habe ganz gewiß nichts gegen dich, Maman oder unser wundervolles Zuhause. Mir ist durchaus bewußt, daß das Leben auf Harms Castle schrecklich öde werden wird, aber ... aber irgend etwas in mir sehnt sich unablässig nach neuen Erfahrungen.«

Voller Stolz nahm Nicholai ihr feingeschnittenes Gesicht zwischen seine Hände und küßte sie auf die zerzausten dunklen Locken. »Ich verstehe dich besser, als ich zugeben möchte. Glaubst du denn, dein Charakter hat sich rein aus dem Nichts entwickelt?« Er stand auf und zog sie auf die Füße. »Ich erlaube dir, in England zu bleiben. Unter einer Bedingung!«

»Alles, was du willst!«

Nicholai schoß durch den Kopf, daß seine Tochter genauso unvorsichtig war wie Nathan Raveneau. Genau wie er sagte sie zu, bevor sie wußte, um was es sich handelte. »Ich möchte, daß du bis zu deinem einundzwanzigsten Geburtstag einen Beschützer akzeptierst. Das sind nur noch vier Monate, aber ich hege die Hoffnung, daß Walter Frakes-Hogg bis dahin das Interesse an dir verloren hat. Wenn er erfährt, daß jemand auf dich aufpaßt, wird er es sicher nicht wagen, sich dir zu nähern.«

Adrienne war das Entsetzen deutlich anzusehen. »Ein ... ein Beschützer? Aber, Papa! Was für eine Art Aufpasser hast du dir denn vorgestellt?«

»Zufällig«, begann Nicholai strahlend, »ist mir ein Mann über den Weg gelaufen, der mehr als geeignet für diese Aufgabe ist. Sein Name ist Nathan, äh ... Essex, und er hat in diesem Bereich bereits Erfahrungen gesammelt.«

»Willst du damit sagen, daß es sich um eine Art ...

Schläger handelt? Also, wirklich, Papa, es ist doch vollkommen unnötig –«

»Mr. Essex wird jeden Moment hier eintreffen, um sich mit dir bekannt zu machen«, unterbrach er sie. »Ich fürchte, du hast keine Wahl, mein Kind.«

Gerade als Adrienne den Mund öffnete, um weitere Proteste vorzubringen, ertönte ein lautes Klopfen an der Tür. Adriennes Herz begann zu rasen; sie fühlte sich wie ein Reh, das von Jägern und Hunden in die Ecke getrieben worden war. Nervös griff sie nach ihrem Fächer und wedelte sich Luft zu.

»Willkommen, Mr. Essex.« Nicholai zog den Fremden in den Salon der Suite. Als Adrienne die beiden nebeneinander sah, war ihr erster Gedanke, daß dieser Essex beinahe genausogut aussah wie ihr Vater. Das glänzende schwarze Haar wirkte – ganz wie es Mode war – ein wenig vom Wind zerzaust, und sein Gesicht hätte das eines verwegenen Piraten sein können, wenn nicht die schlichte goldgeränderte Brille den Eindruck verdorben hätte. Das leicht spöttische Lächeln, das er ihr schenkte, verstärkte den ersten Eindruck noch. Essex war groß, besaß einen kräftigen und doch geschmeidigen Körper und hatte die anmutige Selbstsicherheit eines Mannes, der sich in höheren Gesellschaftsschichten bewegte.

Doch dann fiel Adrienne wieder ein, daß ihr Vater ihn eingestellt hatte, um auf sie aufzupassen, und sie bemerkte, daß seine Stiefel und sein Rock schon recht abgetragen waren. Nein, er stammte aus der Mittelschicht. Nathan Essex war ein Arbeiter.

Und er war sich seines niederen Ranges offenbar bewußt, denn als er sich ihr näherte, verbeugte er sich, ohne ihr die Hand entgegenzustrecken. »Es ist mir eine Ehre, Sie kennenzulernen, Miss Beauvisage.«

Adrienne öffnete schon den Mund, um ihm zu antworten, als sie plötzlich erstarrte. Die Erkenntnis war wie ein Schock. »Sie! Sie . . . Sie sind der *Kutscher!*«

Er hob den Kopf, und seine blaugrünen Augen richteten sich auf den Fächer. »Oh, nein!«

»Worum geht es?« fragte Nicholai und trat zwischen die beiden.

Adrienne stampfte wütend mit dem Fuß auf. »Wo hast du denn diesen unhöflichen, unausstehlichen *Menschen* aufgegabelt?«

»Bevor Sie andere unhöflich nennen, Miss«, bellte Nathan, »sollten Sie sich an die eigene Nase fassen! Sie sind nicht nur unhöflich, sondern auch verwöhnt –«

»Arrogant!« fauchte Adrienne.

»Anmaßend!« parierte er.

»*Ohhh!* Unverschämt!«

Entsetzt hielt Nicholai eine Hand hoch. »Ruhe jetzt! Alle beide!« Er konnte die Funken, die zwischen seiner Tochter und seinem jungen Freund hin und her flogen, förmlich spüren. »Adrienne, du sprichst zuerst. Danach sind Sie dran, Nathan!«

»Papa, ich hoffe nur, daß du für diesen Barbaren vernünftige Empfehlungen hast. Ich kann mir nämlich nicht vorstellen, daß er in der Lage ist, mich vor einer Fliege zu beschützen, geschweige denn vor einem gefährlich Mann!«

»Verzogenes Gör«, murmelte Nathan.

Nicholai seufzte. »Ich will nur hören – und zwar in aller Kürze! –, woher ihr beide euch kennt. Adrienne, dein Urteil über Mr. Essex' Charakter kannst du getrost weglassen.«

»Oh, schon gut. Gestern, nachdem ich von dir kam, fuhr ich auf der Oxford Street entlang, als ich plötzlich im Schaufenster von Mr. Ralnas Geschäft diesen einfach traumhaften Fächer sah. Es handelt sich zufällig um eine echte Antiquität.« Zur Betonung ihrer Worte wedelte sie mit dem guten Stück in der Luft herum. »Mein Fahrer bemühte sich, aus dem Verkehrsstrom herauszukommen, aber dieser unmögliche Mensch hier weigerte sich, Platz zu machen. Er ist bloß ein Kutscher, Vater, nichts weiter! Ich habe ihn dann schließlich sehr höflich gebeten, uns vorbeizulassen, aber er hat mich nur ausgelacht. Es kam zu einem Streit, und er verfolgte mich, verspottete mich und wäre mir beinahe noch in Mr. Ralnas Laden hinterhergelaufen!«

Nicholai sah Nathan Raveneau mit prüfend verengten Augen an. Er war natürlich kein simpler Kutscher, aber ... konnte er sich in dem Mann getäuscht haben?

»Ihre Tochter hat eine merkwürdige Art, die Wahrheit nach ihrem Gusto auszulegen«, sagte Nathan kühl. »Meiner Meinung nach ist es etwas anders abgelaufen. Ihr dringendes Bedürfnis, diesen lächerlichen Fächer zu erstehen, hätte fast zu einer Massenkarambolage auf der Oxford Street geführt! Ihre Droschke versuchte, mich zu schneiden, wobei meine Pferde vor lauter Schreck zurückwichen, so daß ich beinahe mit dem Gefährt hinter mir zusammengestoßen wäre. Als ich es wagte, den Fahrer darauf anzusprechen, redete Miss Beauvisage mit mir, als sei ich ein gemeiner Schornsteinfeger, der kaum Englisch verstehen kann! Einen Moment später sprang sie aus ihrem Wagen und kam schreiend und keifend auf meinen Zweispänner zu, wobei sie ihren Sonnenschirm in meine Richtung stieß, als wollte sie mich damit erstechen!« Er hielt inne, um Adrienne einen funkelnden Blick zuzuwerfen. »Um mich selbst zu schützen, nahm ich ihr den Schirm ab. Sie hat mich mit Beleidigungen überhäuft, und ich bin ihr bis zum Laden gefolgt, um ihr ihre Waffe zurückzugeben.«

»Ich bin ... sprachlos«, sagte Nicholai. »Ich kann mich nur wundern, warum weder Sie noch meine Tochter bemerken, wie albern sich die ganze Geschichte anhört. Warum vergeßt ihr es nicht, lacht darüber und fangt noch einmal von vorne an?«

Beide reagierten auf seinen Vorschlag mit düsteren Blikken.

»Nun, mir ist es im Grunde egal, ob ihr euch versteht oder nicht, denn wir haben eine Abmachung getroffen, und diese wird eingehalten. Adrienne, ich vertraue darauf, daß Mr. Essex dich mit der gleichen Inbrunst beschützt, die er auch in euren Streit hineingelegt hat. Außerdem kann ich dir versichern, daß seine Empfehlungen ausgezeichnet sind. Was mich betrifft – ich halte mich von nun an heraus. Ich werde morgen früh nach Hause und in die Arme meiner Frau zurückkehren, so daß ihr beide euch dann in Ruhe die Köpfe abreißen könnt.«

Nathan Raveneau warf seinem starrsinnigen Schützling einen verstohlenen Blick zu. Ja, sie konnte ihn zur Weißglut treiben, aber wenigstens war sie nicht der verhuschte Blaustrumpf, für den er sie bis vor einer Stunde noch gehalten hatte. Vielleicht würde die Zeit auf Harms Castle doch nicht ganz so langweilig werden ...

Die Reihe der Schiffe, die auf der Themse lagen, erstreckte sich beinahe vier Meilen von der London Bridge bis Deptford, und die Masten wirkten wie ein Wald kahler Bäume. Für die Boote, die Handel mit den Westindischen Inseln trieben, hatte man Anlegeplätze auf der Isle of Dogs geschaffen, und dort lag auch die herrliche *Golden Eagle,* deren gereffte Segel von der Sonne des späten Nachmittags zartrosa gefärbt waren.

Captain Nathan Raveneau stand auf dem Achterdeck. Sein Blick fing jede Einzelheit des Schiffes ein, das er erst vor zwei Jahren erworben hatte. Seine Mannschaft bestand aus hervorragenden, bestens ausgebildeten und inzwischen gut aufeinander eingespielten Seeleuten, die das schlanke Schiff mit den klaren Linien genauso zu lieben schienen wie er. Es gefiel ihm ganz und gar nicht, daß er nun für eine so lange Zeit fort sein würde.

Er mußte wirklich betrunken gewesen sein, daß er auf den Vorschlag von Nicholai Beauvisage eingegangen war.

In diesem Augenblick sah er Zachary Minter, dessen Onkel Halsey im Unabhängigkeitskrieg die rechte Hand von André Raveneau auf der *Black Eagle* gewesen war, auf sich zukommen. Zachary und Nathan hatten schon als Kinder zusammen an Bord gespielt, und ihre Freundschaft löste das hierarchische Verhältnis zwischen Captain und seinem Ersten Maat auf.

»Ich kann immer noch nicht glauben, daß du das wirklich machen willst.« Minter streckte seine Einmeterfünfundsechzig zu voller Größe und schüttelte den rothaarigen Kopf. »Kannst du nicht einfach sagen, daß du nicht ganz bei dir warst, als du eingeschlagen hast, und –«

»So etwas habe ich auch schon in Erwägung gezogen, aber das Problem ist, daß ich Beauvisages Land auf Barbados unbedingt haben will. Meinst du nicht, daß es das wert ist, wenn wir dafür näher an *Crowe's Nest* herankommen?« Seine Miene zeigte die unbeirrbare Entschlossenheit, die Zachary so gut kannte. »Ich kann mich doch darauf verlassen, daß du mein Schiff gut bewachst, nicht wahr, Zach?«

»Ich hätte nie geglaubt, daß ich den Tag miterlebe, an dem du irgend etwas für wichtiger erachtest als die *Golden Eagle.*«

»Du bewegst dich auf dünnem Eis, alter Freund«, murmelte Nathan. »Ich verlange ja bloß, daß du vier Monate lang hier den Oberbefehl übernimmst. Im August fahren wir zurück nach Barbados.«

»Deine Leute wollen jetzt die Segel setzen.«

»Sie werden wohl warten müssen.«

Hinters Haar schien in der untergehenden Sonne zu glühen. »Während ihr heroischer Captain Kindermädchen für ein verzogenes Gör spielt, das –«

»Halt den Mund«, warnte Nathan und drückte dem anderen einen gefalteten Zettel in die sommersprossige Hand.

»Hier ist eine Karte von dem Weg nach Harms Castle, wo ich bis zum ersten August anzutreffen bin. Beauvisage hat sie für mich anfertigen lassen. Hör zu, Zach, du wirst mich nur dann aufsuchen, wenn es etwas wirklich Dringendes gibt. Wenn du versuchst, mich vorher unter irgendeinem Vorwand zurück auf die *Golden Eagle* zu locken, dann bist du auf der Stelle gefeuert. Wie auch immer . . ., wenn ich zum festgesetzten Zeitpunkt nicht zurück bin, dann will ich, daß du kommst.« Ein Lächeln huschte über seine Lippen. »Ich habe keine Ahnung, was mich dort erwartet. Normalerweise würde ich davon ausgehen, daß ich mich in der Gesellschaft einer uralten Witwe und einer widerspenstigen Jungfer tödlich langweilen werde, aber man weiß ja nie.«

Zachary Minter schüttelte wieder den Kopf. »Ich kann nur hoffen, daß Sie nicht an Langeweile sterben, Captain Raveneau. Das wäre ein unwürdiges Ende für den legendären Vagabunden!«

Das Licht der aufgehenden Sonne färbte den Nebel auf der Themse rosa, als Adrienne in Lady Harms alte Berline kletterte. Ihr Gepäck und die Besitztümer ihrer Arbeitgeberin wurden separat transportiert, doch das fehlende Gewicht wirkte sich kaum auf die Schnelligkeit der Kutsche aus. Die Berline war schon im Leerzustand schwerfällig.

»Ich habe noch nie einen so außergewöhnlichen Wagen gesehen«, sagte Adrienne vorsichtig, als sie das Interieur musterte.

In seiner besten Zeit, die wahrscheinlich ein halbes Jahrhundert zurücklag, mußte der Reisewagen ein prächtiges Gefährt gewesen sein. Riesig und schwer, mit dem Harms-Wappen, das auf der Tür prangte, war er auf höchste Bequemlichkeit und Luxus ausgerichtet gewesen, doch nun wirkte das geräumige Innere in erster Linie schäbig und abgewetzt.

»Mein verschiedener Gemahl hat immer behauptet, daß

dies das einzig wahre Reisemittel für hochrangige Personen sei«, sagte Lady Harms. Sie fuhren gerade am Green Park vorbei, in dem die Kühe laut nach den Melkern muhten. »Schauen Sie einmal unter Ihren Sitz, Miss Beau.«

Als Adrienne sich vorbeugte, entdeckte sie, daß sie auf einer gepolsterten Truhe saß. Sie hob den Deckel und spähte hinein. Darin befanden sich Laternen, ein kleiner Kochherd und sogar ein Nachttopf.

»Das ist wirklich bemerkenswert«, sagte sie, nachdem sie ihren Platz wieder eingenommen hatte. Insgeheim war sie jedoch der Meinung, daß die Berline nur deswegen so gut ausgestattet war, weil sie sich nur im Schneckentempo vorwärtsbewegen konnte. Die Passagiere waren wahrscheinlich oft genug gezwungen gewesen, Tage – wenn nicht sogar Wochen! – in diesem Gefährt zuzubringen, wodurch die mitgeführten Gegenstände eher eine Notwendigkeit denn ein Luxus waren.

Wenigstens fährt dieser unerträgliche Mensch nicht mit uns, tröstete sie sich. Zum Glück war die niedere Dienerschaft, Lakaien und Zofen eingeschlossen, in einer dritten Kutsche untergebracht; nur Lady Thomasinas Gesellschafterin war es erlaubt, in der königlichen Berline mitzufahren.

»Dies ist ein fast originalgetreuer Nachbau der Kutsche, in der Marie Antoinette und der König aus Frankreich zu fliehen versuchten«, verkündete Ihre Ladyschaft.

Adrienne unterdrückte ein Gähnen. »Das ist ja . . . interessant.«

»Also wirklich, mein Kind, Sie geben sich überhaupt keine Mühe, mir eine angenehme Gesellschaft zu sein.«

»Ich bitte um Vergebung, Mylady, aber es ist wirklich noch entsetzlich früh! Ich bin eher eine Art Nachtmensch . . .«

»Meines Erachtens kann man von einer bezahlten Begleiterin verlangen, daß sie sich dennoch zusammenreißt.« Lady Thomasina warf ihr einen entschieden indignierten

Blick zu, dann rümpfte sie die Nase. »Was für ein Glück, daß wir am Black Swan Inn noch einen Fahrgast aufnehmen werden. Ich bin zuversichtlich, daß er sich etwas mehr anstrengen wird, mich zu unterhalten.«

Bevor Adrienne Lady Harms' Ankündigung noch verdaut hatte, rumpelte die Kutsche schon hinter den beiden Reitern her in den Hof des Gasthauses. Verdattert schob Adrienne den Vorhang ein Stück zur Seite und riß schokkiert die Augen auf. Nathan Essex schlenderte auf sie zu!

»Das ist doch mal ein stattlicher Mann, nicht wahr, Miss Beau?« Fasziniert wie ein junges Mädchen starrte Lady Harms auf die Gestalt draußen und fügte hinzu: »Im übrigen scheint er zu dieser Tageszeit schon in seinem Element zu sein.«

Adrienne schnappte höchst undamenhaft nach Luft. Wie in aller Welt war es diesem Schuft gelungen, sich mit Lady Thomasina bekannt zu machen, und dann noch ihre Gunst zu gewinnen, so daß sie ihm erlaubte, in ihrer geliebten Berline zu fahren? »Ich . . . aber wie . . . –«

»Mr. Essex hat mir einen Besuch abgestattet und mir Ihre Situation erklärt. Er wird von nun an uns beide beschützen.« Lady Thomasina strahlte ihre junge Gesellschafterin an und hob ihr juwelenbesetztes Lorgnon. »Ich wäre eine Närrin gewesen, dieses Angebot abzulehnen, gerade in Anbetracht der Tatsache, daß man auf Harms Castle so traurig wenig Unterhaltung bekommt. Sie, mein junges Fräulein, werden sich wohl oder übel ins Unvermeidliche fügen und dankbar sein, daß Ihr Vater Sie hoch genug schätzt, um die Dienste von Mr. Essex in Anspruch zu nehmen.«

In Adriennes Kopf drehte sich alles, als Nathan von draußen die Tür öffnete. »Aber warum muß er denn ausgerechnet mit uns fahren?«

»Weil es mir Spaß macht.«

Als Nathan in den Wagen kletterte, schien die Kutsche plötzlich mit frischer, wenn auch ungezähmter Energie erfüllt. Seine breiten Schultern versperrten Adrienne einen Moment die Sicht auf ihre Arbeitgeberin, und sein männlicher Duft nach Seife und gewichsten Stiefeln erfüllte die Luft. Als er sich neben sie niedergelassen hatte, wandte er den Kopf, um sie durch seine Brillengläser anzusehen. Seine blitzenden Augen verrieten einen scharfen Verstand und Intelligenz.

»Ach, ich wußte ja, daß es eine schöne Reise werden würde!« sagte Lady Thomasina begeistert. »Wenn ich dünner wäre, hätte ich Sie gebeten, sich neben mich zu setzen.«

»Ich wünschte, es wäre so«, brummte Nathan und warf Adrienne einen finsteren Blick zu. »So trifft man sich wieder, meine liebe Schutzbefohlene.«

Allein die spöttische Art, wie er den Kopf in einer angedeuteten Verbeugung neigte, ließ ihren Zorn erneut auflodern. »Sehen Sie zu, daß Sie nicht vergessen, wo Ihr Platz ist, Mr. Essex.«

»Wenn Sie den Ihren auch nicht vergessen, Miss Beau«, gab er zurück und lächelte bissig. »Wir sind beide Angestellte von betuchteren Personen, ist es nicht so?«

Innerlich brodelnd preßte Adrienne die Lippen zusammen, rückte von ihm ab und starrte aus dem Fenster, als die Berline wieder auf die Straße zurückratterte.

»Ich muß Ihnen noch einmal meine Wertschätzung ausdrücken, Mylady«, wandte Nathan sich an die alte Dame. »Sicherlich hat Ihre Begleitung es versäumt, Ihnen zu erzählen, daß sie Drohbriefe von ihrem früheren Arbeitgeber, der sie als Gouvernante für seine Kinder eingestellt hatte, erhält. Obwohl man davon ausgehen kann, daß Miss Beau in Ihrem Haus in Sicherheit ist, will ihr Vater kein Risiko eingehen. Zumal er sicherstellen möchte, daß Sie durch diesen Menschen nicht auch in irgendeiner Hinsicht gefährdet werden, Mylady. Wie ich bereits erwähnte, wird es mir eine Ehre sein, Sie beide zu beschützen.«

Die alte Frau sah aus, als würde sie jeden Moment vor

Entzücken in Ohnmacht fallen. »Wie galant Sie sind, Mr. Essex!«

»Aber gar nicht. Nun, Mylady, wie möchten Sie sich denn am liebsten die Zeit vertreiben? Wir könnten eine Partie Karten spielen, oder –«, Nathan griff in seine Tasche und zog eine zerlesene Ausgabe von *Ivanhoe* hervor »– ich könnte Ihnen auch etwas vorlesen!«

Lady Thomasinas ohnehin schon rote Wangen nahmen einen noch intensiveren Farbton an, und sie seufzte theatralisch. »Ich frage mich, ob Sie sich nicht verstellen, Mr. Essex. Vielleicht sind Sie in Wirklichkeit ja ein verkleideter Gelehrter.«

»Ich fürchte nicht.« Er senkte demütig den Kopf, doch seine Augen funkelten vergnügt. »Ich bin mir einfach nur bewußt, wie dankbar ich Ihnen sein muß, daß Sie mir erlauben, der mir . . . Anvertrauten so nahe zu sein!« Nathans Hand schloß sich um Adriennes Handgelenk und hielt es fest, bis sie sich aus seinem Griff herauswand und errötete. »Ich möchte mich nur als Gegenleistung nützlich machen.«

»Wundervoll, ganz wundervoll!« Das Gesicht der alten Dame erstrahlte erneut. »Er ist einfach unwiderstehlich, nicht wahr, Miss Beau? Nun, natürlich stimmen Sie mir zu! Und, Mr. Essex, ich plädiere für *Ivanhoe.* Bitte fangen Sie an. Ihr Publikum kann es kaum noch erwarten!«

Nathan schlug das Buch auf und gehorchte. Mit amüsiertem Unterton in der Stimme begann er zu lesen. Adrienne lauschte seiner Stimme durch einen Nebel von Verwirrung und Verlegenheit. Ihr Handgelenk schien dort, wo seine Finger es berührt hatten, zu brennen, und sie spürte selbst durch ihr Kleid seinen harten Schenkel, der sich gegen den ihren preßte. Tat er das mit Absicht? Ihre Wangen wurden noch wärmer, als sie an diese Möglichkeit dachte, und sie biß fest die Zähne zusammen. Resolut rief sie sich in Erinnerung, daß er nur ein Angestellter ihres Vaters war, der sich ihr gegenüber devot zu verhalten hatte! Es mußte einen

Weg geben, ihn dazu zu bringen, sie mit dem gleichen Respekt zu behandeln, den er Lady Thomasina entgegenbrachte.

Es machte sie rasend, daß er sie dazu gebracht hatte, überhaupt über derartige Dinge nachzudenken! Adrienne verabscheute Adelige, die sich für etwas Besseres hielten und auf Nichtadelige hinabsahen, und doch saß sie innerlich kochend hier in der Kutsche und überlegte, wie sie Nathan Essex auf seinen Platz verweisen konnte! Warum machte er sie nur so wütend?

Während sich die Prozession der Reisewagen durch das grüne Hügelland von Hampshire bewegte, unterbrach Ihre Ladyschaft von Zeit zu Zeit den Vorleser, um sich ärgerlich an Adrienne zu wenden. »Hören Sie auch zu, Miss Beau? Setzen Sie sich gerade hin, Kind, und zeigen Sie ein wenig Benimm!«

Bildete Adrienne es sich nur ein, oder schien sich in solchen Augenblicken der Druck seines Schenkels tatsächlich zu verstärken?

Kapitel 3

Als der vierte Morgen nach ihrer Ankunft auf Harms Castle heraufdämmerte, lag Adrienne in ihrem schmalen Bett und gestand sich ein, daß sie jede Entscheidung, die dazu geführt hatte, daß sie hier war, bereute. Wie oft würde sie sich selbst noch in solche Miseren hineinmanövrieren, bevor sie endlich lernte, auf die Stimme der Vernunft zu hören?

Ihr ganzer Körper tat vor Erschöpfung weh. Einen Moment lang gab sie sich der Hoffnung hin, daß sie ja vielleicht gelähmt war ... Aber natürlich hatte sie kein solches Glück. Sie war bei bester Gesundheit und mußte aus dem

Bett krabbeln, sich mit kaltem Wasser waschen und einen neuen Tag endloser Dienstleistungen beginnen.

Lady Thomasina Harms vertrieb sich ihre Zeit mit einer Reihe höchst bizarrer Tätigkeiten, von denen Adrienne bereits an dem Abend in London, als sie das Ankleidezimmer der alten Dame begutachten durfte, einen Vorgeschmack bekommen hatte. Ihr ›geniales‹ Farben-und-Größen-System wurde gegenwärtig auf die riesige Bibliothek von Harms Castle angewandt. Die meisten Abende verbrachte Lady Thomasina dort und schichtete mit Hilfe ihrer mißmutigen Gesellschafterin blutrote oder flaschengrüne Bücher zu gewaltigen Stapeln auf.

»Mein Mann hat immer darauf bestanden, die Bücher in alphabetischer Reihenfolge zu sortieren«, beklagte sich Ihre Ladyschaft, als wieder einer der zu sehr angewachsenen Stapel umstürzte. »Können Sie sich das vorstellen? Dadurch sind ganz schauderhafte Reihen entstanden, und ich konnte es kaum erwarten, bis ich endlich ein echtes System in die Literatur bringen konnte. Nun, natürlich ist er erst seit ein paar Monaten tot, und diese Aufgabe kann *Jahre* in Anspruch nehmen!«

Meistens watschelte sie erst lange nach Mitternacht in ihr Zimmer, wobei sie eine Spur von Puder hinterließ, der aus ihrer altmodischen Perücke rieselte. Lady Thomasina schlief gerne lange und frühstückte nach dem Aufwachen genüßlich im Bett. Von Adrienne jedoch wurde, wie sie sehr schnell hatte feststellen müssen, erwartet, daß sie sich in aller Früh mit der Dienerschaft erhob, um sich schon einmal ›an die Arbeit zu machen‹. Was bedeutete, daß sie weitere Bücher zu gefährlich hohen Stapeln aufschichten sollte.

An diesem vierten Morgen hatte sie es gerade eben geschafft, ihr Kleid zuzumachen, als ein Klopfen an ihrer Tür ertönte. Lady Thomasinas talggesichtige Zofe Hortie schien ein echtes Vergnügen darin zu finden, das neue Mitglied des Haushalts aus dem Bett zu werfen. Jeden Tag stand

Adrienne früher auf, doch jeden Tag erschien auch Hortie früher. Adrienne seufzte. Sie wünschte, sie hätte nicht öffnen müssen. Doch schon klopfte es wieder, lauter diesmal, und es dauerte an, bis Adrienne mühsam beherrscht die Tür zum Flur aufriß.

»Ich komme ja schon!« brüllte sie. »Warum kannst du nicht –« Ihre Stimme erstarb, als sie Nathan Essex vor sich sah. Sein Anblick war ausnahmsweise einmal erfreulich für sie.

»Ja?« Seine Lippen verzogen sich sehr langsam zu einem amüsierten Grinsen.

»Ich dachte, Sie wären Hortie.«

»Nein, ich bin nicht Hortie. Ich habe sie gebeten, mich an ihrer Stelle hinaufgehen zu lassen.«

»Hortie haßt mich, weil Lady Thomasina mir ihre Kammer gegeben hat und sie nun gezwungen ist, in den schäbigen Dienstbotenunterkünften zu übernachten.« Adrienne ging zurück in das enge Zimmer, das neben der Suite der Lady lag, und kramte nach Haarnadeln und Band. »Ich hasse diesen alten Kasten! Hätte ich nur auf meinen Vater gehört.«

Nathan schloß die Tür und trat ebenfalls in die Zimmermitte. »Das sagen Sie bloß, weil er Sie im Augenblick nicht hören kann.«

»Nun, ich würde gerne wissen, wo Sie sich eigentlich den ganzen Tag herumtreiben!« Mit wütenden Bewegungen bürstete sie ihr Haar. »Werden Sie etwa dafür bezahlt, in den Tavernen von Winchester zu hocken?«

»Haben Sie mich vermißt?«

»Nur wie man Bauchschmerzen vermißt, wenn man statt dessen Krämpfe bekommt! Eine Ewigkeit in der Hölle zu schmoren, könnte nicht schlimmer sein, als jeden Tag zig Stunden lang Bücher nach Farben und Größen zu sortieren, während Lady Thomasina einen mit endlosem Geschwafel langweilt!« Adriennes Stimme war ein zorniges Flüstern, denn sie war sich durchaus bewußt, daß nur die dicke Tür sie von der Suite ihrer Arbeitgeberin trennte. »Sie könnten mir wenigstens helfen!«

»Am Abend, als wir angekommen sind, gegessen haben und man Ihnen Ihr Zimmer gezeigt hat, haben Sie mir recht deutlich gesagt, daß Sie keinen Wert auf meine Gesellschaft legen.«

»Ich hatte gerade einen vollen Tag auf Ihrem Schoß verbracht, während Sie *Ivanhoe* vorgelesen haben!« fuhr sie ihn empört an.

»Sie saßen nicht auf meinem Schoß, Miss Beau. Ich könnte mich ziemlich sicher daran erinnern, wenn es so gewesen wäre.« Er nahm seine Brille ab und begann, die Gläser zu polieren.

Sie spürte, wie sein Blick über ihren Körper wanderte, was eine seltsame Wärme in ihr erzeugte. Nathan trug ein weites weißes Hemd, eine abgewetzte Krawatte und die üblichen braunen Breeches. Seine Stiefel hätten eine Politur nötig gehabt. Dennoch war seine Anziehungskraft auf sie schockierend stark.

Sein schwarzes Haar glänzte. Lang wie es war, lockte es sich über seinem Hemdkragen. Adrienne, der die Eintönigkeit der vergangenen drei Tage zusetzte, spürte plötzlich, wie sich ein gewisses Interesse in ihr regte. Sie haßte diesen Kerl, doch er versprach Zerstreuung.

Sie tat, als ob sie zerknirscht wäre, und seufzte. »Ich weiß, daß ich nicht auf Ihrem Schoß gesessen habe. Aber ich habe mich auf der Fahrt entsetzlich eingeengt gefühlt. Möglich, daß meine Manieren ein wenig zu wünschen übriggelassen haben.«

Manieren? dachte Nathan vergnügt. *Macht sie Witze?* »Wollen Sie damit sagen, Sie hätten gelernt, sich zu benehmen seit wir auf Harms Castle angekommen sind?«

»Müssen Sie mich eigentlich ständig wütend machen?«

Er lachte und sah zu, wie sie ihre schlanken Arme hob,

um ihre weichen kastanienbraunen Locken zu einem lockeren Knoten am Hinterkopf zusammenzustecken. Zarte Strähnchen kräuselten sich in ihrem Nacken. Nathan hatte Mühe, sich davon abzuhalten, sie zu berühren. »Ich hatte also recht. Sie mögen mich *nicht!*«

»Stimmt. Überhaupt nicht«, gab sie zurück. »Aber wie auch immer, wenn ich bei meiner Arbeit schon die Sklavin mimen muß, dann können Sie mir dabei durchaus Gesellschaft leisten. Meine Schultern brennen wie Feuer, und wenn Sie sonst schon zu nichts nütze sind, dann könnten Sie wenigstens Bücher schleppen.«

»Klingt aufregend.«

Harms Castle war nur ein paar Jahrzehnte alt und von Lady Thomasinas Schwiegervater gebaut worden, der durch eine vorteilhafte Heirat zu Geld gekommen war. Das von Nash entworfene Landhaus befand sich etwa ein halbes Dutzend Meilen von der alten Stadt Winchester entfernt und schmiegte sich in ein üppig grünes Tal, durch das der forellenreiche Itchen floß.

Adrienne fand sich anfangs nur schwer in dem Labyrinth der Korridore und Zimmer zurecht, denn alle schienen gleich auszusehen, und ihre Anordnung war ganz anders, als sie es von ihrem Familienschloß, in dem sie aufgewachsen war, gewohnt war.

Harms Castle besaß eine riesige Eingangshalle, einen Empfangssalon, ein Wohnzimmer, eine lange Galerie, einen Speisesaal und natürlich die berüchtigte Bibliothek. Im Westflügel befanden sich hauptsächlich Suiten, die meistens leerstanden, da Lady Thomasina die einzige Adelige auf dem Anwesen war.

Ein Stab von Dienern umsorgte die alte Frau: Vom Verwalter und Butler über die Köchin bis hin zu den Hausmädchen und livrierten Lakaien war jeder ausschließlich zu ihrem Wohl eingestellt worden. Doch entweder waren es noch zu wenig für die Größe des Schlosses oder aber sie waren faul, denn das Haus sah so heruntergekommen und vernachlässigt aus wie die alte Berline, die die Lady für ihre Reisen bevorzugte.

Adrienne freundete sich nur schwer mit ihrem neuen Status als Dienerin an. Obwohl sie von hoher Geburt war, hatte sie immer zuviel Elan besessen, um nichts zu tun, und die Tatsache, daß ihr die körperliche Arbeit so zu schaffen machte, erstaunte und erschütterte sie. Vielleicht lag es auch daran, daß Lady Thomasinas Anweisungen so unsinnig und überflüssig waren.

Während sie nun mit Nathan zum Speisezimmer der Dienerschaft ging, besserte sich ihre Laune schon beträchtlich, obwohl sie ihm das unter keinen Umständen eingestanden hätte. Gemeinsam mit Hortie, einigen Hausmädchen und Jarrow, dem fetten Butler, der das Aussehen eines Trinkers hatte, nahmen sie ihr Frühstück zu sich, das aus grauem Porridge bestand. Es war Hortie, die Adrienne daran erinnerte, daß Ihre Ladyschaft von Adrienne erwartete, ihre Arbeit in der Bibliothek um sechs zu beginnen. Wie beiläufig erhob Nathan sich ebenfalls und folgte ihr.

Als sie die düstere Treppe hinaufstiegen, warf sie ihm über die Schulter einen Blick zu. »Was haben Sie denn jetzt vor?«

»Ich will Ihnen helfen, worum Sie mich schließlich eben noch gebeten haben. Sie haben nicht wirklich etwas gegen mich, nicht wahr?«

Er schien genau zu wissen, wie er sie zum Erröten bringen konnte! »Ich habe feststellen müssen, daß mir in diesem gottverlassenen Haus sogar *Ihre* Gesellschaft willkommen ist! Im übrigen bezahlt Papa Sie ja, oder nicht?«

»Recht anständig, ja.«

»Also haben wir wohl beide keine Wahl.«

Adrienne beobachtete, wie Nathan in dem gewölbten Korridor stehenblieb und ein Gemälde von Fragonard betrachtete. Der Mann war ihr wirklich ein Rätsel! Manchmal schien er irgendwie nicht in die abgewetzte Kleidung und diesen Mittelklasse-Auftrag zu passen, und Adrienne mußte sich immer wieder daran erinnern, daß ihr Vater Nathan Essex wahrscheinlich in irgendeiner Taverne bei den Docks oder bei einem Hahnenkampf getroffen hatte.

»Nun, wenn Papa Sie dafür bezahlt hat, mich zu beschützen, wo waren Sie dann in den vergangenen drei Tagen? Mir ist nicht entgangen, daß Sie mir keine vernünftige Antwort gegeben haben, als ich Sie vorhin dasselbe schon einmal gefragt habe.«

Er sah sie an und zog eine Augenbraue hoch. »Ich hatte ein paar geschäftliche Dinge in der Stadt zu regeln. Vielleicht können Sie nachvollziehen, daß die Aufgabe, jemanden zu beschützen, nicht einfach damit getan ist, daß man ständig hinter eben jener Person steht!«

»Aha.« Wie konnte er es wagen, ein Geheimnis aus seinen ›Geschäften‹ zu machen? Schließlich arbeitete er in gewisser Hinsicht für *sie*, oder etwa nicht? Adrienne wirbelte auf dem Absatz herum, ging den Flur entlang und betrat die Bibliothek. Wie ärgerlich, daß sie ihn nicht ausschließen konnte! Besonders unerträglich war ihr die Vorstellung, daß er nach Belieben kommen und gehen konnte, während sie einen demütigenden Abstieg in die dienende Klasse unternommen hatte.

»Nun . . ., wie kann ich Ihnen helfen?«

Wie hätte sie widerstehen können? Den ganzen Morgen über jagte Adrienne ihn auf der Suche nach flaschengrünen Büchern die Leitern hinauf, und es tat ihr in der Seele gut zu beobachten, wie selbst er mit den gewaltigen Bücherstapeln auf dem Arm um sein Gleichgewicht kämpfen mußte. Einmal, als es ganz so aussah, als würde ein besonders hoher Bücherturm zu Boden krachen, beeilte sich Adrienne, die Bücher festzuhalten, bis Nathans Füße den sicheren Teppich berührten.

»An sich ist das Haus ja prächtig. Es bräuchte nur etwas mehr Pflege«, bemerkte er.

»Na, da hätten Sie einmal Lady Harms' Haus am Cavendish Square sehen müssen. Ich frage mich, ob sie nicht vielleicht Spinnweben und stumpfes Messing *mag.*«

Nathan biß sich auf die Unterlippe und betastete die Vorhänge. »Und mottenzerfressene Gardinen?«

»Ich bin bisher jede Nacht von dem Geräusch hin und her rasender Mäuse erwacht«, gestand Adrienne flüsternd.

»Ich werde dem Hausverwalter sagen, daß er einen Kammerjäger bestellen soll. Es überrascht mich, daß sich noch keiner fest angestellt in ihrem Haushalt befindet.« Er schaute gerade noch rechtzeitig auf, um Lady Thomasina persönlich in die Bücherei watscheln zu sehen. Sie trug ein altmodisches Kleid aus fadenscheiniger Seide, zu dem die knarzenden Schuhe ganz hervorragend paßten. Hinter ihr trottete ein Welsh-Terrier herein, der einen Hühnerflügel in der Schnauze hielt.

»Ah, endlich haben Sie sich herabgelassen, sich zu uns zu gesellen, Mr. Essex«, rief Ihre Ladyschaft entzückt.

Adrienne stimmte nur allzu gerne ein: »Offenbar hat sich mein *Beschützer* in den letzten drei Tagen eine schöne Zeit gemacht, da sein Arbeitgeber, mein Vater nämlich, nach Frankreich zurückgekehrt ist und nicht kontrollieren kann, ob seine Tochter gut bewacht wird oder nicht!«

»Hüten Sie Ihre Zunge«, tadelte Lady Thomasina sie. »Oder ich scheuche ihn wieder fort, so daß Sie nur eine verrückte alte Frau zu Ihrer Gesellschaft haben!«

Adrienne wurde puterrot, doch Nathan lachte, als würde es sich tatsächlich um einen Scherz handeln. Er trat einen Schritt vor, deutete eine Verbeugung an und hob Lady Thomasinas Hand, um einen Kuß darauf zu hauchen. »Ich kann zu meiner Verteidigung nur sagen, daß der Schutz von Miss Beauvisage etwas mehr Arbeit bedeutet, als sich nur ständig in ihrer Nähe aufzuhalten. Und deswegen habe ich einige Zeit in Winchester verbringen müssen.«

»Ach, Sie sind ja so galant!« schwärmte Ihre Ladyschaft, während Adrienne sich mißmutig ausmalte, wie Nathan die drei letzten Tage mit einer ortsansässigen Dirne verbracht hatte.

»Aber nun, da ich wieder hier bin, möchte ich mich nach Ihrem Wohlergehen erkundigen. Fühlen Sie sich sicher und beschützt?«

»Weit mehr, seit Sie zurückgekehrt sind, Mr. Essex!« Sie erlaubte ihm, sie zu einem alten samtbezogenen Sessel zu begleiten, auf dem sie sich niederließ. Dann rief sie nach ihrem Terrier. »Angus, Liebling, bring deinen süßen kleinen Knochen zu Mammi!« Als der Hund brav gehorcht hatte, wandte sich Lady Thomasina wieder an Nathan. »Angus war einer der sechs Vornamen meines Mannes, und daß ich den Hund so genannt habe, verärgerte ihn enorm. Immer wenn er mich den Hund rufen hörte, wurde sein Gesicht tiefrot. Wutanfälle, nehme ich an. Schlimm, schlimm. Der Mann litt unter einem eklatanten Mangel an Humor.«

Adrienne wußte nicht, was sie mit sich anfangen sollte, also stahl sie sich zum Arbeitstisch davon, beugte sich über den neuesten Bücherstapel und begann, betont konzentriert zu zählen. Nathan Essex begrüßte offenbar die Chance, die staubige, anstrengende Arbeit zu unterbrechen, denn er machte keine Anstalten mehr, ihr zu helfen. Statt dessen schien es ihm genug, neben Lady Thomasina zu sitzen und leichte Konversation zu machen. Sogar Angus hatte seinen fettigen Knochen fallengelassen und sich um Nathans Füße geringelt, um ein Nickerchen zu halten.

Eine wirklich anheimelnde Szene, dachte Adrienne zähneknirschend. Kein Wunder, daß der alte Lord Harms Wutanfälle bekommen hatte. Sie konnte bestens nachempfinden, wie er sich gefühlt haben mußte.

Einige Zeit verging, bis ein Dienstmädchen in einer

schmutzigen Schürze eintrat und ein Tablett mit Tee und kleinen Kuchen brachte. Lady Thomasina befahl dem Mädchen, noch eine weitere Portion für Mr. Essex zu bringen, hatte aber offenbar vergessen, daß Adrienne auch noch anwesend war. Ihre Kuchen teilte Ihre Ladyschaft brüderlich mit dem Hund zu Nathans Füßen.

In der nächsten Stunde las Nathan noch ein weiteres Kapitel aus *Ivanhoe* vor. Adrienne kämpfte mit Kopfschmerzen, die immer stärker wurden, je länger sie arbeitete, denn beinahe jeder Band in der gewaltigen Bibliothek war von Schimmel befallen. Als sie eine Übersetzung von Cervantes' *Don Quijote* entdeckte, hockte sie sich auf die Leiter und las zufrieden, bis man sie schließlich bemerkte.

»Liebe Güte, Sie sind ja auch noch da, Miss Beau!« rief die alte Frau, während sie sich den Hals verrenkte, um Adrienne zu betrachten. »Ganz in die Arbeit vertieft? Sehr schön. Können wir uns nicht glücklich schätzen, daß wir dieses entzückende Wesen hier haben, das uns unsere tägliche Last ein wenig angenehmer macht?«

Adrienne brachte für ihre Arbeitgeberin nicht mehr als ein gequältes Lächeln zustande, aber sie bedachte Nathan mit einem Blick, der ganz entschieden giftig war. Ihr ganzes Leben lang hatte Adrienne ihre Meinung offen gesagt, auch wenn niemand sie hören wollte, und die Tatsache, daß sie jetzt und hier den Mund halten mußte, war schlimmer als jeder andere Aspekt ihrer Arbeit bei Lady Harms.

»Wo wir gerade bei Miss Beaus Arbeit sind«, sagte Nathan im Plauderton, »würde ich gerne einen Vorschlag machen, wenn Sie erlauben. Sie vertrauen doch meinem Urteil, nicht wahr, Mylady?«

»Selbstverständlich!« Sie hob ihr Lorgnon. »Worum geht es? Hat es mit dem System zu tun?«

»Ich würde mir doch niemals anmaßen, Ihr System zu kritisieren«, erwiderte er ernsthaft. »Nein, ich frage mich vielmehr, ob Miss Beaus wahre Fähigkeiten in den letzten Tagen wirklich genutzt wurden.«

»Wahre . . . Fähigkeiten?«

»Wahrscheinlich ist sie zu bescheiden, um es Ihnen zu sagen, aber ich bin darüber informiert, daß Ihre Gesellschafterin einen scharfen Verstand besitzt. *Sie* ist die Gelehrte, nicht ich! Miss Beau ist nicht nur mit einem lebhaften Temperament gesegnet, sie ist auch noch eine Expertin für Literatur, eine begeisterte Leserin und zu allem Überfluß auch noch eine talentierte Klavierspielerin. Als ihr Vater ihrem Wunsch nachgab, mit Ihnen nach Harms Castle zu gehen, statt mit ihm nach Frankreich zurückzukehren, ist er davon ausgegangen, daß diese Anstellung seiner Tochter die Möglichkeit bieten würde, ihr Leben durch neue Erfahrungen zu bereichern . . . und Ihnen, Mylady, dabei zu helfen, Ihr Dasein ein wenig fröhlicher zu gestalten.«

Lady Thomasina blinzelte und kratzte sich am Kopf, ohne auf den Klumpen Puder zu achten, der aus ihrer Perücke in ihren Schoß plumpste. »Nun, das war eine recht hübsche, kleine Rede, Mr. Essex. Haben Sie mir das gesagt, weil Beauvisage Sie bezahlt?«

»Ich habe Ihnen das gesagt, weil ich der Meinung bin, daß Adrienne Ihnen sehr viel mehr zu bieten hat. Es wäre dumm, ihre Talente mit Bücherstapeln zu vergeuden. Diese Aufgabe können Sie auch ihren kräftigen jungen Lakaien übertragen.«

Mit hoffnungsvoller Miene und wild hämmerndem Herzen kam Adrienne auf die beiden zu, während sie sich die Hände an der Schürze abwischte. »Oh, Mylady, wenn Sie auf Mr. Essex' . . . Vorschlag eingingen, dann würde ich natürlich nur allzu gerne die Arbeit hier in der Bibliothek überwachen. Es würde alles viel schneller gehen.«

Lady Thomasina sah mißtrauisch von einem zum anderen. »Ihr beiden habt euch doch nicht gegen mich verschworen?«

Nathans Reaktion war bühnenreif. Er beugte sich vor, sah ihr tief in die Augen und murmelte: »Das glauben Sie doch nicht wirklich, nicht wahr? Nein, das kann ja nicht möglich sein. Sie wissen, daß ich ein aufrichtiger Mensch bin. Ich habe Ihnen nur gesagt, was meiner Meinung nach die Wahrheit ist!« Ein leichtes Lächeln huschte über seine Lippen. »Und was meine Beziehung zu Miss Beau angeht: Ich fürchte, wir müssen erst lernen, Nettigkeiten über das Wetter auszutauschen, ohne uns gleich ausgiebig zu streiten!«

»Nun ja, möglicherweise hat Ihr Vorschlag tatsächlich seine Vorzüge. Ich werde darüber nachdenken.«

»Zudem werden wir bestimmt alle davon profitieren, wenn sich Miss Beaus Laune bessert«, fügte er mit mitfühlendem Unterton hinzu. »Ich gehe davon aus, daß die junge Dame nicht an körperliche Arbeit gewöhnt ist, und es scheint sich negativ auf ihre allgemeine Stimmungslage auszuwirken.«

»Hm.« Die alte Frau musterte Adrienne, die nun mit einem strahlenden Lächeln auf dem Gesicht vor ihnen stand. »Wenn ich mir nun ihre glückliche Miene betrachte, dann scheinen Sie recht zu haben.«

Adrienne errötete und vermied es, Nathan anzusehen. »Mylady, während Sie sich die Sache durch den Kopf gehen lassen, mache ich mich wieder an meine Arbeit!«

»Ich helfe Ihnen, die Bücher aus den Regalen zu holen«, verkündete Nathan.

Lady Thomasina beobachtete, wie die beiden gemeinsam zu arbeiten begannen, bis ihr auffiel, daß niemand mehr zu ihrer Unterhaltung geblieben war. »Das ist kein Zustand«, wisperte sie Angus zu. Selbst der Terrier schien unglücklich, daß Nathans Stiefel nicht mehr zum Dösen zur Verfügung stand. »Wir werden uns ein besseres System ausdenken müssen. Ein System für die Systeme!«

Den ganzen Nachmittag über wirkte Lady Thomasina in sich gekehrt und unzufrieden. Adrienne hätte sich am liebsten die Haare gerauft – wie konnte die alte Dame auf Nathan böse sein, weil er ihr bei der Arbeit half, wo sie doch ständig seine Galanterie hervorhob? Nun war sie also gezwungen, sich selbst zu beschäftigen, und während die Stunden dahinkrochen, gab Lady Thomasina vor, in Büchern von Boswell und Pepys zu lesen, während sie in Wirklichkeit jedoch über die Seiten der Bücher hinweg das Paar bei der Arbeit beobachtete.

Plötzlich machte Adrienne ihre Arbeit etwas mehr Vergnügen. Vielleicht war ihre verbesserte Laune darin begründet, daß sich ein Sieg über ihre reizbare Arbeitgeberin anbahnte. Doch noch etwas lag in der Luft – etwas, das eine seltsame Spannung erzeugte. Vielleicht hatte es etwas mit dem Anblick von Nathan Essex ohne seinen Rock zu tun. Das Schneeweiß seines Hemdes vertiefte die Sonnenbräune seines attraktiven Gesichts, und sie ertappte sich mehrmals dabei, wie ihr Blick über seinen breiten Rücken glitt, wenn er sich mit einem Bücherstapel im Arm von ihr entfernte ...

»Meine Güte, was für ein langweiliger Nachmittag!« schrie Lady Thomasina plötzlich.

Nathan, der gerade die Leiter hinaufstieg, hielt inne und schaute sich zu ihr um. »Absolut meine Meinung, Mylady. Wenn die Aufgaben besser verteilt werden würden, dann könnten Miss Beau und ich uns ganz allein *Ihren* Bedürfnissen widmen!«

»Ich habe Kopfschmerzen«, murrte die alte Dame. »Ich werde mein Abendessen in meinem Zimmer einnehmen.«

»Lassen Sie mich Ihnen behilflich sein.« Nathan sprang leichtfüßig zu Boden, schnappte sich seinen Rock, streifte ihn über und war einen Augenblick später an ihrer Seite.

»Ich bin noch kein Krüppel«, beklagte Lady Thomasina sich.

Angus sah zu Nathan auf und brachte ein tiefes Knurren hervor.

»Was ist denn nur los, Mylady? Sind Sie mir böse, weil ich Ihnen die Wahrheit gesagt habe?« Er warf dem Terrier einen drohenden Blick zu, dann legte er der stämmigen alten Frau einen Arm um die Taille, um sie aus dem Sessel zu ziehen. Der erste Versuch scheiterte. »Beugen Sie sich ein wenig vor, Mylady. Na bitte, es geht doch!«

Sie schmolz sichtbar dahin. »Ich habe meinen eigenen Kopf.«

»Das habe ich schon bemerkt. Und den behalten Sie ja auch. Nur verstehe ich nicht, warum Sie Ihr eigenes Wohl der Organisation Ihrer Bibliothek opfern wollen.«

»Meine Güte, sind Sie dickköpfig.«

Er schenkte ihr ein umwerfendes Lächeln, dem wohl niemand hätte widerstehen können. »Wir verstehen uns, nicht wahr, Mylady?«

Adrienne sah zu, wie die beiden Arm in Arm zur Tür marschierten, während Angus verdattert neben ihnen hertrottete. Kurz bevor sie draußen waren, rief sie: »Ruhen Sie sich etwas aus, Mylady. Ich hoffe, es geht Ihnen danach besser. Wenn Sie irgend etwas brauchen, dann sagen Sie es mir bitte!«

»Ja, ja.«

Seufzend machte sich Adrienne wieder an die Arbeit. Die Sonne senkte sich bereits hinter der Hügelkette jenseits des Gartens, und Nathan war immer noch nicht zurückgekehrt. *Soweit zu seiner Ritterlichkeit,* dachte Adrienne und genoß den Zorn, der sich erneut in ihr aufbaute. Alles, was der Mann tat, war doch nur Schauspielerei. Alles war zweckgerichtet. Er besaß keinen Funken Aufrichtigkeit!

Ihr Haar löste sich langsam auf, und dicke Locken fielen ihr auf die Schultern, als sie zum unzähligsten Male die Leiter hinaufkletterte. In der Bibliothek wurde es langsam dunkel, aber bisher war noch niemand erschienen, um die

Kerzen anzuzünden. Ein Band von Fieldings *Tom Jones* fiel ihr ins Auge, und sie konnte nicht widerstehen. Sie biß sich auf die Unterlippe, suchte mit ihrer Hüfte zwischen zwei Leitersprossen Halt und strengte sich an, in der wachsenden Dunkelheit die Szene zwischen Tom und der Tavernen-Dirne zu lesen. Es war einfach unglaublich, daß gedruckte Wörter derart plastische Bilder vor dem inneren Auge erschaffen konnten!

Das Blut stieg ihr in die Wangen, während sie fasziniert weiterlas, und sie vergaß den muffigen Geruch, der ihrer Haut anhaftete, vergaß die Schmerzen in ihren Schultern. Ein seltsames, recht unanständiges Gefühl machte sich in ihrem Inneren breit.

»Ich habe gute Nachrichten!«

Der Klang von Nathans Stimme, der sich direkt unter ihr befinden mußte, ließ sie heftig zusammenzucken. Instinktiv versuchte sie, das Buch zu verstecken, verlor dabei aber das Gleichgewicht und fiel hintüber. Geschickt fing Nathan ihren Sturz ab und schaffte es sogar noch, das Buch zu pakken, bevor es zu Boden polterte.

»Keine Angst«, sagte er, »ich halte Sie fest.«

Vor Verlegenheit wäre Adrienne am liebsten im Erdboden versunken. »Nicht nötig! Lassen Sie mich los!« fauchte sie.

»Sieht aus, als verbrächten Sie mehr Zeit mit Lesen als mit Sortieren«, bemerkte Nathan, während er den Buchdeckel genüßlich grinsend betrachtete. »Ts, ts. Das ist aber keine geeignete Lektüre für eine unverheiratete Dame. Hat es Ihnen gefallen?«

»Sie sind ekelhaft!« Ob ihm wohl auffiel, wie verschwitzt und staubig sie roch? Er mußte ja glauben, daß sie sich auf das Niveau einer schlampigen, schlecht erzogenen Zofe hinabbegeben hatte! »Nur einem widerwärtigen Kerl wie Ihnen kann ein solches Buch gefallen! Es ist schockierend!«

Nathan war ebenfalls schockiert. Doch es war seine körperliche Reaktion auf das Gefühl, Adrienne in den Armen zu halten, die ihn aus dem Konzept brachte. Ihre Rundungen fühlten sich noch viel verführerischer an, als er gedacht hatte, und der leicht salzige Schweißgeruch, den sie verströmte, paßte auf wundervolle Art und Weise zu den wirren Locken, die ihr ins Gesicht fielen. Ihr Mund hatte die Farbe von reifen Kirschen und wirkte beinahe unwiderstehlich verlockend. »Regen Sie sich doch nicht schon wieder auf. Ich tu' Ihnen nichts, Adrienne.«

»Lassen Sie mich nur runter!« Alles an ihm erregte sie: sein harter, männlicher Körper, sein anziehender Duft, das Schimmern seines Haars und seiner Augen, und selbst die Brille, die so gar nicht zu ihm passen wollte . . .

»Halten Sie mal einen Moment still! Haben Sie sich etwas getan? Vielleicht den Fußknöchel vertreten?«

»Nein!« Adrienne spürte, wie sie langsam aber sicher in Panik geriet. Ihre Brüste drückten sich an ihn, und das Gefühl war so angenehm, daß sie am liebsten die Arme um seinen Hals geschlungen und sich seinen Lippen genähert hätte . . . »Tun Sie doch endlich, was ich sage, Sie elender Schuft! Lassen Sie mich los oder ich schreie!«

Er sah sie einen Moment nachdenklich an, dann stellte er sie auf ihre Füße und wich einen Schritt zurück. »Es besteht kein Grund zur Hysterie!«

»Ich bin auch nicht hysterisch!« Ihre Stimme überschlug sich, und das machte sie nur noch wütender. Mußte sie sich ausgerechnet in so einem Augenblick wie eine Furie anhören? »Hören Sie auf, mich so komisch anzugrinsen! Ich kann mir nicht vorstellen, daß Papa ein solches Benehmen Ihrerseits billigen würde.«

»Ihr Vater hätte wohl kaum einen Wolf engagiert, um ein Gänseküken zu bewachen, was denken Sie? Er vertraut mir blind!« Sein Gesicht verbarg sich halb im Schatten. »Vielleicht sollten Sie das auch tun!«

Adrienne schob das Kinn vor und schwieg, während eine

Gänsehaut die Härchen auf ihrem ganzen Körper zu Berge stehen ließ. Als hätte er ihre Gedanken gelesen, trat Nathan zum Kamin, bückte sich und machte sich daran, ein Feuer zu entzünden. »Gott allein weiß, wann dieser Kamin zum letzten Mal gereinigt worden ist! Himmel, sehen Sie sich diesen Ruß an! Ich war noch nie in einem schlechter geführten Haus.« Er seufzte. »Pech für uns beide.«

Die Flammen züngelten hoch, und als Adrienne die Hände in die tröstende Wärme hielt, fühlte sie sich bereits ein wenig besser. Nathan klopfte sich den Staub von den Kleidern und ging mit einem Holzspan in der Bibliothek umher, um die Kerzen zu entzünden. Als er wieder zu ihr zurückkam, starrten beide eine Weile schweigend in die anheimelnde Glut.

Endlich gab sich Adrienne einen Ruck. »Eben, als Sie mich so erschreckt haben«, begann sie zögernd, »sagten Sie irgend etwas von guten Nachrichten.«

»Ja. Lady Thomasina wird zwei Lakaien mit dem Bücherschleppen beauftragen. Sie sollen zwar gemeinsam mit ihr die Arbeit überwachen, aber hauptsächlich von nun an das tun, wozu Sie auch eigentlich eingestellt worden sind – der Dame Gesellschaft leisten, ihr vorlesen, Klavierspielen und so weiter.«

Die Freude über die Neuigkeit machte sie überschwenglich. »Oh, vielen, vielen Dank, Nathan!« Sie strahlte ihn glücklich an und konnte sich gerade noch davon abhalten, ihn zu umarmen. Wie attraktiv er im Schein des Feuers wirkte!

»Kein Grund zur Dankbarkeit. Wie Sie so gerne betonen, hat mich Ihr Vater dazu engagiert, auf Sie aufzupassen. Vielleicht haben Sie von nun an etwas mehr Vertrauen zu mir.«

Augenblicklich wurde Adrienne mißtrauisch. »War das der einzige Grund, warum Sie sich bei Lady Thomasina auf meine Seite geschlagen haben? Wollten Sie sich bei mir einschmeicheln, damit ich Ihnen die Kontrolle über mein Leben überlasse?«

Nathan hätte fast gelacht. Sie besaß eine seltene Schönheit, die zum Teil ihrer Lebhaftigkeit entsprang. Ihr wirres Haar leuchtete dunkelrot im Feuerschein, und die grünen Augen mit den dichten Wimpern schienen Blitze zu schleudern. »Warum mögen Sie mich eigentlich nicht?«

»Weil . . . weil es einfach nicht geht! Ich kann es nicht erklären!« Es war so einfach, seinem Charme nachzugeben, und diese Erkenntnis ängstigte Adrienne. O ja, er strahlte Kompetenz und Kraft aus, und sie konnte nicht umhin, sich einzugestehen, daß er überaus begehrenswert war. Dennoch . . ., zu viele Männer hatten bereits versucht, ihr ihre Unabhängigkeit zu nehmen. »Ich . . . ich bin halb verhungert. Ich werde mal hinuntergehen und nachsehen, was die Köchin zum Abendessen gemacht hat.«

»Morgen abend werden Sie mit Lady Thomasina essen.«

»Nun, vielleicht ist das, was sie vorgesetzt bekommt, ja genießbar!« Adrienne wandte sich um und ging zur Treppe, als sie bemerkte, daß Nathan ihr folgte. »Können Sie mich nicht einen Moment in Ruhe lassen?«

»Ich dachte, Sie hätten sich ohne mich einsam gefühlt!«

»Sie sind zu eingebildet!«

»Möglich.« Er schenkte ihr ein Lächeln, das ihr ein angenehmes Kribbeln den Rücken hinabjagte. Als sie ihr Tempo beschleunigte, hielt Nathan sie am Arm fest. »Und Sie sind viel dickköpfiger, als gut für Sie ist. Ich begreife langsam, warum Ihr Vater glaubte, daß meine Arbeit notwendig ist!«

»Ich will nicht, daß Sie mich anfassen. Lassen Sie mich los!«

»Meinetwegen, aber *mich* werden Sie nicht los.« Der Schein einer Kerze in einem Halter an der Wand warf flakkernde Schatten über sein Gesicht. »Ich habe Ihnen so vernünftig wie möglich erklärt, daß Sie mich wohl werden ertragen müssen, und ich kann Sie nur noch einmal bitten, mir auch zu vertrauen.« Nathan packte ihren Arm fester. »Nun, eigentlich *müssen* Sie mir sowohl vertrauen als auch gehorchen, Adrienne.« Er hielt einen Augenblick inne. »Walter Frakes-Hogg ist in der Nähe von Winchester gesehen worden, und ich werde nicht zulassen, daß Sie Ihr Leben gefährden.«

Adrienne schnappte hörbar nach Luft. »Sie ... Sie lügen!«

»Hören Sie auf, mir die übelsten Charakterzüge zu unterstellen.« Nathan griff nach ihrem anderen Arm und hielt auch diesen fest.

»Sie ... Sie sind nichts weiter, als ein bezahlter Schläger! Sie haben mir gar keine Befehle zu geben!«

Seine Augen wurden plötzlich eine Spur dunkler, doch seine Stimme war sanft. »Ich bin vielleicht nur ein Angestellter, aber ich lasse mich dennoch nicht von irgend jemandem herumkommandieren oder schlecht behandeln. Und schon gar nicht von einem verzogenen, leichtsinnigen Gör wie Sie, ist das klar?« Nicht zum ersten Mal wünschte sich Nathan, daß Nicholai ihm nicht diese fremde Identität aufgezwungen hätte. Sie paßte genausowenig zu ihm wie die abgewetzten Kleider und die Brille, die er trug. »Ich habe keine Lust, Sie ständig bekämpfen zu müssen.« Er zog sie an sich, bis ihre Körper sich berührten. »Darüber hinaus würde ich Ihnen dringend raten, mich nicht zu unterschätzen!«

Adrienne hätte ihm am liebsten ins Gesicht gespuckt. »Ich hasse Sie!«

Nathan setzte auf Risiko. »Wollen Sie, daß ich verschwinde? Wollen Sie sich selbst gegen Walter Frakes-Hogg verteidigen?«

Ihre Katzenaugen blitzten ihn wütend an, doch schließlich gewann ihre Vernunft Oberhand. »Also gut. Bleiben Sie. Wenn es einen Menschen gibt, den ich mehr verabscheue als Sie, Nathan Essex, dann ist es dieser widerwärtige Walter Frakes-Hogg!«

Kapitel 4

»Vielleicht etwas von Haydn?« fragte Lady Thomasina mit zuckersüßer Stimme.

Adrienne bewegte ihre steifen Finger, um sie zu lockern. Sie hatte das Gefühl, als hätte sie schon stundenlang Klavier gespielt. Die alte Frau saß am anderen Ende des Wohnzimmers in ihrem Lieblingssessel und naschte zufrieden Süßigkeiten, während Angus auf einem sonnenbeschienenen Fleckchen döste.

»Vielleicht sollte ich zwischendurch in die Bibliothek gehen und nachsehen, wie Tavis und Sam vorankommen. Manchmal wissen sie nämlich nicht weiter.«

»Nun . . .«, Lady Thomasinas bemalter Mund verzog sich schmollend, »wenn Sie meinen, dann laufen Sie schon. Aber beeilen Sie sich! Wenn man mich lange allein läßt, wird mir langweilig, und ich bekomme schlechte Laune.«

Fluchtartig verließ Adrienne das Wohnzimmer und stieß in der Tür beinahe mit Hortie zusammen, die einen Brief auf einem Silbertablett trug. »Dies ist soeben mit der Post gekommen, Mylady«, sagte Hortie, wobei sie Adrienne absichtlich ignorierte. »Ich glaube, es ist ein Brief von dem jungen Lord.«

»Von meinem Hunty?« Lady Thomasina beugte sich eifrig vor. »Oje, jemand muß ihn mir vorlesen. Ich habe meine Brille nicht bei mir.«

Adrienne wußte, daß Lady Thomasina mit ›jemand‹ sie meinte, aber die Gelegenheit, für einen Moment zu entkommen, war zu verlockend. Sie drehte sich an der Tür um und sagte: »Hortie übernimmt das bestimmt gerne, Mylady. Nicht wahr, Hortie, du vermißt doch sicherlich die Gesellschaft der Lady, seitdem ich in das Haus eingezogen bin.« Sie bedachte die dürre Zofe mit einem hoffnungsvollen Lächeln.

»Ich steh' Ihnen immer zur Verfügung, Ma'am.«

»Nun, ich bin zwar an Miss Beaus oder an Mr. Essex' Stimme gewöhnt, aber . . . nun gut, warum nicht. Lies vor, Hortie.«

Mit Erleichterung beobachtete Adrienne, wie das Mädchen sich einen Stuhl heranzog und sich neben Lady Thomasina niederließ. Sie war mehr als willig, ihre Position in dem Haushalt mit der Kammerzofe zu teilen, denn wenn sie jetzt auch keine körperliche Arbeit mehr leisten mußte, so hatte sie doch das Gefühl, von Lady Thomasina erdrückt zu werden. Wie ein Kind verlangte die alte Frau unablässig, unterhalten und beachtet zu werden, und Adriennes Abneigung gegen die egozentrische Witwe wuchs mit jedem Tag ein bißchen mehr.

Draußen im düsteren Flur durchfuhr sie plötzlich die Erkenntnis, daß es gar keine echte Möglichkeit zum Entkommen gab. Nicht einmal ein Ortswechsel war ihr gestattet; sie konnte sich im Grunde nur von einem düsteren, modrigen Zimmer zum anderen begeben. In die Stadt durfte sie nicht; hätte Lady Thomasina sie von der Leine gelassen, dann hätte Nathan Essex ihr garantiert verboten, allein durch die Gegend zu wandern.

Sie blieb auf dem Treppenabsatz stehen und sah durch das bleigefaßte Bogenfenster hinaus in den Garten. Er hätte dringend Pflege gebraucht, aber die Osterglocken blühten wundervoll üppig, und ihr Blick wurde von einem aus niedrigen Hecken angelegten Labyrinth angezogen. Wie herrlich mußte es sein, aus dieser muffigen, abgestandenen Atmosphäre zu fliehen und ein wenig frische Luft zu schnappen!

Adrienne sah sich verstohlen um, raffte die Röcke und eilte die Treppe hinunter bis zu den schweren Türen, die nach hinten auf eine moosbewachsene Terrasse hinausführten. Sie stieg die brüchigen Stufen hinab und bewegte sich auf die Hecken zu. In der Nähe hackte ein Mann, bei dem es sich offenbar um den Gärtner handelte, lustlos auf eine Erdscholle ein. Als sie vorbeiging, tippte er kurz an den

Hut, dann schlurfte er davon, als ob er vergessen hätte, was ursprünglich seine Aufgabe gewesen war.

Eine Viertelstunde lang wandelte Adrienne in dem Irrgarten umher. Sie lauschte entzückt dem Zwitschern der Vögel, sog die frische, feuchte Luft ein, schlenderte bis an den Rand der Wiese, um den blühenden Klee zu pflücken, und beobachtete ein paar Käfer, die geschäftig über die Erde huschten. Es war aufregend, etwas Verbotenes zu tun, denn schließlich hatte ihr niemand erlaubt, das Haus zu verlassen. Doch war Verbotenes nicht noch aufregender, wenn wenigstens einer davon wußte?

Sie hatte den Gedanken noch nicht zu Ende gedacht, als ein zorniger Nathan Essex um die Hecke vor ihr gestürmt kam und sie an beiden Oberarmen packte. »Sind Sie verrückt geworden? Ich habe Ihnen ganz klar und deutlich gesagt, daß Sie nirgendwo hingehen sollen, ohne mich zu informieren!«

Als ihr Herzschlag sich beschleunigte, begriff Adrienne, daß sie sich ganz und gar nicht mehr langweilte. »Nehmen Sie Ihre Hände von mir, Sir! Müssen Sie mich eigentlich dauernd anfassen?«

»Nur, wenn Sie sich weiterhin benehmen wie ein ungezogenes Kind, das man kräftig durchschütteln muß!« Voller Wut sah er sie an. »Wären Ihnen die Hände von Walter Frakes-Hogg lieber?«

»Übertreiben Sie es nicht ein wenig? Ich meine, es ist hellichter Tag, und ich befinde mich in Sichtweite des Hauses. Können Sie denn nicht verstehen, daß ich ein wenig draußen sein und frische Luft schnappen will? Sie können kommen und gehen, wie es Ihnen paßt, aber ich bin den ganzen Tag mit einer Frau zusammen eingesperrt, die von mir verlangt, daß ich mich wie ein dressiertes Schoßhündchen benehme!«

Nathan schüttelte stur den Kopf. »Ich glaube, es steckt

etwas mehr dahinter. Sie genießen es doch, die Regeln zu verletzen und ungehorsam zu sein.«

»Aha? Und was sollte ich damit bezwecken?«

»Das ist eine Frage, die Sie mir beantworten müssen, Sie verzogener Satansbraten.«

Ehe sie sich versah, zerrte er sie schon mit sich und die Stufen zur Terrasse hinauf. »Nennen Sie mich nicht so!« fuhr sie ihn an. Sie bereute ihre Worte jedoch sofort, als sie das erfreute Aufblitzen in seinen Augen entdeckte. Vermutlich würde er diesen Ausdruck in Zukunft als Kosenamen für sie verwenden!

Als sie wieder im Haus waren, drückte Nathan sie in eine Ecke und sah ihr drohend in die Augen. »Wenn Sie noch einmal unbedingt spazierengehen wollen, dann sagen Sie mir Bescheid. Ich begleite Sie, verstanden?«

Sprachlos vor Wut nickte sie nur. Als er sie losließ, stieß sie ihn beiseite, stürmte aus dem Zimmer hinaus und rannte die Treppe zum Wohnzimmer hinauf. Oh, sie würde schon Mittel und Wege finden, wie sie sich gegen ihren Gefängniswärter auflehnen konnte!

»Mein lieber Hunty wird zu meinem Geburtstag kommen!« verkündete Lady Thomasina schwärmerisch. Die Nachricht ihres Sohnes hatte sie in eine derart gute Stimmung versetzt, daß sie Adrienne kaum für ihre lange Abwesenheit rügte. »Warten Sie nur, bis Sie ihn kennenlernen, Miss Beau. Mein Sohn hat alles, was eine Frau sich wünschen könnte!«

Sie beendeten gerade ihr leichtes Abendessen, das sie vor dem Kamin in Lady Thomasinas privatem Wohnzimmer eingenommen hatten. Nathan, der offenbar Mitleid für Adrienne verspürte, hatte eingewilligt, sich zu den beiden Frauen zu gesellen. Geistesabwesend schob er Stückchen von zerkochtem Hammelfleisch auf dem Teller herum.

»Sicher ist der junge Lord Harms für Mr. Essex eine willkommene Gesellschaft«, bemerkte Adrienne zögernd.

»Ach, ich glaube nicht, daß Hunty sich mit gewöhnlichen Bürgern abgibt«, wehrte die alte Frau ab. »Nun, vielleicht macht er in Mr. Essex' Fall ja eine Ausnahme. Allerdings glaube ich nicht, daß die beiden gut miteinander auskommen werden. Hunty ist ein ganz anderer Typ Mann.«

Adrienne sah, daß Nathan auf diese letzte Bemerkung hin eine Augenbraue hochzog, und auch sie konnte nicht umhin, sich zu fragen, was für ein Typ genau Huntsford Harms denn nun sein mochte. Allerdings dachte sie nicht im entferntesten daran, sich mit Nathan zu verbrüdern. Und so murmelte sie: »Zweifellos hat Seine Lordschaft tadellose Manieren und einen exzellenten Geschmack; er ist bestimmt durch und durch ein *Gentleman*!«

»Ganz genau, Miss Beau. Dies sind die Qualitäten, die den Adel vom Plebs abheben, finden Sie nicht? Nur veredeltes Blut bringt etwas Derartiges hervor!«

Eins der Küchenmädchen erschien mit einem Tablett mit Nachtisch. Nathan warf einen Blick auf die Süßspeise und faltete seine Serviette. »Leider bin ich heute abend sehr müde, meine Damen. Würden Sie mich wohl entschuldigen?«

Als er fort war, wandte sich Lady Thomasina an ihre junge Begleitung. »Da sehen Sie es. Er ist auf eine . . . eine animalische Art sehr attraktiv, aber absolut hoffnungslos, was Benehmen angeht. Kein Gentleman würde den Tisch verlassen, bevor die Dame des Hauses es getan hat!« Stirnrunzelnd schüttelte sie den Kopf, so daß der Puder aus ihrer Perücke auf die Teller rieselte. »Allerdings habe ich das dumpfe Gefühl, daß er durchaus könnte, wenn er nur wollte. Er schert sich einfach nicht um Regeln, denken Sie nicht auch? Ich glaube, er ist ein wahrer Spitzbube!«

»Ja, da haben Sie unbedingt recht! Und ich denke, daß sein Desinteresse an guten Manieren weit über den Eßtisch hinausgeht, Mylady.«

Der Rest des Abends verging mit dem Vorlesen eines weiteren Kapitels von *Ivanhoe* und Adriennes Bemühungen, Mozarts Sonate in Es-Dur gut genug zu spielen, um Lady Thomasina zufriedenzustellen.

Adriennes Unbehagen wuchs mit jeder Stunde. Sie fühlte sich immer mehr gefangen, fühlte sich wie in einem Käfig, aus dem es kein Entrinnen gab. Und sie konnte nicht einmal ihrem Vater die Schuld geben, denn er war weit weg und hatte nur ihre Sicherheit garantieren wollen. Was blieb ihr anderes übrig, als ihre Wut auf Nathan Essex zu richten? Er wußte sehr gut, was sie in Lady Thomasinas Gesellschaft durchmachen mußte, und dennoch hatte er sie kaltblütig mit der alten Frau allein gelassen. Wie immer hatte er sich bei der ersten Gelegenheit feige davongemacht!

Gegen Mitternacht begann Lady Thomasina immer wieder einzunicken. Hortie kam mit dem Schlaftrunk herein und brachte ihre Herrin zu Bett, und Adrienne durfte sich endlich zurückziehen. Hellwach und wutschäumend ging sie in ihr eigenes Zimmer und stieß das Fenster auf, um frische Luft in ihre muffigen vier Wände zu lassen. Unter ihr erstreckte sich der Garten, und das Licht der Sterne erhellte die schmalen Wege. Adrienne sog tief den würzigen Duft der Buchsbaumhecke ein.

Es konnte bestimmt nicht schaden, einen kleinen Mitternachtsspaziergang zu machen. Schließlich war es zu ihrer aller Besten: Wenn sie nicht endlich ein wenig ihrer aufgestauten Aggressionen loswerden konnte, dann würde sie in den nächsten Tagen bestimmt unausstehlich sein.

Lächelnd und mit dem Gefühl, etwas furchtbar Unanständiges zu tun, zog Adrienne die Nadeln aus ihrem Haar und lockerte ihre Mähne mit den Händen auf. Sie tupfte sich ein wenig von ihrem Fliederparfum auf den Hals und zwischen ihre Brüste und beschloß, die Stola oben zu lassen. Barfuß, die Schuhe in der Hand, schlich sie in den Flur und die Treppe hinab. Schließlich trat sie ins Mondlicht und ins Abenteuer hinaus.

Auch Nathan hatte aus einem Fenster über dem Garten in die Nacht hinausgeblickt. Seit Stunden wanderte er von einem Ende der Galerie zum anderen, denn von hier aus hatte man sowohl den ganzen Garten als auch die Auffahrt zu Harms Castle gut im Blick. Seine Aufgabe war sterbenslangweilig, denn er mußte im Dunkeln bleiben, damit man ihn von draußen nicht sehen konnte.

Nathan hoffte, daß ihn sein Gefühl hinsichtlich Walter Frakes-Hogg nicht trog. Wenn er ihn dabei ertappen konnte, wie der Mann unbefugt auf fremdem Eigentum umherschlich, würde sich die Obrigkeit einmischen, Adriennes Sicherheit wäre garantiert, und der Vater der verwöhnten Göre würde ihn vielleicht aus seiner Pflicht entlassen und ihm — was am wichtigsten war! — die versprochene Belohnung geben!

Mit zusammengekniffenen Augen blickte er über den vernachlässigten Garten und versuchte, nicht an Adrienne Beauvisage zu denken. Sie hatte einen Sturm widersprüchlicher Gefühle in ihm ausgelöst, und die Maskerade, die er aufrecht erhalten mußte, machte die Sache nicht besser. Er war sich nicht sicher, wie er sich als Nathan Raveneau ihr gegenüber verhalten würde, aber er wußte eines: Sie war gefährlich! Und er konnte sich selbst nicht trauen, sobald sie sich ihm näherte!

Nathan öffnete den obersten Knopf seines einfachen weißen Hemdes. Der Faden riß, und der Knopf fiel in seine Hand. Verdammt! Er vermißte seine eigenen Kleider, bei denen jedes einzelne Stück für seinen Körper maßgeschneidert war. Je eher dieser Mummenschanz beendet war, je schneller er von hier verschwinden konnte, desto sicherer — und glücklicher! — würde er sich fühlen.

Ein schwaches Rascheln aus dem Garten drang an sein

Ohr und erregte augenblicklich seine Aufmerksamkeit. War das ein Tier gewesen? Hier gab es Maulwürfe genug! Nathan lauschte angestrengt ins Dunkel, bis er in der Lage war, das leichte Knirschen von Schritten auf dem Kiesweg wahrzunehmen. Ein Adrenalinstoß beschleunigte seinen Herzschlag. Er hatte jeden einzelnen Diener ermahnt, heute nacht im Haus zu bleiben – nicht, daß einer von ihnen verwegen genug gewesen wäre, sich nachts noch einmal hinauszuwagen –, und nur eine einzige Person konnte sich dort draußen herumtreiben: Walter Frakes-Hogg! Also hatten sich die vielen öden Stunden des Wartens in der Dunkelheit bezahlt gemacht!

Einen Augenblick lang sah Nathan die üppige Schönheit von Barbados vor seinem inneren Auge! Fast konnte er Papayasaft auf seiner Zunge schmecken und die Hitze des feinen Sands unter seinen Füßen spüren. Bald würde er zusammen mit Minter und seiner Mannschaft wieder nach Hause fahren, wo das wertvolle Land neben *Crowe's Nest* auf ihn wartete!

Und was ihm im Augenblick noch erstrebenswerter erschien: Er durfte wieder Nathan Raveneau sein und die Existenz von Nathan Essex ein für allemal vergessen!

Nun, vorher gab es noch einiges zu tun. Rasch zog er sich einen blauen Rock über, um besser mit der Dunkelheit verschmelzen zu können, schob eine Pistole in den Bund seiner Hose und griff nach dem Dolch. Dann verließ er das Haus durch einen Seiteneingang und schlich sich lautlos um die dicken Mauern herum in den Garten.

Die Luft draußen war kühl und feucht; der Sommer ließ auf sich warten. Nachtigallen sangen in einer fernen Hecke, und der klagende Ruf einer Eule ertönte, bevor das Flattern ihrer Flügel verriet, daß sie Beute – wahrscheinlich eine Maus – ausgemacht hatte. Jeder einzelne von Nathans geschärften Sinnen sagte ihm, daß *seine* Beute menschlich war.

Geduckt ging er um das Heckenlabyrinth herum, bis er den nördlichen Zugang erreicht hatte.

Seine Nasenflügel blähten sich, als er Fliederduft wahrnahm. Merkwürdig. Flieder blühte zu dieser Jahreszeit doch gar nicht, soweit er sich erinnern konnte . . ., doch dann fiel es ihm ein! Adrienne duftete nach Flieder! Er hatte sogar den mit der Hand beschrifteten Glasflakon auf ihrer Kommode gesehen, als er sie neulich in ihrem Zimmer besucht hatte.

Walter Frakes-Hogg war außergewöhnlich groß, aber Nathan sah keine Spur von ihm. Und die Schritte, die er vernahm, waren viel zu leicht für einen Mann . . .

Nathans anfängliche Enttäuschung schlug rasch in einen unbändigen Zorn um. Wenn er den ganzen Abend dort oben ausgeharrt hatte, nur um Adrienne Beauvisage dabei zu ertappen, wie sie sich einmal mehr seinen Anordnungen widersetzte, dann würde sie es diesmal büßen müssen!

Jeder Muskel in seinem Körper war angespannt, als er sich auf den Fliederduft und Adriennes Schritte konzentrierte und ihr lautlos folgte. Als er sie endlich sah, blieb er stehen. Seine Kiefermuskeln traten hart hervor, während er die Gestalt vor sich betrachtete.

Adrienne stand in einer der kleinen kreisförmigen Kreuzungen des Labyrinths und hielt sich einen Strauß Osterglocken an die Wange. Das Mondlicht ergoß sich über ihr offenes, schimmerndes Haar, über ihr zartes Profil, über die makellose Haut ihres Halses und ihres Dekolletés. Ohne sich um die kalte Luft, die späte Stunde oder die Gefahr, in der sie schwebte, zu kümmern, starrte sie mit verträumtem Blick zum Himmel hinauf.

Es tat ihm fast leid, daß sie seinen zornigen Blick nicht sehen konnte! Dieses verfluchte Gör würde ihn noch ins Grab bringen, bevor er seine viermonatige Strafe in diesem gottverdammten feuchten Verlies, das sich protzig Schloß nannte, abgesessen hatte. Oh, vielleicht würde sie sich aber auch bei einer ihrer irrwitzigen, sorglosen Unternehmungen selbst umbringen!

Glücklich vor sich hinsummend, wandte Adrienne sich um und betrat einen anderen heckengesäumten Gang. Und plötzlich wußte Nathan, was er zu tun hatte. Vor Wut bebend schlich er hinter ihr her, spähte um die Biegung, folgte ihr weiter und wartete auf den geeigneten Moment.

Dieser kam, als sie sich bückte, um noch eine Blume zu pflücken. Nathan zögerte keine Sekunde. Als er sie packte, schrie Adrienne auf, aber es war zu spät. Ein Arm schlang sich um ihre Taille, der andere schloß sich um ihre Schultern. Sein Ellenbogen stemmte sich in ihr offenes Mieder, als er sie die kalte Klinge an der Kehle spüren ließ.

»Wag es nicht zu schreien«, knurrte er heiser. »Oder ich bring' dich um.«

»Wer sind Sie?« Adrienne gab sich alle Mühe, tapfer zu klingen, aber sie versagte kläglich. »Was wollen Sie von mir?«

»Hast du geglaubt, ich würde dich hier nicht finden? Hast du gedacht, ich würde dich einfach so davonkommen lassen?«

»W-Walter?«

»Wer sonst? Du hast mein Leben ruiniert, und dafür wirst du zahlen.«

»Aber Ihre Stimme klingt nicht wie –« Fast verzweifelt fragte sie sich, warum er mit verstellter Stimme sprach, aber dann begriff sie, daß es vollkommen egal war. O Gott, warum hatte sie nicht auf Nathan gehört? Und warum wollte dieser widerliche Mensch ihr bloß etwas antun? Es machte sie rasend, daß er das wilde Pochen ihres Herzens an seinem Arm spüren mußte. »Bitte. Lassen Sie mich in Ruhe!«

»Ich denke nicht daran. Du wirst bezahlen!«

Adrienne war einerseits zu Tode erschrocken, andererseits wurde sie jedoch immer wütender! Er war dafür verantwortlich, daß sie bewacht wurde, daß sie gezwungen war, sich bewachen zu *lassen*! Was maßten die Männer sich eigentlich an, Frauen als Beutestücke zu betrachten? Hielten sie die Verführung unschuldiger Mädchen für einen Sport, für so etwas wie die Fuchsjagd?

»Lassen Sie mich gehen! Es war mein Recht, ihre Annäherungsversuche abzuwehren.« Ihre Stimme brach, und Tränen stiegen in ihre Augen. »Ich habe Ihre Töchter geliebt! Es hat mir das Herz gebrochen, sie zurücklassen zu müssen, und ich kann nicht begreifen, warum Sie mich in solch eine Lage gebracht haben. Ist Ihnen Ihre eigene Befriedigung wichtiger als das Wohl Ihrer Töchter?«

Nathan konnte nicht glauben, daß sie noch mit einem Messer an der Kehle Moralpredigten hielt. Mit kehliger Stimme fragte er: »Du würdest sogar dein Leben wegwerfen, nur um recht zu behalten, richtig?«

»Vielleicht.«

Der Wutanfall überkam Nathan mit solcher Macht, daß er das Messer zu Boden schleuderte und sie zu sich herumwirbelte. Seine Finger gruben sich in ihre weichen Oberarme. »Verdammt, Adrienne, ich bin's! Sie geben mir nicht einmal die Chance, Ihnen eine Lektion zu erteilen! Nein, stur wie Sie sind, versuchen Sie mal wieder, das letzte Wort zu haben!«

Ihre Kinnlade fiel herab, und ihre Augen blitzten in der Dunkelheit gefährlich auf. »Nathan Essex! Wie konnten Sie so etwas Grausames tun?« Sie wand sich in seinem Griff, doch er hielt sie eisern fest. »Lassen Sie mich sofort los, Sie widerwärtiger Kerl!«

»Müssen Sie eigentlich immer mit dem Kopf durch die Wand? Ihr Leben ist in Gefahr, haben Sie das noch nicht begriffen? Sind Sie so naiv zu glauben, daß Ihre Überredungskünste ausreichen, um einen Angreifer zum Aufgeben zu bringen? Hören Sie auf zu zappeln, und hören Sie gut zu! Denn was ich zu sagen habe, ist verdammt wichtig für *Sie!*« Er brach ab und atmete tief durch. Als er fortfuhr, klang seine Stimme tief und drohend. »Ich habe mich nicht als Walter Frakes-Hogg ausgegeben, um Sie zu quälen oder mich auf Ihre Kosten zu amüsieren! Ich tat es, um Ihnen deutlich zu machen, daß Sie heute nacht hätten sterben können, und das nur, weil Sie meinen, Sie müßten sich unbedingt gegen meine Anweisungen auflehnen! Ich habe Stunden damit verbracht, im Dunkeln zu sitzen und den Garten zu beobachten, nur um diesen Kerl dabei zu erwischen, wie er sich ins Schloß schleicht und nach Ihnen sucht. Es ist durchaus möglich, daß er hiergewesen und durch den Lärm verscheucht worden ist!«

»Sie sind doch besessen von irgendwelchen imaginären Bedrohungen!« fauchte sie ihn trotzig an. »Es gibt keine Gefahr! Sie denken sie sich bloß aus!«

Nathan hätte sie am liebsten heftig geschüttelt. »Warum lassen Sie mich nicht die Arbeit machen, für die Ihr Vater mich bezahlt? Wenn ich diesen Schuft, der sich, wie ich Ihnen versichern kann, irgendwo hier in der Nähe aufhält, endlich schnappen und festsetzen kann, dann dürfen Sie herumstromern, wo immer Sie wollen. Glauben Sie, mir macht diese Sache Spaß? Sie können sich gar nicht vorstellen, wie sehr ich mich auf den Tag freue, an dem ich die Beine in die Hand nehmen und vor Ihnen *flüchten* kann!«

Obwohl sie sich dafür haßte, spürte sie, wie die Erregung in ihr aufstieg. Dieser Mann, der dort mit glänzendschwarzem Haar und funkelnden Augen vor ihr stand, strahlte eine ungezähmte Kraft und eine Macht aus, die sie unwiderstehlich anzog. Das Mondlicht spielte auf seinen harten, kantigen Gesichtszügen, und die Wärme seiner Finger, die sich in ihre Arme gruben, drang bis tief in ihr Inneres. Wie konnte er es wagen, zu behaupten, daß man vor ihr flüchten mußte?

»Sie . . . Sie sind eine Bestie! Genau wie praktisch jeder andere Mann, den ich hier in England kennengelernt habe! Sie haben doch alle kein Herz – und keine Seele! Sie leben nur für Ihren lächerlichen männlichen Stolz und Ihren widerwärtigen Wunsch, zu erobern und zu unterdrücken! Männer richten sich immer nur nach den primitivsten Instinkten. Ist es ein Wunder, daß wir Frauen uns von euch abgestoßen fühlen? Wenn Frauen ohne Männer Kinder bekommen könnten und die meisten nicht finanziell abhängig wären, so würden sie genauso wie ich bestrebt sein, ihre Freiheit zu behalten und sich von niemandem bevormunden zu lassen! Warum müssen –«

»Halten Sie eigentlich niemals den Mund?«

»Ich hasse Sie«, murmelte sie.

»Starke Worte, Miss Beau.« Nathan war sich bewußt, daß er sich hätte umdrehen und davongehen sollen, aber ihre hitzige Rede hatte etwas in ihm geweckt, das zu reizvoll war, als daß er widerstehen konnte. »So. Sie haben also keine Verwendung für Männer, ja? Sie finden sie abstoßend, richtig?«

Adrienne versteifte sich, preßte ihre Lippen zusammen und versuchte, ihr wild hämmerndes Herz zu beruhigen. Sein Griff um ihre Arme lockerte sich, aber sie konnte sich dennoch nicht bewegen. Als Nathan sie langsam an sich zog, bis ihr Mieder seine harte Brust berührte, begann sie zu zittern, denn die Sehnsucht, die sie plötzlich überkam, war erschreckend. Und auf einmal war die Stelle zwischen ihren Beinen heiß und feucht.

Nathans Atem strich warm über ihre Wange. »Ich habe nicht den Eindruck, als wären Sie jetzt abgestoßen.«

Sie machte den schwachen Versuch, sich zu verteidigen. »Männer ... Männer wie Walter sind so ... so primitiv –«

»Aber nicht alle sind wie Walter.«

»Sie machen mir angst.«

»Das kann ich zurückgeben. Ich hatte Angst um Ihre Sicherheit.«

Als seine starken Arme sie in der kühlen Nachtluft umschlangen, überkam Adrienne ein Gefühl glückseliger

Wonne, das alles übertraf, was sie bisher erlebt hatte. Ein Schluchzen entrang sich ihrer Kehle. Hilflos drehte sie ihr Gesicht zu ihm, damit er sie küssen konnte, und sein Mund war wie ein Wunder: Fest und warm preßten sich seine Lippen auf ihre, dann drängte er zärtlich seine Zunge dazwischen. Adriennes Knie wurden weich, als lang unterdrückte Bedürfnisse hervorbrachen und ihre Rechte einforderten.

»Sehen Sie?« flüsterte er sanft. »Männer sind doch manchmal ganz nützlich.«

Wie verzaubert starrte sie in sein Gesicht. Er trug keine Brille. Ihre Hände glitten aufwärts, strichen über seine Brust, umfaßten seine Schultern und schlangen sich endlich um seinen Nacken. Ihre beiden Körper preßten sich aneinander, und das Gefühl steigerte ihre Erregung.

Als er sie wieder küßte, wurde Nathan dumpf bewußt, daß er ihr dies nicht beibringen mußte; sie hatte instinktiv verstanden, was sie zu tun hatte. Und auch er begann nun zu verstehen – mehr, als ihm lieb war sogar. *Sie ist gefährlich für dich!* ermahnte er sich. Doch Adriennes Sorglosigkeit war ansteckend. Und außerdem . . ., wen wollte er denn belügen? Er kannte sehr gut jene primitiven Bedürfnisse der Männer, von denen Adrienne gesprochen hatte. Er empfand sie besonders intensiv, seit sie damals auf der Oxford Street einander zum ersten Mal begegnet waren!

Ihr Mund war süß, ihre Haut verlockend weich, und sie besaß eine herrliche Figur, genau wie all die anderen Frauen, die er bisher geliebt hatte. Und dennoch konnte sich Nathan nicht erinnern, jemals eine solche Erregung verspürt zu haben. Sie hatte irgend etwas an sich, das der normalen Anziehungskraft mehr Tiefe, mehr Gefühl verlieh. Gleichzeitig wußte er, daß nur er und sie dies miteinander erleben konnten. Dies war etwas Besonderes zwischen ihnen beiden, und diese Erkenntnis verwirrte ihn . . .

Obwohl beide das gleiche Entsetzen über die heftige Reaktion ihrer Körper verspürten, war keiner der beiden in der Lage, sich zurückzuziehen. Adrienne sehnte sich danach, daß er ihre Brüste umfaßte, und sie hätte sie beinahe entblößt, damit er es tun konnte. Ihre Augen brannten vor Sehnsucht. Hungrig küßte sie ihn erneut, dann warf sie den Kopf zurück, damit seine Lippen tiefer wandern konnten. Nathan ließ sich nicht lange bitten; sein Mund zog eine brennende Spur ihren Hals hinab und hielt an ihrem Schlüsselbein an. Keuchend wühlte sie ihre Hände in sein Haar. Ihre Brustspitzen waren so hart, daß es weh tat, und auch Nathan war so hart, daß er glaubte, es nicht mehr lange aushalten zu können.

»Lieber Gott«, brachte er mühsam hervor.

»Ja«, hauchte sie.

Sie sanken auf dem feuchten, moosigen Weg auf die Knie. Sie wollte ihm sein Hemd herunterreißen, ihr Gesicht an seine Brust schmiegen, seinen Duft einatmen und seinen Geschmack kosten, doch er zog bereits die Ärmel ihres Kleides herab und strich mit den Lippen über ihren Brustansatz.

Adrienne stöhnte tief auf. Wenn er noch weitermachte, wenn sein heißer Mund noch tiefer wanderte, dann würde sie bestimmt zusammenbrechen, sich vollkommen vergessen und –

»Essex?« Eine mürrische Stimme klang von der Terrasse des Hauses zu ihnen herüber. »Sind Sie das? Ich bin's, Fred!«

»Himmel.« Nathan richtete den Oberkörper auf und blinzelte in die Dunkelheit, bis er den alten Gärtner ausmachte, der in beiden Händen eine Laterne hielt und sie hin und her schwenkte. »Was ist denn?« brüllte Nathan.

»Ich hab'n Fremden bei mei'm Werkzeugschuppen geseh'n, Sir. Er steckte in den Büschen. Er hat mir gedroht un' is' dann abgehau'n, aber ich hatte trotzdem Angst, und da hab' ich Se gesucht. Mr. Jarrow hat gesagt, daß Sie der Richtige sin' und –«

Langsam aber sicher drang die Realität durch den Dunst der Leidenschaft in Nathans Kopf. Dieser Eindringling – es konnte nur Walter Frakes-Hogg gewesen sein! »Adrienne, das war –«

»Schon gut. Ich weiß. Schnappen Sie ihn sich! Ich sehe zu, daß ich mich wieder herrichte und verschwinde dann sofort im Haus.« Sie begegnete seinem scharfen, prüfenden Blick, ohne mit der Wimper zu zucken. »Mit mir ist alles in Ordnung. Ich beeile mich. Und ich benehme mich. Versprochen!«

Nathan war bereits auf den Füßen und rannte los, während er nach dem alten Fred rief. Innerlich verfluchte er sich dafür, daß er sich erlaubt hatte, in seiner Wachsamkeit nachzulassen.

Hinter ihm kam eine aufgewühlte Adrienne schwankend auf die Füße. Sie wartete, bis Nathan und Fred im Schloß verschwunden waren, dann hastete sie aus dem Labyrinth und um das Haus herum, um durch einen Seiteneingang hineinzugelangen. Einen Lidschlag bevor die schwere Tür zufiel, bemerkte sie eine Bewegung in der Reihe von Eichen, die am Rande des Gartens gepflanzt worden war. Panisch drückte sie die Tür zu und warf den Riegel vor.

Hinter der dichten Reihe der alten Eichen packte Walter Frakes-Hogg den Sattelknauf und schwang sich auf den Rücken seines gefleckten Hengstes. Er trieb ihm die Fersen in die Flanken und lenkte ihn in Richtung Winchester.

Es hatte keinen Sinn, noch länger dort auszuharren, denn die Gefahr, daß der Schwarzhaarige, der sich an Adrienne herangemacht hatte, ihn erwischte, war zu groß. Dennoch hatte Frakes-Hogg die feste Absicht, sein Vorhaben zu beenden. Er würde Adrienne Beauvisage zu fassen kriegen. Ihr Leibwächter konnte nicht ständig in der Nähe sein!

Kapitel 5

Als Adrienne und Nathan sich am nächsten Morgen in der Küche der Dienerschaft trafen, gab es nichts, was hätte gesagt werden müssen. Beide wußten nur allzugut, welchen furchtbaren Fehler sie beinahe begangen hätten. Und welch unglaubliches Glück es gewesen war, daß Fred sie noch gerade rechtzeitig unterbrochen hatte.

»Ihr Freund wird nicht noch einmal entkommen«, sagte Nathan sachlich, als sie sich zusammen an den Tisch setzten, um ihre Schüssel mit dem faden Haferbrei zu essen.

Sie wußte, daß er es vermieden hatte, Walter Frakes-Hoggs Namen auszusprechen, weil Hortie anwesend war, aber ... hätte er nicht einen weniger ärgerlichen Ausdruck verwenden können? »Darf ich Sie daran erinnern, daß es sich kaum um einen Freund meinerseits handelt?«

»Das war nur eine Redewendung, Miss Beau.« Er rührte Milch in seinen Tee und versuchte, ihren Blick zu meiden. Trotz der dunklen Ringe unter den Augen war sie so hübsch wie nie zuvor. Sie errötete jedesmal, wenn sie ihn ansprach, und ihre Locken waren auf eine nachlässige Art und Weise aufgesteckt, die er ganz besonders anziehend fand.

»Sie sollten sich langsam an die Arbeit machen«, sagte Hortie beißend, als sie sich vom Tisch erhob. »Sie wissen ja wohl, daß Lord Harms morgen abend ankommen wird, und Ihre Ladyschaft hat bestimmt eine Liste mit Dingen gemacht hat, die dringend zu erledigen sind!«

Als Lady Thomasinas Zofe außer Hörweite war, murmelte Nathan: »Hoffen wir, daß die alte Glucke nicht plötzlich auf die Idee kommt, bis morgen den kompletten Frühjahrsputz zu machen. Das gäbe bestimmt eine Meuterei in der Dienerschaft.«

»Mit einem Tag wäre es nicht getan. Es würde ein Jahr dauern, dieses Haus zu reinigen.«

»Ganz Ihrer Meinung.«

Adrienne schob ihre Schüssel von sich. Es machte sie nervös, so nah bei ihm zu sein. »Ich sollte jetzt wohl nach Lady Thomasina sehen. Ich könnte mir vorstellen, daß sie viel zu aufgeregt ist, um wie üblich bis Mittag im Bett zu bleiben.«

Er folgte ihr ein Stück die Dienertreppe hinauf, bis sie an eine Stelle gelangt waren, an der man sie aus der Küche mit Sicherheit nicht mehr hören konnte. »Ich muß mit Ihnen reden.«

Augenblicklich schoß ihr das Blut in die Wangen. Er hatte sie an ihrem Rock gepackt und hielt sie fest, und ihre Finger berührten sich, als sie versuchte, sich zu befreien. »Aber ich will nicht mit *Ihnen* reden«, zischte sie ihn an.

»Es geht nicht um unser kleines Zwischenspiel im Garten, wenn es das ist, was Sie befürchten«, sagte Nathan barsch, doch dann wurde seine Stimme sanfter. »Im Augenblick ist es wichtiger, Walter Frakes-Hogg in die Finger zu bekommen, bevor er Sie in die Finger bekommt. Ich will, daß Sie sehr wachsam sind, solange ich nicht in Sichtweite bin, aber ich werde versuchen, sofort zu Ihnen zurückzukehren und bei Ihnen zu bleiben, sobald ich draußen alles abgesucht und noch einmal mit Fred gesprochen habe. Der gute Mann dürfte sich inzwischen wieder etwas beruhigt haben.«

»Es ... es ist alles wie ein scheußlicher Alptraum.«

»Nun, es ist aber *kein* Alptraum!« Im Halbdunkel des Treppenhauses fing er ihren Blick ein und sah sie einen Moment lang bedeutungsvoll an. »Jeder Augenblick ist sehr, sehr real.«

Sie wandte sich um und setzte den Fuß auf die nächste Stufe. »Wir sehen uns später. Ich höre Lady Thomasinas Klingel.«

»Wissen Sie, mein Hunty hat wundervolle braune Augen!« schwärmte Lady Thomasina, die in ihrem Sessel in der Bibliothek saß. »Lady Caroline Lamb hat mal gesagt, daß Huntys Augen schöner wären als Lord Byrons!«

Adrienne schaute von ihren Notizen über das noch immer nicht ganz geklärte »System« auf und brachte ein schwaches Lächeln zustande. »Wie nett.«

»Hören Sie mir überhaupt zu, Miss Beau?«

»Selbstverständlich, Mylady. Aber Tavis und Sam stehen kurz davor, die nächste Phase unseres Ordnungssystems in Angriff zu nehmen, und ich möchte sichergehen, daß die Anweisungen auch wirklich eindeutig sind –«

»Jetzt kommen die braunen Einbände?«

»Ganz wie Sie es schriftlich festgelegt haben, Mylady.«

»Gut!« Sie beugte sich hinab, um Angus den Kopf zu tätscheln. »Ich hoffe inständig, daß die Diener sich wirklich bemühen, alles für die Ankunft meines Sohnes herzurichten! Ach, es gibt soviel zu tun! Sind die Böden schon geschrubbt worden?«

»In welchen Zimmern meinen Sie?« fragte Adrienne behutsam.

»Nun, in *jedem* Zimmer natürlich. Jarrow und diese neue Haushälterin, Mabel, haben doch die anderen Diener sinnvoll eingeteilt, nicht wahr? Wo ist der Hausverwalter?«

»Bei seiner Mutter in Cornwall, glaube ich.«

»Oh!« Sie ließ sich mit theatralischer Geste zurückfallen, wodurch sich ein Zipfel ihres Brokatturbans löste. »Weiß denn heutzutage niemand mehr, was harte, ehrliche Arbeit bedeutet? Ist das die Art, wie die Leute mir meine Freundlichkeit zurückzahlen?«

»Ich bin sicher, daß es Ihrem Sohn nur um Sie geht, Mylady. Er wird Harms Castle bestimmt kaum eines Blickes würdigen.«

Eine Weile später hörte Lady Thomasina das Schlagen der Uhr in der Eingangshalle und legte sich die dickliche Hand an die Stirn. »Schon Mittag. Ich bin ganz schwach vor Hunger. Wo ist dieses Mädchen mit dem Tablett?«

Adrienne nutzte ihre Chance sofort. »Ich werde eben nachschauen«, bot sie sich hastig an und sprang schon auf die Füße. Draußen im Flur stieß sie beinahe mit Nathan zusammen. »Oh, dem Himmel sei Dank, Sie sind es. Ich war noch nie im Leben so froh, einen anderen Menschen zu sehen!«

»Was für ein angenehmer Sinneswandel«, bemerkte er entschieden spöttisch. Er griff in seine Brusttasche und setzte seine Brille auf. »Insbesondere, da ich mit Ihnen reden muß.«

Adrienne vergewisserte sich, daß das Essen für Ihre Ladyschaft unterwegs war, und schlug Hortie vor, daß sie bei ihrer Herrin bleiben sollte, solange diese aß. Dann ließ sie sich von Nathan in den Wintergarten führen.

»Setzen Sie sich. Keine Sorge, Ihre Ladyschaft wird eine ganze Weile beschäftigt sein. Der Kammerjäger ist im Haus, und ich habe ihn überzeugt, daß Lady Harms gewiß darauf brennt, mit ihm über seine Beute zu sprechen. Er wollte ihr in etwa einer Stunde einen Besuch in der Bibliothek abstatten. Sie würden es nicht glauben – als ich mich vorhin von ihm verabschiedete, hatte er bereits fünf Ratten von enormer Größe erlegt.«

Adrienne schüttelte sich. »Widerlich. Nun, egal.« Sie setzte sich auf einen der einst prächtigen, nun aber abgenutzten Stühle und schaute sich um. Obwohl der Wintergarten großzügig genug angelegt war, war es nicht zu übersehen, daß Fred, der Gärtner, keine Phantasie besaß. Orangen- und Zitronenbäume, die kaum blühten und dringend hätten gewässert werden müssen, standen in einer Reihe nebeneinander, davor welkten ein paar kümmerliche Topfpflanzen vor sich hin. »Eine Schande«, bemerkte sie. »Meine Mutter würde angesichts so einer Verschwendung in Tränen ausbrechen.«

»Leider ist dies nicht der richtige Zeitpunkt, um uns über Blumen zu unterhalten.« Nathan zog seinen Stuhl näher zu ihr hin und senkte die Stimme. »Ich habe frische Fußabdrücke im Erdreich entdeckt. Dort, wo der Gärtner den Fremden gesehen hat. Die Abdrücke sahen aus, als würden sie von Schaftstiefeln stammen. Hessians . . .«

»Walter trägt immer Hessians!«

»Ja, das dachte ich mir. Hat er außergewöhnlich große Füße?«

»Ja!« Beunruhigt sprang Adrienne auf und begann, auf und ab zu wandern.

»Es bringt uns nichts, wenn Sie hysterisch werden, es sei denn, Ihre Hysterie würde sich derart auswirken, daß Sie in Zukunft vorsichtiger sind. Und meinen Anweisungen folgen!« Er bedachte sie mit einem strengen Blick und fuhr dann fort: »Ich bin der Spur bis zu der Stelle gefolgt, an der der Fremde sein Pferd angebunden hatte. Da hat ihn Fred auch aus den Augen verloren!«

»Oh!« Sie beschleunigte ihr Tempo, als sie daran dachte, was sie und Nathan zur gleichen Zeit getan hatten. »Wenn ich nur –«

»Wenn Sie nur brav im Haus geblieben wären, wie ich es Ihnen befohlen habe? Dann hätte ich zweifellos Walter Frakes-Hogg geschnappt, anstatt mir einen verführerischen Nachtschwärmer einzufangen!«

»Mir deswegen jetzt Vorwürfe zu machen, hilft uns überhaupt nicht weiter.«

Nathan seufzte. »Ich wünschte, ich wüßte, was uns weiterhilft.« Er verkniff sich ein Grinsen, als er sah, daß sie rot geworden war. »Nun, jedenfalls ist Walter Frakes-Hogg, während unser Gärtner wie ein aufgescheuchtes Huhn durchs Schloß gerannt ist und nach mir gesucht hat, seelenruhig mit seinem Pferd durch das Gestrüpp geritten, bis er eine Stelle gefunden hatte, von der er den Garten sehen konnte.«

»Sie . . . Sie meinen doch nicht, daß –« Sie keuchte entsetzt auf, während ihre Hand zu ihrem Mieder flog.

»Wie können Sie so eine abscheuliche Schlußfolgerung ziehen?«

»Das war nicht schwer. Ich bin den Huf- und Stiefelspuren gefolgt. Sie endeten an der Reihe von Eichen, die den Garten vor Wind und Blicken schützt –«

»Und die vom westlichem Seiteneingang zu sehen ist?«

»Genau.« Nathan beobachtete eine Weile ihre Wanderung, während er überlegte, wie er die nächsten Sätze am besten formulieren sollte. Schließlich beugte er sich vor und schnappte sich einen Rockzipfel, als sie gerade an ihm vorbeikam. »Würden Sie sich bitte setzen? Dies ist keine Situation, vor der wir einfach die Augen verschließen können.«

Sie gehorchte, konnte seinem durchdringenden Blick jedoch nicht begegnen. »Ich habe mich furchtbar dumm benommen.«

»Oh, tatsächlich? Nun, ich denke, wir beide müssen uns jetzt mit den Tatsachen auseinandersetzen. Es ist wohl wahrscheinlich, daß Walter Frakes-Hogg etwas oder alles von dem gesehen hat, was gestern nacht zwischen uns vorgefallen ist.«

Adrienne stöhnte, während sie verzweifelt die Hände rang. »Ich fürchte, es stimmt. Daß er uns gesehen hat, meine ich. Denn als ich zum Seiteneingang lief, um ins Haus zu gelangen, sah ich eine Bewegung in der Baumreihe. Ich muß gestehen, daß ich in dem Moment schon eine Ahnung hatte.«

»Warum haben Sie mir das nicht erzählt?« Ihr furchtsames Erröten war Antwort genug. »Schauen Sie, es gibt etwas, über das wir uns beide klar sein müssen. Wie sehr Sie oder ich den gestrigen Vorfall auch bereuen mögen, wir müssen wohl oder übel die Konsequenzen tragen. Also tun Sie nicht einfach so, als könnten Sie diese . . . heimlichen Momente einfach auslöschen.«

»Sie sind widerlich.«

»Ja, wahrscheinlich. Und nun zu Walter Frakes-Hogg.

Wenn wir ihn bekommen wollen, müssen Sie mir helfen, denn Sie kennen ihn, ich aber nicht. Einverstanden?«

Bedrückt nickte sie. »Einverstanden.«

Nun sprang Nathan auf und begann, auf und ab zu wandern. »Fein. Also. Erstens muß ich wissen, wie er aussieht. Ich habe ihn in London bisher nur ein- oder zweimal aus der Ferne gesehen und neulich in Winchester, als der Schlachter mich auf ihn hingewiesen hat. Ich weiß, daß er sehr groß und dünn ist, bereits weißes Haar hat und seine Augen dunkel sind. Was fällt Ihnen noch ein?«

»Seine Wangen sind ständig gerötet, weil er soviel Brandy trinkt«, erwiderte sie ohne zu zögern. »Und sein Geruch . . . Brandy gemischt mit Sandelholz, was er dazu benutzt, den Alkoholgeruch zu überdecken. Er hat ein langes Gesicht und eine ebenso lange Nase, auf deren Spitze ein rötlicher Fleck sitzt. Außerdem sind die Ohren oben immer rot.«

»Hm, scheint mir äußerst attraktiv zu sein, der Bursche. Noch etwas?«

Ihre Hände sortierten die Falten ihres Rocks. »Er hat ein großes Muttermal auf seiner Brust.«

»Schon gut.« Nathan ließ sich wieder in seinen Stuhl fallen. »Ich werde Sie nicht fragen, woher Sie das wissen. Ich bin mir ohnehin sicher, daß Sie dieses ›Geheimnis‹ nicht auf angenehme Art herausgefunden haben.«

»Wohl wahr.« Nun schaute sie auf und begegnete seinem Blick, ohne mit der Wimper zu zucken. »Ich hasse Walter Frakes-Hogg. Er ist ein elender, gemeiner Schuft, und er ist um so gefährlicher, da er sich stets sehr freundlich und liebenswürdig gibt. Immer wenn . . . wenn er sich mir näherte, trug er ein Lächeln auf den Lippen, und selbst später, als er mir drohte, hat er immer dabei gelächelt!« Sie erschauerte. »Er ist ein Ungeheuer! Wenn ich nur wüßte, was ich für seine Töchter tun könnte! Ich bin nur deswegen so lange dort geblieben, weil ich gefürchtet hatte, daß dieser Schuft sich nicht richtig um sie kümmert.«

»Was würde denn mit den Mädchen geschehen, wenn ihr Vater sterben würde?«

Seine beiläufige Frage sandte ihr einen kalten Schauder den Rücken hinab. »Die Schwester ihrer Mutter, Mrs. Halper, würde sie in ihre Obhut nehmen. Sie ist vor kurzem Witwe geworden und hat nie Kinder bekommen können, deswegen ist sie ganz vernarrt in Beth und Ellie. Das Problem ist leider nur, daß sie jetzt arm wie eine Kirchenmaus ist. Bevor ich die Kinder zu ihr brachte, hatte sie in Erwägung gezogen, zu Walter zu ziehen . . .«

»Glauben Sie, daß sie die Kinder aus diesem Grund wieder nach Hause gebracht hat?«

»Nein, ich denke nicht. Ich habe sie vor ihm gewarnt. Außerdem hat Walter mir gesagt, daß er sie nicht bei sich haben will. Sie würden ihn bei seinen . . . seinen Vergnügungen stören.« Wieder schüttelte Adrienne sich. »Seine Abneigung dagegen, daß sie zu ihm zieht, hatte überhaupt nichts mit Mrs. Halper selbst zu tun. Ich vermute, daß es ihm Spaß macht, bedürftigen Mitmenschen Bitten abzuschlagen. Aber nicht, daß er es auffällig macht! Wenn er nein sagt, tut er das immer mit ausgesuchter Höflichkeit und dem Ausdruck größten Bedauerns!«

»Es klingt, als wäre er einer von jenen Menschen, denen jedes Mittel recht ist, Macht über andere auszuüben.«

»Genau!« rief Adrienne. »Ich habe eine Ewigkeit gebraucht, um zu bemerken, was er wirklich für ein Mensch ist. Ich glaube, ich habe auch gehofft, daß er sich ändern würde oder daß er tief in seinem Inneren doch gut ist . . .«

»Aber nun wissen Sie es besser?«

»Leider ja. Ich bin wohl auch älter geworden.«

Ein Grinsen ließ seine weißen Zähne aufblitzen. »O ja. Kurz vor dem Altjungfernstand?«

»Das wäre gar nicht so schlecht. Jedenfalls würden die

Leute dann aufhören, mir zuzureden, daß ich unbedingt heiraten muß. Mein Bild der Hölle auf Erden ist die Vorstellung, ein ganzes Leben lang von einem Vertreter der männlichen Spezies abhängig zu sein.«

Bevor Nathan einen Kommentar dazu abgeben konnte, erschien Mabel, die stämmige irische Haushälterin, vor den gläsernen Wänden des Wintergartens und klopfte an die Scheibe. Nathan stand auf und bedeutete ihr einzutreten.

»Ich hab' Sie beide schon überall gesucht. Ich glaub', Ihre Ladyschaft dreht gleich durch«, sagte Mabel atemlos. »Ein Reiter is' eben gekommen und hat Lord Harms und seine Freunde angekündigt. Sie treffen in 'ner knappen Stunde hier ein!«

Unter exzessivem Gebrauch seiner Kutscherpeitsche lenkte Huntsford Harms den Zweispänner, vor dem zwei Braune trabten, die unkrautbewachsene Auffahrt zum Schloß hinauf. Der junge Lebemann wurde von einer Ansammlung Lakaien, Wachen, seinem Kammerdiener und einem Reisewagen voller Freunde begleitet. Ein Kutscher saß auf dem Bock neben seinem Herrn und riß entsetzt die Augen auf, als Huntsford die letzte Kurve so scharf nahm, daß der Zweispänner beinahe umgekippt wäre. Als der leichte Wagen schließlich ein paar Meter vom Eingang des Schlosses zum Stehen kam, hatte sich bereits eine Art Empfangskomitee versammelt.

Jarrow hatte sich für diese Gelegenheit einen sauberen Frack und eine Krawatte angezogen und sich vor dem bunt zusammengewürfelten Haufen der Dienerschaft aufgebaut. Auch Nathan und Adrienne warteten auf der Treppe; sie hatten sich von Lady Thomasina überreden lassen, an ihrer Stelle die Gäste willkommen zu heißen. Ihre Knöchel seien zu geschwollen, als daß sie Treppen steigen könnte, hatte Lady Thomasina erklärt. Sie würde mit Hortie und Angus, dem Terrier, in der Bibliothek auf ihren Sohn warten.

»Meine Güte, Lord Harms ist in der Tat eine bemerkenswerte Erscheinung«, flüsterte Adrienne.

»Das haben Sie schön ausgedrückt«, erwiderte Nathan voller Ironie. »Sie sind ein höflicher Mensch, nicht wahr?«

Trotz allem konnte Adrienne den Blick nicht von dem jungen Lord Harms abwenden. Er trug einen prächtigen, mit Biberpelz verbrämten Hut und einen Umhang mit mehreren Überwürfen. Mit der gelassenen Arroganz eines Königs stieg er aus dem Zweispänner und ließ sich von den Dienern, die sich benahmen, als wäre ein Gott zu ihnen herabgestiegen, gebührend begrüßen.

»Ah, Jarrow, wie geht's? Schön, wieder daheim zu sein!« Huntsford wartete, bis der alte Mann sich ausreichend oft verbeugt hatte, dann fuhr er fort: »Ich gehe davon aus, daß all die notwendigen Vorbereitungen für meine Ankunft getroffen worden sind?«

»Wir sind überglücklich, Sie wieder bei uns zu haben, Sir. O ja!« Jarrows ohnehin schon rotes Gesicht nahm eine noch dunklere Farbe an, denn er hatte keine Ahnung, wie er Huntsford nun, da sein Vater gestorben war, anreden sollte. Als Sohn eines Barons war er nie ein Lord gewesen, und für Jarrow gehörten Barone ohnehin nicht zum echten Adel. Dennoch besaß dieser Junge eine gewisse Macht . . ., zumindest in diesem Haus. »Nun, aber um auf Ihre Frage zurückzukommen, so ist es wohl meine Pflicht, Ihnen mitzuteilen . . . ähem. Also, ich wollte sagen, daß wir, die Dienerschaft meine ich, nicht genug Zeit gehabt haben, das Haus so herzurichten, wie Sie es sich vielleicht gewünscht hätten. Das, was Ihre gnädige Frau Mutter gewöhnlich verlangt, ist, äh . . . weit weniger aufwendig.«

»Das sind schlechte Nachrichten«, erwiderte Huntsford kalt. »Und wo ist meine faule Mutter?« Als er von ihren geschwollenen Knöcheln hörte, verdrehte er die Augen und blähte zur gleichen Zeit die Nasenflügel. »Na ja, um so besser. Mammi macht ja nicht gerade den besten Eindruck, und wer weiß, ob meine Gäste nicht sofort die Flucht ergriffen hätten, wenn sie unvorbereitet auf sie getroffen wären.«

Jarrow betrachtete die jungen, gutaussehenden und sehr modisch gekleideten Leute, die nun aus der anderen Kutsche ausstiegen und sich ihnen näherten. Die beiden Männer waren von ihren Hemden mit den übertriebenen Kragen bis hin zu den Schaftstiefeln beinahe identisch gekleidet, und die zwei Damen trugen beide Redingote-Mäntel und elegante Hüte. Eine der Frauen hatte einen kleinen, flauschigen Hund auf dem Arm, der zu kläffen begann, als sie sich den Dienern näherte.

»Mein kleiner Peter scheint unbedingt sein Geschäft erledigen zu müssen«, verkündete die Lady und setzte den Hund auf den Boden ab. Prompt erleichterte sich das Tier auf der Treppe.

Huntsford Harms warf der Frau einen bösen Blick zu. »Zum Teufel, Lucy. Wie oft habe ich dir schon gesagt, daß du das stinkende Vieh in London lassen sollst! Wenn er uns das Schloß verdreckt, dann lade ich dich nie wieder ein!«

Einer der männlichen Gäste räusperte sich. »Harms, was sind denn das für Manieren? Reiß dich zusammen und zeig uns deine gute Erziehung!«

Ganz hinten am Rand der Menschenansammlung tauschten Adrienne und Nathan einen halb amüsierten, halb konsternierten Blick aus. »Ich wünschte, wir könnten davonlaufen«, flüsterte sie.

Beinahe hätte er ihren Arm genommen und sie fortgebracht, aber er beherrschte sich. Huntsford Harms war ein so unerträglicher Charakter, daß es ihm schwerfiel, ruhig dazustehen und ihn zu beobachten. Der junge Stutzer setzte sich nun in Richtung Eingangstür in Bewegung, blieb aber plötzlich stehen und drehte sich noch einmal zu Jarrow um.

»Diese Sache mit Mammis Knöchel . . . nun, ich empfinde sozusagen die ernsthafte Sorge eines Sohnes. Steht es schlecht um ihre Gesundheit? Ich meine . . ., muß ich mich gegen ihren Anblick irgendwie wappnen oder so etwas?«

Adrienne konnte es nicht mehr ertragen. Ohne nachzudenken trat sie vor und baute sich vor Huntsford Harms auf. »Sir, ich konnte leider nicht umhin, Ihre Bemerkung mitzuhören. Ich bin Miss Adrienne Beauvisage, die Gesellschafterin Ihrer Mutter. Lady Thomasina hat mich gebeten, Sie an ihrer Stelle willkommen zu heißen, und ich kann Ihnen versichern, daß sie sich bester Gesundheit erfreut.«

Wortlos zog Huntsford Harms sein Lorgnon aus der Tasche, hob es mit seinen behandschuhten Fingern an die Augen und musterte sein Gegenüber von Kopf bis Fuß. »Beim Jupiter, wie kommt ein so schönes Ding wie Sie denn dazu, sich mit einer exzentrische Alten in diesem alten Kasten zu langweilen?«

Obwohl sie sich darüber ärgerte, mußte Adrienne zugeben, daß er aus der Nähe betrachtet tatsächlich sehr gut aussah. Sein Gesicht erinnerte sie an das einer griechischen Skulptur. Und seine Augen waren tatsächlich wunderschön. Nun nahm er den Hut ab, unter dem modisch zerzaustes, goldblondes Haar zum Vorschein kam, und verbeugte sich vor ihr. Was sollte sie sagen?

Nathan kam ihr zur Hilfe. Seine Finger berührten sie zart am Rücken, um sie an seine Anwesenheit zu erinnern, dann wandte er sich an den jungen Mann. »Ich sollte mich wohl auch vorstellen, Sir. Meine Name ist . . . Nathan Essex und –«

»Ja?« sagte Huntsford barsch und betrachtete abschätzend die Kleidung des anderen. »Wessen Gesellschafter sind Sie?«

»Gegen Miss Beauvisage sind Drohungen ausgesprochen worden. Ihre Familie in Frankreich hat mich engagiert, um ihre Sicherheit zu garantieren. Im übrigen bewache ich ebenfalls Lady Thomasina.« Nathan, der ein ganzes Stück größer und kräftiger war als Lord Harms, nutzte bewußt diesen körperlichen Vorteil, indem er die Schultern zurücknahm und auf den anderen herabblickte.

Lord Harms wandte ein wenig zu schnell den Blick ab. »Langweilen Sie mich nicht mit derart bedeutungslosen Einzelheiten. Meine Gäste sind müde und hungrig.« Mit diesen Worten bedeutete er seinen Freunden einzutreten. Die Dienerschaft hastete hinter ihnen her.

Kurz darauf standen Nathan und Adrienne allein draußen auf der Steintreppe. Nach einer Weile wohltuender Stille murmelte er: »Was für ein Vollidiot!«

Adrienne bemühte sich, dem Ganzen etwas Positives abzugewinnen. »Nun, wenigstens werden wir uns jetzt nicht mehr langweilen.«

»Muß ich Sie daran erinnern, daß Walter Frakes-Hogg irgendwo auf der Lauer liegt und ich Ihre Hilfe brauche, um ihn zu erwischen? Sagen Sie mir nicht, das wäre langweilig.«

Da Adrienne erkannte, daß er seine Verärgerung über Huntsford Harms abreagieren mußte, machte sie keinen Versuch, sich zu verteidigen. »Nun, wie auch immer, im Augenblick gibt es ein paar andere Dinge zu erledigen. Lord Harms wird wohl inzwischen in der Bibliothek sein, und ich sollte Lady Thomasina beistehen.«

Nathan folgte ihr nicht. Er hatte keine Lust, nun auch noch miterleben zu müssen, wie Huntsford Harms' lüsterner Blick über Adriennes Körper wanderte. Denn eben dieser Blick hatte ihm ein merkwürdiges, unangenehmes Ziehen in den Eingeweiden verursacht – ein Gefühl, das verdächtige Ähnlichkeit mit Eifersucht hatte.

Mochte der Erbe von Harms Castle auch noch so sehr schimpfen, daß das Haus zu staubig und zu schäbig war, es hinderte ihn und seine Gäste nicht daran, sich häuslich einzurichten. Feuchte und muffige Räume wurden gründlich durchgelüftet, und unter Aufsicht von Huntsford Harms persönlich räumte die Dienerschaft das Mobiliar einiger Zimmer um. Die Galerie wurde zu einem portraitgeschmückten Billardzimmer, im Wohnzimmer und im Salon wurden die Stühle an die Wand geschoben, so daß Platz zum Tanzen oder für andere Vergnügungen geschaffen war, und der Speisesaal wurde durch einen ausklappbaren Tisch bereichert, so daß je nach Anzahl der Gäste die Größe leicht angepaßt werden konnte.

Huntsford erklärte Jarrow gerade seine Wünsche, während Lakaien die Möbel mal hierhin, mal dorthin schoben, als seine Mutter im Türrahmen erschien.

»Und ich hatte gedacht, daß meine Ohren mir einen Streich spielen!« Ihr gewaltiger Busen hob und senkte sich heftig von der ungewohnten Anstrengung, die Dutzende von Metern von ihrer geliebten Bibliothek bis zum Speisesaal zu watscheln. Angus, der sich dicht neben ihrem Bein hielt, knurrte leise. »Hunty, bist du verrückt geworden? Was machst du mit meinem schönen Haus?«

Er kicherte und schlenderte zu ihr herüber. »Liebe Mammi, du hast dich immer schon viel zu schnell aufgeregt. Wir beide wissen doch, daß dieses alte Mausoleum ein bißchen frischen Wind gebrauchen kann, hm?« Nachdem er ihr ein Lächeln und Angus ein lauteres Knurren entlockt hatte, fuhr Huntsford fort: »Jarrow und ich fanden, daß dieser Tisch weit nützlicher für uns ist. Da wir Männer mittags ziemlich sicher draußen auf der Jagd oder so sein werden, braucht die Küche sich nur um das Essen für Lucy und Clair zu kümmern. So ist es doch viel praktischer, oder?«

Lady Thomasinas Mundwinkel zogen sich erneut herab. »Das ist mein Haus. Du könntest wenigstens fragen.«

»Na, na, nun gib mir ein Küßchen. Mach dir um solch einen Unsinn keine Gedanken, liebste Mammi!« Aus dem Augenwinkel sah Huntsford plötzlich, daß Angus einen seiner kostbaren pastellblauen Handschuhe unter einem Sessel entdeckt hatte. Der Hund schnappte ihn sich und schoß auch schon auf die andere Tür zu. »He, du blöder Köter. Bleib sofort stehen!«

»Er heißt Angus, Hunty. Nach fünfzehn Jahren solltest du es dir langsam merken können«, rief Lady Thomasina vorwurfsvoll ihrem Sohn hinterher, der die Verfolgung des Hundes aufgenommen hatte.

»Schnell!« brüllte Huntsford Jarrow zu. »Machen Sie die Tür zu, bevor dieses Vieh entkommt!«

Einer der Lakaien stürzte vor, um den Befehl auszuführen, und Angus sauste unter eine schwere Anrichte. Huntsford ließ sich auf Hände und Knie nieder und versuchte, den Hund zu packen. Angus, den Handschuh noch immer zwischen den Zähnen, preßte sich dicht an die Wand und knurrte den schrecklichen Menschen drohend an.

»Mammi!« Huntsford wandte den Kopf und sah seine Mutter anklagend an. »Unternimm etwas! Ich kann dir gar nicht sagen, was mir dieser Handschuh bedeutet. Ich meine, ich habe ihn extra maßschneidern lassen, und es kann Wochen dauern, bis ich welche in derselben Farbe bekomme ...«

»Angus ist ein sehr kluges Tier«, sagte seine Mutter schniefend. »Er muß gespürt haben, daß du ihn nicht magst. Wahrscheinlich hat er seit Jahren auf diese Rache gewartet.«

»Verdammt, wir reden hier über einen dämlichen Köter!« Wütend bückte er sich wieder und schob seinen Kopf unter die Anrichte, um Angus anzubrüllen. »Gib das Ding zurück, du elender Bastard, oder du wirst es bitter bereuen!« Dann ließ er seinen Arm vorschießen und bekam tatsächlich einen Zipfel des Handschuhs zu fassen.

Lady Thomasina hastete, so schnell es ihre wogenden Massen zuließen, zur Anrichte. »Wenn du meinem Angus nur ein Haar krümmst, dann wirst *du* es bereuen!«

»Mutter, geh aus dem Licht! Ich sehe hier unten nichts mehr!« Als Huntsford an dem Handschuh zerrte, ließ Angus los und versenkte seine Zähne statt dessen in die Hand des Mannes. Huntsford schrie auf und versuchte mit heftigen Bewegungen den Hund abzuschütteln, doch Angus hatte sich festgebissen. Das Ratschen von Stoff erklang, als sein hautenger Rock unter dem Arm einriß. Mit einem Schwall schmutziger Verwünschungen kroch Huntsford unter dem Möbel hervor.

Angus grollte triumphierend.

Lady Thomasina schüttelte den Kopf, wodurch eine Puderwolke auf ihren Sohn hinabrieselte. »Du kannst wirklich ein überaus ungezogenes Kind sein. Sieh zu, daß du deine Energie in irgend etwas Nützliches steckst, anstatt in meinem Haus alles durcheinanderzubringen.«

»Die anderen warten im Billardzimmer auf mich.«

»Wir haben kein Billardzimmer.«

»Wir haben aus der Ahnengalerie eins gemacht. Der Billardtisch ist aus der Stadt geliefert worden.« Noch immer schmollend kam er auf die Füße. »Ich muß jetzt gehen. Vor allem muß ich mich umziehen und abstauben!« Mit einem gezwungenen Lächeln ging Huntsford zur Tür. »Ach, Mammi . . ., deine Gesellschafterin. Wie heißt sie noch? Annabelle?«

»Adrienne, dummes Kind.«

Er lachte. »Ja, natürlich. Manchmal bin ich wirklich dumm, nicht wahr?«

Kapitel 6

Einer der männlichen Gäste, Sir Blake Smythe, verbrachte die meiste Zeit auf Harms Castle mit Malen. Wenn das Wetter gut war, konnte man ihn mit Farben und Staffelei stets irgendwo draußen antreffen, und wenn er im Haus bleiben mußte, suchte sich Sir Blake willige menschliche Motive, die er skizzieren konnte.

Huntsford Harms war ausgesprochen verstimmt über den Alleingang seines Freundes. Während es insofern günstig war, nur zu viert zu sein, da sich niemand beim Kartenspielen oder bei anderen Freizeitbeschäftigungen überflüssig vorkommen mußte, bedeutete es auch, daß kein anderer sich selbständig machen konnte . . . Huntsford eingeschlossen. Es war kaum ein Tag vergangen, als Blakes Aktivität schon die erste größere Krise auslöste.

»Wo ist Clair?« fragte Alistair, als er, Huntsford und Lucy sich nach dem Abendessen um den Kartentisch versammelten.

Kerzen waren angezündet, die Whistkarten vorbereitet und Rotwein in die Gläser gefüllt worden, und das weiche Licht der Flammen vertrieb die Feuchtigkeit und die Düsternis des alten Hauses. Der einzige Makel an der heimeligen Szene war der leere vierte Stuhl.

»Ich glaube, Clair hat irgend etwas gegessen, das ihr nicht so gut bekommen ist«, murmelte Lucy und errötete. Die beiden Männer sahen sie mißtrauisch an. »Nun ja, es könnte auch der Champagner heute mittag gewesen sein . . .«

»Ich habe gesehen, wie sie drei Gläser getrunken und dann noch zweimal von meinen genommen hat.« Alistair, ein auf attraktive Weise dünner und bleicher Mann, seufzte und schüttelte den Kopf. »Wir können zu dritt kein Whist spielen. Vielleicht gesellt sich Blake ja heute zu uns.«

Blake, der ganz in seine Arbeit versunken etwas abseits saß und Lucys Hund zeichnete, hob überrascht den Kopf, als er seinen Namen hörte. »Was, ich? Ach nein, lieber nicht.«

»Oh, verflucht!« Huntsford schlug so heftig auf den Tisch, daß die Gläser hochsprangen und der Wein fast über den Rand schwappte. »Da, sieh nur, was ich wegen dir beinahe angestellt hätte! Warum mußt du immer so egoistisch sein? Du denkst nie an andere, immer nur an dich selbst, jeden Tag und jede Nacht –«

»Ich sagte nein, hast du gehört?« Sir Blake warf einen verstohlenen Blick auf die Weinkaraffe und fragte sich, wieviel sein Freund an diesem Abend bereits getrunken hatte. »Ich denke nicht, daß ich der Schuft in diesem Stück bin. Als du mich eingeladen hast, sagtest du nichts von *Bedingungen*, die an den Besuch geknüpft sind!«

»Ich finde es schön, wenn Blake meinen lieben Peter malt«, meldete sich Lucy unbekümmert zu Wort. »Dafür kann ich durchaus auf Whist verzichten.«

»Ach, Gott, sind wir langweilig heute! Hast du vergessen, wer hier der Gastgeber ist?« Wütend stand Huntsford auf, um Blake erneut anzufahren, als sich sein schönes Gesicht plötzlich erhellte. »Ich habe eine ganz hervorragende Idee. Wir haben doch noch jemanden im Haus, der Clairs Platz einnehmen kann.«

Er winkte einem Pagen, der geduldig im Zimmer gewartet hatte, falls Lord Harms irgendeinen Wunsch äußern sollte. »Kennst du Miss Beauvisage, die Unterhalterin meiner Mutter? Nun, natürlich. Lauf zu ihrem Zimmer oder wo auch immer sie ihren uninteressanten Abend verbringt, und sag ihr, daß es Lord Harms und seine Gäste nach ihrer Gesellschaft verlangt. Sofort!«

»Darf ich mich Ihnen beiden anvertrauen?« fragte Lady Thomasina ohne Vorwarnung. Sie sah erst Nathan, dann Adrienne und schließlich ihren Kirschkrapfen an. »Ich hoffe, daß mein Appetit zurückkommt, wenn ich Ihnen mein Herz ausgeschüttet habe. Das ist mein Lieblingsnachtisch, wissen Sie?«

»Habe ich denn noch nicht bewiesen, daß ich Ihr Vertrauen verdiene, Mylady?« Nathan setzte die Unschuldsmiene auf, die, wie er herausgefunden hatte, auf Lady Thomasina so gut wie immer wirkte, während Adrienne bekräftigend nickte.

Lady Thomasina trank einen großzügigen Schluck Port und begann mit weinerlicher Stimme: »Würden Sie mich für eine lächerliche alte Frau halten, wenn ich manchmal im Angesicht von Huntys Zukunft den Mut verliere? Daß ich gelegentlich befürchte, er könne in seinem Verhalten mir, seiner Mutter, gegenüber etwas ... nun ... ungeduldig werden?«

»Wir halten Sie bestimmt nicht für eine lächerliche alte Frau«, sagte Nathan vorsichtig. »Aber ich bin mir nicht sicher, was genau Sie meinen, Mylady.«

»Hat es etwas mit Angus und dem blauen Handschuh zu tun?« mischte sich Adrienne ein.

Nur der Kopf des Terriers lugte unter den bauschigen Röcken Ihrer Ladyschaft hervor. Obwohl seine Augen geschlossen waren, steckte in seiner Schnauze der zerfledderte pastellblaue Handschuh von Huntsford Harms; der Hund hatte ihn noch kein einziges Mal irgendwo liegenlassen! Lady Thomasina bückte sich, um ihm den Kopf zu tätscheln, dann antwortete sie: »Nein. Ich gebe mir Mühe, Huntys und Angus' Streit aus meinen Gedanken zu verbannen.«

»Äh, verzeihen Sie«, warf Nathan ein, »aber ich verstehe immer, daß Ihr Sohn und Ihr Hund sich gestritten haben ...«

»Angus wollte Hunty nur ein wenig necken, aber mein Sohn konnte nicht darüber lachen.«

»Aha. Ich verstehe.« Er zog eine Augenbraue hoch. »Glaube ich.«

»Lassen Sie sich nicht von ihm ablenken«, sagte Adrienne zu der alten Frau. »Sonst vergessen Sie noch, was Sie uns mitteilen wollten.«

»Ja, danke, Miss Beau. Sie fangen langsam an, mir ans Herz zu wachsen.« Lady Thomasina starrte in die Kerze und schwieg eine Weile nachdenklich. Ihr breites, bemaltes

Gesicht sah im flackernden Licht sowohl mitleiderregend als auch abstoßend aus. »Sehen Sie, meine lieben Freunde, ich glaube, ich will gar nicht, daß mein Hunty wirklich erwachsen und ein Mann wird. Ich fürchte, wenn er heiratet, dann bin ich für ihn nicht mehr wichtig und –«

In diesem Moment öffnete sich die Tür zum Wohnzimmer und einer von Huntsford Harms' Pagen trat ein.

»Ich soll Miss Beauvisage holen. Seine Lordschaft will, daß Sie sofort kommen, Miss. Lady Clair ist ... ähm, krank, und sie brauchen eine vierte Person für Whist.«

»Also, das ist aber seltsam«, stammelte Adrienne.

»Um es milde auszudrücken«, brummte Nathan.

»Das ist doch ganz wundervoll!« Lady Thomasina klatschte erfreut in die fetten Hände. Sie wies den Pagen an, draußen im Flur zu warten, und als er durch die Tür verschwunden war, beugte sie sich zu Adrienne. »Ach, genau das hatte ich gehofft. Wissen Sie, diese Person, diese Clair, hat es auf Hunty abgesehen. Mütter spüren solche Sachen. Ich mag sie nicht, ganz und gar nicht, allein schon deswegen, weil sie ständig halb betrunken ist. Aber nun, da sie durch zuviel Champagner darniederliegt, können Sie mich retten, Miss Beau! Hunty findet Sie bestimmt weit interessanter, und bald wird er diese andere ganz vergessen.«

»Und was, wenn er sein Interesse *gänzlich* auf Miss Beau überträgt?« wollte Nathan wissen.

»Seien Sie nicht albern, mein Junge! Miss Beau ist schließlich immer noch eine Dienerin. Keiner von uns muß sich darüber Sorgen machen. Und wenn Hunty ein klein wenig schäkern will, dann wage ich zu behaupten, daß Miss Beau sich ebenfalls prächtig amüsieren wird.«

Nathan Raveneau saß am Schreibtisch in seinem Zimmer und zündete eine neue Kerze an dem Stumpf der alten an.

Er genoß diese kurzen nächtlichen Stunden der Einsamkeit. In dieser Zeit konnte er sich ganz und gar entspannen, ganz er selbst sein, ohne befürchten zu müssen, aus seiner Rolle als Nathan Essex zu fallen. Er brauchte keine Brille und keine abgewetzten Kleider mehr zu tragen und durfte wieder ein ganzer Mensch mit Vergangenheit sein.

Er lehnte sich in dem antiken Stuhl mit der hohen Lehne zurück und ließ seine Gedanken wandern. Es war ärgerlich, daß die *Golden Eagle* nicht in der Nähe ankerte, denn dann hätte er seine Mannschaft besuchen und sich in die Kabine zurückziehen können, die die Besitztümer des Nathan Raveneau enthielt. Die Möglichkeit, sich eine Weile in seinem einzig wahren Zuhause aufzuhalten, hätte ihm mehr frische Kraft und Energie verliehen, als jedes Stärkungsmittel es gekonnt hätte.

Da er diese Chance aber nun nicht hatte, begnügte Nathan sich damit, jede Nacht in das Logbuch zu schreiben, das er schon seit Jahren führte. Das in dunkelblaues Leder gebundene Buch, auf dem sein Name in Gold geprägt war, enthielt nicht nur die etwas eintönigen Einzelheiten der langen Tage auf See, sondern auch Nathan Raveneaus persönliche Geschichte. Hier auf Harms Castle hielt er das Tagebuch in einer abschließbaren Truhe unterm Bett verborgen. Manchmal holte Nathan aus der messingbeschlagenen Truhe auch andere Dinge heraus; heute abend trug er seinen Siegelring, auf dem die Initialen NR prangten, und eines seiner besten Leinenhemden.

Einmal mehr versicherte er sich, daß der August schon bald genug kommen würde.

Und bis dahin gab es genügend Probleme, mit denen sich sowohl Raveneau als auch Essex auseinandersetzen mußte. Er fuhr sich mit der Hand durch das schwarze Haar und tauchte die Feder in das Tintenfaß. In das Tagebuch zu schreiben half ihm, sein inneres Gleichgewicht wiederzufinden, so daß er beruhigt zu Bett gehen konnte. Und heute abend mußte er sich über sehr vieles klar werden. Huntsford Harms, Walter Frakes-Hogg und natürlich

Adrienne . . . Wer würde letztendlich das größte Problem bedeuten?

Das Kratzen der Feder auf dem Papier war das einzige Geräusch, das in Nathans Zimmer zu hören war, bis er die Uhr auf dem Treppenabsatz zwei schlagen hörte.

Und beinahe gleichzeitig setzte ein anderer Lärm ein.

Ein Mann rief, und kurz darauf stimmte eine Frauenstimme ein. Schließlich war eine weitere Männerstimme zu hören, und das Gebrüll verwandelte sich in wildes Gelächter. Irgend jemand begann, ein Lied zu grölen. War Adrienne noch bei den anderen jungen Leuten? Als Lady Thomasinas Glocke erklang, öffnete Nathan seine Tür. Zur gleichen Zeit spähte auch Adrienne aus ihrem Zimmer.

»Ich muß zu ihr«, flüsterte sie. »Vielleicht hat sie Angst wegen des Lärms da unten. Sie sind nicht sehr rücksichtsvoll, nicht wahr?«

»Wahrlich nicht.« Er konnte nicht anders: Er mußte sie anstarren. Sie sah so verlockend aus mit ihren zerwühlten Haaren und dem Nachthemd, dessen züchtiger Kragen mit Spitze besetzt war! Er war unglaublich erleichtert, daß sie nicht bei Huntsford Harms war, sondern sich in ihrem eigenen Zimmer aufhielt. »Ich werde ein paar Takte mit ihnen reden.«

Adrienne schenkte ihm ein schüchternes Lächeln, bevor sie sich hastig in ihr Zimmer zurückzog und die Tür schloß. Obwohl sie sich Nathan Essex' Anziehungskraft permanent bewußt war, versetzte es ihr doch einen Schock, ihn um zwei Uhr in der Früh *derart* attraktiv zu finden. Doch sein leicht wirres Haar, seine blitzenden Augen, die ohne die übliche Brille nur noch geheimnisvoller wirkten, und das halb geöffnete Hemd, das einen Blick auf seine nackte Brust mit den schwarzen Härchen erlaubte, brachte sie vollkommen aus dem Konzept. Er sah ganz und gar aus wie ein Pirat, der gerade aus seiner Kabine an Bord seines prächtigen Schiffes trat . . .

Adrienne zwang sich, ihre Gedanken in eine andere Richtung zu lenken, als sie durch die Verbindungstür Lady Thomasinas Ankleidezimmer betrat. Sie entzündete eine Kerze und betrat das Schlafzimmer.

»Miss Beau! Wo waren Sie? Ich dachte, Sie wären noch unten bei Hunty!«

»Oh, nein«, beruhigte Adrienne sie. Sie wand die Glocke aus Lady Thomasinas Fingern und bot ihr statt dessen ihre Hand. »Ich war schon gegen elf Uhr so müde, daß ich mehrmals beinahe eingedöst bin, was natürlich nicht gerade zu einer fröhlichen Stimmung beitrug. Zum Glück war Lady Clair wieder von den Toten auferstanden, so daß ich flüchten konnte.«

»Flüchten? Aber Sie sollten ihn doch nicht mit dieser Mitgiftjägerin allein lassen!« Lady Thomasina trug statt einer Nachthaube eine Art Turban, und dieser neigte sich jetzt bedenklich zur Seite, als sie heftig den Kopf schüttelte. »Genau das habe ich befürchtet, als ich sie eben unten lärmen hörte. Ich war ganz sicher, daß ich das Lachen dieser ... dieser *Person* gehört habe! Bringen Sie mir ein Glas Sherry. Ich muß unbedingt etwas trinken, sonst liege ich die ganze Nacht wach.«

»Mylady, ich glaube nicht, daß das eine so gute Idee ist.« Sie wagte es, den Kopfputz ihrer Arbeitgeberin zu richten, was Angus zum Anlaß nahm, sich – immer noch mit seinem geliebten Handschuh in der Schnauze – aus dem Gewirr von Bettdecken zu erheben und sie anzuknurren. »Ich bin's nur, Angus. Mach dir keine Sorgen.«

»Holen Sie mir einen Sherry!« Lady Thomasina verzog schmollend den Mund, so daß Adrienne schließlich nachgab. »Glauben Sie ja nicht, daß Sie sich meinen Befehlen widersetzen können! Ich setze Sie augenblicklich an die Luft, wenn Sie das tun.«

»Ich finde es nicht besonders nett, wenn Sie Ihren Ärger an mir auslassen, Mylady. Ich will nur Ihr Bestes.« Adrienne nahm die Hand der alten Frau und sah ihr in die Augen. »Sagen Sie mir doch, was Sie so bekümmert. Dadurch werden Sie viel schneller einschlafen als durch Alkohol.«

»Ich . . . ich habe geträumt, daß Hunty mit dieser fürchterlichen Frau verheiratet war. Sie . . . sie haben mich scheußlich behandelt!« Ganz plötzlich kullerten die Tränen über die fleischigen Wangen. »Sie haben mich aus meinem Haus am Cavendish Square vertrieben, und dieses schreckliche Mädchen hat alle meine Möbel hinausgeworfen. Dann bin ich mit einer Postkutsche und völlig mittellos hierher gekommen, aber Jarrow und Mabel teilten mir mit, daß ich in dem Haus im Wald leben müßte. Es sah aus wie eine . . . wie eine Holzfällerhütte!« Sie begann heftig zu schluchzen und vergrub das Gesicht in einem Taschentuch, das nach abgestandenem Parfum roch.

»Aber, Mylady, das war doch nur ein Traum!« sagte Adrienne sanft.

»Hören Sie sich das an. Was für einen Lärm sie machen!« Doch plötzlich sah sie stirnrunzelnd auf.

»Sehen Sie? Es ist schon ruhig! Mr. Essex ist hinuntergegangen, um ihnen zu sagen, daß sie Rücksicht auf Sie nehmen sollen.«

Lady Thomasina wollte sich noch nicht beruhigen. »Aber stellen Sie sich nur vor, wie ich mich eben gefühlt habe! Als ich zu Tode verängstigt aufwachte, hörte ich das feine Pärchen da unten lachen und singen – als ob mein Traum bereits wahr geworden wäre!« Ein neuer Weinkrampf ließ Angus hastig unter die Decke flüchten. »Oh, Miss Beau, es ist so entsetzlich, alt und nutzlos und von den Kindern abhängig zu sein!«

»Ich bin sicher, daß Sie morgen früh schon ganz anders über diese Sache denken«, versicherte Adrienne ihr. »Soweit ich es beurteilen kann, haben Ihre Ängste überhaupt keine Grundlage. Ihr Sohn macht nicht den Eindruck, als wäre er in Lady Clair verliebt, und andersherum scheint mir das auch nicht der Fall zu sein.«

»Wie kommen Sie denn auf die Idee, daß Liebe etwas damit zu tun hat?« fragte Lady Thomasina, doch sie schien sich langsam ein wenig zu entspannen. Mit einem tiefen Seufzer legte sie sich auf ihren Kissenstapel zurück. »Sie halten mich jetzt bestimmt für eine hysterische alte Vettel.«

Plötzlich hätte Adrienne sie am liebsten in den Arm genommen. Mitfühlend lächelte sie die alte Frau an. »Unsinn. Ich freue mich, daß ich Sie nun besser verstehen kann, Mylady.«

»Sie sind ein braves Mädchen.« Lady Thomasina drückte Adriennes Hand und schloß die Lider. »Ich glaube, ich schlafe jetzt noch ein bißchen.«

Adrienne betrachtete sie mit einem leichten Kopfschütteln. Das Bettzeug war beschmiert mit Marmelade und Teeflecken, und überall waren Krümel verstreut. Lady Thomasina roch stets, als hätte sie dringend ein Bad nötig gehabt, lebte hemmungslos ihre exzentrischen Angewohnheiten aus und war unerträglich ichbezogen. Oft genug kam es Adrienne vor, als hätte sie es mit einem leicht zurückgebliebenen Riesenbaby zu tun, das man in die abgetragenen Kleider eines längst verstorbenen Vorfahren gesteckt hatte.

Doch heute nacht empfand Adrienne nicht nur Mitleid für die alte Dame, sondern zum ersten Mal auch echte Zuneigung. Sie hatte das Gefühl, daß sie die einsame Lady beschützen mußte, und plötzlich traten all ihre anderen Sorgen in den Hintergrund.

Huntsford Harms hing in seinem Stuhl am Kartentisch und trank Rotwein aus seinem Glas, während Lady Clair die Karten neu ausgab. Auf dem Sofa beschäftigten Lucy und Alistair sich kichernd miteinander, und obwohl sie nicht ganz so betrunken waren wie die anderen, war ihre Hemmschwelle weit genug gesunken, daß sie die Grenzen der Schicklichkeit längst überschritten hatten.

Sir Blake Smythe und Peter, der Hund, schliefen gemeinsam in einem Lehnsessel vor dem heruntergebrannten Feuer im Kamin.

»Du hast dir hoffentlich nicht gemerkt, wieviel ich verloren habe, Darling?« fragte Huntsford laut.

Lady Clairs Antwort war ein schrilles Gelächter.

Keiner von den Anwesenden bemerkte, daß Nathan im Türrahmen erschien, und er war zu verärgert, um sich höflich bemerkbar zu machen. »Ich weiß durchaus, daß es von Leuten in Ihrem Zustand sehr viel verlangt ist«, begann er mit klarer, eisiger Stimme, »aber könnten Sie möglicherweise so viel Rücksicht auf Lady Thomasina nehmen, daß Sie entweder ins Bett gehen oder Ihre Sauflieder etwas leiser zum besten geben?«

»Und wer zum Teufel sind *Sie?*« nuschelte Huntsford und blinzelte durch sein Lorgnon.

»Du weißt doch, Harms«, meinte Alistair, der sich nun von Lucy löste und sich streckte. »Das ist der Kerl, der Miss Beauvisage beschützt. Essex heißt er, glaub' ich. Himmel, schaut mal auf die Uhr. Ich müßte längst im Bett liegen!« Er bedachte Nathan mit einem verlegenen Lächeln. »Kein Wunder, daß ich mich so schlecht benehme!«

»Och, schlecht würde ich das nicht nennen«, schnurrte Lucy. Als Alistair sich davonmachte, krabbelte sie zum Sofaende und starrte Nathan an. »Sind Sie sicher, daß Sie Essex heißen? Clair, findest du nicht auch, daß er ohne Brille irgendwie bekannt aussieht?«

Lady Clair grinste anzüglich. »Wenn du das sagst, Lucy. Ich hätte nichts dagegen, wenn er mir bekannt wäre.«

Während die Frauen ihn von Kopf bis Fuß betrachteten, wurde Nathan sich nicht nur bewußt, daß er ohne Verkleidung hier stand, sondern auch, daß Huntsford ihn mit wachsender Feindseligkeit anstarrte. Es war wohl klüger, sich so schnell wie möglich zurückzuziehen. Er konnte nur hoffen, daß die jungen Leute viel zu benebelt waren, um sich am nächsten Morgen noch daran zu erinnern, daß er sich überhaupt hatte blicken lassen. »Ich gehe zu Bett. Gute Nacht!«

Nathan war erst einige Schritte den Korridor entlanggegangen, als er Lucy einen triumphierenden Schrei ausstoßen hörte. »Jetzt weiß ich, an wen er mich erinnert! Er sieht aus wie dieser verflixt attraktive Seekapitän, der im Frühling in London so einen Aufruhr verursacht hat. Weißt du noch, Clair? Sie haben ihn den ›Vagabunden‹ genannt!«

»Und wieso der Name?« lallte ihre Freundin.

»Ach, du weißt schon – soll ein toller Frauenheld oder so was in der Art sein. Zieht von einem Bett ins andere!« Lucy machte eine wegwerfende Geste. »Man kennt doch diesen Typ Mann. Ich weiß nicht mehr, wie er wirklich heißt, aber meine Cousine Fanny war ganz wild auf ihn. Nicht, daß sie irgendeine Chance gehabt hätte. Fanny hat mir erzählt, daß er nur ab und zu in London ist und keine Lust hat, sich in irgendein Mädchen zu verlieben. Natürlich wollen ihn alle deswegen nur um so mehr –«

»Vielleicht mag er ja keine Frauen«, warf Huntsford säuerlich ein.

»Sei nicht albern. Er mag durchaus Frauen ..., aber jede nur ein paar Nächte lang. Fanny ist der Meinung, daß es in seiner Vergangenheit irgendeine Tragödie gegeben haben muß. Gebrochene Herzen, ihr wißt schon. Ich wünschte, ich könnte mich erinnern, wie –«

»Bah, wozu? Ist doch nicht weiter wichtig«, wehrte Huntsford ab. »Dieser Essex ist doch bloß ein Angestellter und ganz bestimmt kein toller Frauenheld aus der Londoner Gesellschaft.«

Draußen im Korridor stand Nathan wie angewurzelt da und lauschte. »Verdammt«, flüsterte er. Endlich löste er sich aus seiner Erstarrung und ging rasch die Treppe hinauf.

In seinem Kopf hallten zwei Worte wider: Der Vagabund! Als er das letzte Mal in London gewesen war, hatten die Leute ihm unter anderem deswegen diesen Spitznamen gegeben, weil er sich nicht von der Gesellschaft hatte vereinnahmen lassen und daher für die meisten immer ein wenig undurchschaubar und mysteriös geblieben war. Er hatte keine Lust nach den Regeln der Oberschicht zu spielen, und das hatte ihn in den Augen eben jener Oberschicht nur um so interessanter und begehrenswerter erscheinen lassen.

Man hatte ihn mit verschiedenen attraktiven Frauen gesehen, woraufhin andere ihn noch dringender kennenlernen wollten, und er hatte sich zum Trinken und Spielen in die Clubs begeben, ohne mit den Gentlemen dort echte Bekanntschaft zu schließen. Zudem gingen die Leute einfach davon aus, daß Nathan ganz nach seinem Vater schlug, der zu seiner Zeit als notorischer Schürzenjäger gegolten hatte. Als der Name ›der Vagabund‹ erst einmal aufgetaucht war, hatte jedermann ihn angenommen, wodurch Nathan selbst in noch weitere Ferne zu rücken schien.

Die Londoner waren jedoch ausgesprochen sprunghaft und unbeständig. Ohne Zweifel wäre der Vagabund längst vergessen, nachdem er nun schon einige Zeit verschwunden war . . ., wenn er nicht an diesem Abend den Fehler begangen hätte, statt in Essex' Verkleidung, als Nathan Raveneau selbst aufzutreten.

Nun, am Morgen würde er wieder seinen unmodernen blauen Rock anziehen, seine Brille aufsetzen und seine Haare etwas sorgfältiger kämmen. Das Grüppchen dort unten würde glauben, daß der Vagabund nur eine durch Rotwein beeinflußte Einbildung gewesen war. Nathans Atem ging wieder etwas ruhiger, als er sich der Sicherheit seines Schlafzimmers näherte.

Die Tür war nur angelehnt, und die Talgkerze, die er hatte brennen lassen, als er das Zimmer verlassen hatte, warf ein flackerndes Licht durch den Spalt. Er stieß die Tür auf, trat ein und erstarrte, als er Adrienne an seinem Tisch stehen sah. Nur in ihrem Nachthemd und mit einem Ausdruck lebhafter Neugier auf dem Gesicht, streckte sie den Arm nach seinem geöffneten Logbuch aus.

Nathan war einen Augenblick wie gelähmt, doch er erholte sich schnell. »Was zum Teufel haben Sie hier zu suchen?« bellte er.

Kapitel 7

Adrienne keuchte erschreckt auf und ließ das ledergebundene Buch auf den Tisch fallen. »Oh, Gott! Müssen Sie mich so erschrecken? Was ist denn los? Ich habe nur auf Ihre Rückkehr gewartet, und –«

»Haben Sie noch nie davon gehört, daß jeder Mensch eine Privatsphäre hat?« Er riß das Tagebuch an sich und schloß es in seinen Schrank ein. Noch einen Moment länger und ihr wäre gewiß der Name Raveneau auf dem Buchdekkel aufgefallen!

»Seien Sie doch nicht so empfindlich! Ich wollte Ihnen doch nichts stehlen!« Stirnrunzelnd deutete sie auf seine Brille, die er auf dem Schreibtisch vergessen hatte. »Hat sich Ihre Sicht ganz plötzlich enorm verbessert?«

»Nein! Ich habe nur eben in der Eile vergessen, sie aufzusetzen.« Er griff nach der Brille, bevor Adrienne sie aufnehmen, hindurchsehen und feststellen konnte, daß die Gläser aus ganz normalem Glas bestanden. »Nur weil jemand eine Brille trägt, ist er noch lange nicht blind, wissen Sie?« Um seine Aussage zu unterstreichen, öffnete er die Schublade und legte die Brille hinein.

Interessiert betrachtete Adrienne die feinen silbernen Schreibutensilien auf dem Schreibtisch und die kostbar eingebundenen Bücher, die an der Wand aufgereiht standen. »Sie sind nicht ganz, was zu sein Sie vorgeben, Mr. Essex.«

»Ich habe keine Ahnung, wovon Sie reden. Im übrigen denke ich, daß Sie diejenige sind, die mir eine Erklärung schuldet. Ich würde zu gerne wissen, was Sie mitten in der Nacht in meinem ganz privaten Zimmer zu suchen haben und warum –«

»Ich habe Sie noch nie in diesem Hemd gesehen!« unterbrach Adrienne ihn. Anerkennend betastete sie die gefaltete Hemdbrust. »Sieh an. Exzellenter Stoff . . ., und es paßt Ihnen mit Abstand besser als die anderen Hemden, die Sie sonst tragen. Ist das maßgeschneidert?«

»Ich bin mir nicht sicher, was Sie meinen, es sei denn, es handelt sich um eine Kritik an meiner üblichen Garderobe.« Mit gewisser Befriedigung erkannte er, daß er wohl ins Schwarze getroffen hatte. »Und woher, bitte schön, kommt dieses plötzliche Interesse an meiner persönlichen Habe?«

»Ich wollte Sie nicht kritisieren.« Adrienne errötete und wandte den Blick von seiner Brust ab. »Es ist doch nur so, daß ich immer gedacht habe, Ihre Mittel seien bescheiden. Doch nun bin ich –«

»In meine Privatsphäre eingedrungen«, beendete er den Satz.

»Jetzt hören Sie mal zu. Ich bin weder hergekommen, um in Ihren persönlichen Sachen herumzuschnüffeln, noch um mich mit Ihnen zu streiten.« Als ihr Kampfgeist erwachte, straffte Adrienne die Schultern und warf die Haare zurück. Es war beunruhigend, sich einzugestehen, daß Nathan Essex die einzige Person war, die sie aus dem Konzept bringen konnte . . . und das von einem Moment auf den anderen! »Ich wollte Ihnen doch nur mitteilen, daß Lady Thomasina nun wieder in aller Seelenruhe schläft.« Rasch faßte sie zusammen, was die alte Frau ihr über ihre Ängste erzählt hatte, und berichtete von dem Traum mit der Holzfällerhütte. »Ich hoffe, daß ihre Furcht unbegründet ist.«

»Tja, ehrlich gesagt würde ich dem lieben Hunty alles mögliche zutrauen. Und seine Freunde sind beinahe genauso jämmerlich.« In diesem Augenblick waren Stimmen auf der Treppe zu hören. Lady Clair und Lady Lucy hatten ihre Zimmer ebenfalls auf diesem Flur, und offenbar begaben auch sie sich nun endlich ins Bett.

Nathan legte warnend den Finger auf die Lippen. Dann trat er zur Tür, drückte sie lautlos zu und bedeutete Adrienne, sich leise hinzusetzen.

Sie beschloß, sich neben ihn auf die Bettkante zu setzen. »Wenn wir schon leise sein müssen, dann komme ich lieber zu Ihnen, damit wir reden können.«

Er gab nicht sofort Antwort, sondern lauschte mit gesenktem Kopf, bis das leise Kichern draußen verklungen war. Dann murmelte er: »Darf ich davon ausgehen, daß Ihr Abend mit Lord Harms und seinen Freunden Sie nicht . . . in Versuchung geführt hat?«

»Also, wenn ich ehrlich bin . . ., ich fand es zuerst eigentlich recht amüsant, vielleicht etwa eine Stunde lang, aber dann wollte ich nur noch in mein Bett. Abgesehen von Sir Blake und Alistair wurden alle immer unangenehmer, je mehr sie tranken.« Als sie ein vielsagendes Glitzern in Nathans Augen bemerkte, konnte sie nicht widerstehen hinzuzufügen: »Allerdings muß ich zugeben, daß Lord Harms wirklich ausgesprochen charmant sein kann.«

Nathan biß die Zähne zusammen, nahm den Köder aber nicht auf. »Sie und ich müssen über eine andere Sache sprechen. Ich will, daß wir uns auf eine Strategie bezüglich Walter Frakes-Hogg einigen. Wir müssen ihn schnappen und unsere Vorgehensweise exakt festlegen. Er wird nicht ewig in Winchester bleiben, daher müssen wir handeln, bevor er es tut. Wir haben im Grunde keine einzige Stunde zu verlieren.«

»Ich habe Ihnen doch schon gesagt, daß ich tue, was

immer Sie wollen. Ich liebe den Nervenkitzel!« Ihre Stimme klang trotz geringer Lautstärke aufgeregt.

Nathan schoß durch den Sinn, daß er noch nie so wundervoll leuchtende Augen gesehen hatte, aber er zwang sich, seinen bewundernden Blick abzuwenden. Es fehlte gerade noch, daß sie bemerkte, wie schwach er in ihrer Nähe werden konnte! »Es geht nicht darum, Sie in Gefahr zu bringen, Sie kleines Biest!« Eine schwarze Augenbraue zog sich in die Höhe. »Ihr Vater hat mich für das genaue Gegenteil eingestellt.«

»Sie reden immer dann von Papa, wenn es Ihnen gerade hervorragend in den Kram paßt!«

»Nun, vielleicht sollte ich das öfter tun.«

Adrienne spürte die harten Konturen seines Oberschenkels durch ihr Nachthemd hindurch. Als er sie plötzlich angrinste und seine weißen Zähne aufblitzten, rann ihr ein angenehmer Schauder den Rücken herab. Oh, wie gerne hätte sie offen mit ihm gesprochen und ihm erzählt, daß sie ihren liebenden Eltern schon so lange auswich, wie sie denken konnte, und daß ihr Drang zur Flucht immer stärker wurde, je eindringlicher man sie ermahnte, sich doch bitte in Zukunft so zu benehmen, wie es sich für eine junge Frau ihrer Herkunft gehörte! Doch statt ihm diese Wahrheit zu beichten, sagte sie: »Meine Lust auf Abenteuer hat nichts mit meiner Liebe zu meinen Eltern zu tun. Aber manchmal bin ich mir nicht sicher, ob sie das wissen.«

»Ich kann mir vorstellen, daß Ihr Vater Sie sehr gut versteht. Und ich hoffe, *Sie* verstehen, daß ich Sie keinesfalls irgendeiner Gefahr aussetzen werde, so sehr Sie auch darum betteln mögen.« Ein leichtes Zwinkern milderte seinen ernsten Blick. »Vielleicht müssen wir Sie als Köder benutzen, um Frakes-Hogg aus dem Versteck zu locken, aber weiter gehe ich nicht! Auf jeden Fall werden Sie mir versprechen, mir zu gehorchen.«

»Das sagen Sie ständig, und langsam langweilt es mich.«

»Das kann ich mir denken.« Er sah sie auf eine Art und Weise an, die ihr die Röte ins Gesicht trieb.

»Ich sollte jetzt in mein Zimmer zurückkehren.« Sie stand auf und wollte sich gerade in Bewegung setzen, als Nathan ihre Hand ergriff und sie zu sich zurückzog.

»Morgen werden wir uns nach dem Frühstück für einen Augenblick zusammensetzen und genauer über diese Sache sprechen. Bis dahin sollten wir uns beide eine Ausrede überlegen, warum Sie unbedingt nach Winchester müssen, denn ich schätze, daß wir nur da unseren Plan in die Tat umsetzen können. Ach, und außerdem möchte ich, daß Sie sich ein paar Gedanken um die Beweggründe dieses Mannes machen.«

»Warum in aller Welt soll ich auch nur einen Gedanken an ihn verschwenden? Er ist ein Schwein.«

»Es ist wichtig, glauben Sie mir. Ich weiß nicht, was er vorhat, wie er seine Rache ausüben will, verstehen Sie? Ist er einfach nur beleidigt, weil Sie ihn zurückgewiesen haben, und will sich jetzt holen, was Sie ihm verweigert haben?« Nathan ließ ihr Handgelenk los und lehnte sich zurück, um sich auf seine Ellenbogen zu stützen. Die Bettfedern knirschten leise unter seinem Gewicht. »Oder ist die ganze Sache komplizierter? Hat sein Selbstbewußtsein einen so ernsthaften Schlag erhalten, daß er Ihnen wirklich etwas antun will? Vielleicht hat Frakes-Hogg aber auch noch ganz andere Sorgen. Da wäre zum Beispiel Ihre Liebe zu seinen Töchtern, Ihre Sorge um ihr Wohlergehen. Vielleicht fürchtet er, daß Sie nicht aufgeben wollen. Ich meine, wenn es nur um die Zurückweisung ginge, dann könnte er sich doch damit zufriedengeben, daß er Sie mit seinen Drohbriefen aus London vertrieben hat. Wieso folgt er Ihnen bis nach Winchester, wenn er nicht immer noch Angst hat, daß Sie seinen Ruf ruinieren könnten?«

»Weil er ein widerwärtiger, gemeiner Schuft ist, dem es Spaß macht, Schwächere und Wehrlose zu quälen.«

Adrienne sprang erneut auf, und diesmal ließ Nathan sie gehen. Als sie sich an der Tür noch einmal umdrehte, ließ sein Anblick ihr Herz einen Schlag aussetzen. Er sah so anziehend aus, wie er dort so gelassen auf dem Bett lag. Die flackernde Kerze warf ein goldenes Licht auf seine markanten Gesichtszüge, und die Kraft und die Energie, die von seinem großen, muskulösen Körper ausging, waren deutlich spürbar.

»Aber Adrienne«, warf er ein, »wenn das stimmt, warum hat er dann ausgerechnet *Sie* ausgesucht? Keine Frau in England könnte weniger wehrlos oder schwach sein.«

Sie begriff, daß er es zynisch gemeint hatte, und beschloß, den Spieß umzudrehen. Mit der Hand an der Türklinke schaute sie über die Schulter. »Es freut mich, daß Sie es in Ihrer Einschätzung meiner Person so gut getroffen haben, Mr. Essex. Dadurch wird es in Zukunft sicher weniger Mißverständnisse geben. Was Walter Frakes-Hogg betrifft, so kann ich nur hoffen, daß er mich unterschätzt . . . Womit er nicht der erste Mann auf dieser Welt wäre. Und sicher auch nicht der letzte, fürchte ich. Gute Nacht, *Sir.*«

Als die Tür sich schloß, ließ sich Nathan grinsend auf den Rücken zurückfallen. »Touché, Satansbraten. Aber nur in dieser Partie.«

»Ein sehr hübsches Dorf haben Sie hier, alter Kumpel.«

Walter Frakes-Hogg schlenderte auf der High Street von Winchester entlang und warf seinem Begleiter einen Blick zu. Huntsford Harms schien sehr nervös. »Sehr malerisch.«

»Mehr als malerisch«, erwiderte Harms, der eher über das Kopfsteinpflaster stolperte als ging. »Die Ursprünge der Stadt sind römisch. Später machten die Sachsen sie zur Hauptstadt von England, bis diese verfluchten Normannen kamen und nichts Besseres zu tun hatten, als ein reibungslos funktionierendes System durcheinanderzuwerfen.«

»Nun, es ist ein bißchen spät, über dieses Unglück zu

jammern, finden Sie nicht?« Er beäugte den jungen Dandy mit der rosigen Haut durch halbgeschlossene Lider. »Angst, daß uns jemand zusammen sieht? Sie haben nichts Böses getan, Harms.«

»Ich vermeide nur gerne Aufsehen, das ist alles.«

»Ah ja, Diskretion ist Ihr Lebensmotto!« Seine Stimme triefte vor Sarkasmus, was seinem Begleiter jedoch entging. »Suchen wir uns doch einen Pub, wo wir in Ruhe miteinander reden können. Ich könnte auch einen Brandy gebrauchen.«

Schweigend setzten sie ihren Weg fort und passierten eine Reihe hübscher Fachwerkhäuser im elisabethanischen Stil sowie Bogenfassaden von Geschäften neueren Datums. Schließlich erreichten sie ein altes Gasthaus, auf dessen verwittertem Schild der Name »The White Ostrich« zu lesen war. Die Männer spähten in das finstere Innere.

»Ich würde sagen, daß diese verlassene Pinte ein paar Gäste gebrauchen kann«, meinte Frakes-Hogg. »Hier besteht wohl kaum eine Chance, daß uns jemand sehen wird, was meinen Sie?«

Huntsford Harms folgte ihm hinein und schnüffelte angewidert. »Ziemlich düsterer Schuppen, nicht wahr? Mir wäre eine etwas fröhlichere Atmosphäre lieber.«

»Ich dachte, Sie vermeiden gerne Aufsehen.« Frakes-Hogg hatte bereits auf einem Stuhl Platz genommen. »Wenigstens ist es kühl hier drin. Ah, da kommt der Kellner. Bestellen Sie sich ein Bier, und hören Sie auf zu jammern.«

Der jüngere Mann gehorchte, und als der Humpen vor ihn hingestellt wurde, trank er gierig. Anschließend nahm er eine Prise Schnupftabak. Als er Frakes-Hoggs intensiven Blick nicht mehr ertragen konnte, fuhr er ihn an: »Verdammt, Sie glotzen mich an, als wäre ich ein leichtes Mädchen, das gleich auf den Tisch springt, um Sie zu amüsieren!«

»Regen Sie sich ab, Harms. Ich habe nur Ihr Aussehen

bewundert. Sie müssen mir den Namen Ihres Schneiders nennen; Ihre Hosen passen wenigstens genau, was man von den meinen nicht behaupten kann! Und der Spazierstock ... Ist das Ebenholz? Sehr edel. Alles an Ihnen wirkt ausgesprochen stilvoll, die Bindung Ihrer Krawatte eingeschlossen.«

Huntsford taute sichtlich auf und lächelte jovial. »Beau Brummells Kammerdiener hat meinem Kammerdiener den Kniff verraten. Trotzdem ist es höllisch schwierig, und manchmal dauert es eine Stunde, bis er es hinbekommt.« Er gönnte seinem Gefährten ein Blick auf sein Profil und fuhr dann fort: »Wußten Sie, daß man mich in London die ›Blüte der Mode‹ nennt? Ich hatte ein unglaubliches Paar pastellblauer Handschuhe, aber Mutters elender Köter hat sie zerbissen, und ich bekomme nun erst wieder neue, wenn ich in die Stadt zurückkehre.«

»Was für eine Schande.« Walter Frakes-Hogg beugte sich vor und sah ihn mit kohlschwarzen Augen an. »Lassen Sie uns von ernsteren Dingen reden. Was wissen Sie über Adrienne Beauvisage?«

»Oh, ein zauberhaftes Ding, finde ich. Ich kann mir wirklich nicht vorstellen, was sie getan haben soll, um Sie in solche Schwierigkeiten zu bringen. Ich meine, es muß ja etwas Schwerwiegendes sein, wenn Sie mich bezahlen, damit ich für Sie den Spion –«

»Nicht so laut!« zischte Frakes-Hogg.

Harms spielte nervös mit der Uhrkette, die an seiner Taille baumelte. »Ich finde es ja nur merkwürdig, daß Sie in dieser Hinsicht keine Kosten und Mühen scheuen. Sicher bin ich froh über die Möglichkeit, meine Spielschulden zu decken, aber ich möchte auf keinen Fall, daß Miss Beauvisage irgend etwas zustößt.«

»Was Sie möchten, interessiert mich nicht im geringsten. Sie können ja nach London zurückkehren, wenn Sie mir das Geld, das ich Ihnen bereits gegeben habe, zurückzahlen.

Also?« Frakes-Hogg trank einen Schluck Brandy, während er sein Gegenüber mit einem scharfen Blick maß. »Nein? Nun, dann lassen Sie uns fortfahren. Erzählen Sie mir von Adrienne. Hat sie einen geregelten Tagesablauf?«

Harms zuckte die Achseln. »Meine Mutter ist nicht gerade ein Musterbeispiel an Pünktlichkeit. Um es anders auszudrücken: Sie ist faul. Adrienne beugt sich Mammis Launen.«

»Weiter.«

»Sie überwacht die Neuordnung der Bibliothek, die nach Mammis verrücktem System umgeräumt wird. Und ich weiß, daß sie gerne liest.« Harms winkte dem Gastwirt, daß er noch ein Ale bringen sollte. »Mir gefällt sie wirklich gut. Vorletzten Abend hat sie mit uns Whist gespielt, und ich fand sie ganz bezaubernd. Übrigens auch ein ganz schön dreistes Ding, die Kleine.«

»Wenn Sie Miss Beauvisage gegenüber irgendwelche Absichten hegen, dann seien Sie doch so freundlich, davon Abstand zu nehmen«, sagte der ältere Mann kalt. »Ich habe ganz andere Pläne für dieses Biest.«

»Wußten Sie, daß sie hinter Ihnen her sind? Oder zumindest wissen sie, daß irgend jemand Adrienne bedroht. Sie muß adelig sein oder so etwas Ähnliches, denn die Familie hat einen Beschützer für sie engagiert.«

»Wie heißt er?«

»Essex, glaube ich. Nathaniel? Kann sein.«

»Schwarzes Haar?«

»O ja, tiefschwarz. Sieht ziemlich gut aus, scheint aber keine gute Erziehung genossen zu haben. Brille. Und trägt Kleider, die aussehen, als hätte er sie von seinem Vater geerbt.« Harms verdrehte die Augen. »Na ja, wenn wundert's? Wer sonst würde eine solche Arbeit annehmen? Er kann ja nur bürgerlich sein. Wahrscheinlich sollten wir dankbar sein, daß er überhaupt richtig englisch sprechen kann.«

»Hat er auch noch Hirn zu den Muskeln, oder ist er dumm? Und wie kommt er mit Adrienne zurecht?«

»Ich nehme an, daß seine Intelligenz ganz passable Noten bekommen würde, sofern seine Arroganz ein Maßstab ist. Was seine Beziehung zu Adrienne angeht, dazu kann ich nichts sagen. Ich bin ihm bisher aus dem Weg gegangen.« Harms trank seinen zweiten Humpen aus und gähnte. Er hatte beschlossen, nichts von Lucys Spekulation zu verraten, daß es sich um den mysteriösen Vagabunden, der Londons Gesellschaft fasziniert hatte, handelte. Als Lucy am nächsten Morgen mit klarem Kopf genauer hingesehen hatte, hatte auch sie über ihre Vermutung gelacht. Dieser bebrillte, schlecht angezogene Wachhund konnte wahrhaftig nicht Nathan Raveneau sein.

»Schenken Sie mir doch *bitte* Ihre Aufmerksamkeit«, preßte Walter Frakes-Hogg durch zusammengebissene Zähne hervor. Draußen wurde es langsam dunkel, und der Gastwirt zündete Kerzen an. »Ich habe wichtigere Dinge zu tun, als meine Zeit in langweiligen Dörfern zu vergeuden! Sie sind nicht nach Harms Castle geschickt worden, um sich zu besaufen und zu amüsieren, sondern um mir zu helfen, an Adrienne Beauvisage heranzukommen. Wenn Sie heute zurückfahren, dann werden Sie Ihre kläglichen geistigen Kräfte nur auf dieses Ziel konzentrieren, ist das klar?« Er stand auf und blickte drohend auf die ›Blüte der Mode‹ hinab. »Ich treffe Sie im Mittelschiff der Kirche am Donnerstag um zwei Uhr, und ich *erwarte* von Ihnen, daß Sie mir nicht nur meine Fragen beantworten können, sondern auch den Plan ausgearbeitet haben, den ich brauche.«

Huntsford Harms sackte in seinem Stuhl zusammen und starrte auf seine weißen, gepflegten Hände. Sie zitterten kaum merklich. Er dachte an die zweitausend Pfund, die Frakes-Hogg ihm bereits gezahlt hatte, und an den noch größeren Betrag, den er bekommen würde, wenn der andere sein Ziel erreicht hatte. Es war ein scheußliches Gefühl,

Adrienne Beauvisage an diesen Schuft auszuliefern, der ihr – aus welchen Gründen auch immer – etwas Böses wollte, aber auf der anderen Seite brauchte er das Geld dringend, um seine Schulden zu bezahlen. Einer seiner Gläubiger hatte sogar schon gedroht, ihn zum Duell zu fordern, wenn er nicht bald zahlte, und Huntsford konnte nicht einmal schießen.

Er hatte schon beinahe die Hälfte der Wertsachen vom Cavendish Square zu den Geldverleihern getragen, und er lebte in permanenter Angst, daß seine Mutter irgendwelche Gegenstände vermissen würde. Er konnte sie auch nicht um Hilfe bitten, denn sie hatte bereits ihre Dienerschaft auf ein Minimum reduziert und besaß kaum verfügbare Mittel. Ihr Vermögen, sofern man es als solches bezeichnen konnte, bestand in Land, in den Häusern und deren Mobiliar.

Seufzend machte Huntsford sich klar, daß er wirklich keine Wahl hatte – er mußte tun, was Walter Frakes-Hogg verlangte. Wenn ihm nur etwas einfallen würde, wie er es anstellen sollte! Miss Beauvisage wurde ständig bewacht. Sollte er Essex einen Schlag über den Schädel verpassen?

»Kellner!« rief er. »Ich hätte gern noch ein Pint. Und vielleicht etwas zu essen. Was gibt es denn heute?«

Am nächsten Nachmittag kündigte ein goldener Sonnenuntergang einen herrlichen Abend an. Adrienne sah zu Lady Thomasina hinüber, mit der sie ihren Tee in der Bibliothek getrunken hatte. Die alte Dame reichte Angus gerade einen Keks. Der Hund legte den Keks auf seinem Handschuh ab, hielt diesen mit beiden Pfoten fest, und machte sich genüßlich über seinen Leckerbissen her.

»Er ist schrecklich verzogen, nicht wahr?« bemerkte Lady Thomasina, die Adriennes amüsierten Blick gespürt hatte.

»Ja. Und das wissen Sie sehr gut.« Adrienne lächelte. »Ist es heute nicht ein wunderschöner Tag? Atmen Sie mal tief ein. Riechen Sie die Düfte aus dem Garten?« Sie schlenderte zum Fenster und stieß es auf. Draußen sah sie Nathan Essex, der im Irrgarten umherwanderte.

»Ich glaube, der Juni ist mein Lieblingsmonat«, sagte Lady Thomasina.

»Warum ruhen Sie sich nicht eine Weile aus, während ich eben hinuntersause und einen schönen Strauß für Ihr Wohnzimmer pflücke? In den letzten Tagen sind zahllose Pflanzen erblüht!«

»Ja, ich bin auch recht schläfrig. Wo ist Hunty? Wenn Sie ihn sehen, schicken Sie ihn doch zu mir.«

»Mach' ich, Mylady.«

Draußen im Flur raffte Adrienne ihre Röcke und eilte die breite Treppe hinab. Im Wintergarten holte sie Korb und Schere, dann trat sie hinaus auf die Terrasse. Seit zwei Tagen suchten Nathan und sie nach einer Gelegenheit, allein miteinander zu reden, aber das Schicksal hatte sich offenbar gegen sie verschworen: Seit sie in der einen Nacht in seinem Schlafzimmer gewesen war, hatten sie es nicht geschafft, sich einander zu nähern, ohne das etwas – oder *jemand* – dazwischenkam.

Im Garten sah sie sich um und entdeckte Nathan unter einem jungen Apfelbaum. Ein Nest mit Eiern lag im Gras darunter, und Nathan setzte sich auf seine Fersen und nahm es in seine großen Hände.

»Die armen Kleinen, die sie einmal werden sollten«, murmelte Adrienne, als sie sich zu ihm gesellte.

Er schaute auf. »Endlich. Ich dachte schon, Sie würden mich niemals hier draußen herumschlendern sehen.« Er erhob sich und plazierte das Nest zwischen die Zweige. »Es sind Eier vom Weidenlaubsänger. Ich denke, sie werden noch schlüpfen.«

»Aber Sie haben das Nest doch angefaßt. Heißt das nicht, daß sie jetzt sterben müssen?«

»Als ich ein kleiner Junge war, zeigte mein Vater mir, wie

man verletzte Tiere und Vögel versorgt, und keines von denen, die ich berührt habe, ist je von der Mutter verstoßen worden.« Er zuckte die Achseln. »Soweit ich das beurteilen kann, ist das ein Mythos, der jeglicher Grundlage entbehrt.«

Sie legte den Kopf schief und sah ihn neugierig an. »Wo sind Sie aufgewachsen? Und wie war Ihre Familie?«

»Ich denke nicht, daß das der geeignete Zeitpunkt ist, um Kindheitserinnerungen auszugraben.« Nathan setzte sich in Richtung Labyrinth in Bewegung und sagte über die Schulter hinweg: »Kommen Sie. Wir müssen reden.«

Adrienne beeilte sich, ihm zu folgen. Schmetterlinge mit orangefarbenen Flügeln flatterten umher, und sie betrachtete voller Freude die Blütenpracht, die sich in den letzten Tagen entwickelt hatte. Die meisten Blumen wuchsen wild, einige hatten sich sogar durch Risse in den Steinplatten der Wege gezwängt, und Adrienne kam es vor, als triumphiere die Natur über den jämmerlichen Zustand von Harms Castle. »Oh, Nathan«, sagte sie schwärmerisch. »Haben Sie je einen so wunderschönen Sonnenuntergang erlebt?«

Nathan, der sich bereits ärgerte, mehr als nötig über sich selbst verraten zu haben, zögerte. Dann lächelte er verlegen. »Es ist wie ein seltener Zauber, wenn das Abendlicht das Land vergoldetet . . .«

Ihr Herzschlag beschleunigte sich wieder. »Wie poetisch Sie sein können. Warum erzählen Sie mir nicht von Ihren Plänen bezüglich Frakes-Hogg, während ich Blumen pflücke? Auf diese Art und Weise wird jeder, der uns beisammen sieht, denken, daß Sie mir nur Gesellschaft leisten.«

»Ich bin eben aus Winchester zurückgekommen.« Nathan sprach im Plauderton und schlenderte neben ihr her, während sie sich hier und da bückte, um farbenprächtige Blumen abzuschneiden. »Ich habe Dickie, den Sohn des Schlachters, dafür bezahlt, ein Auge auf unseren Mann zu halten, und als ich ihn heute traf, hatte er mir recht interessante Dinge zu berichten. Gestern ist Frakes-Hogg mit einem gutaussehenden jungen Mann, den Dickie nicht kannte, im White Ostrich gewesen. Die beiden Männer haben ein paar Drinks zu sich genommen und sich lange unterhalten.«

Adrienne wanderte zu einer Ansammlung Margeriten, während Nathan nachdenklich zu der Weide in der Ferne blickte. »Vielleicht hat er in der Zeit, die er schon in der Stadt ist, einfach jemanden näher kennengelernt«, meinte Adrienne. »Das ist ja nicht so ungewöhnlich, nicht wahr? Wahrscheinlich langweilt er sich.«

»Hmm. Ja, Sie haben natürlich recht. Aber es könnte auch anders sein, und die Möglichkeiten sind wirklich vielfältig. Vielleicht hat er einen Plan, zu dem er andere Leute einspannen muß . . .«

»Ich glaube, Sie überschätzen Frakes-Hogg. Was hat Dickie Ihnen sonst noch erzählt?«

»Er hat herausgefunden, daß Frakes-Hogg offenbar ein Gewohnheitsmensch ist. Bei schönem Wetter geht er jeden Tag gegen vier Uhr spazieren . . . an der Kathedrale vorbei und um die Mauer vom Wolvesey Castle herum, das am Itchen liegt.« Nathan brach ab und wartete, bis Adrienne sich mit einem Sträußchen Butterblumen in der Hand zu ihm umdrehte. Er hielt ihren Blick fest und fuhr fort: »Ich denke, das wäre die beste Gelegenheit, Sie in die Sache einzubringen. Es würde draußen und am hellichten Tag geschehen, so daß ich absolut sicher sein kann, daß Ihnen nichts zustößt.«

In ihrem leichten, hellen Musselinkleid und mit dem Korb voller bunter Blumen in ihrem Arm bot sie einen hinreißenden Anblick, der ihn abzulenken drohte. Während Adrienne nun über seinen Vorschlag nachdachte, begannen ihre Augen zu funkeln. »Ja. Ja, ich denke, Sie haben recht. Warum nicht die Initiative ergreifen und auf Walter zugehen? Ich werde mich ihm einfach in den Weg stellen und von ihm eine Erklärung verlangen, warum er mich bedroht.«

»Liebes Kind, lassen Sie uns nicht vergessen, daß es sich hier um einen großen, bösen Mann handelt, während Sie nur ein zierliches Mädchen sind, wenn Sie es auch durch Frechheit wieder ein wenig ausgleichen. Ich glaube, daß wir eine bessere Chance haben, ihn bei einem Übergriff zu ertappen, wenn Sie so tun, als wären Sie bei seinem Anblick vollkommen schockiert! Er soll glauben, daß sich ihm hier und jetzt die Gelegenheit bietet, das zu tun, was er tun wollte! Ich werde mich bewaffnen und in der Nähe verstecken – Sie werden wissen, wo –, und sobald er eine Hand an Sie legt, ist es aus mit Walter Frakes-Hogg.«

Sie zog die Brauen zusammen. »Was meinen Sie denn damit? Sie werden ihn doch wohl nicht umbringen, nur weil er mich anfaßt, oder? Sonst enden *Sie* nachher noch am Galgen!«

»Nein, natürlich werde ich ihn *nicht* umbringen, obwohl ich Lust dazu hätte.« Ein Schatten schien über sein Gesicht zu huschen. »Aber ich hoffe, daß ich ihn festnehmen lassen kann. Ich habe Beweise, unter anderem ein paar von den Drohbriefen, die er Ihnen geschickt hat. Ich will sicherstellen, daß er Sie nie wieder belästigt!«

»Und wenn Sie Ihre Arbeit erledigt haben?«

Nathan starrte auf ihren Rücken, als sie sich bückte, um eine rote Nelke abzuschneiden. Ihr freier Nacken wirkte ein wenig feucht . . . und sehr verlockend. Weiche Strähnchen hatten sich aus dem Knoten gelöst und schienen nur darauf zu warten, berührt zu werden. Er verspürte ein Ziehen in den Lenden und trat hastig einen Schritt zurück. *Vorsicht, Raveneau. Sie ist gefährlicher, als du dachtest.*

Als er ihr antwortete, war seine Stimme rauh. »Ich denke, es hängt von dem Ausgang unseres Abenteuers ab. Ich kann erst dann abreisen, wenn ich sicher bin, daß Walter

Frakes-Hogg wirklich keine Bedrohung mehr für Sie darstellt.«

»Nun denn«, sagte Adrienne gezwungen fröhlich. »Hoffen wir um unser beider willen, daß Sie Ihr Ziel erreichen. Wenn es nur eine Möglichkeit gäbe, ihn auch von seinen Töchtern fernzuhalten . . .«

»Sollen wir uns auf Donnerstag einigen? Ich würde lieber warten, bis der Markttag vorbei ist.«

»Fein, einverstanden!« Sie setzte ein Lächeln auf, das Grübchen in ihre Wangen zauberte. »Ich sollte besser wieder hineingehen. Lady Thomasina wartet bestimmt schon auf mich. Seit dieser Nacht, in der sie den Alptraum hatte, mag ich sie wirklich . . .« Während sie sich in Bewegung setzten, fuhr Adrienne fort: »Aber genau so manövriere ich mich immer wieder in Schwierigkeiten. Wie bei Frakes-Hoggs Kindern. Ich fange an, mich um die Leute zu kümmern, und alles wird plötzlich furchtbar kompliziert.«

»Da fällt mir ein –« Er nahm ihr den Korb ab, als sie aus dem Labyrinth traten. »Haben Sie einmal über Frakes-Hoggs mögliches Motiv nachgedacht?«

»Ich sagte Ihnen doch schon, daß er einfach ein gemeiner Schuft ist.«

Er seufzte. »Wären Sie so freundlich, mir das näher zu erklären?«

»Es ist, als hätte er kein Herz . . ., auf jeden Fall aber keinen Respekt vor Frauen. Als ich seine anfänglichen Annäherungsversuche abblockte, fühlte er sich offenbar herausgefordert, als würde es sich um eine Fuchsjagd, die er übrigens liebt, handeln. Er lauerte mir auf, wartete bis ich allein war und raspelte Süßholz, bis er begriff, daß alles nichts nutzte. Schließlich drohte er mir, wenn auch sehr subtil, versuchte eines Nachts, in mein Zimmer zu kommen, und nutzte dann schließlich meine Abwesenheit, um mir dort aufzulauern. Das schlimmste für ihn war sicher, daß ich mich erfolgreich gegen ihn wehren konnte! *Er* hatte keine Chance.«

»Dürfte ich vorsichtig nachfragen, wie Sie das gemacht haben?«

Sie zuckte die Achseln. »Ich war vorbereitet. Ich hatte ein Messer, und damit habe ich ihn bedroht und ihn in mein Ankleidezimmer eingesperrt. Danach habe ich die Mädchen geholt und bin geflohen.« Die Farbe war aus ihrem Gesicht gewichen, doch ihre Stimme wurde kräftiger. »Ich weiß, daß es sich verrückt anhört, aber ich glaube, daß all das – die Zeit, die Frakes-Hogg aufgewendet hat, die ganzen Risiken bezüglich seines Rufs und so weiter –, daß all das in seinem dringenden Wunsch wurzelt, mich am Boden zu sehen, mich um Gnade winseln zu hören –«

Nathan griff nach ihrer Hand, während sie durch die Tür ins Schloß eintraten. »Bitte nicht. Ich hatte nicht vor, Sie zu quälen, aber ... ich glaube, ich verstehe jetzt besser.« Plötzlich begriff er, daß sie echten Haß für Walter Frakes-Hogg empfand, und er mußte an seine Gefühle Xavier Crowe gegenüber denken. »Was ist es, das manche Leute treibt, ihre Mitmenschen zu vernichten?«

Irgend etwas in seiner Stimme ließ sie aufschauen. »Neid vielleicht. Wenn solche Schufte auf andere treffen, die sich nicht leicht unterdrücken lassen, sondern stark und eigenwillig sind, dann versuchen sie diese – genau wie Sie sagen – zu vernichten. Man kann nur hoffen, daß Walter Frakes-Hogg in diesem Fall selbst daran zugrunde geht.«

In diesem Augenblick kam Huntsford Harms durch die Galerie auf sie zu. Seine Stiefel klackten laut auf dem Marmorboden, und er trug wieder seinen Biberhut und seinen Wettermantel mit den vielen Überwürfen. Als er die beiden Gestalten, die sich gegen das Licht von draußen abhoben, entdeckte, kniff er die Augen zusammen, um sie zu identifizieren. »Wollen Sie hinaus, oder kommen Sie gerade herein?«

Nathan schloß die Glastüren zur Terrasse, während Adrienne auf die Blumen wies. »Ich habe ein paar Blumen für Ihre Mutter gepflückt. Sie hat nach Ihnen gefragt, Mylord.«

»Tut sie das nicht immer? Was sind denn das für Blumen? Sie sehen verdächtig nach Unkraut aus, finden Sie nicht?« Er lachte. »Herrliches Wetter. Ich bin gerade aus Winchester gekommen. Hab' mir die Kathedrale angeschaut. Hübsche, kleine Stadt, finden Sie nicht auch?«

»Ja, das ist wahr«, sagte Nathan, der hier eine Chance sah, ihren Plan in die Tat umzusetzen. »Wir haben gerade darüber gesprochen, am Donnerstag nachmittag hinzufahren. Miss Beauvisage wollte ein paar wertvolle Bücher zum Buchbinder bringen.«

»Was Sie nicht sagen!« Huntsford blinzelte und fingerte an seiner Reitpeitsche herum. »Zufällig hatte ich selbst vor, an diesem Tag nach Winchester zu fahren. Lassen Sie mich doch für Sie einspringen, alter Freund. Es würde mir ein großes Vergnügen bereiten, als Beschützer der reizenden Miss Beauvisage zu fungieren!«

Kapitel 8

»Ich habe Ihre Nachricht erhalten.« Walter Frakes-Hogg gab sich keine Mühe, seine Verärgerung zu verbergen. »Ich kann nur hoffen, daß Sie wichtige Neuigkeiten haben, die es rechtfertigen, die Vorgehensweise zu mißachten, auf die wir uns gestern geeinigt haben! Zudem bin ich nicht sehr glücklich darüber, daß Sie einen Boten bezahlt haben, um mich zu benachrichtigen. Je weniger Leute von einer Verbindung zwischen uns wissen, desto besser.«

»Dieser Lakai ist geistig recht beschränkt. Ich zweifle

daran, daß er sich nur Ihren Namen merken kann.« Huntsford Harms blickte sich nervös im White Ostrich um und trank einen Schluck von seinem Bier. »Im übrigen werden Sie zufrieden sein, wenn Sie hören, was ich Ihnen zu sagen habe.«

»Sie sollen nicht so laut sprechen!«

Huntsford hatte sein Gegenüber noch nie derart gereizt erlebt. Stammelnd erzählte er von Adriennes geplantem Ausflug nach Winchester und seiner Rolle darin. »Ich habe darauf bestanden, daß ich sie begleiten werde. Nun? Geben Sie zu, daß das überaus klug war.«

»Ach ja? Und wie wollen Sie es schaffen, daß ich sie in die Finger kriege? Oder glauben Sie, daß das Weibsstück freiwillig in mein Zimmer kommt?«

»Ich ... ich –« Huntsford schluckte. »Müssen Sie mich immer so giftig ansehen, alter Freund? Immerhin bin ich auf Ihrer Seite!« Huntsford hob erneut sein Glas, um seine Finger zu beschäftigen und ein wenig Zeit zu gewinnen. »Zufällig traf ich eben, bevor ich zu Ihnen kam, Miss Beauvisage, und sie erwähnte, daß sie große Lust hätte, am Donnerstag einen Spaziergang um das Schloß herum und am Fluß entlang zu machen, wenn sie bei dem Buchbinder fertig ist. Sie bat mich, es ihr zu vergeben, aber Sie würde am liebsten allein gehen ...«

Frakes-Hogg hob langsam den Kopf, wobei er den Hals streckte, als würde ein intensives Glücksgefühl durch seinen Körper strömen. »Was für eine köstliche Ironie! Sie braucht Sie auch gar nicht als Begleitung, mein Junge. Denn ich werde zur Stelle sein ...«

Adrienne wußte nicht mehr, wo ihr der Kopf stand. Sie und Nathan mußten unbedingt ihren Plan für Donnerstag nachmittag besprechen, und nun war Hortie krank geworden, und Adrienne durfte auch noch als Zofe von Lady Thomasina einspringen.

»Welche Kopfbedeckung wollten Sie?«

»Das habe ich Ihnen doch gerade gesagt, Miss Beau. Die grüne Samttoque mit den Seidenrosen! Tun Sie mir den Gefallen und hören Sie mir zu!«

Einen Fluch vor sich hinmurmelnd, setzte Adrienne in dem dunklen, unaufgeräumten Kämmerchen ihre Suche fort. Um mehr Licht zu bekommen, öffnete sie die Tür zum Flur und erhaschte einen Blick auf Nathan Essex, der gerade in sein Zimmer ging.

»Psst! Kommen Sie her!« Adrienne konnte ihre Aufregung kaum verbergen, doch Nathan wirkte vollkommen ungerührt. Sie zerrte ihn in das Ankleidezimmer und begann, wütend auf ihn einzuflüstern. »Was sollen wir denn nun machen?«

»Meinen Sie wegen Huntsford Harms' Absicht, Sie morgen nachmittag zu begleiten?« fragte er.

»Ja, natürlich, was denn sonst! Los, reden Sie schon.«

»Ich hoffe, Sie sind morgen etwas gelassener, Frechdachs!« Er bedachte sie mit einem abschätzenden Blick und fuhr dann fort: »Sie werden ihm wohl seinen Willen lassen müssen. Sie werden eben etwas früher fahren und tatsächlich zum Buchbinder gehen.«

»Ich habe ihm heute morgen erzählt, daß ich an der Schloßmauer spazierengehen will . . .«

»Wirklich? Braves Mädchen.« Sein Lächeln besänftigte den Aufruhr in ihrem Inneren ein wenig. »Dann ist doch alles in Ordnung. Ich leihe mir ein Pferd und reite allein in die Stadt. Ich werde mich auf die Lauer legen, bevor Sie auftauchen. Kennen Sie die Ruinen der alten römischen Stadtmauer neben dem Uferpfad? Dort gibt es ein paar Fliederbüsche, in denen ich mich verstecken werde –«

»Miss Beau?« Lady Thomasinas Stimme klang gereizt. »Wo bleiben Sie denn?«

»Ich komme, Mylady!« Sie rupfte die Toque aus dem Durcheinander und betrachtete mißmutig die verblichenen

Seidenrosen, die wie verwelkt zwischen den grünen Falten hingen. »Ich muß jetzt zurück.«

»Machen Sie sich keine Sorgen«, flüsterte Nathan. »Selbst wenn wir keine Möglichkeit mehr haben, uns zu unterhalten, gibt es nichts, was Ihnen zu schaffen machen müßte. Ich werde aufpassen, daß Ihnen nichts geschieht! Und das verspreche ich Ihnen!«

Sie versuchte, zu lächeln. »Ich habe ja Vertrauen zu Ihnen, aber vielleicht sollte ich trotzdem irgendeine Waffe mitnehmen. Ich meine, nur für alle Fälle . . .«

Als Adrienne endlich aus dem schmalen Laden des Buchbinders auf die Parchment Street trat, stand Huntsford Harms kurz vor einem Nervenzusammenbruch. Die Kirchturmuhr hatte gerade vier Uhr geschlagen, und seine Taschenuhr zeigte sogar schon einige Minuten danach an. Hatte Adrienne nicht gesagt, daß sie gegen vier am Ufer entlangspazieren wollte? Frakes-Hogg würde ihn strecken und vierteilen lassen, wenn dieses verdammte Weibsbild seine Absicht änderte.

Adrienne schlenderte gelassen auf den Landauer von Harms Castle zu, an dessen Rückseite ein Stallbursche wartete. Es war heiß, aber Adrienne wirkte in ihrem reizenden blaßblauen Kleid und dem kurzen Spenzer in Kanariengelb frisch und munter. Ihre glänzenden Haare fielen offen über ihre Schultern, und ihr Gesicht war von einer Haube eingerahmt, deren gekräuselter Rand ihre Züge noch weicher wirken ließen. Trotz seiner Panik konnte Huntsford nicht anders, als sie zu bewundern. Sie war wirklich ausgesprochen appetitlich.

»Was ist denn mit Ihnen, Lord Harms? Sie sehen schrecklich blaß aus«, neckte sie ihn, als er ihr in den Wagen half. »Oder muß das so sein?«

»Blasse Haut als Zeichen echten Adels, *n'est-ce pas*? Dies ist eines der Merkmale, die uns von Bürgerlichen wie

Nathan Essex unterscheidet.« Er zog seine Taschenuhr hervor und sah erneut auf das Zifferblatt. »Sie scheinen sich beim Buchbinder ein wenig zu lange aufgehalten zu haben, meine Liebe. Wollten Sie nicht längst am Fluß spazierengehen?«

»Oh, ja.« Ihre Wangen röteten sich ein wenig. »Vielleicht können Sie mich dort absetzen, Mylord? Es macht Ihnen doch nichts aus, wenn ich allein sein möchte?«

»Nein, nein, aber gar nicht!« Ohne es verhindern zu können, brach er in ein erleichtertes Lachen aus, als die beiden Braunen sich in den Verkehr auf der St. George Street einfädelten. »Das verstehe ich durchaus!«

Die Glocken der Kathedrale schlugen viertel nach vier, als Harms die Pferde neben den massiven Mauern von Wolvesey Castle zügelte. Ursprünglich im zwölften Jahrhundert als Bischofspalast errichtet, war das Schloß von Cromwell zerstört worden, so daß nur noch Ruinen und die gewaltigen Außenmauern standen, die ans Flußufer grenzten. Von hier aus hatte man eine wunderschöne Sicht auf die Backsteinmühle ein Stück flußaufwärts, an der der Itchen vorbeiströmte. Der kornblumenblaue Himmel spiegelte sich im funkelnden Wasser.

»Also . . ., dann lasse ich Sie hinaus.« Huntsford Harms sprang aus dem Landauer und eilte zur anderen Seite, um ihr hinauszuhelfen.

»Ich habe gehört, daß es hier noch Überreste der römischen Stadtmauer geben soll . . .« Sie schaute sich ein wenig besorgt um. »Können Sie sie mir zeigen?«

Huntsford streckte den Finger aus. »Dort drüben. Ich muß einen kranken Freund besuchen. Ich komme dann zurück, um sie aufzulesen.« Bevor sie noch etwas erwidern konnte, sprang er auf den Kutschbock, schnalzte mit der Zunge und fuhr davon.

Hinter der nächsten Ecke jedoch hielt Huntsford den Landauer wieder an. Er drückte dem Pagen eine Guinea in die Hand, ermahnte ihn, Pferde und Wagen zu hüten wie seinen Augapfel, dann huschte er die Treppe des nächstgelegenen Turmes hinauf. Oben auf der Mauerbrüstung suchte er sich eine geschützte Stelle, von der er das Flußufer sehen konnte. Von hier oben würde er alles beobachten können, was sich zwischen Walter Frakes-Hogg und der nichtsahnenden Adrienne Beauvisage abspielen würde.

Es war wirklich eine Schande, daß sie so bezaubernd und so süß war . . . und so nett zu seiner Mutter!

Nichts an ihrem Äußeren verriet, wie heftig ihr Herz hämmerte. Und damit Walter Frakes-Hogg sie auch ganz bestimmt erkannte, nahm Adrienne die Haube ab, so daß ihr Gesicht und ihr Haar zu sehen waren.

Forschen Schrittes ging sie über das Kopfsteinpflaster und sog die frische Luft des sonnigen Tages ein. Hin und wieder blieb sie stehen, um ihren Blick über den Itchen oder die Wiesen im Süden gleiten zu lassen, die zu dem mittelalterlichen Armenhaus, dem St. Cross Hospital, führten. Ein zufälliger Beobachter wäre zu dem Schluß gekommen, daß Adrienne den Spaziergang genoß. Mit einem kleinen Lächeln gestand sie sich ein, daß sie tatsächlich eine Art perverses Vergnügen empfand. Das Wissen um die Gefahr war wie eine Droge, die sie berauschte.

Nun, natürlich war es nicht ganz so abwegig, den Kitzel zu genießen, da sie ja wußte, daß Nathan in der Nähe war. Er würde zum richtigen Zeitpunkt auftauchen und sie vor dem Schurken retten . . .

Gerade als Adrienne begann, sich zu entspannen, kam ein großer Mann beinahe lautlos über die Steinbrücke geeilt. Sein Kopf war gesenkt, seine Hände verborgen, und er trug ein voluminöses graues Seidencape und einen hohen Hut. Adrienne erstarrte, und plötzlich erkannte sie, daß Nathan in seinem Versteck bei der römischen Mauer zwar den Uferpfad in beide Richtungen sehen konnte, nicht aber die Brücke!

Adrienne drehte sich um und ging in raschem Tempo den Weg zurück. Plötzlich verspürte sie nur noch Angst! Ihr Herz begann zu jagen, und das Blut rauschte in ihren Ohren.

Dann hörte sie Schritte direkt hinter sich. Sie wollte schreien, aber kein einziger Laut kam aus ihrer Kehle.

»Es schmeichelt mir, daß du mich aus dieser Entfernung erkannt hast, Süße«, sagte eine tiefe, samtige Stimme direkt an ihrer Schulter. »Bleib stehen!«

Und ihr blieb nichts anderes übrig; er hatte ihren Ellenbogen gefaßt, und seine Nägel bohrten sich wie Dornen in ihre Haut. Panik stieg in ihr auf. Was, wenn Nathan sie auch hier nicht sehen konnte? Was, wenn Walter sie ohne Umschweife tötete – bevor Nathan noch bei ihr sein konnte? Wie dumm war sie gewesen, dies als ein spannendes Spiel zu betrachten. Oder zu glauben, sie würde tatsächlich die Kaltblütigkeit besitzen, das kleine Messer, das in ihrem Ärmel befestigt war, gegen ihn zu richten! Selbst wenn sie den Mut gehabt hätte: Walter Frakes-Hogg hielt ihren rechten Arm so fest, als würde er sich in einem Schraubstock befinden!

»Wir haben noch eine kleine Rechnung zu begleichen, Süße. Laß uns in den Turm dort gehen, wo wir ungestört sind.«

Adrienne hörte sich selbst betteln: »Bitte! Können Sie mich nicht einfach vergessen? Ich bin hier doch weit genug von London weg –«

»Das reicht mir aber nicht, mein Schatz. Du hast mich gedemütigt, und das vergesse ich dir nie. Es war sehr vermessen von dir zu glauben, daß ich dir hier nichts mehr anhaben könnte!«

Seine Stimme war so ruhig, so bedrohlich, daß die Panik sie übermannte. Schweißperlen traten auf ihre Stirn. Gab es hier denn keine anderen Spaziergänger? Konnte ihr denn niemand zur Hilfe kommen?

Walter führte sie quer über den Pfad vom Fluß weg.

Adrienne schossen die Tränen in die Augen. »Ich war doch so gut zu Ellie und Beth«, schluchzte sie. Der Geruch seines Atems brachte ihr jäh die scheußlichen Erlebnisse in seinem Haus in Erinnerung zurück, und sie spürte, wie ihre Eingeweide sich zusammenzogen. »Bitte! Sie würden nicht wollen, daß mir etwas zustößt!«

»Wenn dir soviel an ihnen gelegen wäre, dann hättest du alles getan, um bei ihnen bleiben zu können! Ich habe es dir mehrmals angeboten! Ich habe dich wie ein Familienmitglied behandelt!«

Die Schloßmauer füllte Adriennes Gesichtsfeld aus, ihr Arm schmerzte in seinem Griff, und der Spitzbogen des Eingangs zum Turm gähnte düster und unheilverkündend vor ihr. »Was haben Sie mit mir vor?« Sie versuchte, stehenzubleiben, aber er schubste sie weiter.

»Vieles, Süße, sehr, sehr vieles.«

Dann erklang eine andere Stimme. »Tut mir leid, heute wird das nichts mehr!« Und dann trat Nathan um die Ekke des Turmes. Die Haltung seines muskulösen Körpers strahlte Kraft und Zuversicht aus, und die Pistole, die er in der Hand hielt, war auf Frakes-Hogg gerichtet. »Lassen Sie die Lady los, Sir.«

»Kümmern Sie sich um Ihre eigenen Angelegenheiten«, erwiderte Frakes-Hogg.

»Miss Beauvisage *ist* meine Angelegenheit. Lassen Sie sie los!« Nathan zog den Hammer zurück und berührte den Hahn. »Ich weiß, daß diese Waffe nicht besonders zielsicher ist, aber ich habe auch schon feststellen dürfen, daß sie aus nächster Nähe überraschende Resultate erzielt.«

Adrienne spürte, wie Walter sie losließ. Ihr Arm fühlte sich unterhalb des Ellenbogens taub an. Angestrengt die erniedrigenden Tränen zurückblinzelnd, hastete sie an Nathans Seite. »Oh . . ., vielen Dank!«

Er schenkte ihr ein umwerfendes Grinsen. »Ich freue mich, Ihnen zu Diensten sein zu können. Und nun . . . sehen Sie zu, daß Sie verschwinden. Warten Sie im St. Cross Hospital auf mich. Die Brüder werden Sie beschützen, bis ich Sie holen komme.«

»Nein. Ich bleibe bei Ihnen.« Sie zog das Messer aus ihrem Ärmel und lächelte. »Jetzt kann ich Ihnen sogar helfen.«

»Adrienne, treten Sie wenigstens einen Schritt zurück.« Nathan seufzte. »Sie sind noch immer in Gefahr. Das Messer ist ein Spielzeug!«

Frakes-Hogg wog seine Chancen zur Flucht ab. Der muskulöse junge Mann vor ihm war zweifellos auch ein guter Läufer. Der Versuch schien die häßliche und peinliche Szene, die folgen würde, wenn dieser Essex ihn erwischte, nicht wert zu sein. »Nun, da Sie die edle Maid gerettet haben, muß ich Ihnen wohl den Sieg zugestehen. Trennen wir uns als Freunde.« Er verbeugte sich, um seinen Rückzug anzutreten.

»Seien Sie nicht albern. Sie haben ein Verbrechen begangen, und ich habe die Absicht, Sie dem Gericht zu übergeben!« Nathan konnte sein Glück kaum fassen, als er einen Constable über die Brücke in ihre Richtung kommen sah. Er hob die Hand, um auf sich aufmerksam zu machen.

»Ah, sieh da, wenn das nicht Frakes-Hogg ist! War nett gestern, mit Ihnen ein Bierchen zu trinken«, rief der Officer fröhlich, als er herankam. Seine Stirn legte sich in Falten, als er Nathans Pistole entdeckte. »Dieser Kerl belästigt Sie doch hoffentlich nicht, oder, Sir?«

Ein gütiges Lächeln breitete sich auf Frakes-Hoggs langem Gesicht aus. »Oh, leider doch, Constable. Ich fürchte, der Mann ist verrückt. Vielleicht wollte er mich auch berauben. Sehen Sie, er schlich sich an mich heran und bedrohte mich mit seiner Pistole, während seine Komplizin, diese Frau dort, auf einmal ihr Messer zog.«

»Das ist nicht wahr!« schrie Adrienne. »Walter Frakes-Hogg hat *mich* bedroht! Wenn Sie ihn durchsuchen, finden Sie bestimmt eine Waffe.«

»Warum um Himmels willen sollte ich diese Dame bedrohen?« erwiderte Walter. »Aber damit meine Unschuld zweifelsfrei bewiesen ist, bestehe ich darauf, daß Sie mich durchsuchen, mein Freund!«

»Aber, Sir! Sie sind ein Gentleman! Ich wüßte nicht –«

Doch alles Zieren half nichts; Walter Frakes-Hogg bestand darauf, und der Constable gehorchte, wenn es ihm auch sichtlich peinlich war. Natürlich fand er keine Waffen, und schließlich richtete er blutunterlaufene Augen auf Nathan und Adrienne. »Ich denke, ich sollte Sie beide mitnehmen!«

»Nein, nein«, wehrte Frakes-Hogg ab. Ein Lächeln, das großzügiges Vergeben signalisierte, huschte über sein Gesicht. »Ich gehe davon aus, daß es sich bloß um ein dummes Mißverständnis von seiten dieser jungen Leute handelt. Vielleicht haben sie mich für jemand anderen gehalten, hm? Nun, wie auch immer, ich habe eine Verabredung und bin schon ein wenig spät dran. Begleiten Sie mich zum Marktplatz, Constable? Fein, fein.« Mit einem zufriedenen Lächeln streifte er sich seine dunkelgrauen Handschuhe über.

Bleich und ungläubig starrte Adrienne den Constable an, als er sie ermahnte, die Waffen wegzustecken und sich brav an das Gesetz zu halten. Dann wanderten die beiden Männer die College Street hinab.

»Ich fasse es nicht«, murmelte Nathan.

»Er ist . . . böse!« Adriennes Stimme zitterte. »Oh, Nathan, ich habe Angst!«

Er zog sie in seine Arme und strich ihr sanft über die Locken. »Das brauchen Sie nicht. Immerhin habe ich aufgepaßt, daß er Ihnen nichts tut, oder?«

»Ich glaube jetzt, daß er zu allem fähig ist.« Die Tränen, die sie so lange zurückgehalten hatte, rannen ihr nun die Wangen herab. »Er haßt mich, und er will sich rächen. Was er vorhat, ist bestimmt grausamer, als ich mir in meinen schlimmsten Alpträumen –«

Nathan schloß die Arme fester um sie, während er über den Fluß hinweg ins Leere starrte. Seine Kiefermuskeln spannten sich an. Unglücklicherweise war zu befürchten, daß Adrienne die Situation nicht übertrieben dargestellt hatte.

Über ihnen auf der Brustwehr der Burgmauer versuchte Huntsford Harms zu verdauen, was er gehört und gesehen hatte. Es schockierte ihn, feststellen zu müssen, daß Adrienne Beauvisage seine Beschützerinstinkte geweckt hatte. Als Frakes-Hogg sie zum Turm geführt hatte, war er gerade im Begriff gewesen, hinunterzustürmen und sie zu retten, als dieser verdammte Essex auftauchte! Wie konnte er es wagen, auf eigene Faust nach Winchester zu kommen, wo er, Huntsford, doch ganz deutlich gesagt hatte, daß er heute Adriennes Beschützer spielen wollte? Es machte ihn rasend, sie nun in seinen Armen liegen zu sehen und zu hören, wie sie schluchzte, während dieser Essex beruhigend auf sie einmurmelte!

Irgendwie mußte es Huntsford Harms gelingen, die Dinge so zu arrangieren, daß er sich eines Tages als Retter der entzückenden Adrienne Beauvisage hervortun konnte. Daß er sie nachher, wenn alles vorbei war, in seine Arme schließen würde.

Als Huntsford die Kutsche zu der Stelle gebracht hatte, an der er Adrienne zuvor abgesetzt hatte, erklärte sie ihm, daß sie bei ihrem Spaziergang Mr. Essex begegnet wäre und ihn überredet hätte, sie nach Hause zu bringen. Nun, immerhin sei es doch seine Pflicht, nicht wahr? Huntsford rang sich ein steifes Lächeln ab und fuhr innerlich kochend zum White Ostrich.

»Ich will nicht, daß unser Wagen Aufmerksamkeit erregt«, sagte er dem Lakaien, als er ihm die Zügel zuwarf. »Du wartest auf dem Marktplatz.«

An einem Tisch ganz hinten in der Ecke der Schankstube saß Frakes-Hogg. Sein Auftraggeber aß Nierenpastete und sprach kräftig dem Brandy zu, als Huntsford sich ihm näherte.

»Warum sind Sie so nervös?« fragte der ältere Mann zur Begrüßung. »Setzen Sie sich.« Frakes-Hogg schenkte sich Brandy nach. »Sind Sie gekommen, um zu hören, wie sich mein Treffen mit Miss Beauvisage abgespielt hat?«

»Nun ... ähm ...« Der Kellner kam mit einem Glas Glühwein, und Huntsford Harms machte sich dankbar darüber her. Die süße, warme Flüssigkeit enthielt gerade genug Alkohol, um seine Nerven zu beruhigen. »Nun, ich ... ich habe das meiste von dem, was geschehen ist, gesehen. Ich habe auf der Mauerbrüstung gestanden.«

»Ah!« Frakes-Hogg lächelte. »Dann haben Sie ja auch die kleine Episode mit dem Constable mitbekommen. Finden Sie nicht auch, daß das ein überaus geschickter Schachzug von mir war? Nicht nur, daß ich mich dadurch aus den Fängen dieses unerträglichen Wachhundes befreit habe, ich habe es auch noch geschafft, sowohl ihn als auch Adrienne vor dem Gesetz in ein schlechtes Licht zu rücken!« Er rieb sich entzückt die Hände. »Gratulieren Sie mir, junger Mann.«

»Ja, das war wirklich sehr gerissen von Ihnen, Sir ..., und ich bin ehrlich gesagt heilfroh, daß Miss Beauvisage nichts zugestoßen ist.« Huntsford mied den durchdringenden Blick seines Gegenübers und trank erneut einen Schluck Glühwein. »Ich meine, sie ist so schrecklich lieb zu Mammi und immer höflich zu mir und meinen Gästen. Ich verstehe einfach nicht, warum Sie ihr etwas Böses wollen!«

»In Anbetracht des finanziellen Arrangements, das wir beide getroffen haben, denke ich nicht, daß es Ihnen zusteht, sich ein Urteil über meine Beweggründe zu erlauben.« Frakes-Hoggs Stimme war ruhig und leise, aber jedes einzelne Wort traf wie ein Pfeil. Er schob seinen Teller beiseite, trank und stellte sein Glas wieder ab. »Erzählen Sie mir nicht, daß Sie selbst ein Auge auf sie geworfen haben.«

Huntsford runzelte die Stirn. »Unsinn. Aber selbst wenn – ich sehe nicht, was an diesem Gedanken so komisch sein sollte. Ich meine, ich bin schließlich nicht entstellt oder so etwas. Ganz im Gegenteil, Sir, es ist nämlich so, daß ich in London als einer der begehrtesten Jung ...«

»Vergessen Sie es. Das hat nichts damit zu tun, mein Junge«, unterbrach Frakes-Hogg. »Sie haben bei der Dame deswegen keine Chance, weil sie ein Techtelmechtel mit diesem widerwärtigen Kerl hat.«

»Mit wem? Nathan Essex? Aber das ist doch absurd! Sie scherzen, Sir, nicht wahr?«

»Scherzen? Oh, nein. Nehmen Sie Ihren Hut ab und ziehen Sie die Handschuhe aus, Junge. Und trinken Sie von dem Brandy; Sie müssen sich ein wenig beruhigen.« Frakes-Hogg musterte ihn durch zusammengekniffene Lider. Dann versetzte er dem anderen den zweiten wohldosierten Schlag. »Mir scheint, daß Ihre Gefühle für die unwiderstehliche Adrienne weit tiefer gehen, als Sie sich selbst bewußt sind. Es tut mir leid. Doch leider basiert meine Aussage über sie und Essex keinesfalls auf bösartigen Gerüchten oder Spekulationen meinerseits. Sehen Sie, ich habe die beiden zusammen beobachtet. Eines Nachts, noch bevor Sie aus London angereist sind, wanderte ich im Garten von Harms Castle umher, um ein Gefühl für die Gegend zu bekommen.«

»Ich weiß nicht. Es gefällt mir nicht besonders gut, daß Sie in unserem Garten lauern«, protestierte Huntsford schwach.

»Von lauern kann keine Rede sein«, gab der Ältere verächtlich zurück. »Ich befand mich gerade zwischen den Eichen am Rand des Grundstücks, als ich sie zusammen sah.«

»Z... zusammen? Wie zusammen? Sie meinen doch nicht –«

»Ich fürchte doch. Wenn nicht *richtig*, dann doch beinahe. Sie wurden durch den Gärtner gestört, der mich ein paar Augenblicke zuvor entdeckt hatte.«

»Das ist ja ... *schockierend!*«

»Ist es das? Kommen Sie, mein Junge, erzählen Sie mir nicht, daß Sie und Ihre feine Clique nicht auch ein paar hübsche Liebesspielchen treiben, hm?« Frakes-Hogg blinzelte ihm zu. »Und was Adrienne Beauvisage angeht, so kann ich Ihnen versichern, daß sie nicht die tugendhafte Lady ist, die zu sein sie vorgibt. Vielleicht können Sie nun verstehen, warum ich auf meine Art und Weise für Gerechtigkeit sorgen will. Dieses kleines Biest hat mir großen Schaden zugefügt.«

Huntsford Harms starrte sein Gegenüber schweigend an. Durch Frakes-Hoggs Enthüllung war sein Verlangen nach Adrienne nicht geringer geworden, seine Eifersucht auf Nathan Essex jedoch gestiegen. Aber vielleicht war sie einfach nur ein wenig verliebt, weil er ihren Beschützer spielte? Wenn dies der Fall war, dann mußte Huntsford als erstes versuchen, Nathan Essex aus Adriennes Leben zu verdrängen.

Während er seine Uhrkette befingerte, murmelte er: »Mir wird langsam klar, daß ich die beiden falsch eingeschätzt habe. Und das, was Sie mir erzählt haben, erinnert mich an etwas, das einer meiner Gäste neulich über Nathan Essex gesagt hat. Ich habe dem damals kaum Beachtung geschenkt ...«

»Über Nathan Essex? Los, raus mit der Sprache! Was ist es?«

Huntsford schürzte die Lippen. »Ich denke, diese Information ist zu wertvoll, um sie einfach so weiterzugeben. Meinen Sie nicht, daß dies ein geeigneter Zeitpunkt wäre, mir eine weitere Zahlung zu leisten?«

»Reden Sie von den dreitausend Pfund, die ich Ihnen nach Erledigung dieser Sache versprochen habe?«

»Ich finde, ich habe sie mir bereits verdient. Plus zusätzliche zweitausend für die Information, die ich noch für Sie habe.«

»Die Blüte der Mode scheint langsam Klauen und Reißzähne auszubilden!« Frakes-Hogg starrte sein Gegenüber lange und hart an, aber es gelang ihm nicht, die Maske der Gleichgültigkeit im weichen, glatten Gesicht des jungen Mannes zu durchdringen. Frakes-Hogg war sich bewußt, daß die Situation auf Harms Castle für ihn bereits problematisch genug war; er konnte es sich nicht erlauben, seinen Spion zu verlieren. »Teufel auch, Sie werden ja langsam erwachsen, mein Junge. Kompliment, Sie lernen schnell. Sie haben sich das Geld wirklich verdient! Wenn Sie mögen, kommen Sie gleich mit in mein Zimmer, dann werde ich Sie auszahlen. Ah, wie ich sehe, habe ich Sie wieder zum Lächeln gebracht. So ist es brav!«

»Ich freue mich, daß wir uns so gut verstehen, Sir. Und Sie werden sich freuen, wenn ich Ihnen erzähle, was Lucy Beauchamp über Nathan Essex weiß.« Harms lehnte sich lässig in seinem Stuhl zurück und streckte die Beine aus. »Neulich waren meine Freunde und ich nachts noch in einem der Gemeinschaftsräume im Schloß, als Essex auftauchte. Er hatte seine Brille vergessen, und als er wieder ging, meinte Lucy, daß er genauso aussähe wie irgendein heroischer Seekapitän, der vor einiger Zeit in London für Furore gesorgt hat. Man nennt ihn den Vagabunden –«

»Bei Gott, ich habe von diesem Captain schon genug gehört! Der Vagabund heißt Nathan *Raveneau*, nicht Essex, verflucht!« Walter Frakes-Hoggs Augen wirkten wie schwarze, glühende Kohlen. Einige Gäste im Schankraum drehten die Köpfe, um zu sehen, wer sich dort so aufregte, und es kostete Walter einige Mühe, sich wieder zu beruhigen. »Ob es sein kann?«

»Wenn es wahr ist, daß er in Verkleidung herumläuft, dann frage ich mich nur, warum. Wie kommt ein berühmtberüchtigter Captain auf die Idee, Kindermädchen für die Gesellschafterin meiner Mutter zu spielen?«

»Ja, es ist überaus seltsam, aber nun weiß ich wenigstens, warum ich Essex auf den ersten Blick nicht leiden konnte.« Frakes-Hogg genehmigte sich den dritten Brandy, und seine Wangen begannen sich zu röten. Es schien ihn nicht mehr zu kümmern, ob er leise oder laut sprach. »Dieser verdammte Vagabund ist meinem Geschäftspartner Xavier Crowe seit langem ein Dorn im Auge! Beide leben auf Barbados, und Raveneau gehört zu jenen unerträglichen Menschen, die sich verpflichtet fühlen, jedem anderen ihre Verhaltensregeln aufzuzwingen. Er hetzt den armen Xavier praktisch schon, seit mein Freund einen Fuß auf die Insel gesetzt hat!«

»Barbados! Da wollte ich schon immer hin!« Huntsford seufzte tief. »Vielleicht schickt Adrienne ihn einfach weg, wenn ich ihr die Wahrheit über Essex erzähle.«

»Oder, und das ist wahrscheinlicher, sie findet den mysteriösen Vagabunden weit interessanter als den bürgerlichen Essex.«

Huntsfords rehbraune Augen weiteten sich. Er nahm eine Prise Schnupftabak und biß sich auf die Lippe. »Das kann natürlich sein.«

»Kommen Sie näher, mein Junge, und hören Sie genau zu.« Die Haut spannte sich über Frakes-Hoggs Wangenknochen, als er sich über den Tisch beugte. »Wir gewinnen alle, wenn wir ihn aus dem Weg schaffen, am besten noch, bevor ich mich um Adrienne kümmere. Wenn Sie mir helfen, Raveneau zu beseitigen, dann bekommen Sie nicht nur genug Geld, um sämtliche Schulden zu bezahlen, sondern auch, um nach Barbados zu reisen ... und dort zu bleiben, wenn Sie wollen. Xavier hat ein großes Anwesen, *Crowe's Nest*, und er wird Ihnen ewig dankbar sein, wenn Sie daran beteiligt waren, seinen Erzfeind von dieser Welt zu entfernen. Also ... haben Sie verstanden, was ich sagen will?«

Huntsford schluckte hart. »Ja. Ja, habe ich.« Der Gedanke an Mord drehte ihm den Magen um. »Ich werde einen Weg finden, Sir. Abgemacht.«

Zweiter Teil

Kapitel 9

Als Adrienne sich dabei ertappte, wie sie Nathan Essex anstarrte, schoß ihr das Blut in die Wangen, und sie senkte hastig den Blick. Sie fand es merkwürdig und aufregend zugleich, daß sie seine abgetragenen Stiefel nun mit Wohlwollen betrachtete und sich insgeheim danach sehnte, die Knöpfe seiner Jacke zu schließen oder die abgewetzten Stellen an seinem Rock auszubessern.

»Wer möchte noch mehr Heringe?« Lady Thomasina sah Nathan an, während sie mit einer Hand auf die Ansammlung silberner Schüsseln auf dem Frühstücksbüffet deutete. »Sie sind ganz frisch. Auch mit dem Honig bin ich sehr zufrieden. Ist er nicht köstlich, Miss Beau?«

»Hm. Ja!« Adriennes Gesicht schien zu leuchten. Die Tage seit dem Zusammenstoß mit Frakes-Hogg waren einfach wundervoll gewesen. Aus Furcht, daß Adriennes Peiniger noch einmal zuschlagen würde, achtete Nathan darauf, immer in ihrer Nähe zu bleiben. Außerdem hatten sie sich ein gemeinsames Ziel gesetzt: Sie wollten versuchen, in Lady Thomasinas ödes Leben ein wenig frischen Wind hineinzubringen. Sie machten Vorschläge für kleine ›Ereignisse‹, wie zum Beispiel das offizielle Frühstück, für das sich Ihre Ladyschaft vor Mittag aus ihrem Zimmer bequemen mußte. In einigen Fällen stellte Lady Thomasina sich stur und behielt ihre trägen Angewohnheiten bei, aber sie gab sich sichtlich Mühe, sich zu ändern, und Adrienne und Nathan beobachteten ihre Fortschritte hoffnungsvoll.

»Haben Sie noch einmal über den Ausflug nachgedacht?« Nathan bediente sich von der Schüssel mit Hering und schenkte Adrienne Schokolade aus einer silbernen Kanne nach.

»Sie beide werden langsam ein wenig aufdringlich, was das angeht«, tadelte Lady Thomasina, lächelte aber dabei. Sie schob sich den letzten Bissen Rührei in den Mund. »Im übrigen regnet es.«

»Hätten Sie dann lieber Gäste im Haus?« fragte Adrienne. »Wir könnten doch einen Empfang für die Nachbarn arrangieren. Es gibt doch bestimmt genug Leute, die Sie noch von früher kennen, zu denen Sie aber im Laufe der Jahre den Kontakt verloren haben, oder? Ich bin überzeugt, daß Ihnen das Zusammensein mit anderen Menschen sehr guttun würde, Mylady.«

»Ich dachte, ich hätte *Sie* dazu eingestellt, mir Gesellschaft zu leisten! Außerdem haben wir noch Mr. Essex bei uns und Hunty und seine reizenden Freunde. Mehr Menschen brauche ich nicht.«

Nathan reichte ihr ein Scone mit Sahne. »Oh, oh, sehe ich da ein Stirnrunzeln auf Ihrer zarten Stirn, Mylady? Kommen Sie, schenken Sie uns Ihr entzückendes Lächeln. Haben Sie denn nicht bemerkt, daß die Sonne durch die Wolkendecke bricht?«

»Wenn Sie mich vor die Wahl stellen, ob ich hinausgehen oder Leute hereinlassen soll, dann nehme ich das erste. Das ist entschieden das kleinere Übel. Vielleicht sollten wir in Winchesters Leihbibliothek gehen und nachfragen, wann genau wir mit Mary Shelleys *Frankenstein* rechnen können. Alistair hat es schon gelesen, und er meint, es wäre überaus aufregend!« Wieder runzelte sie die Stirn, doch diesmal waren der Grund dafür die fünf unbenutzten Gedecke auf dem Tisch. »Ich wünschte wirklich, daß diese jungen Leute etwas mehr auf mich eingehen würden. Sie haben doch gesagt, daß sie heute morgen mit uns frühstücken wollten, nicht wahr?«

Jarrow, der im Türrahmen gestanden hatte, kam heran. »Ich bitte um Verzeihung, Mylady, aber ich hätte eine Erklärung für die Abwesenheit der jungen Herrschaften. Ich glaube, daß es gestern abend ein wenig spät geworden ist. Die Ladies schlafen noch und –«

»Was ist mit Hunty? Man kann von dem eigenen Sohn doch wohl etwas mehr erwarten!«

»Wie recht Sie haben, Mylady«, stimmte der Butler nikkend zu. »Aber wie Sie ohne Zweifel wissen, braucht Ihr Sohn morgens immer einige Stunden zum Baden und Ankleiden.«

Adrienne konnte sich nicht zurückhalten. »Ist es wahr, daß Seine Lordschaft jeden Morgen in Wasser badet, das mit Eau de Cologne versetzt ist? Also, ich finde die Vorstellung faszinierend.«

»Ja, Seine Lordschaft nimmt tatsächlich importiertes Eau de Cologne«, bestätigte Jarrow. »Das morgendliche Bad ist eine sehr komplexe Prozedur, der eine gründliche Rasur, das Frisieren seiner Haare und das Binden seiner Krawatte folgt. Der Kammerdiener Seiner Lordschaft, Roland, arbeitet Tag und Nacht, um die Kleidungsstücke und Accessoires in tadellosem Zustand zu halten.«

Lady Thomasina schüttelte in einer Mischung aus Stolz und Verärgerung den Kopf. »Keine Ahnung, woher er das hat. Das ganze Getue ist meines Erachtens reine Zeitverschwendung.«

Nathans unterdrücktes Glucksen veranlaßte Adrienne, rasch das Thema zu wechseln. »Wo wir eben von neuen Büchern geredet haben –«

»Haben wir?« staunte Nathan. »Ich hatte gehofft, daß

ich mehr über die Angewohnheiten von Roland und Seiner Lordschaft erfahre!«

Adrienne raffte ihren Rocksaum und trat ihm unterm Tisch gegen das Schienbein, während sie ihn freundlich anlächelte. »Sie belieben zu scherzen, Mr. Essex. Wie immer. Ihre Ladyschaft hat den Wunsch geäußert, nach Winchester zu fahren, um neue Bücher zu erstehen. Ich bin eine große Bewunderin von Jane Austen –«

»Ah, Miss Beau, wie ich, genau wie ich!« schrie Lady Thomasina entzückt. »Wußten Sie, daß in Kürze zwei neue Bücher von ihr veröffentlicht werden?«

»Oh, ja, selbstverständlich. Wie ich gehört habe, ist das eine schon vor Jahren entstanden, jedoch von ihrem Verleger zurückgehalten worden, während das zweite, *Verführung*, nur wenige Monate vor ihrem . . . Tod . . .« Adriennes Stimme verebbte, und ihre Miene wandelte sich von Begeisterung zu Trauer. »Als ich noch zur Schule ging, traf ich sie einmal bei einer Putzmacherin in London. Ich sagte ihr, wie sehr mich ihr Werk beeindruckte, und sie war so unglaublich freundlich, herzlich und bescheiden. Als Miss Austen im letzten Sommer starb, habe ich wirklich getrauert . . .«

»Wußten Sie, daß sie ihre letzten Tage in Winchester verbracht hat?« fragte Lady Thomasina sanft. »Jane Austen ruht nun im Mittelschiff der Kathedrale unserer Stadt.«

Adrienne nickte mit feuchtglänzenden Augen. »Der Buchbinder hat es erwähnt, als ich in seinem Geschäft war. Oh, Mylady, er hat mir auch gesagt, daß ihr Haus in der College Street liegt, nicht weit von der Kathedrale entfernt. Ich würde so gerne hinfahren und es mir ansehen und schließlich Blumen auf ihre letzte Ruhestätte legen. Hätten Sie nicht Lust, mit mir zu kommen?«

»Wir werden zu dritt fahren«, meldete sich Nathan zu Wort. »Und ich kenne ein hübsches Gasthaus, in dem wir zu Mittag essen können!«

»Ich muß zugeben, daß das wirklich verlockend klingt«, gab Lady Thomasina zu. »Wir können dann ja trotzdem noch in die Leihbibliothek gehen. Vielleicht sollten wir uns auch Miss Austens andere Bücher besorgen und sie lesen. Ich vermisse die Bennet-Familie.«

»O ja. Lesen wir zuerst *Stolz und Vorurteil!*« Adrienne sprang auf, ging neben Lady Thomasinas Stuhl in die Knie und nahm ihre fette Hand in die ihre. In Anbetracht des abgestandenen Parfum- und Pudergeruchs, der von der alten Frau ausging, war dies ein Beweis großer Zuneigung. »Und als nächstes nehmen wir *Emma*, ja? Oh, ich kann ihren Ansichten über die Ehrbarkeit alter Jungfern nur beipflichten! Wie wundervoll, daß wir noch mehr Gemeinsamkeiten haben finden können, Mylady.«

»Wir mögen uns ja über Jane Austen einig sein, Miss Beau, aber nicht, was alte Jungfern angeht.« Sie drohte der jungen Frau spielerisch mit dem Finger. »Und was Sie betrifft, junges Ding, Sie dürften überhaupt nicht ohne Mann leben! Sie haben ein besonderes Feuer in sich, mein Kind, ob Sie es nun wahrhaben wollen oder nicht.«

Am Tisch gegenüber hob Nathan seine Teetasse, um sein Lächeln zu verbergen, aber als Lady Thomasina in seine Richtung sah, zwinkerte er ihr zu.

»Ich hasse diese kleine Bestie«, murmelte Huntsford Harms.

Alistair schaute gerade noch rechtzeitig vom Billardtisch auf, um zu sehen, wie Angus, der Terrier, mit einem zerfetzten blauen Handschuh in seiner Schnauze auf die Galerie getrippelt kam. »Also, ich finde ihn nett!«

»Was für ein Glück, daß mein kleiner Peter friedlich in meinem Bett schläft«, sagte Lucy weinerlich. »Er regt sich immer schrecklich über diesen . . . dieses Tier auf!« Sie saß in einem Sessel unter zwei Portraits von Lady Thomasinas Vorfahren aus der Tudor-Zeit. Als Angus herantrabte, beugte sich Lucy hinab. »Verschwinde, du Mistvieh«, zischte sie. »Ksch!«

Angus antwortete mit einem Knurren und schüttelte den Kopf zur Bekräftigung seines Arguments.

»Du häßlicher Köter!« brüllte Harms. »Du kannst von Glück sagen, daß du überhaupt noch lebst!« Mit wedelnden Armen stürmte er auf den Terrier zu, so daß Angus so schnell, wie ihn seine alten Beinchen noch trugen, davonschoß.

»Na, so was! War das nicht dein Handschuh in seiner Schnauze?« fragte Alistair mit neckendem Unterton. Als sein Freund ihn im Vorübergehen mit einem finsteren Blick bedachte, fuhr er fort: »He, was ist denn los mit dir? Warum so schlechte Laune? Du bist schon den ganzen Nachmittag auf Streit aus.«

»Kann man nicht einmal in Ruhe schmollen, ohne gleich alles erklären zu müssen? Im übrigen habe ich keine Lust mehr auf Billard. Ich gehe ein bißchen hinaus, um Luft zu schnappen. Vielleicht hat es ja aufgehört zu regnen!« Und bevor irgend jemand ihm noch weitere Fragen stellen konnte, verließ Harms die Galerie.

Als er allein im Flur stand, hatte er das Gefühl, als würden die Wände um ihn herum immer näherrücken. Alles, was er sich wünschte, war ein bißchen Zeit mit Adrienne Beauvisage – eine Chance, um ihr zu zeigen, daß er sie mindestens genausogut beschützen konnte wie dieser verdammte Vagabund. Aber irgendwie kam ihm dauernd jemand dazwischen.

Wenn Huntsford ihr nur die Wahrheit über Essex/Raveneau hätte sagen können! Immerhin war der Mann ein Betrüger, der Adrienne belog und sich für jemand anderen ausgab! Aber allein der Gedanke, daß Frakes-Hogg recht haben könnte – daß Adrienne Beauvisage die wahre Identität ihres Beschützers nur interessanter finden könnte –, war Huntsford unerträglich.

Dann fiel ihm ein, daß die Bibliothek nur ein paar Schritte entfernt lag und daß sich das Objekt seiner Begierde vermutlich dort befand. Huntsford kramte nach einem kleinen Taschenspiegel. Er begutachtete seine Frisur, richtete seine Krawatte (die à la Byron gebunden war) und schob das Kinn energisch vor. Wenn Adrienne nur einmal richtig hinsehen würde! Sie brauchte doch nur den tadellosen Sitz seines Rocks mit der nachlässigen Erscheinung seines Rivalen zu vergleichen, um auf Anhieb zu erkennen, welcher von ihnen ihrer Beachtung wert war!

Wild entschlossen holte er tief Atem, straffte die Schultern und marschierte auf die Tür der Bibliothek zu. Von draußen hörte er schon Adriennes Stimme.

»Es ist eine allgemein anerkannte Tatsache, daß ein alleinstehender Mann mit einem anständigen Vermögen sich eine Frau wünschen muß.«

Entzückt trat Harmsford ein. »Meine liebe Miss Beauvisage, sprechen Sie vielleicht von *mir?*«

Adrienne saß Lady Thomasina gegenüber, die wie immer in ihrem Lieblingssessel zusammengesunken war. In Adriennes Schoß lag ein aufgeschlagenes Buch. »Oh ... Lord Harms!« Sie errötete leicht, was Huntsford so ungemein gut gefiel. »Eigentlich haben wir gerade nur aus *Stolz und Vorurteil* gelesen. Das waren Jane Austens Worte, nicht meine.«

»Was ist denn in dich gefahren, Hunty?« quengelte seine Mutter. »Dieser Besitz stellt ja wohl kaum ein anständiges Vermögen dar. Und überhaupt – was ist denn das für eine Art, mit Miss Beau zu reden? Es sei denn ...« Ihre Stimme verebbte, als ihr plötzlich ein Gedanke kam. Sie hob ihr Lorgnon an die Augen und sah ihren Sohn prüfend durch die verschmierten Gläser an.

»Mammi, tu mir einen Gefallen und zieh ja keine voreiligen Schlüsse!« Nun war es an Huntsford zu erröten. »Ich habe nur einen Versuch gemacht, mit Miss Beauvisage zu scherzen.« Er wanderte zum Fenster hinüber, wobei er zu seinem Leidwesen Nathan auf einer der hohen Leitern an den Regalen entdeckte. Der Mann war damit beschäftigt, Bücher herauszusuchen, und schien nichts von dem mitzubekommen, was sich unter ihm abspielte.

»Hunty, vielleicht interessiert es dich, daß wir einen Ausflug planen.« Lady Thomasina musterte ihn immer noch mißtrauisch durch ihr Lorgnon. »Miss Beau und ich haben herausgefunden, daß wir beide eine Vorliebe für Jane Austen haben. Sobald sich das Wetter ein wenig bessert, werden wir nach Winchester fahren, uns ihr Haus in der College Street ansehen und schließlich ihr Grab in der Kathedrale besuchen!«

Harms hatte das hohe Fenster erreicht und drehte sich nun zu seiner Mutter um. Sie hatte sich vorgebeugt und starrte ihn auf eine Art und Weise an, die er nicht mißverstehen konnte. Vielleicht waren sie sich doch nicht so unähnlich ... »Oh, das ist eine wundervolle Idee.« Er beobachtete die Miene seiner Mutter, während er sprach. »Und schauen Sie einmal hinaus, Miss Beauvisage. Ein herrlicher Regenbogen!«

Adrienne stand auf und kam lächelnd zu ihm. »Wirklich? Ich liebe Regenbogen, aber man sieht sie so schrecklich selten.«

Als sie neben ihm stand, wagte Huntsford einen Vorstoß. »Hätten Sie etwas dagegen, wenn ich Sie begleite? Auch ich bin ein Bewunderer Jane Austens.«

Adrienne blinzelte. Den ganzen Morgen hatte sie sich auf Nathans Gesellschaft gefreut, hatte sich ausgemalt, was für einen Spaß sie in Winchester haben würden. Aber was sollte Sie sagen? »Aber, Lord Harms, Ihre Freunde ... Bestimmt werden Sie sich in unserer Gesellschaft rasch furchtbar langweilen.«

»War das eine Absage, Miss Beauvisage? Ich habe meine Freunde gern, aber manchmal gelüstet es mich doch nach der Gesellschaft anderer!«

»Nun, dann. Natürlich können Sie mit uns kommen.« Sie lächelte.

»Sehr schön. Wenn ich so dreist sein darf, dann muß ich gestehen, daß ich auf eine Gelegenheit gehofft habe, Sie etwas näher kennenzulernen.« Über ihre Schulter hinweg sah er seine Mutter zustimmend nicken.

Adrienne war einen Moment sprachlos. Da sie nicht wußte, wie sie reagieren sollte, wandte sie den Blick ab und schaute statt dessen wieder hinaus. In diesem Moment entdeckte sie draußen einen Reiter, der in zügigem Trab auf das Schloß zugeritten kam. »Oh! Sehen Sie nur! Da kommt jemand!«

Huntsford blickte hinaus. »Den kenne ich nicht!« Er drückte den Laden auf und ließ die warme, feuchte Luft herein.

»Ein Fremder?« Lady Thomasina mühte sich, auf die Füße zu kommen. »Nathan, kommen Sie und helfen Sie mir. Angus hat sich in meinen Röcken verfangen. Ich will sehen, wer dort draußen ist.«

Nathan stieg die Leiter herab und durchquerte mit raschen Schritten die Bibliothek. Er war froh, daß Lady Thomasina ihm eine Gelegenheit gegeben hatte, auf sich aufmerksam zu machen. Vielleicht reichte allein seine Präsenz aus, um Huntsford Harms in seine Schranken zu weisen. Als er und Lady Thomasina sich dem Fenster näherten, lehnte sich Adrienne hinaus und rief dem Fremden einen Gruß zu. »Verzeihung, Sir! Würden Sie uns bitte sagen, was Sie wollen?«

Nathan war groß genug, um über ihren Kopf hinunter auf die Auffahrt sehen zu können, auf der der Fremde gerade sein Pferd zügelte und seinen Hut vom Kopf nahm. Es war ein kleiner stämmiger Mann, und das dicke rote Haar, das unter seinem Hut zum Vorschein kam, ließ Nathans Herz schneller schlagen.

»Ja, Ma'am!« rief der Mann von unten hinauf. »Ich bin

gekommen, um mit Nathan – äh ...« Der Bursche blickte auf einen Zettel in seiner Hand herab. »– um mit Nathan Essex zu sprechen. Kennen Sie ihn?«

Nathan trat einen Schritt vor. Er blickte hinab, als der Besucher das Gesicht zum Fenster hinaufdrehte, so daß die sonnenverbrannte Haut und die Sommersprossen deutlich zu erkennen waren.

Langsam und ungläubig schüttelte Nathan den Kopf. Dort unten stand Zachary Minter, der Erste Maat der *Golden Eagle.*

»Verdammt, Zach! Was zum Teufel tust du hier?« fuhr Nathan seinen Freund an, sobald er die Tür seiner Kammer hinter ihnen geschlossen hatte. »Ich kann mich ganz deutlich daran erinnern, daß ich dir befohlen habe, dich nicht hier blicken zu lassen, wenn es nicht wirklich absolut dringend ist! Warum habe ich das komische Gefühl, daß dem nicht so ist?«

Zachary Minters Augen funkelten schelmisch. »Wo ist dein Humor geblieben, Nathan? Ich dachte doch bloß, du würdest mich so sehr vermissen, daß du mich mit offenen Armen empfangen und schleunigst mit mir zurückkehren würdest!«

»Wenn wir an Bord wären, würde ich dich an den Hauptmast binden und auspeitschen lassen!«

Minter beugte sich vor und flüsterte in verschwörerischem Unterton: »Wir wissen beide, daß du das nicht tun würdest. Ich bin der beste Freund, den du auf dieser Welt hast, und du wirst mich nicht vom Gegenteil überzeugen.«

»Du willst mich in den Wahnsinn treiben, ja?« Nathan starrte auf seinen Ersten Maat, der beinahe einen Kopf kleiner war als er, hinab und raufte sich in gespielter Verzweiflung die Haare. »Wenn ja, dann mach es kurz. Warum bist du gekommen?«

»Ich bin gekommen, um dir zu sagen, daß die Männer

sich langsam zu Tode langweilen und meistens nur noch durch die Pubs ziehen. Crenshaw aus Connecticut – du weißt schon, der Sohn von Freunden deiner Eltern – hat sich in eine ... eine Dame der Nacht verliebt! Ich gebe mein Bestes, auf die Jungs aufzupassen, aber ich stehe ganz allein da! Sie alle lieben die See und haben angeheuert, um mit dir hinauszufahren, und nun hocken sie statt dessen auf der Themse und vergeuden den ganzen Sommer mit Warten ...«

»Schon gut, du brauchst es nicht so drastisch auszudrükken. Ich habe durchaus verstanden, was du mir sagen willst!« Raveneau runzelte die Stirn als er an Franklin Crenshaw dachte. Er kannte ihn schon seit seiner Kindheit. Nathans Vater, André Raveneau, war Franklins Pate. »Wie hätte ich denn wissen sollen, daß sich diese Sache hier ergeben würde? Ich kann nicht zwei Dinge auf einmal machen!«

»Ja, du bist schwer beschäftigt, wie man sieht. Gehe ich richtig in der Annahme, daß das Mädchen, das mich eben angesprochen hat, deine Schutzbefohlene ist?« Zachary beobachtete seinen Freund mit einem wissenden Grinsen. »Hübsches Ding, wirklich. Ich kann ja verstehen, daß du lieber ihr Kindermädchen spielst als Captain auf der *Golden Eagle*, aber ich finde doch, daß du deiner Mannschaft gegenüber gewisse Verpflichtungen hast.«

»Du bist ein elender Schuft, Zach.« Nathan schenkte sich Brandy aus seiner eigenen Flasche ein und trank. »Du weißt ganz genau, daß es hierbei darum geht, an das Land auf Barbados zu kommen und Xavier Crowe die Hölle heiß zu machen. Es hat nichts damit zu tun, ob Miss Beauvisage hübsch ist oder nicht.«

»Aber nein, natürlich nicht! Du wärest der letzte, der sich durch eine Schönheit verführen lassen würde. Noch nie bist du der Versuchung erlegen!«

»Versuchst du mich zu provozieren? Willst du eine

Tracht Prügel?« Nathans Stimme war tief und drohend. »Hör auf, oder du bekommst Ärger.«

Der kleine Mann lächelte fröhlich. »Oh, mein Gott. Ich zittere schon am ganzen Leib, Kommandant.«

»Du bist unmöglich. Ich verfluche den Tag, an dem unsere Väter uns zusammengebracht haben!« Steif bewegte er sich zum Fenster. »Wie es der Teufel will, steht eine Menge auf dem Spiel. Dazu gehört auch Miss Beauvisages Sicherheit.« Er stemmte den Fuß auf die Truhe neben dem Fenster, fuhr sich müde mit der Hand durch das schwarze Haar und seufzte. »Ich kann jetzt nicht weg, Zach. Noch nicht. Ich sollte Adrienne nicht einmal so lange allein lassen, denn –«

»Oh, jetzt sind wir also schon bei *Adrienne!* Ich wußte es doch! Ich irre mich praktisch nie in solchen Dingen!« Er betrachtete seinen Freund einen Moment eingehend, bevor er fortfuhr: »Ich muß allerdings zugeben, daß diese Sache sich ein wenig von deinen üblichen Liebeleien unterscheidet. Normalerweise juckt es dich nach ein paar Tagen immer, wieder zur See zu fahren . . .«

»Das ist keine *Liebelei!*«

»Es ist ewig her, daß du es so lange in der Nähe einer Frau ausgehalten hast. Ja, ich denke, die letzte war –« Zach hielt kurz inne, sein Grinsen war verschwunden. Dann sagte er: »Eloise!«

Aus Nathans Gesicht wich alle Farbe. »Du weißt, daß du diesen Namen nicht erwähnen sollst. Und im übrigen verstehst du die Sache mit Adrienne vollkommen falsch. Versuch nicht, meine Beweggründe zu analysieren!« Mit unterdrücktem Zorn sah er seinen Freund an. »Und hierbleiben kannst du auch nicht. Ich muß schon jetzt eine überzeugende Geschichte erfinden, um zu erklären, was du von mir wolltest.«

»Wenn du mich ohne irgendeine Anweisung oder einen weiterreichenden Plan zurückschickst, dann kann es sein, daß du auf der *Golden Eagle* keine Besatzung mehr hast, wenn du in ein paar Wochen zurückkehrst. Und weder können du und ich allein ein einziges Paket nach Barbados verschiffen noch wirst du in der Lage sein, im Londoner Hafen Männer zu finden, die denen, die dir vermutlich bald laufen gehen, das Wasser reichen. Überleg dir genau, was du tust, Nathan.« Nach diesen wohlüberlegten Worten schenkte Zachary sich einen weiteren Brandy ein und wartete schweigend auf eine Antwort.

»Du kennst mich zu gut.«

»Wenigstens einer«, gab er grinsend zurück.

»Also gut.« Wieder dachte Nathan an Franklin Crenshaw. Er wußte, was sein Vater ihm geraten hätte. »Wir können nicht abreisen, bevor ich meinen Auftrag hier erfüllt habe, aber vielleicht finden wir etwas anderes, mit dem wir die Männer beschäftigen können. Du wirst das Schiff zur Isle of Wight bringen, welche, wie du dich wohl erinnerst, knapp unterhalb des Hafens von Southampton, liegt. Und das ist nicht weit von hier. Wirf Anker in der Freshwater Bay und warte dort, bis du von mir hörst.« Er brach ab, während er zufrieden über die Lösung nachdachte. »Auf der Isle of Wight gibt es nicht viel, und ich bezweifle, daß dort ein einziger Pub ist. Außerdem werdet ihr zu weit von Southampton entfernt sein, als daß die Crew in Schwierigkeiten geraten könnte. Na, was denkst du?«

»Sie sind ein gerissener Mann, Captain Raveneau.«

»Nenn mich nicht so. Man könnte dich hören.« Nathan schüttelte den Kopf, als er den neuesten Beweis für Minters lückenhaftes Gedächtnis zurückdachte. »Ich hätte dich erschlagen können, als du eben meinen Namen vom Papier ablesen mußtest!«

»Besser, als den falschen zu sagen, oder? Außerdem finde ich, daß du jetzt genug an mir auszusetzen gehabt hast.«

»Ich hätte schon noch ein paar Kleinigkeiten.«

»Wenigstens hast du dir etwas Brauchbares einfallen lassen. Die Männer werden überglücklich sein, wieder Segel setzen zu können, selbst wenn wir nur ein paar Meilen den Kanal hinauffahren. Ich werde ihnen sagen, daß du bald wieder zu uns stößt und wir die *Golden Eagle* für die Rückkehr des Captains vorbereiten müssen.«

»Sehr gut.« Die beiden Männer lächelten sich an. Beinahe hätte Raveneau seinem Freund anvertraut, daß es auch ihm am liebsten war, die *Golden Eagle* in seiner Nähe zu wissen. Er hatte den dumpfen Verdacht, daß er das Schiff ganz plötzlich brauchen würde. Ihm war, als würden sich die Dinge auf Harms Castle in eine Richtung entwickeln, die er bald schon nicht mehr unter Kontrolle haben würde.

Adrienne allein war schon schwierig zu handhaben, aber nun hatten noch andere unberechenbare Personen die Szenerie betreten. Als Nathan hergekommen war, hatte er geglaubt, daß es ein Kinderspiel sein würde, auf Adrienne aufzupassen und Frakes-Hogg im Auge zu behalten. Nun jedoch war er sich nicht mehr sicher, ob er die Zügel noch in der Hand hielt. Niemand konnte sagen, was als nächstes geschehen würde.

»Wenn du mich brauchst«, sagte Zachary Minter, »dann schick mir eine Nachricht zum Schiff. Von der Südküste aus kann ich sehr schnell hier sein!«

»Ja, das ist wahr.« Nathans Miene wurde weicher. Minters Loyalität war ein Geschenk, das mit nichts zu bezahlen war. »Aber ich sollte dich nicht so schnell wieder wegschikken. Gehen wir in die Küche, damit du etwas essen kannst. Außerdem möchte ich hören, was geschehen ist, während ich weg war. Wenn du soviel mehr weißt als ich, dann meutert die Mannschaft nachher, wenn ich zurückkehre.«

Zach drückte seine schmale Brust heraus. »Captain Minter ... klingt doch sehr hübsch, findest du nicht?«

Lachend gingen sie gemeinsam in den Flur hinaus. Jarrow kam gerade mit einem Tablett in der Hand die Treppe herauf.

»Bringen Sie den Tee zu Lady Thomasina?« fragte Nathan. Als Jarrow nickte, fuhr er fort: »Bitte sagen Sie ihr und Miss Beauvisage doch, daß ich gezwungen bin, noch ein wenig Zeit für meinen ... meinen Vetter aufzubringen.« Nathan machte eine vage Handbewegung zu Minter, der nicht weniger Familienähnlichkeit hätte haben können. »Er kommt aus Amerika. Ich dachte, wir essen eine Kleinigkeit zusammen, bevor er nach London reist!«

Der Butler wirkte gelangweilt. »Das Gewicht des Tabletts hindert mich unglücklicherweise daran, noch weiter Ihrer faszinierenden Erklärung zu lauschen, Essex. Ich werde es Ihrer Ladyschaft ausrichten.«

Die beiden Männer gingen auf die Dienstbotentreppe zu, während Jarrow sich in die andere Richtung bewegte. Als er die Bibliothek betrat, schaute Adrienne erwartungsvoll auf.

»Falls Sie auf Mr. Essex warten«, begann Jarrow, »so soll ich Ihnen ausrichten, daß er nicht kommt. Offenbar handelt es sich bei dem rothaarigen Gast um seinen Vetter aus Amerika, und sie wollen gemeinsam etwas unternehmen!«

Huntsford, der Adriennes enttäuschte Miene bemerkte, sagte mit gehässigem Unterton: »Ich finde es reichlich merkwürdig, daß Mr. Essex' Vetter auf einen Zettel sehen muß, um sich an seinen Nachnamen zu erinnern! Findest du das nicht ein wenig komisch, Mammi?«

»Durchaus.« Seine Mutter rührte nachdenklich in ihrem Tee. Ihre Augen wirkten wie Rosinen, als sie erst Adrienne, dann ihren Sohn betrachtete. »Sagt mal, Kinder, was haltet ihr davon, wenn wir heute nachmittag nach Winchester fahren? Es ist so schön draußen. Die Sonne scheint wieder, und bestimmt sehen die Regentropfen auf den Blättern malerisch aus!«

»Oh, Mammi, ich wußte gar nicht, daß du so poetisch sein kannst.«

»Ich fürchte, Mr. Essex wird nicht erlauben, daß ich ohne ihn ausgehe«, protestierte Adrienne. »Ich finde ja auch, daß er übertreibt, aber er ist furchtbar stur in dieser Sache.«

Huntsford packte entschlossen ihren Arm. »Meine liebe Miss Beauvisage, ich kann Ihnen versprechen, daß ich mindestens genausogut auf Sie aufpassen kann wie dieser bürgerliche Lümmel! Wenn Mammi heute nach Winchester fahren will, dann werden wir das tun. Ich werde Ihnen beweisen, daß Sie bei mir in guten Händen sind!«

Seine besitzergreifende Geste verärgerte Adrienne. »Mylord, es ist wirklich nicht nötig –« Doch dann riß sie sich zusammen. Es hatte keinen Sinn, zu rebellieren. Der diplomatische Weg war gewiß der bessere. »Ich meine, Sie müssen mir doch nichts beweisen, Mylord. Ich habe niemals an Ihren Qualitäten gezweifelt.«

»Das ist gut, sehr gut!« Lady Thomasina klatschte glücklich in die Hände. »Jarrow, lassen Sie die Berline vorfahren. Und, Miss Beau, sausen Sie doch eben los und holen Sie meinen blauen Seidenturban, ja? Und was immer man noch braucht, wenn man in die Stadt geht!« Sie wedelte mit der Hand, um Adrienne fortzuscheuchen. »Nun los, los. Beeilen Sie sich!«

Ihr Sohn setzte sich ebenfalls in Bewegung, um seinen Hut und seinen Stock zu holen, doch als er am Sessel seiner Mutter vorbeikam, packte ihn eine Hand am Rockschoß. »Hunty, warte!«

»Was? Warum flüsterst du denn?«

»Ich will sicherstellen, daß sie nicht mithört«, raunte Lady Thomasina. »Hunty, Liebling, merkst du nicht, daß du und ich dieselbe Absicht bezüglich Miss Beau haben? Es ist nicht zu übersehen, daß du etwas für sie empfindest, und ich muß dir sagen, daß ich es von ganzem Herzen gutheiße. Sie würde die ideale Frau für dich sein, mein Junge!«

Huntys Augen weiteten sich. »Mutter, das kannst du doch so noch gar nicht sagen!«

»Wieso nicht? Sie stellt deine kleinen Mäuschen doch ohne Mühe in den Schatten. Und, Hunty, ich sehe ein, daß du Essex loswerden mußt, wenn du ihr den Hof machen willst. Ich meine, ich liebe diesen Mann, aber er lenkt das Mädchen zu sehr ab.« Lady Thomasina lächelte zufrieden. »Und ich kann dir bestimmt helfen. Schließlich habe *ich* hier das Sagen, und es sollte mir durchaus gelingen, die beiden ein wenig auseinanderzutreiben.«

Huntsford legte sich seinen langen Zeigefinger an die Lippen. »Ah, ja. Das ist keine schlechte Idee, Mammi.«

Ein Lächeln erschien auf seinen Lippen. Er hatte vielleicht nicht das gleiche Ziel wie sie, aber das hieß ja nicht, daß er ihre Hilfe ablehnen mußte. Seine Mutter hatte recht; sie konnte wirklich einiges tun, um Nathan von Adrienne fernzuhalten.

Kapitel 10

Die gepflasterten Straßen von Winchester glitzerten noch regennaß im warmen Sonnenschein. Es war Markttag, und in der hügeligen Stadt wimmelte es von Leuten aus den fruchtbaren Niederungen von Hampshire, die Waren verkaufen oder kaufen wollten.

In der High Street spielte sich der meiste Trubel ab, aber Adrienne, Huntsford, seine Mutter und der Kutscher stellten erfreut fest, daß die College Street sogar ruhiger als gewöhnlich war. Statt des üblichen Knarzens der Wagenräder und dem lauten Stimmengewirr war nun Vogelgezwitscher und das sanfte Murmeln des Itchen zu hören.

Als sie neben der Burgmauer am Ufer ausstiegen, dachte Adrienne unwillkürlich an die scheußliche Szene zurück, die sich vor kurzem hier abgespielt hatte. Nun kam es ihr wie ein böser Traum vor.

Mit Huntsford an ihrer einen und Adrienne an ihrer anderen Seite watschelte Lady Thomasina zufrieden die College Street entlang, während sie ihre Begleiter auf die eine oder andere landschaftliche oder bauliche Sehenswürdigkeit hinwies.

»Oh, alles ist so *historisch* hier. Ihr Franzosen wißt es wahrscheinlich gar nicht richtig zu schätzen!«

»Ich bin keine echte Französin«, beeilte Adrienne sich zu erklären. »Meine Eltern sind beide in Philadelphia aufgewachsen und haben sich erst nach ihrer Hochzeit in Frankreich niedergelassen. Unser Schloß ist der Familienbesitz meiner Urgroßmutter.«

»Hm. Nun, Sie sind nicht in England aufgewachsen, und darauf kam es mir an. Schauen Sie nach links, Miss Beau. Das ist das Winchester College! Der Bau wurde 1382 von William of Wykeham begonnen, der auch das New College in Oxford gründete ...«

Mit einem Ohr lauschte Adrienne den Erklärungen Ihrer Ladyschaft, während sie die gotischen Gebäude betrachtete, die von einem üppigen Garten umgeben waren. Wieder mußte sie an Jane Austen denken, deren Haus an dieses Grundstück angrenzte. Gewiß hatte sich die junge Frau in ihrem letzten Sommer an der herrlichen Blumenpracht erfreut.

Als sie die Nummer acht der College Street erreichten, starrte Adrienne das bescheidene Haus nachdenklich an. Es war leicht, sich vorzustellen, wie die kranke Schriftstellerin an dem Bogenfenster gesessen und die Passanten beobachtet hatte, die dort vorbeigegangen waren, wo Adrienne jetzt stand.

»Sie hat hier nur von Mai bis Juli gewohnt«, verkündete Lady Thomasina wichtigtuerisch. »Dr. Lyford erzählte mir, daß er gehofft hat, ihr helfen zu können, und tatsächlich ging es ihr immerhin so gut, daß sie tagsüber durch die Zimmer gewandelt ist. Mindestens einmal hat sie sich auch nach draußen gesetzt ...«

Sie gingen nun durch das mittelalterliche Kingsgate am Ende der College Street hindurch, und Adrienne schauderte im kühlen Schatten des Tores. Es war schwer einzusehen, warum jemand, der so jung und so talentiert war wie Jane Austen, sterben mußte. »Ich denke, sie wußte gar nicht, daß ihr Ende nahe war. Ich meine, sie ist schließlich nach Winchester gekommen, um in der Nähe ihres Arztes zu sein. Sie hat doch auf Heilung gehofft . . .«

Endlich meldete sich auch Huntsford zu Wort. »Also, ich finde, für heute haben wir genug über Tod und Verderben gesprochen! Warum gehen wir nicht zur Kutsche zurück und suchen uns ein nettes Lokal, um uns ein Gläschen Sherry zu genehmigen?«

»Ich möchte zuerst noch in die Kathedrale«, meinte Adrienne stur.

»Wozu denn? Da gibt es doch nur ein paar alte Stützpfeiler zu bestaunen.«

Aber Adrienne hatte sich schon wieder in Bewegung gesetzt. Als sie auf die Kathedrale zugingen, während die Berline ihnen in einigem Abstand langsam folgte, lehnte sich seine Mutter zu ihm und flüsterte: »Sie will ihr Grab sehen!«

»Grab! Hölle und Teufel! Wessen Grab?«

»Sch, Hunty!« Lady Thomasina kniff ihn in den Arm. »Nun nimm ein bißchen Rücksicht auf Miss Beaus Sentimentalität!«

Die Ermahnung seiner Mutter traf auf fruchtbaren Boden. Adrienne war vor der Kathedrale stehengeblieben, um auf die beiden zu warten, und Huntsford nutzte den Moment, um das Bild, das sie von ihm hatte, wieder geradezurücken. Forsch näherte er sich ihr und sagte: »Sie gehen wirklich sehr rücksichtsvoll mit meiner Mammi um. Es gefällt ihr, wenn man sich intensiv um sie kümmert.«

Huntsford konnte seinen Blick kaum von Adrienne abwenden. Er fand, daß sie in ihrem fliederfarbenen Kleid und der passenden Haube, die mit weißen Bändern geschmückt war, besonders anziehend aussah. Sie blickte zur Kathedrale empor und schien seine Worte gar nicht gehört zu haben. »Ist das nicht ein wundervolles Bauwerk?« Sie wandte sich um und sah mit funkelnden Augen Lady Thomasina an. »Ich bin gespannt auf die Geschichte dieser großartigen Kirche.«

»Ich werde langsam müde, Miss Beau. Meine Beine, Sie wissen ja. Ich glaube, ich werde mich auf dieser Bank hier niederlassen, und Sie gehen mit Hunty hinein. Er kann Sie herumführen.«

»Oh, Mylady. Ich lasse Sie doch nicht –«

»Ich bestehe darauf. Hunty, benimm dich.«

Hunty nutzte seine Chance und packte Adriennes Ellenbogen. »Versuchen Sie nicht, sich mit ihr zu streiten, Miss Beau. Mammi würde uns nicht allein losschicken, wenn sie es nicht ehrlich meinte.«

Sobald Hunty mit seiner Begleitung ins Mittelschiff trat, war sein Kopf leer. Schließlich gab er sich einen Ruck und gestand ihr, daß er die Geschichte der Kathedrale zwar schon oft gehört hatte, sich aber an nichts erinnern konnte.

Adrienne stellte fest, daß sie den unsicheren Huntsford Harms viel lieber mochte, als den blasierten, eitlen Adeligen, den er in Gegenwart anderer so gerne mimte. Sie fand Leute, die sich nur um ihren Spaß und ihr Äußeres kümmerten, entsetzlich langweilig, doch dieser junge Mann neben ihr, der ständig errötete und ihr stammelnd eingestand, daß er als Führer ungeeignet war, war wirklich liebenswert.

»Schon gut, Mylord. Dann werden wir uns die Geschichte eben gemeinsam aneignen.«

Er sonnte sich in dem Lächeln, das endlich ihm ganz allein galt. »Nennen Sie mich doch Huntsford. Wir sind schließlich Freunde, oder nicht?«

»Ja, natürlich. Und Sie müssen Adrienne zu mir sagen.«

Während sie langsam und staunend durch die Kathedrale

schlenderten, schnappte Adrienne hier und da von anderen Besuchern etwas über die Entstehung des Bauwerks auf. »Das Querschiff ist aber normannisch«, flüsterte ein Mann, während eine hochgewachsene Frau einer Gruppe Kinder erklärte, daß das Mittelschiff mit seinem beeindruckenden Gewölbe das Werk von William of Wykeham war.

Huntsford beugte sich zu ihrem Ohr hinab. »Haben Sie das gehört?« murmelte er. »Erstaunlich, was der Mann in seinem Leben alles geleistet hat! Ich glaube, er war Bischof.«

»Da sehen Sie mal!« neckte sie ihn. »Sie wissen ja doch noch ein wenig.«

Sie versuchten mit mäßigem Erfolg, ihr Gelächter zu unterdrücken, denn jeder Laut wurde durch die besondere Bauweise der Kirche bis zu einem beinahe erschreckenden Maß verstärkt. Ein älteres Paar, das in der Nähe stand, warf ihnen einen strengen Blick zu, und Adrienne biß sich auf die Lippe.

Sie fanden die Platte, die das Grab von Jane Austen markierte, im Nordgang des Mittelschiffs. Als Hunty sah, wie feierlich die Miene seiner hübschen Begleiterin plötzlich wurde, bemühte er sich um eine angemessen respektvolle Haltung. Doch seine Kehle war wie ausgedörrt, und er sehnte sich nach einem Drink. Eine Weile darauf führte er sie erleichtert hinaus in den Sonnenschein zurück.

»Oh, ich wollte schon immer die Sarkophage der angelsächsischen Könige sehen«, sagte Adrienne sehnsuchtsvoll. »Winchester hat so vieles zu bieten! Ich habe gehört, daß in der alten normannischen Burg nicht weit von hier ein runder Tisch ausgestellt ist, von dem einige behaupten, er hätte König Arthur gehört. Meinen Sie, wir –«

»Liebe Freundin, nichts würde mir mehr Spaß machen als eine Besichtigung der Großen Halle, aber ich fürchte, wir müssen es auf einen anderen Tag verschieben, wenn Mammi nicht bei uns ist.« Huntsford setzte eine enttäuschte

Miene auf. »Sollen wir demnächst alleine einen Ausflug machen? Vielleicht am Dienstag? Dann können wir alles tun, worauf Sie Lust haben.«

»Ja, sehr gerne.«

Während sie zu Lady Thomasina zurückkehrten, plauderte Adrienne unablässig über die Legende um König Arthur, und Huntsford machte charmante Bemerkungen, auf die er selbst stolz war. Seine Blicke waren wie zärtliche Liebkosungen, und Adrienne gestand sich ein, daß sie es angenehm fand, bewundert zu werden. Nathan benahm sich ihr gegenüber fast immer zynisch und arrogant und neigte dazu, sie wie ein ungezogenes Kind zu behandeln. Huntsford dagegen schien in ihr eine schöne, faszinierende Frau zu sehen.

»Ah, da seid ihr beiden ja!« Lady Thomasina wirkte so selbstgefällig, als hätten die beiden schon die Eheringe an den Fingern. »Ganz augenscheinlich versteht ihr euch bestens. Ich wußte ja immer schon, daß Hunty ein wenig mehr intellektuelle Anreize braucht, als diese kleinen, aufgeputzten Gänschen zu bieten haben.«

»Mammi, ich bitte dich. Halt dich ein bißchen zurück«, sagte er, während er zähneknirschend lächelte und den Arm seiner Mutter ergriff. »Du vertreibst sie sonst noch.«

»Unsinn!« sagte Adrienne fröhlich. Sie nahm Lady Thomasinas anderen Arm, und gemeinsam hievten sie die alte Frau auf die Füße. »Sollen wir im Wessex Tee trinken? Ich habe gehört, daß sie dort köstliche Süßigkeiten haben sollen.«

»Wie wäre es mit Champagner?« schlug Huntsford vor.

Die Stimmung war beinahe euphorisch, als die drei den Fußweg zur Kingsgate Street einschlugen, wo ihre Berline wartete. Adrienne ließ ihren Blick ein letztes Mal über den Garten der Kathedrale schweifen. Plötzlich entdeckte sie einen Mann, der im raschen Tempo durch das Grün auf sie zukam.

Konnte es sein ...?

»Adrienne!« rief der Mann. Er trat ins Sonnenlicht und hob eine Hand.

»Wir sollten nicht trödeln«, mahnte Lady Thomasina. Die Berline war nur ein paar Schritte entfernt. Der Kutscher öffnete die Tür, als sie sich näherten.

»Nathan!« Ohne einen Moment nachzudenken, ließ Adrienne Lady Thomasinas Arm los, raffte die Röcke und rannte auf ihn zu. Es überraschte sie selbst, daß ihr ganzer Körper von einem Moment auf den anderen reagierte. Ihr Gesicht begann zu glühen, ihr Herz raste, und ein wundervolles Ziehen ging durch ihre Eingeweide.

»Wie oft habe ich Ihnen schon gesagt, daß Sie nicht ohne mich weggehen sollen?« fuhr er sie an, als sie bei ihm war. Sein attraktives Gesicht war wutverzerrt. Er packte ihren Arm, als wollte er sich vergewissern, daß sie wirklich gesund und munter vor ihm stand. »Ihnen kann man nicht einmal für eine Stunde den Rücken zudrehen und schon –«

»Warum müssen Sie immer so abscheulich sein?« Adrienne verzog schmollend den Mund und drehte sich von ihm weg. »Und ich habe mir einen Augenblick eingebildet, daß ich Sie vermißt hätte.«

Sie konnte nicht sehen, daß seine Miene weicher wurde. »Sie haben mich vermißt? Im Ernst? Was genau haben Sie denn an mir vermißt?«

Sie spürte, wie seine Brust ihren Rücken berührte, und das Schwächegefühl kam so plötzlich, daß ihr die Knie einzuknicken drohten. »Seien Sie kein Narr. Ich ... ich hatte mich einfach nur auf unseren Ausflug gefreut. Ich hatte die verrückte Idee, daß wir beide heute sehr viel Spaß haben würden, aber ganz offensichtlich waren Sie ja mit diesem Kerl, der angeblich Ihr Vetter sein soll, dringender beschäftigt!«

»Verflucht und zugenäht, wir wollten doch erst morgen nach Winchester fahren. Wenn ich geahnt hätte, daß Sie sich einfach davonmachen und sich dem Risiko aussetzen –«

»Huntsford hat mich keinen Moment aus den Augen gelassen!«

Nathan hätte sie am liebsten gepackt, über die Schulter geworfen und weggeschleppt, und es machte ihn rasend, daß Mutter und Sohn Harms ihnen zusahen. »Ach ja? Jetzt ist es also Huntsford? Wenn Sie auch nur ansatzweise die Hoffnung hegen, daß er damit betraut werden kann, Sie in Zukunft zu beschützen, dann verwerfen Sie diesen Gedanken doch bitte ganz, ganz schnell.«

»Ich denke, Sie sind bloß eifersüchtig!« Mit blitzenden Augen wirbelte Adrienne gerade noch rechtzeitig herum, um sein Gesicht zu sehen, bevor er wieder die vertraute Maske aus Gleichgültigkeit und Zynismus aufsetzen konnte. Jede Faser ihres Körpers sehnte sich nach seiner Umarmung, wünschte sich nichts mehr, als seinen Kuß zu schmecken ...

Ein paar Meter entfernt knuffte Lady Thomasina ihren Sohn in die Seite. »Willst du denn nicht dazwischengehen?«

Huntsfords Gedanken waren weit weg. Er dachte an Frakes-Hogg und das letzte Gespräch, das er mit dem Mann geführt hatte. Es kam ihm vor, als hätten sich die Rollen in diesem merkwürdigen Stück verlagert, seit er an jenem Abend im White Ostrich zugesagt hatte, Nathan Essex zu töten. Natürlich hatte er noch keinen Moment daran geglaubt, daß es ihm wirklich gelingen konnte; die Chancen, daß er bei dem Versuch selbst umkam, waren enorm groß. Dennoch hatte er es für klüger gehalten, so zu tun, als würde er die Aufgabe übernehmen. Er traute Frakes-Hogg nicht und wollte ihn so lange wie möglich hinhalten. Schließlich konnte man nie wissen, wie der andere reagierte, falls er, Huntsford, sich querstellte ...

Seine größte Furcht war, daß Frakes-Hogg auch ihn umbringen würde, wenn er den Auftrag, den Vagabunden zu töten, ausgeführt hatte. Frakes-Hogg brauchte keine Mitwisser; er hatte alle erdenklichen Mühen unternommen, damit niemand erfuhr, daß er sich überhaupt in Winchester aufhielt, und seine Verbindung mit Huntsford konnte ebenfalls niemandem bekannt sein. Wenn Huntsford nun einen ›Unfall‹ hatte . . ., wer würde da schon Frakes-Hogg verdächtigen?

Adrienne hatte ihm angenehme Ablenkung von seinen düsteren Gedanken verschafft, und die starken Gefühle, die er für sie entwickelt hatte, kamen gänzlich unerwartet. Während er nun Adrienne und Essex beobachtete, sank sein Mut. Der erste Schritt, Adriennes Herz zu gewinnen, würde sein, ihr zu beweisen, daß er genauso mutig und stark wie Nathan Essex war.

Er nahm eine Prise Schnupftabak und versuchte, das Geplapper seiner Mutter zu ignorieren. Vielleicht fiel ihm eine Möglichkeit ein, gleichzeitig Adriennes Bild von ihm zu korrigieren, einen Keil zwischen sie und Essex zu treiben und das Problem Frakes-Hogg ein für alle Mal zu beseitigen . . .

Adrienne erlaubte Alistair, ihr noch etwas Rotwein nachzuschenken. Nachdem sie getrunken hatte, gähnte sie herzhaft. »Ich fürchte, ich bin heute abend keine gute Gesellschaft.«

Ihr gegenüber saß Huntsford am Kartentisch und nagte an einem manikürten Fingernagel. »Es ist doch sowieso immer dasselbe. Das Spiel, meine ich.«

Alistair verdrehte die Augen. »Ich kenne dich schon mein ganzes Leben lang, Harms, aber Langweile beim Spielen, Trinken oder –«

»Habe ich dich nach deiner Meinung gefragt?« fauchte er. »Du hast zuviel getrunken. Mal wieder.«

»Ich auch«, gab Lady Clair zu. Sie stützte einen Ellenbogen auf den Tisch und legte das Kinn in die Hand.

»Macht es Ihnen etwas aus, wenn ich mich jetzt verabschiede? Es war ein aufregender Tag.« Adrienne schob ihren Stuhl zurück.

Huntsford stand ebenfalls auf und folgte ihr zur Tür. Unschlüssig stand er da und fragte sich, was sie wohl denken mochte. »Sie haben unsere Verabredung am Dienstag doch nicht vergessen? Ich hoffe, Sie haben sich nicht anders entschieden.«

»Nein . . ., obwohl ich nicht weiß, was Mr. Essex dazu sagen wird. Solange seiner Meinung nach eine Gefahr besteht, läßt er mich nicht gerne aus den Augen.«

»Habe ich Sie heute nicht gut beschützt?« Huntsford bemerkte, daß seine Stimme zu schrill klang, und versuchte, sich zusammenzureißen. Bald würde er seinen Plan in die Tat umsetzen, und dann würde sich das Blatt wenden . . .

»Ja, Sie haben ganz wunderbar auf mich aufgepaßt.« Lächelnd fügte sie hinzu: »Ich bin Ihnen sehr dankbar, aber leider wirklich furchtbar müde. Hören Sie die Uhr? Es ist schon Mitternacht! Gute Nacht, Huntsford.« Mit diesen Worten schlüpfte sie zur Tür hinaus. Mit einer Kerze in der Hand begann sie, die Treppe hinaufzusteigen.

Auf dem Absatz stand ein Fenster offen und ließ die duftende, laue Nachtluft herein. Die Brise löschte Adriennes Kerze, verstärkte jedoch die Begierde, die sie schon den ganzen Abend in sich verspürt hatte.

Ihr Herz schlug heftig vor Aufregung und gespannter Erwartung. Den ganzen Abend lang hatte sie sich ausgemalt, was sie später unternehmen würde. Sie hatte sich den ganzen Tag schon herrlich erregt und überdreht gefühlt, besonders seit Nathan sie bei der Kathedrale zur Rede gestellt hatte, und der Rotwein hatte ihre Hemmschwelle noch weiter sinken lassen.

Adrienne hatte es satt, sich zu benehmen, satt, ihre erwachende Leidenschaft zu unterdrücken. Und tief in ihrem Herzen wußte sie, daß Nathan ähnlich empfand. Sie hatte am Nachmittag ein seltsames Feuer in seinen Augen gesehen, und seine Fingerspitzen hatten ihr Hitzeströme durch die Adern gejagt. Etwas mußte geschehen.

Heute nacht.

Bevor er die Augen aufschlug, nahm Nathan den schweren, süßen Duft von Jasmin wahr, der durch das offene Fenster seinem Bett gegenüber hereindrang.

Er hatte etwas gehört, war jedoch davon ausgegangen, daß es von draußen gekommen war. Die vielen Jahre als Captain zur See hatten seine Fähigkeit geschult, von einem Moment zum anderen hellwach und aufnahmebereit zu sein.

Was war es diesmal gewesen? Ein Traum? Beinahe hätte Nathan sich wieder in den wohltuenden Schlaf sinken lassen, aber sein Instinkt befahl ihm, die Augen zu öffnen. Silbriges Mondlicht erhellte seine Kammer, und wie durch einen Nebel, der von dem würzigen Duft aus dem Garten durchzogen war, sah er Adrienne.

Wie eine Vision stand sie da – nah genug an seinem Bett, daß er sie hätte berühren können. Ihr Haar war offen, ergoß sich über ihre weißen Schultern und umrahmte ihr schönes Gesicht. Sie trug ein durchscheinendes Nachtkleid aus dünner Wolle, und Nathan sog lautlos die Luft ein, als er die Umrisse ihres Körpers, die sich im Mondschein abzeichneten, in sich aufnahm. In seinen Lenden begann sich die Sehnsucht zu regen.

Adrienne stand da und wußte nicht recht, was sie tun sollte. Sie hatte vorgehabt, zu dem Schlafenden ins Bett zu schlüpfen, aber nun war er wach, und während die Augenblicke verstrichen, öffneten sich seine Augen weiter, und er hob sich langsam auf einen Ellenbogen. Es war eine warme Nacht, und er war nackt. Das dünne Laken bedeckte ihn vom Bauchnabel abwärts.

Wie oft schon hatte sie sich seinen Körper vorgestellt,

aber er war schöner, als ihre jungfräuliche Phantasie sich hätte erträumen können. Dunkel hob er sich von der Bettwäsche ab. Die sich deutlich abzeichnenden Muskeln seiner breiten Schultern, seiner Arme und seiner Brust zogen ihren Blick an, und ein seltsames Kribbeln machte sich in ihr breit. Die Härchen in ihrem Nacken stellten sich auf. Als sie in sein Gesicht sah, das im Zwielicht des Mondes kaum zu erkennen war, fiel es ihr schwer zu atmen. Wie gerne hätte sie sein vom Schlaf zerwühltes Haar berührt . . .

»Was ist los?« fragte er leise. »Ist irgend etwas passiert?«

Sie errötete. »Nein. Ich bin bekommen, um . . . um bei Ihnen zu sein.«

Seine Stimme wurde abweisend. »Sie sind verrückt.«

»Nein.« Sie kniete sich auf die Bettkante und strich ihm durch das glänzende schwarze Haar. »Nicht verrückt.«

»Gehen Sie zurück in Ihr Zimmer. Ich bin doch kein Objekt, das Sie nach Bedarf benutzen können . . . wie ein handbemalter Fächer –«

Adrienne hätte beinahe gelacht. Sie beugte sich zu ihm hinab und murmelte in sein Ohr: »Wenn Sie glauben, Sie könnten mich durch barsche Worte vertreiben, dann haben Sie sich geirrt. Ich bin zu klug für eine so simple Strategie.«

»Im Ernst? Bisher hat es immer funktioniert.« Nathan mußte ein Lächeln unterdrücken.

»Ich finde, wir sollten mit den Spielchen aufhören, was meinen Sie? Ich bin eine Frau, und ich möchte es spüren!«

»O lieber Gott.« Sie duftete so gut. Als sie ihre Hand über das Haar auf seiner Brust gleiten ließ, stöhnte er auf. Es war Wochen her, daß er mit einer Frau geschlafen hatte, und dieses kleine Biest reizte ihn mehr und mehr. »Adrienne . . .«

»Oh.« Unbegreifliche Tränen stiegen plötzlich in ihr auf. »Ja!« Sie ließ sich in seine geöffneten Arme sinken und genoß das Gefühl seines Körpers an ihrem. Er fühlte sich so hart an, und doch warm und einladend. Es kam ihr vor, als würde sie dort hingehören, und sie wußte, daß er genauso empfand. »Nathan, seit dieser Nacht im Garten habe ich nur noch –«

»Verdammt, ich weiß!« Die Worte brannten in seiner Kehle. Wenn sie ihn zum Reden brachte, würde er nachdenken, und das wollte er im Augenblick um keinen Preis. »Sch.« Seine Hand strich über ihre Hüfte und ihren Po unter dem dünnen Stoff. Adrienne, impulsiv wie immer, krabbelte höher, schlang ihre Arme um seinen Nacken und begann, ihn zu küssen. Ihre Zunge berührte zaghaft die seine, ihre Brüste rieben sich an seinem Oberkörper, und Nathan verwarf auch die restlichen Bedenken. Seine Hände tasteten nach dem Saum ihres Nachthemds und zogen ihn hinauf. Sie stöhnte kehlig.

Mach keinen Unsinn, mahnte eine Stimme aus seinem Hinterkopf. *Ärger, nur Ärger.* Doch sein Körper schien sein Recht einfordern zu wollen und ignorierte die Warnung.

»Oh, du schmeckst so gut«, brachte Adrienne flüsternd hervor. Ohne daß sie es verhindern konnte, entrangen sich ihrer Kehle seltsame, kleine Laute, aber Nathan schien das nicht zu beunruhigen. Er preßte sie mit einer Hand fest an sich, während die andere unter ihr Nachtkleid glitt und ihre Pobacke umfaßte. Allein das Gefühl seiner kräftigen Hand, die nur ein winziges Stück von der Quelle ihrer Lust entfernt war, machte sie plötzlich heißer und feuchter. Sie hatte das dringende Bedürfnis, sich an ihn zu drücken, wußte aber nicht, was dann passieren würde.

»Bist du sicher –« Nathan zog den Kopf zurück, um sie anzusehen, doch das hätte er nicht tun sollen. Ihr verschleierter Blick heizte ihn nur noch an. »Wenn nicht, dann sag es.«

»Ich will dich. Ich will dich mehr als alles andere auf der Welt.«

Wenn Nathan ganz bei Verstand gewesen wäre, dann hätte er ihre Worte als unmißverständliche Warnung gewertet, aber er konnte keinen einzigen vernünftigen Gedanken mehr fassen. Er rollte Adrienne auf den Rücken herum und zog das Nachthemd über ihren Kopf. Sein heißer Blick glitt über ihren Körper, über ihre unwiderstehlichen Kurven, die wundervolle, weiche Haut. Er wagte es kaum, zu der Stelle zu sehen, nach der er sich so verzweifelt sehnte, daß es schon weh tat ...

»Du bist zu schön!«

»Nein«, sagte sie leise. »Du bist schön.« Der Anblick seines kraftvollen Körpers, der über ihr aufragte, war erschreckend erregend. Adrienne strich mit beiden Händen über seine Brust und spürte, wie sich ihre eigenen Brustspitzen als Reaktion versteiften. Ihr Blick wanderte verstohlen tiefer, bis sie seine Erektion entdeckte, die wie eine Waffe aufragte. Sie hatte sich niemals vorstellen können ...

Nathan küßte sie langsam und ausgedehnt und kostete den Geschmack ihres Mundes. Dann ließ er seine Lippen hauchzart über ihr Gesicht gleiten, wanderte tiefer zu ihren Armen, ihren Händen, küßte jeden einzelnen Finger. Adriennes unterdrücktes Stöhnen klang immer weniger menschlich. Er widmete sich abwechselnd ihren beiden Brüsten, leckte und saugte, bis sie sich ihm entgegenbog und beinahe gekommen wäre. Seine eigene Lust steigerte sich ins Unerträgliche.

Sie öffnete die Beine, um ihn einzulassen. Als er sie dort berührte, erschauerte sie und keuchte auf.

»Du bist so heiß, so naß –«

»Bitte, Nathan!« Sie sprach den Namen aus, als ob sie schmeckte. »Nathan ... Essex.«

Raveneau hatte noch nie eine Frau so begehrt wie Adrienne in diesem Moment. Er wollte etwas, das über die sexuelle Befriedigung hinausging, und die plötzliche Erkenntnis, wie unglaublich stark diese Sehnsucht war, gepaart mit dem Klang seines falschen Namens hatte den Effekt einer eiskalten Dusche! Und im gleichen Augenblick strömte auch alles andere auf ihn ein: seine Verpflichtung, Adrienne zu beschützen, sein Versprechen an Nicholai, die Tugend seiner Tochter zu bewahren, und die erschreckende Möglichkeit, daß Adrienne sich vielleicht in ihn verliebt hatte. Nein, nicht in ihn ... in Nathan Essex!

Was würde die Dämmerung bringen? Wenn er weitermachte und seiner Lust nachgab, dann hätte Nathan am frühen Morgen eine Unmenge neuer Probleme. Ernsthafte Probleme. Wenn ein Mann einmal sein Wort gebrochen und gegen seinen eigenen Ehrbegriff verstoßen hatte — was blieb ihm dann noch?

»Ich kann nicht.«

»Doch. Ich helfe dir.«

Ihr weichen Hände, die langsam an seinem Körper abwärts wanderten, schürten die Glut in seinem Inneren, die er um jeden Preis löschen mußte. »Die Art von Hilfe brauche ich nicht!« Nathan machte sich von ihr los und rückte rasch ein Stück ab. Sie starrte ihn ungläubig an. Er streckte die Hand aus, um zärtlich über ihr Haar zu streichen. »Gott sei Dank, daß meine Vernunft gesiegt hat!«

»W ... was sagst du da? Ich verstehe nicht.« Sie rückte näher, aber er fing ihr Handgelenk ein und hielt sie fest. Einen Augenblick lang war nur ihrer beider Atem zu hören, der rauh und stoßweise kam. Dann sagte Adrienne scharf: »Hast du einen Eid geleistet? Bist du ein Geistlicher?«

»Natürlich nicht.«

»Dann sag mir doch, was zum Teufel mit dir los ist! Wie kannst du es wagen, von Vernunft zu reden?«

»Sei so gut und senk deine Stimme, bevor uns das ganze Haus hört!« Seine Schuldgefühle ihr gegenüber waren vergessen, und er packte sie an den Schultern und drückte sie auf den Rücken zurück. Zornig blickte er in ihre Augen. »Ich möchte dich daran erinnern, Adrienne Beauvisage, daß ich der Angestellte deines Vaters bin. Und wenn ich meinen Samen in seiner Tochter verspritze, dann ist das ganz eindeutig ein Vertrauensbruch. Vielleicht verschwendest *du* keinen Gedanken an solche Dinge, aber –«

»Oh, ich hasse dich!«

»Habe ich das nicht schon einmal gehört? Sogar mehrmals schon?«

»Dann sage ich es dir noch einmal! Ich hasse dich!« Adriennes Zorn steigerte sich, als er ihr die Hand auf den Mund preßte. Wütend grub sie ihre Zähne in seine Handfläche, aber er zuckte nicht einmal zusammen.

»Ich würde das lassen, wenn ich du wäre«, sagte er ruhig. »Hat dir schon einmal jemand eine anständige Tracht Prügel verpaßt? Nicht? Schade! Vielleicht ist es ja noch nicht zu spät!«

Adrienne begann, sich hin und her zu werfen, um sich aus seinem Griff zu befreien. Um sie stillzuhalten, setzte er sich rittlings auf ihre Hüften. »Monster! Schuft!« kam es gedämpft unter seiner Hand hervor. Oh, warum war dieser Mistkerl nur so attraktiv? Daß sie ihn noch in diesem Moment so sehr begehrte, brachte sie erst recht zur Weißglut ...

»Komm, streck die Arme hoch. Nun mach schon.« Nathan gelang es mit einiger Mühe, ihr das Nachthemd wieder über den Kopf zu streifen. »Um Himmels willen, jetzt hör auf zu zappeln, du Satansbraten! Du kannst froh sein, daß ich ein besonnener Mensch bin, denn du strapazierst meine Geduld gewaltig! Wenn ich mich nicht schon so entsetzlich schuldig fühlen würde, dann würde ich es dir gerne heimzahlen!«

Adrienne merkte entsetzt, daß Tränen in ihren Augen brannten. »Ich ... ich verstehe es aber einfach nicht!«

»Schau, Adrienne.« Er holte tief Luft. In seinem Kopf begann es, gefährlich zu pochen. »Es ist nicht so, daß ich dich nicht *will*, aber es *darf* einfach nicht sein. Wir bekommen im Leben nicht immer alles, was wir haben wollen, hat dir das noch niemand gesagt?« Der Ausdruck von Schmerz in ihrem schönen Gesicht, traf ihn mehr, als er sich selbst einzugestehen wagte. Warum war er nur so verzaubert von diesem Mädchen? Der Drang, sie in seine Arme zu ziehen und ihr die Erfüllung zu schenken, nach der sie sich sehnte, war so unglaublich stark, daß es weh tat.

»Laß mich los!« Ihre Stimme klang heiser. »Ich will in mein Bett! Und ich will dich nie wiedersehen.«

Er rutschte von ihr herab und zog sich das Laken über seine Körpermitte. »Ist es denn so schwer anzuerkennen, daß ich vielleicht das Richtige für uns beide getan habe?«

»Jetzt? Nein, es ist nicht schwer. Nun danke ich Gott, daß es nicht geschehen ist!« Ihr Herz tat furchtbar weh, als sie den Rest ihrer Würde zusammensammelte und aus Nathans Zimmer verschwand.

Kapitel 11

»Ich würde zu gerne wissen, wo Sie gestern nacht waren, Miss Beau! Ich habe unablässig nach Ihnen geklingelt!« Lady Thomasina ließ ihre Körpermassen in den Sessel sinken, der draußen auf die Terrasse gestellt worden war. Als Adrienne nicht sofort antwortete, tastete sie nach ihrem Lorgnon und betrachtete das Mädchen blinzelnd. »Und? Haben Sie dazu nichts zu sagen?«

Adrienne nahm den Korb von der Bank und eilte die brüchigen Steinstufen zum Garten hinab. Es wäre schrecklich gewesen, wenn die alte Dame die Röte gesehen hätte, die ihr in die Wangen stieg. »Es gibt nichts zu sagen, Mylady!« rief sie in absichtlich beiläufigem Tonfall zurück. »Ich habe das Klingeln wohl einfach nicht gehört. Vielleicht habe ich zu tief geschlafen oder war noch unten bei Lord Harms und seinen Gästen. Ja, letzteres ist wahrscheinlich der Grund, weswegen ich nichts gehört haben kann.«

»Kommen Sie sofort wieder herauf, junge Dame. Ich will Sie ansehen!«

»Habe ich irgend etwas angestellt?«

»Das sollen *Sie* mir sagen!« Lady Thomasina musterte ihre junge Gefährtin intensiv. Adrienne sah an diesem Morgen besonders hübsch aus. Sie trug ein hochgeschlossenes Kleid aus französischem Musselin und hatte ihr Haar zu einem Zopf geflochten, der zu einem strengen Krönchen auf ihrem Kopf zusammengesteckt war. Ihre Aufmachung war züchtig und brav . . ., und dennoch kam es Lady Thomasina so vor, als wäre die junge Frau auf einmal *weiblicher* geworden! »Wann sind Sie denn ins Bett gegangen?«

Adrienne verfluchte im stillen ihre glühenden Wangen. »Hören Sie, ich fühle mich nicht besonders gut heute. Mir ist so furchtbar warm.«

»Ach, tatsächlich?«

»Mylady, ich kann mich wirklich nicht erinnern, wann ich gestern abend auf mein Zimmer gegangen bin.« Adrienne gab sich Mühe, fest und bestimmt zu klingen. »Ich gestehe, daß ich Rotwein getrunken und mich ein wenig benebelt gefühlt habe. Lassen Sie uns doch von etwas anderem reden.«

In diesem Moment trat Nathan aus dem Schloß auf die Terrasse. In der einen Hand trug er *Stolz und Vorurteil*, in der anderen eine Schüssel mit Kirschen. Er lächelte Lady Thomasina an.

»Was sind das für Manieren, Mr. Essex? Wünschen Sie Miss Beau denn keinen guten Morgen?« fragte Lady Thomasina. »Sie fühlt sich nicht gut. Sehen Sie, wie erhitzt sie ist?«

Nathan nickte Adrienne zu. »Guten Morgen. Ich hoffe, daß das Unwohlsein nur vorübergehend ist. Sicher liegt es am Wetter. Nach dem Regen ist es wirklich feucht und warm.«

Augenblicklich wich Adrienne die Farbe wieder aus dem Gesicht. Wenn Blicke hätten töten können, wäre er nun wie ein gefällter Baum zu Boden gegangen. »Sie haben eine ausgesprochen gut ausgeprägte Beobachtungsgabe, Sir!«

»Himmel, was ist denn hier los?« fauchte Ihre Ladyschaft. »Ist es möglich, daß Sie nicht wirklich krank sind, Miss Beau? Kann es sein, daß Ihre schlechte Laune vielmehr auf ein Zuviel an Rotwein zurückzuführen ist? Oder sind Sie immer so mißmutig und gereizt, wenn Sie so spät ins Bett gehen? Wenn Sie *überhaupt* ins Bett gehen!«

Adrienne schnappte nach Luft. »Mylady! Ich . . . ich bin schockiert!«

»Was denken Sie, Mr. Essex?« Lady Thomasina legte sich ein Spitzennetz über ihre Perücke, während sie Nathan aus dem Augenwinkel ansah. »Wir haben doch keine Geheimnisse voreinander, nicht wahr?«

Nathan stellte die Schüssel mit Kirschen in Lady Thomasinas Schoß und sah sie direkt an. »Ich denke, die Sonne hat auch Sie in eine gereizte Stimmung versetzt, Mylady. Warum vergessen wir die Sache nicht einfach, und ich lese Ihnen ein Kapitel von Miss Bennet und Mr. Darcy vor, hm?«

Lady Thomasina ließ sich rasch besänftigen. »Na gut. Ihre Stimme ist mir zum Vorlesen ohnehin am liebsten. Damit möchte ich Sie natürlich nicht beleidigen, Miss Beau.«

Innerlich brodelnd nahm Adrienne ihren Korb und stampfte auf den Irrgarten zu. Drinnen war es stickig, kein Lüftchen regte sich. Sie hatte schon die ganze Woche Sträuße gebunden, so daß es nicht mehr viel abzuschneiden gab, aber sie untersuchte erst jede knospende Blume, bevor sie beschloß, noch ein paar Tage zu warten. Allein der Klang von Nathans Stimme, der in der Ferne auf unerträglich unterhaltsame Art und Weise vorlas, brachte ihr Blut zum Kochen.

Hatte Nathan recht? War sie diejenige, die sich wie eine Idiotin benommen hatte, während er der Hüter von Recht und Ordnung gewesen war? War er der bessere Mensch von ihnen beiden?

Eine unschuldige rosafarbene Rosenknospe ragte über die Heckenwand, und Adrienne schnitt sie mit einem wütenden Scherenschnappen ab. Schweiß rann ihr an den Schläfen herab, und sie wischte ihn sich mit dem Handrücken ab. In diesem Augenblick kam Nathan um die Ecke gebogen, und sie machte vor Schreck einen Satz.

»Was wollen Sie denn hier?«

Er hielt ihr den Strohhut hin. »Ich dachte, Sie bräuchten den vielleicht! Es wird bestimmt noch heißer.«

»Nichts, was Sie tun, kann etwas an der Tatsache ändern, daß ich Sie hasse wie die Pest!« Mit diesen Worten rupfte sie ihm den Hut aus der Hand und setzte ihn auf. »Ich schlage vor, daß Sie zu Lady Thomasina zurückkehren, bevor sie noch mehr seltsame Vermutungen anstellt.«

»Sie ist nach drei Seiten eingeschlafen«, sagte er vergnügt. »Angus und Ihre Ladyschaft schnarchen in trauter Zweisamkeit auf der Terrasse.«

»Aha! Dann sind Sie ja vielleicht doch kein so fesselnder Mann!«

»Das habe ich auch nie von mir behauptet!« Nathan trat ein paar Schritte auf sie zu. Adrienne wich zurück, mußte aber im gleichen Moment feststellen, daß es keinen Fluchtweg gab. Sie hätte höchstens durch die Hecke brechen können.

»Fassen Sie mich ja nicht an! Ich habe noch immer blaue Flecke von –«

»Still!« Seine Augen wurden dunkler und dunkler, bis sie fast schwarz wirkten. Sie waren sich nun so nah, daß er die Wärme, die ihr Körper ausstrahlte, spüren konnte, und er hütete sich davor, sie zu berühren. »Ich will, daß Sie sich ein wenig zusammenreißen, wenn andere Leute zugegen sind. Sie können mich hassen oder verabscheuen, soviel Sie mögen, aber Sie sollten sich ernsthaft bemühen, diese Gefühle vor den anderen zu verbergen!«

»Und warum sollen sie die Wahrheit nicht erfahren?«

»Vielleicht denken Sie noch einmal genau darüber nach, was denn die Wahrheit ist, dummes Gör. Schließlich bin nicht ich derjenige gewesen, der ohne Einladung in Ihr Bett gekommen ist. Oder sehe ich das falsch?«

Ihr Gesicht glühte. »Mistkerl!« Am liebsten hätte sie ihn geohrfeigt, aber sie hatte die Hände voll.

»Bin ich das? Ich denke, ein Mistkerl hätte das ... äh, Geschenk, das Sie mir gestern abend so impulsiv und beharrlich angeboten haben, ohne Bedenken angenommen!«

Lady Thomasina beobachtete die Szene von der Terrasse aus, während sie auf das Eintreffen ihres Sohnes wartete, nach dem zu suchen sie Hortie eben befohlen hatte. Über den Hecken war nicht mehr zu sehen als Nathans schwarzer Schopf und ein Stück von Adriennes Hut, aber Lady Thomasina konnte ihre Stimmen hören. Auch wenn sie keine einzelnen Worte verstand, so war doch deutlich, daß die beiden sich stritten, und Lady Thomasinas Neugier wuchs.

»Was willst du denn von mir, Mammi?« fragte Huntsford deutlich ungeduldig, als er auf die Terrasse heraustrat. Er warf Angus einen düsteren Blick zu, und der Terrier verzog sich rasch unter die Röcke seiner Mutter. »Ich habe mehr als eine Stunde gebraucht, die Krawatte zu binden, und ich bin vollkommen ausgehungert. Ein traumhaftes Frühstück wurde gerade aufgetragen, als deine fürchterliche Zofe mir ausrichtete, daß ich mich augenblicklich bei dir sehen lassen soll! Also, beeil dich.«

»Wie kannst du es wagen, die arme Hortie zu beschimpfen? Setz dich und rede ein bißchen leiser! Essex und Miss Beau sind im Irrgarten, und sie glauben, daß ich schlafe, also sollten wir keine Aufmerksamkeit auf uns ziehen.«

»Was willst du?«

»Dir vorschlagen, daß du dich ernsthaft darum bemühst,

Miss Beau für dich zu gewinnen. Irgend etwas hat einen Keil zwischen die beiden getrieben. Miss Beau ist wütend auf Mr. Essex, aber gleichgültig ist er ihr ganz und gar nicht. Wenn du das Eisen bearbeitest, solange es heiß ist, Hunty, dann könnte es dir tatsächlich gelingen, seinen Platz in ihrem Herzen einzunehmen.«

Huntsford bewunderte seinen gestärkten Hemdkragen im Spiegelbild des nächstgelegenen Fensters. »Sag mir doch, warum du unbedingt Adrienne und mich zusammenbringen willst.«

»Nun, meine Gründe sind nicht so rätselhaft, wie du vielleicht glaubst. Ich denke einfach, daß sie wunderbar zu dir passen würde. Und sie besitzt eine große Portion mehr Intelligenz, Güte und Esprit als deine anderen kleinen Hühner!«

»Um Himmels willen, Mammi, Clair ist die Tochter eines Earls!«

»Nun, davon merkt man aber nichts! Sie hat keinen Stil.« Lady Thomasina schob sich eine reife Kirsche in den Mund. »Allerdings muß ich gestehen, daß ich Miss Beau wirklich mag, und das ist der Hauptgrund für mein Drängen. Sie würde immer freundlich mit mir umgehen.«

Hatte die Stimme seiner Mutter gerade brüchig geklungen? »Nun, ich verstehe nicht ganz, was diese Bemerkung zu bedeuten hat. Gehe ich etwa nicht freundlich mit dir um?«

»Hunty, Liebling, du solltest jetzt wirklich etwas unternehmen. Jeder Moment, den die beiden zusammen sind, kann sie einander auch wieder näherbringen.«

»Ich muß erst einmal essen. Jarrow hat eben Hering, Eier und Beeren mit Sahne serviert. Sobald ich gegessen habe, komme ich zurück und überschütte Adrienne mit Aufmerksamkeiten.«

Lady Thomasinas aufgedunsenes Gesicht wurde weicher. »Also gut. Ich denke mir noch etwas aus, das Nathan beschäftigt hält. Er könnte für mich ein verlorengegangenes Buch suchen. Ich muß mir nur einen Titel ausdenken.«

Huntsford nickte abwesend und ging zur Tür zurück. Dort blieb er jedoch stehen. »Ich habe ohnehin heute nicht viel Zeit. Wenn ich einen echten Fortschritt bei Adrienne erzielen will, dann muß ich heute in Winchester etwas erledigen.«

»Was meinst du damit?«

»Nichts Besonderes. Nichts, worüber du dir Gedanken machen solltest, Mammi.«

Verwirrt zog die alte Frau die Brauen zusammen, doch dann entdeckte sie Nathan, der sich durch den Irrgarten auf sie zu bewegte. Als Huntsford durch die Tür ins Haus verschwand, ließ Lady Thomasina ihren Kopf zur Seite fallen, schloß die Augen und begann zu schnarchen.

Nach dem Frühstück sauste Huntsford Harms wieder hinunter auf die Terrasse und betrat den Garten, als Adrienne diesen gerade verlassen wollte. Seine Mutter und Nathan waren günstigerweise nicht anwesend, so daß sich Huntsford nach einem kurzen Blick auf Adriennes magere Blumenernte anbot, ihr eine Stelle zu zeigen, wo ein paar Dutzend Rosen in voller Blüte standen.

Es folgte eine wundervolle Stunde, in der ihr Verhältnis zueinander über die Kameraderie, wie sie sie bei der Besichtigung der Kathedrale empfunden hatten, hinauswuchs. Und diesmal störte Nathan nicht.

Huntsford führte Adrienne zu einer verfallenen Mauer hinter den Stallungen. Alte, prächtige Rosen wuchsen wild über die Steine, und der süße Duft der weichen, blassen Blüten war betäubend. Adrienne hielt den Korb, während er die Rosen schnitt, bis der Korb schließlich voll war. Sie lachten fröhlich und unbekümmert, als sie zum Schloß zurückwanderten, doch dann mußte Huntsford sich verabschieden. Mit Bedauern erklärte er ihr, daß er eine andere

Verabredung habe, die er unmöglich absagen konnte, und murmelte ein paar vage Erklärungen bezüglich eines alten Schulfreundes.

Sobald Adrienne in der Küche verschwunden war, um die Blumen auf dem langen Arbeitstisch zu kürzen und in Vasen zu arrangieren, stürmte Huntsford die Treppe hinauf, zog sich in Windeseile um und stürmte wieder hinunter zu den Ställen, um sich ein Pferd zu holen.

Die Nachmittagssonne brannte heiß auf das Hügelland von Hampshire herab, als Harms die Stadtgrenze von Winchester erreichte. Ohne sich aufhalten zu lassen, ritt er direkt zu dem Gasthaus, in dem Walter Frakes-Hogg seit Wochen wohnte. Ein paar Momente später stand er vor der Tür des Zimmers und klopfte.

Huntsford mußte es mehrmals versuchen, bevor er hörte, wie der Riegel zurückgeschoben wurde, und Frakes-Hogg den Kopf durch den Türspalt steckte. »Wer ist da?«

»Ich bin's, Harms. Wer soll es sonst sein?«

»Was zum Teufel tun Sie hier? Und wie haben Sie mich gefunden? Ich habe Ihnen doch gesagt, ich will nicht, daß Sie hier auftauchen.« Während er sprach, schob Frakes-Hogg den Kopf in den Gang, sah sich nach links und rechts um und zog Harms schließlich in den kleinen, aufgeräumten Raum hinein. »Was ist denn los? Sie können hier nicht bleiben!«

»Hölle und Teufel, wieviel haben Sie denn schon getrunken?« Huntsford war entsetzt über den Alkoholgestank, der in der Kammer hing. »Ich bin überrascht, daß Sie überhaupt noch stehen können!«

»Tja, ich bin eben immer für Überraschungen gut!« Frakes-Hogg kehrte zu dem Sessel zurück, der vor dem Fenster zur Highstreet stand, und nahm sein Brandy-Glas. »Ich würde Ihnen ja auch etwas anbieten, aber ich habe nur noch ein paar Tropfen, und ich fürchte, die brauche ich selbst!«

»Zweifellos.« Nun wußte er also, wie Walter Frakes-Hogg seine Zeit verbrachte. Kein Wunder, daß er so ein widerwärtiger Mensch war. »Ich bin gekommen, um Ihnen zu sagen, daß mir etwas eingefallen ist. Ich habe einen Plan, wie Sie Adrienne bekommen und diesen Raveneau loswerden. Und zwar beides auf einen Schlag!«

»Ist es wahr? Sie besitzen meine ganze Aufmerksamkeit! Reden Sie doch bitte weiter!«

»Nun ... wie würde es Ihnen gefallen, nach Mitternacht in Adriennes Schlafzimmer eindringen zu können? Ich werde Sie hereinlassen. Können Sie sich vorstellen, wie entsetzt und hilflos sie sein wird? Ich werde mit Ihnen kommen und Ihnen helfen, sie zu knebeln und ihr die Augen zu verbinden ... Aber natürlich wird sie nicht wissen, daß ich meine Hand im Spiel habe.«

»Ein recht interessanter Plan, junge Tulpe!«

»Ja, ich denke, es wird funktionieren.«

»Danach werden Sie aber doch wohl verschwinden, oder? Wir werden ... etwas Zweisamkeit brauchen!«

Huntsford räusperte sich und nickte. »Ja, in gewisser Weise werden Sie allein sein. Ich werde mich in dem Schrank neben der Tür verstecken. Nach einer Weile öffne ich die Tür und schreie oder kreische, daß es sich wie Adrienne anhört. Natürlich wird Nathan zu ihrer Rettung herbeistürmen, und wenn er am Schrank vorbeirennt, trete ich hervor, und – *voilà!* – wir sind ihn los!«

»Das hört sich nicht schlecht an.« Frakes-Hogg nahm einen Schluck von seinem Brandy. »Womit wollen Sie ihn umbringen? Mit einem Messer?«

Harms begann zu schwitzen. »Ja. Gefällt Ihnen die Idee nicht?«

»Vielleicht wäre es klüger, ihn erst niederzuschlagen. Dann kann er sich nicht mehr wehren.«

»Ja.« Huntsford sah auf seine Uhr. »Nun, da wir das geklärt haben, zeige ich Ihnen den Plan von Harms Castle.«

Er trat zu Frakes-Hoggs Sessel, faltete das Papier auf und wies auf die Zeichnung. »Ich habe die Zeiten und andere Anweisungen auf die Rückseite geschrieben, damit keine Mißverständnisse entstehen. Dies hier ist der Grundriß des Hauses. Das Zimmer mit dem Kreuz ist Adriennes. Am schnellsten kommen Sie über die Hintertreppe hin. Das dort ist Essex' Zimmer. Wie Sie sehen, liegt es ganz in der Nähe, so daß wir uns keine Sorgen machen müssen, daß eventuell ein anderer zuerst auftaucht.«

»Und dann? Was machen wir danach?«

»Ich werde sicherstellen, daß niemand Sie hört, wenn Sie das Schloß später verlassen. Wenn Sie erst einmal weg sind, schiebe ich einfach alles auf den Toten. Ich binde Adrienne los, nehme ihr die Augenbinde ab und sage ihr, daß es Nathan war, der sich für Sie ausgegeben hat!«

»Erstaunlich! Und Sie meinen, das funktioniert?«

»Ich bin sogar ganz sicher. Sie haben sich gestritten! Warum sollte sie mir nicht glauben, wenn ich derjenige bin, der ihr Leben gerettet hat? Der Überfall wird ihr garantiert einen solchen Schock versetzen, daß sie sich nachher nicht mehr an Einzelheiten erinnern kann.«

Frakes-Hogg rieb sich seine rote Trinkernase. »Ich weiß nicht ... Das gefällt mir nicht so recht! Adrienne soll wissen, daß sie für das bezahlen muß, was sie mir angetan hat. Wenn am Schluß Nathan Raveneau zum gemeinen Schurken geworden ist – wo liegt da der Sinn?«

Da Harms das meiste von dem Plan, den er Frakes-Hogg dargelegt hatte, gar nicht auszuführen gedachte, fiel es ihm schwer, die Geduld aufzubringen, noch länger darüber zu sprechen. Er stand auf und wanderte zum Fenster. »Nun, ich könnte ihr sagen, daß Nathan sich mit Ihnen verbündet hat, um sie zu überwältigen. Sie sind entkommen, während ich mit Nathan gekämpft habe. Was halten Sie *davon*?«

»Viel besser.« Ein böses Lächeln huschte über Frakes-

Hoggs Gesicht. »Sehr viel besser. Sie soll glauben, daß sie weiterhin in Gefahr ist . . .«

»Also gut. Ich muß jetzt gehen. Ich schlage vor, daß Sie sich hinlegen, um sich auszunüchtern, und dann etwas Anständiges essen.«

»Machen Sie sich keine Sorgen, mein Junge.« Frakes-Hogg folgte ihm zur Tür und gab sich alle Mühe, würdevoll zu erscheinen. »Ich habe auch jetzt einen klaren Kopf. Pünktlich um eins werde ich auf Harms Castle auftauchen.«

»Wunderbar.«

Frakes-Hoggs Hand krallte sich um Huntsfords Arm. »Machen Sie sich keine Sorgen«, wiederholte er. »Ich habe zu lange auf diese Gelegenheit gewartet, um mir nun einen Fehler zu erlauben. Ich habe davon geträumt, mich an Adrienne zu rächen, und jetzt, wo ich es kann, werde ich das Beste daraus machen.«

»Nun, dann wünsche ich Ihnen viel Erfolg, Sir. Guten Tag.« Noch während er sprach, merkte Huntsford, wie ironisch seine Worte klangen. Ängstlich biß er sich auf die Lippe. Er konnte sich keine Ironie leisten. Damit sein *echter* Plan funktionierte, war es unabdingbar, daß Frakes-Hogg ihm vertraute.

Adrienne blieb noch lange auf, nachdem Lady Thomasina zu Bett gegangen war. Sie saß am Fenster in ihrer winzigen Kammer, las und fragte sich, was Nathan wohl gerade im Zimmer gegenüber tat. Es war so warm, daß beide ihre Türen einen Spalt offenstehen gelassen hatten, damit sich wenigstens ein Lüftchen regte. Wenn sie hinausspähte, konnte sie ihn sehen, wie er an seinem Tisch saß und in sein merkwürdiges Buch schrieb.

Er hatte ihr gesagt, daß sie ihn vergessen solle, und das wollte sie ja auch, aber immer wenn sie versuchte, ihn aus ihren Gedanken zu verbannen, begann ihr Herz wehzutun. Es war so verwirrend . . .

»Adrienne?«

Erschreckt schaute sie auf und hoffte instinktiv, daß Nathan sie gerufen hatte. Statt dessen erkannte sie durch den Türspalt Huntsford, der in der einen Hand eine Kerze, in der anderen eine Vase mit wilden Rosen hielt.

»Oh. Wie nett von Ihnen.« Adrienne legte ihr Buch beiseite und stand rasch auf, um ihn einzulassen. »Sie sind wirklich sehr lieb, Huntsford.«

Er errötete leicht. »Es ist nicht schwer, nett zu jemandem zu sein, der so bezaubernd ist wie Sie, Adrienne. Ich fand, Sie sollten einen Strauß auf Ihrem Nachttisch stehen haben, damit Sie sich an unseren kleinen Ausflug heute morgen erinnern . . .«

»Oh, ja, vielen Dank.« Sie nahm ihm die Vase ab und tauchte ihr Gesicht in die duftenden, blassen Blüten. »Ich stelle sie neben mein Bett.«

Über Huntsfords Schulter sah sie eine Bewegung in Nathans Kammer. Hörte er zu? War er eifersüchtig? Adrienne sah in Huntsfords Augen und fragte sich, ob es nicht weit besser für sie wäre, wenn sie sich für jemanden wie ihn interessierte. Huntsford betete sie an, und trotz seiner Eitelkeit und seiner Blasiertheit schien er im Grunde ein guter Mensch zu sein. »Sie sind sehr rücksichtsvoll, und das weiß ich zu schätzen.«

Huntsford war einen Moment sprachlos. War ihr direkter Blick vielleicht als Aufforderung gemeint? Mit bebenden Fingern berührte er ihre Wange, dann nahm er allen Mut zusammen, beugte sich vor und legte seine Lippen auf ihre. Ihr Mund war so wunderbar weich . . . Wenn es nicht schon nach Mitternacht gewesen wäre und Adrienne um ein Uhr fest eingeschlafen sein mußte, dann hätte er sich vielleicht getraut, ein wenig forscher zu werden.

In diesem Moment hörte er ein Geräusch hinter sich, und jemand tippte ihm auf die Schulter.

»Ich bitte um Verzeihung, Sir, aber es ist Miss Beauvisage nicht erlaubt, in ihrem Zimmer männlichen Besuch zu empfangen.«

Huntsford wandte den Kopf und erwiderte mutig Nathans drohenden Blick. »Seien Sie doch so nett und lassen Sie mich zufrieden, alter Kumpel. Ich bin hier der Herr im Haus, und ich lasse mir von Ihnen nicht sagen, wohin ich gehen darf und wohin nicht.«

Adrienne konnte nicht anders, als die Rivalität der beiden Männer zu genießen. Voller Wonne mischte sie sich in den drohenden Streit ein. »Mr. Essex, ich kann mich unterhalten, mit wem ich will, wann ich will und –«

»Den Teufel können Sie!« brachte Nathan zwischen zusammengebissenen Zähnen hervor.

»Dies ist weder die Zeit noch der Ort für eine derartige Diskussion«, gab Adrienne zurück. »Ich bin müde, und Lord Harms ist es sicher auch.« Sie wandte sich an Huntsford. »Ich muß mich für die schlechten Manieren von Mr. Essex entschuldigen. Wünschen wir uns doch alle eine gute Nacht, einverstanden?«

»Was immer Sie möchten, liebste Adrienne.« Harms verbeugte sich lächelnd vor ihr, warf Nathan einen finsteren Blick zu und schlenderte hinaus in den Korridor.

Adrienne bedeutete Nathan mit einer Geste, daß auch er gehen sollte. Sie traute sich kaum ihn anzusehen, denn sie befürchtete, daß er in ihren Augen lesen konnte, was sie im Augenblick empfand. »Gute Nacht.«

Nathan wandte sich um und kehrte zu seinem Zimmer zurück. In ihm herrschte ein Chaos der Gefühle, das er im Augenblick unmöglich analysieren konnte. An der Tür blieb er noch einmal stehen und sagte: »Glauben Sie ja nicht, daß ich eifersüchtig bin. Ich versuche nur, Sie vor Ihrer eigenen Impulsivität zu beschützen. Und den Auftrag zu erledigen, den Ihr Vater mir erteilt hat!«

Verwirrter als je zuvor schloß Adrienne die Tür und ging zu Bett. Der Duft der Rosen hing schwer über ihrem Kissen, während sie sich in der warmen Sommernacht hin und her wälzte. Als sie endlich einschlief, war das Laken bis auf ihre Hüften herabgerutscht, und ein Fuß hing im Mondlicht über die Bettkante hinaus.

In den letzten Nächten hatte sie oft von Frankreich geträumt. Sie schwebte wie durch Magie über der Loire, die sich wie ein seidenes Band durch das goldene Tal ihrer Kindheit wand. Weinstöcke bedeckten die Hänge der Hügel, und ganz oben stand ein Schloß, das den Namen Château du Soleil trug. Es war wunderschön, und im Augenblick, da sie entschlossen war, nicht nach Hause zurückzukehren, tat es beinahe weh, diese Schönheit zu betrachten.

In dieser Nacht träumte Adrienne, daß Nathan mit ihrem Vater und ihrem Bruder James im Hof stand. In ihren Träumen war James stets ein kleiner Junge, obwohl er in Wirklichkeit schon seinen neunzehnten Geburtstag gefeiert hatte und genausogroß wie ihr Vater war.

Adrienne sank aus dem Himmel herab und landete weich auf der Marmorfreitreppe im Inneren des Schlosses. Durch die Fenster der Eingangshalle sah sie die Männer draußen stehen.

»Was tut Nathan denn hier?« schrie sie.

Ihre Mutter erschien hinter ihr. »Sei nicht albern, Adrienne. Du hast ihn doch nach Hause gebracht. Er ist der perfekte Mann für dich, auch wenn seine Herkunft zu wünschen übrigläßt . . .«

Draußen lachten die Männer miteinander, warfen ausgelassen die Köpfe zurück und klopften sich gegenseitig auf die Schultern. James schien jedesmal, wenn sie ihn sah, noch ein wenig jünger geworden zu sein. Im gleißenden Sonnenlicht hievte sich Nathan den Jungen auf die Schulter und wandte sich zum Schloß um. Adrienne war verwirrt. War es wirklich James, oder handelte es sich um ihr eigenes Kind?

Es war so warm. Der Duft der Orangenblüten drang von den terrassenartig angelegten Gärten des Châteaus herauf. Adrienne drehte sich lächelnd zu ihrer Mutter um, um etwas zu sagen, doch da kam eine Hand aus dem Nichts und verschloß ihr den Mund. Etwas Kühles, Weiches legte sich über ihre Augen, doch dann zog es sich schmerzhaft um ihren Kopf zusammen und riß an ihren Haaren.

Fort waren das sonnenüberflutete Château und all die Menschen, die sie liebte. Es war nur ein Traum gewesen. Als Adrienne sich langsam wieder an die Oberfläche ihres Bewußtseins kämpfte, spürte sie Gefahr – sehr reelle Gefahr! –, und die aufsteigende Panik machte sie mit einem Schlag hellwach. Sie wollte schreien, aber der Laut wurde durch die parfümierte Hand über ihrem Mund gedämpft. Sie konnte nicht einmal richtig atmen. Kleine Schluchzer entrangen sich ihrer Kehle, als die Panik über ihr zusammenschlug wie eine Flutwelle.

Was geschah mit ihr? Wer war mitten in der Nacht in ihr Zimmer eingedrungen? Zuerst glaubte sie, daß es sich um Nathan handeln mußte, aber als die Person nichts sagte und die Bemühungen, sie ruhig zu halten, grober wurden, drang ein anderer Gedanke in ihr Bewußtsein. O Gott, das durfte doch nicht wahr sein! Und dennoch gab es nur diese eine grauenvolle Erklärung. Der nächtliche Angreifer war ... Walter Frakes-Hogg!

Als sie spürte, wie erst ihre Hände, dann ihre Füße zusammengebunden wurden, schlug sie blind nach der Person, während sie sich verzweifelt auf ihrem Bett wand. Schließlich schien der Angreifer die Geduld zu verlieren, und sie hörte die unverkennbare, rauhe Stimme: »Hör auf zu zappeln, oder ich bring dich um, du Flittchen!« Kalter Stahl, entsetzlich scharf, bohrte sich leicht in die Haut ihrer Kehle. Adriennes Kopf schien bersten zu wollen, doch sie versuchte verzweifelt, die Tränen niederzukämpfen und nachzudenken. Obwohl sie hilflos war, konnte sie zumindest wachsam bleiben, denn vielleicht brachte er sie gar nicht um, vielleicht durfte sie am Leben bleiben, und dann mußte sie versuchen, sich an jede Einzelheit zu erinnern. Jedes Detail konnte das sein, das wichtig war, um Frakes-Hogg vor Gericht zu bringen.

Mit derart geschärften Sinnen hörte Adrienne plötzlich das leise Knarzen der Tür, dann behutsame Schritte. War noch jemand hereingekommen? Sie glaubte, Flüstern zu vernehmen, aber die Augenbinde ging teilweise über ihre Ohren, so daß sie nicht sicher war. Eine weitere übelkeiterregende Welle der Panik schlug über ihr zusammen. Adriennes Magen revoltierte.

Sie versuchte, sich auf die Seite zu rollen und sich zusammenzukrümmen, doch die Hände kehrten zurück und drückten sie grob auf den Rücken zurück. Als er ihre Stirn berührte, zog Adrienne die Nase kraus. War das derselbe Mann wie zuvor? Die mögliche Antwort steigerte ihr Entsetzen noch.

»Ah, du Hexe, wie lange habe ich schon von dieser Nacht geträumt!« Die heisere Stimme war so verhaßt und vertraut wie der Brandy-Geruch, der ihr entgegenschlug. »Keine Angst, du mußt nichts sagen! Ich verstehe schon. Du bist überwältigt von der kleinen Überraschung, die ich dir bereitet habe, nicht wahr?«

Würde Frakes-Hogg nun doch seinen Willen bekommen? Wie hatte sie nur einen Moment glauben können, daß ein gemeiner Schuft wie er tatsächlich einfach aufgeben und gehen würde? Sein Durst nach Rache überlagerte alle anderen Regungen – sogar die Furcht um sein eigenes Leben! Plötzlich kam er ihr vor, wie das personifizierte Böse, wie der Teufel persönlich, denn ein einfacher Mensch konnte doch unmöglich so schlecht sein, oder?

Adrienne konnte weder sehen noch reden noch fliehen. Sie holte mit den gefesselten Händen aus und schlug um sich, was ihm offenbar gefiel, denn sie hörte leises Lachen.

Dann spürte sie ein schweres Gewicht, als er sich breitbeinig auf ihre Hüften setzte und ihre Hände an seine Lippen preßte. Adrienne mußte würgen.

»Süße, was denkst du jetzt, hm? Bereust du vielleicht irgend etwas?« Er beugte sich vor, so daß sein Gestank sie einhüllte, und küßte ihren Hals. »Oh, du bist so wunderbar weich. Ich habe davon geträumt, dich noch einmal anzufassen. Weißt du noch, wie es vor einigen Monaten war, als wir noch Freunde waren? Du hast mir beim Tee erzählt, daß du glaubst, das Leben sei für Träume geschaffen. Du sagtest, daß du die Absicht hast, all deine Träume Wirklichkeit werden zu lassen. Ich habe mir deine Worte zu Herzen genommen, Süße. Auch ich habe ein paar schöne Träume, die ich nun realisieren werde!« Frakes-Hogg lachte leise. Er hielt ihre Handgelenke mit einer Hand fest, während seine andere über ihren Oberkörper glitt und am Oberteil ihres Nachtkleids zerrte, bis ihre Brüste entblößt waren. »O Gott, wunderschön. Was meinst du? Nun, wie auch immer! Danke für das Angebot, Miss Beauvisage!«

Er legte die Hände auf ihre Brüste, und Adriennes ganzer Körper begann vor Ekel zu zittern. Sie biß sich in die Wange, als seine Hände fester zupackten und ihr der Schmerz die Tränen in die Augen trieb.

In seinem Versteck im Schrank hielt Huntsford Harms den Atem an und wartete. Es würde Adriennes Dankbarkeit nur vergrößern, wenn ihre Furcht im Moment ihrer Rettung auf dem Höhepunkt angelangt war, also mußte er so lange wie möglich warten. Dennoch fiel es ihm schwer; der Gedanke an Frakes-Hogg, wie er das Mädchen begrapschte, machte ihn rasend.

Plötzlich brachte Adrienne einen hohen Laut hervor, der deutlich durch den Knebel zu hören war. Es war ein Laut, der von soviel Furcht und Haß zeugte, daß sich Huntsfords Nackenhaare aufrichteten. Die Zeit war gekommen. Er mußte handeln.

Mit dem gezogenen Dolch in der Hand drückte er die Schranktür auf, sprang heraus und warf sich auf die vom Mond erhellte Gestalt, die auf Adriennes Bett hockte. Das Überraschungselement, seine Jugend und der athletische Zustand seines Körpers kamen ihm zugute. Frakes-Hogg kippte mit rudernden Armen zu Boden. Harms schlang seinen Arm um den Hals des anderen und drückte ihm die Kehle zu, während seine andere Hand das Messer wieder und wieder in Frakes-Hoggs knochige Brust stieß. Aus der Kehle des Älteren kamen gurgelnde, erstickte Laute, und Blut quoll aus seinem Mund.

Harms ließ los und starrte auf den Mann, der sich zukkend am Boden wand. Kurz darauf hörten die Bewegungen auf, und der rasselnde Atem verstummte. Frakes-Hogg war tot.

Ohne auf die zerrissene Kleidung und seine wirre Frisur zu achten, hastete Harms zum Bett, um Adrienne von den Fesseln zu befreien, die er ihr selbst angelegt hatte, bevor Frakes-Hogg ins Zimmer gekommen war. Sie schluchzte und weinte nun unter ihrem Knebel, und sobald das Stück Stoff aus ihrem Mund genommen wurde, schrie sie: »O Nathan! Gott sei Dank! Gott sei Dank, daß du da bist!«

Eine Woge des Triumphs überspülte Huntsford. Er band ihre Hände los, so daß sie ihn umarmen konnte, dann nahm er ihr die Augenbinde ab. »Liebling, ist alles in Ordnung?«

Ihre Brüste hoben und senkten sich; sie hatte ihr Gesicht an seiner Schulter vergraben und umklammerte ihn mit beiden Armen. Sie stand noch so sehr unter Schock, daß eine Weile verstrich, bis ihr dämmerte, daß ihr Retter gar nicht Nathan war, sondern Huntsford Harms! »Oh . . . ich . . . ich wußte nicht –« Sie blickte verwirrt auf, konnte sich aber nicht dazu bringen, ihn loszulassen. Genausowenig brachte sie es über sich, zur Tür zu sehen, wo Walter Frakes-Hogg in seinem eigenen Blut lag und mit leeren Augen an die Decke starrte.

»Ich würde alles für Sie tun«, murmelte Huntsford beruhigend. »Ehrlich gesagt bin ich glücklich, daß ich etwas tun konnte, um Ihre Gunst zu gewinnen.«

In diesem Augenblick flog die Tür des Zimmers auf. Nathan Essex, nur mit seiner Hose bekleidet, trat über die Schwelle. In einer Hand hielt er eine flackernde Kerze, in der anderen seine Pistole.

»Adrienne – alles in Ordnung? Ich bin von einem grauenhaften Geräusch aufgewacht! Was zum Teufel geht hier vor?« Jeder Muskel in seinem Körper war angespannt, all seine Sinne waren hellwach, als er sich langsam vorwärtsbewegte und das Bild des Paares, das sich umschlungen hielt, in sich aufnahm. »Um Himmels willen! Würde mir bitte einer erklären, was hier eigentlich los ist?«

»Ich habe gerade Walter Frakes-Hogg getötet«, verkündete Huntsford ruhig.

»Den Teufel haben Sie!«

»Doch«, sagte Adrienne, während sie sich hastig bedeckte. Dann brach sie in Tränen aus. »Huntsford hat mir das Leben gerettet! Wie kann ich ihm nur jemals dafür danken?«

Wie vom Donner gerührt starrte Nathan auf den Leichnam. Dann murmelte er mit zynischer, wenn auch kaum hörbarer Stimme: »Oh, ich bin sicher, ihm wird schon etwas einfallen ...«

Kapitel 12

In kürzester Zeit war der gesamte Haushalt von Harms Castle auf den Beinen. Nathan entzündete die Kerzen in Adriennes Kammer und rief nach Lakaien, die die Leiche hinausbringen sollten. Die allgemeine Geschäftigkeit weckte Lady Thomasina, die sich in ihrem Bett aufsetzte und hektisch ihre Klingel betätigte. Als niemand kam, zog sie einen Hausmantel an, setzte einen Turban auf und watschelte ihrerseits zu Adriennes Zimmer.

»Ich würde wirklich gerne wissen, warum niemand auf mein Klingeln –« Ihre gereizte Stimme verebbte in dem Moment, in dem sie Walter Frakes-Hoggs blutigen Körper sah. Nathan versuchte, sie fortzuziehen, aber es war zu spät, und sie kippte ohnmächtig in seine Arme. Da erschienen auch schon vier Lakeien mit Tüchern, in die sie den Toten einwickelten. Einen Moment später schleppten sie ihn hinaus.

»Harms, bringen Sie Adrienne hier raus«, sagte Nathan zu Huntsford, der Adrienne noch immer beschützend in den Armen hielt. »Dann kommen Sie zurück und helfen mir mit Ihrer Mutter! Ich kann sie nicht mehr lange halten!«

Eine Stunde später war Frakes-Hoggs Leiche in einem unbenutzten Teil der Stallungen untergebracht, Harms Gäste waren wieder in ihre Betten geschickt worden. Man würde am frühen Morgen den Constable der Gemeinde rufen und den Leichnam anschließend nach London zurückschikken. Bedienstete erschienen mit Eimern und Lappen und begannen, den Boden in Adriennes Zimmer zu schrubben. Schließlich zog Nathan sich an und setzte sich mit Lady Thomasina, Huntsford und Adrienne im privaten Wohnzimmer Ihrer Ladyschaft zusammen. Alle vier hielten Rotweingläser in den Händen und tranken einen lange Weile schweigend.

»Anscheinend bin ich die einzige Person hier, die überhaupt nicht weiß, was heute nacht eigentlich vorgefallen ist«, beklagte sich Lady Thomasina. »In dem Moment, wo sich irgend etwas abspielt, bin ich offenbar vergessen.«

»Das ist nicht wahr, Mylady.« Nathan zog einen Stumpen aus der Brusttasche und entzündete ihn. Seit er auf Harms Castle war, hatte er sich sehr zurückgehalten, aber nun hatte er das Gefühl, als hätte er eine Zigarre nötig. »Ich weiß beinahe genauso wenig wie Sie. Adrienne, wollen Sie uns nicht erzählen, was in Ihrem Zimmer geschehen ist, bevor ich kam?«

Adrienne saß dicht neben Huntsford auf einem Samtsofa. Sie war inzwischen angezogen, zitterte aber immer noch am ganzen Körper. Nathans etwas barsche Stimme verstärkte ihre Furcht noch. Adrienne war stets eine starke junge Frau gewesen, die oft genug Wagemut und Tapferkeit bewiesen hatte, doch in dieser Nacht fühlte sie sich wie eine Fremde in ihrem eigenen Körper. Der einzige Mensch, auf den sie sich verlassen konnte, war, wie es schien, Huntsford Harms, und sie war ihm unendlich dankbar für seine Anwesenheit.

»Sie können doch nicht verlangen, daß sie es Ihnen sofort erzählt. Mein Gott, sind Sie immer so unsensibel?« Huntsford funkelte seinen Rivalen böse an, während er seinen Arm um Adrienne legte. Als Nathan wegsah, um die Asche seiner Zigarre abzustreifen, warf er seiner Mutter rasch einen Blick zu, der sie zur Mithilfe aufforderte. Lady Thomasina, die immer noch ihre Ungeduld zur Schau trug, schien plötzlich etwas zu begreifen. Erstaunen zeichnete sich in ihrer Miene ab, als ihr Sohn auch schon hastig fortfuhr. »Vielleicht sollte ich erzählen, was ich von den Ereignissen dieser Nacht weiß, damit Adrienne eine Möglichkeit bekommt, sich wieder ein wenig zu sammeln.« Er wandte den Kopf, um sie anzusehen, und drückte sie leicht an sich. »Nun? Was halten Sie davon, meine Liebe? Glauben Sie, daß Sie es ertragen können?«

»J . . . ja. Danke.«

Nathan beobachtete den Rauch, der von seiner Zigarre aufstieg. Äußerlich gab er sich vollkommen gelassen, während sein Inneres sich wie ein gequältes Tier wand und wehrte. Am liebsten hätte er sich auf Huntsford geworfen, ihn an seinen hübschen Kragenspitzen vom Sofa gerissen und mit dem Kopf voran durchs geschlossene Fenster geschleudert. Der Gedanke daran, wie Harms schreiend drei Stockwerke hinabstürzte, entlockte ihm ein kleines, zufriedenes Lächeln, was prompt mißdeutet wurde.

»Also ich muß doch bitten, Mr. Essex!« rief Huntsford empört. »Ich würde wirklich gerne wissen, wie Sie auch noch lächeln können, wenn Adrienne die entsetzlichste Erfahrung ihres Leben hat machen müssen.«

Nathans Blick bohrte sich in Huntsford. »Mein Gesichtsausdruck hat rein gar nichts mit dem zu tun, was Adrienne vorhin erlebt hat.«

»Dann schlage ich vor, daß Sie sich bemühen, Ihre Aufmerksamkeit ihr zuzuwenden, statt sich in Gedanken anderweitig zu amüsieren!« Bevor Nathan etwas zu seiner Rechtfertigung sagen konnte, beeilte Huntsford sich, fortzufahren. »Wir sind alle ein wenig müde. Lassen Sie mich berichten, was ich weiß, dann können wir noch ein bißchen schlafen, bevor am frühen Morgen der Constable auftaucht und uns mit weiteren Fragen plagt.«

»Ja, Hunty, dann rede um Himmels willen endlich!« Lady Thomasina drohten, die Augen zuzufallen. »Mein armer Angus kann jeden Moment in meinem Bett aufwachen und zu jammern beginnen, weil er mich nicht findet!«

Ihr Sohn verkniff sich eine bissige Bemerkung über den Hund und tätschelte Adriennes Hand. »Wirklich, Mammi, es gibt im Moment ein paar wichtigere Dinge, über die du dir Gedanken machen solltest. Nun, also. Der Tote, der auf dem Boden gelegen hatte –«

»Walter Frakes-Hogg«, half ihm Nathan aus.

»Oh . . ., so hieß er? Das wußte ich nicht. Und woher kennen Sie diesen Schurken, Essex?«

»Er war derjenige, der Miss Beauvisage bedroht hat. Ihr Vater hat mich eingestellt, um sie vor ihm zu schützen!«

»Tatsächlich? Was für eine Schande, daß Sie in Ihrem Bemühen gescheitert sind. Nun, wie auch immer, zum

Glück war ich ja zur Stelle, um diese Aufgabe zu erledigen. Sehen Sie, ich ging gerade im Flur vorbei, als ich aus Adriennes Zimmer eine Männerstimme hörte.« Huntsford errötete, während er sprach, denn es fiel ihm schwer, sich an alle Einzelheiten seines Plans zu erinnern und sie den anderen richtig darzulegen. Wenn Nathan ihn bei einem Fehler ertappte, war alles verloren. »Irgendwie hatte ich ein ungutes Gefühl, und so öffnete ich leise die Tür. Dann sah ich dieses Ungeheuer auf unserer lieben Adrienne hocken, die gefesselt und geknebelt war und die Augen verbunden hatte.«

Nathan versuchte, Adriennes Blick einzufangen. »Ist Frakes-Hogg in Ihr Zimmer eingebrochen, während Sie schliefen? Haben Sie irgend etwas gehört, das uns einen Hinweis darauf geben könnte, wie er hereingekommen ist und Ihr Zimmer gefunden hat?«

Ihr Kinn begann zu zittern. »Nein. Ich kann mich an nichts erinnern. Ich habe geträumt . . . von zu Hause, von meinen Eltern. Plötzlich bin ich aufgewacht, weil mir jemand die Augen zuhielt . . .!« Sie brach ab, weil aufkommende Tränen ihr die Kehle zuschnürten, und sie schmiegte sich enger an Huntsfords Körper.

»Hören Sie, Mann, müssen Sie sie das Ganze denn noch einmal durchmachen lassen?« Ihr Beschützer streichelte ihr Haar, während er Nathan einen zornigen Blick zuwarf. »Wie ich eben sagte, schlich ich mich ins Zimmer und glaubte schon, ich müsse den Kerl mit irgend etwas niederschlagen, einem Stuhl oder der Waschschüssel etwa, als ich zufällig mit dem Fuß gegen ein Messer stieß. Ich riß es an mich, stürzte mich auf ihn und stach ihn nieder.«

»Oh, Hunty!« kreischte seine Mutter. »Ich wußte nicht, daß du so heldenhaft mutig sein kannst! Mein Gott, wie *romantisch!*«

Nathans Stimmung war am Siedepunkt angelangt, aber

er verbarg es, so gut es ging. »Ein Messer, sagen Sie? Miss Beauvisage, erinnern Sie sich an ein Messer?«

»Jemand hat es mir an die Kehle gehalten, als ich gefesselt wurde«, flüsterte sie.

»Jemand?« fragte Nathan nach. »Meinen Sie jemand anderen als Frakes-Hogg?«

»Nun, ich ..., es kam mir so vor, ja, aber alles ist so verschwommen ... Bitte, ich bin so müde! Kann das nicht bis morgen warten?«

»Sie hat recht, Essex! Haben Sie doch etwas Mitleid mit dem armen Mädchen!« Huntsfords Herz pochte in wilder Panik. »Adrienne ist natürlich verwirrt, was die Ereignisse angeht, und Ihre Fragen machen es nur schlimmer! Ich kann Ihnen versichern, daß *ich* keine Binde über den Augen hatte, und der einzige Mann, der sich im Raum befand, war Frakes-Hogg.«

»Sie haben ein bewundernswertes Gedächtnis, Harms«, bemerkte Nathan lakonisch. Er lehnte sich in seinem Stuhl zurück, streckte die Beine aus und betrachtete den anderen Mann müßig.

»Nun ... natürlich. Was ... was meinen Sie damit?«

Nathan grinste und drückte seinen Stumpen in einem Aschenbecher aus. »Ich bin einfach nur beeindruckt, daß Sie sich an so einen ungewöhnlichen Namen wie Frakes-Hogg erinnern, obwohl Sie ihn ja vorher nicht kannten und ich ihn bloß einmal genannt habe. Wirklich bemerkenswert! Außerdem kann ich nicht umhin, mich zu fragen, was Sie zu solch einer späten Stunde auf diesem Flur machen, wo Ihre Zimmer doch in einem ganz anderen Flügel liegen! Wie spät war es? Ein Uhr oder später?«

»Was soll das denn? Das ist mein Haus, und ich kann herumwandern, wo immer ich will!« Huntsford schluckte. »Vielleicht habe ich ja nur nach meiner lieben Mutter sehen wollen!«

»Na, ich denke, das war eine schwache Antwort, Harms.«

»Und ich denke, daß ich Ihren Tonfall nicht mag! Wie können Sie es wagen, *mir* Fragen voller Mißtrauen zu stellen, wenn ich derjenige bin, der Adrienne vor dem Schlimmsten bewahrt hat? Wenn ich mich an Frakes-Hoggs Namen erinnere, dann deswegen, weil ich sehr aufmerksam zugehört habe! Wissen Sie was? Ich glaube, Sie sind eifersüchtig, Essex!« Harms konnte nicht widerstehen; er stand auf und deutete theatralisch auf den anderen Mann. »Seien Sie doch ein Mann und geben Sie zu, daß Sie versagt haben! Stehen Sie dazu, alter Junge!«

»Hat Ihnen eigentlich schon mal jemand gesagt, daß Sie nicht alle Tassen im Schrank haben, Harms?« fragte Nathan ruhig.

»Das muß ich mir nicht anhören. Ich bringe Adrienne jetzt in ihr Zimmer, und –«

»Nein!« schrie Adrienne. »Ich will heute nacht nicht mehr allein dort sein!« Allein der Gedanke daran, daß Walters Blut neben ihrem Bett vergossen worden war, ließ Adrienne vor Entsetzen erbleichen.

»Nun, das ist verständlich«, sagte Lady Thomasina. »Miss Beau wird auf dem Sofa in meinem Schlafzimmer übernachten. Angus und ich leisten ihr Gesellschaft! Ich werde ihr einen Tropfen Laudanum geben!« Sie hievte sich unter einiger Anstrengung aus dem Sessel. »Nun dann, versuchen wir, noch ein paar Stunden Schlaf zu bekommen. Die Nacht ist schon bald um.«

Nathan stand nicht auf. Statt dessen zog er sich einen Hocker für seine Füße heran und streckte sich aus. »Ich werde hierbleiben. Ich denke nicht daran, mich weit von Miss Beauvisage zu entfernen, bevor wir nicht mit Sicherheit wissen, daß nicht noch jemand anderer an der Sache beteiligt war. Falls Frakes-Hogg einen Komplizen hatte, dann kann er sich durchaus noch irgendwo im Schloß verstecken, und ich gehe kein Risiko mehr ein, was Adriennes Sicherheit betrifft!«

Huntsford öffnete den Mund, um zu protestieren, aber ein Blick auf Adriennes Gesichtsausdruck verriet ihm, daß das ein Fehler gewesen wäre. Sie wollte nichts als Frieden. Also tat Hunty, als würde Nathan gar nicht existieren, wünschte den beiden Frauen eine gute Nacht und verließ das Zimmer in dem Gefühl, in dieser Nacht etwas Großartiges vollbracht zu haben.

Als es dämmerte, stand Nathan Raveneau an dem hohen Fenster in Lady Thomasinas Wohnzimmer und atmete die duftende Luft des neuen Tages ein. Ein Sonnenaufgang war immer ein wunderschöner Anblick, aber seit einigen Tagen sehnte er sich nach den Zuckerbäckerfarben eines Morgens auf Barbados. Die intensiven Rot- und Orangetöne schienen mit dem türkisfarbenen Meer zu verschmelzen, und der leichte Wind war frisch und voller Versprechungen auf den kommenden Tag.

Nun verstand Nathan, warum er niemals in der Lage gewesen war, wirklich lange in London zu bleiben. Das Volk der Engländer hatte etwas an sich, das ihm nach einer gewissen Weile furchtbar auf die Nerven ging. Dieser Punkt war im Augenblick erreicht. Er saß hier in diesem modrigen Schloß fest und mußte sich mit zwei verrückten Adeligen und ihrer Ansammlung ebenso anstrengender Dienstboten und Gäste abgeben. Jedesmal, wenn Huntsford Harms den Mund aufmachte, franste Nathans Geduldsfaden etwas mehr aus.

Um alles nur noch schlimmer zu machen, schien sich sogar Adrienne langsam auf das exzentrische Gebaren dieser Familie einzulassen. Wie konnte es sein, daß sie ihm keine wissenden Blicke mehr zuwarf, sondern sich auf die Seite dieses Stutzers schlug? Wenn es sich nur um Nathans männlichen Stolz gehandelt hätte, dann hätte er es gewiß hingenommen, doch alle seine Instinkte warnten ihn, daß mit Huntsford Harms irgend etwas nicht stimmte.

Ein Rascheln veranlaßte ihn dazu, sich umzudrehen, und er sah Adrienne, die aus der einen Tür getreten war und nun den Raum durchquerte. Sie trug nur eine Stola mit Fransen über ihrem Nachthemd und war barfuß, was sie um so verletzlicher wirken ließ. Als sie Nathans Blick spürte, blieb sie stehen und drehte ihr Gesicht zum Licht, das durch das Fenster drang. Ihre Augen lagen tief in ihren Höhlen, und ihre Haut war leichenblaß.

»Lieber Gott«, murmelte er, während er rasch auf sie zuging. »Sie sehen entsetzlich aus.«

»Und Sie werden von Mal zu Mal charmanter«, erwiderte sie müde. »Deswegen möchte ich Sie auch nicht sehen. Bitte lassen Sie mich in Ruhe.«

Er hatte ihr mit seiner Bemerkung nur deutlich machen wollen, daß er sich Sorgen um sie machte. Warum mußte sie ihn immer mißverstehen? »Mein liebes, kleines Mädchen«, murmelte er zärtlich, »ich meinte es nicht böse. Vielleicht hätte ich besser sagen sollen, daß keine romantische Heldin im Augenblick höchster Tragik je schöner ausgesehen hat!«

Adrienne schüttelte den Kopf. »Sie verstehen einfach nicht, was ich durchgemacht habe. Ich habe im Augenblick keinen Sinn für Plänkelei, so gut sie auch gemeint sein mag. Und jetzt lassen Sie mich bitte vorbei. Ich muß Hortie finden, damit sie mir ein anderes Zimmer hier in der Nähe bereiten läßt.« Sie schloß kurz die Augen und schluckte. »Vielleicht ist sie ja auch so lieb und holt meine Sachen aus dem anderen Zimmer heraus. Ich . . . ich glaube nicht, daß ich es noch mal betreten möchte!«

»Warum kann ich Ihnen nicht helfen? Was glauben Sie, warum ich hier stehe?«

Sie sah mit leichtem Erstaunen zu ihm auf.

»Sie setzen sich einfach hier hin, und ich kümmere mich um alles.« Sanft nahm er sie am Arm und führte sie zu Lady Thomasinas Lieblingssessel, der über und über mit ihrem Puder bestreut war. »Ruhen Sie sich einfach aus. Schließen

Sie die Augen, und wenn Sie sie wieder öffnen, warten Ihr neues Zimmer und ein heißes Bad auf Sie!«

»Oh. Das wäre ... wundervoll.« Adriennes Miene wurde wieder düster. »Ist der Constable schon da?«

»Nein. Ich habe erst vor einer knappen Stunden einen Boten zu ihm geschickt, also kann er noch nicht so bald hier eintreffen. Können Sie sich auch denken, wer es wohl sein wird? Ganz bestimmt Frakes-Hoggs Freund, der stämmige Bursche, der neulich in Winchester seine Partei ergriffen hat.«

»Oh, nun ja, daran können wir wohl nichts ändern. Zumindest ist Frakes-Hogg tot, so daß die Gefahr vorbei ist. Ich denke, der Constable kann ohnehin nichts anderes unternehmen, als die Fakten aufzuschreiben, und die könnten ja nicht eindeutiger sein, nicht wahr? Dann wird er wieder verschwinden und uns in Ruhe lassen. Ich möchte nur noch auf sauberen, duftenden Laken schlafen, und wenn es geht, gleich tagelang ...«

»Eine gute Idee. Nun versuchen Sie, sich ein wenig zu entspannen. Ich bin gleich zurück.«

Es gab so vieles, was er ihr gerne gesagt hätte, aber es mußten noch einige andere Dinge erledigt werden, bevor Adrienne zuhören konnte. Nachdem Nathan ihr das Zimmer neben dem seinen ausgesucht und ihre Sachen hinübergebracht hatte, nahm er sich die Zeit, noch einmal über alle Einzelheiten, die mit Walter Frakes-Hoggs Tod zusammenhingen, nachzudenken. Irgend etwas paßte einfach nicht richtig. Als er noch einmal in ihr Zimmer zurückkehrte, um nachzusehen, ob er auch nichts vergessen hatte, starrte er eine lange Weile auf den häßlichen dunklen Fleck, der trotz aller Anstrengungen der Zimmermädchen noch immer zu sehen war. Anschließend wandte er sich Adriennes Bett zu. Das Kissen klemmte zwischen Wand und Bett, und die Laken waren von der Matratze geschoben. Die leinenen Stoffstreifen, mit denen Adrienne gefesselt worden war, lagen überall verstreut herum. Lieber Gott, was hatte dieses Ungeheuer ihr schon alles angetan, bevor Harms ihn gestört hatte?

Es machte Nathan wild, wenn er nur daran dachte, daß ein oberflächlicher, dümmlicher Dandy wie Harms zum Helden geworden war, während er, Nathan, nichtsahnend im Zimmer gegenüber geschlafen hatte. Aber es war besser zu verarbeiten, wenn er sich bewußt machte, wie verzweifelt Adrienne die Hilfe gebraucht hatte! Die Erkenntnis, daß Frakes-Hogg sie vergewaltigt und vielleicht sogar getötet hätte, wenn niemand ihn unterbrochen hätte, sandte Nathan einen eiskalten Schauder das Rückgrat hinab.

Er wußte, daß er tatsächlich den Edelmut aufbringen und Huntsford Harms danken sollte, aber er wußte genauso, daß er die Worte einfach nicht herausbringen würde. Eine innere Stimme sagte ihm, daß es noch ein paar Geheimnisse aufzudecken gab. Er hoffte nur, daß ihm genau das gelingen würde, bevor noch etwas geschah ...

»Sie hätten ein wenig schlafen sollen«, sagte er zu Adrienne, als er erneut das Wohnzimmer von Lady Thomasina betrat. Sie stand an dem Fenster, an dem er sich eine Weile zuvor den Sonnenaufgang angesehen hatte. »Haben Sie keine kalten Füße? Kommen Sie, ich bringe Sie in das neue Zimmer. Es wird Ihnen gefallen.« Mit freundlicher Miene und sanften Berührungen steuerte er sie auf die Tür zu. »Es liegt auf der anderen Seite des Korridors, wo man mehr von der Sonne hat, und es ist gerade weit genug von den Räumlichkeiten Ihrer Ladyschaft entfernt, daß Sie nachts eine Ausrede haben, nicht zu ihr zu gehen, wenn sie klingelt.«

Unwillkürlich lächelte Adrienne, doch ihre Augen blickten ins Leere. »Ich mag Lady Thomasina wirklich, wußten Sie das? Ich habe schon ein schlechtes Gewissen, weil wir beide uns so oft über sie lustig gemacht haben.«

»Ich fürchte, Sie werden langsam zu gut für diese Welt,

liebes Kind. Bald kommen Sie noch auf die Idee, in ein Kloster einzutreten, und Ihr Vater wird glauben, daß ich Sie dazu getrieben hätte.« So scherzhaft seine Bemerkung auch klang, Nathan war ernsthaft besorgt. Wie lange würde es dauern, bis Adrienne wieder das starrköpfige, impulsive, reizbare Wesen wurde, das er kennengelernt hatte? Oder hatte Frakes-Hoggs Tat ihren Esprit, ihre Freude am Leben vernichtet? »Adrienne, bitte vergessen Sie nicht, daß ich Ihr Freund bin. Und denken Sie auch daran, daß die scheußliche Erinnerung mit der Zeit verblaßt. Nicht jeder Tag wird so schwarz wie dieser sein. Aber Sie müssen auch darum kämpfen, das Licht am Ende des Tunnels zu erreichen!«

Nachdem sie das Zimmer verlassen hatten, öffnete sich die Tür zu Lady Thomasinas Schlafzimmer, und die alte Dame steckte den Kopf heraus. »Hast du das gehört, Angus? Er versucht, sich wieder zwischen sie und Hunty zu drängen!« Sie sah nach dem Terrier, der mit einem verdreckten Finger des Handschuhs in seiner Schnauze zu ihr hinüberwackelte. »Aber das lasse ich nicht zu, glaub mir! Ich will, daß die beiden heiraten, und da lasse ich mich auch nicht umstimmen. Ach, das wird einfach wundervoll! Ich habe mir überlegt, daß ich sie Addie nenne, wenn sie erst meine Tochter ist. Wir werden den ganzen Tag lang nur lesen, und sie wird mir entzückende Enkel schenken. Und Hunty wird es nicht wagen, mich aus dem Schloß zu werfen!« Verträumt lächelnd tappte Lady Thomasina zu ihrem Frisiertisch und suchte nach dem kleinen Vorrat an alten Hühnerknochen, die sie für Angus in ihrem Zimmer aufbewahrte. »Da, nimm, mein Liebling. Aber werd' mir ja nicht wieder krank! So, und nun muß ich genau hinhören, wann Hortie das Badewasser zu Miss Beaus Zimmer bringt. Sie ist recht böse mit mir, weil ich sie in letzter Zeit vernachlässigt habe, aber ich werde ihr Vertrauen schon zurückgewinnen, und noch heute morgen fange ich damit an. Es gibt niemand anderen, der meine heimliche Botschaft an Hunty weitergeben kann, und ich darf keine Zeit verlieren!«

Angus hörte nicht hin. Als seine Herrin ihr Tintenfaß öffnete, eine abgeschabte Feder hineintauchte und hastig etwas auf ein Blatt Papier kritzelte, ließ sich der Terrier auf ihren Röcken nieder und begann, an seinem Knochen zu nagen.

Adrienne blickte sich mit schwachem Lächeln in ihrem neuen Schlafzimmer um. »Es gefällt mir. Es ist heller und schöner, obwohl es eine gründliche Reinigung nötig hat. Vielen Dank für Ihre Hilfe, Nathan.« Sie öffnete die Tür ein Stück weiter – eine eindeutige Geste, daß er nun bitte gehen sollte.

Es wäre besser gewesen, das Gespräch zu führen, wenn sie neue Kraft geschöpft und wieder Lebensmut gefaßt hatte, aber die Zukunft war zu ungewiß. »Ich weiß, daß Sie sehr müde sind, aber ich glaube, daß wir dennoch miteinander reden sollten. Bitte . . ., würden Sie sich für einen Moment setzen? Ich gehe, sobald Hortie mit dem Wasser erscheint.«

»Sie haben nach ihr geschickt?«

»Ja. Gott, Adrienne, Sie sind so blaß. Jedesmal, wenn ich Sie ansehe, tut es mir in der Seele weh!« Er schüttelte den Kopf, während er nach den richtigen Worten suchte.

Adrienne setzte sich auf einen Stuhl am Fenster, während er sich auf die Truhe an der gegenüberliegenden Wand hockte. Sie seufzte. »Es hat keinen Sinn, in Selbstmitleid zu versinken, nicht wahr? Niemand von uns kann ändern, was geschehen ist. Ich sage mir immer wieder, daß ich dankbar sein sollte. Ich bin am Leben, Walter ist tot. Ich bin nun in Sicherheit, und das wird auch so bleiben.«

»Dank des lieben Hunty«, sagte er beißend.

»Ja, ganz richtig!« Endlich hatte er ihr einen Grund gegeben, lauter zu werden. »Ich schulde ihm mein Leben, ob es Ihnen gefällt oder nicht, und ich lasse nicht zu, daß Sie ihn in meiner Gegenwart noch einmal so herunterputzen. Ich nehme Ihre gemeinen Bemerkungen von nun an nicht mehr hin!«

»Sie . . . nehmen nicht . . . mehr hin?« Nathan konnte es nicht fassen. »Was zum Teufel hat er mit Ihnen gemacht? Hat er einen Zauber über Sie gesprochen?«

»Wie oft muß ich Sie noch daran erinnern, daß Huntsford mir das Leben gerettet hat? Allein das ist schon Grund genug, in Zukunft auf seiner Seite zu stehen, aber abgesehen davon gebe ich gerne zu, daß wir seit einiger Zeit so etwas wie Freunde sind. Als ich die Gelegenheit hatte, ihn allein – das heißt ohne seine oberflächlichen Freunde und *Sie*, Mister – kennenzulernen, habe ich festgestellt, daß er ein liebenswerter Mensch ist. Außerdem behandelt er mich wie ein kostbares Juwel!«

»Oh, lieber Himmel, jetzt sagen Sie bloß nicht, daß Sie sich von Süßholzraspelei betören lassen! Ich hätte gedacht, daß eine Frau, die so schön und intelligent ist wie Sie, über derart albernen Dingen steht!«

»Da, sehen Sie? Bei Ihnen ist die Unfreundlichkeit anscheinend im Wesen verankert, Mr. Essex.« Adrienne wandte den Kopf, um aus dem Fenster zu sehen. Ihre Augen waren traurig. »Ich denke, jede Frau freut sich über freundliche Worte und Komplimente. Ich komme langsam zu dem Schluß, daß Sie neulich . . . neulich nachts richtig gehandelt haben. Auf diese Art und Weise ist unser Verhältnis nun klar definiert.«

Nathan hatte das Gefühl, gegen eine Wand zu rennen, in welche Richtung er sich auch immer bewegte. Vielleicht war es Zeit, schlichtweg ehrlich zu sein. Er trat auf sie zu und ließ sich auf ein Knie nieder. »Adrienne, es tut mir leid.«

»Das freut mich, aber noch lieber wäre mir, wenn Sie mich einfach in Ruhe ließen. Nun, da Walter tot ist, können

Sie doch nach London zurückkehren . . . oder wo auch immer Sie hergekommen sind!«

»Das meinen Sie nicht ernst!« Er nahm ihre Hände in seine und versuchte, auch ihren Blick einzufangen. »Sehen Sie mich an. Bitte. Es tut mir leid, wenn ich mit Ihrem . . . Freund Huntsford zu grob umgegangen bin. Vielleicht bin ich eifersüchtig –«

»Ich wünschte, Sie würden es einfach gut sein lassen und dankbar sein, daß ich nicht länger in Gefahr bin.« Adrienne versuchte, das Beben ihrer Hände zu unterdrücken und die aufsteigende Röte in ihren Wangen niederzuzwingen, aber es gelang ihr nicht. »Oh, Nathan, warum müssen Sie alles so schwierig machen?«

»Weil Ihnen das Leben sonst zu langweilig wäre, meine Liebe. Wußten Sie das noch nicht?«

Sie konnte nicht verhindern, daß ein Lächeln auf ihren Lippen erschien. »Nun ja, vielleicht bin ich seit gestern ein wenig erwachsener geworden. Wenn Sie hierbleiben, müssen Sie mit Huntsford Frieden schließen. Allerdings haben Sie mir noch nicht gesagt, warum ich wohl noch Ihren Schutz brauchen sollte.«

»Ich bin mir noch nicht sicher, ob die Gefahr wirklich vorbei ist.«

»Was in aller Welt soll denn das heißen?«

»Haben Sie eine einzige der Fragen, die ich gestern Huntsford gestellt habe, mitbekommen? Vieles von dem, was geschehen ist, erscheint mir irgendwie faul, um es milde auszudrücken . . .«

»An Walter Frakes-Hogg war alles faul. Was können Sie denn noch meinen?«

Als Nathan wieder auf die Füße kam, wählte er seine Worte sorgfältig. »Was Walter Frakes-Hogg betrifft, bin ich ganz und gar Ihrer Meinung. Er war von Grund auf schlecht. Dennoch begreife ich nicht so recht, wie er ins Haus gekommen und zielsicher in Ihr Zimmer gelangt ist.

Außerdem stellt sich die Frage, was Huntsford Harms in unserem Flur zu suchen hatte, obwohl er wußte, daß wir alle schlafen. Ich kann mich nicht erinnern, ihn je zuvor in diesem Teil des Hauses gesehen zu haben, gestern abend war er aber gleich zweimal hier.«

»Was macht das für einen Unterschied? Warum sollten wir uns darum kümmern, wo er nachts herumstreunt, wenn seine zufällige Anwesenheit mich gerettet hat?«

»Fanden Sie nicht auch, daß seine Erklärung, woher er den Dolch hatte, sich ein wenig ... komisch anhörte?«

Die wachsende Verwirrung zehrte an Adriennes Nerven. »Wo bleibt Hortie denn? Ich verstehe nicht, warum es so lange dauert! Vielleicht wartet sie ja darauf, daß ich mir mein Bad selbst bereite!« Adrienne sprang auf die Füße und versuchte, an Nathan vorbeizugehen, aber er packte sie am Handgelenk. Ihre Körper waren nur ein kleines Stück voneinander entfernt, als sie ihn verzweifelt ansah. »Warum stellen Sie mir all diese Fragen? Ich verstehe Sie einfach nicht! Wenn Sie auch nur irgend etwas für mich empfinden, dann müßten Sie doch alles daran setzen, mich zu beruhigen, statt mich noch länger zu quälen!«

Es war, als würde in seinem Inneren eine Mauer einstürzen. Sich einzugestehen, daß er sehr viel für sie empfand, war alles andere als ein angenehmes Gefühl, doch ihr Schmerz machte es im Moment unbedeutend. »Vielleicht fällt es Ihnen schwer, es zu begreifen, aber ich sage dies alles nur, weil ich Sie ... sehr gern habe ...«

»Oh. Dann haben Sie aber eine merkwürdige Art, mir das zu zeigen.« Dennoch war sie betroffen von seiner Offenheit und ihrer eigenen Reaktion: Ihr Herz setzte einen Schlag aus. Seine Finger, die noch immer ihr Handgelenk hielten, waren warm. »Hören Sie, Nathan, ich kann einfach nicht –«

»Miss Beau? Ah, da sind Sie ja, mein armes Kind!« Es

war Lady Thomasina, in üppige Lagen Samt und Seide gehüllt, die im Türrahmen erschien.

Adrienne wich rasch von Nathan zurück, und er ließ ihre Hand los. »Mylady! Ich hoffe, Sie sind nicht böse, daß ich mir dieses Zimmer genommen habe. Nathan meinte, es sähe unbewohnt aus.«

»Böse? Unsinn.« Ganz das personifizierte Wohlwollen, trat die alte Lady ein. »Ich bin allerdings ein wenig überrascht, lieber Nathan, Sie hier allein mit Miss Beau anzutreffen. Finden Sie nicht auch, daß es in Anbetracht der gestrigen Ereignisse nicht ganz schicklich ist? Wie auch immer«, fuhr sie fort, während sie seinen Protest mit einer Handbewegung abwehrte, »ich bin hergekommen, um Ihnen etwas Wichtiges mitzuteilen. Ich war gestern nacht so schockiert von dem Anblick des scheußlichen Leichnams, daß ich mich nicht zu Wort gemeldet habe, als Sie den armen Hunty über die Gründe befragt haben, die zu der heroischen Rettung von Miss Beau führten.«

Höchst mißtrauisch betrachtete Nathan die alte Frau. »Und was haben Sie ›vergessen‹, mir zu sagen?«

»Nun, daß Hunty bei mir war, natürlich. Er war gekommen, um ein bißchen von Sohn zu Mutter zu plaudern, und er hatte mir gerade gute Nacht gewünscht, als er an Miss Beaus Zimmer vorbeiging.« Sie sah ihm direkt in die Augen. »Genauso war es.«

Adrienne war unglaublich erleichtert. »Da, sehen Sie?« Sie wirbelte zu Nathan herum. »Sind Sie nun zufrieden?«

»Im Augenblick vielleicht.« Es hatte keinen Sinn, diesen Punkt in Frage zu stellen. Er hatte nur dann eine Chance, Adrienne zu überzeugen, daß Huntsford Harms nicht der war, der zu sein er vorgab, wenn er einen handfesten Beweis in den Händen hielt. »Ich denke, daß der Constable jeden Moment eintreffen wird. Ich werde unten auf ihn warten.«

»Könnten Sie auf dem Weg nach Hortie sehen?« Noch

bevor Adrienne ihre Bitte ausgesprochen hatte, trat die dürre Zofe ein. Sie trug eine Sitzbadewanne und wurde von einer Reihe Lakaien gefolgt, die Eimer mit heißem Wasser schleppten. »Oh, endlich! Ich sehne mich nach einem Bad, seit . . .« Ihre Stimme verebbte.

Als er den Schmerz in ihren Augen sah, zögerte Nathan. Doch bevor er auf sie zugehen konnte, betrat der nächste Gast das Zimmer. Huntsford Harms schob sich an seiner Mutter vorbei und marschierte geradewegs zu Adrienne.

»Meine Liebe. Ich habe mir solche Sorgen um Sie gemacht.« Er war heute weit dezenter gekleidet, als üblich: keine kompliziert gebundene Krawatte, kein bis zum Kinn hochgezogener Kragen, keine glänzend polierten Schaftstiefel. Statt dessen trug Huntsford für seine Maßstäbe schlichte Reitkleidung, und sein Haar war auf lässige Art und Weise zurückgekämmt. »Wie fühlen Sie sich heute morgen? Ein wenig besser?«

Lady Thomasina gesellte sich zu dem Paar, und sie und ihr Sohn überschütteten Adrienne mit sorgenvollen und tröstenden Worten. Und während Nathan sie beobachtete, erwachte in ihm ein hilfloser Zorn. Was sollte er tun? Es schien keine einfache Lösung zu geben . . .

Aber er konnte auch nicht aufgeben – und dies aus mehr Gründen, als er sich im Augenblick eingestehen wollte. »Adrienne?« sagte er von der Türschwelle aus. »Ich gehe hinunter und warte auf den Constable.«

Huntsford wandte sich zu ihm um. »Das ist nicht nötig, alter Junge. Ich wußte, daß es für Adrienne schwer werden würde, die Geschichte zu erzählen, und so bin ich heute sehr früh hinuntergegangen und habe den Constable abgepaßt. Er hat eingesehen, daß Miss Beau nicht weiter belastet werden sollte, da der Ausgang des Geschehens ohnehin unvermeidlich war.«

Nathan war wie vom Donner gerührt. »Harms, Sie

wußten, daß ich mit dem Constable reden wollte. Sie hatten kein Recht, ihn einfach so wieder wegzuschicken.«

»Wieder einmal setzen wir sehr unterschiedliche Prioritäten, Mr. Essex. Sie wollen um jeden Preis nach Verbrechen suchen, wo es keine gibt, während ich mich in erster Linie um das Wohlergehen dieser wunderschönen Blume hier sorge. Solange Sie auf dieser Sache herumhacken, wird sie nie zur Ruhe kommen.« Er brach ab, um seine Worte einwirken zu lassen, und deutete mit ausgestrecktem Arm anschuldigend auf Nathan. »Ich bestehe darauf, daß Sie aufhören, unserer lieben Adrienne weiteren Schmerz zuzufügen.«

Nathan trat mit vor Wut blitzenden Augen auf Huntsford zu. »Sie sind doch nichts als ein selbstherrlicher, lächerlicher –«

»Nein!« Mit Tränen in den Augen trat Adrienne zwischen die beiden. »Nathan, gehen Sie doch einfach! Ich will Sie nicht, und ich brauche Sie auch nicht in meiner Nähe!«

Kapitel 13

»Ich denke, der Bursche ist einfach ein wenig unausgeglichen«, bemerkte Huntsford, während er den Kopf aus der Tür steckte, um sicherzugehen, daß Nathan nicht mehr in der Nähe war. »Ich meine, also wirklich!« Er zog eine Grimasse und verdrehte die Augen. »Es ist doch kaum zu glauben, daß sich jemand so abscheulich benimmt.«

»Ich . . . ich glaube, er meint es nur gut. Was mich betrifft, meine ich«, sagte Adrienne.

»Sie sind viel zu vertrauensvoll, Liebes. Was wissen Sie denn wirklich von ihm? Ihr Vater könnte ihn aus Verzweiflung heraus engagiert haben, und wir haben nun vielleicht die übelste Sorte Verbrecher in unserer Mitte.«

»Heiliger Strohsack!« Lady Thomasina wackelte zum Bett hinüber und ließ sich darauf sinken. »Hunty kann durchaus recht haben. Vielleicht setzt Nathan seinen Charme nur ein, um unser Vertrauen zu gewinnen.«

»Das kann ich mir einfach nicht vorstellen!« Adrienne schüttelte stur den Kopf.

»Nun, meine schöne Blume, dennoch scheint es mir sinnvoll, in Zukunft bezüglich Nathan Essex ein wenig mißtrauischer zu sein. Man kommt doch unwillkürlich auf den Gedanken, daß er versucht, mich schlechtzumachen, um von seiner eigenen Person abzulenken . . .«

Adrienne starrte ihn entsetzt an. Sie brachte kein Wort heraus.

»Hunty, Liebling!« Seine Mutter öffnete ihren Fächer und wedelte ihn vor ihrer Brust hin und her, bis ihr abgestandener Geruch das Zimmer ausfüllte. »Meinst du das wirklich?«

Er zuckte die Achseln. »Das war ja nur ein Gedanke. Ich meine, könnte es nicht möglich sein, daß Essex die Person war, die Frakes-Hogg geholfen hat, Sie zu fesseln, Adrienne? Oje, jetzt habe ich Sie erschreckt! Wie gedankenlos von mir. Oh, bitte, vergessen Sie alles, was ich gesagt habe! Ich verspreche, es nie wieder zu erwähnen, solange er tut, was Sie ihm befohlen haben, und sich von Ihnen fernhält.«

»Wie . . . wie ich befohlen habe?« fragte sie verwirrt.

»Aber ja, Sie haben ihm doch gesagt, er solle gehen, oder nicht? Nun, ich habe angenommen, daß er nun ohnehin abreist, da Frakes-Hogg ja tot ist und Sie seines Schutzes nicht mehr bedürfen.«

»O ja.« Adrienne war wie betäubt. »Ich möchte Sie beide bitten, jetzt zu gehen, bevor das Wasser abkühlt. Noch einmal vielen Dank für Ihre Freundlichkeit, Mylady.« Sie nickte Huntsford zu und spürte, wie ihre Wangen warm wurden. »Und Ihnen auch vielen Dank.«

Er nutzte die Chance und beugte den Kopf, um ihre Hand zu küssen. »Es war mir eine Ehre, meine Liebe.«

Lady Thomasina ließ sich von ihrem Sohn auf die Füße helfen und verließ, auf ihn gestützt, das Zimmer. Hortie, die die Temperatur des Wassers geprüft und ein wenig Rosenöl hinzugefügt hatte, gesellte sich zu ihnen. Sie wischte sich die Hände an der Schürze ab und wandte sich an der Tür noch einmal um. »Das Bad tut Ihnen bestimmt gut, Miss. Danach geht's Ihnen schon besser, glauben Se mir.«

Leicht überrascht schaute Adrienne auf. Hortie hatte sie zum ersten Mal mit einem Hauch Wärme, ja vielleicht sogar Mitgefühl angesprochen.

Adrienne lächelte unsicher. »Ich wünschte, daß Wasser und Seife ausreichen würden, um all das, was geschehen ist, wegzuspülen.«

Hortie schien noch etwas sagen zu wollen, doch ihre beiden Arbeitgeber warteten draußen. Sie ging hinaus in den Flur, schloß die Tür und marschierte davon. Huntsford und Lady Thomasina folgten langsam nach, während sie miteinander flüsterten.

»Das war ein genialer Schachzug, liebster Sohn.«

»Essex in Mißkredit zu bringen, meinst du?« Er grinste selbstzufrieden. »Ja, das finde ich auch.«

»Ich habe noch eine Idee, wie wir Miss Beau weiter an uns binden, und ich werde sie in Kürze in die Tat umsetzen.« Lady Thomasina wartete, bis Hortie auf der Dienstbotentreppe verschwunden war. »Wir sollten wirklich nicht herumtrödeln, Hunty. Im Augenblick ist Miss Beau schwach und verwirrt, und Nathan ist definitiv in Ungnade gefallen. Aber das Blatt kann sich jeden Moment wieder zu seinen Gunsten wenden.«

»Wenn mir nur etwas einfallen würde, wie ich ihn loswerden kann.«

»Nun, mein Lieber, man weiß nie, was alles passiert. Jetzt, da du sie daran erinnert hast, daß sie seine Abreise wünscht, wird er wohl kaum eine andere Möglichkeit haben.«

»Wenn der Kerl nur ein bißchen Verstand hat, dann muß er doch sehen, daß die Schlacht verloren ist. Er ist hier einfach nicht mehr erwünscht.«

»Genau. Komm und laß uns Tee trinken. Dann können wir weiter Pläne schmieden.«

Lady Thomasina betrat ihr Wohnzimmer, während ihr Sohn zögernd an der Tür stehenblieb. Er hatte wenig Lust, noch länger die Gesellschaft seiner Mutter zu erdulden, zumal Lady Clair gedroht hatte, nach London zurückzukehren, wenn er ihr nicht etwas mehr Aufmerksamkeit schenkte. Deswegen hatte er geplant, in den engen Zeitplan heute morgen ein kurzes Schäferstündchen in Clairs Bett einzuschieben. »Mammi, würde es dir viel ausmachen, wenn ich –«

Lady Thomasina wandte den Kopf und bedachte ihn mit einem durchdringenden Blick. »Ich schlage vor, daß du im Hinterkopf behältst, was wirklich wichtig ist. Ich bin kein Mensch, den du einfach nach Bedarf fallenlassen kannst.«

Jahrelang hatte Lady Thomasina alles versucht, um ihren erwachsenen Sohn an sich zu binden. Nun, da ihr das Schicksal eine Möglichkeit geliefert hatte, konnte sie es sich nicht leisten, das Risiko einzugehen und die Zügel lockerzulassen. Sie ließ sich in ihrem Sessel nieder, und er schloß mit einem resignierten Seufzer die Tür und setzte sich zu ihr.

Zum ersten Mal in seinem Leben war Nathan Raveneau mit Problemen konfrontiert, die er nicht lösen konnte. Er wußte nicht, was er mit Adrienne oder den ränkeschmiedenden Harms' anfangen sollte, und er verfluchte die Tatsache, daß Nicholai Beauvisage in Frankreich lebte. Hätte er seine Residenz in England gehabt, hätte Nathan

Adrienne einfach packen und in die Sicherheit ihres Zuhauses bringen können.

Dann hätte er sie allerdings auch nicht mehr sehen können. Und da Adrienne noch nicht einundzwanzig war, würde er das Land auf Barbados auch nicht bekommen.

Nach der häßlichen Szene in Adriennes Zimmer wanderte er rastlos wie ein eingesperrter Tiger durch die Korridore. Die Luft im Schloß erschien ihm dumpf, und er sehnte sich nach dem Sonnenlicht und dem Wind, den er an Deck der *Golden Eagle* gewohnt war. Also begab Nathan sich schließlich zu den Stallungen und überredete einen der Jungen, ihm einen temperamentvollen, schiefergrauen Hengst zu überlassen.

Es war ein unglaublich befreiendes Gefühl, im wilden Galopp über die sanften grünen Hügel zu jagen. Der Hengst sprang über Bäche und Mauern, und Nathan brüllte jedesmal vor Freude, wenn das Tier erneut abhob und mit fliegender Mähne über die Hindernisse setzte. Als es Zeit wurde umzukehren, fühlte er sich schon sehr viel besser.

»Wie heißt er?« fragte er den Stallburschen, als er vom Rücken des Pferdes glitt.

»Ich glaube, er hat gar keinen Namen. Der Kutscher hat ihn auf der Straße nach Southampton eingefangen.«

»Im Ernst?« Nathan schüttelte den Kopf. »Er gehört zwar nicht mir, aber da sich niemand genug um ihn gekümmert hat, um ihm einen Namen zu geben, tue ich es. Ich nenne ihn Runaway.«

Bevor der Stallbursche etwas erwidern konnte, trat Hortie aus dem Dunkel der Boxengasse. Die Miene auf ihrem normalerweise verkniffenen Gesicht war seltsam selbstzufrieden. »Mr. Essex? Ich unterbrech' nur ungern, aber ich hab' nich' viel Zeit. Man wird mich im Schloß vermissen, wenn ich mich nich' beeile.« Da sie sah, daß er nicht begriff, was das mit ihm zu tun hatte, fuhr sie rasch fort: »Ich muß Ihnen was Wichtiges erzählen . . . unter vier Augen.«

Nathan hätte Unterstützung aus jeder Partei akzeptiert. Er sagte dem Stallburschen, daß er zurückkehren würde, um sich um Runaway zu kümmern, dann ging er voran aus den Ställen hinaus, umrundete sie und drehte sich an der alten, mit Rosen überwucherten Mauer zu Hortie um. »Nun? Was gibt's, Hortie?«

»Ich hab' ein paar Dinge gehört, die Sie, wie ich finde, erfahren sollten.«

»Und warum willst du mir helfen?«

»Ich bin's leid, nach all den Jahren, die ich hier diene, behandelt zu werden, als wär' ich 'n Möbelstück. Seit Sie und Adrienne gekommen sind, bin ich vergessen!« Hortie wedelte den Zeigefinger vor seinem Gesicht hin und her. »Das is' ungerecht, Sir. Natürlich will ich Sie damit nich' beleidigen.«

»Ich habe es auch nicht so aufgefaßt, glaub mir.«

»Auch gegen Miss Beauvisage habe ich nichts, aber ich will nich', daß sie hierbleibt. Wenn ich Ihnen helfe, dann gehen Sie ja vielleicht beide fort, und alles wird wieder so, wie es mal war. Wenn sie bleibt, wie Ihre Ladyschaft und Seine Lordschaft das wollen, dann werd' ich wohl nie wieder meinen rechtmäßigen Platz einnehmen.«

»Was meinst du mit Bleiben oder Gehen?«

»Sie schmieden Pläne, wie sie das Mädchen hierbehalten können. Ich hab' sie gehört, als sie dachten, daß ich nichts mitkriege –«

»Vielleicht fängst du besser ganz von vorne an«, schlug Nathan vor.

Hortie nickte. »Ja. Tja also . . . Als Sie das Zimmer verlassen haben und ich mit dem Bad beschäftigt war, sagte Seine Lordschaft, daß er Ihnen nich' traut und daß Sie vielleicht versuchen, den Verdacht auf ihn zu lenken, damit niemand auf die Idee kommt, daß *Sie* was damit zu tun haben.«

Nathan blinzelte, dann rieb er sich bedächtig die Augen. »Himmel, er ist ja gerissener, als ich dachte.«

»Ja, Sir. Und es war ’ne Gemeinheit, weil Miss Beauvisage immer verwirrter wurde, das konnte man sehen. Außerdem hat er sie dann daran erinnert, daß sie Ihnen gesagt hat, Sie sollen das Schloß verlassen, und er hat sie richtig gedrängt, daß sie darauf auch besteht.«

»Und was ist danach passiert?«

»Tja, ich sollte wohl noch dazusagen, daß Ihre Ladyschaft keinen Finger gerührt hat, um Sie in Schutz zu nehmen, was mich überrascht hat, weil sie Sie eigentlich sehr gerne mag. Aber als wir dann alle draußen im Flur waren, hörte ich sie reden, und dann hat’s auf einmal Sinn gemacht. Sie will unbedingt, daß ihr Sohn Miss Beauvisage heiratet, und deswegen will sie Sie wohl loswerden.«

Nathan sah die Zofe verdattert an. »*Heiraten*? Hortie, hast du dir einen Sherry genehmigt? Ich kann mir wirklich nicht vorstellen –«

»Ich weiß doch, was ich gehört hab’!« Sie straffte die Schultern und drückte empört ihre flache Brust heraus. »Ihre Ladyschaft flüsterte, daß sie schnell handeln müßten, da Sie nämlich aus dem Rennen sind und Miss Beauvisage im Augenblick verwirrt ist. Und Seine Lordschaft sagte, er wünschte, daß er Sie einfach aus dem Weg schaffen könnte.«

»Hortie, wie kann ich dir jemals danken?«

»Nun . . .« Sie sah ihn kokett an und klimperte mit ihren Wimpern. »Mir würden da schon ein paar Dinge einfallen . . .«

»Ich fürchte, ich bin hoffnungslos treu, und meine Liebe gehört jemand anderem.« Er schaffte es, ihre Wange zu berühren und zu lächeln. »Also laß uns lieber über etwas anderes nachdenken. Ich könnte ein paar Guineas zusammenkratzen . . .«

»Ich denke, das ist in Ordnung«, erwiderte sie und grinste dann. »Schließlich müssen wir uns beide unser Geld sauer verdienen, nich' wahr? Ich geh' jetzt besser. Wiedersehen, Sir.«

Als sie fort war, setzte sich Nathan auf das abbröckelnde Ende der alten Mauer und dachte nach. Wenn sowohl Lady Thomasina als auch ihr unmöglicher Sohn gegen ihn Pläne schmiedeten, dann würde es nur noch schwieriger werden, Adriennes Vertrauen zurückzugewinnen. Vielleicht lag die Lösung nicht darin, daß er sich gegen sie stellte und endlos mit Adrienne stritt. Vielleicht würde er mehr erreichen, wenn er den beiden die Bälle zuspielte.

Ganz sicher war es an der Zeit, seine Strategie zu ändern. Was hatte er schon zu verlieren?

Am nächsten Morgen erwachte Adrienne von dem Zwitschern der Vögel in der großen Eiche vor ihrem Fenster. Trotz der frühen Stunde drang die Sonne bereits in ihr Zimmer. Mochten die Wände auch rissig sein und die Farbe abblättern, so war dieses Zimmer doch in der Tat heller und freundlicher als ihr altes, und ihre Mutter behauptete immer, daß Sonnenschein Wunder wirke, wenn es darum ging, die Lebensgeister zu wecken.

Seufzend drehte sie sich auf die Seite und wünschte sich, daß doch ein Wunder geschehen mochte. Ihr war, als würde ein schweres Gewicht auf ihrer Brust lasten.

»Miss Beauvisage?« Horties Stimme wurde von einem lauten Klopfen gefolgt. »Sind Sie noch nich' wach? Es ist schon nach acht.«

»Komm rein, Hortie.« Sie setzte sich auf, um die Kammerzofe zu begrüßen.

»Sie sollen um neun Uhr zum Frühstück runterkommen.«

Adrienne seufzte wieder. »Wahrscheinlich wird es mir guttun.«

»Ja, Miss.«

Adrienne stand auf und zog sich ein crèmefarbenes Musselinkleid an. Im Augenblick hätte sie auch gerne eine Zofe gehabt, die ihr beim Ankleiden hätte helfen können. Sie hatte die Unabhängigkeit langsam satt. Vielleicht hatten ihre Eltern doch recht. Denn bei all ihren großspurigen Erklärungen, sie könne ihr Leben alleine regeln, war sie wohl doch nicht so stark und so unbekümmert, wie sie immer behauptet hatte.

Wenn sich wenigstens die Beziehung zu Nathan nicht so entwickelt hätte, wie sie jetzt war. Vor noch nicht allzu langer Zeit hätte sich Adrienne ohne Mühe vorstellen können, zu ihm zu gehen, sich bei ihm auszuweinen und ihm zu erlauben, sie zu trösten. Doch nun . . .

Als sie auf den Speisesaal zuging, traf sie Huntsford Harms, der sie mit ausgestreckten Armen begrüßte. »Mein liebes Kind! Wie schön, Sie auf den Füßen zu sehen. Hätten Sie Lust, nachher einen Spaziergang zu machen?«

»Ja, das wäre nett!« Und es *war* nett, sich in Huntsfords Aufmerksamkeit sonnen zu können. Er hatte noch nie etwas Unhöfliches zu ihr gesagt, und seine einzige Sorge schien ihr Wohlergehen zu sein. Im Augenblick war er der ideale Freund.

Sie nahm seinen Arm, als sie eintraten, doch ihr Lächeln verblaßte, als sie Nathan sah, der auf seinem üblichen Platz neben Lady Thomasina saß.

»Überrascht, mich zu sehen?« murmelte er. »Bin ich abgeschrieben, nun da Huntsford sich herabgelassen hat, mit uns zu frühstücken?«

»Warum müssen Sie immer so schwierig sein?« fragte Adrienne

»Sie hat recht, mein Junge.« Lady Thomasina warf ihm einen strafenden Blick zu. »Nehmen Sie ein bißchen Rücksicht auf Miss Beaus Gefühle. Sie ist im Augenblick doch nicht ganz beisammen.«

Nathan verstummte und erhob sich, um sich etwas von den ungenießbaren Speisen auf der Anrichte auf den Teller zu nehmen. Die Eier waren versalzen, und das Fleisch war zäh wie Leder, aber Nathan aß schweigend und ohne sich zu beschweren, während die anderen sich über den *Racing Calendar* und die neuen blauen Handschuhe, die sich Huntsford in Winchester machen ließ, unterhielten.

»Ich wußte einfach nicht, wann ich wieder nach London zurückkehren würde«, sagte Huntsford, während er in Adriennes Augen blickte. »Also dachte ich mir, warum nicht hier ein paar Handschuhe machen lassen? Es hat ja keinen Sinn, übermäßig auf Angus herumzuhacken. Mammi hat mir gesagt, daß er eine seltsame Vorliebe für blaue Sachen hat, also hat er mich gar nicht ärgern *wollen*, als er mir die Handschuhe abgenommen hat!«

Nathan konnte nicht widerstehen. »Sie scheinen mir aber nicht besonders überzeugt, alter Freund.«

Der andere Mann verengte die Augen, zwang sich dann aber um Adriennes willen zu einem Lachen. »Wie lustig. O Mammi, bevor ich es vergesse. Meine Gäste werden heute nachmittag nach Brighton abreisen. Offenbar veranstaltet Prinny eine Art Party im Royal Pavilion. Er war ja ziemlich teilnahmslos, seit Prinzessin Charlotte gestorben ist, und so wird das Fest allgemein als ein erstes Zeichen betrachtet, daß er sich langsam wieder erholt.«

»Sie kommen nicht zurück?« fragte Lady Thomasina.

»Nein. Nein, ich denke nicht.« Huntsford wandte sich wieder Adrienne zu. »Seit kurzem habe ich andere Interessen. Ihre Vergnügungen scheinen mir plötzlich so . . . oberflächlich.«

Nathan hatte zu Ende gegessen und lehnte sich nun in seinem Stuhl zurück, während er sich die Mundwinkel mit einer Serviette abtupfte. »Wie es scheint, sind wir wohl alle an einem Kreuzweg angekommen. Auch ich werde heute abreisen.«

»Was?!« rief Adrienne entsetzt.

»Sie haben mich gebeten zu gehen, wenn Sie sich erinnern, Miss Beau!« Langsam zog er eine Augenbraue hoch. »Und ich habe erkannt, daß Sie recht haben. Nun, da Walter Frakes-Hogg tot ist, gibt es keinen Grund mehr für mich, hierzubleiben. Im übrigen . . .« Er stand auf, schob den Stuhl zurück und verbeugte sich. »Im übrigen kommen Sie alle ja sehr gut ohne meine Einmischung zurecht, nicht wahr? Mir ist klar geworden, daß hier einer zuviel ist.«

»Sie sind ein kluger Mensch, mein lieber Nathan.« Lady Thomasina streckte ihm ihre fette, beringte Hand entgegen. »Sie werden mir dennoch fehlen.«

»Ich habe die Zeit in Ihrem Haus wahrlich genossen, Mylady.« Nathan ergriff ihre Hand und senkte den Kopf, um einen Kuß darüberzuhauchen. »Vielleicht sehen wir uns eines Tages wieder.«

Adrienne sprang auf, ohne nachzudenken. »Ich werde mit Ihnen hinausgehen. Um Ihnen Lebewohl zu sagen!« Sie wußte nur, daß sie Nathan *irgend etwas* sagen mußte – und das, ohne daß Huntsford dabei war.

Als sie draußen im Flur waren, blieb Nathan stehen und sah sie mit einem bittersüßen Blick voller Sehnsucht an. »Ich lasse mir ungern sagen, daß ich nicht mehr erwünscht bin.«

»Ich habe nicht geglaubt, daß Sie wirklich gehen würden.«

Er war überrascht über das bedrückende Gefühl, das sich in seiner Brust breitmachte. Seine Augen brannten. »Ich war es nur langsam leid, mich mit Ihnen zu streiten und mir vorwerfen lassen zu müssen, daß ich ein unfreundlicher Mensch bin. Ich muß mir einfach immer wieder sagen, daß Sie eine erwachsene Frau sind, die durchaus in der Lage ist, ihre . . . Zukunft selbst in die Hand zu nehmen.«

»Ja.« Irgendwie blieben ihr die Worte in der Kehle stekken. »Das bin ich wohl.«

»Ich habe einen ziemlich langen Ritt vor mir. Ich wäre

auch schon längst unterwegs, aber ich wollte mich anständig verabschieden.« Seine Hand berührte ihre Wange und glitt langsam tiefer, bis er ihr Kinn umfaßte. »Passen Sie um Himmels willen gut auf sich auf, kleines Biest«, flüsterte er. »Versuchen Sie bitte, nichts zu tun, was Sie nachher bereuen.«

Adrienne konnte nur nicken. Alles, was sie ihm so gerne gesagt hätte, durfte nicht gesagt werden, und so flüsterte sie nur: »Gute Reise.«

»Eigentlich glaube ich nicht an Abschied.« Nathan lächelte ein wenig bemüht. Der Wunsch, sie in die Arme zu ziehen und zu küssen, war unglaublich stark.

»Aber –« Adrienne zupfte an seinem Ärmel, brachte jedoch immer noch kein weiteres Wort heraus, und so nickte sie wieder nur. Als Nathan sich umwandte und davonging, versuchte sie, sich die Umrisse seiner breiten Schultern, seine langen muskulösen Beine und die feinen Löckchen in seinem Nacken einzuprägen. In ihrem Herzen war kein Platz mehr für noch mehr Kummer, und so sagte sie sich, daß er wiederkommen würde, daß es nicht einfach so vorbei war. Es *konnte* nicht einfach so vorbei sein!

In diesem Moment trat Huntsford hinter Adrienne. »Ich kann nicht behaupten, daß mir seine Abreise leid täte. Denken Sie nicht, daß unser Leben von nun an viel angenehmer sein wird?«

In den folgenden zwei Tagen gab es noch mehr Abschiedsszenen. Der Abreise von Lady Clair, Alistair, Lucy, dem Hund Peter und Sir Blake mitsamt seinen Gemälden ging viel Lärm und Getöse voraus, und als sie schließlich fort waren, wirkte das Haus unnatürlich still. Adrienne versuchte, sich abzulenken, indem sie in die Bibliothek zurückkehrte, aber die Lakeien machten ihre Arbeit inzwischen so gut, daß sie sich überflüssig fühlte.

Huntsford übernahm nur allzu gerne die Aufgabe, sie zu

unterhalten. Er brachte ihr jedes Kartenspiel bei, das er kannte, aber sie konnte sich für keines wirklich begeistern. Am zweiten Abend, gerade als Adrienne beinahe bei einer Partie Macao eindöste, schreckten sie beide hoch, als das Klingeln von Lady Thomasinas Glocke ertönte.

»Was ist denn nun los?« schnaubte Huntsford verärgert. Er fand diese Störung überaus lästig – gerade hatte er vorgehabt, eine Flasche Champagner bringen zu lassen und Adrienne vorzuschlagen, diese im mondhellen Wintergarten zu leeren.

Während sie zusammen die Treppe hinaufstiegen, überlegte Adrienne, warum sie so unzufrieden war. Ja, sie vermißte Nathan schrecklich, aber sie war entschlossen, ihn zu vergessen, und Mutter und Sohn gaben ihr Bestes, um sie glücklich zu machen. Lady Thomasina benahm sich im Augenblick, als wäre Adrienne ein seltener und hochgeschätzter Gast, während Huntsford sie mit einer Unmenge von süßen Worten, Komplimenten, exotischen Köstlichkeiten und exquisiten Weinen verwöhnte. In gewisser Hinsicht fühlte sie sich von Tag zu Tag heimischer in diesem alten Schloß, aber irgend etwas stimmte nicht.

Als sie den Flur erreichten, kam Hortie händeringend auf sie zugeeilt. »Gott sei Dank, daß Sie da sind!« Ihr Gesicht war noch weißer als sonst, und ihre Augen traten dunkel daraus hervor. »Ihre Ladyschaft hat einen schrecklichen Anfall!«

»Hölle und Teufel!« brüllte Huntsford. »Was für einen Anfall?«

»Einen Schlaganfall, fürchte ich. Vielleicht auch was Schlimmeres.«

Adriennes Herz setzte einen Schlag aus. Mit schlechtem Gewissen – sie hatte sich in den letzten Tagen wirklich nicht genug um Lady Thomasina gekümmert! – stürmte sie auf das Zimmer zu. Es war seltsam, aber sie hatte die merkwürdige alte Dame wirklich in ihr Herz geschlossen, und der Gedanke daran, sie auf dem Teppich ausgestreckt, vielleicht wild und unkontrolliert zuckend, vorzufinden, machte ihr furchtbare Angst.

Doch ihre Furcht war unbegründet, wie sie einen Augenblick später feststellte. Lady Thomasina lag, auf zwei dicke Kissen gestützt, in ihrem Bett. Kerzen brannten auf ihrem Nachttisch. Sie trug ihren silbernen Brokatturban und hatte sich die Wangen angemalt.

Adrienne eilte zu ihr. »Mylady, können Sie mich hören?«

Ihre Lider flatterten. »Miss ... Beau?« Sie tastete mit einer Hand nach Adrienne. »Endlich ... Sie sind da.«

»Ja, ich bin hier! Oh, es tut mir so leid, daß ich Ihnen in den vergangenen Tagen keine bessere Gesellschaft gewesen bin. Vielleicht hätte ich irgendwelche Anzeichen bemerkt ...«

»Ich habe selbst welche ... bemerkt, aber ich wollte ... euch keine Sorgen bereiten.« Sie brachte ein schwaches Lächeln zustande. »Will keine ... Last sein!«

Huntsford trat hinter Adrienne und berührte sie an der Taille. »Gott sei's gedankt! Sie lebt!«

»Ich ... ich glaube, ich habe nicht mehr viel Zeit ...«, krächzte Lady Thomasina. Im Hintergrund begann Hortie laut zu weinen. »Ich bin ja so ... so dankbar, daß Miss Beau nun ein Teil unserer Familie ist.«

Gerührt betrachtete Adrienne das fette Gesicht der alten Frau. »Es ist mir eine Ehre, daß Sie es so empfinden!«

»Ich sehe Sie ... als meine Tochter. Darf ich Sie ... Addie nennen?« Ihre Ladyschaft öffnete ein Auge, um Adrienne nicken zu sehen, dann tätschelte sie das Bett neben sich. »Setzen Sie sich zu mir, Addie.«

»Kann ich irgend etwas für dich tun? Irgendwie helfen?«

»Ja, Hunty ..., sei ein lieber Junge und setz dich neben Addie. Und, Hortie ... bring mir ein Glas Sherry.«

»Sherry?« fragte die Dienerin entrüstet. »Halten Sie das für eine gute Idee?«

»Ja, allerdings. Gehorch mir doch bitte freundlicherweise«, fauchte Lady Thomasina, bevor sie sich wieder mit einem milden Lächeln den jungen Leuten auf ihrem Bett zuwandte. »Ach, wie gut es mir tut, euch beide so nebeneinander sitzen zu sehen . . .«

Adrienne spürte, wie ihr das Blut in die Wangen schoß. Sie hatte eine dumpfe Ahnung, aber im gleichen Moment weiteten sich die Augen der alten Dame, und sie preßte sich eine Hand an ihren mächtigen Busen.

»Was ist? Haben Sie noch einen Anfall?« Adrienne packte Lady Thomasinas Hand und sah Huntsford ängstlich an. »Wie schrecklich, nichts tun zu können.«

Er beobachtete seine Mutter. »Vielleicht gibt es doch etwas . . .«

»Ja.« Wieder erschien ein glückseliges Lächeln auf dem Gesicht Ihrer Ladyschaft. »Addie, nichts würde mich in meinen letzten Tagen glücklicher machen, als Sie als meine Tochter zu wissen. Oh, allein der Gedanke daran, meinen geliebten Hunty mit Ihnen verheiratet zu sehen, eine junge Familie in diesem meinem geliebten Haus zu haben . . . Hunty und Addie!«

Adrienne war wie vom Donner gerührt. »Mylady, geht es Ihnen gut? Vielleicht hat der Anfall Ihre Gesundheit doch mehr beeinträchtigt, als wir dachten. Sind Sie wirklich ganz klar –«

»Im Kopf?« Lady Thomasinas Stimme klang wieder streng. »Ganz bestimmt sogar. Ich hatte gehofft, daß ihr beide mit der Zeit zueinanderfinden würdet, aber jetzt können wir uns diesen Luxus wohl kaum noch leisten. Ganz sicher hätten Sie für meinen Hunty schon früher gewisse Gefühle entwickelt, wenn Mr. Essex sich nicht andauernd eingemischt hätte. Nicht wahr?«

Hunty antwortete an Adriennes Stelle. »Natürlich kann ich nicht für Adrienne sprechen, aber ich fühlte mich schon in dem Moment zu Ihnen hingezogen, als ich Ihnen zum ersten Mal auf der Treppe unseres Hauses begegnete.« Sehr sanft berührte er ihren Arm. »Erinnern Sie sich?«

»Ich erinnere mich, und ich habe Sie beide wirklich sehr gerne, aber . . . ich bin nicht sicher, daß ich schon über eine Ehe nachdenken kann.« Der Anblick von Lady Thomasina, die sofort wieder leichenblaß wurde, erschreckte Adrienne. Sie drückte die Hand der alten Dame, dann küßte sie sie impulsiv. »Ich habe in den letzten Tagen und Wochen viele schlechte Erfahrungen gemacht, und wenn ich Huntsford heirate, dann will ich sicher sein, daß ich meine Entscheidung mit klarem Verstand getroffen habe. Das bedeutet nicht, daß ich jetzt sofort ablehne. Im Gegenteil –« Adrienne blickte gerade noch rechtzeitig auf, um Hortie aus dem Zimmer huschen zu sehen. »Ich werde sehr sorgfältig darüber nachdenken.«

»Ich denke, wir müssen ihr den Hof machen, Mammi«, bemerkte Huntsford.

»Ja, so sieht es wohl aus.« Lady Thomasina zog einen Schmollmund und blickte weg. Ihr Kinn bebte. »Ich bin müde.«

»Ich sollte jetzt auch ins Bett gehen«, sagte Adrienne nickend. »Bitte seien Sie nicht böse auf mich, Mylady. Ich möchte wirklich, daß Sie glücklich sind.«

Als sie gegangen war und die Tür hinter sich geschlossen hatte, sah Lady Thomasina ihren Sohn wütend an. »Ich weiß nicht, wo Hortie hingerannt ist, aber ich gehe davon aus, daß sie gleich zurückkommt. Wir haben also keine Zeit zu verlieren.«

»Das war keine üble Vorstellung, Mammi.«

»Ja, nicht wahr? Nun, irgendeiner von uns mußte ja endlich etwas unternehmen, solange es Zeit dafür ist. Ich habe überlegt und überlegt, aber eine Bitte auf dem Totenbett schien mir noch die größten Erfolgschancen zu haben. Wenn es sein muß, bewege ich mich auch die nächsten Tage am Rand des Todes! Natürlich zweifle ich nicht daran, daß du auch allein in der Lage gewesen wärest, sie irgendwann zur Ehe zu überreden, aber wer weiß, wieviel Zeit uns bleibt? Im übrigen ist Miss Beau nicht der Typ Frau, der auf der Suche nach einem Mann ist. Man muß einfach gewisse Maßnahmen ergreifen, um sie bis vor den Altar zu schubsen.«

»Sie ist seit diesem ... Vorfall nicht recht sie selbst. Nicht so stark und unabhängig wie sonst.«

»Ganz genau! Und wir müssen diese Schwäche ausnutzen!«

Während seine Mutter weiterredete, erkannte Huntsford, wie gut ihm die Entwicklung der Dinge gefiel. Die Aussicht darauf, Adrienne zu heiraten, war in mehr als einer Hinsicht reizvoll. Ganz abgesehen davon, daß ihre distanzierte Haltung ihm gegenüber seine Lust auf sie beträchtlich angeheizt hatte – er würde gewiß auch Zugriff zu den finanziellen Mitteln seiner Mutter bekommen, wenn er die richtige Frau heiratete und sie damit zufriedenstellte.

Wie auch immer, Huntsford schmiedete ebenfalls Pläne, und zwar solche, die er seiner Mutter kaum mitteilen konnte. Da Frakes-Hogg nun das Zeitliche gesegnet hatte, beabsichtigte er, unter dem Vorwand, Xavier Crowe über den Tod seines Geschäftspartners zu informieren, nach Barbados zu fahren. Harms würde Crowe erklären, daß Frakes-Hogg vorgehabt hatte, ihn, Huntsford, in die Geschäfte einzuführen, aber keine Gelegenheit mehr gehabt hatte, einen Brief zu schreiben, bevor er starb. Wenn Huntsford mit seiner Braut erst einmal auf der Insel gelandet war, dann konnte Crowe ihn nicht mehr so leicht abweisen. Und Adrienne würde nicht nur für sein eigenes Vergnügen sorgen, sondern auch Nathan Essex/Raveneau in den Wahnsinn treiben ...

Hortie hielt eine kleine Kerze in der Hand, während sie sich durch die langen, dunklen Korridore des Dienstbotenflügels tastete. Früher waren alle Zimmer belegt gewesen, doch inzwischen war die Anzahl der Diener derart reduziert worden, daß die meisten Zimmer leer waren und langsam aber sicher einstaubten.

Die vorletzte Tür war fest geschlossen. Sie klopfte zweimal, wartete einen Moment, dann klopfte sie noch einmal. Sie hörte wie im Inneren der Riegel zur Seite geschoben wurde, dann öffnete sich die Tür einen winzigen Spalt.

»Ich bin's. Hortie«, flüsterte sie. »Lassen Sie mich rein. Ich hab' nicht viel Zeit.«

Eine starke männliche Hand schoß heraus, packte sie am Arm und zog sie hinein. »Endlich! Ich werde hier drinnen bald verrückt!«

Als sich ihre Augen an das Zwielicht gewöhnt hatten, sah sie das inzwischen sehr vertraute Gesicht von Nathan Essex. In seinem weißen Hemd, den hautengen Hosen und den kniehohen Stiefeln sah er noch hinreißender als gewöhnlich aus . . ., ja, und wirkte sogar ein wenig barbarisch. Sein dunkles Gesicht war unrasiert und sein Haar auf attraktive Art und Weise zerwühlt. Das Tablett mit dem Essen, das sie vor einer Weile gebracht hatte, war nicht angerührt worden.

»Sie müssen was essen«, sagte Hortie vorwurfsvoll.

»Sie haben Nerven. Was war das auf dem Teller? Die Reste, die die Köchin für den Hund aufbewahrt?«

»Ich kann nicht einfach in die Küche marschieren und Ihnen 'ne richtige Mahlzeit zusammenstellen. Dann wird bestimmt einer mißtrauisch! Schließlich geht alle Welt davon aus, daß Sie zwei Tagesritte von hier entfernt sind und nicht, daß Sie sich hier in –«

»Diesem gottverdammten Kerker verstecken!«

»Ich finde, Sie könnten 'n bißchen Dankbarkeit zeigen, Sir! Was würden Sie ohne mich tun?«

Nathan riß sich zusammen und lächelte Hortie in der Dunkelheit an. Sanft berührte er ihre Wange. »Du hast recht. Ich stehe tief in deiner Schuld, und ich überlege immer noch, wie ich es dir vergelten kann.«

»Sie haben mir schon mehr bezahlt, als ich mir je hätte erträumen lassen.«

»Aber das ist nur Geld. Ich meinte irgend etwas ... anderes.«

Hortie wurde tiefrot. »Na ja, Sir, Sie haben ja viel Zeit, darüber nachzudenken, aber im Moment muß ich fix machen. Ich wollte Ihnen erzählen, daß Lady Thomasina vorgibt, im Sterben zu liegen. Sie will damit Miss Beauvisage dazu drängen, Seine Lordschaft zu heiraten. Sie hat eben eine tolle Vorstellung gegeben. Selbst ich war für einen Moment verunsichert!«

»Und Adrienne?« fragte er heiser.

»Sie ist immer noch ziemlich verwirrt, und darauf zählen sie, ich weiß es! Und natürlich glaubt sie auch, sie hätte Sie verloren. Das Mädchen hat ein gutes Herz, und sie hängt wirklich an Ihrer Ladyschaft. Wenn sie glaubt, daß sie der Dame ihre letzten Tage noch versüßen kann ... Na, da möchte ich mir gar nicht vorstellen, was sie alles tun würde.«

»Nein, das glaube ich nicht! Das Mädchen, das ich kenne, hat geschworen, nicht zu heiraten!«

Hortie legte die Hand an den Riegel. »Ich werd' mich nicht mit Ihnen streiten. Ich weiß nur, was ich gehört habe. Erst wollte sie nein sagen, aber dann schwankte sie, und Ihre Ladyschaft hakte sofort mit einem vorgetäuschten Schwächeanfall nach. Wenn ich Sie wär, Sir, dann würd' ich nicht mehr hier bei den Ratten sitzenbleiben und darauf warten, daß der richtige Moment kommt. Wenn Sie nicht bald was tun, dann tut Lord Harms vielleicht was.«

Adrienne pflegte Lady Thomasina mit Hingabe. Sie fand sogar die Stelle in *Stolz und Vorurteil*, an der Nathan aufgehört hatte, und gab sich alle Mühe, genauso lebhaft und lustig vorzulesen, wie er es getan hatte. Doch Ihre Ladyschaft ließ sich nicht aufmuntern. Stunde um Stunde lag sie teilnahmslos in ihren Kissen und weigerte sich zu essen. Selbst Angus war die Stimmung zu niedergedrückt, so daß er sich in die Bibliothek verzog. Dort rollte er sich mit dem zerfetzten Handschuh und einem Hühnerbein in Lady Thomasinas Lieblingssessel zusammen und knurrte jeden an, der es wagte, ihm zu nahezukommen.

»Nichts scheint sie aufzuheitern«, sagte Adrienne zu Huntsford. Die Uhr hatte soeben neun geschlagen, woraufhin die alte Frau verkündete, daß es Zeit war, ins Bett zu gehen.

»Sie können doch nicht die ganze Nacht hier sitzenbleiben, Liebes.« Er seufzte. »Lassen Sie Mammi schlafen und kommen Sie mit mir in die Bibliothek. Wir trinken einen Madeira und plaudern ein wenig. Na?«

Lady Thomasina öffnete ein Auge. »Ja, Addie. Gehen Sie mit Hunty. Das ist es, was mich aufmuntert. Hortie kann sich um mich kümmern.«

Draußen im Flur wandte er sich ihr zu und sah sie mit verdächtig glitzernden Augen an. »Sehen Sie denn nicht, daß es nur eine Sache gibt, die ihr neues Leben einhauchen wird?«

»Ich möchte jetzt nicht darüber sprechen.« Adrienne wandte sich um und ging rasch die Treppe zur Bibliothek hinunter, in der Nathan und sie so viele schöne Stunden verbracht hatten. Wie hatte sich die Situation nur so falsch entwickeln können? Nun, da der Schock über Walters nächtlichen Besuch und seinen Tod gewichen war, sehnte sich Adrienne furchtbar nach Nathan. Je mehr Zeit verstrich, desto größer wurde ihre Sehnsucht. Was hätte sie alles dafür gegeben, sich mit ihm unterhalten zu können, seine Neckereien über sich ergehen zu lassen, seine Lippen auf ihren zu spüren ...

Huntsford folgte ihr in die Bibliothek. Er hatte bereits Kerzen entzündet und Madeira in zwei Gläser gefüllt. Adrienne machte sich nicht die Mühe, ihn darauf anzusprechen, sondern nahm ihr Glas, begann, durch den riesigen Raum zu wandern, und starrte abwesend auf die einfarbigen Buchreihen. Vor ihrem inneren Auge sah sie Nathan, wie er ganz oben auf einer Leiter stand und ein flaschengrünes Buch heraussuchte.

»Sagen Sie mir, was ich tun muß, um Ihr Herz zu gewinnen. Ich werde nicht zögern«, sagte Huntsford mit samtiger Stimme und trat hinter sie.

»Sie sind sehr lieb.« War es möglich, daß sie Nathan niemals wiedersehen würde? Sie hatte nicht den Hauch einer Ahnung, von wo er gekommen und wohin er gegangen war. »Die Ereignisse ... der letzten Tage sind nicht spurlos an mir vorübergegangen, fürchte ich. Ich habe immer großspurig behauptet, ich wäre unverwüstlich, aber –«

»Sie werden es auch bald wieder sein. Ich kann Ihnen helfen. Ich werde für Sie sorgen und alles, was in meiner Macht steht, tun, damit Sie glücklich sind.« Da er sich noch gut daran erinnerte, daß Adrienne Nathans energische Zurschaustellung maskuliner Überlegenheit gemocht zu haben schien, faßte er sich ein Herz und zog sie in seine Arme. »Vielleicht steckt mehr in mir, als Sie sich vorstellen können, Liebes.«

»Sie haben bestimmt recht.« Es war so angenehm, sich an ihn lehnen zu können. Huntsford war immer für sie da, niemals schien er sie zurückzuweisen. Er war ganz und gar anders als der aufregende, geheimnisvolle Nathan Essex. Wenn Nathan sich wirklich etwas aus ihr gemacht hätte, wäre er dann nicht geblieben, und hätte um sie gekämpft, wie Huntsfort es unablässig tat?

»Oh, Adrienne. Ich begehre Sie so sehr.« Huntsford ließ seine Arme um ihre Taille gleiten und suchte in ihrem Gesicht nach einem Zeichen der Ermunterung. Sie wehrte sich nicht gegen ihn, sondern schloß einfach die Augen und bot ihm ihre Lippen. Die Begierde, die Lust auf sie, schlug über ihm zusammen wie eine gewaltige Woge. »Mein Liebling!«

preßte er mit tiefer Stimme hervor, dann nahm er ihren Mund in Besitz.

Adrienne gab sich alle Mühe, sich in seinem Kuß zu verlieren, aber sie empfand nichts als ein leichtes Unbehagen, als ob ihre Münder irgendwie nicht zueinander paßten. Es kam ihr vor, als hätten sie beide einen anderen Lebensrhythmus. Da war nichts von dem euphorischen Kribbeln entfesselter Gefühle, das sie in Nathans Armen kennengelernt hatte. Vielleicht lag es nur an dem, was sie durch Walter Frakes-Hogg hatte durchmachen müssen. Vielleicht brauchte sie einfach etwas mehr Zeit, um das Erlebte wirklich zu verarbeiten . . .

»Mir ist entsetzlich warm.« Sie lächelte ihn ein wenig unsicher an und löste sich aus seiner Umarmung. »Ich weiß nicht, ob ich dazu bereit bin . . .«

»Adrienne«, murmelte er. »Ich bete Sie an. Ich habe noch niemals in meinem Leben etwas Derartiges für eine Frau empfunden.« Er spürte noch immer den leichten Druck ihrer Brüste an seinem Oberkörper, und erneut schoß heiße Lust durch seine Adern. Mein Gott, wieder wirkte sie so unerreichbar! »Nur ein Wort von Ihnen, und Mammi und ich wären die glücklichsten Menschen der Welt! Sie wissen doch, daß das die einzige Chance ist, ihr neuen Lebensmut einzuflößen, nicht wahr? Hören Sie, ich würde Sie nach Strich und Faden verwöhnen. Ich würde Sie auf eine Europareise einladen . . . jedes Jahr, wenn Sie es sich wünschen!«

Um zu verhindern, daß er sie noch einmal küßte, griff Adrienne hastig nach dem Glas und trank. Vielleicht hatte Huntsford recht. Wäre es denn so schlimm, Lady Adrienne zu werden? Wenn Nathan noch hier wäre, dann lägen die Dinge anders, aber er war auf Nimmerwiedersehen verschwunden.

Zudem durfte sie Lady Thomasinas Gesundheitszustand nicht vergessen. Wenn sie sich weigerte und die alte Dame sterben würde: Wie würde sie sich dann für den Rest ihres Lebens fühlen?

»Bitte«, sagte Huntsford einschmeichelnd. »Erlauben Sie mir, Sie noch einmal zu küssen. Dann werden wir ja sehen, ob wir miteinander auskommen, wenn Sie verstehen, was ich meine. Können Sie sich vorstellen, daß ich ein zärtlicher und ausgesprochen aufmerksamer Liebhaber bin? Das einzige, was mich interessiert, ist Ihr Vergnügen . . .«

Adrienne stellte zögernd ihr Glas ab. Sie wollte gerade einen Schritt auf Huntsford zugehen, als plötzlich eines der hohen Fenster aufgestoßen wurde und eine Gestalt hereinsprang. Der Mann trug ein weißes Hemd, enge Hosen, hohe Stiefel und ein freches Grinsen auf den Lippen.

»Das war eine hübsche Rede, Harms!« Nathan ging auf sie zu, wobei er ein Schwert in der Hand schwang. »Ich kann Ihr Flehen in gewisser Hinsicht verstehen, und ich fühle mit Ihnen, aber Mitgefühl ist auch das einzige, was Sie heute abend bekommen werden. Sie werden nicht Adriennes Liebhaber werden.«

»Was zum Teufel tun *Sie* hier?« kreischte Huntsford.

»Oh, ich bin nur gekommen, um Adrienne zu entführen«, erwiderte er gelassen. »Kommen Sie, Mädchen.«

»Nathan, das ist doch verrückt«, erwiderte sie. Ihr Herz raste, und plötzlich fühlte sie sich lebendiger als je zuvor.

»Sehen Sie diese Waffe hier? Ich denke, wir sollten nicht streiten.« Er deutete mit dem Schwert lässig an seine Seite. »Kommen Sie zu mir.«

Adrienne gehorchte, und Huntsfords Gesicht wurde dunkelrot. »Sie will das gar nicht! Wir sind verlobt!«

»Wenn das wahr ist, dann habe ich nur einen Grund mehr, sie aus diesem Haus hier zu entfernen.« Mit seinem freien Arm zog Nathan sie resolut an seine Seite. »Ihr Vater würde sich nämlich ganz entschieden gegen eine solche Verbindung aussprechen!«

Adrienne sah in sein spitzbübisches Gesicht und empfand gleichzeitig Wut und Faszination. »Wo kommen Sie denn auf einmal her? Und haben Sie den Verstand verloren?«

»Vielleicht. Und Sie?« Um Huntsford noch ein wenig mehr auf die Palme zu bringen, drückte er seine Lippen fest auf ihre. »Wie Sie sehen, kann Küssen auch Spaß machen. Kommen Sie mit mir, und ich gebe Ihnen noch ein paar Gründe, Ihre Entscheidung nicht zu bereuen.«

Während sie ihm erlaubte, sie auf die hüfthohe Fensterbank zu hieven und von dort aus auf den Balkon zu heben, fragte sie sich, ob sie vielleicht wirklich dabei war, den Verstand zu verlieren. »Lady Thomasina ist krank –«

»Nein, ist sie nicht. Sie ist gesund und munter. Halten Sie sich fest!« Ohne Huntsford noch ein Wort des Abschieds zu gönnen, warf Nathan sein Schwert zu Boden und kletterte mit Adrienne auf dem Arm über das Geländer. Günstigerweise befanden sich stabile Pflanzengitter am Balkon, so daß sie innerhalb kürzester Zeit unten auf dem Rasen standen.

»Huntsford wird uns bestimmt nachkommen. Er scheint sehr entschlossen«, sagte sie schwach.

»Ja, meinen Sie? Schauen Sie hoch!« Lachend wies Nathan mit der Schwertspitze auf die Gestalt, die über ihnen im Fenster erschien. »Er traut sich ja nicht einmal, herauszukommen.«

Adrienne gehorchte ohne Protest, als er ihr sagte, sie solle auf den wartenden Hengst steigen. Nathan glitt hinter sie in den Sattel, und ein starker Arm umfaßte ihre Taille.

»Sagen Sie Runaway guten Tag«, flüsterte er in ihr Ohr. Sein Drei-Tage-Bart kitzelte ihre Wange, und das Gefühl schien direkt in ihr Blut zu gehen. »Der Mond steht voll am Himmel. Ist das nicht eine wunderbare Nacht für ein Abenteuer?«

Der Hengst warf den Kopf zurück und schnaubte.

Während sie über das Grundstück davongaloppierten, tönte Huntsfords Kreischen hinter ihnen her.

»Das wird Mammi umbringen! Und ihr werdet es mir büßen! Ich finde euch, verlaßt euch drauf!«

»Ich bebe vor Angst«, murmelte Nathan.

Dritter Teil

Kapitel 14

Der Weg nach Winchester erschien ihr endlos lang. Während sie auf dem Rücken eines Pferdes, daß passenderweise Runaway hieß, durchgerüttelt wurde, kam Adrienne sich so ausgeliefert wie noch nie vor. Durch ihr schmalgeschnittenes Kleid gezwungen, beide Beine auf einer Seite zu halten, fürchtete sie permanent, vom Pferd zu rutschen, und sie konnte nichts anderes tun, als sich abwechselnd an der Mähne des Tieres festzuhalten und an den Körper ihres Entführers zu schmiegen und zu beten. Sie stürmten so schnell durch die nur vom Mondschein erhellte Gegend, daß Adrienne sicher war, daß jeder Augenblick ihr letzter sein würde.

Nachdem sie gerade wieder haarscharf am Tod vorbeigaloppiert waren, hielten ihre Nerven es nicht mehr aus. »Bitte!« schrie sie. »Geht es auch langsamer?«

»Zweifellos ist uns ein Suchtrupp, angeführt von Jarrow, dicht auf den Fersen!« brüllte Nathan in gespieltem Entsetzen zurück. »Bestimmt wird er keine Gnade zeigen, wenn er uns eingeholt hat!«

»Jarrow?« wiederholte sie lachend.

Sie sprachen kein weiteres Wort miteinander. Adrienne hielt es für besser, Nathan nicht abzulenken. Außerdem mußte sie sich eingestehen, daß sie vor Glück und Erregung am liebsten laut geschrien hätte. Nathan schien all die aufregenden Träume ihrer Kindheit wahrmachen zu wollen: Ein ungezähmter Barbar entführte sie auf einem ungezähmten, stolzen Hengst. Es war in der Tat ein wunderbares Abenteuer – und nicht zuletzt, weil Adrienne diesem ungezähmten Barbaren rückhaltlos vertraute.

Als nach einer geraumen Weile feststand, daß niemand ihnen folgte und Runaway merklich ermüdete, zügelte Nathan das Tier ein wenig. Der Itchen neben der Straße wirkte wie ein Band aus geschmolzenem Silber, das ihnen den Weg nach Westen wies. Der Ruf einer Eule erklang aus einer Baumkrone, und Kaninchen hoppelten furchtlos über die in Mondschein getauchten Wiesen. Adrienne konnte kaum die Augen offen halten. Als Nathan sie fester an seine Brust zog, schmiegte sie sich an ihn und fiel in einen leichten Schlummer. Die Nachtluft war kühl, und sie hatte seine Berührung, seinen Duft und seine beruhigende Wärme schrecklich vermißt.

Bildete sie es sich nur ein, oder hatte er gerade ihr Haar geküßt?

Adrienne erwachte in Winchester, als sie vor der Tür des St. Cross Hospitals anhielten. Seit Jahrhunderten bekamen hier arme Reisende ein wenig Brot und einen Krug Ale, und Adrienne war schockiert, daß Nathan ausgerechnet hier anhielt. Aber dann erkannte sie, daß das Hospital wahrscheinlich der einzige Ort war, an dem niemand sie suchen würde.

Nachdem sie gegessen hatten, stand sie zitternd neben Runaway und lächelte Nathan unsicher an. »Ich habe nachgedacht, ob –«

»Das ist im Augenblick nicht nötig«, erwiderte er fröhlich. »Wir müssen uns beeilen.«

»Nein, Nathan, ich habe über das nachgedacht, was wir gerade tun. Ich weiß Ihre Sorge um mein Wohlergehen zu schätzen, und zum Teil war ich auch erleichtert, daß Sie mich von Harms Castle weggeholt haben, aber ich habe erkannt, daß ich nicht einfach gehen kann. Noch nicht!«

»Zu spät, fürchte ich. Wir sind bereits gegangen.«

»Ich meine, ich sollte zurückkehren.«
»Tut mir leid.«
Adrienne schob ihr Kinn vor. »Das war keine Bitte, Nathan. Das ist *meine* Entscheidung!« Sie sprach langsam und wählte die Worte sorgfältig. »Ich kann nicht einfach weglaufen. Alle meine persönlichen Sachen sind im Schloß, und ich muß mit Lady Thomasina sprechen ... und mit Huntsford.«
»Nein.« Er schüttelte den Kopf. »Das ist nicht mehr möglich.«
Ihre Verärgerung wuchs erschreckend schnell. »Wie können Sie so reden? Sie haben kein Recht, über mich zu bestimmen! Wenn Sie mich nicht zurückbringen wollen, dann gehen Sie. Ich nehme mir morgen früh eine Mietkutsche.«
»Ihr Vater hat mich angestellt, *damit* ich über Sie bestimme. Und ich habe meine Entscheidung ebenfalls getroffen. Wir reiten weiter!«
Adrienne explodierte. Sie stürzte sich auf Nathan, aber der packte nur ihre Handgelenke und hielt sie fest. »Ich hasse Sie! Sie können mich nicht einfach so herumschubsen! Ich bin immer noch ein freier Mensch!«
»Immer wenn wir beide gerade den größten Spaß haben, spielen Sie verrückt. Na ja, ich bin es ja gewohnt.« Er warf sie wie einen Mehlsack über Runaways Rücken und schwang sich hinter sie. Das Pferd setzte sich augenblicklich in Bewegung, und Adrienne stieß einen quiekenden Laut aus.
»Sie wollen sich doch nicht bis zum frühen Morgen wehren und winden, oder? Sie dürfen sich setzen, und ich lasse auch ihre Handgelenke los, wenn Sie versprechen, sich zu benehmen.«
Runaway trabte schon über die Brücke, als Nathan seine Gefangene in eine sitzende Position zog. Sie spuckte ihm prompt ins Gesicht, und Nathan mußte tief einatmen,

um sich zu beherrschen. »Versuchen Sie, sich wie eine guterzogene Lady zu benehmen statt wie eine Straßendirne«, sagte er kalt. »Wir haben noch einen langen Ritt vor uns.«

»Dieses Mal sind Sie zu weit gegangen. Wenn wir in Frankreich sind, erzähle ich alles meinem Vater, und dann wird es Ihnen leid tun, daß Sie sich so benommen haben.«

»Oh, wir gehen nicht nach Frankreich.«

»Dann eben London!« fauchte sie.

»Auch nicht nach London!«

Ihre Panik wuchs. »Wohin dann?«

»Ich habe noch keine Lust, Ihnen das zu verraten, Sie widerspenstiges Gör. Entspannen Sie sich einfach und genießen Sie die frische Luft.«

»Ich bringe Sie um«, brachte Adrienne zwischen zusammengepreßten Zähnen hervor, doch ihre Worte wurden von Runaways Hufgetrappel übertönt. Sie hatten die Straße nach Süden erreicht, und der Hengst fiel in einen ausgreifenden Galopp.

Über Adriennes Kopf verzog sich Nathans Gesicht zu einem grimmigen Lächeln. Er hatte noch eine Menge Überraschungen für sie auf Lager, und er bezweifelte, daß sie nur eine davon mögen würde.

Der Morgen dämmerte heran, als der Hengst und seine zwei Reiter die Außenbezirke von Southampton erreichten.

»Nur noch ein kleines Stück weiter, Runaway«, sagte Nathan sanft und streichelte den Hals des Tieres. »Wir sind gleich da.«

Adrienne erwachte. Sie fühlte sich entsetzlich zerschlagen und dachte augenblicklich sehnsüchtig an ein Bad. Ihr ganzer Körper schmerzte, und sie fühlte sich schmutzig und verstaubt. »Sind wir schon da, wo Sie hinwollten?«

»Unsere Landpartie neigt sich dem Ende zu, ja. Wir

müssen durch Southampton hindurch. In einem winzigen Ort namens Hill Head können wir uns ein bißchen ausruhen.«

»Also wirklich, ich habe Ihre Geheimnistuerei langsam entsetzlich satt! Es ist mein Leben, mit dem Sie da spielen, und Ihre herablassende Art in dieser Hinsicht ist unerträglich!« Sie rutschte vor ihm auf dem Pferderükken hin und her, um es sich wenigstens etwas bequemer zu machen.

»Zappeln Sie nicht so, sonst landen wir gleich beide auf dem Pflaster.«

Adrienne verrenkte sich beinahe den Hals, um ihm ins Gesicht zu sehen. Plötzlich dämmerte ihr, daß etwas fehlte. »Wo ist Ihre Brille?«

»Tja, eigentlich ... trage ich keine Brille!«

Sie erreichten nun den Gipfel eines Hügels und blickten auf das jadegrüne Wasser des Solent hinab, der das Festland von der Isle of Wight trennte. Als sie den Hang hinab in Head Hill einritten, versuchte Adrienne sich auf die Schönheit der in goldenes Morgenlicht getauchten Umgebung zu konzentrieren, aber es gelang ihr nicht. Wenn Nathan keine Brille brauchte, warum hatte er dann wochenlang eine getragen? Tief in ihrem Inneren war sie schon immer überzeugt gewesen, daß er nicht das war, was zu sein er vorgab, aber nun nahm die Sache eine andere Dimension an. Immerhin hielt dieser Fremde sie gefangen!

Sie zögerte, gab sich dann aber einen Ruck. Unsicher fragte sie: »Das war alles eine Maskerade?«

»Ich denke, so könnte man es ausdrücken.«

Adriennes Herz pochte heftig. »Wer sind Sie dann?«

Er blickte sich um, während sie vor einem alten Gasthaus mit Namen The Anchor anhielten. »Ich würde im Augenblick lieber nicht darüber sprechen. Ich suche nach Dikkie, dem Sohn des Metzgers. Erinnern Sie sich an ihn?«

Sie hatte ihm immer vertraut, obwohl sie gewußt hatte, daß er vieles vor ihr verbarg. Aber nun war sie sich nicht mehr sicher! Hatte sie sich geirrt? »Was hat denn Dickie ausgerechnet hier zu suchen?«

»Ich habe ihn vorgeschickt, um alles für uns vorzubereiten. Ah, da ist er ja. Fein.«

Der Junge war in Begleitung eines rothaarigen kleinen stämmigen Mannes, der Adrienne bekannt vorkam, aus dem Gasthaus getreten. Sobald dieser andere Mann einen Gruß zu ihnen herüberrief, fiel es ihr wieder ein. »Ihr Vetter. Was macht er hier?«

»Was? Oh . . . ach so. Nein, er ist nicht mein Vetter!«

»Haben Sie eigentlich, seit wir uns kennengelernt haben, ein einziges Mal die Wahrheit gesagt?«

Nathan schwang sich vom Pferd und streckte die Arme aus, um ihr herabzuhelfen. Einen Augenblick hielt er sie fest und blickte ihr tief in die Augen. »Adrienne, Sie wissen alles über mich, was wichtig ist. Was den Rest angeht, so werden Sie noch ein wenig warten müssen. Aber wenn es Sie irgendwie tröstet: Ihr Vater kennt die *ganze* Wahrheit!« Er streichelte ihre Wange zärtlich mit den Fingerknöcheln und lächelte.

Es machte sie rasend, mit welcher Leichtigkeit es ihm immer wieder gelang, sie zu bezaubern. Der Rothaarige bedachte sie mit einem wissenden Blick, der Adrienne wie eine Ohrfeige traf. »Ich würde mich freuen, wenn Sie Abstand hielten, Sir«, sagte sie hochnäsig zu Nathan. »Ob Sie es glauben oder nicht, ich bin durchaus in der Lage, Ihrem teuflischen Charme zu widerstehen!«

Seine Augen weiteten sich, dann warf er den Kopf zurück und brach in brüllendes Gelächter aus. »Ja, daran habe ich nicht gezweifelt, Sie kleiner Satansbraten!«

Zachary Minter trat zu ihnen und zwinkerte Adrienne zu. »Tja, ich glaube, ich mag Sie jetzt schon, Miss Beauvisage!«

»Wenn ich Ihnen sage, daß ich entführt worden bin, würden Sie mir dann helfen, diesem gemeinen Schuft zu entkommen?«

»Oh.« Betroffen wandte Zach sich zu seinem Freund um. »Will sie mich zum besten halten?«

»Schluß jetzt!« donnerte Nathan. »Miss Beauvisage, hören Sie sofort auf, gegen mich zu intrigieren, und Minter, du wirst aufhören, dumme Bemerkungen zu machen! Ich bin hier der Captain, ich bin müde, und ich will, daß der Tagesplan eingehalten wird!«

»Captain von was?« rief Adrienne überrascht.

»Sie sind still, bis man Sie anspricht!«

»Och, Kommandant«, protestierte Zach, »das ist ein bißchen zu hart!«

Nathan ignorierte ihn und wandte sich mit einem etwas gezwungenen Lächeln an Dickie. »Du mußt meine Freunde entschuldigen. Miss Beauvisage hat kaum geschlafen und ist ein wenig gereizt! Nun denn, Dickie, ich wollte mich bei dir für deine Hilfe bedanken. Ohne dich hätten wir das alles nicht geschafft!«

»Oh, war mir doch 'ne Ehre, Sir!«

»Ich möchte dir zum Dank diesen wunderbaren Hengst namens Runaway schenken. Versprichst du mir, ihn gut zu behandeln? Hier sind noch ein paar Guineas für dich. Gib sie aus, wofür du willst, aber denk auch an Runaways Hafer!«

Dickies Augen strahlten. »Aber das . . . das ist ja ein Vermögen! Mein Großvater hat 'n Hof 'n Stück von hier entfernt. Ich kann das Pferd da unterstellen und jeden Tag besuchen. Ist das in Ordnung?«

»Ganz wunderbar!« Er zauste dem Jungen die Haare. »Halt oben an der Kutschstation an und gib ihm Wasser. Und kauf dir ein warmes Frühstück. Gute Reise!«

Als Dickie auf dem Hengst über die gepflasterte Straße davonritt, drehte sich Nathan mit einem bittersüßen Seufzer zum Fluß um. »Wenn es eine Möglichkeit gäbe, Runaway zu verladen, so daß er sich auch wirklich wohl fühlt, dann hätte ich es getan. Er ist ein wundervolles Tier.«

»Du hast es schon richtig gemacht«, versicherte Zach ihm. »Kommt, gehen wir endlich. Das Boot wartet, und deine Mannschaft sabbert schon vor lauter Gier, ihren Captain wiederzusehen!«

»Oh, Gott, was für ein scheußlicher Gedanke!«

Adrienne hatte den Entschluß gefaßt, den Mund zu halten und aufmerksam zuzuhören, was die beiden besprachen. Da Nathan ihr ohnehin nichts verriet, würde sie wahrscheinlich mehr über das Schiff und ihr Ziel erfahren, wenn sie nur lauschte und beobachtete. Dennoch: Der Wunsch, ihn mit Fragen zu löchern, war schier unbezähmbar.

Hatte ihr eigener Vater diesem Mann tatsächlich solch eine Verfügungsgewalt über ihre Person verliehen? Wie konnte er sie einfach gegen ihren Willen zu einem unbekannten Bestimmungsort bringen?

Hätte sie auch nur die leiseste Hoffnung gehabt, daß er ihr eine Antwort geben würde, dann hätte sie ihn gefragt.

Zachary Minter benahm sich ihr gegenüber sehr freundlich, als sie in einem Wagen auf ein prächtiges Boot zufuhren, das leicht in dem kabbeligen Wasser schaukelte. Das Schiff bot einen faszinierenden Anblick – besonders für jemanden, der Abenteuer und Romanzen so liebte wie Adrienne. Es waren solche herrlichen Schiffe, die in ihren Träumen vorkamen . . .

»Wir wollen doch nicht etwas auf *das* Boot, oder?«

Es war Zach, der seine Brust herausdrückte und antwortete: »O doch, Miss Beauvisage, das ist die *Golden Eagle*, und ich bin ihr Erster Maat. Ich könnte nicht stolzer sein, daß ich auf diesem Schiff und mit Captain Raveneau zusammen über die Meere fahren darf.«

»Wer ist Captain Raveneau?«

Nathan warf dem kleinen Mann einen bösen Blick zu und räusperte sich verlegen. »Ähm ... nun ja, das ist mein richtiger Name.«

Sie hielten neben dem schnittigen Rumpf, und eine Strickleiter wurde herabgelassen. Stumm vor Staunen und beinahe wie in Trance ließ Adrienne sich hinaufhelfen. Zach ging zuerst, Nathan zuletzt, und beide paßten darauf auf, daß Adrienne, deren Kleidung nicht gerade schiffstauglich war, sicher die Leiter hinaufstieg. Das tat sie, und oben angekommen, schwang sie anmutig ihre schlanken Beine über die Reling.

Die Crew hatte sich auf dem Achterdeck versammelt; jeder einzelne hatte sich herausgeputzt und stand in Habachtstellung da. Selbst Adrienne konnte sehen, daß sie sich wirklich freuten, ihren Captain wieder an Bord zu haben. Nathan trat zu ihnen, schüttelte den Männern die Hand und sagte jedem ein paar persönliche Worte, so daß jeder einzelne am Ende wußte, daß sich der Captain an ihn erinnerte und seine Mitarbeit zu schätzen wußte.

Als die Begrüßung schließlich vorbei war, stellte sich Captain Raveneau vor seine Männer und betrachtete sie eine Weile. »Ich kann euch nicht sagen, wie glücklich ich an diesem Morgen bin. In den Wochen, die ich fort war, ist mir zum ersten Mal richtig bewußt geworden, wie sehr ich an diesem Schiff, euch Männern und diesem Leben hänge. Die Aussicht auf eine ausgedehnte Seereise freut mich mehr, als ich es in Worte fassen kann. Seid ihr bereit, Männer?«

Ein einstimmiges »Ja, Captain!« ertönte.

»Gut. Oh, übrigens ... dies ist Miss Beauvisage. Sie wird mit uns reisen, und ich erwarte von jedem von euch, daß er sie mit untadeliger Höflichkeit und Respekt behandelt. Ist das klar?«

»Ja, Captain!« Alle Männer grinsten von einem Ohr bis zum anderen.

»Nun, dann schlage ich vor, daß wir die Anker lichten. Ich gehe unter Deck. Mr. Minter wird übernehmen.«

Adrienne fand die Atmosphäre auf dem Schiff unglaublich reizvoll. Als sie Nathan zu der Luke folgte, die zu den Kajüten hinunter führte, kam sie zu dem Schluß, daß es nichts Aufregenderes gab als eine Seereise. Sicher, sie war bereits mit schnittigen Booten gesegelt, aber da war der Captain stets ihr Onkel oder ihr Vater gewesen. Hier jedoch war es ein anderer. Hier war es der mysteriöse Raveneau. Selbst sein richtiger Name hatte den Klang von Abenteuer. Die Ungewißheit, was sie erwarten mochte, gepaart mit der Tatsache, daß der Mann, den sie für einen gewöhnlichen Leibwächter gehalten hatte, plötzlich die Identität eines Captains zur See angenommen hatte, schickte ihr einen Schauder der Erregung über den Rükken. Doch das würde sie *ihn* ganz gewiß nicht wissen lassen.

»Passen Sie auf Ihren Kopf auf, wenn Sie nachkommen«, warnte er sie, als er in den Gang unter sich sprang. »Es ist dunkel hier unten.«

»Wollen Sie mich einsperren? Werde ich jetzt in Eisen gelegt?«

Raveneau lachte. »Ganz und gar nicht.« Er führte sie den dunklen Gang entlang und an den Kajüten der Mannschaft vorbei.

»Die *Golden Eagle* befindet sich trotz Ihrer langen Abwesenheit in einem prächtigen Zustand, Captain!« Adrienne fuhr mit dem Finger über das geölte Teakholz-Schott und über das blankpolierte Messinggeländer. »Vielleicht braucht man Sie hier gar nicht!«

»Nur für den Fall, daß Sie es nicht wußten: Schiffskapitäne haben wichtigere Aufgaben als das Überwachen der Putzarbeiten«, erwiderte Nathan beißend. »Und Minter weiß genau, was ich verlange. Er ist ein strengerer Stellvertreter, als es vielleicht den Eindruck hat.« Nathan blieb vor einer holzgetäfelten Tür stehen. »So, hier ist Ihr neues Zuhause – zumindest für die nächsten paar Wochen.«

Mit diesen Worten stieß Nathan die Tür auf. Adrienne starrte in die geräumige Kabine, die vom Sonnenlicht, das durch das Heckfenster hereindrang, durchflutet war. »Aber . . . das ist doch Ihre Kajüte!« Fassungslos betrachtete sie die eingebaute Koje, die groß genug war, um zwei Schläfern Platz zu bieten, und das andere geschmackvolle Mobiliar. Sie trat langsam ein, ließ ihre Hand über das glatte dunkle Holz des Tisches gleiten, der an der Wand befestigt war, umrundete die schweren Stühle und blieb vor den Truhen stehen, die Nathans persönliche Habe und die Navigationsinstrumente enthielten.

»Alle Möbel sind aus Barbados-Mahagoni gefertigt«, erklärte Nathan. »Ich liebe das Material.«

Wieder drangen all die Fragen in ihr Bewußtsein. Hatte sie in den letzten Wochen auf Harms Castle eigentlich ein einziges Mal den echten Nathan gesehen? Doch sie biß sich auf die Lippe; schließlich ging es nicht an, daß er glaubte, dieses Spiel gewonnen zu haben. »Sie sind so ein arroganter Kerl! Wie kommen Sie nur auf die Idee, daß mich solche Kleinigkeiten interessieren könnten? Versetzen Sie sich doch einmal in meine Lage! Ich weiß nicht, was mit mir geschehen wird! Sie haben mich entführt, bei Nacht und Nebel quer durch das Land geschleppt und sperren mich nun in Ihrer Kabine ein . . . und ich weiß noch nicht einmal, was Sie bezwecken!« Adrienne, die sich langsam in Fahrt redete, raffte den Rock ihres schon recht mitgenommen aussehenden Kleides und begann, wütend auf und ab zu gehen, während sie ihm feurige Blicke zuwarf. Da sie fand, daß es noch nicht ausreichte, ballte sie eine Faust und schüttelte sie in seine Richtung. »Ich verlange, daß Sie mich augenblicklich freilassen, Sie Pirat!«

Er ließ sich in einen massiven Sessel fallen, streifte seine Stiefel ab und rieb sich die Augen. »Warum setzen Sie sich nicht einfach eine Weile? Bestimmt können Sie eine kleine Ruhepause gebrauchen!« Dann schob er einen kleinen Riegel zurück, der die Schublade an seinem Tisch geschlossen hielt, und holte eine Flasche Cognac und einen Becher heraus. »Bitte entschuldigen Sie. Ich weiß, es ist etwas früh dafür, aber ich war ja schließlich noch gar nicht im Bett!«

Adrienne sah zu, wie er sich einen Fingerbreit einschenkte und trank. »Unhöflich. Sie sind entsetzlich unhöflich! Bieten Sie mir denn nichts an?« Als er die Achseln zuckte und ihr gleichgültig den Becher entgegenhielt, marschierte sie auf ihn zu, nahm ihn und kippte sich den Inhalt in die Kehle. Der Alkohol brannte nicht so sehr, wie sie befürchtet hatte. Im Gegenteil: Die Wärme, die durch ihren Körper strömte, war beruhigend.

»Seien Sie vorsichtig. Zuviel davon, und Ihnen wird schlecht.« Nathan packte sie am Arm und zog sie in den Stuhl ihm gegenüber. »Minter läßt uns zwei heiße Bäder bereiten. Keine Sorge!« Er hielt abwehrend die Hand hoch. »Ich werde meines draußen nehmen.«

»Und wo werden Sie schlafen?« Adrienne hatte sich bei der Frage nichts Böses gedacht, aber als nun ein schelmisches Glitzern in seine Augen trat, schüttelte sie heftig den Kopf. »Das wagen Sie nicht! Ich verbiete es Ihnen!«

Wieder mußte er lachen. »Im Ernst? Und Sie glauben, Sie können das? Meine Liebe, es tut mir leid, Sie enttäuschen zu müssen, aber die Zeiten haben sich geändert. Ich bin nicht länger der gemietete Lakai, der bürgerliche Dummkopf, der nichts Besseres zu tun hat, als hinter Ihnen und Lady Thomasina herzutraben. Auf diesem Schiff habe ich den Befehl, und Sie werden wohl oder übel tun, was ich sage.«

Das schon vertraute Kribbeln setzte in ihrem Nacken

ein und wanderte abwärts. Dennoch bedachte sie ihn mit einem haßerfüllten Blick. »Man sollte doch meinen, daß allein ein gewisser angeborener Anstand einen Mann dazu veranlassen würde –«

»Die eigene Kabine aufzugeben? Sie scherzen, Miss *Beau.* Glauben Sie denn, ich teile meinen einzigen privaten Raum aus Vergnügen?«

»Niemand zwingt Sie! Bringen Sie mich nach Frankreich!«

»Wenn Sie nicht aufhören, meine Geduld zu strapazieren, dann tue ich das vielleicht. Aber wir können das in aller Ruhe besprechen, nachdem wir uns gewaschen und ein bißchen ausgeruht haben.« Nathan stand auf und bewegte sich auf die Tür zu. »Schauen Sie, ich habe nicht die Zeit, mit Ihnen eine Kreuzfahrt nach Frankreich zu machen. Außerdem habe ich Ihrem Vater mein Wort gegeben, bis zu Ihrem einundzwanzigsten Geburtstag auf Sie aufzupassen. Wir haben eine Abmachung, und ich gedenke, mein Teil davon zu erfüllen.«

»Aber warum? Wenn Sie ihm die Umstände erklären würden –«

In diesem Moment traten Minter, Crenshaw und einige rangniedere Matrosen ein. Zwei trugen eine riesige Wanne, während die anderen Eimer mit dampfendem Wasser hereinschleppten. Raveneau beobachtete seine Männer vom Türrahmen aus und überlegte, wie er die nicht ausgesprochene Frage, die in der Luft hing, beantworten sollte. Sein Blick traf den ihren über die Köpfe seiner Männer hinweg. »Sagen wir einfach, daß mein Lohn aus dieser Abmachung interessant genug ist, daß ich es in Kauf genommen habe, mich mit Ihnen herumzuschlagen.«

Dies war einer der seltenen Momente, in denen Adrienne keine passende Antwort einfiel.

Es war das herrlichste Bad, das Adrienne seit Wochen genommen hatte, vielleicht sogar das beste, seit sie das Château du Soleil verlassen hatte. Es war ein himmlisches Gefühl, im heißen Wasser zu liegen und sich mit dem Stück Lavendelseife, das man ihr gegeben hatte, abzureiben. Sie wusch sich die Haare, und tauchte ab, um den Schaum auszuspülen. Als sie schließlich prustend wieder an die Oberfläche kam, rann ihr das Haar und das Wasser über das Gesicht und ihre Brüste.

»Mein Gott, haben Sie mich erschreckt!« Nathan Raveneau stand gebadet und in frischen Kleidern vor der Wanne und starrte auf sie herab, als hätte er einen Geist gesehen. »Ich wollte gerade reingreifen und rausfischen, was auch immer von Ihnen noch übrig ist. Was zum Teufel haben Sie da unten gemacht?«

Etwas zu spät legte Adrienne ihre Hände über ihre Brüste. »Ich bin ... getaucht. Wie ein Fisch!«

»Oh, um Gottes willen!« Er wich langsam zur Tür zurück und bückte sich, um einen Stapel zarter, spitzenverbrämter Kleidungsstücke aufzuheben. Die Beschäftigung gab ihm die Zeit, wieder ein wenig zu Atem zu kommen, denn der Anfall von Panik, der ihn überkommen hatte, hatte ihn selbst vollkommen entsetzt.

»Ich denke nicht daran, ein schlechtes Gewissen zu haben, nur weil Sie sich erschreckt haben! Schließlich haben Sie kein Recht, hier einzudringen, während ich bade ... Ich meine, ich bin *nackt!*«

Nathan wanderte hölzern zu ihr zurück und ragte drohend vor der Wanne auf. Die Frauenkleider, die an seinem Arm baumelten, wirkten dort seltsam deplaziert. »Immerhin habe ich vorher geklopft. Als Sie nicht antworteten, habe ich gerufen, und erst als darauf keine Reaktion kam, habe ich die Tür einen winzigen Spalt geöffnet. Können Sie sich vorstellen, wie ich mich gefühlt habe, als in der Wanne keine Spur von Ihnen zu sehen war, wohl aber Luftblasen, die an die Wasseroberfläche traten?« Seine Augen verengten sich zu Schlitzen, und er schob das Kinn vor, um seiner Frage mehr Nachdruck zu verleihen.

»Ich denke schon. Wahrscheinlich gibt mein Vater Ihnen Ihre phantastische Belohnung nicht, wenn ich ertrinke.« Ihre katzenhaften grünen Augen glitten über die Kleider, die er in den Armen hielt. »Sie sehen ziemlich albern aus mit der ganzen Spitze und Seide unterm Kinn. Vielleicht sollten Sie eine Erklärung abgeben, bevor Sie verschwinden!«

»Ich habe ein paar Kleider besorgt, die Ihnen passen müßten. Aber wenn Sie das *albern* finden, dann kann ich sie auch wegschmeißen, und Sie können wieder das Kleid anziehen, in dem Sie gekommen sind.«

»Nein!« Adrienne, die langsam zu frieren begann, ließ sich tiefer in die Wanne hinabgleiten. Es war nicht unbefriedigend zu sehen, wie sein Blick neugierig über das Wasser glitt und offenbar versuchte, etwas von ihren Körperformen auszumachen. »Legen Sie sie aufs Bett. Dank meiner recht spontanen Abreise von Harms Castle besitze ich weniger als ein Bettler.«

Nathan ließ die Kleider aufs Bett fallen und wandte sich zur Tür. »Sie wissen, daß Sie ein unausstehliches Biest sind, nicht wahr?«

»O ja.« Adrienne schenkt ihm ein bezauberndes Lächeln.

»Im Augenblick wird etwas zu essen für uns zubereitet. Ich komme gleich zurück, damit wir frühstücken können, und dann möchte ich schlafen. Vorzugsweise bis morgen früh.«

Als er die Tür hinter sich zugezogen hatte, stieg Adrienne aus der Wanne und trocknete sich gründlich ab. Ihre Haut fühlte sich seidenweich an, und ihr Haar fiel ihr in üppigen feuchten Locken über die Schultern. Sie trat zum Bett und betrachtete mit wachsender Neugier die

Kleidungsstücke, die er für sie besorgt hatte. Dort lagen Kleider aus weichem Musselin und Seide, Spenzer, Kaschmirschals und hauchdünne Tücher, und die Unterwäsche war edel und exquisit. Adriennes Augen weiteten sich, als sie Spitzenunterröcke, Hemden, weiße Unterhosen und Seidenstrümpfe von feinster Qualität betastete. Wem auch immer diese Kleider gehörten, besaß einen guten Geschmack und ein ausgeprägtes Körperbewußtsein ... und Selbstvertrauen, denn die Kleider, so geschmackvoll und hochwertig sie auch waren, enthüllten eher, als daß sie verbargen.

Wer hatte die Kleider hier bei Nathan gelassen? Ein Stich der Eifersucht durchfuhr Adrienne. Hatte er diese Garderobe für seine Geliebte anfertigen lassen? Je länger sie darüber nachdachte, desto heißer wurden ihre Wangen.

Langsam streifte sie sich die zarten Unterhosen über und zog ein schlichtes, aber sehr stilvolles Kleid aus cremefarbenem Musselin an. Es war tief ausgeschnitten und enthüllte ihren Brustansatz, und nur ein wenig hauchzarte Spitze lenkte den Blick des Betrachters ab. Die Morgensonne war warm, und Adrienne beschloß, auf ein Schultertuch zu verzichten. Fertig angezogen, warf sie einen Blick auf die restlichen Kleider auf dem Bett. Das Bild einer anderen Frau, die sich an Nathan klammerte und seinen bewundernden Blick genoß, schoß ihr durch den Kopf. Ihr Herzschlag beschleunigte sich.

Adriennes Haar war noch feucht, ihre Wangen noch gerötet, als Nathan zurückkehrte. Während die Stewards den Tisch deckten und Geschirr hereintrugen, bemerkte sie die Veränderung an Nathans eigener Kleidung. Er trug nicht länger abgewetzte Stoffe, die aussahen, als hätten sie schon ein Jahrzehnt im Schrank gehangen. Sein Hemd war schneeweiß und aus feinem Leinen, und die altmodischen Breeches waren durch champagnerfarbene

Nankinghosen ersetzt worden, die sich perfekt um seine Schenkel schmiegten. Das frischgewaschene Haar schimmerte blauschwarz im hellen Licht der vormittäglichen Sonne. Nathan wirkte gelassener und ausgeglichener, als Adrienne ihn je erlebt hatte, und sie erkannte, daß dies tatsächlich seine wahre Identität war.

»Wenigstens das begreife ich jetzt«, flüsterte sie zu sich selbst.

Sein Blick huschte zu ihr hinüber. »Ist es wahr? Das beruhigt mich!«

Als die Männer wieder fort waren, bedeutete Nathan ihr, sich an den Tisch zu setzen, der nun mit einem Leinentuch, edlem Porzellan und Silber gedeckt war. »Wir werden nicht häufig soviel Aufwand betreiben. Porzellan zerbricht zu leicht, wenn man sich auf See bewegt. Aber solange wir auf dem Solent sind, können wir nur langsam und sehr vorsichtig navigieren. Für die nächsten paar Stunden sollte es eigentlich recht ruhig zugehen.«

Adrienne sah zu, wie er ihnen beiden Champagner einschenkte. Sie sehnte sich danach, ihn zu fragen, wo die Kleider herkamen, spürte aber, daß es ein Fehler gewesen wäre. Als Nathan ihr das Glas reichte, fiel sein Blick auf ihr Dekolleté, und sie verspürte ein herrliches Kribbeln. Dieser Blick galt ganz allein ihr, nicht der vorherigen Besitzerin der Kleider; diesen Blick mußte sie mit keiner anderen Frau teilen. Im übrigen, was bedeutete schon die Vergangenheit? Selbst die übelsten Schürzenjäger konnten umerzogen werden . . .

»Das Essen duftet herrlich!« sagte sie begeistert. »Es kommt mir vor, als hätte ich seit Tagen nichts mehr gegessen!«

»Nehmen Sie reichlich. Heute morgen geht es nur darum, die Grundbedürfnisse zu befriedigen.« Sein Grinsen war zweideutig.

»Schließt das den Wunsch nach Freiheit ein?«

»Nein.« Nathan deutete auf ihren Teller. »Essen Sie. Wir reden später.«

Adrienne gehorchte nur allzugern und bediente sich. Es gab Rindfleischstreifen und warme, saftige Biskuits, gekochte Erbsen und Salat, dazu dampfend heiße Kartoffeln. Der eiskalte Champagner schmeckte köstlich dazu. Als beide den größten Hunger gestillt hatten, füllte Nathan die Gläser wieder auf und lehnte sich in seinem Stuhl zurück.

»Ich fürchte, mein Koch ist während meiner Abwesenheit faul geworden. Wenn das schon das Beste ist, was er am Tag meiner Ankunft zustande bringt, wie soll es dann im nächsten Monat werden?«

Adrienne riß die Augen auf und starrte ihn über den Rand ihres Glases entsetzt an. »Einen Monat! Hören Sie, ich will nicht einen Monat lang auf diesem Schiff gefangen sein! Ich werde verrückt werden!«

»Nicht, wenn Sie wissen, was unser Ziel ist. Es ist die lange Reise wert!« Seine Stimme klang plötzlich beschwörend. »Glauben Sie mir, ich will Sie gar nicht bei mir haben! Aber ich habe keine Wahl!«

Als Nachspeise gab es eine Schüssel reifer, süßer Pfirsiche mit Sahne. Adrienne steckte sich ein Stück in den Mund und gab einen glücklichen Laut von sich. Sie fand die Aussicht, einen Monat lang mit den vielen Männern auf See zu sein und auf ein exotisches Ziel zuzusegeln, beinahe berauschend. Was konnte romantischer sein? Zumal die Alternativen Harms Castle und Château du Soleil hießen. Und obwohl sie es sich selbst kaum eingestehen mochte, war Adrienne fasziniert von Nathan.

Selbstverständlich würden all diese Gefühle ihr Geheimnis bleiben. Ihre Blicke trafen sich über dem Tisch. »Vielleicht sollten Sie langsam anfangen, mir zu erklären, was hier eigentlich vor sich geht. Angefangen bei

Ihrer wahren Identität und Ihrer Abmachung mit meinem Vater.«

»Mein Name ist Nathan Raveneau, wie Sie vorhin ja schon mitbekommen haben. Ich wurde in Essex, Connecticut – in Amerika – geboren, aber mein Vater ist Franzose. Er baute Schiffe und war im Asienhandel tätig, und mein Traum seit der Kindheit war es, ebenfalls ein Schiff zu besitzen.«

»Sie haben also den Namen Ihrer Heimatstadt angenommen – Essex!« Der Champagner nahm ihr die Hemmungen. »Raveneau ... warum kommt mir der Name so vertraut vor?«

»Vielleicht weil unsere Familien schon lange miteinander befreundet sind. Als ich ein Kind war und mein Vater noch Handel trieb, waren wir oft in Europa. Ich kann mich noch ganz genau an Ihre Mutter, Lisette Hahn, erinnern, als sie 1793 in Philadelphia an Bord ging.« Das erfreute Staunen in ihrer Miene wärmte ihm das Herz. »Sie war gewissermaßen die erste Frau, die es mir angetan hatte, wenn Sie verstehen, was ich meine. Wir brachten sie nach England zurück, wo sie Ihren Vater Nicholai traf und ihn kurz darauf heiratete. Meine Familie verkehrt noch immer mit Ihrem Onkel und Ihrer Tante, Alec und Caro Beauvisage. Diese Freundschaft ist leichter aufrechtzuerhalten, da sie ja ebenfalls in Amerika leben.«

»Sie sind Amerikaner, haben aber einen britischen Akzent ...« Es fiel Adrienne schwer, die neuen Informationen mit jenem Bild in Einklang zu bringen, das sie sich über Wochen von ihm gemacht hatte. Die ganze Zeit war Nathan Essex für sie ein Mann gewesen, der aus der Arbeiterklasse stammte und wahrscheinlich in einem bescheidenen Reihenhaus in London oder Liverpool aufgewachsen war. Doch nun ...

»Die letzten Jahre war ich meistens außerhalb von Amerika, so daß mein Akzent sich ein wenig an England angepaßt hat.« Er lächelte und fuhr dann im breiten Akzent New Englands fort: »Aber wie Sie sehen, kann ich immer noch wie ein Amerikaner klingen, wenn ich will.«

Es dauerte eine ganze Weile, bis sie reagierte. »Mir kommt es vor, als hätte man mir plötzlich den Boden unter den Füßen weggezogen. Sehen Sie . . ., plötzlich muß ich vollkommen umdenken. Allein die Vorstellung, daß Sie meine Mutter schon vor mir kannten . . .! Nichts an Ihnen paßt mehr!«

»Oder paßt es vielleicht alles zum ersten Mal?«

»Ja, vielleicht.« Adrienne wanderte in Gedanken die Wochen zurück, die sie mit Nathan zusammengewesen war. Sie dachte an all die Beleidigungen, die sie ihm an den Kopf geworfen hatte. Es war ein Wunder, daß er nicht einfach gegangen war. »Ich war wohl einige Male schrecklich unhöflich zu Ihnen, aber es war auch nicht gerade besonders nett von Ihnen, mir nur Lügen aufzutischen! So etwas ist auch nicht die feine Art.«

»Nun, sollen wir sagen, daß wir jetzt quitt sind? Schließen wir einen Waffenstillstand.« Er spießte ein saftiges Stück Pfirsich auf seine Gabel und kaute es langsam. »Na?«

»Ihnen geht's wohl nicht gut. Sie haben mich *entführt!*«

»Komisch. Sie kommen mir im Moment gar nicht besonders verängstigt oder gedemütigt vor.« Mit jedem Schluck Champagner fiel es ihm schwerer, nicht auf ihre Lippen zu starren, denn sie kamen ihm praller und köstlicher als der reife Pfirsich auf seinem Teller vor. Ein kleiner Tropfen Sahne hing verführerisch an ihrem Kinn, während ein zweiter auf die nackte Haut ihres Brustansatzes gefallen war. Nathan verspürte ein beunruhigendes Ziehen in seinen Lenden.

»Jetzt erzählen Sie mir, was Sie mit meinem Vater ausgemacht haben!« verlangte sie. »Und sagen Sie die Wahrheit!«

»Wir trafen uns zufällig bei White's, nur ein paar Stunden, nachdem wir beide in der Oxford Street wegen dieses verflixten Fächers zusammengestoßen sind!« Sie sah das Lachen in seinen Augen. »Es scheint eine Ewigkeit her zu sein, nicht wahr?«

»Eine Menge ist seitdem geschehen.« Adriennes Blick wanderte in die Ferne. »Sie haben sich damals unmöglich benommen. Schrecklich unhöflich.«

»Mag sein, aber Sie waren noch schlimmer. Nein, streiten wir uns nicht deswegen. Um auf den Abend bei White's zurückzukommen: Ich war ausgesprochen schlecht gelaunt, und Ihrem Vater ging es nicht besser. Er erzählte mir von seiner widerspenstigen Tochter, und ich erzählte ihm von einer verwöhnten Göre, die einen kolossalen Aufstand wegen eines Fächers veranstaltet hat –«

Adrienne öffnete den Mund, um zu protestieren, klappte ihn jedoch rasch wieder zu. Die heiße Röte, die ihr in die Wangen stieg, sagte mehr, als Worte hätten ausdrücken können.

»Ah, auch Sie erkennen die Ironie der Situation. In dem Moment wußten wir aber noch nicht, daß wir von derselben Person sprachen.«

»Von mir«, sagte sie leise.

»Genau!« Nathan, der immer mehr Gefallen an seiner Geschichte fand, nahm noch einen Schluck Champagner und streckte die Beine aus. »Ihr Vater und ich aßen zusammen. Ich erzählte ihm von meinem Haus auf der Insel Barbados, auf der mir ein bestimmter Europäer das Leben so schwer wie möglich zu machen versucht. Es stellte sich heraus, daß Ihr Vater Land besitzt, das direkt an das Grundstück dieses Schuftes grenzt. Ich brauche das Land, um diesen Kerl im Auge zu behalten und ihn vielleicht eines Tages bei einem seiner Verbrechen zu ertappen, aber ich habe nicht das Geld, um es zu kaufen. Und so fanden Ihr Vater und ich eine Möglichkeit, uns gegenseitig zu helfen.«

Ihre rasche Auffassungsgabe machte es ihr möglich, die Teile zu einem Ganzen zusammenzusetzen, bevor er sich noch weiter auslassen konnte. »Sie haben versprochen, auf mich aufzupassen, wofür mein Vater Ihnen als Gegenleistung das Land überschreibt. Aber Walter Frakes-Hogg ist tot, und Sie haben mich von Harms Castle weggeholt, was ich übrigens immer noch als eine unglaubliche Unverschämtheit betrachte. Doch wie auch immer – warum bringen Sie mich nicht einfach zu Papa zurück und verlangen Ihren Lohn?«

Nathan drehte das glitzernde Glas in seiner Hand und starrte eine Weile auf die kleinen Bläschen in der goldenen Flüssigkeit. »Ein Aspekt unserer Abmachung war, daß ich für Ihre ... ähm ... Keuschheit bis zu Ihrem einundzwanzigsten Geburtstag am ersten August garantiere. Nach meinem Kalender haben wir gerade Juni.« Er wagte es nicht, sie anzusehen, sondern wappnete sich innerlich gegen dem Sturm, der ganz gewiß nun losbrechen würde.

Er sollte nicht enttäuscht werden.

»Sie *lügen!*« Kalte Wut ließ ihr alle Farbe aus dem Gesicht weichen. Nur die rosige Nase zeugte davon, daß sie zuviel Champagner getrunken hatte. Sie sprang auf, stürzte zu Nathan, warf sich auf seinen Schoß und packte ihn mit beiden Händen am Hemdkragen. »Mein Vater würde mir so etwas niemals antun! Nehmen Sie das sofort zurück!«

Ruhig hob er den Blick zu ihren Augen und packte gleichzeitig ihre Handgelenke. »Ich lüge nicht, und Ihr Vater ist noch lange kein Schuft, nur weil er sich um Sie Sorgen macht. Kann es sein, daß Sie einfach nur wütend auf sich selbst sind, weil Ihr häufiges unbedachtes und ein wenig zu spontanes Handeln Ihrem Vater so viele Sorgen bereitet, daß er lieber zusätzliche Sicherheitsmaßnahmen ergreift? Sie wissen doch genau, daß ich die Wahrheit sage. Warum wohl ist Ihr Vater den langen Weg von Frankreich nach London gekommen? Warum wollte er seine sturköpfige Tochter überreden, mit ihm nach Hause zu kommen? Er liebt Sie, und er befürchtet, daß Sie eine Dummheit begehen könnten, weil sie noch zu jung sind, um es besser zu wissen. Oder finden Sie es ganz normal, in mein Bett zu kommen und zu verlangen, daß ich mit Ihnen schlafe?«

Sie entspannte sich ein wenig, als sie die nur schlecht verborgene Begierde in Nathans Augen entdeckte. Deswegen hatte er damals also widerstanden! Er hatte Angst gehabt, die Abmachung mit ihrem Vater zu brechen, so daß er das Land verlor, das ihm offenbar mehr bedeutete als Liebe oder Ehre. »Sie sind ein Ungeheuer.«

»Das haben Sie schon mal gesagt. Und jetzt runter von mir! Ich bin müde und will schlafen.« Ihre Nähe machte ihn nervös, und dann dieses verführerisch ausgeschnittene Kleid . . . Nathan wandte rasch den Blick ab.

Adrienne erhob sich und sah zu, wie er die Teller zusammenräumte und das Tablett draußen vor die Tür in den Gang stellte. Dann wanderte Captain Raveneau zu dem großen, einladenden Bett, setzte sich auf die Kante und winkte sie zu sich.

»Seien Sie ein braves Mädchen und helfen Sie mir mit den Stiefeln.« Er streckte ein Bein aus.

Adrienne spürte noch seinen Atem an ihrer Wange und auf ihrem Brustansatz. Es war furchtbar, sich derart nach einem Mann zu verzehren. Gespielt widerstrebend näherte sie sich ihm und verzog schmollend die Lippen, während sie erst den einen, dann den anderen Stiefel packte und daran zog. Das Sonnenlicht glänzte auf ihrem Haar. »Sie wollen mir doch nicht sagen, daß wir uns auch noch das Bett teilen müssen?«

»Haben wir nicht schon darüber gesprochen?« Er

gähnte und begann, sich aus seiner engen Hose zu schälen. »Ich denke, wir beide kennen uns inzwischen gut genug, um auf die üblichen Anstandsregeln zu verzichten, oder? Ich meine, hatten wir nicht schon einmal eine Nacht, in der Sie weniger schüchtern waren? Aber wenn Sie natürlich darauf bestehen, dann können Sie es sich gerne auf dem Teppich bequem machen ...«

Adriennes Wangen brannten. Sie wandte ihm den Rükken zu, bis er sich ganz ausgezogen hatte und sie hörte, wie er unter das Laken glitt. »Ich nehme an, das Bett ist groß genug, um für uns beide Platz zu bieten.«

»Das ist es.« Er legte sich auf den Rücken und verschränkte seine braungebrannten Arme hinterm Kopf. Das Laken rutschte ihm dabei bis über die Brust.

»Kann ich Ihr Hemd anziehen? Die Frau, die diese anderen Kleider hiergelassen hat, scheint kein Nachthemd gehabt zu haben.«

Ein unverschämtes Grinsen huschte über seine Lippen, aber er öffnete die Augen nicht. »Was immer Sie wünschen.«

Ihr Lächeln war noch breiter. *Diese Worte werde ich nicht vergessen, verlaß dich drauf*, dachte sie, während sie sich abmühte, ihr Kleid zu öffnen, und einen Moment später sein Hemd über den Kopf zu ziehen. Die ganze Situation hätte nicht prickelnder sein können, wenn sie sie sich in ihrer Phantasie erdacht hätte.

Selbst diese lächerliche Abmachung zwischen Nathan und ihrem Vater, in der es um ihre Tugend ging, war ganz genau die Art von Herausforderung, die Adrienne am liebsten mochte. Sie hob das Laken und krabbelte zu Nathan ins Bett. Sie war wirklich gespannt darauf, was als nächstes passieren würde.

Kapitel 15

Adrienne erwachte im diffusen Licht der Dämmerung und versuchte, sich daran zu erinnern, wo sie war. Doch das sanfte Schaukeln des Schiffes, das Knarzen der Masten auf Deck und die Stimmen der Männer über ihr brachten ihr die Ereignisse der letzten Stunden rasch zurück.

Sie lag auf der Seite und blickte in die dunkle Kabine vor sich. Ihr Haar duftete nach Lavendel und ergoß sich über ihre Schultern und das weiße Laken. Ein Daunenkissen lag unter ihrer Wange, und das Hemd, das sie angezogen hatte, war bis zu ihrer Taille hochgerutscht. Die Bettwäsche fühlte sich an ihren nackten Beinen wie Seide an. Ein tiefes Gefühl der Zufriedenheit durchdrang Adrienne, und sie schloß seufzend die Augen.

Als hätte Nathan im Schlaf ihre Gedanken gelesen, rollte er sich zu ihr herum. Er verbarg sein Gesicht an ihrem Nacken und schlang einen Arm um ihre Taille.

Adrienne sehnte sich danach, seine Lippen auf den ihren, seine starken Hände auf ihrem Körper zu fühlen. Aber was sollte sie tun? War das alles, was sie bekommen würde? Eine zufällige Berührung, während er schlief? All die Momente, in denen Nathan und sie sich auf Harms Castle nähergekommen waren, drangen nun wieder in ihr Bewußtsein. Sie schmiegte sich an ihn, während sie daran dachte, wie sie von der Leiter in seine Arme gefallen war, wie er sie in jener Nacht im Labyrinth geküßt hatte, wie sie in sein Bett gekrochen war und sie sich beinahe geliebt hatten, nachdem der Rotwein sie so unvorsichtig gemacht hatte . . .

Aber vielleicht noch wichtiger waren die Worte und die Taten, die das Band zwischen ihnen gefestigt hatten. Jeder Vorfall, der ihr schweigendes Einverständnis unterstrich, war in ihrer Erinnerung gespeichert. Selbst der Gedanke an ihre Auseinandersetzungen war prickelnd; sie verliehen ihrer Beziehung eine besondere Note.

Nathan murmelte im Schlaf. »Eloise . . .«

Adrienne erstarrte. Sie spürte, daß diese Eloise mehr als nur ein Traum war. Hatte diese Frau dieses Bett mit Nathan geteilt? Gehörten ihr diese wundervollen Kleider? Wie sehr hatte er sie geliebt?

Die Eifersucht verlieh ihr neue Entschlossenheit. Mit hämmerndem Herzen und brennenden Augen rückte sie näher an ihn heran. Sie wartete, ob er sich von ihr wegrollen würde. Nichts geschah. Es kam ihr vor, als würde ihr Herzschlag in jedem Nerv ihres Körpers pulsieren, und ihr ganzes Wesen schrie stumm, daß die Vergangenheit vorbei war, daß *sie* nun hier bei ihm war. Mit angehaltenem Atem drehte sie sich auf den Rücken und suchte sein Gesicht.

Nathan hatte nun die Augen geöffnet. Wachsam sah er sie an; sein Blick schien direkt in ihre Seele zu dringen. Seine Augen drückten all das aus, was Adrienne tief in ihrem Inneren empfand. Beide wußten, was der andere wollte, ohne daß es der Worte bedurfte. Und schon lagen seine Lippen über ihren, und seine Arme umschlangen ihren schlanken Körper. Die unterdrückte Lust ließ sie beinahe aufkeuchen.

Sie klammerte sich an seine Schultern und öffnete den Mund. Seine Zunge drang ein und umkreiste ihre in einem langsamen, sinnlichen Rhythmus. Er liebkoste jeden Winkel ihres Mundes, dann begann er, ihre vollen Lippen mit den Zähnen zu necken.

Nathan hatte das Gefühl, in Flammen zu stehen. Es war, als wäre seine Lust mit jedem Mal, bei dem er sich zurückgehalten hatte, nur noch stärker geworden. Jede Faser seines Körpers pulsierte vor Begierde nach dieser Frau in seinen Armen. Er wußte, daß es kein Zurück mehr gab, und doch kam es ihm beinahe unwirklich vor.

Vielleicht würde er später aufwachen, sich selig und vollkommen befriedigt fühlen und feststellen, daß es nur ein wunderbarer Traum gewesen war.

»Ich will dich.« Hatte er gesprochen? Gott, wie wunderbar sie war, so weich und so willig. Selbst ihre Unsicherheit war erregend. Als Nathan spürte, wie sie seinen Kuß erwiderte, erkannte er plötzlich, daß er sich noch einmal zurückhalten mußte; und, lieber Gott, diesmal würde es ihn alle Kraft kosten, die er aufbringen konnte. Doch sie war so unerfahren, so neu auf diesem Gebiet! Er wollte, daß dies ein unvergeßlich schönes Erlebnis für sie werden würde, und dafür mußte er sich selbst zurücknehmen.

»Bitte«, flüsterte sie. »Hör diesmal nicht auf.« Sie konnte nicht anders: Die Begierde war so verzehrend, daß sie glaubte, sterben zu müssen, wenn er sich nun plötzlich wieder von ihr abwenden würde. Die einfachste Berührung heizte sie an; seine Finger glitten durch ihr Haar, strichen über ihren Hals, berührten ihre Brüste durch den Stoff des Hemdes, das sich um ihre Taille gewickelt hatte. Ihre Brustspitzen waren hart und schmerzten, und ein heißes, unbeschreibliches Gefühl strömte durch ihre Eingeweide bis zwischen ihre Schenkel.

Zärtlich öffnete Nathan die Knöpfe des Hemds, während Adrienne wie verzaubert jede Einzelheit seiner Gesichtszüge in sich aufnahm. Sie küßte die hohen Wangenknochen, seine ausdrucksvolle Stirn, die stolze Nase und das kantige Kinn, während Nathan lächelnd in ihre smaragdgrünen Augen blickte. Ihre Vereinigung kam ihm so natürlich und so unausweichlich vor, daß er seine letzten Zweifel verbannte. Zwischen ihnen bestand irgend etwas, und vielleicht war dies der Weg, die Spannung zu lösen.

Ihre langen Beine schlangen sich um ihn, so daß sich ihre Hüften berührten. Adrienne zuckte schockiert zusammen, als seine harte Erektion erst gegen ihren Bauch stieß und dann leicht zwischen ihre Schamlippen glitt. Ihre Augen öffneten sich plötzlich weit, und sie war erfüllt von einer Mischung aus Furcht und beinahe unerträglicher Begierde.

»Keine Angst«, beruhigte er sie und zog sich ein Stück zurück. »Entspann dich.« Endlich hatte er das Hemd geöffnet, und seine Augen wanderten genüßlich über ihren wundervollen Körper. »Du bist ein Traum.«

»Du findest mich nicht –«

»Ich würde kein noch so kleines Stück von dir ändern!«

Adrienne schmolz unter dem zärtlichen Kompliment und dem strahlenden Lächeln, das er ihr schenkte, bevor er sie wieder fest in seine Arme zog und erneut begann, sie überall zu küssen. Sie würde es nicht mehr lange aushalten können.

Während Nathans Lippen sich mit ihrer Schulter beschäftigten, begann sie, mit ihren Händen seinen Körper zu erforschen. Seine Haut war warm und fest, die Muskeln darunter ausgeprägt und sehnig – ganz, wie sie es sich in ihren Träumen immer vorgestellt hatte. Seine Schultern waren im Verhältnis zu den schmalen Hüften sehr breit, und seine kräftigen Schenkel hart wie Stein. Zögernd ließ sie ihre Hand über die dichte Behaarung seiner Brust gleiten und flüsterte: »Du bist so unglaublich schön gebaut ..., wie eine große Katze!«

Er küßte sie wieder, murmelte einen zufriedenen Kommentar und zog ihr das Hemd über die Schultern. Dann begann er mit einer Selbstdisziplin, die ihn selbst erstaunte, sie hierhin und dorthin zu drehen, um jedes Fleckchen ihres Körpers zu liebkosen. Er küßte, nagte, biß und leckte, bis Adrienne vor Lust stöhnte. Er schob ihr die dichte Masse Haar aus dem Nacken und spielte mit Lippen und Zunge über die empfindliche Haut, dann wanderte er ihr Rückgrat abwärts, doch als sie sich zu winden begann, wandte er seine Aufmerksamkeit der zarten Haut ihrer

Arminnenseiten zu. Schließlich drehte er sie auf den Rükken und ließ seine Zunge um ihre Brustspitze kreisen.

Adrienne schrie auf. »Oh! Das – ich –«

»Sch.« Die rosa Spitze schien hart wie Stein, als er sie zwischen die Lippen nahm und daran saugte, während seine Hände beide Brüste sanft massierten. Ihre Schenkel öffneten sich instinktiv, und sie bog sich ihm fordernd entgegen.

Nathan fürchtete, daß er platzen würde, wenn er nicht bald in sie hineinstoßen konnte. Ein bitteres Lächeln huschte über seine Lippen. Er ließ zu, daß sie ihre Arme um seinen Nacken schlang, wanderte aber mit einer Hand zwischen ihre Körper, um sie zu berühren. Adrienne zuckte zusammen. Sie war naß und heiß und pulsierte genau wie er. Nathan hörte sein Herz in seinen Ohren pochen. Wenn er sie dort unten lange liebkoste, dann könnte es zuviel für sie werden, und – Himmel! – für ihn war es das schon jetzt!

»Wenn ich dir weh tue, mußt du es mir sagen. Dann höre ich auf«, flüsterte Nathan.

»Nein . . . nein . . .« Dank seines geschickten Vorspiels war sie mehr als bereit für ihn, und sie wünschte sich nichts mehr, als daß er endlich zu ihr kommen würde. Sie wollte mit ihm eins werden, wollte seine Kraft und seine Energie spüren . . .

Vorsichtig drang er in sie ein, und Adrienne hielt den Atem an. Er stöhnte. Wann hatte er zum letzten Mal so eine allumfassende Wonne verspürt? Es kam ihm vor, als wäre die ganze Welt nur auf die Stelle zusammengeschmolzen, an der ihre Körper sich vereinten.

»Hilf mir«, flüsterte sie eindringlich.

Nathan packte ihre Hinterbacken und hob ihre Hüften an. Langsam drang er weiter vor. Er spürte die Barriere, doch er konnte nicht mehr zurück. Um ihr nicht weh zu tun, wiegte er sie sanft in seinen Armen, als er so vorsichtig, wie es ihm möglich war, in sie stieß. Ihre Körper waren feucht, und ein moschusartiger Duft hing in der Luft.

Und Adrienne ließ sich nur noch von ihrem Instinkt leiten. Sie klammerte sich an seinen Rücken und hob ihre Hüften, um seinen Stößen zu begegnen, und Schmerz vermischte sich mit Wonne. Schließlich biß Nathan sich auf die Lippe, stöhnte, und sie spürte, wie er sich pulsierend in sie ergoß.

Nathan ließ sich auf ihren Körper sinken, schloß die Augen und lauschte auf seinen Herzschlag, der langsam wieder zu einem normalen Tempo zurückfand.

»Ich habe dich gefühlt«, flüsterte sie an seiner Schulter.

»Wirklich?« Lächelnd küßte er sie. Doch innerlich war ihm nicht zum Lächeln zumute ... Schon jetzt spürte er die ersten Zweifel in sich aufkommen. Die Sonne war untergegangen, und er war froh, daß die grauen Schatten seinen Gesichtsausdruck vor ihr verbargen. »Du hast bestimmt Durst. Trinken wir noch ein Glas Champagner.«

Adrienne räkelte sich auf den Kissen, und Nathan warf das Laken über sie, um ihre Blöße zu bedecken. Sie war glücklich; sie strahlte Erfüllung und Zufriedenheit aus, und das weckte in ihm ein tiefes Unbehagen. Er spürte ihren Blick und zog sich ein Paar Breeches über. Dann schenkte er Champagner aus der zweiten Flasche ein.

Plötzlich konnte er es nicht länger verdrängen. Mit aller Macht traten die Tatsachen in sein Bewußtsein: Das Abkommen mit Nicholai Beauvisage war hinfällig – er hatte es verletzt. Adrienne würde keine Jungfrau mehr sein, wenn ihr einundzwanzigster Geburtstag kam, und er würde das Land auf Barbados nicht bekommen. Wie hatte es bloß geschehen können, daß sein Hirn in einem derart entscheidenden Moment die Verantwortung an seinen Körper abgegeben hatte? Damals, als sie in sein Bett gekommen war, hatte er doch auch nein sagen können! Nathans Miene war düster und abweisend, als er mit den beiden Gläsern zum Bett kam.

»Was ist los?« fragte sie besorgt.

Er wäre ein noch widerwärtigeres Ungeheuer, als das er sich ohnehin schon fühlte, wenn er so kurz nach ihrem Liebesspiel den tatsächlichen Grund für seine Verstimmung ansprechen würde. Also gab er sich Mühe, wieder zu lächeln. »Nichts, meine Süße.« Er streichelte ihr über das Haar, aber er tat es wie ein Bruder, der seine Schwester beruhigen wollte. »Ich bin nur müde.«

»Hmm. Ich auch.« Sie trank den Champagner aus und legte sich dann mit seliger Miene zurück, als wollte sie die abebbenden Empfindungen bis zum letzten Rest auskosten. »Ich glaube, ich ruhe mich noch ein bißchen aus.«

»Gut. Es kann bestimmt nicht schaden, wenn du bis morgen früh schläfst.« Als er merkte, daß sie auf ihn wartete, streifte er sich die Hosen ab und schlüpfte zu ihr ins Bett. Die Dunkelheit füllte langsam die ganze Kajüte aus, während das Meer sie sanft schaukelte.

»Ich bin froh, daß du nicht aufs Deck mußt, um den Captain zu spielen«, murmelte Adrienne schläfrig. Sie kuschelte sich an ihn und schmiegte ihre Wange an seine Brust.

»Nun ja, selbst Kapitäne müssen schlafen, sonst taugen sie nichts. Ich habe volles Vertrauen in Minter.«

»Darf ich dir ein Geheimnis verraten?«

Er fühlte sich, als würde ein schweres Gewicht auf ihn niedersinken. »Du wirst es nachher nicht bereuen, hoffe ich . . .«

»Sei nicht albern. Ich wollte dir nur sagen, daß ich gar nicht so wütend darüber bin, hier zu sein, wie ich dich glauben machen wollte. In Wahrheit möchte ich weder nach Hause noch nach Harms Castle zurück. Ich möchte bei dir bleiben und dieses wundervolle Abenteuer auskosten.«

Nathans Eingeweide zogen sich zusammen. »Der Champagner hat dir dein Gehirn vernebelt. Jetzt mach die Augen zu und schlaf, hm?«

Und bald darauf tat sie genau das. Nathan jedoch fand keine Ruhe.

Zachary Minter hatte einen Mann namens Braddock zur Nachtwache eingeteilt. Als er am nächsten Morgen aufstand und nach oben ging, fand er Captain Raveneau vor, der auf dem Achterdeck auf und ab wanderte, als sei er nie fortgewesen. Sein Anblick tat Zachary gut.

Der frühe Morgenhimmel hatte die Farbe englischer Rosen, aber die Küste Britanniens verblaßte schon am Horizont, als das Schiff weiter in den Kanal hineinsegelte. Für Minter war die Welt endlich wieder in Ordnung, und er beeilte sich, sich zu seinem Captain zu gesellen.

»Guten Morgen, Sir!« brüllte er, als er näherkam. »Ich muß gestehen, daß es verdammt gut tut, dich wieder dort zu sehen, wo du hingehörst!« Sein Lächeln schwand allerdings rasch, als Raveneau sich umdrehte und Minter sein Gesicht sah. Nathan hatte tiefe Ringe unter den Augen, und Kinn und Wangen waren unrasiert. Seine Stirn lag in Falten, und sein Atem roch nach Brandy.

»Du brauchst mir keine Standpauke zu halten, Zach. Ja, ich habe dem Brandy zugesprochen, aber niemand kann behaupten, daß der Captain schon vor dem Frühstück trinkt, weil ich nämlich so gut wie gar nicht geschlafen habe.« Nathan trat an die Reling und starrte in das kabbelige Wasser. »Ich würde gerne sagen, daß die reine Freude, wieder auf See zu sein, mich wachgehalten hat, aber das wäre nicht ganz die Wahrheit.«

Minter hatte es sich schon vor langer Zeit zur Aufgabe gemacht, die Probleme aufzudecken, die sein Captain vor ihm zu verbergen versuchte. »Was ist los? Was hat dir den Morgen verdorben?« Dann zogen sich seine Brauen mißtrauisch zusammen. »Ich hoffe, es geht nicht um dieses Frauenzimmer, oder etwa doch? Sie hat nichts als Ärger gemacht, seit sie in unser Leben getreten ist.«

»In *unser* Leben?«

»Natürlich. Ich habe durch sie mindestens genauso viele Unannehmlichkeiten gehabt wie du. Vielleicht sogar mehr.«

»Nun, dann freu dich. Es könnte gut sein, daß unsere Beziehung zu Miss Beauvisage bald beendet ist.« Er wirkte ausgesprochen unglücklich, als er die Worte aussprach.

Die Sonne stieg höher am Himmel, und immer mehr Männer kamen an Deck, was Zachary nervös machte. »Hör mal, alter Freund. Wie wäre es, wenn du aufhören würdest, in Rätseln zu sprechen, und mir endlich sagtest, was vor sich geht? Vielleicht bin ich heute morgen ein wenig langsam, aber ich habe wirklich nicht die geringste Ahnung, was mit dir los ist.« Er packte Nathans Ärmel und zupfte daran. »Sieh mich an, und sag mir die Wahrheit! Du tust es früher oder später sowieso, also laß uns die Sache hinter uns bringen.«

Nathan schnitt eine Grimasse, als ob er Schmerzen hätte, begegnete aber dem durchdringenden Blick seines Freundes. »Ich habe dir die Bedingungen meiner Abmachung mit Adriennes Vater erklärt?«

»Du solltest sie vor Gefahr und sich selbst beschützen, bis sie einundzwanzig wird. Im Gegenzug übergibt dir Beauvisage sein Land auf Barbados, das an Xavier Crowes Anwesen grenzt.«

»Genau.« Nathan räusperte sich. »Habe ich auch erwähnt, daß ich dafür verantwortlich bin, daß Miss Beauvisage ihren einundzwanzigsten Geburtstag jungfräulich feiert?«

»Ich weiß nicht mehr.« Zachs Augen verengten sich, als er seinen Vorgesetzten musterte. »Gestern hast du mir erklärt, daß wir sie mitnehmen müssen, damit die Bedingungen alle erfüllt werden können. Heute morgen deutest du an, daß die Abmachung hinfällig geworden ist und Miss Beauvisage uns möglicherweise verlassen wird. Sag bloß nicht, daß *du* ...«

Raveneau sah zerknirscht zu Boden. »Es handelt sich um eine komplizierte Situation.«

»Himmel und Hölle! Ich ... ich bin sprachlos!«

»Du brauchst mich nicht anzubrüllen. Ich kann selbst kaum glauben, daß es passiert ist, und in den vergangenen zwölf Stunden habe ich mir selbst genügend Vorwürfe gemacht. Allein der Gedanke daran, was ich auf Harms Castle alles in Kauf genommen habe, um dieses verfluchte Land auf Barbados zu bekommen ... Und nun bin ich endlich auf meinem Schiff in Sicherheit und –«

»Warst du betrunken?«

»Nein. Aber ich hatte schon geschlafen«, setzte er hoffnungsvoll hinzu. »Vielleicht dachte ich, daß es sich um einen Traum handelte. Wäre das vielleicht ein mildernder Umstand?«

»Nein. Wenn du mich fragst – was du nicht tun wirst –, dann steckt hinter dieser Sache mehr als nur reine, gewissenlose Lust. Du willst es dir gegenüber nur nicht eingestehen. Ich bin nicht blind, und ich kann ganz deutlich erkennen, daß es zwischen euch irgendeine Verbindung gibt, die –«

Raveneaus Hand schoß vor und schloß sich über Minters Mund. »Sprich es bloß nicht aus! Adrienne Beauvisage ist die letzte Frau auf der Welt, an die ich gebunden sein möchte, und ganz sicher ist hier nicht von ... von –«, er brach ab und schluckte, »von Liebe die Rede. Sie ist ein Satansbraten! Unberechenbar, stur –«

»Hört sich an wie eine Verbindung mit –«

»Der Hölle!« wiederholte Nathan beharrlich.

»Also, da du dich jetzt mit ihr vergnügt hast, bringen wir sie nach Hause, sagen ihrem Vater, daß es leider nichts war mit der Abmachung, segeln nach Barbados und vergessen, daß wir je eine Adrienne Beauvisage gekannt haben, richtig?«

Nathan schloß die Augen. »Ich werde mich für den Rest meines Lebens dafür verachten, daß ich mir das Land, die Gelegenheit, Xavier Crowe endlich dingfest zu machen, einfach so durch die Finger habe gleiten lassen, nur weil ich –«

»Deine Selbstvorwürfe werden langsam langweilig. Wie sieht Miss Beauvisage denn die gegenwärtige Situation?«

Ein Steward erschien mit zwei Tassen heißen Kaffees, und sie verstummten, um zu trinken. »Gott, ich habe ganz vergessen, wie scheußlich dieser Kaffee schmeckt«, sagte Nathan und trank sofort den nächsten Schluck. »Es geht doch nichts über den Geschmack heißen, bitteren Kaffees vermischt mit einer Spur salziger Luft.« Er holte tief Atem und grinste. Zachary starrte ihn nur abwartend an. »Oh, ach ja. Adrienne. Tja, sie scheint mich irgendwie in ihr Herz geschlossen zu haben.«

»Sie fleht also nicht länger um Rettung? Sie will ihrem Entführer nicht mehr entkommen?«

»Äh ... nein.« Eine leichte Röte stieg in Nathans Wangen und verlieh ihm ein jungenhaftes Aussehen. »Genaugenommen hat sie mir eingestanden, daß sie gerne mit mir nach Barbados fahren würde.«

»Aha. Kein Wunder, daß du in diesem Zustand bist.«

»Zach, hab' ich dir schon mal gesagt, daß du manchmal wie meine Mutter redest?«

»Tja, irgend jemand muß das ja tun.« Zachary schaute sich um und entdeckte ein paar Männer, die darauf warteten, Aufgaben zugeteilt zu bekommen. »Hör zu, Captain, der Tag hat begonnen. Ich werde dir jetzt einen Rat geben, einverstanden?«

»Ich höre.«

»Ich denke, du kannst das Land, das du dir so wünschst, noch immer bekommen. Nicholai Beauvisage ist ein Freund, oder etwa nicht? Wenn seine Tochter ein Satansbraten ist, die der Ehe an und für sich abgeschworen hat, meinst du nicht, daß Beauvisage überglücklich wäre, wenn *du* sie heiraten würdest? Ganz sicher sieht er dich als den Schwiegersohn seiner Wahl und wird dir das Land auf Barbados schenken.« Zachary beobachtete Nathan genau. »Nun, selbstverständlich könnte sie deinen Antrag auch ablehnen und doch lieber nach Frankreich zurückkehren.«

»*Antrag?* Ich glaube, ich höre nicht richtig! Hast du mir gerade ernsthaft vorgeschlagen, diese kleine Bestie zu heiraten?« Er ging mit raschen Schritten quer über das Deck und kehrte dann zurück. »Du bist verrückt, Zach!« Plötzlich hob Nathan den Kopf, und seine Miene erhellte sich. »Moment! Du willst mich bloß wieder aufziehen, richtig?«

»Oh, nein, ich bin im Augenblick sehr ernst. Hast du noch nie von Zweckehen gehört? Nun ja, wahrscheinlich wird sie so einer Sache niemals zustimmen, denn es wäre ein riskantes Unternehmen . . .«

Nathan preßte sich eine Hand auf sein hämmerndes Herz. »Hab' ich dir noch nicht gesagt, daß ›riskant‹ Adriennes Lieblingswort ist? Im übrigen fände ich es nett, wenn du auch mal über *meine* Gefühle in dieser Sache nachdenken würdest. Wie kommst du darauf, daß Adrienne die einzige ist, die überzeugt werden müßte?«

Minter zuckte die Achseln. »Ich weiß, daß du dich gerne mit mir streitest, Captain, aber es gibt diverse Dinge zu tun. Jetzt schau dir nur diesen unfähigen Matrosen dort oben an!« Er wandte sich um, rief einem der Männer etwas zu und warf seinem Freund einen Blick über die Schulter zu. »Wir beide wissen, daß du nie die Zeit oder die Lust gehabt hast, dir wirklich eine Frau, die du lieben kannst, zu suchen. Unter diesen Umständen wäre es doch klug, aus praktischen Gründen zu heiraten, oder nicht? Fällt dir ein besserer Grund ein als das Land, das du unbedingt haben willst? Im übrigen ist Miss Beauvisage ja nicht gerade unattraktiv. Ihr würdet wunderschöne Kinder kriegen!«

Mit diesen Worten wandte Minter sich ab, um sich all den Aufgaben zu widmen, die in seiner Verantwortung lagen.

Nathan stand an der Reling, umklammerte das kühle Messing mit beiden Händen und versuchte, den Aufruhr in seinem Inneren niederzuzwingen. Er war erschöpft, unglücklich und verwirrter als je zuvor. Genaugenommen hatte er seit ewigen Zeiten keine Verwirrung mehr verspürt. Selbst als Kind hatte er immer gewußt, was er wollte, war sich stets seiner Fähigkeiten bewußt gewesen und hatte seine Ziele klar vor Augen gehabt.

Bis Adrienne in sein Leben getreten war! Verfluchte Adrienne!

Er schien keine andere Wahl zu haben, als hinunterzugehen und mit ihr zu reden, auch wenn Zachs Plan sich alberner anhörte, als man in Worte fassen konnte.

Als er durch den dunklen Gang ging, erkannte er Franklin Crenshaw, der ihm mit einem leeren Tablett in der Hand entgegenkam. Beim Anblick seines Captains wurde Crenshaw puterrot.

»Ich, äh . . . ich habe Miss Beauvisage Frühstück gebracht, Sir«, stammelte er, als sie sich gegenüberstanden. »Sie hat darum gebeten.«

»Das war gut, Crenshaw.« Er starrte den jungen Mann an und fragte sich, warum dieser so merkwürdig verlegen war. »Ich hoffe, es war alles in Ordnung?«

»Oh, o ja, Sir. Miss Beauvisage hätte nicht charmanter sein können.«

»Aha.« Nathan zog eine Augenbraue hinauf. »Dann vielen Dank. Zurück an die Arbeit!«

Augenblicke später betrat Nathan seine Kabine und fand Adrienne aufrecht in seinem Bett sitzend vor. Sie trug wieder sein Hemd und strich sich gerade zufrieden Butter auf ein Muffin. Zwar waren ihre nackten Beine unter den Laken verborgen, aber das tröstete ihn kaum über ihre restliche Erscheinung hinweg.

»Guten Morgen!« rief sie und strahlte ihn an. »Lieber Himmel, du siehst von Stunde zu Stunde einem Piraten ähnlicher. Vergraben wir auf deiner Insel auch einen Schatz?«

Ihr glänzendes Haar hing ihr offen und wild über die Schultern, eine Locke baumelte auf attraktive Art und Weise über einem Auge. Nathan war entsetzt, wie stark ihre Anziehungskraft auf ihn war. »Hättest du nicht ein wenig auf deine vielgepriesene Erziehung achten und dich anziehen können, bevor du dein Frühstück bestellst? Bald hechelt meine gesamte Mannschaft hinter dir her.«

Adrienne lachte. »Hier, beiß mal in das Muffin. Es schmeckt überraschend gut.« Sie war so unglaublich glücklich, daß nichts, was er sagte, ihre Laune hätte verderben können. »Oje, du hast wieder deine düstere Miene aufgesetzt. Aber ich weiß genau, daß ich nicht daran schuld sein kann, denn ich habe geschlafen, seit wir uns einen Gutenachtkuß gegeben haben. Komm, setz dich zu mir und sag mir, was los ist.«

Entwaffnet gehorchte Nathan. Er hockte sich auf die Kante seines Bettes und war erschüttert, als Adrienne sich augenblicklich vorbeugte und ihn küßte.

»Hmm, trotz Brandy und Zigarren riechst du noch immer gut!« Ihre Augen funkelten schelmisch. Nach so langen Wochen, in denen sie gezwungen gewesen war, sich auf Harms Castle in eine bestimmte Rolle einzufügen, konnte sie endlich ihr wahres Ich ausleben. In der vergangenen Nacht hatte Nathan die Impulsivität, die ihr Wesen auszeichnete, durchaus zu schätzen gewußt, doch nun machte es die Situation nur komplizierter. Er wußte, daß die vergangene Nacht es ihr ermöglicht hatte, ihm endlich ihr Herz zu öffnen. Es waren die Nähe und die Zärtlichkeit ihres Liebesspiels, die Adrienne so vertrauensvoll gemacht hatten. »Du hast mir gefehlt. Wie lange bist du schon wach?«

»Seit Stunden.« Um sich abzulenken, nahm er ein Muffin und biß hinein. »Ich . . . mußte über vieles nachdenken.«

Adriennes glänzende Laune war plötzlich gedämpft. Die Härchen in ihrem Nacken richteten sich auf. »Sag mir nicht, daß du von Reue sprichst.« Sie nahm ihre Hand von seinem Arm und lehnte sich in die Kissen zurück.

»Nein, ich spreche nicht von Reue. Nicht einmal von Empfindungen.« Es kostete ihn enorme Kraft, sich gegen die Gefühle abzuschotten, die ihn nur in weitere Schwierigkeiten bringen würden. »Ich habe gestern nacht den Kopf verloren, und seitdem versuche ich, diese Sache irgendwie zu klären. Bisher mit recht wenig Erfolg, wie ich zugeben muß.«

Adrienne verspürte einen heftigen Stich in der Brust. »Diese *Sache?*«

»Um Himmels willen, könnten wir das bitte wie zwei erwachsene Menschen besprechen, vielleicht sogar als Freunde? Ich meine, wir haben schließlich schon viel zusammen erlebt. Tu mir einen Gefallen, und laß dich nur dieses eine Mal von deinem gut ausgebildeten Verstand statt von deinen überbordenden Gefühlen leiten.«

Mit einem Satz sprang Adrienne aus dem Bett, stellte das Frühstücksgeschirr auf den Tisch und begann, sich anzuziehen. »Ganz offensichtlich sehen wir beide die letzte Nacht aus unterschiedlichen Blickwinkeln. Laß mich nur eben meine vernichtete Würde wiederherstellen, dann können wir uns setzen und dein Anliegen besprechen.«

Es war unmöglich, nicht das Beben in ihrer Stimme wahrzunehmen. Als sie sich ein schlichtes Kleid übergestreift hatte und es nicht schließen konnte, trat Nathan hinter sie und half ihr. Beide waren sich bewußt, daß seine Finger ein wenig zitterten.

Adrienne wand ein Band um ihr Haar, setzte sich an den Tisch und faltete die Hände. »Ich bin jetzt soweit.«

»Nun . . ., eigentlich ist die ganze Sache ganz einfach. Oder sie kann es zumindest sein.« Er ertappte sich dabei, wie er aufstand und zu dem Schränkchen hinüberging, in dem verschiedene Flaschen in ihren Fächern befestigt waren. Dies war eine trockene Angelegenheit – er mußte etwas trinken. Nachdem er sich ein kleines Glas Brandy eingeschenkt hatte, trank er es aus, fühlte sich jedoch danach nicht besser.

»Ich denke, einem Mann der schon in der Morgendämmerung trinkt, kommt alles ziemlich einfach vor«, stellte Adrienne mit höflicher Stimme fest.

»Würdest du mich einfach ein einziges Mal aussprechen lassen?« Er begann auf und ab zu gehen, wobei er sich mit dem Schlingern des Bootes bewegte. »Vielleicht kannst du es als Frau nicht ganz nachvollziehen, daß Männer ein wenig anders strukturiert sind, wenn es um . . . ähm . . . die körperliche Begegnung geht.«

»Dann sei so freundlich und kläre mich auf.«

Er blieb neben dem Tisch stehen, ohne sie anzusehen, und rollte seinen Ärmel neu auf. »Nun ja, wenn ein Mann die Gelegenheit hat zu . . . mit einer Frau zusammenzusein, dann kann es manchmal sein, daß der Drang danach alle zivilisierten Gedanken ausschaltet. Sein Verstand, seine Vernunft, seine Disziplin werden ganz plötzlich von einem uralten, sehr mächtigen Instinkt ausgelöscht, den eine Frau wohl niemals begreifen kann.«

Wenn sie nicht so wütend gewesen wäre, hätte Adrienne laut gelacht. »Faszinierend. Und eine Frau hat solch einen Instinkt nicht?«

Nathan schluckte. »Also, als Mann kann ich das nicht wirklich beurteilen, aber man hat mir immer gesagt, daß Ladies eher andere Anliegen haben, ähm ... wie zum Beispiel Liebe und Ehe.«

»Vielen Dank für diese überaus informative Lektion, Sir!« Ihre Hände krampften sich in ihrem Schoß zusammen. »Und was hat das für Auswirkungen auf mich? Könnte es sein, daß du mir klarmachen willst, daß du vergangene Nacht in den Klauen dieses *uralten, mächtigen Instinkts* gefangen warst, der dich einfach mitgerissen hat? Daß dein Bedürfnis, dich zu *paaren*, vorübergehend deinen Verstand außer Gefecht gesetzt hat?«

Nathan sah sie unter gesenkten Lidern her an. »So in etwa«, murmelte er.

»Was selbstverständlich heißt, daß ich ja nicht auf den unsinnigen Gedanken kommen sollte, du würdest etwas für mich empfinden.« Adrienne griff nach einem Hemdzipfel, als er sich gerade umdrehen wollte. »Wenn du so ein großer, starker Mann bist, wieso kannst du dich dann nicht mir gegenüber setzen und mich ansehen?«

Er gehorchte. »Also gut. Ich gebe es zu. Mein Verhalten dir gegenüber war schändlich. Auf Harms Castle bin ich wenigstens noch in der Lage gewesen, den Anschein von Ehre aufrechtzuhalten, aber nun ist auch das fort.« Der Anblick ihres bleichen Gesichts und der glitzernden Augen veranlaßte ihn, sich gerade aufzusetzen. »Wir sollten den Tatsachen ins Auge sehen und anerkennen, daß wir beide nicht für die Art von Romanze, die unsere Eltern in die Ehe geführt hat, geschaffen sind. Du und ich, wir sind beide stur und dickköpfig und lieben unsere Unabhängigkeit. Wir gehen gerne Risiken ein und können Kompromisse nicht ausstehen –«

»Und die letzte Nacht war nur ein weiteres unserer Abenteuer?«

Nathan beugte sich vor und lächelte sie unsicher an. »Ja, so könnte man es nennen! Wenn du es so betrachtest, dann fällt es dir sicher leichter, unser kleines Zwischenspiel in die Schublade der Erinnerungen zu verstauen und nicht von mir zu verlangen, daß ich zu jemandem werde, der ich nicht bin.«

»Oh, ich verstehe. Du bist ein Schürzenjäger.«

Er grinste. »Und du bist eine Xanthippe. Wir sind nicht für zarte Bande gemacht. Und solange wir uns darüber im klaren sind, werden wir gut miteinander auskommen.«

»Worauf willst du hinaus?«

Nathan spürte, daß er sich auf sehr dünnem Eis bewegte. Adrienne hatte einen ausgesprochen wachen Verstand – ihr schien nichts zu entgehen. Nathan zwang sich, ihrem Blick zu begegnen, obwohl er am liebsten wieder aufgesprungen und umhergewandert wäre. »Ich habe mir den ganzen Morgen schon den Kopf darüber zerbrochen ... vor allem über mein Scheitern, was die Abmachung mit deinem Vater betrifft. Er hat mir vertraut, daß ich dich beschütze.«

»Ach ja. Ich war das Lamm, und du der Wolf im Schafspelz, richtig?«

»Himmel! Es ist ja nicht so, als hätte ich geplant, dich zu verführen. Oder als hätte ich dich gegen deinen Willen genommen.«

»Ganz recht. Und was beabsichtigst du nun mit mir anzustellen? Läßt deine Ehre – oder meinetwegen dein Mangel daran – es zu, daß wir weitermachen, als wäre nichts geschehen? Mein Vater weiß nichts, und ich werde es ihm auch nicht sagen.«

»Du schlägst vor, daß wir ihn beide belügen?«

Adrienne warf die Haare mit einer ungeduldigen Geste zurück. »Ich tu' es schon mein ganzes Leben lang, und Papa ist daran gewöhnt! Obwohl ich ›lügen‹ als Ausdruck viel zu stark finde. Sagen wir einfach, ich lebe mein eigenes Leben.«

»Willst du wirklich nach Barbados mitkommen?« Er sah sie aufmerksam an, aber ihr gewöhnlich so ausdrucksvolles Gesicht war verschlossen und abweisend.

»Ja. Habe ich dir das nicht schon gesagt? Ich freue mich darauf.«

»Ob du es nun glaubst oder nicht, ich *bin* ein Mann der Ehre. Ich will deinen Vater *nicht* wissentlich belügen, gerade in diesem Fall nicht. Ich kann kein Land nehmen, das ich nicht verdient habe. Aber es gäbe eine Lösung . . ., wenn erst du und später dein Vater einverstanden seid.«

Die Hoffnung regte sich in Adriennes Herz, aber sie gedachte nicht, es ihn spüren zu lassen. »Ja?«

Die Worte drohten ihm in der Kehle steckenzubleiben. »Ich . . . nun ja, es gibt einen Weg, der uns beiden ermöglicht, das zu bekommen, was wir wollen, aber es kommt sogar mir ziemlich kaltblütig vor.« Adrienne starrte ihn nur an, ohne ihn zu ermutigen weiterzusprechen. Nathan brach der Schweiß aus. »Wir könnten heiraten.«

Adrienne spürte, wie sie eine Gänsehaut bekam. »Was genau schlägst du vor?«

»Keiner von uns beiden will aus Liebe heiraten. Warum tun wir uns nicht einfach aus praktischen Gründen zusammen? Du hast auf Barbados das abenteuerliche Leben, nach dem du dich sehnst, und ich bekomme mein Land.« Er lächelte aufgesetzt fröhlich. »Außerdem würde es mir in Zukunft die Mütter aller Mädchen im heiratsfähigen Alter vom Hals halten.«

»Du redest also von einer Zweckehe?«

»Ja.«

Adrienne hob ihr Kinn. »Einverstanden.«

Kapitel 16

Weder Stürme noch Angriffe von Plünderern hielten die *Golden Eagle* auf, so daß die Passatwinde sie in der relativ kurzen Zeit von vier Wochen nach Barbados trugen. In dieser Zeit vertiefte Captain Raveneau sich in all die Aufgaben, die er so lange vernachlässigt hatte. Jede wache Stunde studierte er Karten oder stand an Deck, um die unterschiedlichen Tätigkeiten der Matrosen zu überwachen. Nachts schlief er in einer Hängematte am entgegengesetzten Ende seiner Kajüte. Er hatte Adrienne erklärt, daß er sie nicht stören wollte, wenn er zu nachtschlafender Zeit aufstehen mußte.

Ihre Beziehung hatte sich vollkommen verändert. Während sie früher zu jeder Gelegenheit miteinander gestritten oder gelacht hatten, so war ihr Verhältnis jetzt auf Höflichkeit reduziert. Nathan war zu dem Schluß gekommen, daß sie schon zu viele Regeln gebrochen hatten; bis sie verheiratet waren, würde er sich wie ein Muster an Schicklichkeit verhalten.

Adrienne wußte sehr gut, daß er ihr nur aus dem Weg gehen wollte, doch sie sagte sich, daß sie abwarten konnte. Im übrigen gab es an Bord Dutzende von interessanten Büchern, in die sie sich ganz und gar verlieren konnte, und wenn ihre Gedanken doch zu Nathan wanderten, dann erlaubte sie sich den Luxus, ihre Phantasie spielen zu lassen. Meistens funktionierte es ganz wunderbar: Sie malte sich aus, wie Nathan und sie in einem wunderbar exotischen Haus inmitten üppiger Vegetation leben und herrlich sinnliche Nächte unter dicken Federbetten verbringen würden. An den Abenden, an denen Nathan besonders kurz angebunden war, ließ sie sich von den sanften Wellen wiegen und träumte von hübschen, lachenden Babys, bis sie schließlich einschlief.

Doch wenn Adrienne die Kleider jener fremden Frau

trug, krochen nur allzuoft unwillkommene Fragen zu dieser mysteriösen Eloise, deren Namen Nathan im Schlaf genannt hatte, in ihr Bewußtsein. Schließlich sagte Adrienne sich resolut, daß jene Frau, wer immer sie auch gewesen sein mochte, inzwischen fort war. Nun war sie, Adrienne, hier. Und das allein war es, was zählte.

Eines Nachmittags wurde zum ersten Mal Land gesichtet. Nathan folgte Minters Vorschlag, Adrienne an Deck zu holen, um sie einen Blick durch das Fernrohr werfen zu lassen.

»Das Meer ist atemberaubend«, sagte sie begeistert. Anfangs, als sie sich von England entfernt hatten, war Adrienne der Atlantik faszinierend düster und dramatisch vorgekommen. Die tropischen Gewässer jedoch waren von einem solchen unglaublichen Blau, daß es beinahe in den Augen schmerzte, und nur die silbrigen fliegenden Fische schienen die unendliche glatte und einladende Oberfläche aufwühlen zu können. Die stete Brise, die über die Reling wehte, war warm, und die Sonnenuntergänge waren zu schön, um sie zu beschreiben.

Nathan beobachtete aus einiger Entfernung, wie sie durch das Fernglas spähte. Er war beinahe entsetzt, als er sich bei dem Gedanken ertappte, daß die Schönheit der Umgebung gegen Adrienne verblaßte. Die Zeit, die sie lesend auf Deck verbrachte, hatte ihr eine wunderschöne, goldbronzene Hautfarbe verliehen, und ihre Augen funkelten lebhafter denn je. Gott, wie viele Nächte hatte er in seiner Hängematte gelegen und sich nach ihr gesehnt!

Manchmal überlegte Nathan, ob Adrienne vielleicht ein Fluch war.

»Seht mal!« schrie sie plötzlich. »Ist das wirklich Barbados? So habe ich es mir gar nicht vorgestellt.«

»Die Insel ist ein wenig wie eine Birne geformt, wobei die untere Hälfte sich etwas weiter nach Osten ausdehnt«, erklärte Minter. »Sie blicken nun auf die Seite, die sich zum Atlantik öffnet. Die Westküste ist sanft und still; die Ostküste wild und ungezähmt, manchmal sogar sehr gefährlich. Bridgetown, die größte Hafenstadt, liegt im Westen.«

»Ich werde mir eine Karte ansehen müssen«, dachte sie laut.

Minter wies auf die Küste in der Ferne. »Diese besonders schroffe Küstenlinie gehört zum sogenannten Scotland District. Sie werden feststellen, daß praktisch jedes Dorf, jede Stadt, jedes Haus nach etwas Englischem benannt ist. Selbst Barbados wird manchmal liebevoll Bimshire genannt.«

Adrienne hatte ihr neues Zuhause bereits in ihr Herz geschlossen. »Bimshire? Wie bezaubernd!«

»Bezaubernd ist ein Ausdruck, der kaum auf die Atlantikküste der Insel paßt«, mischte Nathan sich ein wenig barsch ein. »Etwas weiter abwärts liegt das Cobbler's Reef, wo die Brandung überaus tückisch ist. Genau dort lauert Xavier Crowe nachts auf ahnungslose Seeleute. Er und seine Gefolgsmänner stellen falsche Leuchtfeuer auf, um die Kapitäne zu dem Glauben zu verleiten, sie würden sich Bridgetown nähern. Sobald die Schiffe in der Bucht auf Grund laufen oder an den Felsen zerschellen, plündern Crowe und Konsorten die Ladung.«

»Das ist ja furchtbar! Kein Wunder, daß du ihn haßt.« Trotz allem fasziniert, spähte Adrienne durch das Fernrohr in südliche Richtung. Das klare blaue Wasser, das zur Küste hin einen immer intensiveren Türkiston annahm, war so einladend, und es fiel ihr schwer, diese atemberaubende Schönheit mit Gefahr in Verbindung zu bringen. »Xavier Crowe lebt also im Südosten von Barbados? Wo ist dein Land? Und wo liegt Papas Grundstück?«

»Mein Haus heißt Tempest Hall und befindet sich weiter nördlich, ein bißchen landeinwärts.« Er zog eine

Braue hoch. »Die fünfzig Hektar deines Vaters beginnen an der Nordgrenze von Crowes Grundstück.« Nathan trat einen Schritt zurück. »Wenn ihr zwei mich bitte entschuldigen wollt – ich hab' noch zu tun! Zach, ich gehe davon aus, daß du dich gut um Miss Beauvisage kümmern wirst.«

Adrienne beobachtete, wie er davonging und ein paar Schritte weiter kurz anhielt, um mit dem alten, gnomenhaften Schiffsarzt ein paar Worte zu wechseln. Zachary Minter sprach mit einer Stimme, die Mitgefühl verriet. »Ich weiß, daß Captain Raveneau die letzten Tage nicht gerade freundlich mit Ihnen umgegangen ist, Miss Beauvisage, aber er ist wirklich kein übler Kerl. Sehen Sie den alten Knaben dort, mit dem er gerade spricht? Tarpeck segelte schon auf der *Black Eagle* mit Nathans Vater André Raveneau. Der Bursche ist eigentlich zu nicht mehr viel nutze, aber Nathan hat einen Platz für ihn gefunden.« Minter drehte den Kopf, um ihre Miene zu betrachten.

Sie nickte. »Ja. Wahrscheinlich ist Ihr Captain nicht der Schlechteste.« Adrienne hätte am liebsten geseufzt, aber sie riß sich zusammen. Sie wollte Nathan in dem Glauben lassen, daß sie ihre bevorstehende Ehe genauso gelassen und sachlich betrachtete, wie er es zu tun schien. Wenn er gewußt hätte, daß sie sich ihm am liebsten jedesmal, wenn er auf sie zukam, an den Hals geworfen hätte, dann wäre alles verloren.

Auch jetzt ließ sein Anblick ihr Herz schneller klopfen. Es sah so umwerfend aus in seinen engen Hosen, die sich an die harten Muskeln seiner Schenkel schmiegten ... Jede seiner Gesten, jede Einzelheit seines Äußeren hatte sich in ihren Geist eingebrannt, und sie konnte sie abrufen, wann immer sie wollte ...

»Miss Beauvisage? Ist alles in Ordnung? Macht Ihnen die Hitze zu schaffen?«

Erst jetzt bemerkte Adrienne, daß Minter sie die ganze

Zeit ansah. Sie lächelte ihm freundlich zu. »Nein. Ich liebe dieses Klima, solange eine leichte Brise weht. Wenn ich nicht aufpasse, bin ich in kurzer Zeit genauso braungebrannt wie Nathan.« Sie setzte sich in Bewegung und wanderte langsam an der Reling entlang. Minter folgte ihr. »Wenn ich geistesabwesend gewirkt habe, dann nur, weil ich über das nachgedacht habe, was Sie mir erzählt haben. Ich weiß, daß Sie Nathan treu ergeben sind, und daß er umgekehrt Ihnen und seiner Mannschaft gegenüber absolut loyal ist. Aber ich bin eine Frau. Werde ich wohl je akzeptiert werden?«

Minters Bräune verbarg sein schuldbewußtes Erröten. »Ich muß gestehen, daß ich von Anfang an Zweifel an dieser . . . dieser ganzen Angelegenheit mit Ihnen hatte. Ich wollte nicht, daß er nach Harms Castle ging, obwohl er mir versicherte, daß wir dadurch das Land auf Barbados bekommen würden, und ich wollte ganz gewiß nicht, daß Sie sich auf diesem Schiff einnisten. Aber«, fuhr er hastig fort, als er in ihr Gesicht sah, »das hat sich geändert. Ich komme langsam zu der Auffassung, daß die ganze Sache durchaus ihre Vorzüge hat.«

»Sie drücken sich nicht gerade deutlich aus.« Adrienne warf ihm unter dichten Wimpern einen raschen Seitenblick zu. »Sie sagen mir, daß Sie meine Anwesenheit nun hinnehmen können, richtig? Aber Ihr Captain zieht sich mehr und mehr zurück, seit ich seinen Heiratsantrag angenommen habe. Wußten Sie, daß wir in England Freunde waren . . . zumindest so etwas in der Art?«

»Ich kann es mir vorstellen.« Zach räusperte sich verlegen. »Schauen Sie, es steht mir nicht zu, Sie über den Captain aufzuklären. Wir kennen uns schon unser ganzes Leben lang, und so vergesse ich manchmal meinen Platz und sage mehr, als ihm gefallen würde. Er hütet sein Inneres eifersüchtig!«

»Und läßt niemanden in sein Herz?« fragte Adrienne

mit einem Anflug von Trauer. »Ich schätze, Sie wissen von all den Menschen, die ... die in seiner Vergangenheit eine Rolle gespielt haben?«

»Äh ... ja. Hören Sie –« Zach blickte rasch nach links und rechts und beugte sich dann vertraulich näher. »Bitte versuchen Sie, Geduld mit ihm zu haben. Er ist ganz wie sein Vater früher – wild und ungezähmt. Er bekämpft instinktiv jede Frau, die ihn einzufangen versucht! Wissen Sie, wie man ihn in London nennt?«

»Nein.«

»Vagabund.«

»Oh! Aber ... natürlich habe ich schon von dem Vagabunden gehört! Man sagt, er sei absolut unabhängig. Außerdem habe ich schockierende Geschichten über seine ... seine Eroberungen gehört!« Adriennes Augen weiteten sich.

»Ach, vergessen Sie diese Geschichten. Sie müssen nur verstehen, daß er seine Freiheit braucht. Wenn er sich Ihnen gegenüber ab und zu unmöglich benimmt, dann nicht, weil Sie ihm nichts bedeuten, sondern weil sich in seinem Inneren ein Kampf abspielt, den er vermutlich nicht gewinnen kann.«

»Das wird ja immer schlimmer«, bemerkte Adrienne düster. Wieder wunderte sie sich, wie sie ihn auf Harms Castle nur so vollkommen falsch hatte einschätzen können. »Sie sagten, daß er wie sein Vater sei ..., doch selbst André Raveneau hat zu lieben gelernt, nicht wahr?«

»Teufel, ja!« Minter lachte laut auf. »Sobald er sich einmal damit abgefunden hatte, daß er Devon tatsächlich liebte, gab es kein Zurück mehr. Nathans Eltern sind seit fünfunddreißig Jahren glücklich verheiratet.« Er brach ab, um leise hinzuzufügen. »Aber er hat kein Bedürfnis danach, seinen Eltern nachzueifern.«

»Ja, ich verstehe ...« Enttäuscht wandte Adrienne die Augen ab. Sie mußte den Mut finden, Minter nach jener mysteriösen Eloise zu fragen. Aber wie sollte sie ihm erklären, woher sie den Namen kannte?

»Minter!« Captain Raveneaus Stimme dröhnte quer über das Deck. »Ich finde, du kümmerst dich ein bißchen zu gut um Miss Beauvisage. Denk daran, daß es auch noch Arbeit zu tun gibt!«

Adrienne stemmte eine Hand in die Hüfte und beschirmte mit der anderen ihre Augen, um ihn über das halbe Schiff hinweg böse anzufunkeln. »Ist es ein Verbrechen, sich mit mir anzufreunden?«

Zu ihrem Ärger gab Nathan keine Antwort, sondern wandte ihr den Rücken zu, als hätte sie überhaupt nichts gesagt.

Die *Golden Eagle* segelte um die Nordspitze der Insel herum, glitt dann gemächlich die Westküste entlang und steuerte auf den Hafen von Bridgetown zu. Bis zur Dämmerung hatte Adrienne all ihre Habseligkeiten gepackt und war bereit, von Bord zu gehen, obwohl sie noch gar nicht angelegt hatten.

Sie stand an der Reling und blickte auf das türkisfarbene Wasser, das sanft gegen die schneeweißen Strände schwappte, die von schlanken Palmen und üppig blühenden Büschen gesäumt waren. Dies war also die Seite der Insel, die sich zur warmen karibischen See öffnete. Adrienne kam es vor wie eine Vision aus einem wunderschönen Traum. Alles an Barbados schien exotisch, und die Ungewißheit der Zukunft war aufregend und spannend.

»Bereust du es?«

Nathans Stimme erklang dicht hinter ihr, und sein warmer Atem strich über ihre Wange. Wieder empfand sie das vertraute Kribbeln, das ihr das Rückgrat bis hinunter in die Zehen lief. Bei allem, was sie inzwischen über seine unstete Vergangenheit wußte, hatte Adrienne viele Nächte wachgelegen und sich besorgt gefragt, ob sie nicht auf verlorenem Posten kämpfte: Es war gut möglich, daß vor ihr viele Frauen in seiner Koje gelegen hatten, und es war ebenso möglich, daß nach ihr auch noch viele kommen würden. Doch immer, wenn Nathan bei ihr war, stieg neue Hoffnung in ihr auf.

»Nein, ich bereue nichts«, murmelte Adrienne. Sie wandte sich nicht zu ihm um, brachte aber ein kleines Lächeln zustande. »Ich habe das Gefühl, als wäre ich für dieses Leben hier auf der Insel geboren.«

»Tatsächlich?« Nathan rief sich in Erinnerung, daß selbst Ehen nicht dauerhaft sein mußten – am wenigsten Ehen, die unter solchen Umständen geschlossen wurden wie die ihre. Er machte sich nicht die Mühe, seine Abneigung gegen wahre Liebe zu ergründen; wahrscheinlich mußte er seine Eltern dafür verantwortlich machen. Die Ehe von André und Devon Raveneau war derart perfekt, daß jede andere dagegen nur kläglich oder sogar jämmerlich aussehen mußte.

Vielleicht lag es aber auch an seinen eigenen, bitteren Erfahrungen. Nicht nur, daß er es verabscheute, Eloises Namen ausgesprochen zu hören, er versuchte auch, jeden Gedanken an sie schon im Ansatz aus seinem Gehirn zu verbannen. Es war viel einfacher, sich auf Xavier Crowe zu konzentrieren und all seinen Haß auf ihn zu übertragen. Nun, wie auch immer . . ., es war sehr wahrscheinlich, daß Adrienne sehr rasch Heimweh bekommen würde, und dann würde er natürlich großzügig genug sein, in die Scheidung einzuwilligen.

Doch dann fiel ihm plötzlich etwas Unangenehmes ein. »Glaubst du etwa daran, daß wir Menschen durch die Hand des Schicksals geleitet werden?«

Adrienne rief sich in Erinnerung, was Zachary Minter über Nathans Furcht vor dem Verlust seiner Freiheit gesagt hatte, und lachte auf. »O nein, so ernst habe ich das eben nicht gemeint, Sir! Ich freue mich nur auf ein aufregendes Abenteuer!«

Nathans Stirn glättete sich. Er nickte und lächelte. »Das ist gut. Sehr gut. Ich wußte doch, daß wir uns in vieler Hinsicht sehr ähnlich sind.«

»Sind wir das?«

Die *Golden Eagle* umrundete Needham Point und fuhr in die Carlisle Bay ein, in der der Hafen von Bridgetown lag. Die Segel wurden gerefft. Nathan ging mit Zachary davon, um das Schiff sicher zum Anlegeplatz zu steuern, und Adrienne blickte überrascht auf den Hafen, auf den sie zufuhren. Je näher sie kamen, desto größer wurde ihr Erstaunen. Sie hatte nicht erwartet, eine derart zivilisierte Stadt vorzufinden. Der Kai und die Gassen schienen nur so von Leuten zu wimmeln, und die steinernen Gebäude zogen sich die ganze Bucht entlang.

Die lange Reise voller aufregender Phantasien war vorüber. Adriennes Träume konnten sich nun an die Realität anpassen. Tarpeck schlurfte über das Deck und stand immer wieder im Weg, so daß Minter ihm schließlich die Aufgabe zuteilte, sich zu Adrienne zu gesellen. Tarpeck war halbblind, aber er war diese Route schon zahllose Male gefahren.

»Den oberen Teil vom Hafen nennt man ›Careenage‹, Kielholplatz«, erklärte er, während er mit einem verstümmelten Finger auf die Reihe farbenprächtiger Boote und Schiffe deutete, die am Kai lagen. »Da werden die Schiffe auf die Seite gelegt, um ihren Rumpf zu bearbeiten. Das heißt dann ›Kielholen‹.«

Während sie langsam an der Küste entlangzogen, stellte Adrienne dem alten Mann Fragen. Er zeigte ihr die St. Anne's Barracks, die um einen hübschen Platz herum standen, wies sie auf Fontabelle hin, wo einst die Gouverneure von Barbados residiert hatten, und nannte ihr den Namen von Pelican Island, auf der sich stattliche Palmen sanft in der milden Brise wiegten. »Die Stadt is' schon zweimal abgebrannt und hat furchtbare Hurrikane überstanden«, erzählte Tarpeck. »Viele Holzhäuser und große Plantagen sind Feuer und Sturm zum Opfer gefallen. Nur die Gebäude aus Stein, die mit den dicksten Wänden, haben 'ne Chance hier.«

Erneut fiel Adriennes es schwer, die Extreme dieses scheinbaren Paradieses in Einklang zu bringen. Wie konnte so eine traumhafte und so idyllisch wirkende Insel gleichzeitig so gefährlich sein? Es war ein wenig beunruhigend, sich vorzustellen, daß das eigene Haus plötzlich davongeweht werden konnte ...

»Die Hügel, die Se da hinten sehen gehören schon zu andern Gemeinden«, knurrte Tarpeck. Er streckte seinen verkümmerten Finger aus und zeigte auf die niedrigen Erhebungen jenseits von Bridgetown. Zwischen der Überfülle von Palmen waren hier und da Häuser zu erkennen. »Verzeih'n Se, Miss, aber ich seh' gerade, daß ich gebraucht werde. Ich hab' noch 'n paar Dinge zu tun.«

»Ich danke Ihnen sehr herzlich für Ihre Erläuterungen, Mr. Tarpeck!« Adrienne schenkte dem ergrauten Seemann ein wundervolles Lächeln, das er mit einem Kopfnicken und einem Knurrlaut quittierte.

Sobald die *Golden Eagle* vor Anker gegangen war, näherten sich winzige Boote mit Einheimischen. Die Leute boten Dienstleistungen aller Art – von Wäschewaschen bis zum Gepäcktransport – an. Adrienne hatte in Frankreich oder England bisher wenig Farbige gesehen, so daß sie ihre Neugier nicht unterdrücken konnte. Zu ihrer Erleichterung wirkten diese Menschen überhaupt nicht beängstigend. Sie trugen leichte, farbenfrohe Kleidung, und ihre Mienen waren freundlich.

Es war nicht nötig, vom Schiff und seiner Mannschaft Abschied zu nehmen, denn die *Golden Eagle* würde im Hafen vor Anker liegen bleiben, bis ihr Captain auf der

Insel seine Angelegenheiten geregelt und beschlossen hatte, wohin die nächste Reise gehen würde. Die Seeleute bedachten Adrienne mit einem herzlichen Lächeln und gemurmelten guten Wünschen, und sie fragte sich, wie viele von ihnen wohl wußten, daß sie bald Mrs. Raveneau sein würde.

Ihr Gepäck wurde zuerst zu den Docks gebracht. Anschließend stiegen Nathan, Adrienne und Minter über eine Leiter hinab in ein Boot, das sie an Land fahren würde. Obwohl sie nur ein leichtes Musselinkleid trug, empfand Adrienne die Hitze jetzt schon als drückend, obwohl es noch nicht einmal Vormittag war. Der leichte Wind, der über das Meer strich, war angenehm, doch die Luftfeuchtigkeit war höher, als Adrienne es je erlebt hatte.

»Ich komme mir ziemlich dämlich mit meinem Sonnenschirm vor«, sagte Adrienne zu den beiden Männern. »Jedermann wird mich für eine verwöhnte Engländerin halten.«

»Ich habe nicht den geringsten Zweifel, daß du im Handumdrehen eine undamenhafte Braunfärbung im Gesicht haben wirst«, erwiderte Nathan. »Aber ich würde dir dennoch raten, so oft, wie du glaubst, es ertragen zu können, einen Sonnenschirm oder wenigstens eine Haube zu tragen. Die Sonne ist so stark, daß du davon krank oder zumindest krebsrot werden kannst.«

»Im übrigen«, setzte Zachary fröhlich hinzu, »erwarten die Bajans – so nennen die Eingeborenen sich – von Ihnen, daß Sie ganz und gar die Rolle der reichen Plantagenbesitzerin spielen. Sie sollten sogar –« Er brach ab, als er Nathans zornigen Blick entdeckte. »Hab' ich was Falsches gesagt?«

»Ihr Captain wird nicht besonders gerne an seine bevorstehende Hochzeit erinnert«, sagte Adrienne gepreßt. »Ich habe das Gefühl, daß er mich nach der Zeremonie am liebsten irgendwo einsperren würde, so daß er niemandem auf der Insel erklären muß, daß er überhaupt verheiratet ist!«

Nathan warf ihr einen drohenden Blick zu. »Ich hatte gehofft, daß du deine spitze Zunge in England gelassen hättest.«

Zach fuhr sich mit dem Finger in den Kragen, um ihn zu lockern. »Verflucht und zugenäht, ist es nicht furchtbar heiß hier? Außerdem habe ich das Gefühl, als würde das Boot schrumpfen. Ah, da ist der Kai! Keinen Moment zu früh, wie ich hinzufügen darf!«

Wenn Adrienne nicht so wütend gewesen wäre, dann hätte sie bestimmt über Minters Worte laut gelacht. So aber reagierte sie auf sein aufmunterndes Zwinkern nur mit einem dünnen Lächeln.

Nathan blickte sich um, als er aufs Dock sprang und sich bückte, um Adrienne die Hand entgegenzustrecken. Dann wandte er sich an Minter. »Hast du gesehen? Da ist Philip – verläßlich wie immer! Wie schön, daß manche Dinge sich nie ändern!«

Ein alter weißhaariger Neger bewegte sich würdevoll durch den Wirrwarr von Menschen, Karren, Kisten und aufgerollten Tauen auf sie zu. Ob es nun an seinem direkten Blick oder an seiner untadeligen Haltung lag – Adrienne war sich sicher, daß dieser alte Mann jener Philip war, den Nathan gemeint hatte.

Und tatsächlich. »Freu mich, Sie sehen, Captain«, sagte er mit tiefer, melodiöser Stimme.

»Philip! Dein Anblick tut meinen müden Augen gut!« Nathans eben noch so düstere Miene erhellte sich. »Was hast du für eine schöne Jacke an. Hat Orchid sie für dich gemacht?«

Ein warmes Lächeln legte das Gesicht des Mannes in unzählige winzige Falten. Er trug eine lockere beigefarbene Hose, ein weißes Hemd und darüber eine Jacke aus blaugelb gestreifter Seide. »Sind freundlicher Mann, Sir.

Leider muß sagen, Orchid sich nicht fühlt gut. Tochter, Lily, macht dies Jacke für mich!«

Nathan sah ihn besorgt an. »Aber Orchid ist doch nicht ernsthaft krank, oder? Ich war wieder viel zu lange fort! Ich möchte immer, daß alles genauso ist, wie ich es verlassen habe, aber wie kann ich das erwarten, wenn ich viele Monate weg bin?«

»Ich mich fragen auch«, murmelte Philip mit einem Nicken. Seine dunklen Augen wanderten zu Adrienne.

»Du möchtest sicher wissen, wer diese junge Lady ist.« Nathan packte Adriennes Arm und zog sie zu sich. Gerade zur rechten Zeit, denn im gleichen Moment hastete ein Matrose vorbei und hätte sie beinahe gerammt. »Das ist zwar nicht der geeignete Ort für eine längere Unterhaltung, aber ich möchte euch dennoch einander vorstellen. Philip Smythe, dies ist Adrienne Beauvisage.« Während die beiden sich lächelnd begrüßten, färbten sich Nathans Wangen dunkelrot. »Ich, ähm, sollte wohl hinzufügen, Philip, daß Miss Beauvisage meine, äh . . . Verlobte ist.«

»Sir! Ist möglich? Lieber Herr im Himmel, das ein Segen! Orchid sich freuen! Sie glaubt, der Tag nicht kommen in ihr Leben!«

Adrienne warf ihrem Verlobten einen Seitenblick zu und zog eine Augenbraue hoch, wie sie es von ihm gelernt hatte. »Mein Liebling, wie kommen Philip und Orchid bloß auf die Idee, daß du nicht zum Heiraten gemacht bist?«

Sein Griff um ihren Arm verstärkte sich. »Ich habe nicht die leiseste Ahnung. Gehen wir, bevor uns jemand noch ins Wasser stößt!«

Minter half ihnen, das Gepäck zu einem wartenden Wagen zu tragen, dann führte er Adrienne zu einer kleinen Kutsche, die Philip als Sulky bezeichnete. Als sie sich unter dem schützenden Dach niedergelassen hatte, lehnte sich der kleine Mann zu ihr.

»Viel Glück, Miss. Und das meine ich ernst!« Er zwinkerte ihr erneut zu. »Versuchen Sie bitte, Geduld mit ihm zu haben. Auch wenn er es vielleicht nicht verdient!«

Seine Worte entlockten ihr ein Lächeln, aber es schwand, als sie begriff, daß Zachary nicht mit ihnen kommen würde. »Müssen Sie denn auf dem Schiff bleiben?«

»Nun sehen Sie mich nicht so entsetzt an! Er beißt nicht, wie laut auch immer er knurren mag!« Impulsiv streckte er die Hand aus und tätschelte ihre Wange.

Nathan kletterte gerade von der anderen Seite in den Wagen, während Philip sich nach vorne setzte und die Zügel aufnahm. »Zach«, warnte Nathan mit ironischem Unterton. »Entwickle ja keine zu große Zuneigung zu Adrienne. Das schickt sich nicht!«

Minter errötete. »Tja, dann kehr' ich mal besser zur *Golden Eagle* zurück. Viel Glück für euch zwei.«

Adrienne fiel plötzlich etwas ein. »Aber – Moment! Sie kommen doch zu unserer Hochzeit?« schrie sie.

»Ich glaube kaum, daß wir diese Art von Hochzeit haben werden«, bemerkte Nathan. Er beugte sich vor und tippte Philip auf die Schulter, um ihm zu bedeuten, daß sie fahren konnten.

Adrienne war hin und her gerissen zwischen Staunen und Entzücken. Während der Wagen durch die schmalen, gepflasterten Gassen von Bridgetown ratterte, spielte Nathan den Fremdenführer. Offenbar hatte alles eine britische Bezeichnung, vom Trafalgar Square im Süden der Careenage bis hin zur Hauptstraße, die Broad Street hieß. Und doch war Bridgetown nicht einmal ansatzweise mit London zu vergleichen. Sie sah Leute von jeder Farbe und Gesellschaftsschicht, bekannte Tiere wie Esel, exotische und fremde wie Affen; Verkäufer boten eine Vielzahl an farbenfrohen Früchten und Blumen an. Die Läden in den massiven Steinhäusern hatten nur kleine

Fenster, die einem neugierigen Neuankömmling keinen Blick auf die Waren gestatteten, und Adrienne kam zu dem Schluß, daß der letzte Hurrikan den Händlern wohl verdeutlicht hatte, daß Glas nicht das günstigste Material war.

»Ich glaube, ich habe mir vorher nicht bewußt gemacht«, begann sie leise, »daß es hier so wenig Weiße gibt, sondern hauptsächlich . . .«

»Sie ziehen es vor, ›Farbige‹ genannt zu werden«, erklärte Nathan. »Und, ja, die Sklaven und die Freigelassenen sind in der Überzahl. Ich schätze, das Verhältnis müßte fünf zu eins sein.«

Sie stieß einen Laut der Überraschung aus. »Sklaven! Aber ich . . . ich hätte niemals gedacht, daß es hier so etwas geben könnte. Wahrscheinlich bin ich davon ausgegangen, daß nur die Amerikaner so etwas Barbarisches tun wie Menschen versklaven.«

»Nicht alle Amerikaner. Nur die im Süden«, berichtigte er sie. »Aber du hast leider recht. Die meisten Plantagen hier und auf den anderen Westindischen Inseln werden mit Sklavenarbeit betrieben.«

»Ich . . . ich kann gar nicht ausdrücken, wie sehr mich das entsetzt! Ich weiß nicht, ob ich hätte herkommen wollen, wenn ich das gewußt hätte.«

»Tja.« Nathan zog eine Augenbraue hoch, lehnte sich auf der gepolsterten Bank zurück und streckte lässig die Beine aus. »Könntest du besser damit zurechtkommen, wenn ich dir sage, daß der Sklavenhandel hier vor zwölf Jahren verboten wurde?«

»Heißt das, alle Sklaven wurden befreit?«

»Nein . . ., es dürfen nur keine neuen hergebracht werden. Was nicht bedeutet, daß es nicht längst genug gäbe. Oder daß die Kinder dieser Sklaven zwangsläufig frei sein würden.« Er zuckte die Achseln. »Ich fürchte, man muß es einfach als Tatsache akzeptieren, obwohl ich denke, daß ich die Abschaffung der Sklaverei im allgemeinen auf Barbados noch miterleben werde. Was ich im Fall von Amerika nicht glaube!«

»Nathan . . .« Ihr hübsches Kinn war vorgeschoben, als würde sie sich innerlich gegen einen Streit wappnen. »*Du* besitzt doch bestimmt keine Sklaven, oder? Du als Nordamerikaner kannst doch wohl unmöglich mit so etwas Unmenschlichem sympathisieren? Niemals würdest du deine Mitmenschen degradieren und demütigen, habe ich recht?«

»Mit solchen Worten hat mich noch niemand auf dieses Thema angesprochen«, sagte er mit kaum unterdrückter Schärfe. Seine Miene wurde hart, als er fortfuhr: »Ich habe noch nie einen Sklaven gekauft und vielen die Freiheit angeboten. Als ich Tempest Hall erwarb, bekam ich alles, inklusive Sklaven, und mir erschien es nicht besonders klug, die Arbeiten durcheinanderzubringen, wenn ich so selten zu Hause bin, wie es eben der Fall ist.«

»Das heißt, du *hast* Sklaven!« brach es aus Adrienne heraus. Sie sah ihn derart empört an, als würde sie ihn des Mordes und der Folter beschuldigen.

»Lieber Himmel, schrei doch nicht so! Ja, ich habe wohl Sklaven, aber ich habe es niemals darauf angelegt. Ich habe sie zum Haus bekommen, begreifst du nicht? Viele Arbeiter sind frei, aber ehrlich gesagt kann ich mir im Augenblick noch gar nicht leisten, soviel Lohn zu bezahlen.«

Philips Kopf neigte sich ein wenig in ihre Richtung. »Schon haben große Schulden, Sir«, warf er ein.

»Sagen Sie bloß nicht, daß Sie den Kerl verteidigen, Philip«, schrie Adrienne. »Wie können Sie sich für jemanden aussprechen, der sich anmaßt, Sie zu *besitzen?*«

»Oh, Captain Raveneau nich' besitzen mich«, erwiderte der alte Mann fröhlich. »Mein Frau und ich frei vor zwanzig und zehn Jahr. Master Graves hat uns geschenkt, als stirbt.«

»Das ist dreißig Jahre her! Und Sie sind freiwillig in Tempest Hall geblieben?«

»Jap, Mistress. Wir schön leben, schön arbeiten da. Wir denken, warum von Zuhause weg?«

Nathan griff nach ihrer Hand und drückte sie hart. »Du mußt noch eine Menge über das Leben auf Barbados lernen, meine Liebe. Vielleicht solltest du besser deine Zunge hüten, bevor du nicht etwas besser Bescheid weißt.«

Die Straße, der sie folgten, führte an der Westküste entlang. Immer wieder sahen sie große Flächen der herrlich blauen karibischen See, auf der Landseite Plantagenhäuser, die auf kleinen Erhebungen gebaut worden waren, und hier und da Sumpfgebiete dazwischen.

Nathan war froh, das Thema wechseln zu können. »Wir hätten auch mit dem Boot, das hin- und herpendelt, nach Speightstown fahren können, aber ich konnte es nicht abwarten, endlich wieder meinen Fuß auf diese Insel zu setzen. Außerdem wollte ich mehr vom Land sehen. Leider sind die Straßen hier nicht sehr gut.« Er deutete auf die tiefen Furchen im Boden. »Früher war die Oberfläche von Barbados mit tropischen Wäldern und Palmenhainen bedeckt, aber als die Engländer vor zwei Jahrhunderten hier landeten, rodeten sie das Land und legten die Sümpfe trocken. Sie bauten Häuser und pflanzten Getreide an. Die Straßen wurden angelegt, um die Güter zu den Schiffen zu transportieren, aber für viel mehr taugen sie auch nicht.«

»Oh, sieh nur! Die Windmühlen dort hinten!« rief Adrienne und deutete auf eine Plantage, an der sie vorbeifuhren. »Wofür sind die?«

»Für Zuckerrohr. Man muß es in solchen Mühlen zerkleinern, aber das ist nur einer der vielen Schritte, die es braucht, um schließlich Zucker zu gewinnen. Wenn du

Lust hast, werde ich dir morgen ein wenig davon zeigen. Es ist sehr kompliziert und beschwerlich.«

»Du weißt genau, wie neugierig ich bin. Und ich bin begierig darauf, Neues zu lernen. Bevor du dich umsiehst, habe ich mir eine bessere Methode ausgedacht, warte nur ab.«

Philip drehte sich um und starrte sie mit aufgerissenen Augen stumm an. Nathan begann zu lachen.

»Die Lady nicht wie andere, wir kennen!« sagte der alte Mann erstaunt, was seinen Arbeitgeber nur zu noch mehr Gelächter animierte.

Die Straße senkte sich, und sie fuhren durch einen tiefen Graben, der von riesigen, seltsamen Bäumen mit einer Unmasse an Luftwurzeln, die bis zum Boden herabhingen, gesäumt war. Nathan erklärte, daß man jene Bäume ›bärtige Feigen‹ nannte. »Wahrscheinlich wurde diese Insel nach diesen Bäumen benannt«, fuhr er fort. »Barbados heißt auf portugiesisch ›die Bärtigen‹. Man sagt, daß die ersten Siedler entweder durch diese uralten Bäume zur Namensgebung inspiriert wurden ... oder aber durch bärtige Eingeborene.« Er hielt inne und fügte dann hinzu: »Du siehst, mein lieber Blaustrumpf, du bist nicht die einzige, die sich gerne Wissen aneignet.«

»Ist Nathan Raveneau genauso gebildet wie Nathan Essex?«

»Mehr noch.«

Die Fahrt nach Tempest Hall dauerte Stunden. Adrienne erkundigte sich nach den Mahagoni-Wäldern und den Affen, die sie von dem Sulky aus immer wieder durch die Bäume huschen sah, und Nathan klärte sie auf, daß sowohl Holz als auch die ›Grünen Affen‹ von frühen Siedlern importiert worden waren. »Selbst wir Bajans vergessen manchmal, daß viele Dinge, die wir für selbstverständlich nehmen, gar nicht ursprünglich aus

Barbados stammen . . . wie zum Beispiel die Mangos, die ich jeden Morgen esse.«

Als sie gegen Mittag in Holetown Rast machten, war Adrienne erschöpft und schläfrig. Sie nickte ein und verschlief den größten Teil des Nachmittags. Als sie erwachte, stellte sie fest, daß ihre Wange an Nathans Schulter lag. Sie beide waren verschwitzt, doch sie fand, daß er trotzdem noch wunderbar männlich roch, und das Gefühl seines harten Körpers an ihrem war herrlich.

»Ah«, murmelte er, sowohl amüsiert als auch zärtlich. »Sie regt sich.«

Adrienne hatte keine Lust, sich zu bewegen. Wagemutig schmiegte sie sich an seine Brust, und er tat nichts, um sie davon abzuhalten. »Ich bin so müde. Es muß am Klima liegen. Oder an dem scharfen Essen.«

»Oder vielleicht am Schlafmangel? Komm, setz dich hin.« Er zog sie einen Moment lang fest an sich, dann richtete er sie auf. »Wir sind gleich da.«

»In Tempest Hall? Wie kann das sein?« Mit einem Schlag war Adrienne hellwach. Sie rieb sich den Schlaf aus den Augen und blickte sich aufmerksam um. »Wir hatten aber doch noch eine so weite Strecke vor uns . . .«

»Sie schlafen viele Stunden«, informierte Philip sie mit einem breiten Grinsen. »Sehen aus wie Baby-Mädchen.«

Die Pferde zogen den Sulky auf einen Hügel hinauf, und Nathan zeigte auf die zerklüftete Felsenküste unter ihnen. Das Meer war grünblau, und weißer Schaum krönte die riesigen Brecher, die ans Ufer prallten und auf dem weißen Sandstreifen ausliefen. Im Süden entdeckte Adrienne ein winziges Dorf aus verwitterten Holzhäuschen. Bevor sie noch einen Blick in die andere Richtung werfen konnte, lenkte Philip den Wagen wieder den Hügel hinab und durch einen prächtigen, finsteren Mahagoni-Wald. Die Kronen der majestätischen Bäume trafen sich hoch über der Straße und bildeten so einen kühlen Baldachin, der Adrienne an einen Tunnel erinnerte.

»Das ist . . . unfaßbar schön!« flüsterte Adrienne ehrfurchtsvoll. »So etwas ist wohl das letzte, was man auf einer tropischen Insel erwartet.«

»Mahagoni von Barbados ist beliebt . . ., vor allem bei den Einwohnern. Die meisten Möbel werden aus diesem Holz hergestellt.« Während er sprach, verließen sie das Wäldchen, und Nathan blickte den nackten Hang zu der Mühle und den Außengebäuden seiner eigenen Plantage hinab. Kaum eine Menschenseele war zu sehen, und die Mühle war nicht in Betrieb. »Was ist da los, Philip? Sag mir nicht, daß Horner in meiner Abwesenheit keinen Handschlag getan hat.«

Philip war sein Unbehagen anzusehen. »Ich viel beschäftigt mit Orchid krank. Ich denk', Sie Mr. Horner geholt, der die Plantage arbeitet, und ich nicht einmischen.«

»Wer ist Mr. Horner?« fragte Adrienne.

Geistesabwesend erklärte Nathan ihr, daß er entschlossen war, trotz seiner häufigen Abwesenheit Tempest Hall wieder in Schwung zu bringen. Im Glauben, daß ein erfahrener Verwalter die beste Lösung war, hatte er Anfang des Jahres Owen Horner aus England einreisen lassen und all seine Hoffnungen auf ihn gesetzt. Auf jeden Fall hatte er erwartet, große Veränderungen und Fortschritte sehen zu können, wenn er mit der *Golden Eagle* nach Hause zurückkehren würde.

Sie waren nun in einen schmalen Pfad eingebogen, der von Limonenbäumen gesäumt wurde. Tauben gurrten in den Tamarinden, und zwei Meerkatzen stoben über den Pfad, um mit viel Getöse im Gebüsch zu verschwinden. Adrienne mußte lachen, als sie das Geschnatter vernahm. Und gerade, als sie nach den Bezeichnungen der leuchtendblauen und magentafarbenen Blumen fragen wollte, die über einer kleinen Steinmauer wucherten, kam Tempest Hall in Sicht.

»Ich hätte niemals erwartet, Türme auf einer Plantage vorzufinden«, murmelte sie.

»Sind keine Türme, Mistress«, sagte Philip. »Sind Schornsteine. Engländer kommen vor langer Zeit, wollen Haus bauen, vergessen aber Bajan-Wetter!« Dann begann er, laut über den alten Scherz zu lachen.

»Nein, ich glaube auch nicht, daß man hier dringend wärmende Feuer oder Kamine braucht«, stimmte Adrienne zu.

»Wir haben vier«, bemerkte Nathan trocken. Noch bevor der Wagen vor den Toren, die sich zum Garten von Tempest Hall öffneten, ausrollen konnte, sprang Nathan bereits zu Boden. »Sehen meine Augen richtig, Philip?« Er wies auf eine hübsche, blau abgesetzte Kalesche, die ein paar Meter weiter entfernt stand.

»Ja, Captain.« Der alte Mann wirkte verlegen. »Der Mann ist, der Sie denken.«

»Und ich gehe davon aus, es ist nicht das erste Mal, daß er während meiner Abwesenheit hier ist?« Nathans Stimme war eiskalt geworden, so daß Adrienne ihn überrascht ansah.

»Nein. Ich erzähle, aber wir haben schön Tag heute, und die Lady und alles ...« Philip begriff, daß sein Arbeitgeber sich damit nicht abspeisen ließ, also stieg er vom Kutschbock und trat zu Nathan. »Mr. Horner und er werden Freunde. Ich sage Mr. Horner, daß Sie bestimmt nicht froh ...«

Adrienne wurde es im Inneren des Sulkys langsam zu warm. Neugierig spähte sie hinaus. Durch die offenen Tore konnte sie einen Innenhof sehen, durch den ein mit Bäumen gesäumter Pfad zum Haus führte. Das wenige, was von Tempest Hall aus ihrer Position sichtbar war, gefiel ihr ausgesprochen gut: Über einer überdachten Veranda befand sich ein steinerner Balkon, zu dem sechs nun durch Läden verschlossene Fenstertüren hinausgingen. Das Ziegeldach besaß einen Giebel und war mit vier verzierten Kaminen geschmückt. *Das ist also mein neues Zuhause*, dachte Adrienne aufgeregt. Sie konnte es kaum erwarten, hineinzugehen.

Entschlossen raffte sie ihre Röcke und kletterte aus dem Wagen, um sich zu Nathan und Philip zu gesellen. »Könnte mir irgend jemand sagen, was hier vor sich geht?« fragte sie. »Wessen Kutsche ist das?«

In diesem Moment kamen zwei Männer aus dem Haus. Beide hatte Gläser mit goldener Flüssigkeit in ihren Händen und schlenderten lachend in den Garten hinein. Als der kleinere, dickere von den beiden Nathan Raveneau erblickte, färbte sich seine Glatze dunkelrot. Er sah aus, als hätte er sich am liebsten verkrochen.

»Laß mich raten«, sagte Adrienne. »Das ist Owen Horner, richtig?« Nachdem Nathan dies mit einem knappen Nicken bestätigt hatte, fuhr sie flüsternd fort: »Und wer ist der andere? Gehört ihm die Kalesche? Oh, er sieht aber sehr nett aus! Guter Gott, er kommt auf uns zu, als ob du sein lang verloren geglaubter Bruder bist!«

Tatsächlich kam der Mann mit ausgreifenden Schritten quer durch den Garten direkt auf das Trio zu. »Ah, Raveneau!« tönte er mit jovialer Stimme. »Sie sind früher angekommen, als Philip vorausgesehen hat. Und wie ich sehe, mit einer recht unüblichen Fracht!« Der Mann, der Adrienne nun charmant zulächelte, war recht klein, wirkte jedoch sehr kräftig und gesund. Er hatte welliges braunes Haar, gebräunte Haut und stechend blaßblaue Augen. »Soll ich mich der Lady selbst vorstellen oder gebührt die Ehre Ihnen?«

Adrienne spürte die Abneigung und den Zorn, den Nathans ganzer Körper ausstrahlte. Seine Gesichtszüge waren hart, seine Miene ausdruckslos, und er schien vollkommen vergessen zu haben, daß Adrienne existierte. Plötzlich begriff Adrienne, wer dieser Mann sein mußte, und eine dumpfe Vorahnung ließ sie schaudern. »Sie sind Xavier Crowe, habe ich recht?«

Er verbeugte sich tief vor ihr, dann hob er sein Glas, als wollte er auf sie trinken. »Ihr ergebener Diener, Mylady. Es schmeichelt mir, daß Sie mich erkannt haben. Und Sie sind . . .?«

»Das geht Sie überhaupt nichts an!« grollte Nathan. Er ballte die Fäuste an seinen Seiten. »Verschwinden Sie! Sie wissen genau, daß ich Sie umgebracht hätte, wenn Sie in meiner Gegenwart mein Haus betreten hätten – aber Sie haben es ja vorgezogen, sich während meiner Abwesenheit einzuschleichen. Am liebsten würde ich Sie jetzt dafür töten, aber das wäre zu billig! Verschwinden Sie von meinem Grundstück und kommen Sie nie wieder in unsere Nähe!«

Crowe zuckte die Achseln, lächelte und trank sein Glas aus. »Sind wir heute ein wenig gereizt?« Er winkte Horner zu, der sich auf die Veranda geflüchtet hatte, und schlenderte gemütlich auf seine Kutsche zu. Dort wandte er sich um und sah Adrienne direkt in die Augen. »Ich bin kein Ungeheuer, Miss Beauvisage. Wenn wir uns wiedersehen, denken Sie daran, daß Sie keine Angst zu haben brauchen!«

Einen Augenblick später hatte Nathan ihren Arm gepackt und schleifte sie praktisch auf das Haus zu. »Horner!« brüllte er dem Mann auf der Veranda zu. »Packen Sie Ihre Sachen und verschwinden Sie! Ich will Ihre Visage nie wieder sehen!«

»Sie können mich doch nicht einfach ohne einen Penny rauswerfen!« protestierte der Engländer. »Ich habe die Welt umsegelt, um für Sie zu arbeiten! Wo soll ich denn hin?«

Von der Auffahrt her erklang eine Stimme. »Sie sind in *Crowe's Nest* immer willkommen, mein Freund. Ich würde mich freuen, mit einem Mann von Ihren Fähigkeiten zusammenzuarbeiten.« Mit einem Blick auf Raveneau fügte er hinzu: »Soll ich Eloise schöne Grüße bestellen?«

Nathan sagte kein Wort, aber sein Blicke bohrten sich wie Dolche in Crowes Rücken, als dieser nun endlich in seine Kutsche kletterte. Einen Moment später zog der Wagen an. Adrienne, der seine letzten Worte noch in den Ohren klangen, sah ihm verdattert hinterher.

Mit riesigen Schritten stürmte Nathan auf die Veranda und packte Owen Horner am Kragen seines verschwitzten Hemdes. »Dann weiß ich ja, wo ich Sie finden kann, wenn ich auch nur ein Pfund Differenz in den Büchern der Plantage entdecke!«

Der Verwalter zitterte sichtlich. »Wie es aussieht, nimmt mich auf dieser Insel wohl doch noch jemand auf, obwohl ich Ihnen schwöre, daß ich mich mit diesem Mann keinesfalls verbündet habe –«

Nathan entwand dem anderen das Glas und kippte ihm den Inhalt über den Kopf. »Hauen Sie ab!«

Als er zu Adrienne zurückkam und wieder ihren Arm packte, spürte sie die rohe Kraft seines unbändigen Zorns. Horner stolperte davon, und Adrienne ließ sich von Nathan über die Veranda ziehen. Doch sobald sie sich im kühlen, schattigen Haus befanden, protestierte sie. »Laß mich los! Du tust mir weh!«

Augenblicklich gehorchte er, sichtlich erschreckt über sein eigenes Verhalten. Er wandte sich um, betrat den geräumigen Salon und fuhr sich mit der Hand durchs Haar. »Du weißt nicht, was für ein Schuft Xavier Crowe wirklich ist. Wie du ja gesehen hast, ist es ihm gelungen, in meiner Abwesenheit meinen Verwalter auf seine Seite zu ziehen, und wer weiß, wohin das geführt hätte, wenn ich die beiden nicht zufällig zusammen erwischt hätte!« Er holte tief Atem, um sich ein wenig zu beruhigen. »Aber es geht nicht nur darum, was er mir angetan hat oder antut. Er hat Menschenleben auf dem Gewissen. Er tötet, bestiehlt und ruiniert seine Mitmenschen, und es macht ihm richtig Spaß! Vielleicht hätte ich dich nicht herbringen sollen!«

»Komm, Nathan, du darfst die Sache nicht überbewerten.« Adrienne straffte den Rücken und gab sich alle Mühe, gefaßt und ruhig zu wirken, während ihr Herz jedoch viel zu heftig pochte. Sie konnte Crowes spöttische Abschiedsworte nicht vergessen . . . Eloise! Wie gerne hätte sie Nathan gefragt, wer diese Frau war und welche Rolle sie in seiner Fehde mit Xavier Crowe spielte, doch Nathan war schon jetzt viel zu wütend. Statt dessen sagte sie: »Ich habe keine Angst vor Xavier Crowe . . ., aber ich frage mich doch, woher er meinen Namen wußte?«

Kapitel 17

»Was redest du da? Crowe kennt deinen Namen *nicht.* Ich habe mich geweigert, dich ihm vorzustellen!« Nathan blieb mitten in seiner rastlosen Wanderung durch das Wohnzimmer stehen und sah sie abwartend an.

»Hast du es nicht gehört? Als er zu seiner Kutsche ging, sagte er mir, daß ich keine Angst vor ihm zu haben bräuchte, und er nannte mich Miss Beauvisage. Und er hatte ein ganz komisches Leuchten in den Augen!«

»Ich bin noch nicht einmal einen Tag lang auf der Insel, und schon zwingt mich dieser Mistkerl Xavier Crowe schon wieder, sein hinterhältiges Katz-und-Maus-Spiel zu spielen!« Wütend stampfte Nathan ins Eßzimmer, trat an ein Schränkchen und schenkte sich von demselben Rum ein, den Horner und Crowe kurz zuvor getrunken hatten. »Mein Gott, man sollte doch meinen, daß er in den vergangenen Monaten Besseres zu tun gehabt hat, aber nein ... Es kommt mir vor, als hätte er all seine Zeit und Energie darauf verwandt, ein Theaterstück zu schreiben, die Charaktere, Horner eingeschlossen, genauso anzulegen, wie er es sich wünscht und alle nach seinem Gusto auf der Bühne zu arrangieren. Nur noch ich mußte eintreffen, damit das Drama beginnen konnte ...« Er trank einen Schluck und dachte eine Weile stumm nach. Dann fuhr er fort: »Oder sagen wir besser, wir mußten eintreffen. Schon seltsam, daß er deinen Namen wußte, bevor wir überhaupt in Tempest Hall angelangt waren.«

»Ich nehme einen Sherry, danke«, sagte Adrienne mit leichter Ironie in der Stimme.

»Ich wollte dich just in diesem Moment fragen.« Mit abwesender Miene reichte er ihr ein kleines Glas, und sie tranken, ohne anzustoßen. Schweigen legte sich über den Raum, und eine Weile waren nur die fernen Rufe eines Perlhuhns zu hören.

»Vielleicht hat Crowe einen Beobachter auf der Careenage«, überlegte Nathan schließlich.

»Aber wie kann dieser Beobachter noch vor uns zu Crowe gelangt sein?«

»Wenn ich das wüßte! Vielleicht war er zu Pferd.«

»Ich finde, da ergibt eine Menge keinen Sinn!«

»Ich habe dir ja gesagt, daß er ein wahrer Teufel ist. Ha, es würd' mich nicht wundern, wenn Satan persönlich ihm deinen Namen eingeflüstert hat. Oh, komm, vergessen wir ihn einfach, hm? Das ist doch genau das, was er will: daß wir uns nämlich den Rest des Tages den Kopf über ihn zerbrechen.«

Adrienne nickte und erlaubte sich nun zum ersten Mal, die beiden Räume, die zur Front des Hauses hin lagen, genau zu betrachten. »Einverstanden. Dann erzähl mir etwas über das Haus. Es ist wunderschön.«

Nathan schien erst jetzt seine Umgebung wahrzunehmen, und er runzelte die Stirn, als er den Zustand seines Hauses in sich aufnahm. »Das sieht ja aus, als wäre meine gesamte Dienerschaft monatelang in Urlaub gewesen! Nicht nur, daß die Feldsklaven anscheinend in ihren Hütten dösen, anstatt zu arbeiten – auch mein Haus macht den Eindruck, als hätten Barbaren darin gehaust.«

Insgeheim mußte Adrienne zustimmen. Die Möbel, die aus edlem Mahagoni bestanden, hätten dringend eine Politur nötig gehabt. Einige der Stuhlsitzflächen aus Rattan waren ausgefranst oder gebrochen.

Die Räume waren in leichten tropischen Farben gehalten: das Eßzimmer in Melone, das Wohnzimmer in zartem Gelb. Adrienne fand die Auswahl erfrischend, bemerkte aber, daß die Farbe zur Decke hin abblätterte, und auch die Lamellenfensterläden hätten einen neuen Anstrich gebrauchen können. Die herrlichen Holzböden waren dunkel und stumpf, die kostbaren türkischen Teppiche verstaubt und fleckig.

»Wie ich sehe, entgeht deinem kritischen Blick nichts«, bemerkte Nathan zynisch. »Wenigstens gibt es keine Vorhänge, die verrotten und stinken könnten.«

»Die Fensterbänke sind besonders schön. Ich liebe jedes Haus mit Fensterbänken.« Sie gab sich Mühe, fröhlich zu klingen, denn es würde Nathan nicht helfen, wenn sie ihre Enttäuschung zeigte. Dennoch konnte sie nicht anders, als sich ein wenig mutlos zu fühlen. Bis jetzt hatte Tempest Hall noch nicht die geringste Ähnlichkeit mit dem prächtigen Herrenhaus, das sie sich auf der Reise immer wieder vorgestellt hatte.

»Das Haus sieht aus wie eine Ruine«, sagte Nathan stur. »Bevor ich nach England in See gestochen bin, war es schon nicht besonders schön, aber nun ist es eine Katastrophe!« Er sah ihr direkt in die Augen. »Dein Vorteil aus unserer Abmachung verliert seinen Glanz.«

»Rede keinen Unsinn.« Sie war auf einen Schrank zugeschlendert, hinter dessen Glastüren edles englisches Porzellan ausgestellt war. »Du versuchst, zuviel aus meiner Miene zu lesen. Himmel, dieses Geschirr ist ja ein Traum! Das ist doch das Imari-Muster, nicht wahr?«

»Porzellan, Kristall und Silber sind Geschenke meiner Eltern. Meine Mutter fand, daß Imari ganz hervorragend zur Atmosphäre auf Barbados paßte. ›Wild, elegant und üppig‹ nannte sie es, glaube ich.« Der Gedanke an das überschwengliche Wesen seiner Mutter entlockte ihm ein offenes, ehrliches Lächeln.

»Das hört sich an, als ob sie und ich ganz gut miteinander auskommen würden.«

»Das ist es ja, wovor ich mich fürchte.« Nathan blickte zur Seite. »Das Sheraton Sideboard hat früher in meinem Elternhaus in Connecticut gestanden. Das meiste des restlichen Mobiliars war bereits hier. Mir gefiel das Mahagoni der Insel.«

Adrienne ging zum Sideboard und berührte die hohen, zylinderartigen Gläser, die jede Kerze im Zimmer beschirmten. »Wozu sind die?«

»Die Fenster sind die ganze Zeit offen, und hier herrscht glücklicherweise ein konstanter leichter Wind. Die Zylinder verhindern, daß die Kerzen gelöscht werden. Manche sagen Sturmlampen dazu.«

Sie lächelte und warf einen Blick auf den wohl noch nie benutzten Kamin im Wohnzimmer. »Vieles hier ist vertraut, anderes exotisch. Es ist eine seltsame, aber reizvolle Mischung.«

»Und das ist exakt der Grund, warum ich die Insel liebe.« Nathan kippte den Rest seines Rums hinunter. »Dieses Haus war zu seiner Zeit ein prächtiges Anwesen. Ich habe vor, es wieder in diesen Zustand zu bringen.« Es brachte ihn beinahe um, zuzugeben, daß er sich etwas aus Adriennes Meinung machte, aber er sprach es dennoch aus: »Ich hoffe, daß du . . . Geduld haben kannst. Urteile nicht zu schnell, und schon gar nicht aus dem ersten Eindruck heraus.«

»Ich liebe die Herausforderung, und ich möchte nur allzu gerne helfen . . ., wenigstens *im* Haus.«

»Du hast deine Dienerschaft, Adrienne, aber selbstverständlich wirst du ihr sagen müssen, wie du was haben möchtest. Wenn sie nicht alle von Xavier Crowe bestochen worden sind, dann sollten sie dir eigentlich gehorchen.« Jede Unterhaltung, die auf ihre Heirat abzielte, machte ihn entsetzlich nervös. »Wenn wir diesen Erpresser erst einmal los sind, dann wird Barbados ein echtes Paradies sein.«

Plötzlich erklang eine Stimme von der Tür her, die in den hinteren Teil des Hauses führte. »Sprechen nicht so, Sir! Klingt gottserbärmlich nach Totmachen, was Sie denken!«

Er wandte sich um, sah Orchid Smythe einen Schritt in das Zimmer treten, und ging ihr sofort entgegen, um sie zu begrüßen. »Verdammt, es ist schön, dich zu sehen, Orchid!« Sein Blick wanderte über ihre Gestalt, und seine Miene wurde immer besorgter. Die Frau war klein und sehr schmal, hatte riesige, ausdrucksvolle Augen, hohe Wangenknochen und volle Lippen und trug die bevorzugte Kleidung freigelassener Frauen auf den West Indies. Ihr Kopf war mit einem kompliziert gewickelten, hohen blauweiß gestreiften Turban bedeckt, und ein Schultertuch aus Baumwolle bedeckte einen Teil ihres tief ausgeschnittenen, spitzengesäumten Mieders. Die Schürze, die das meiste von Orchids blauem Rock verdeckte, war makellos weiß, als hätte sie sie gerade zum ersten Mal umgebunden.

»Ich freuen, Sie wieder zu Hause, Mas-« Sie brach ab,

bevor das Wort »Master« ihr ganz herausrutschte. »Captain. Sir. Hier Ihr Zuhause.«

»Sag mir die Wahrheit! Wie geht es dir?«

Ein sanftes Lächeln erschien auf Orchids Gesicht, das beinahe so dunkel wie das Mahagoni der Möbel war. »Glaub', ich geht zu Gott sehr bald, Sir. Ich weiß, ist vielleicht traurig, aber ich freuen, wenn ich gehe. Ich sage Lebwohl, ganz fein und ruhig.« Sie lächelte noch immer, als Philip hinter sie trat und ihr einen Arm um die Taille schlang. »Ist nur schlecht, ich kann nicht gut Arbeit machen.«

»Setz dich hin, Orchid.« Er bedeutete Philip, sie zu einem Schaukelstuhl zu führen, damit sie sich niederließ. »Arbeit ist jetzt nicht wichtig. Du mußt dich ausruhen. Und wenn du glaubst, ein Arzt könnte dir helfen, dann lasse ich sofort einen holen.«

Die alte Frau machte eine abwehrende Geste, als ihr Mann sie langsam in den Stuhl hinabließ. »Nein, Sir. Genug Reden von mich. Jetzt will ich hübsche Lady kennenlernen.«

»Ich bin Adrienne Beauvisage, und es ist mir eine Ehre, Sie kennenzulernen.« Adrienne zog sich einen Stuhl heran und nahm die knochige Hand der alten Frau.

»Sie tun zu nett, Mistress«, schimpfte Orchid. »Schlimm schon, daß nicht arbeiten kann, noch schlimmer wenn tun, als ob ich tot.« Wieder lächelnd blickte sie zu Nathan auf. »Ich mag ihr. Wann heiraten?«

Nathan räusperte sich. »Ich . . . ähm . . .«

»Bald, ja? Im Garten, ja? Ich kann zusehen. Ich glücklich, bevor muß sterben.« Nun strahlte sie über das ganze Gesicht.

»Also gut, Orchid. Wenn das dein Wunsch ist, dann sei er dir gewährt!«

Adrienne lächelte genau wie die anderen, aber innerlich verspürte sie einen Stich. Es war schlimm genug, daß

Nathan ihr einen Heiratsantrag gemacht hatte, um das Land ihres Vaters zu bekommen. Nun schien es auch noch so, als sei einzig und allein der Wunsch einer sterbenskranken Frau ausschlaggebend für den Zeitpunkt ihrer Eheschließung.

»Soviel muß getan werden im Haus«, sagte Orchid nun. »Für Gäste fertigmachen.«

»Ach, ich denke, um Gäste sollten wir uns keine Gedanken machen«, erwiderte Nathan. »Ich meine, es wäre doch viel einfacher und viel schöner, eine kleine, ruhige Zeremonie abzuhalten, findest du nicht auch?«

Orchid sah ihn zerknirscht an. »Oh, Sir, mir tut leid, Haus sieht so schlimm aus. Sie kommen, sehen um, und nun sind böse mit mich.«

»Blödsinn. Philip hat mir bereits gesagt, daß es dir nicht besonders gut geht.« Nathan machte eine Pause und sah Orchid eindringlich an. »Aber, Orchid, warum hast du denn nicht einige von den anderen Arbeitern damit beauftragt, die Dinge zu erledigen, über die wir vor meiner Abreise gesprochen haben? Ich meine die Anstreicharbeiten, Aufpolstern der Sitzmöbel und –«

»Mr. Horner gibt mir kein Geld, Sir. Er sagt, nicht genug da, für Haushalt auch noch, und ich sag', ein Bauchvoll macht kein Schwein nich' fett!« Ihr Atem ging schneller, als ihre Stimme lauter wurde. »Mr. Horner nimmt die Hausmädchen und schickt sie aufs Feld. Nur Retta hilft kochen.«

Ein Muskel zuckte in Nathans Kiefer. »Verflucht! Langsam frage ich mich, ob er nicht von Anfang an Crowes Mann war. Vielleicht schon, als ich ihn in England eingestellt habe . . .«

Nun meldete sich Philip zu Wort. »Ich froh, daß weg ist. Jetzt können neu anfangen.«

»Ja. Es kann wahrhaftig nur besser werden.« Nathan verzichtete darauf, seine Zweifel auszusprechen: Wie sollte die Plantage nur ohne einen erfahrenen Verwalter Erträge erwirtschaften?

»Ich zeige dir den Rest des Hauses«, sagte Nathan. Es hörte sich so an, als hätte er eigentlich tausend wichtigere Dinge zu tun, würde sich aber zwingen, seine Pflicht zu erfüllen.

»Zeig mir nur mein Zimmer, daß ich mich frischmachen kann.« Adrienne lächelte ihn fröhlich an, doch innerlich fühlte sie sich einsam, alleingelassen und enttäuscht. Wie lange würde es dauern, bis sie sich in dieser fremden Welt zurechtfinden würde?

Nathan begann seine Führung in einer beeindruckenden Bibliothek, die hinter dem Salon lag, dann zeigte er ihr einen Gang, der an einer Seite des Hauses entlanglief. Die Galerie besaß sehr viele Fenster und Plätze zum Sitzen, Träumen und zum Auskühlen. Nathan erklärte ihr, schon die ersten Siedler hätten gelernt, daß solche Gänge außen am Haus nicht nur wunderbar luftige Aufenthaltsorte abgaben, sondern auch das Innere des Hauses kühler machten und vor tropischen Stürmen schützten. »Der einzige Grund, warum Tempest Hall zwei Jahrhunderte überstanden hat, ist die Außenmauer aus Korallengestein unter der Fassade. Der Wandelgang und die Veranda vorne sind erst später dazugebaut worden, wie man mir gesagt hat.«

Adrienne erfuhr, daß es einen Anrichteraum neben dem Eßzimmer gab, weil die eigentliche Küche wegen möglicher Brandgefahr ausgelagert war. Dann stiegen sie über eine prächtige Chippendale-Treppe in den ersten Stock hinauf, in dem sich mehrere Schlafzimmer befanden. Das größte, Nathans, war blaßgelb gestrichen und mit wunderschönen Mahagonimöbeln, ein großes Vier-Pfosten-Bett eingeschlossen, ausgestattet. Er führte sie in sein Ankleidezimmer, stieß eine Tür an der gegenüberliegenden Wand auf und machte eine einladende Geste.

»Das dort wird dein Zimmer werden. Ich ... ähm, werde dir demnächst Platz schaffen, damit du deine Kleider auch hier verstauen kannst. Und ich denke, du wirst eine Zofe brauchen. Vielleicht ist unter den Haussklaven eine dabei, die dir gefällt.«

»Im Augenblick kann ich ganz gut allein zurechtkommen. Der Haushalt ist jetzt schon chaotisch genug; es ist nicht nötig, noch zusätzliche Aufgaben zu verteilen.«

Langsam trat Adrienne in ihr zukünftiges Zimmer ein. Offenbar war dies früher der Raum der Hausherrin gewesen, aber seit Nathan das Haus erstanden hatte, schien es nicht mehr benutzt worden zu sein. Die Wandfarbe, ein helles Korallenrot, blätterte oben an der Decke ab, und der Teppich war an einigen Stellen fast ganz bis auf die Bohlen durchgescheuert. Die Möbel waren ähnlich wie die in Nathans Zimmer, wenn auch nicht so kostbar, es waren mehr oder weniger gut bearbeitete Stücke aus Bajan-Mahagoni.

»Gott«, sagte er schwach, »alles in diesem Haus ist schlimmer, als ich es in Erinnerung hatte.«

Hier und da lagen tote Kakerlaken auf dem Boden, und der ganze Raum roch muffig und schimmelig. Adrienne fuhr mit dem Finger durch die dicke Staubschicht eines Frisiertisches. »Ich komme langsam zu dem Schluß, daß du dringender eine Frau brauchst, als du zugeben möchtest.«

Nathan starrte sie an. Trotz des anstrengenden Tages, trotz der Strapazen der Reisen und der Enttäuschungen, die sie heute schon erleben mußte, wirkte sie so anziehend auf ihn, daß er erneut Entsetzen verspürte. Vor langer Zeit schon hatte er beschlossen, nicht einmal den Versuch zu starten, eine derart wundervolle Ehe, wie seine Eltern sie führten, anzustreben; er wußte, daß er scheitern mußte. Daher hatte er für sich eine andere Lebensweise gewählt und war damit ganz wunderbar gefahren – bis auf eine Ausnahme. Der Vorfall und die hartnäckigen, bitteren Erinnerungen daran hatten ihn nur noch mehr gegen die Illusion von romantischer Liebe verhärtet.

Nun wollte er aus Gründen heiraten, die ganz und gar nichts mit Liebe zu tun hatten. Und das war bestimmt die beste Lösung ... Oder etwa nicht?

»Tja, dann lasse ich dich mal allein, damit du tun kannst, was immer eine Frau in einem solchen Moment tut«, sagte er leicht gepreßt.

Die Tür des Ankleidezimmers schloß sich, und Adrienne war allein. Unerklärliche, verwirrende Gefühle stiegen in ihr auf, bis sie glaubte, laut schluchzen zu müssen. Sie setzte sich aufs Bett, wagte es aber nicht, ihr Gesicht in die uralte, gewebte Überdecke zu vergraben. Statt dessen preßte sie die Hände auf den Mund und ließ die Tränen laufen.

Nachdem sie sich eine Weile der Verzweiflung hingegeben hatte, schüttelte sie wütend den Kopf. Genug davon. Sie hatte sich freiwillig entschieden, nach Barbados zu gehen, und sie würde sich an die Insel und an dieses Haus gewöhnen. Dies war kein Gefängnis. Sie konnte nach Frankreich zurückkehren, wenn sie es wollte, denn noch gab es keine gesetzliche Verbindung zwischen Nathan und ihr. Wenn sie aber blieb, so war das ihr eigener freier Wille. Sie war nicht so weit gereist und ins kalte Wasser gesprungen, nur um ein prickelndes Abenteuer zu erleben.

Nein. Sie war aus Liebe gekommen. Sie liebte Nathan Raveneau.

Und nun hatte sie sie zum ersten Mal zugelassen: die ganze Wahrheit. Es war beunruhigend, ihr entgegenzusehen, denn es bedeutete ebenfalls, dem Schmerz entgegenzusehen, den sie empfinden würde, wenn er ihre Liebe nicht erwidern würde. Aber Adrienne war zu aufrichtig mit sich selbst, um sich vor den möglichen Folgen zu verschließen.

Liebe. »Ich liebe ihn«, flüsterte sie. »Ich will seine Frau werden.«

Es war, als hätte man ihr eine schwere Last vom Herzen genommen. Plötzlich waren die toten Kakerlaken genauso bedeutungslos wie die dicke Staubschicht. Dies war das Zuhause, das sie als Familie teilen würden, und es bewohnbar zu machen, war ein Aspekt des Planes, der nun begann, sich in Adriennes Geist zu formen.

Könnte Nathan sie auch lieben? Würde es ihm je gelingen, eine solche Emotion zuzulassen, sich an sie zu gewöhnen, alles in Kauf zu nehmen, was Liebe ausmachte? Die Freude über ihr eigenes, befreiendes Eingeständnis und Entschlossenheit vermischten sich, um ihr neue Hoffnung einzugeben.

Ein Klopfen an der Tür erklang, und sie rutschte von der dicken Matratze, um nachzusehen, wer da war. Im Flur stand eine junge Schwarze und hielt den Kopf demütig gesenkt. Sie hielt eine Schüssel mit Wasser und Seife in ihren Händen, und über einem Arm lagen Handtücher.

»Wie nett von dir. Warte, ich helfe dir.« Adrienne versuchte, dem Mädchen die Schüssel abzunehmen, aber sie hielt sie fest. »Ich bin Miss Beauvisage. Wie heißt du?«

»Retta«, erwiderte sie leise. Sie trat ein und stellte die Schüssel auf einen Waschtisch neben dem gekachelten Kamin. Retta hatte dichte, gebogene Wimpern und riesige runde Augen. Ihr Haar war unter einem grüngestreifen Tuch verborgen, und ihr lockeres weißes Kleid verhüllte einen Körper, der Adrienne viel zu dünn und schmächtig vorkam, um einem gesunden Menschen zu gehören.

»Schön, dich kennenzulernen, Retta. Ich habe eben schon Orchids Kopfputz bewundert. Deiner ist auch wunderschön. Wie macht ihr das?«

Rettas Hand wanderte unwillkürlich zu der gestärkten

Baumwolle. »Frauen binden verschieden, um zeigen wollen, verheiratet oder ob nicht. Orchid trägt Turban, weil sie frei und farbig Lady. Freie Kreol-Ladies aus West Indies haben schickste Turbans.«

Adrienne hätte beinahe den Kopf geschüttelt. Die Moden hier waren gar nicht so sehr anders wie die im Königreich England. Offenbar fanden überall auf der Welt Frauen Mittel und Wege, ihre Schönheit zu betonen ... oder ihren sozialen Status herauszustellen.

»Dein Kopfschmuck ist wunderschön, Retta«, sagte Adrienne mit einem herzlichen Lächeln. »Und danke für das Wasser. Das erinnert mich daran, daß ich jetzt gerne ein richtiges Bad hätte.«

»Badhaus ist hinten«, flüsterte Retta. Als sie Adriennes leicht verdutzten Blick sah, zog sie sie in den Flur hinaus und zu einem Fenster, das auf den gekiesten Hinterhof hinausging. Sie sah mehrere niedrige, ziegelgedeckte Gebäude, doch Retta wies auf zwei ganz am Ende der Reihe. »Sie baden da.«

Das Mädchen senkte die Augen und murmelte etwas, das sich wie ›Erdklosett‹ anhörte.

Adrienne drängte sie nicht weiter. Retta ging auf die Dienstbotentreppe am Ende des Flures zu und wandte sich noch einmal um, bevor sie hinabstieg. »Bring Essen und Trinken rauf. Abendessen um acht.«

»Du brauchst nichts raufzubringen. Ich komme hinunter. Ich möchte einen Blick in Mr. Raveneaus Bibliothek werfen.«

Das Mädchen sah sie überrascht an, sagte jedoch nichts, sondern eilte beinahe lautlos die enge Treppe hinab.

Wieder allein, machte Adrienne sich in ihrem Schlafzimmer an die Arbeit. Nachdem sie sich so gründlich wie möglich gewaschen hatte, bürstete sie ihr Haar, bis es wieder glänzte, und steckte es locker mit Schildpattkämmen auf. Die feuchte tropische Luft machte ihre Haare lockiger, und sie mochte den Effekt. Schließlich zog sie eine neue Garnitur Unterwäsche und ein Kleid aus der Truhe, die sie von der *Golden Eagle* mitgenommen hatten, an. Dieses war aus leichtem Jakonett-Musselin, und das Mieder saß ein wenig zu eng und zu knapp für Adriennes Geschmack, aber da sie keine eigene Garderobe dabei hatte, würde es das wohl tun müssen.

Kurz darauf ging sie die Treppe hinunter und fühlte sich schon viel frischer und munterer. Als sie auf die Bibliothek zusteuerte, kam Retta gerade durch die Hintertür aus der Küche. Sie trug ein Tablett mit Früchten, kleinen Kuchen und einem Krug mit etwas, das wie Fruchtsaft aussah.

»Sind fertig?« fragte das Mädchen. »Captain weiß, Sie hier reingehen?«

Adrienne straffte die Schultern. »Das muß er nicht wissen. Es ist jetzt genausogut mein Zuhause wie seins.«

Retta zuckte mit den Schultern und bedeutete ihrer neuen Herrin, ihr in die Bibliothek zu folgen. Dort beschäftigte sie sich eifrig damit, die Sachen vom Tablett auf einem Tisch abzustellen, wobei sie so tat, als würde sie nicht sehen, daß Captain Raveneau am Schreibtisch saß.

»Ah, Retta, ist das mein Planter's Punch?« fragte er, ohne sich umzudrehen. Bücher und Mappen lagen vor ihm ausgebreitet, und er hatte die Ärmel seines Hemdes hochgekrempelt. »Hm, ich kann ihn schon schmecken.«

»Ja, Sir.« Retta goß ihm ein Glas aus dem Krug ein und brachte es ihm an den Schreibtisch. »Hab' auch Papaya bringen. Und Limonen und Kuchen.«

Er sah gerade rechtzeitig auf, um Rettas nervösen Blick über die Schulter zu bemerken, und wirbelte auf dem Stuhl herum. Da stand Adrienne, frisch und wunderschön, und schenkte sich gerade ebenfalls ein Glas Planter's Punch ein. Nur mit Mühe konnte Nathan seine Stimme im Zaun halten. »Adrienne. Was hast du in meiner Bibliothek zu suchen?«

»Hab' versucht, sie sagen, Captain –«, entfuhr es Retta, bevor sie sich auf die Zunge biß.

»Was zu sagen?« fragte Adrienne.

»Retta, du kannst jetzt gehen.«

Als das Mädchen aus dem Raum gehastet war, blickte Nathan durchs Fenster, bis das Mädchen in der außenliegenden Küche verschwunden war. Dann legte er seine Feder hin und stand auf. »Vielleicht habe ich es versäumt, dir zu sagen, daß dies nicht nur meine Bibliothek ist, sondern auch mein Arbeitszimmer.« Er wartete mit hochgezogenen Augenbrauen auf ihre Reaktion.

»Du betonst das Wort ›mein‹ auf eine Art und Weise, die mich unwillkürlich zu der Frage führt, ob unsere Ehe nach der Hochzeit überhaupt noch weiter existiert. Wird das ganze Haus weiterhin deins sein, bis auf *mein* Schlafzimmer?« Mit jedem Schluck, den Adrienne von dem fruchtigen Getränk nahm, wurden ihre Wangen heißer. »Muß ich erst um Erlaubnis fragen, bevor ich eins von *deinen* Zimmern betrete?«

»Du redest Unsinn.«

»Ach ja?« Frech griff sie sich aus dem Regal eine kostbare Shakespeare-Ausgabe und ließ sich in einen merkwürdig aussehenden Stuhl fallen, der sie zwang, sich zurückzulehnen. »Dann macht es dir also nichts aus, wenn ich bleibe?«

»Ich bin gerade dabei, die Bücher zu überprüfen, um herauszufinden, wieviel Schaden Owen Horner angerichtet hat.«

»Ich werd' dich nicht stören. Ich gebe keinen Mucks von mir.« Adrienne rutschte in dem Sessel hin und her. »Meine Güte, was ist denn das für ein Ding.«

Nathan mußte lachen. »Man nennt ihn ›Pflanzerstuhl‹,

entworfen für den Herrn des Hauses, damit er sich an einem heißen Nachmittag bei einem Grog ausruhen kann.« Er trank einen Schluck Punsch und kam näher. »Schau, hier unter den Armlehnen sind Verlängerungen . . .« Um es ihr zu demonstrieren, klappte er die langen, paddelartigen Hölzer aus. »Manche Männer legen damit die Beine hoch, aber man kann sie auch hervorragend zum Stiefelausziehen benutzen.«

»Planter's Punch und Pflanzerstuhl«, murmelte Adrienne mit einem Hauch Ironie. »Es kommt mir vor, als würde das Pflanzerleben auf Barbados sehr gemächlich dahinfließen.«

»Denk daran, wenn du den Punsch trinkst«, parierte er. »Da ist mehr Rum drin, als du schmecken kannst. Zuviel davon, und du hängst bewußtlos auf diesem Stuhl wie einer der Pflanzer, nach denen er benannt wurde.« Nach dieser Ermahnung wandte sich Nathan um und ging zu seinem Tisch zurück. Er aß Obstscheiben mit Limonensaft, raschelte mit Papier, machte sich Notizen und tat alles, um zu betonen, daß Adrienne für ihn im Augenblick nicht existierte.

»Du hast mir noch nicht gesagt, wie du an das Land meines Vaters kommen willst«, sagte sie nach ein paar Minuten des Schweigens. »Wie soll er von unserer Ehe erfahren?«

»Wir haben zwei Matrosen an der Nordwestküste Frankreichs in der Nähe von Brest an Land abgesetzt. Es war an dem Abend, an dem wir beide . . . unsere Abmachung getroffen haben.« Langsam wandte er sich in seinem Stuhl zu ihr um. »Ich dachte, ich hätte es dir gesagt, aber vielleicht habe ich es auch vergessen . . .«

»Ja, das ist nicht unwahrscheinlich«, erwiderte Adrienne zuckersüß. »Nach deinem romantischen Heiratsantrag hast du ja kaum ein Wort mit mir gesprochen.«

Er schenkte ihr ein eisiges Lächeln. »Ich habe Duffy

und Keane zum Schloß deiner Eltern geschickt. Sie hatten einen Brief von mir dabei, in dem ich unsere ... Pläne darlegte. Ich habe darin auch darum gebeten, daß dein Vater, wenn er einwilligt, mir die Urkunde für dieses Land schicken und den Männern alles mitgeben sollte, was du vielleicht benötigen könntest.«

»Scheint es dir nicht recht kaltblütig, ihnen zu schreiben, ohne mir die Chance zu geben, ein paar Worte unter den Brief zu setzen? Sie sind immer davon ausgegangen, daß sie an meinem Hochzeitstag dabeisein würden, um meinen Mann kennenzulernen und meine Freude mit mir zu teilen.«

»Ist es dann unter den gegebenen Umständen nicht viel besser, daß sie nicht hier sein können?«

Adrienne kam zu dem Schluß, daß er sich mit Absicht so unmöglich benahm, und tat die Bemerkung als unbedeutend ab. Immerhin hatte sie einen freien Willen und konnte ihren Eltern schreiben, ohne Nathan vorher um Erlaubnis zu fragen. »Und wie kommen deine Matrosen von Frankreich nach Barbados?«

»Von den französischen Häfen geht eine Vielzahl von Schiffen nach Übersee, und ich habe Duffy und Keane genug Geld gegeben, damit sie eine Passage bezahlen können. Es kann sein, daß sie in Nantes sogar auf ein Schiff meiner Familie treffen, wenn ich den Fahrplan richtig im Kopf habe.« Er wandte sich wieder seinen Büchern zu. »Wir werden bald von ihnen hören.«

»Wenigstens werde ich bald meine eigenen Kleider haben. Ich bin es langsam leid, die abgelegten Sachen deiner ehemaligen Geliebten zu tragen.«

Nathan weigerte sich, auf die Provokation einzugehen. »Keine Sorge. Ich habe schon alles in die Wege geleitet. Morgen kommt eine Schneiderin von Bridgetowns bestem Geschäft hierher. Du kannst so viele Kleider und andere Dinge auswählen, wie du willst.«

»Warten wir mit der Heirat, bis wir von meinem Vater Nachricht erhalten haben? Und was ist mit deinem Versprechen an Orchid?«

»Schau her, ich habe jetzt keine Zeit für so etwas.« Nathan stand wieder auf, trat an den Pflanzerstuhl und zog sie auf die Füße. »Ich habe dir gesagt, daß ich zu tun habe, aber du hast ja darauf bestanden, mich zu stören.« Er führte sie in den langen, kühlen, äußeren Gang und setzte sie mit Nachdruck auf einen Rattansessel. »Hier ist dein Buch.«

Verletzt hob Adrienne ihr Kinn und warf einen Blick zurück in die Bibliothek. »Und was ist mit meinem Punsch?«

»Ich sage Retta, daß sie dir Tee bringen soll.« Mit diesen Worten kehrte Nathan in sein Arbeitszimmer zurück, schloß die Tür und lehnte sich mit pochendem Herzen von innen dagegen. Er durfte ihr niemals zeigen, daß es nicht ihr Plappern war, das ihn ablenkte, sondern die verfluchte Anziehungskraft, die sie auf ihn ausübte.

Es war erschreckend, sich auszumalen, was für ein Chaos über sein wohlgeordnetes Leben hereinbrechen würde, wenn er wegen dieser Frau den Kopf verlor.

Nein. Das durfte nicht geschehen.

Kapitel 18

»Kommt mit Zeit«, versicherte Orchid Adrienne, während sie ihr Tee einschenkte und den atemberaubenden Blick genoß, der sich vom Balkon vor dem Schlafzimmer ihrer neuen Herrin bot. Der Schrei eines Perlhuhns drang vom Garten herauf, und die Luft war erfüllt vom Duft der Ylang-Ylang Bäume. »Sie machen neues Leben.«

»Ich hatte solche Hoffnung, als wir ankamen, doch nun sind wir schon drei Tage hier, und ich fühle mich verlorener und einsamer als je zuvor.« Sie strich sich Guavenmarmelade auf ein Brot. »Nathan läßt sich kaum blikken . . .«

»Er ist lange weg auf Schiff, so viel zu tun jetzt. Sie haben Zucker, Mistress?«

»Orchid, du sollst mich nicht so nennen und mich auch nicht bedienen! Bitte setz dich doch zu mir und rede ein bißchen mit mir. Mein Problem besteht zum Teil aus schlichter Einsamkeit.«

»Brauch und Sitte ist gut«, verkündete die alte Frau eifest, ließ sich aber doch nicht länger bitten. Sie zog sich einen Stuhl heran und ließ sich behutsam darauf nieder. »Aber ich brech ein Brauch mit Ihnen, Mistress. Der Captain glücklich Mann.«

»Du bist krank und solltest das tun, worauf du Lust hast. Aber ganz bestimmt solltest du keine Treppen mehr steigen, Orchid. Wenn Retta zu beschäftigt ist, dann kann ich doch herunterkommen. Hier, nimm eine Tasse Tee.«

Sie hielt eine Hand hoch. »Nein.« Ein schiefes Lächeln verzog ihren faltigen Mund. »Sie scheuchen mich weg, wenn so reden, Mistress.«

»Sag mir . . ., ist Nathan immer so oft weg? Selbst wenn er nicht draußen auf der Plantage ist, schließt er sich in seiner Bibliothek ein, und er hat sehr deutlich gemacht, daß er mich nicht dort sehen will.« Adrienne wandte ihr frisch gewaschenes Gesicht der Morgensonne entgegen und seufzte wieder. »Ehrlich gesagt, Orchid, ist es nicht meine Art, die Rolle der Gefügigen zu spielen. Wenn er das von mir als Pflanzerfrau erwartet, dann sollte ich vielleicht direkt wieder nach Europa zurückreisen.«

»Nein!« Orchid sah sie entsetzt an. »Sollen nicht so reden! Er braucht Sie. Männer sind langsam, wenn lernen, aber Captain, er ist gut und gut klug. Sie glauben Orchid und abwarten. Geduld erreicht Ziel.«

Adrienne lächelte. Sie gewöhnte sich langsam an die vielen Redewendungen, die Orchid in ihre Sätze einflocht. »Ich fürchte, ich bin von Natur aus ein ungeduldiger Mensch.«

»Manchmal ist wert warten.«

»Du drückst dich sehr vage aus.« Plötzlich erwachte ihr Appetit, und sie biß in das Marmeladenbrot. »Zachary Minter hat so etwas Ähnliches zu mir gesagt ..., daß ich Geduld mit Nathan haben soll.«

»Richtig, richtig. Er wie ein wilde Pferd, muß zähmen mit Geduld ... und mit was anderes.« Lächelnd schloß Orchid einen Moment die Augen. »Kommt Schneider her, nich' wahr? Sally Ann macht so, so hübsche Kleider für Sie!«

»Ja. Und sie hat auch ein paar Stücke mitgebracht, die ich direkt behalten konnte.«

»Ah. Fein. Captain nicht so übel, richtig?« Orchid öffnete die Augen. »Und Besuch von Leuten Straße rauf?«

Sie schnitt eine Grimasse. »Du meinst die Harrisons und die Terrills? Ja, sie waren hier. Und sie sind genauso, wie ich mir Plantagenbesitzer vorgestellt hatte: behäbig und hochnäsig! Und die Frauen erst! So anmaßend! Das geschieht mit Leuten, die glauben, andere Menschen besitzen zu können!«

»Was meinen, Mistress?«

»Ich denke, es ist wie bei Milch, die schlecht wird ... All ihre guten Anlagen kehren sich ins Gegenteil um. Plötzlich zählen nur noch Gier, Eitelkeit und Selbstsucht. Wie sonst sollten sie mit sich selbst auskommen?«

Orchid schüttelte langsam den Kopf. »Nicht vorschnell urteilen, Mistress. Menschen schauen immer, was Nachbar machen. Sklaverei ist Teil von Leben hier.«

»Nur, weil sich niemand dagegen ausspricht«, sagte

Adrienne stur. »Aber ich wollte dich über jemand anderen ausfragen . . ., einen anderen Nachbarn.«

»Wer?«

»Xavier Crowe.« Als Orchid sich instinktiv abwenden wollte, berührte Adrienne ihren Arm. »Darf man seinen Namen hier nicht aussprechen?«

»Er ist böser Mann.«

»Orchid, sag mir doch: Gibt es da noch einen anderen Grund, warum Nathan Crowe so haßt? Irgend etwas . . . Persönlicheres vielleicht?«

Sie preßte die Lippen zusammen. »Vielleicht. Ich nicht sagen. Reden bringt nur ander Reden.«

Bevor Adrienne etwas erwidern konnte, erklang Hufgetrappel, das aus dem Schutz des dichten Mahagoni-Waldes kam. Kurz darauf hörte sie eine vertraute Stimme. »Miss Beauvisage!«

Ihre Miene erhellte sich. »Hallo, Mr. Minter!« Glücklich stand sie auf und winkte dem rothaarigen Matrosen zu, der nun auf seinem Pferd durch die Tore ritt. Ein zweiter Reiter, ein älterer Mann mit weißem Haar und sonnenverbrannter Haut, folgte ihm. »Ich komme sofort!«

Orchid bestand darauf, daß ihre impulsive Herrin sich die Zeit nahm, sich anständig anzuziehen und ihr Haar aufzustecken, und Adrienne gehorchte widerwillig. Sie streifte sich ein luftiges, an der Taille eng sitzendes und spitzengesäumtes Kleid mit winzigen Blümchen über und befestigte ihre kastanienbraunen Locken mit Perlenkämmen.

»Geht das so?«

Orchid nickte mit einem müden Lächeln, und Adrienne half ihr die Treppe hinunter. Sie traten gerade in den kühlen Flur neben der Bibliothek, als Nathan herausstürmte. Sein braungebranntes Gesicht war bleicher als üblich.

»Ja, Sir«, sagte Orchid, bevor er etwas herausbringen konnte. »Ich hab' sehen.«

»Danke. Ich dachte, ich hätte vielleicht einen Sonnenstich oder so etwas«, murmelte er. »Wir brauchen ein paar Erfrischungen, Orchid.«

Nun meldete sich Adrienne zu Wort. »Sie hat Schmerzen, Nathan. Ich glaube, Orchid sollte sich für ein paar Stunden hinlegen. Soll ich Retta helfen?«

»Nein!« Entsetzt packte er ihren Arm. Adrienne fand, daß ihm sein offenes weißes Hemd, die engen Hosen und die Stiefel ausgesprochen gut standen. Er hatte sich noch nicht rasiert, und das schwarze Haar lockte sich über dem Kragen. »Du mußt mitkommen und unsere Gäste begrüßen, obwohl ich dich, verdammt noch mal, irgendwo verstecken möchte.«

»Was redest du da eigentlich?«

»Minter hat meinen Vater hergebracht. Nur er bringt es fertig, immer in den verfluchtesten Momenten meines Lebens aufzukreuzen!«

Adrienne spähte in den Salon, in dem André Raveneau mit seinem Sohn und Zachary Minter plauderte und sich neugierig umblickte. Die Ähnlichkeit mit seinem Sohn war so frappierend, daß Adrienne ein Schauder über den Rücken lief.

Genaugenommen konnte Nathan sich glücklich schätzen, wenn er mit siebzig so aussehen würde wie sein Vater jetzt. André Raveneau hatte welliges weißes Haar, das scharf mit der Bräune seines Gesichts kontrastierte. Sein strahlendes Lächeln wirkte jugendlich, und sein Körper war noch immer geschmeidig und schlank. Eine dünne weiße Narbe zeichnete sich auf seinem Kiefer ab.

»Wann hattest du denn vor, deine Mutter und mich nach Tempest Hall einzuladen?« fragte er gerade seinen Sohn mit einem spöttischen Unterton.

»Warum soll ich euch eine Einladung schicken, wenn ihr ohnehin nicht darauf wartet?« erwiderte sein Sohn im gleichen Tonfall. »Du tust ja doch, was dir gefällt.«

Minter fühlte sich zwischen den beiden größeren Männern sichtlich unwohl. Als er plötzlich Adrienne entdeckte, sah er seine Chance, Vater und Sohn auf andere Gedanken zu bringen. »Sieh an, wer da an der Tür steht!« rief er. »Unsere wunderschöne Miss Beau-«

»Dürfte ich vielleicht? *Bitte?*« unterbrach Nathan und warf seinem Freund einen drohenden Blick zu. Dann ging er zu Adrienne, nahm ihren Arm und flüsterte: »Gib dir um Gottes willen ein bißchen Mühe und benimm dich!«

André beobachtete mit lebhaftem Interesse, wie die grünäugige, zarte Schönheit am Arm seines Sohnes das Wohnzimmer betrat. »Mir scheint, es war in mehr als einer Hinsicht ein glücklicher Entschluß, nach Barbados zu kommen.«

»Vater, ich möchte dir Miss Adrienne Beauvisage vorstellen. Sie ist die Tochter deiner alten Freunde Nicholai und Lisette Beauvisage.« Nathan sprach, als stünde er unter Zwang. »Wir, äh . . . sind verlobt.«

André blinzelte ungläubig. »Wie bitte? Hör' ich richtig?«

»Ich fürchte ja«, murmelte sein Sohn.

»Es ist mir ein Vergnügen, Sie kennenzulernen«, sagte Adrienne liebenswürdig. »Oder haben wir uns früher schon getroffen? Ja . . . Sie waren doch einmal auf unserem Schloß, als ich noch klein war, nicht wahr?«

»Ja, richtig. Bitte, Miss Beauvisage, seien Sie mir nicht böse, wenn ich die Neuigkeit erst einmal verdauen muß. Es ist wunderbar, aber für einen Mann in meinem Alter auch ein rechter Schock.« Er nahm ihre Hand, küßte sie und schenkte Adrienne ein breites Grinsen. »Die Verbindung der Raveneaus mit den Beauvisages könnte eine neue Dynastie gründen!«

Retta und ein anderes Mädchen, das auf den Namen Dolly hörte, traten mit einem kleinen Teewägelchen ein. Orchid sah nervös aus dem Eßzimmer zu, wie die beiden Mädchen die Gäste bedienten, die sich nun endlich setzten. Nachdem alle ein paar Schlucke Tee getrunken und etwas von dem Kokosbrot gegessen hatten, wandte Nathan sich an seinen Vater.

»Du hast mir noch immer nicht gesagt, was dich nach Barbados geführt hat. Ich hoffe doch, daß du keine schlechten Nachrichten mitbringst?«

»Nein, keine Sorge. Ich habe mich einfach schrecklich gelangweilt. Lindsay war mit ihrem Neugeborenen auf Besuch bei uns in Connecticut, und es gibt praktisch nichts, was ein Großvater tun kann.« Er zuckte auf dieselbe unbekümmerte Art und Weise die Schultern, wie Nathan es so häufig tat. »Deine Mutter dagegen hatte alle Hände voll zu tun, und da dachte ich, daß ich mal wieder . . . ein bißchen segeln könnte.«

»Und was hast du auf dieser Insel vor?«

André wußte, welche Bedeutung diese Frage hatte. In diesem Augenblick konnte er den unabhängigen Geist seines Sohnes fast spüren, und da er selbst einen ähnlichen Charakter besaß, machte er sofort eine beruhigende Geste. »Glaub nicht, daß ich mich in dein Leben einmischen will, Nathan. Mir ist klar, daß du andere Dinge zu tun hast –«

»Nein, das ist es nicht. Obwohl du insofern recht hast, als wir gerade erst von England hier angekommen sind, und ich wirklich verdammt böse, geschäftliche Probleme mit dem Haus habe. Xavier Crowe war in meiner Abwesenheit hier und hat meinen Verwalter korrumpiert, so daß ich ihn rauswerfen mußte . . . Er arbeitet nun für Crowe.«

»Xavier Crowe . . .«, wiederholte André nachdenklich. »War der nicht der Kerl, der . . . äh . . . in London Eloise Sinclairs Herz im Sturm erobert hat?«

Um sich diese Chance nicht entgehen zu lassen, meldete Adrienne sich augenblicklich zu Wort. »Eloise Sinclair? Der Name kommt mir irgendwie bekannt vor. Wer ist sie? Kenne ich sie?«

»Das glaube ich kaum, meine Liebe«, erwiderte Nathan beißend. Dann warf er seinem Vater einen Blick zu. »Ja, Eloise hat Crowe geheiratet. Es ist nicht sehr taktvoll von dir, das zu erwähnen.«

Andrés Augenbrauen flogen hoch, aber er sagte nichts. Nathan wandte sich inzwischen an Minter. »Es ist wirklich ein glücklicher Zufall, daß du heute hier aufgetaucht bist. Ich brauche deine Hilfe.«

»Bleibt Mr. Minter nicht noch eine Weile bei uns?« fragte Adrienne mit flehentlicher Stimme.

Nathan antwortete, ohne sich zu ihr umzudrehen. »Adrienne, würdest du uns bitte allein lassen? Ich habe mit Zachary ein paar geschäftliche Dinge zu besprechen.«

Adriennes Wangen wurden tiefrot. »Ist es wirklich nötig, daß ich gehe?«

»Sie hat recht, Sohn. Schick sie nicht weg.«

Der Ältere lehnte sich zu seinem Sohn und tätschelte ihm die Schulter. »Du wirst dich daran gewöhnen müssen, dir die Meinung deiner Frau anzuhören, wenn du eine Beauvisage heiratest.« Mit einem herzlichen Lächeln sah er Adrienne an. »Machen Sie sich keine Sorgen, meine Liebe. Nathans Mutter ist ausgesprochen eigensinnig und sehr schwer zu handhaben, also ist Nathan an starke Frauen gewöhnt. Ohne Zweifel ist das auch der Grund, warum er sich in Sie verliebt hat.«

Die Verlobten blickten überallhin, nur nicht einander an, und die Atmosphäre war plötzlich zum Zerreißen gespannt. Schließlich richtete Nathan seine Augen auf seinen Vater. »Du hast zwar nicht die geringste Ahnung, wovon du sprichst, aber wenn du mir erlauben würdest, in *meinem* Haus die Entscheidungen selbst zu treffen, dann könnte ich es dir erklären.«

Tränen schnürten Adriennes Kehle zu. Gedemütigt und wütend stand sie auf, lächelte die Gäste verkniffen an und verließ das Wohnzimmer.

Zach lockerte seinen Kragen und sah seinen Freund klagend an. »Verdammt, aber ich schwitze immer ungewöhnlich stark, wenn du und Miss Beauvisage aufeinandertreffen. Ich kann nur hoffen, daß ihr euch nicht gegenseitig umbringt, wenn ihr erstmal verheiratet seid.«

Bevor Nathan etwas sagen konnte, mischte sein Vater sich ein. »Ich weiß, daß du keinen Rat von mir willst, aber ich bin wirklich entsetzt, daß du deine zukünftige Frau auf so eine Art und Weise behandelst!«

»Nach dem, was ich von dir gehört habe, als du deiner Zukünftigen den Hof machtest – wenn man das so nennen kann –, warst du wohl kaum besser als ich.«

André verstummte ..., unter anderem deshalb, weil ihm bewußt wurde, wie recht sein Sohn hatte. »Touché. Aber das bedeutet ja nicht, daß du meine Fehler wiederholen mußt.«

»Schau, Vater, das hat nichts mit dir oder Mutter zu tun. Wenn du es unbedingt wissen willst: Diese Ehe wird nicht aus den üblichen Gründen geschlossen. Ich heirate Adrienne, um an das Land ihres Vaters zu kommen. Es grenzt an Xavier Crowes Land, und wenn ich endlich Zugang dazu habe, dann wird es mir auch gelingen, den Schuft zur Strecke zu bringen.«

»Du meinst, ihr geht eine Zweckehe ein? Ihr liebt euch nicht?«

Minter versuchte, André aus dem Augenwinkel einen hoffnungsvollen Blick zuzuwerfen. Nathan erwiderte inzwischen: »Wir sind zu unterschiedlich. Ja, ich finde sie attraktiv, aber es hat nichts mit Liebe zu tun. Wie auch immer«, er trank seine Tasse aus und beugte sich vor,

»wie Zach mir so liebenswürdig klargemacht hat, bin ich über dreißig, und es wird Zeit, daß ich heirate und Kinder zeuge.«

Es war schrecklich für André, seinem Sohn zuzuhören und zu begreifen, daß er sich nur durch bittere Erfahrungen so entwickelt haben konnte. Er schien sich zu schützen, und dies mit allen Mitteln. »Ich frage mich, wieviel deine Abneigung gegen Crowe mit Eloise zu tun hat. Ich habe nicht vergessen, wieviel du für sie empfunden hast . . .«

Minter verschluckte sich an einem Stück Kokosbrot. Da Nathans Laune sich stets verschlechterte, sobald der Name der Frau fiel, wartete Zach nun auf die Explosion. »Vielleicht sollte ich jetzt gehen –«

»Nein!« Nathan starrte ihn wütend an. »Ich muß mit dir über etwas Wichtiges sprechen. Ein Thema, das weit wichtiger und aktueller ist als das, das mein Vater aufgebracht hat!« Er wandte sich wieder an André: »Was zwischen Eloise und mir vorgefallen ist, ist lange her. Wenn Crowe sie mir mit denselben schmutzigen Tricks, die er heute noch anwendet, weggenommen hat, dann sollte es vielleicht so sein. Ich wünsche ihr Glück. Ich kann nur annehmen, daß Eloise nicht der Mensch ist, für den ich sie in meinem jugendlichen Überschwang damals gehalten habe.«

»Und nun willst du keine Frau mehr idealisieren . . . oder lieben?« murmelte sein Vater.

»Ja, so könnte man es ausdrücken. Aber ich möchte hinzufügen, daß mein Haß auf Xavier Crowe hauptsächlich darauf beruht, daß er *andere* Leben vernichtet hat. Und auf der Tatsache, daß er durch Piraterie und Betrug reich geworden ist.«

»Schon gut.« André stand auf und wanderte durch den Salon, wobei er kurz anhielt, um sich einen Stumpen anzuzünden. »Ich nehme an, daß du Adrienne nichts von Eloise erzählt hast?«

»Nein, und ich habe nicht einmal mehr an sie gedacht, bis du aufgekreuzt bist.«

André hielt abwehrend eine Hand hoch und verließ den Salon, um sich im Eßzimmer umzusehen.

Nathan war erleichtert, daß sein Vater für einen Augenblick lang die aufdringliche Fragerei eingestellt hatte. Er wandte sich an Minter. »Und jetzt zu dir, Zach. Ich will, daß du herkommst, um für mich als Verwalter zu arbeiten . . . Wenigstens so lange, bis ich jemanden gefunden habe, dem ich vertrauen kann.«

»Himmel und Hölle, das meinst du nicht ernst!« rief Zach entsetzt. »Ich weiß doch gar nichts von solchen Dingen!«

»Genug, um mir die nächsten paar Wochen zu helfen, das Anwesen wieder auf Vordermann zu bringen. Allein werde ich es nicht schaffen, mit deiner Hilfe kann es aber funktionieren!« Er legte seine verschränkten Hände um ein Knie. »Ich kann ohnehin nicht wieder in See stechen, bevor ich nicht ein bißchen Ordnung in dieses Chaos gebracht habe, also ist es doch nur sinnvoll, wenn wir beide unsere Energie auf diese Sache hier konzentrieren.«

»Wenn du unbedingt willst, dann mach' ich es«, sagte Zachary zögernd, »aber was ist mit der *Golden Eagle?* Was ist mit deinen Leuten? Wir können doch nicht einfach wieder für eine Weile verschwinden –«

In diesem Moment kam André Raveneau zurückgeschlendert. »Laß mich das übernehmen. Ich verspreche dir, daß ich gut auf das Schiff und deine Leute aufpassen werde, wenn wir unterwegs sind.«

Nathan stand auf und ging ihm entgegen. »Wenn du glaubst, daß Mutter es mir verzeiht, wenn ich dich so lange von zu Hause fernhalte, dann nehme ich an.« Er ergriff die Hand seines Vaters. »Vielen Dank.«

Der Rest des Tages verstrich in hektischer Betriebsamkeit. Als Adrienne erfuhr, daß sowohl Zachary Minter als auch ihr zukünftiger Schwiegervater auf Tempest Hall zu Abend essen würden, begannen sie und Orchid das Essen zu planen und die Zutaten zu besorgen. Für Adrienne stand es in Anbetracht von Orchids Gesundheitszustand außer Frage, daß sie bald neues Küchenpersonal anlernen mußte, aber sie hatte keine Ahnung, nach welchen Kriterien sie Mädchen von den Feldsklaven aussuchen sollte oder *wie* man sie überhaupt anzulernen hatte.

»Was für ein Glück, daß Retta und ich in den letzten zwei Tagen schon soviel geputzt und aufgeräumt haben«, bemerkte Adrienne, während sie und Orchid Mangos schälten. »Wenigstens sind die schlimmsten Mißstände jetzt behoben.«

»Captain nie erlauben, wenn Sie sieht Haus schrubben«, erwiderte Orchid. »Wenn ich besser gehe –«

»Es ist auch *mein* Haus. Ich brauche seine Erlaubnis nicht, um es zu reinigen.« Sie lächelte. »Es gibt so vieles, von dem ich noch keine Ahnung habe, daß es eine echte Freude war, mit einfachem Putzen und Staubwischen eine derart phantastische Wirkung zu erzielen. Orchid, kannst du mir beibringen, wie man ein Haus wie dieses in Ordnung hält?«

Die alte Frau nickte. »Neu Besen kehren besser, aber alt Besen wissen Ecken.«

Plötzlich hatte Adrienne akutes Heimweh nach ihrer Mutter. Die Anwesenheit von André Raveneau erinnerte sie wieder daran, daß Eltern sowohl ein Ärgernis als auch einen Segen darstellen konnten. Sie war genauso dickköpfig wie Nathan, wenn es darum ging, einen Rat der Eltern zu beherzigen, doch die bevorstehende Hochzeit milderte ihre Ansichten ein wenig.

»Ich mag Nathans Vater«, meinte Adrienne. »Und er hat einen Namen erwähnt, der mich neugierig gemacht hat. Orchid, hast du schon mal von einer Eloise Sinclair gehört?«

»Ich – äh ... was haben gesagt?« Orchid wurde eine Antwort erspart, als Philip mit einer großen, stämmigen Frau in der Küchentür erschien. »Ah, da ist Lily!« Orchid breitete ihre Arme aus. »Lily, das Miss Beauvisage. Hab' erzählt dir über ihr.« Sie blickte strahlend über die Schulter zu Adrienne. »Lily unser Tochter. Hat eben zweiten Baby-Jungen kriegen, aber arbeiten wieder jetzt. Captain sagt, sie soll lernen, wie machen Haushälter.«

Lily sah ihren Eltern wenig ähnlich, hatte jedoch dieselben intelligenten, aufmerksam blickenden Augen. Nachdem sie Adrienne begrüßt hatte, sagte sie: »Ich bin frei, muß nicht arbeiten, aber Mama sagt, Sie brauchen Hilfe. Sie und Captain brauchen Hilfe. Er ist gut zu uns, also helf' ich.« Sie zog den Knoten von ihrem grüngestreiften Turban fest und lächelte ihre Mutter an. »Papa versprechen, auf meine Babys aufpassen. Was machen für Essen?«

Retta und Dolly bekamen den Auftrag, Obst und Gemüse zu schälen und zu schneiden, und als sie sich alle über das Menü und die Speisenfolge einig geworden waren, schickte Orchid Adrienne hinauf in ihr Zimmer, damit sie ein Bad nahm und sich eine Stunde ausruhte.

»Sie nicht in Küche sein, Mistress. Lily paßt auf mich auf, mir nix passieren.« Sie wies resolut zur Tür. »Wir alle Platz hier im Haus, und Sie die Herrin von Haus!«

Als Adrienne hinaus in den Hinterhof trat, fühlte sie sich erneut ein wenig verloren. Orchid war, abgesehen von Minter, die einzige Person, von der sie sicher war, daß sie sie, Adrienne, wirklich mochte, und sie wäre zu gerne in der Nähe der alten, zerbrechlichen Frau geblieben. Die Luft draußen war drückend heiß, selbst im Schatten des gewaltigen Baumes, dessen dichtes Gewirr an Wurzeln schlangengleich aus dem Erdreich um den Stamm quoll.

Die Perlhühner trippelten auf der Suche nach Nahrung durch den Staub, und in einiger Entfernung sah sie Sklavinnen, die hohe Terrakotta-Krüge auf ihren Köpfen trugen. Plaudernd und lachend verschwanden sie in einem der Nebengebäude.

Wie mochte wohl ihr Leben aussehen? Adrienne wäre zu gerne in eine der Hütten gegangen, um es herauszufinden, doch wenn sie schon nicht in die Küche gehörte, dann würde man sie im Sklavendorf ganz gewiß nicht willkommen heißen.

Am anderen Ende des Hofes befand sich das Badehaus. Adrienne wanderte hinüber, um es sich anzusehen. In dem Häuschen mit dem Kachelboden standen drei verschiedene Zuber, eine Sitzbadewanne eingeschlossen. Eine Pumpe war ebenfalls vorhanden, und so beschloß Adrienne, sich selbst um ihr Bad zu kümmern, statt zwei Diener zu bemühen, die alles erst nach oben schleppen mußten.

Das kühle Wasser wirkte überaus belebend. Als Adrienne wieder in ihrem Zimmer war, ließ sie ihr Haar zum Trocknen offen und legte sich, nur in Hemd und Hosen auf ihr Bett. Die Fensterläden hatte sie aufgestoßen, damit die leichte Brise in ihr Zimmer dringen konnte.

Ganz in der Ferne konnte Adrienne das Meer erkennen, und nicht zum ersten Mal wünschte sie sich, sie hätte am Strand herumlaufen und in die wilde Brandung springen können. Wenn nur Tempest Hall ein wenig näher am Ufer gestanden hätte, so daß sie an drückend heißen Nachmittagen einfach schwimmen und herumplanschen könnte ...

Adrienne mußte eine Weile vor sich hin gedämmert haben, denn plötzlich ließ ein Geräusch hinter der Tür zum Ankleidezimmer sie hochfahren. Es ertönte ein Klopfen an der Tür, und einen Augenblick später flog sie auf. Nathan trat ein.

»Ich suche meinen Lieblingshut. Braun mit breitem Rand. Er ist nicht da.«

»Ja, meinst du denn, ich hätte ihn genommen?« Verärgert glitt Adrienne aus dem Bett und trat zu ihm. »Weißt du, du hast kein Recht, einfach hier hereinzuplatzen. Vielleicht sollte ich die Tür verriegeln, wenn du nicht warten kannst, bis man dich auffordert, einzutreten.«

»Wag es ja nicht, in diesem Haus irgendeine Tür zu verriegeln. Und rede nicht noch einmal in so einem Ton mit mir.« Nathan versuchte, sie nicht anzusehen, aber er konnte einfach nicht anders: Sein Blick glitt über ihren Körper, den die kostbare Wäsche kaum verhüllen konnte. Ihr Haar duftete nach Flieder, und die Rundung ihrer Brüste, die über dem spitzengesäumten Ausschnitt zu sehen war, schien ihn locken zu wollen. Nathan wandte sich ab und sah sich wieder im Ankleidezimmer um. »Ich brauche den Hut. Die Hitze heute ist mörderisch, und ich habe meinem Vater einen geliehen. Wir wollten uns die Zuckerrohrfelder ansehen, die gerade abgeerntet worden sind.«

Adrienne ging ihm hinterher. »Manchmal kann ich wirklich nur wütend über dich werden, weißt du das? Glaubst du eigentlich, daß ich mir alles von dir gefallen lasse? Tut mir leid, Nathan, dann hast du dir die falsche Frau ausgesucht.«

»Ich habe dich mir gar nicht ausgesucht«, murmelte Nathan. Er begutachtete die Hüte in den Regalen und an den Haken, aber das Licht war dämmrig, und die meisten von ihnen hatten die falsche Form, um effektiv vor der Sonne zu schützen. »Aber bevor du jetzt den ganzen Tag beleidigt bist, entschuldige ich mich höflich, daß ich ohne zu fragen in dein Zimmer geplatzt bin.«

Als Adrienne einen braunen, breitrandigen Hut auf seiner Kommode entdeckte, tippte sie Nathan auf die Schulter. »Ist das der, nach dem du suchst?«

»Ich wußte doch, daß du ihn versteckt hast!« Nathan riß den Hut an sich und ging durch die offene Tür in sein eigenes Schlafzimmer.

Adrienne folgte ihm auf den Fersen. »Das ist absolut lächerlich, und du weißt es. Ich würde diesen schmierigen Hut nicht einmal anrühren, wenn ich kurz vor einem Hitzschlag stünde. Im übrigen ist deine Unverschämtheit, einfach mein Zimmer zu betreten, ohne aufgefordert worden zu sein, nur das geringste Übel.«

»Hör mal, man wartet unten auf mich.«

»Dann kann man noch ein kleine Weile länger warten.« Adrienne verschränkte die Arme vor der Brust und tappte wütend mit dem nackten Fuß auf den Boden. Die Erkenntnis, daß ihre dürftige Bekleidung ihn beunruhigte, verlieh ihr ein befriedigendes Gefühl der Macht.

»Du bist das ärgerlichste, anspruchsvollste, schwierigste Gör, das ich kenne.« Nathan hockte sich auf die Bettkante und knöpfte sich noch einen Knopf an seinem Hemd auf. »Sag, was dich bedrückt, aber bitte schnell. Es ist viel zu heiß hier oben.«

»Ich bin wütend wegen heute morgen. Wie du mich vor deinem Vater behandelt hast!«

»Seitdem ist schon wieder zuviel passiert. Ich kann mich leider nicht mehr an jedes Wort, das ich vor Stunden gesagt habe, erinnern.« Er machte eine wegwerfende Geste. »Trotzdem . . ., wenn ich unhöflich war, tut es mir leid.«

Sein beiläufiger Tonfall schürte ihren Zorn, und als er nun aufstand und auf die Tür zuging, glaubte Adrienne, gleich vor Wut zu platzen. »Nein! Setz dich wieder!« Ihre Augen schleuderten Blitze, als sie Nathan am Arm packte und ihn zurück zum Bett schubste. »Ich bin noch nicht fertig, Sir!«

Seine Kiefermuskeln spannten sich an. »Aha?«

»Hast du überhaupt eine Ahnung, wie man sich fühlt,

wenn man einfach so ›entlassen‹ wird, wie du es heute morgen mit mir getan hast? Ich habe eingewilligt, deine Frau zu werden, aber das heißt nicht, daß du mich nach Belieben beiseite schieben oder mich aus dem Zimmer schicken kannst, wenn es Zeit für ein Gespräch unter Erwachsenen ist.«

»Die Ehe sollte nicht das Ende der persönlichen Freiheit bedeuten.«

Ihre Augen brannten. »Es geht nur um das Land, hab' ich recht? Du machst dir tatsächlich nichts aus mir.« Sie wandte sich um und ging, so stolz und würdevoll es in Unterwäsche möglich war, auf die Tür zu. Dort drehte sie sich noch einmal um. »Das einzige, das ich von dir verlange, ist Respekt. Wenn du vorhast, mich zu verstecken, weil es dir peinlich ist, verheiratet zu sein, dann fahre ich lieber nach Hause.«

Von ihrem Balkon aus sah sie die Männer über einen saftig grünen Hügel davonreiten. Wenn Nathan es hier oben wegen der Hitze nicht aushalten konnte, warum sollte sie es dann tun? Es war noch früh am Nachmittag. Orchid hatte sie aus der Küche verbannt, und im Speisezimmer war alles für das Abendessen hergerichtet. Vielleicht würde sich ihre Laune bessern, wenn sie für ein oder zwei Stunden Tempest Hall den Rücken kehrte.

Dennoch hielt sie es für günstiger, ihre Absicht nicht öffentlich zu machen. Sie zog ein paar alte Kleider von Nathan an, steckte ihr Haar auf und verbarg es unter einem breitrandigen Pflanzer-Hut. Dann ging sie hinunter. Im Stall mußte sie sich zu erkennen geben, damit man ihr ein Pferd überließ, aber ihr unbekümmertes Auftreten verhalf ihr rasch zum Ziel.

Der Stallbursche erklärte ihr, wie sie zu der Straße kam, die sie zum Meer hinunterbringen würde. »Pferd, Ben, kennt Weg.«

Adrienne ließ Ben an den zahlreichen Nebengebäuden, die die Zuckermühle umringten, vorbeitrotten. Um die Mühle selbst herrschte rege Betriebsamkeit. Nathan hatte Adrienne erzählt, daß es niederländische Juden gewesen waren, die die Idee hatten, auf der Insel Zuckerrohr anzubauen. Sie hatten Barbados auch die Windmühlen gebracht.

Nun, da die Ernte eingefahren worden war, mußte das Zuckerrohr gemahlen werden, was ein langwieriger und mühsamer Prozeß war. Keiner der Arbeiter achtete auf Adrienne und Ben, als sie vorbeiritten und zwischen den Bäumen verschwanden.

Die Straße, die den Hügel hinabführte, war zerfurcht, aber Adrienne machte sich keine Gedanken um einen sicheren Abstieg. Das Gefühl der warmen, weichen Brise auf ihrer Haut, der Duft von salziger Luft und üppiger Vegetation und das Zwitschern der Vögel, das sich mit der donnernden Brandung des Meeres vermischte, war Balsam für ihre Seele. Sie brauchte ihre Freiheit genausosehr wie Nathan, und er würde es akzeptieren müssen.

Als sie an eine Weggabelung kamen, beugte Adrienne sich ein wenig über den Pferdehals. »Weißt du, welcher Weg zum Strand führt?«

Ben setzte sich wieder in Bewegung und trottete auf ein Dorf zu, das offenbar von freien Schwarzen bewohnt wurde. Doch bevor sie ankamen, bog Ben in einen beinahe zugewachsenen Pfad ein, der von der Hauptstraße abzweigte. Adrienne mußte mit einer Hand den Hut auf dem Kopf festhalten und sich ducken, um nicht von den herabhängenden Zweigen und den wuchernden Büschen zerkratzt zu werden. Was würde wohl Nathan sagen, wenn er sie jetzt sehen könnte? Wußte Ben tatsächlich, was er tat? Ihr Herzschlag beschleunigte sich plötzlich.

Doch Ben kannte tatsächlich den Weg. Plötzlich brachen sie aus dem Dickicht heraus auf eine Klippe, die von windgepeitschten Bäumen gesäumt wurde. Und im gleichen Moment entdeckte Adrienne eine Frau, die gerade auf ihr Pferd stieg. Sie trug im Gegensatz zu Adrienne ein ordentliches Kleid und eine Haube und hatte einen Sonnenschirm dabei. Ein paar Meter von ihr entfernt wartete ein junger Schwarzer in einer eleganten Uniform.

»Hallo!« rief Adrienne aufgeregt. War es möglich, daß sie hier draußen eine Freundin finden würde?

Die Frau drehte sich für einen kurzen Moment um, dann trieb sie ihr Pferd an. Sie sah sowohl ängstlich als auch wunderschön aus.

»Warten Sie!« schrie Adrienne. »Ich bin kein Mann – ich bin ein Mädchen!«

Die Frau zügelte ihr Pferd, dann wendete sie es plötzlich und ritt auf Adrienne zu. »Sie müssen ziemlich dumm sein, wenn Sie als Frau allein ausreiten. Nicht einmal ich bin so verrückt. Die Insel ist tückischer, als sie wirkt. Das Meer tötet rasch und ohne Reue. Beherzigen Sie den Rat von jemandem, der klüger ist, und reiten Sie nach Hause zu Ihrem Mann.« Mit diesen Worten wendete sie ihr Pferd und setzte sich in Richtung Süden in Bewegung.

»Aber . . . wer sind Sie?«

Doch statt zu antworten, winkte die Frau ab, wandte noch einmal kurz den Kopf und drückte ihrem Pferd dann die Fersen in die Flanken. Einen Moment später waren sie und ihr Gefährte zwischen Kokospalmen verschwunden.

Adrienne glaubte, etwas in den wunderschönen Augen der Fremden aufblitzen gesehen zu haben, aber das war ja nicht möglich. Die Entfernung war zu groß gewesen. Wer mochte sie gewesen sein? Adriennes Neugier wuchs, je mehr sie darüber nachdachte, und kurz darauf befand sie sich schon in den wildesten Tagträumen. Während Ben sie den Pfad zum Strand hinunterführte, malte

Adrienne sich eine Vielzahl tragischer Schicksale aus, die die namenlose Fremde an diesen Ort verbannt hatten.

Der Strand war wie ein weißer, breiter Streifen, der nur gelegentlich durch aufragende, von Algen überwachsenen Felsbrocken unterbrochen wurde. Das Meer hatte ein intensives Türkisblau, das sich weiter hinaus zu Kobaltblau wandelte. So weit das Auge blickte, war keine Spur eines menschlichen Wesens zu entdecken, und sie kam sich plötzlich vor, als wären sie und Ben auf einer einsamen Insel. Wie hypnotisiert von dem regelmäßigen Donnern der anbrandenden Wellen, stieg Adrienne ab und wanderte barfuß durch den heißen Sand. Das Wasser rauschte auf sie zu und umspülte ihre Zehen, und Adrienne spürte, wie ein plötzliches Glücksgefühl in ihr aufwallte.

Die Warnung der fremden Frau vor dem Meer konnte mit dem magischen Reiz nicht konkurrieren. Als Adrienne noch ein Stück weiter hineinwatete, erkannte sie, daß der Sog zu verlockend war, um ihm widerstehen zu können.

Nathan hatte seinen Vater und Minter nach Tempest Hall zurückgeschickt, damit sie sich waschen, erfrischen und etwas ausruhen konnten. Wie so oft hatte er auch diesmal wieder das Bedürfnis, noch eine Weile allein umherzureiten, damit er etwas von der aggressiven und manchmal selbstzerstörerischen Energie, die ihn so zynisch gemacht hatte, abbauen konnte. Auf der Insel befanden sich im Augenblick vier Menschen, die ihm wirklich unter die Haut gehen konnten: sein Vater, Adrienne, Xavier Crowe . . . und Eloise. Entweder mußte Nathan einen Weg finden, sich mit seinen Dämonen zu versöhnen – oder aber er floh so schnell wie möglich mit der *Golden Eagle.*

Während er über die Hügel oberhalb des Strandes ritt, erhaschte Nathan einen Blick auf ein Pferd und einen jungen Mann unten im Sand. Der Bursche wirkte sehr klein und dünn in seinen locker sitzenden Kleidern. Er war weiß, aber Nathan erkannte ihn nicht sofort. Er zügelte Compass, seinen Grauen, nahm sein Fernrohr und sah sich den Jungen genauer an.

»Allmächtiger Gott«, murmelte er ungläubig. Das war kein kleiner dünner Mann, sondern seine zukünftige Ehefrau. Sie veranstaltete dort unten am Strand einen kleinen Tanz, wobei sie nach und nach ihre Männerhosen und ihr Hemd abschüttelte, als wäre es das Normalste der Welt. Der arme, treue Ben beobachtete sie mit sichtlichem Unbehagen.

Nathan war entsetzt, als er merkte, daß der unbändige Zorn, der augenblicklich in ihm aufstieg, mit einem Hauch Euphorie vermischt war. Adrienne hatte einen Charakterzug an sich, der ihm pures Vergnügen bereitete, wenn er sich ihm öffnete . . . Und das war schockierend für einen Mann, der fest entschlossen war, solche überschwenglichen Gefühle aus seinem Leben fernzuhalten. Wenn er sich schon gehenließ, dann wollte er auf seine Art und Weise tun, ob er nun zu Pferd war, zur See fuhr und neben einer Frau im Bett lag.

Unten am Strand hatte Adrienne jetzt nur noch das Hemd und die langen Unterhosen an. Der Stoff war so dünn und so durchscheinend, daß er die Rundung ihrer Hinterbacken darunter erkennen konnte. Nathan biß sich auf die Unterlippe. Was hatte ihr Körper nur an sich, daß er so verrückt danach war?

Nun setzte sich Adrienne in Richtung Wasser in Bewegung. Sie sollte nicht einmal einen Zeh in den Atlantik stecken – er hatte es ihr gesagt! Und doch verwarf sie jeden Gedanken an Gefahr und zog es statt dessen vor, mit dem Tod zu schäkern. Wenn sie nicht weiter als bis zu den Knien hineinging, dann war alles in Ordnung, aber –

Eine Welle kam an den Strand gestürmt, und Adrienne sprang ihr entgegen, tauchte hinein und kam lachend und prustend wieder an die Oberfläche. Das Haar hing ihr schwarz über den Rücken, und ihre Kleider klebten an ihrem Körper. In Nathan stieg heiße Lust und genauso heißer Zorn auf. Gleichgezeitig packte ihn nacktes Entsetzen. Was, wenn sie ertrank, bevor er unten war?

Er sprang aus dem Sattel, ließ Compass auf dem Hügel stehen und hastete stolpernd den überwucherten Pfad zum Strand hinunter. Sein Atem brannte in seinen Lungen, und als er auf der Klippe ankam, die ihm einen Blick über den Strand ermöglichte, war er schweißgebadet. Adrienne war waghalsiger geworden und schwamm nun schon hinter dem ersten Wellenkamm, und Nathan empfand etwas, das, wie er sich eingestand, durchaus ein Hauch Angst sein konnte.

»Adrienne!« brüllte er. »Sei vorsichtig! Geh nicht weiter!«

Er konnte ihr Haar sehen, und gelegentlich blitzte ihr runder Po auf, aber nichts wies darauf hin, daß sie ihn gehört hatte. In diesem Moment trug eine Welle sie hinauf, und als sie versuchte, auf dem Kamm zu bleiben, wurde sie hinabgezogen. Nathan stürmte instinktiv los. In wenigen Augenblicken war er unten am Strand und rannte aufs Ufer zu. Adrienne war nicht mehr zu sehen.

Nathan riß sich die Stiefel von den Füßen und sprang kopfüber in die schaumigen Fluten. Fast augenblicklich wurde Adrienne gegen ihn geschleudert, und er packte sie und zerrte sie in Sicherheit. Adrienne keuchte und würgte, und sie klammerte sich zitternd an Nathan. Ein Kratzer zierte ihre kleine Nase.

»Du dummes Gör!« Er setzte sich mit ihr in den Sand und zog sie fest in seine Arme. »Du hättest dich umbringen können.«

»Nein – ich . . . es war alles in Ordnung!« Selbst in diesem Moment dachte Adrienne nicht daran, ihm zu gestehen, wie entsetzt sie gerade eben noch gewesen war, als die Strömung sie hinabgezogen, sie auf den Meeresgrund gedrückt und ihr die Luft aus den Lungen gepreßt hatte. Wie durch ein Wunder war Nathan gerade im rechten Moment zu ihrer Rettung gekommen... »Die Welle mußte sich ja auslaufen, nicht wahr?« Sie schenkte ihm ein verschmitztes Lächeln. »Aber ich gebe zu, daß es wirklich aufregend war.«

»Ah, tust du das, ja? Und *ich* gebe zu, daß ich mir nichts mehr wünsche, als dich anständig zu verprügeln, wenn wir zu Hause sind«, fauchte er sie an. Inzwischen weckte ihr nasser Körper in ihm ganz andere Gefühle, die leider noch intensiver als seine Wut waren. »Was zum Teufel soll ich nur mit dir tun?«

»Ich weiß nicht«, erwiderte Adrienne mit dünnem Stimmchen. »Immerhin langweilen wir uns nicht in unserer Beziehung.« Sie hielt inne und fuhr dann fort: »Das war wirklich ein aufregendes Abenteuer heute.«

»Na, Gott sei Dank, daß wenigstens einer von uns zufrieden ist. Los jetzt, zieh dich an, wir reiten nach Hause.«

Adrienne und Nathan hatten noch viel Zeit, sich von ihrem Abenteuer zu erholen, bevor das Abendessen fertig war. Sie waren übereingekommen, daß sie vor den anderen so tun würden, als ob nichts vorgefallen wäre.

Adrienne wußte noch immer nicht, wie sie sich in ihrer neuen Rolle zurechtfinden sollte. Lilys Anwesenheit machte es noch schwieriger, denn sie besaß nicht dasselbe sanftmütige Wesen wie Orchid. Als ihre neue Herrin die Treppe herunterkam und einen Blick ins Anrichtezimmer warf, wartete Lily schon auf die Gelegenheit, mit ihr zu reden.

Adrienne strahlte glücklich, als sie die Platten mit den duftenden Gerichten sah, die auf dem Tisch standen. »Das sieht ja phantastisch aus, Lily! Ich kann dir gar nicht genug danken, daß du uns heute geholfen hast.«

»Wir brauchen Koch, oder wir brauchen Haushälter. Ich nicht zwei, Mistress.«

Adrienne blinzelte. »Mir ist klar, daß der heutige Tag ziemlich anstrengend gewesen sein muß, aber wie hat deine Mutter es denn in der Vergangenheit geschafft?«

»Das ist anders. Captain hat jetzt Frau. Jetzt alles anders.«

»Tja ... ich denke, in dieser Hinsicht hast du wohl recht. Ich werde mit meinem, ähm, mit Captain Raveneau reden.«

Adrienne betrat das Eßzimmer und war augenblicklich begeistert von dem Tisch, der bereits gedeckt worden war. Orchid trat soeben einen Schritt zurück, um ihr Werk zu begutachten. Die Mitte des Tisches war mit roten und weißen Hibiskusblüten verziert, und jeder Platz mit kostbarem Porzellan, funkelndem Silber und blitzendem Kristall versehen. Der Effekt im Kerzenlicht war atemberaubend.

»Oh, wie wunderschön. Und diese Blumen!« brachte Adrienne entzückt hervor.

»Hibiskus«, sagte Orchid. »Blühen nur ein Nacht.«

Als sie alle am Tisch saßen, fiel Adrienne auf, daß sich Nathan seinem Vater gegenüber freundlicher benahm. Sie und Minter sagten wenig, während die beiden anderen sich über die Zukunft der Zuckerrohrplantage unterhielten.

»Eine Wende liegt in der Luft«, prophezeite Nathan, als Retta zum zweiten Mal Hummer auf die Teller verteilte. Er drückte eine Zitronenscheibe darüber aus und schob sich einen Bissen in den Mund. »Es macht sich jetzt bezahlt, daß ich die letzten Jahre das neue Bourbon-Zuckerrohr angepflanzt habe. Captain Bligh hat es vor etwa zwanzig Jahren auf die West Indies gebracht, und es ist einfach das beste. Wenn ich jetzt nur noch meine Rattenbevölkerung eindämmen könnte ...«

Zachary wandte sich an Adrienne, eifrig bemüht, sie in die Unterhaltung mit einzubeziehen. »Die Pflanzer haben den Mungo nach Barbados eingeführt, weil sie hofften, dadurch der Rattenplage Herr werden zu können. Dummerweise schläft der Mungo am Tag und geistert nachts durch die Gegend, während die Ratten es genau umgekehrt machen.«

Alle lachten, und Adrienne begann sich ein wenig zu entspannen, obwohl sie sich noch immer nicht so recht traute, Nathans Blick zu begegnen. Der Streit, den sie vor ihrem Ausflug oben hatten, in Verbindung mit ihrer stürmischen Begegnung am Strand hatte sie beide verwirrt und beunruhigt. Adrienne spürte, daß sie sich irgendwie nähergekommen waren, und vielleicht war exakt das der Grund, warum Nathan krampfhaft versuchte, sie auf Distanz zu halten. Vielleicht war es hoffnungslos zu glauben, daß sie Nathan jemals verstehen würde.

Doch während sie zu gebratener Taube und Bohnen übergingen, die von honiggetränkten Biscuits gefolgt wurden, spürte Adrienne wieder, wie stolz er auf Tempest Hall war. Erkannte er an, daß sie für den Erfolg dieses Abends mitverantwortlich war? Erinnerte er sich daran, wie anders, wie heruntergekommen diese Räume ausgesehen hatten, als sie vor nur ein paar Tagen eingetroffen waren?

Später, nach dem Mangopudding und dem Likör, schlenderte das Grüppchen auf den Außengang hinaus und lauschte dem Konzert der Baumfrösche und dem Rauschen der fernen Brandung. Die Kerzen flackerten unter den Zylindern; die Nacht war mild, die Luft weich. Als die Uhr im Haus elf schlug, machte André Raveneau ein verdutztes Gesicht.

»Diese Insel zieht einen wirklich in ihren Bann. Ich wußte gar nicht, daß es schon so spät ist.« Er wandte sich lächelnd an Adrienne. »Ich muß mich auf den Weg zurück nach Bridgetown machen, wenn ich morgen früh meiner neuen Mannschaft ein guter Captain sein will. Es war mir ein ausgesprochenes Vergnügen, Sie kennenzulernen, meine Liebe, und ich bin sicher, daß wir uns wiedersehen werden . . . Bald, hoffe ich.«

»Oh, ja. Wir werden uns doch sicher bei der –«

Nathan schnitt ihr das Wort ab. »Selbstverständlich werden wir bald nach Bridgetown kommen, Vater. Adrienne sehnt sich bestimmt nach ein bißchen Zivilisation, und wir freuen uns beide darauf, die *Golden Eagle* wiederzusehen.«

Sie hatte Nathans Vater sagen wollen, daß sie sich sicher auf der Hochzeit wiedertreffen würden, aber nun hatte sie Zweifel. Enttäuscht und seltsam traurig schlich Adrienne sich davon, während Zachary und Nathan überlegten, wie sie Zachs persönliche Habseligkeiten von der *Golden Eagle* herschaffen sollten.

Oben zog sie sich in der Dunkelheit aus und kletterte ins Bett. Die Laken waren leicht feucht und rochen ein wenig schimmelig. Sie hörte Insekten auf dem Holzboden umherhuschen und sah eine Eidechse, die über den Balkon sauste. Adrienne seufzte tief und unglücklich. Diese Insel war befremdlich, nichts war vertraut. Wie sollte sie jemals ohne Liebe hier glücklich werden?

Als sie an den Vorfall am Nachmittag zurückdachte, empfand sie das Kribbeln der Erregung noch einmal neu, doch diesmal war dieses Gefühl nicht vermischt mit Furcht. Sie hatte vergessen, Nathan von der fremden Frau zu erzählen, aber irgendein Instinkt sagte ihr, daß sie es auch besser nicht tat. Dennoch: Wer war diese Frau, und was hatten ihre rätselhaften Worte zu bedeuten?

Eine Stunde später starrte Adrienne noch immer auf die abblätternde Farbe an den Wänden. Plötzlich erklang ein leises Klopfen an ihrer Tür.

»Adrienne? Bist du noch wach?«

Seine Stimme klang fast zärtlich, aber sie gab keine Antwort. Nach einem zweiten Versuch gab Nathan auf.

Kapitel 19

Einen Tag nachdem der Brief aus Frankreich kam, in dem Lisette und Nicholai Beauvisage ihre Zustimmung zu der Eheschließung gegeben hatten, wurden Adrienne und Nathan unter dem mit Rosen überrankten Bogen an der Einfahrt zu Tempest Hall getraut. Lisette hatte eine Truhe mitgeschickt, in der sich die Lieblingskleider ihrer Tochter, Bücher und andere geliebte Erinnerungsstücke und Habseligkeiten befanden. Nicholai hatte die Urkunde über fünfzig Hektar Land, die an Xavier Crowes Grundstück angrenzten, beigefügt.

Erst in dem Moment, als Adrienne den Garten betrat und Nathan, den Vikar, Orchid, Philip und Lord und Lady McGrath von der Nachbarplantage sah, begriff sie, daß Nathan es tatsächlich ernst gemeint hatte, als er von einer kleinen Hochzeit gesprochen hatte.

Weder André Raveneau noch Zachary Minter waren anwesend.

Und doch versuchte Adrienne nur an Nathan zu denken, als sie in ihrem hauchzarten Kleid aus weißer Wolle und mit dem Kranz aus exotischen Blumen im Haar unter dem Rosenbogen stand. Er sah einfach hinreißend aus in seinen cremefarbenen Hosen, seinem gestärkten weißen Hemd und dem perfekt sitzenden dunkelblauen Frack. Sein schwarzes Haar war auch jetzt ein wenig windzerzaust, und die tiefe Bräune seines Gesichts verlieh ihm einen Hauch Wildheit. Adrienne hatte einmal die Gelegenheit, in Nathans tiefblaue Augen zu sehen, während der

Vikar sprach, und was sie dort entdeckte, beunruhigte und erregte sie gleichermaßen.

»Willst du, Adrienne, diesen Mann ...«

Ihre Hand, die in seiner lag, begann zu schwitzen. Von all den Risiken, die sie in ihrem bisherigen Leben schon eingegangen war, war dies hier das größte. Mit klopfendem Herzen flüsterte Adrienne: »Ich will.«

Als Nathan das Gelübde wiederholte, mußte er seinen Blick von seiner Braut abwenden. Er konnte immer noch nicht glauben, daß dieser Tag wirklich kein Traum war. Er hatte wahrhaftig jedes Mittel angewandt, das ihm eingefallen war, um die Bedeutung der Hochzeit herunterzuspielen – die Ausrede, die er vorgebracht hatte, um seinen Vater und seinen besten Freund von der Zeremonie fernzuhalten, eingeschlossen. Wenn man per Post hätte heiraten können, dann hätte er dies getan.

Was er allerdings auf keinen Fall getan hätte, war, die Hochzeit hinauszuschieben, nachdem das Dokument über den Besitz des Landes angekommen war. Nathan durfte das Land nicht als sein eigen betrachten, bis er auch den letzten Rest der Abmachung mit Nicholai Beauvisage erfüllt hatte. Und mochte er auch viele Fehler haben – er war immer noch ein ehrlicher Mensch.

Seine Hände waren kalt, als er den goldenen Ring nahm und ihn ihr über den Finger schob.

»Hiermit erkläre ich euch zu Mann und Frau.« Der Vikar, ein hagerer Mann, der die Worte ausdruckslos ablas, war bis zu diesem Tag nicht ein einziges Mal hiergewesen und kannte niemanden auf Tempest Hall. »Sie dürfen die Braut jetzt küssen, Captain Raveneau.«

Irgend etwas in Nathans Augen ließ Adrienne unwillkürlich einen Schritt zurückweichen. Augenblicklich schloß er die Distanz zwischen ihnen wie eine Raubkatze, die sich ihrem Opfer nähert. Er packte sie und zog sie beinahe grob an sich. Verdattert konnte Adrienne einen Moment lang nicht atmen. Seine Arme schienen kräftiger denn je, und sein harter, verlangender Mund weckte Empfindungen in ihr, die ihr ein heißes Kribbeln bis hinab in die Zehenspitzen jagte.

Im Hintergrund stand Orchid, schluchzte hemmungslos und klatschte in die Hände. Lord und Lady McGrath gratulierten dem frischvermählten Paar steif, dann murmelte Lady McGrath irgend etwas von Unwohlsein.

»Es war nett von Ihnen, daß sie uns eingeladen haben«, sagte Lord McGrath, »aber wir müssen jetzt gehen.«

Seine Frau musterte Adrienne eingehend. Nach einer Weile wandte sie sich an Nathan und sagte zuckersüß: »Oh, Captain, ich habe gestern bei der Putzmacherin zufällig Eloise Crowe getroffen. Sie hat sich eine ganz allerliebste Strohhaube fertigen lassen. Ach, manchmal denke ich, sie wird jedes Jahr jünger.« Immer noch lächelnd gab Lady McGrath vor, den Schweiß, der ihr die dickliche, gepuderte Wange hinabströmte, nicht wahrzunehmen. »Ich erwähnte Ihre bevorstehende Hochzeit, aber sie hatte gar nichts davon gehört! Sie bat mich, Ihnen ihre allerbesten Wünsche für die Zukunft auszurichten . . .«

Lord McGraths Gesicht war hochrot. »Meine Liebe, ich denke, wir sollten jetzt wirklich –«

»Mylady«, warf Adrienne mit aufgesetzter Fröhlichkeit ein, »wenn Sie Mrs. Crowe wiedersehen, dann bedanken Sie sich doch bitte in meinem Namen. Ich freue mich, sie kennenzulernen, wenn Nathan und ich zurück sind. Ich meine, nach unseren –«, sie legte ihre Wange an Nathans Schulter und blickte verträumt zu ihm auf, »– *Flitterwochen!*«

»Ja, nun, äh, sicherlich«, stammelte McGrath. Er packte den Arm seiner Frau und zog sie resolut zu ihrem Landauer, bevor sie noch ein weiteres Wort von sich geben konnte.

Adrienne war ein wenig schwindelig, und sie fragte sich, ob sie vielleicht krank werden würde. Als sie ins Haus gingen, um ein leichtes Mahl einzunehmen, blieb sie in der Nähe der Tür stehen.

»Ist was?« fragte Nathan. Retta kam mit einem Tablett mit Champagner und zwei Gläsern auf ihn zu, und er nahm ein einziges für sie beide.

»Ich fühle mich nicht recht wohl.« Sie brachte ein schwaches Lächeln zustande. »Vielleicht liegt es an all der Aufregung. Ich glaube, ich gehe nach oben und lege mich ein wenig hin.«

Nun, da das neue Zuckerrohr gepflanzt werden sollte, war soviel zu tun auf der Plantage, daß der frischgebackene Ehemann auf die Felder zurückging. Der Acker war übersät von flachen Mulden, und die Sklaven setzten die neuen Pflänzchen hinein. Zachary Minter stand schwitzend in der Nachmittagssonne und sprach auf den Aufseher ein.

»Um Himmels willen, was machst du denn hier?« fragte Zachary, als er Nathan erblickte.

Nathan hatte sich umgezogen, und nichts wies darauf hin, daß er gerade geheiratet hatte. »Adrienne fühlte sich nicht gut. Sie hat sich hingelegt, und ich dachte, du würdest mich vielleicht brauchen.«

»Hast du ihr erklärt, warum ich bei der Hochzeit nicht anwesend war?« Er beschattete die Augen mit einer Hand. »Ich finde es nicht gerade nett von uns beiden, daß wir letztendlich zu dem Schluß gekommen sind, ich hätte nicht einmal die Zeit dazu, als Trauzeuge –«

»Das war schon ganz in Ordnung«, unterbrach Nathan ihn. »Lord und Lady McGrath sind gekommen, um die Papiere zu unterzeichnen und, wie ich annehme, einen Blick auf die neue Mrs. Raveneau zu werfen. Ohne Zweifel werden sie noch heute dafür sorgen, daß die ganze Insel die Neuigkeit erfährt.«

»Nun, warum auch nicht?« Zach betrachtete das Profil seines Freundes, doch es verriet ihm nichts. »Ist alles reibungslos vonstatten gegangen? Bist du . . . glücklich?«

Nathan hob die Schultern. »Ich denke doch. Aber sag mir lieber, wie die Arbeit vorangeht.« Sein Blick wanderte über die Reihen von Sklaven, die in der unbarmherzigen Sonne schufteten. »Es fällt schwer, ihnen zuzusehen, nicht wahr? Jetzt weiß ich wieder, warum ich mich entschlossen habe, ein Plantagenbesitzer zu sein, der nie auf seiner Plantage ist.«

»Glaub mir, ich tue dies nur für dich. Es ist die Hölle, wenn man sieht, wie sehr sie schwitzen.«

»Ich denke, wir sollten eines Tages das System ändern.«

»Und in der Zwischenzeit sind wir leider noch immer hinter dem Zeitplan zurück. Bei Horners jämmerlicher Vorleistung ist es ein Wunder, daß die Ernte überhaupt rechtzeitig eingebracht werden konnte. Jetzt ist Zeit wirklich unser dringlichstes Problem.«

»Es müssen dreitausend Löcher pro Hektar sein, richtig?«

»Ja. Und ein Schößling pro Loch, das dann mit Erde zugedeckt wird.« Zachary begann, seine Ärmel aufzurollen. »Weißt du, der Boden ist bereits ziemlich ausgelaugt. Ich hätte eine ganze Menge Dinge mit dir zu besprechen, wenn du ein bißchen Zeit hättest.«

Nathan sog scharf die Luft ein und erwiderte voller Ironie: »So wie du es sagst, hört es sich unglaublich verlockend an. Wir werden uns hinsetzen und deine Probleme besprechen . . ., aber zuerst sollte ich wohl meiner Frau einen Besuch abstatten.«

»Warte.« Zachary berührte Nathan am Ärmel. »Ich weiß, ich habe kein Recht, mich einzumischen, aber ich kenne dich schon mein ganzes Leben lang, und –«

»Ja, ja, schon gut, sag's schon«, unterbrach Nathan ihn barsch.

»Ich wollte dir nur sagen, daß du eine wundervolle Frau geheiratet hast. Du kannst dich wirklich glücklich schätzen. Ich weiß, daß ihr beide furchtbar stur und stolz seid, aber nun, da ihr verheiratet seid . . ., wäre es da nicht besser, wenn ihr aufeinander zugeht? Adrienne empfindet sehr viel für dich, weißt du? Und sie könnte dir eine verdammt gute Partnerin sein, wenn du sie nur lassen würdest.«

Nathan nickte langsam. »Ja . . . Na ja, wir werden sehen.« Er versetzte seinem Freund einen Klaps auf die Schulter und wandte sich um. Er mußte zurück nach Tempest Hall.

Mit noch nassen Haaren kam Nathan aus dem Badehaus und betrat das Anwesen durch die Hintertür. Als er am Anrichtezimmer vorbeikam, entdeckte er Orchid, die in einem alten Stuhl saß und Retta und Lily dabei zusah, wie sie ein paar Fliegende Fische putzten.

»Captain?« rief sie und beugte sich vor, so daß er ihr nicht aus dem Gesichtsfeld huschen konnte.

»Hm?« Nathan trat an die Tür, blieb dort jedoch stehen. »Ich wollte eben hinauf und nachsehen, ob Adrienne wach ist.«

Orchid schürzte die Lippen. Nathan wußte, daß sie nur mit Mühe die Bemerkung, die ihr auf der Zunge lag, für sich behielt. Statt dessen murmelte sie: »Nie hab' so ein Hochzeit sehen.«

Nathan verstand den Satz absichtlich falsch. »Ja, es ist wirklich schade, daß es Adrienne nicht gut ging.« Er starrte Orchid eine Weile an, dann fügte er hinzu: »Ich habe keinen Hunger. Ich habe vorhin genug gegessen.«

»Ich hab' schickt Tablett hoch für Mistress Raveneau.« Orchid wies mit dem Kopf auf das benutzte Geschirr. »Sie geht besser. 'n bißchen, wenigsten.«

»Wie immer weiß ich deinen Takt und deine vornehme Zurückhaltung zu schätzen.«

»Sie mich vermissen, wenn weggehen«, sagte sie, als er sich von der Tür wegbewegte. »Lieber Ziege jeden Tag wie Kuh nur Sonntag.«

»Weise Worte für den Alltag.«

Als er die Treppe hinaufstieg, erkannte Nathan zum ersten Mal, daß sich das Haus langsam veränderte. Als er es vor zwei Jahren als neuer Besitzer übernommen hatte, war das Anwesen heruntergekommen gewesen, und da die Zimmer bereits möbliert gewesen waren, war er nie das Gefühl losgeworden, sich in dem Zuhause eines anderen zu bewegen. Dazu kam, daß er bisher wenig Zeit auf Tempest Hall verbracht hatte. Doch mit jedem Besuch war die Beziehung zu Orchid und Philip inniger geworden, und er hatte gelernt, sich die Namen der meisten Sklaven zu merken. Der Wunsch, zu bleiben und Tempest Hall zu einem echten Zuhause zu machen, war immer stärker geworden, und nun wurde ihm mit einem Mal klar, daß letzteres bereits passiert war, und von seiner Seite beinahe unbemerkt!

Adriennes unaufdringliche Handschrift war überall zu sehen – von den frisch gestrichenen Fensterläden über die geschrubbten Böden, die nach Bohnerwachs rochen, bis hin zu den Vasen voller Blumen, die jedes Zimmer, jeden Winkel zu schmücken schienen. Nathan verspürte einen Stich in der Herzgegend, als ihm in den Sinn kam, daß es sich mit seiner Ehe ähnlich wie mit dem Haus verhielt; er hatte jeden Gedanken daran zu verdrängen versucht und mußte nun erkennen, daß sich die Dinge um ihn herum dennoch weiterentwickelten und ihn dazu zwangen, dies ebenfalls zu tun . . .

Ein neues Leben hatte für ihn begonnen – und das nicht erst an diesem Tag. Er steckte schon mitten drin, doch er war nicht in der Lage, es nüchtern zu betrachten ... noch nicht. Ein Teil von ihm wollte immer noch davonlaufen, sich auf den Rücken eines Pferdes schwingen und im vollen Galopp nach Bridgetown reiten, wo die *Golden Eagle* auf ihn wartete. Auf See war Nathan derjenige, der alles unter Kontrolle hatte, auf See gab es keine anderen Wirklichkeiten als das Wasser, die Schiffsplanken, das nächste Abenteuer und die Distanz zu allem, was als konventionelle Existenz angesehen wurde.

Er stand vor Adriennes Tür und versuchte sich bewußt zu machen, daß er nun eine Frau hatte. Wie hatte das nur geschehen können? Er atmete tief durch und klopfte.

»Adrienne? Bist du wach?«

»Ja«, kam die gedämpfte Antwort.

»Darf ich reinkommen?«

Eine ganze Weile verging, dann öffnete sich die Tür. Adrienne hatte sich umgezogen und trug nun einen schlichten Kittel. Das Hochzeitskleid, das sie vorhin getragen hatte, lag in einem Haufen auf dem Boden, und die Blumen, die ihr kastanienfarbenes Haar geschmückt hatten, lugten zwischen den Falten des weißen Stoffes hervor.

Sie starrte auf den Boden. »Im Augenblick habe ich dir nichts zu sagen, und ich möchte ganz bestimmt nicht heute nacht unsere Ehe vollziehen.«

»Wirklich nicht?« Er versuchte, sein Lächeln zu unterdrücken. »Nun, dann muß ich mich wohl mit schönen Erinnerungen begnügen.«

»Sei nicht so geschmacklos.« Sie wandte sich um und tappte barfuß durch das Zimmer, um auf den Balkon hinauszusehen.

Obwohl er durchaus verstand, daß sie ihn mit dieser Geste entlassen wollte, schloß er die Tür hinter sich und ging hinter ihr her. »Ich nehme an, daß du enttäuscht bist ... von mir. Willst du, daß ich rate, was ich falsch gemacht habe?« Er berührte sie leicht an der Schulter. »War es die Hochzeit?«

Adrienne mußte gegen die starke Anziehungskraft, die er auf sie ausübte, ankämpfen, und versuchte, den Duft, den er ausströmte, zu ignorieren. Es war ihr beinahe unmöglich, ihm zu widerstehen. Mit jedem Tag erschien er ihr braungebrannter, muskulöser . . . verlockender.

Doch Adriennes Wille siegte und weckte ihren Zorn. »In England warst du nicht so schwer von Begriff. Was glaubst du denn, wie ich mich gefühlt habe, als mir klar wurde, daß du niemanden, der dir oder mir etwas bedeutet, eingeladen hast? Ja, sicher . . ., ich weiß, daß du an Orchid und Philip hängst, aber ich hätte doch wenigstens erwartet, daß mein Schwiegervater oder Zachary anwesend ist. Aber nein, statt dessen bittest du zwei Fremde zu der Zeremonie, zwei Leute, die so getan haben, als sei ich ein Eindringling!«

Er runzelte die Stirn. »Mein Vater kann nicht jeden Tag zwischen Tempest Hall und Bridgetown hin- und herreiten. Und Zach mußte die Arbeiten auf den Feldern überwachen. Du hast überhaupt keine Vorstellung, wie weit wir in der Zeit zurückliegen. Ich mußte heute nachmittag ja sogar selbst hinausreiten!«

Adrienne wirbelte zu ihm herum. »Oh, das muß eine entsetzliche Last für dich gewesen sein!« brüllte sie. »Willst du mich für dumm verkaufen? Du hättest doch jede Gelegenheit genutzt, um an diesem heutigen Tag nicht in meiner Nähe sein zu müssen!«

»Du bist diejenige, die in ihr Zimmer gerannt ist, bevor ich noch auf meine Braut anstoßen konnte!« fauchte er.

»Glaub ja nicht, daß du mich ablenken kannst. Du solltest mich wirklich besser kennen.« Zu ihrem Entsetzen spürte Adrienne, wie sich ihre Augen mit heißen Tränen füllten. »Weißt du, wie ich mich heute gefühlt habe? Wie ein schmutziges, kleines Geheimnis, das du unter den

Teppich zu kehren versuchst! Deine Pflanzerfreunde glauben, daß du mich nur geheiratet hast, weil du Eloise nicht bekommen konntest!«

Nathan starrte sie wie vom Donner gerührt an. Dann regte sich der Zorn in ihm. »Du — ... du — ... Oh, um Himmels willen, hör auf zu weinen! Du weißt doch überhaupt nicht, wovon du redest!«

»Warum erklärst du es mir dann nicht?«

Nathan fuhr sich mit einer Hand durchs Haar. »Ich habe mich selbst noch nicht richtig damit auseinandergesetzt«, murmelte er.

»Das heißt, du willst mir nichts über sie erzählen.«

»Nein. Es ist nur so, daß ich noch nicht sicher bin, was es da zu erzählen gibt.« Der Anblick ihres unglücklichen Gesichts ließ seinen Zorn schwinden. »Adrienne, bitte glaub nicht, daß ich mich deiner schäme. Das ist ganz bestimmt nicht der Fall. Es ist die Ehe an sich, die mir Unbehagen bereitet.«

Ihr Magen krampfte sich zusammen. »Laß mich allein.«

»Verdammt merkwürdige Art, seine Hochzeitsnacht zu verbringen«, sagte Nathan, öffnete jedoch die Tür zu ihrem gemeinsamen Ankleidezimmer. »Viele Frauen heiraten Männer, die weit schlimmer sind als ich, meinst du nicht auch?«

»Sicher. Und du bist auch noch bescheiden«, parierte sie spöttisch.

»Adrienne, hast du vergessen, daß du nun mir gehörst?«

»Verfluchte Männer mit ihren verfluchten Gesetzen! Ich gehöre nur mir ganz allein. Geh jetzt!«

Seine Augen schleuderten Blitze, als er sie einen Moment lang schweigend anstarrte. Dann sagte er leise: »Du weißt ja, wo du mich finden kannst, meine Liebe.«

»Erst wird Schnee auf Barbados fallen, bevor ich in dein Bett komme!«

»Bah. Leere Drohungen.« Die Andeutung eines Lächelns huschte über seine Lippen, und Adrienne errötete. Nathan verschwand durch die Tür. Kurz bevor er sie schloß, sagte er: »Gute Nacht . . . Mrs. Raveneau.«

Einsam und mit knurrendem Magen lag Adrienne auf ihrem Bett, starrte an die Decke und überlegte, wie spät es sein mochte. Der Mond warf ein fahles Licht über die Laken. War Mitternacht schon vorbei? Es kam ihr vor, als würde sie schon seit Stunden wachliegen.

Wie hatte sich ihre Beziehung nur so scheußlich entwickeln können? Konnte dies derselbe Mann sein, der sich solche Mühe gegeben hatte, in seinem abgetragenen Anzug und mit Brille echt zu wirken? Adrienne sehnte sich schrecklich nach Nathan Essex, seinem Humor, seinen neckenden Worten. Sie hatten Wortgefechte gehabt, sich gestritten . . . aber sie waren einander näher gewesen als jetzt, da sie verheiratet waren.

Sie schloß die Augen und stellte sich vor, sie wären wieder in Lady Thomasinas Bibliothek, wo sie gemeinsam über das lächerliche System der alten Dame gestöhnt und gelacht hatten. Danach waren sie oft in den Irrgarten gegangen, hatten später gemeinsam in der Dienstbotenküche gegessen. Und obwohl Adrienne es immer bestritten hatte, hatte er ihr geholfen, die Marotten Ihrer Ladyschaft und die Furcht vor Walter Frakes-Hogg zu ertragen.

Nathan war ihr immer ein Rätsel gewesen, doch sie hatte ihm instinktiv vertraut. Ihrer beider Leben waren miteinander verwoben, seit sie den Zusammenstoß in der Oxford Street vor dem Geschäft des Fächermachers gehabt hatten.

Und jetzt waren sie verheiratet! Sie wußte nicht, warum Nathan solche Schwierigkeiten hatte, ihr sein Herz zu öffnen oder seine Freiheit aufzugeben, aber sie wußte tief in ihrem Herzen, daß er nicht gefühlskalt war. Zu oft hatte sie in seinen Augen Emotionen entdecken können ...

Adrienne seufzte, setzte sich auf und schwang die Beine über die Bettkante. Eine kleine Eidechse schoß unter dem Bett hervor, streifte leicht ihre Zehen und verschwand hinaus durch die Balkontür.

Adrienne lächelte. Sie zog sich einen dünnen Morgenrock über das Nachthemd, bürstete sich das Haar und betrat mit klopfendem Herzen das Ankleidezimmer. Unter der Tür zu Nathans Zimmer sah sie einen schmalen Streifen Licht, und als sie die Hand hob und leise klopfte, durchfuhr sie eine kribbelnde Vorfreude.

»Nathan! Ein scheußliches Reptil ist gerade durch mein Zimmer gelaufen.« Sie gab sich alle Mühe, verängstigt zu klingen. »Kann ich reinkommen?«

»Ja. Die Tür ist offen.«

Adrienne drehte den Knauf und trat langsam ein. Nathan hatte Kerzen angezündet, und das Licht warf flakkernde Schatten auf die blaßgelben Wände. Das große Vier-Pfosten-Bett war leer, doch die Laken waren zerknüllt. Das Zimmer roch leicht nach Zigarrenqualm.

»Ich bin hier.«

Sie drehte sich um und entdeckte ihn an seinem Schreibtisch neben dem Fenster. Er schrieb in dasselbe dunkelblaue, in Leder gebundene Buch, das sie auch schon auf Harms Castle gesehen hatte. Mahagoni-Regale voller Bücher ragten an der Wand hinter ihm auf. Neben Nathans Ellenbogen stand ein kleines Glas mit Brandy, und er hatte sein Hemd über der Brust aufgeknöpft, so daß das schwarze Haar zu sehen war.

»Es war bestimmt nur eine Eidechse, und sicher keine große, meine Liebe. Und ich kann kaum glauben, daß du zum ersten Mal so ein Tier gesehen hast. Die sind hier auf Barbados doch so alltäglich wie bei uns Kaninchen.«

»Na ja ..., diese sah aber riesig aus.«

Er zog an seiner Zigarre und verengte die Augen. »Sie sind sowohl harmlos, als auch sehr nützlich. Sie fressen nämlich die Insekten. Hast du wirklich Angst gehabt?«

»Nun, wenn ich es mir genau überlege, wohl doch nicht. Wahrscheinlich habe ich mich in der Dunkelheit nur erschreckt.« Unter dem harten Blick ihres frisch angetrauten Mannes schluckte sie. »Ich konnte nicht schlafen.«

»Möchtest du einen Drink?«

»Gerne.« Erfreut, daß er eine solche Einladung aussprach, hastete sie an seinen Tisch und setzte sich auf einen Stuhl daneben.

Nathan nahm ein zweites Glas, schenkte ihr etwas Brandy ein und schob es ihr hinüber. Dann hob er seins zu einem spöttischen Toast. »Auf unsere Hochzeitsnacht. Ach ja, und auch unsere Ehe. Bisher läuft alles ganz reibungslos, nicht wahr?«

Der messerscharfe Klang seiner Stimme trieb ihr die Tränen in die Augen. »Ich ... ich nehme an, daß du mir die Schuld dafür gibst, nicht wahr? Nathan, verstehst du nicht, wie traurig ich heute mittag gewesen bin? Ich hatte deinen Vater erwartet, Zachary auf jeden Fall, und die Tatsache, daß du sie nicht eingeladen hast, war, als wolltest du mir deutlich machen, daß dir unsere Hochzeit nichts bedeutet.«

»Nun, das war klar und deutlich ausgedrückt.« Nathan wußte nicht, was er sagen sollte. Wenn auch er ihr sein Herz öffnete, was würde dann geschehen? »Ich verstehe, was du meinst. Ich denke, ich bin davon ausgegangen, daß es nicht so wichtig für dich sein würde, weil unsere Hochzeit aus anderen Gründen geschlossen worden ist.«

»Ja, das weiß ich ja auch, aber ich bin mir nicht mehr sicher, ob ich meinen Teil der Abmachung erfüllen kann.« Ihre Unterlippe bebte. »Ich bin ein ganzer Mensch, keine leere Hülle. Ich weiß, daß ich von dem Gedanken fasziniert war, hier in dieses exotische Paradies zu kommen und mit dir ein Abenteuer zu erleben, aber im Augenblick fühle ich mir nur . . . nur einsam.«

»Das tut mir leid.« Nathan verspürte ein merkwürdiges Ziehen in seinem Inneren. »Vielleicht hast du recht, und ich bin tatsächlich daran schuld, daß unser Hochzeitstag so jämmerlich verlaufen ist. Ich . . . ähm, ich war nicht sehr nett zu dir, nicht wahr?«

»Na ja, wir haben uns beide dem anderen gegenüber nicht besonders höflich benommen. Ich frage mich manchmal, ob unsere Beziehung sich zu einem Machtkampf entwickelt hat.«

Eingelullt durch den Alkohol, gestand Nathan sich ein, daß es ihn erleichterte, mit ihr zu reden. »Adrienne, es tut mir sehr leid, daß ich es dir so schwer gemacht habe, dich auf Tempest Hall wohl zu fühlen. Zach und mein Vater haben mich beide deswegen schon scharf kritisiert, aber mir fällt es unglaublich schwer, jemand anderen in mein Leben einzulassen, besonders jemanden wie dich.«

»Danke, daß du dich entschuldigt hast.« Sie spürte, wie sich ihr Herzschlag noch mehr beschleunigte, während sie sich zwang, ihm in die Augen zu sehen. »Wenn ich ein anderer Typ Frau wäre, dann fiele es dir leichter, ist es so? Du hättest besser ein kleines, bescheidenes graues Mäuschen geheiratet, das sich damit zufrieden gibt, dir den Haushalt zu führen, Blumen zu pflücken, Näharbeiten zu machen und Pläne zu schmieden, wie man Barbados ganz und gar britisch machen kann.«

»Ja. Dann könnte ich sie ignorieren. Und müßte mich höchstens in bezug auf die ehelichen Pflichten um sie kümmern.«

Sie errötete unter seinem anzüglichen Blick. »Und warum hast du dann nicht so eine Frau geheiratet?«

»Ich wollte überhaupt nicht heiraten, und du, wenn ich mich richtig entsinne, auch nicht. Es ist eine Sache,

Freunde und Affären zu haben, eine ganz andere aber, eine Frau für den Rest des Lebens ständig um sich zu wissen ... in seinem Haus, an seinem Tisch, in seinem Bett ...«

»Und in seiner Bibliothek«, fügte Adrienne schelmisch hinzu. Sie nippte an dem Brandy und genoß die Wärme, während sich ganz langsam der Hauch eines Glücksgefühls in ihrem Inneren ausbreitete. Also war doch nicht alles verloren! »Du schienst aber doch der Meinung zu sein, daß das Land meines Vaters es wert war, die Bürde der Ehe einzugehen. Richtig? Oder hast du geglaubt, du könntest deine Frau in eine Ecke stellen und dich nur in gewissen Intervallen um deine Ehe kümmern, so wie du es bisher auch mit anderen Aspekten deines Lebens getan hast – mit Tempest Hall zum Beispiel?«

»Deine subtile Art, deine Dolche zu plazieren, ist in der Tat bewundernswert«, murmelte er mit bitterem Humor. »Du stichst zu, wenn dein Opfer es am wenigsten erwartet.«

»Ich sage nur die Wahrheit. Ich kenne dich besser, als du glaubst, Nathan. Und ich mag dich, wenn du nicht gerade versuchst, eine Mauer zwischen uns hochzuziehen.« Erneut stieg eine Woge der Emotionen in ihr auf. »Und ich habe ... ich habe einen Freund vermißt!«

Nathan hätte sich beinahe eine Hand auf das Herz gepreßt, denn ihre unschuldigen Worte hatten tiefer getroffen, als sie sich wahrscheinlich vorstellen konnte. »Wir hatten eine schöne Zeit miteinander, das gebe ich zu.«

»Dürfen wir denn nun nie wieder miteinander lachen? Wird Stolz – oder Angst – die Kameradschaft, die wir auf Harms Castle aufgebaut haben, zerstören?«

»Schau ..., es ist nicht ganz so einfach, Adrienne. Wie du dich sicher erinnerst, haben wir nicht nur miteinander gelacht.«

Zögernd schob sie ihre Hand näher an seine. Eine Träne kullerte ihre Wange hinab. »Es ist nur so kompliziert, wie wir es machen wollen, Nathan. Verstehst du nicht? Wir könnten ebensogut glücklich sein.«

Nathan hörte das Blut in seinen Ohren rauschen. Jede Faser seines Wesens sehnte sich danach, sie wieder nah bei sich zu haben. Nun streckte er seinerseits seine Hand aus, ergriff ihre und zog Adrienne auf seinen Schoß. Langsam schlang er die Arme um ihren schlanken Körper, und ein Schauder durchlief ihn. Er konnte sich nicht erinnern, je etwas derart Starkes, Mächtiges empfunden zu haben, nicht einmal in den Situationen, in denen er um sein eigenes Leben gekämpft hatte. Adrienne rührte an Bedürfnissen, die er seit Jahren tief in sein Unterbewußtsein verbannt und nie wieder hervorzuholen gedacht hatte.

Adrienne wagte es, ihre Wange an sein Haar zu legen, und sog voller Wonne seinen Duft ein. Dies war ein Moment, in dem sie ihn ausnahmsweise einmal *nicht* nach Eloise fragen wollte. »Als ich eben in meinem Bett lag, habe ich an unsere Spaziergänge auf Harms Castle gedacht. Weißt du noch, wie wir diesen einen wunderschönen Sonnenuntergang beobachtet haben? Du hast so schöne Worte dazu gesagt ...«

»Ja.« Es fiel ihm schwer, zu sprechen. Erinnerungen drangen auf ihn ein und verursachten Risse in der harten Schale seines Herzens. »Weißt du, ich muß dir einmal die Sonnenuntergänge hier bei uns auf Barbados zeigen. Das goldene Licht ist noch viel intensiver, wie etwas Magisches ... Und der Sonnenuntergang über dem Meer ist einfach unglaublich.«

»Ich würde gerne noch einmal zum Strand hinuntergehen. Und schwimmen.«

»Vielleicht kann ich es ja arrangieren. Aber nur, wenn du mir versprichst, daß du nicht mehr auf eigene Faust losmarschierst.« Er konnte ihr nicht mehr böse sein; sie duftete zu gut ... und zu vertraut. Ihr Morgenrock und ihr Nachthemd waren hauchdünn, und er spürte die warme Haut ihrer Brüste durch sein Hemd. Das beharrliche Ziehen in seinen Lenden wurde intensiver.

»Ich weiß noch, wie ich dein Logbuch zum ersten Mal in deinem Zimmer auf Harms Castle sah. Schon damals hatte ich das Gefühl, daß Nathan Essex nicht ganz der ist, der zu sein er vorgab.«

»Ich fand es entsetzlich, mich als jemand anderen auszugeben«, erwiderte er nachdenklich. »Ich mußte immer bis spät abends warten, bis ich ein wenig ich selbst sein konnte. Und ich war entsetzt, als ich dich in meinem Zimmer erwischte, kleines Biest.« Nathan lächelte. »Du mußt deine Nase immer in fremde Angelegenheiten stekken, nicht wahr? Wieso finde ich das nur so bezaubernd?«

Adrienne ließ ihre Finger zart über seine Hand gleiten. »Du bist doch jetzt nicht nur deswegen so nett zu mir, weil du –«

»Nein. Aber –« Sein Lächeln wurde zu einem verschmitzten Grinsen. »Es *ist* unsere Hochzeitsnacht. Könntest du dir einen besseren Moment vorstellen, um Frieden miteinander zu schließen?«

»Du bist ziemlich gerissen.«

»Könnten wir unsere Abmachung nicht dadurch besiegeln, daß wir diese Ehe gültig machen?«

»Ich –« Seine Lippen wanderte ihren Hals abwärts, und Adrienne spürte, wie ihre Glieder butterweich wurden. »Ja. Aber du mußt mir versprechen, daß du dich morgen früh nicht wieder von mir abwendest. Nathan, können wir nicht wenigstens *versuchen*, Mann und Frau zu werden?«

Er blinzelte. »Ich weiß nicht, ob ich dazu in der Lage bin. Ich neige dazu, ziemlich brutale Fehler zu machen –«

»He, Moment. Von einer tödlich langweiligen Standardehe war nicht die Rede«, unterbrach sie ihn lachend. »Alles, um was ich dich bitte, ist, daß du mich nicht wieder ausschließt.«

»Ich werde meinen Mut zusammennehmen müssen«, gab er ernst zu. »Ich duelliere mich lieber, als daß ich meinem verfluchten Herzen traue.«

»Dann sei mein Freund. Duelliere dich mit mir, wenn es sein muß, aber sei wieder mein Freund.« Sie blinzelte die plötzlich erneut aufsteigenden Tränen zurück. »Du weißt genau, daß auch ich meine Unabhängigkeit liebe, aber es hat Zeiten gegeben, als ich in deine Augen blickte und den besten Freund, den ich je gehabt habe, sah.«

Erneut durchfuhr ihn pure Angst. Sie verlangte viel von ihm; sie wollte ihn als besten Freund *und* Liebhaber *und* Ehemann! »Ich versuche es. Mehr kann ich dir nicht versprechen!« Er zog sie fester an sich und stand auf. »Mein Vater sagt immer, daß der erste Schritt der schwerste ist.«

Adrienne schlang ihre Arme um seinen Nacken und gab sich dem Augenblick hin. Dieser große, starke schwarzhaarige Mann trug sie mit einer Leichtigkeit, die erneut ihre alten Jungmädchenträume weckte. Jedes Stück in seinem Zimmer wirkte ausgesprochen männlich – das Moskitonetz, das über dem riesigen Bett hing, eingeschlossen. Sehr, sehr behutsam setzte Nathan seine Braut auf der Bettkante ab, dann zog er die zerknüllte Decke zurück. Die ganze Zeit über beobachtete er ihr Gesicht, als würde er auf eine Reaktion warten.

Und dann sah Adrienne, warum. Nathan hatte leuchtende Blütenblätter auf das Bettlaken gestreut, und es war eine so schöne, so eindeutige Einladung, daß Adrienne einen kleinen erfreuten Laut ausstieß. »Nathan! Wie –« Plötzlich verengten sich ihre Katzenaugen. »Du wußtest, daß ich kommen würde?«

»Woher hätte ich das wissen sollen? Es sei denn, du

gehst davon aus, daß die Eidechse auf meiner Lohnliste steht.« Er lächelte. »Also gut, ich hatte eine Ahnung, daß du es dir vielleicht doch anders überlegst.«

»Und . . . du hast es dir gewünscht?«

»Welcher Mann würde das nicht?«

»Viele Männer hätten es erzwungen, Nathan. Du hast mich vorhin auch noch daran erinnert. Es ist schließlich unsere Hochzeitsnacht.« Sie schmiegte sich an seine Brust. »Vielen Dank, daß du gewartet hast, bis ich mich entschließe.«

»Ich mag ja viele Fehler haben, aber ich würde niemals eine Frau gegen ihren Willen nehmen, Adrienne.« Er streifte sich Hemd und Stiefel ab, dann setzte er sich hinter sie und legte seine Hände an ihre Taille. »Ich möchte dich etwas fragen, Weib!«

»Ja?« Sie lehnte sich zurück und spürte seinen Herzschlag an ihrem Rücken.

»War da eben wirklich eine Eidechse in deinem Zimmer?«

Sie keuchte empört auf. »Aber natürlich. Hältst du mich für eine Lügnerin?« Als er nur lachte, räumte sie ein: »Nun ja, ich hatte wohl keine besonders große Angst. Aber ich fand, es war eine gute Ausrede, um bei dir anklopfen zu können.«

Nathans Männlichkeit regte sich, und er spürte, wie sich die Hitze in seinem Körper ausbreitete. »Oh, meine Süße, du hast mir gefehlt. Mir hat deine Frechheit gefehlt.« Er zog das Band aus ihrem Haar und vergrub sein Gesicht in ihren duftenden Locken. »Ich habe dein Lachen vermißt, das Funkeln in deinen Augen und die Art, wie du dein Kinn vorschiebst, wenn du mich von etwas überzeugen willst.«

Adrienne glaubte, in Tränen ausbrechen zu müssen. »Ich war die ganze Zeit über bei dir.«

»Ich weiß.« Seine Stimme klang plötzlich rauh. Es fiel

ihm schwer, zu begreifen, wogegen er in den vergangenen Wochen angekämpft hatte.

Als Nathans Mund ihren Hals berührte, erschauderte Adrienne vor Wonne. All ihre Nerven waren auf wunderbare Art und Weise zum Zerreißen gespannt. Er schob ihr den Hausmantel von den Schultern, dann band er ihr Nachthemd auf, so daß es von ihrem Körper glitt. Seine Hände strichen über ihren nackten Rücken, streichelten hauchzart ihre Haut, und plötzlich fühlte sich die Stelle zwischen ihren Beinen erst warm, dann feucht an.

Seine Lippen wanderten über ihre Schulterblätter, zu ihrem Nacken, während seine Hände tiefer glitten. Instinktiv schmiegte Adrienne ihre Hinterbacken an seine Lenden, zuckte aber ein wenig zusammen, als sie seine harte Erektion spürte.

»Siehst du jetzt, was du mit mir machst?« flüsterte Nathan. Sein Atem strich heiß über ihr Ohr.

Sie erschauderte wieder. »Ich? Ich kann es nicht sein. Ich zerfließe.«

Nathan hatte jetzt schon Mühe, sich zurückzunehmen. Am liebsten hätte er sie einfach auf die Blüten auf dem Laken gedrückt und wäre über sie hergefallen. Es war Adrienne, die ihr Nachthemd ganz abstreifte, nach seinen Händen griff und sie sich über beide Brüste legte.

»Bitte . . ., faß mich an.«

Nathan begriff, daß seine Frau nicht gedachte, dieses Liebesspiel passiv über sich ergehen zu lassen. Als er seiner Stimme wieder traute, flüsterte er: »Wie kann eine Frau allein nur so wunderschön sein?«

Ihr Lachen war wie eine Liebkosung. »Hör auf, Süßholz zu raspeln. Ich trau' dir nicht.«

»Das solltest du aber. Ich sage die Wahrheit.« Ihre Brustspitzen drückten sich hart gegen seine Handflächen. »Nur die Wahrheit.«

»Ich brenne.« Sie schob seine Hand tiefer. »Hier.«

Nathans Selbstbeherrschung verabschiedete sich. »Du machst mich vollkommen verrückt.« Er drehte sie in seinen Armen um und preßte seine Lippen auf ihre. Seine heiße Zunge drang in ihren Mund, während seine Hände rastlos, und doch zärtlich über ihren Oberkörper strichen.

Auch Adriennes Hände erforschten seinen Körper. Sie schien nicht genug von ihm zu kriegen. Schließlich löste sie ihre Lippen von seinem Mund und preßte atemlos hervor. »Liebe mich. Bitte. Ich kann nicht mehr warten.«

Nathan befreite sich von seiner Hose und drückte Adrienne zurück auf das Laken. Rosafarbene, weiße und korallenrote Blütenblätter verfingen sich in ihrem Haar, und als er sich über sie schob, fuhr ihm durch den Sinn, daß sie schöner war als jede noch so exotische Blume, die es auf Barbados geben mochte.

Adrienne seufzte glücklich, als sein harter, schwerer Körper sich über sie legte. Sie liebte das Gefühl seiner Brust auf ihrer, liebte es, wenn seine muskulösen Beine ihre schlanken Glieder auf dem Bett festhielten. Und sie liebte das Gefühl seiner harten Erektion, die sich zwischen ihre Schenkel schob und dort Empfindungen hervorrief, die zu schön waren, als daß sie sie hätte beschreiben können. Ihre Arme schlangen sich um seinen Nacken, und ihre Lippen öffneten sich unter dem Drängen seiner Zunge. Gab es einen schöneren, wundervolleren Menschen als ihren Mann?

Ihr Gesicht glühte, und die Luft um sie herum war geschwängert vom Duft der Blüten und der Ausdünstung ihrer erregten Körper. Draußen schrien Nachtvögel, und eine weiche Brise drang durch die geöffneten Fensterläden herein. Nun begriff Adrienne zum ersten Mal, was Tiere dazu trieb, sich zu paaren. Sie öffnete ihre Schenkel und bog sich Nathan entgegen. Er drang in sie ein, willens, es langsam anzugehen, doch sie bewegte sich unter ihm, so daß er sich kaum noch beherrschen konnte. Ein

Stöhnen entrang sich ihrer Kehle. Sie umklammerte seine Schultern und begegnete seinen Stößen, während sie sich ganz der Wonne hingab, die sein Liebesspiel in ihr erzeugte.

Ich liebe dich, flüsterte ihr Herz. Nun waren sie wirklich eins.

Als Nathan seine Erfüllung fand, glaubte er einen Moment, sterben zu müssen. Was sonst hätte eine so unglaublich starke Empfindung hervorrufen können?

Vierter Teil

Kapitel 20

Die Uhr schlug zehn, als Adrienne widerwillig ein Auge öffnete. Helles Sonnenlicht strömte durch die geöffneten Fensterläden. Es war schon sehr warm, und sie wurde sich bewußt, daß sie nicht nur nackt war, sondern auch ohne Laken auf der Seite in Nathans Bett lag.

Ein seltsame, fast panische Erregung überfiel sie, doch dann spürte sie eine leichte Berührung im Nacken. Adrienne hielt den Atem an. Der Finger wanderte abwärts, zeichnete ihr Rückgrat nach und glitt neckend in die Spalte zwischen ihre Hinterbacken. Warmer Atem strich über ihre Schulter. Die unverschämte Hand wanderte wieder aufwärts, schob ihr Haar zur Seite, und dann spürte sie Lippen in ihrem Nacken. Die Liebkosung sandte ihr einen heißen Schauder der Lust durch den Körper.

Es war kein Traum.

Nathan schlang die Arme um sie, und sie rollte sich auf den Rücken, so daß ihre Gesichter nur ein winziges Stück voneinander entfernt waren. Allein sein Anblick erfüllte Adrienne mit Glück und Begierde. Sein Haar war wirr, und in dem hellen Sonnenlicht entdeckte sie ein paar weiße Strähnen in dem tiefen Schwarz. Eine Kissenfalte hatte sich auf seiner Wange abgedrückt, und sie sah alle Schattierungen von Blau und Türkis, die in seinen Augen leuchteten.

»Guten Morgen, Mrs. Raveneau«, flüsterte er rauh.

Ihre Wangen wurden warm, als sie ihren neuen Namen

aus seinem Mund hörte, doch ihr fehlten die Worte. Hatte Nathan ihre Ehe wirklich akzeptiert? Konnte es wahr sein, daß die Mauer zwischen ihnen vollständig zusammengestürzt war? Adrienne streckte die Hand aus, berührte erst sein Haar, dann seine rauhe Wange und lächelte ihn scheu an.

»Meine errötende Braut.« Seine Stimme klang nekkend, vielleicht sogar ein wenig spöttisch. »Hat das Ehegelübde dich gezähmt?«

Adrienne nahm die Provokation an. Während sie ihm einen Arm um den Nacken schlang, um ihn zu einem Kuß zu sich zu ziehen, ließ sie die andere Hand hinabgleiten, um wagemutig seine noch nicht ganz erigierte Männlichkeit zu umfassen. Nathan riß überrascht die Augen auf, und sie ließ ihn lange genug los, um ihm zuzumurmeln: »Gezähmt? Im Gegenteil. Ich bin nur von meinen eigenen Gedanken rot geworden.«

Er liebte die Widersprüche, die Adrienne ausmachten. Er wußte, wie weich und verletzlich ihr Herz war, und doch besaß sie einen Kern aus Eisen, den niemand so leicht zerschlagen konnte. Selbst jetzt, da sie, wie er sehr wohl wußte, Bestätigung brauchte, die er ihr nicht recht geben konnte, ließ sie ihn nichts von ihrer Schwäche spüren.

Und er liebte auch ihren Körper. Nathan konnte sich nicht erinnern, jemals bei einer Frau so gründlich die Beherrschung über sich selbst verloren zu haben. Aber er hatte sie schließlich auch gedrängt, ihm zu vertrauen, sich gehenzulassen, wenn sie versuchte, sich zurückzuhalten, und da war es doch nur richtig, wenn er mit gutem Beispiel voranging, nicht wahr? Keinem von beiden war es schwergefallen, in der Leidenschaft der vergangenen Nacht unbekanntes Gebiet zu betreten. Doch nun überraschte ihn ihre Kühnheit doch.

»Du bist ein echter Satansbraten, weißt du das?«

Sie knabberte an seiner Schulter und lächelte. »Ist das schlimm? Hättest du lieber eine brave Frau?«

Nathan brachte kein Wort mehr heraus. Ihre Hand trieb ihn in den Wahnsinn. Blitzschnell griff er unter die Decke, packte ihre Hand und drückte sie und ihr Gegenstück über Adriennes Kopf auf das Laken. Adrienne wand sich, verlangte, daß er sie losließ, und warf ihm feurige Blicke zu, doch er brachte sie mit einem heißen, innigen Kuß zum Schweigen. Er war steinhart, und auch sie war so feucht und heiß, daß er mit Leichtigkeit schon jetzt in sie hätte eindringen können. Ihre Brüste waren im weichen Licht der Morgensonne schöner denn je, und sie lockten seine Finger, seine Lippen –

»Captain Raveneau?«

Beide erstarrten und blickten sich verdutzt in die Augen. Doch schon klopfte der Störenfried noch einmal, diesmal lauter, eindringlicher. Nathan erkannte, daß seine Frau von Panik übermannt wurde. Er ließ sie los, und sie packte das Laken, um es sich über ihre Blöße zu ziehen.

»Verdammt noch mal«, murmelte er verärgert, dann rief er laut: »Wer ist da?«

Energisch erwiderte die Stimme: »Ich. Zachary!«

»Dann verschwinde wieder!«

»Ich wäre nicht hier, wenn es nicht wichtig wäre. Bitte gib mir einen Moment Zeit –« Er brach ab, um dann hoffnungsvoll hinzuzusetzen: »Ich habe hier auch ein Tablett. Retta hat Kaffee und Papaya und kleine Rosinenkuchen vorbereitet ...«

Adrienne, die sich das Laken vor ihrem Oberkörper festhielt, lächelte. »Rosinenkuchen! Ich bin ausgehungert!«

Nathan warf ihr einen anzüglichen Blick zu. »Ich auch. Aber mir steht nicht der Sinn nach Rosinenkuchen.« Einen Augenblick später war er aus dem Bett, zerrte sich die Breeches über und riß die Tür auf. »Reinkommen kannst du nicht«, bellte er Minter an. »Sag, was immer du zu sagen hast.«

Der kleinere Mann riß die Augen auf. »Soll das heißen, daß –« Er schielte um Nathans breite Schultern herum und sah eine bekannte Gestalt, deren kastanienfarbenes Haar im Sonnenlicht schimmerte, auf dem Bett sitzen. Sie winkte ihm kurz zu.

»Jetzt schau gefälligst nicht so schockiert aus der Wäsche«, knurrte Nathan. »Hast du vergessen, was zu einer Hochzeitsnacht alles dazugehört?«

»Oh. Nun, ich . . . äh, nein, aber ich dachte – . . . Ich meine, ihr beide bietet ja auch sonst nicht gerade das Bild eines glücklichen Paares.« Knallrot vor Verlegenheit fügte er hinzu: »Ich hätte nicht gedacht, daß sie überhaupt noch mit dir spricht.«

»Ich gebe ihm noch eine Chance«, rief Adrienne vergnügt.

Nathan riß seinem Freund das Tablett aus den Händen. »Wenn es dir nichts ausmacht –«

»Warte! Ich bin nicht nur heraufgekommen, um euch Rosinenkuchen zu bringen.« Rasch schob Zach seinen Fuß in die Tür. »Du hast einen Gast, und ich habe eingewilligt, sie zu deinem Zimmer zu bringen, da sie bereits zwei Stunden unten wartet –«

»Wir empfangen heute keine Gäste«, unterbrach Nathan ihn mit fester Stimme.

»Ich denke, diesen willst du doch empfangen.« Minter wandte den Kopf, sah um die Ecke und winkte jemanden heran. »Hier, warte. Hier ist sie!«

Verärgert stellte Nathan das Tablett auf den nächstbesten Tisch im Zimmer und kehrte zurück in den Flur. Eine dünne Gestalt trat aus den Schatten auf ihn zu, und zuerst hatte er nicht die geringste Ahnung, um wen es sich handeln konnte. Doch als sie näherkam, und scheu zu ihm aufblickte, traf es ihn wie ein Blitzschlag.

»Mein Gott. Hortie!«

»Ja, Sir, ich bin's.«

»Was zum Teufel tust du auf Barbados?«

»Ich bin mit Lord Harms gekommen!«

»Du willst mir doch nicht erzählen, daß – Der alte Hunty?« Wenn Nathan nicht so vollkommen verwirrt gewesen wäre, hätte er gelacht.

»Ja, Sir. Ich meine Lord *Huntsford* Harms, Mr. Essex.«

»Er befindet sich doch hoffentlich nicht in meinem Haus?«

»Nein, Sir. Er weiß nich', wo ich hingegangen bin, aber er kann's sich wahrscheinlich denken.«

Durch und durch irritiert, begriff Nathan immerhin, daß er Hortie etwas mehr Zeit einräumen mußte als nur ein paar Minuten zwischen Tür und Angel. Hinter ihm flüsterte seine Frau laut und eindringlich, um auf sich aufmerksam zu machen, und er drehte sich um, um ihr mit einer Geste zu bedeuten, sich einen Moment zu gedulden. Dann wandte er sich wieder an Hortie. »Hör mal, wir sollten uns etwas eingehender unterhalten. Würde es dir etwas ausmachen, unten ein paar Minuten zu warten, damit meine Frau und ich uns anziehen können? Wir kommen gleich in die Bibliothek.«

Ganz der pflichtbewußte Diener seines Captains, trat Minter vor, um die Dame zu begleiten. Nathan hatte die Tür schon fast geschlossen, als Hortie stehenblieb und sich umdrehte. »Warten Sie! Sie sind verheiratet? Das wußte ich nicht!«

Er lächelte sie tapfer an. »Es ist auch noch nicht besonders lange her.« Und dann verschwand er im Zimmer, bevor sie noch weitere Fragen stellen konnte.

Adrienne hatte sich das Hemd ihres Mannes übergezogen, aber es konnte ihre Schönheit nicht verbergen. Als sie in seine Arme kam, konnte Nathan sich nicht zurückhalten, und ließ seine Hände unter das Hemd gleiten, um ihren Po zu liebkosen. Allein der Duft ihres Haares machte ihn wild.

»Ich hätte Hortie besser in die Küche geschickt, um auf uns zu warten – bis morgen am besten«, brachte er heiser zwischen Küssen hervor.

Adrienne schwankte zwischen wachsender Leidenschaft und wachsender Neugier. Schließlich machte sie sich los und sah ihn fragend an. »Was um Himmels willen soll das nur bedeuten? Was will Huntsford denn auf Barbados? Er kann doch unmöglich wissen –«

»Tja. Man sollte meinen, daß er es unmöglich wissen kann.« Nachdenklich wandte Nathan sich ab, während er verschiedene Erinnerungen aus seinem Gedächtnis hervorholte. »Eines Abends auf Harms Castle hat mich Lady Clair ohne Brille gesehen. Sie sagte, daß ich sie an den Vagabunden erinnere – jenen Mann, aus dem London fast eine romantische Legende gemacht hat. Dann lachten sie alle bei dem Gedanken, daß der kleine, unbedeutende Nathan Essex eine bekannte Persönlichkeit sein sollte, und ich betete, daß sie diesen Vergleich wirklich als albern abtun und schnell vergessen würden.« Nathan trat zum Fenster und blickte hinaus auf den Garten und darüber hinweg zu den Zuckerrohrfeldern. »Daß Harms hier aufgetaucht ist, ist zu unglaublich, um Zufall zu sein. Irgendwie muß er sich die Wahrheit zusammengereimt haben.«

»Was kann er wollen?«

»Dich natürlich!« Nathan brach in ein rauhes Gelächter aus. »Hunty ist gewiß nach Barbados gekommen, um dich zu *retten*!«

Adrienne verspürte den absurden Wunsch, in sein Lachen einzustimmen. »Nun, wir werden nichts erfahren, wenn wir hier oben bleiben. Komm, ziehen wir uns rasch an, und gehen wir hinunter zu Hortie.« Sie seufzte. »Ich mochte sie noch nie. Sie hat sich mir gegenüber immer scheußlich benommen.«

»Mir gegenüber nicht. Nur durch sie war ich in der Lage, dich im richtigen Moment zu entführen. Hortie war meine Spionin auf Harms Castle.«

Adrienne, die schon durch die Tür zum Ankleidezimmer treten wollte, blieb stehen. »Tatsächlich? Nun, ich finde, das hört sich an, als wäre sie nach Barbados gekommen, um *dich* zu sehen. Ich denke, ich werde ihr den Kopf zurechtrücken müssen.«

»Albernes Gör.« Er ließ sie gehen. Sie hatten keine Zeit für Geplänkel, er mußte ein frisches Hemd finden. Und doch, als sich die Tür hinter ihr schloß, verspürte Nathan einen unerwarteten Druck auf der Brust, als wäre die Luft ohne sie plötzlich schal geworden. Er hatte so etwas einer Frau gegenüber nicht mehr empfunden, seit Eloise Sinclair aus seinem Leben verschwunden war. Als sie ganz plötzlich und unvermutet Xavier Crowe geheiratet hatte, hatte Nathan sich gefühlt, als hätte man ihn vergiftet, und die Nachwirkungen hatten viele Monate lang angehalten. Vielleicht war er noch immer nicht ganz kuriert.

Es war hart, noch einmal sein Herz zu öffnen, noch einmal ein solches Risiko einzugehen. Aber schließlich war Adrienne ja seine Frau. Und sie war nicht wie Eloise.

Als Adrienne wieder in ihrem Zimmer stand, fragte sie sich, was die Zukunft wohl bringen mochte. Würden sie und Nathan weiterhin in getrennten Zimmern wohnen und sich nur nahe sein, wenn er mit ihr schlafen wollte?

Nachdem sie sich hastig gewaschen und ihr Haar aufgesteckt hatte, schlüpfte Adrienne in ein dünnes Kleid, das mit anderen Habseligkeiten in der Truhe aus Frankreich gewesen war. Es war herrlich, wieder eigene Kleider zu haben . . ., aber wo sollte sie diese hintun? Während sie sich nachdenklich in ihrem Zimmer umsah, erschien ihr die Nähe, die Nathan und sie eben noch geteilt hatten, plötzlich nur noch wie ein Traum. Adriennes Eltern hatten nie getrennte Schlafzimmer gehabt. Als Kind hatte Adrienne oft draußen vor ihrer Tür gestanden und gelauscht, ob die beiden schon wach waren, und stets hatte sie irgendwann Flüstern oder ihr gedämpftes Lachen gehört. Das große Bett in ihrem Schlafzimmer war für sie immer das Zentrum ihrer lebenslangen Liebesaffäre gewesen, und es schien ein Symbol für den Erfolg und die Dauerhaftigkeit ihrer Ehe zu sein.

Konnte es denn möglich sein, daß Nathan und sie niemals richtige Partner werden konnten? Würden sie einander nie so nah sein, wie Adrienne es von ihren Eltern gewohnt war? Gerade als die Unsicherheit Adrienne mutlos zu machen drohte, ging die Tür auf und Nathan trat ein.

»Versteckst du dich vor mir, meine Süße?« neckte er sie. »Warte, ich mache dir das Kleid zu. Mit Sicherheit eine der angenehmsten Pflichten eines Ehemannes.«

Adrienne schämte sich ihrer voreiligen Zweifel und war gleichzeitig so erleichtert, daß ihr die Tränen in die Augen stiegen. Als er sich hinter sie stellte, ihren Nacken küßte und dann begann, ihr Kleid zuzubinden, schlug Adrienne die Augen nieder.

»Danke«, flüsterte sie. Sie drehte sich in seinen Armen und vergrub ihr Gesicht an seiner Hemdbrust.

»Ist alles in Ordnung?« Nathan legte ihr einen Finger unters Kinn und hob ihren Kopf. Seine Intuition verriet ihm die Antwort. »Während wir unten sind, werden Philip und Retta deine Sachen in den Kommoden meines – *unseres* Ankleidezimmers verstauen. Ich mache dir auch Platz in meinem Schlafzimmer. Ich dachte, wir könnten dir eine kleine Leseecke, meinem Schreibtisch gegenüber, einrichten. In Horners ehemaligem Büro steht noch ein altes Bücherregal, und wir könnten es nach oben bringen –«

Nun begannen die Tränen zu fließen, und befreit ließ

Adrienne sie laufen. Schluchzend drückte sie ihr Gesicht an sein Hemd. »Oh, Nathan . . .«

»Natürlich nur, wenn du es nicht vorziehst, dein eigenes Zimmer zu behalten.«

»Nein!« Adrienne schüttelte so heftig den Kopf, daß eine Locke ihr in die Stirn fiel. »Ich will eine richtige Ehe.«

»Gestern nacht habe ich dir doch versprochen, daß ich es versuchen werde, oder? Hast du geglaubt, ich hätte das nur so dahingesagt?«

»Ich . . . ich dachte, ich könnte das alles auch nur geträumt haben.«

»Nein, Liebling.« Er zog sie an sich und hielt sie eine Weile fest, um in dem Gefühl ihres warmen Körpers zu schwelgen. »Das war sehr wirklich.«

»Gehen wir runter. Ich möchte wissen, was Hortie zu sagen hat.«

Nathan küßte sie, tupfte ihr die Augen ab und schob sich ihre Hand in die Armbeuge. Dann gingen sie gemeinsam hinunter. Eine aufgelöste Orchid wartete schon vor der Tür der Bibliothek auf sie.

»'ne Dienstmagd da drin! Mr. Zach sagt, Sie haben wollen, aber ich verstehe nicht, Captain!« Sie beugte sich verschwörerisch vor und zischte: »Kommt von Xavier Crowe, richtig?«

»Mrs. Raveneau und ich kennen Hortie von England, Orchid, du mußt dir also keine Sorgen machen. Hast du Frühstück gemacht? Meine Frau ist hungrig.«

»Ja, Sir.« Orchid war Nathans Ausdrucksweise nicht entgangen, und es schien ihr zu gefallen, denn ihre Miene erhellte sich, als sie ihre Herrin betrachtete. »Gut Morgen, Mrs. Raveneau. Sie sehen glücklich.«

»Das bin ich auch, danke, Orchid.« Adrienne strahlte die alte Frau an. »Und ich bin ausgehungert.«

Als sie an Orchid vorbeigingen, murmelte Nathan ihr zu: »Vergiß nicht, Philip und Retta hinaufzuschicken.«

»Ich mach' gern, Captain!« Zufrieden wackelte die alte Frau davon. Offenbar hatte der Anblick des nun offensichtlich glücklichen jungen Paares tatsächlich ausgereicht, um sie von ihren Sorgen wegen Hortie abzulenken.

Hortie saß in der Bibliothek auf dem Sofa aus Mahagoni und hielt einen Teller mit Obststücken und Rosinenkuchen auf ihrem Schoß. Ihr bleicher Teint und ihre verkniffenen Gesichtszüge wirkten vor dem Hintergrund der westindischen Üppigkeit unattraktiver denn je.

»Hallo, Hortie«, sagte Adrienne. »Nein, bleib sitzen. Wir gesellen uns zu dir.« Sie ging zu den Platten und Schüsseln, die auf dem Tisch standen, und lud sich gebratene Kochbananenscheiben, Papaya und Rosinenkuchen auf einen Teller.

»Sie – *Sie* sind seine Frau?« stammelte Hortie, bevor sie sich zurückhalten konnte. »Haben Sie beide uns alle von Anfang an zum besten gehalten? Sie wußten, wer er ist?«

»Die Antwort auf beide Fragen lautet nein«, erwiderte Nathan. Auch er nahm sich einen Teller mit verschiedenen Köstlichkeiten und schenkte sich Kaffee ein. Dann setzte er sich auf einen Stuhl neben seinem Schreibtisch. »Adriennes Vater befürchtete, daß seine Tochter mich als Beschützer abgelehnt hätte, wenn sie über meine wahre Identität informiert gewesen wäre.«

»Wir haben uns erst dazu entschlossen, zu heiraten, als ich auf Captain Raveneaus Schiff war«, fügte Adrienne mit Nachdruck hinzu. Sie fand, daß dies als Erklärung für Hortie ausreichen mußte.

»Ich hab' gehört, daß man Sie ›der Vagabund‹ nennt«, sagte die Zofe an Nathan gewandt.

»Reden wir lieber über dich, Hortie«, antwortete Nathan. »Sag uns, wie und warum du und Lord Harms nach Barbados gekommen seid, und was dich jetzt nach Tempest Hall führt.«

»'s war nicht lange, nachdem Sie Miss Beau – ich meine, Mrs. Raveneau – entführt haben, als Seine Lordschaft auf die Idee kam, sich eine Passage zu kaufen. Ich hab' ihn mit Lady Thomasina reden hören, und er sagte, daß er jemandem namens Crowe auf Barbados 'ne Nachricht überbringen müßte. Er wollte, daß seine Mutter mitkam, und das bedeutete, daß auch ich meinen Koffer packen mußte.«

»Was in aller Welt kann Huntsford mit Xavier Crowe zu tun haben?« rief Adrienne.

»Er sagte, daß er einen Geschäftspartner von Crowe kennt, und daß der ihm gesagt hat, Seine Lordschaft könnte hier auf der Insel vielleicht gewisse Möglichkeiten für die Zukunft finden.« Sie piekte ein Stück Obst auf die Gabel und runzelte die Stirn. »Dieser Geschäftspartner war auch der, der ihm verraten hat, wer Sie wirklich sind, Mr. Essex, äh, Captain Raveneau, und daß Sie 'n Haus auf Barbados haben. Also, ich schätze mal, daß er genauso gekommen ist, um sich zu rächen oder Miss Beauvisage zu retten, wie um Geschäfte mit Xavier Crowe zu machen.«

»Die einzigen Geschäfte, die Crowe macht, stehen in Zusammenhang mit Piraterie«, sagte Nathan stirnrunzelnd. »Raub und Mord.«

Adrienne versuchte noch immer, die Informationen zu verarbeiten, die sie soeben gehört hatte. »Hortie, hast du eben gesagt, daß Lady Thomasina auch auf dieser Insel ist?«

Die Dienerin nickte eifrig mit dem Kopf. »Ja, Mam. Sie tut doch alles, was ihr Sohn will, aber mir gefällt das nicht. Es steht nicht so gut um ihre Gesundheit, und er ist zu beschäftigt, mit diesem Crowe Rum zu trinken, um sich um seine Mutter zu kümmern.«

Adrienne konnte sich vorstellen, wie unglücklich ihre ehemalige Arbeitgeberin in diesem fremden Haus in dieser fremden Umgebung sein mußte. Sie malte sich aus, wie die alte Dame, in Samt gehüllt und in Schweiß gebadet, wild ihre Klingel schüttelte, ohne daß jemand kam. Vielleicht saß sie gerade jetzt mit hochgelegten Beinen in einem Pfanzerstuhl und kam nicht mehr hinaus. »Arme Lady Thomasina.«

»Und warum bist du nach Tempest Hall gekommen?« fragte Nathan. »Um uns zu warnen?«

»Nein, Sir. In *Crowe's Nest* gibt es zu viele Diener. Ich war nicht erwünscht. Ich bin gekommen, um nach Arbeit zu fragen.«

Adrienne hätte fast nach Luft geschnappt. »Aber Hortie, was soll denn aus Lady Thomasina werden?«

»Sie wollte, daß ich gehe, damit ich Angus vor Xavier Crowes gemeinen Hunden rette. Diese Viecher lauern Tag und Nacht auf den armen Kleinen, so daß er sich gar nicht mehr traut, unterm Bett hervorzukommen, und ich glaub', daß Lord Harms nur darauf wartet, daß diese bösen Tiere das kleine Hündchen zerfleischen.«

Nathan und Adrienne tauschten einen Blick aus. »Heißt das, du hast Angus mitgebracht?«

Sie errötete. »Ja. Er ist draußen auf dem Außengang an einem Stuhl festgebunden, Sir. Philip hat ihm ein Stück gebratene Taube gegeben.«

»Oh, ich fass' es einfach nicht.« Nathan trat zur Glastür, die sich in den Gang hinein öffnete, und erspähte Angus, der im Sonnenlicht auf und ab wanderte, so weit die rosafarbene Leine es zuließ. Als er Nathan entdeckte, fletschte er die Zähne und stieß ein tiefes Knurren aus. »Na, phantastisch! Das hat uns gerade noch gefehlt. Ein hinterhältiger, falscher, verfressener Köter!«

»Ich mag Angus«, mischte Adrienne sich ein. »Außerdem schulden wir es Lady Thomasina.«

»Ich habe das dumpfe Gefühl, als würden wir uns

schon wieder sinnlosen Ärger einhandeln«, murmelte er bitter ironisch.

»Du hast bereits Ärger mit Xavier Crowe«, kam Adriennes schroffe Antwort. »Und was Hortie angeht – siehst du denn nicht, daß sie für uns ein Geschenk Gottes ist? Wir brauchen eine Haushälterin, die Orchid helfen kann, und Hortie wäre doch einfach perfekt. Lily wird Köchin bleiben, Retta die Zofe, und Hortie kann sich ein paar Mädchen aussuchen, die sie anlernen wird.« Sie warf der Engländerin einen entschuldigenden Blick zu. »Du mußt wissen, daß sie hier Sklaven haben. Ich finde das abscheulich, aber es gibt nichts, was ich dagegen unternehmen könnte ... Noch nicht zumindest.«

»Es wäre mir eine Ehre, auf Tempest Hall Haushälterin zu sein, Captain und Mrs. Raveneau.« Ihre dünnen Lippen verzogen sich zu einem Lächeln, das sie viel sympathischer wirken ließ. »Sehen Sie, Sir, es war sicher vorbestimmt. Sie haben mir doch auf Harms Castle gesagt, daß Sie mich gern belohnen wollten. Nun können Sie das tun.«

»Hm. Ja. Und ich werde dir trotzdem ewig dankbar sein, Hortie. Ich freue mich, daß du hier bist, aber«, er warf einen düsteren Blick in den Außengang, »ich kann mich nicht erinnern, auch in *seiner* Schuld zu stehen.«

Adriennes Gelächter hellte die Stimmung ein wenig auf. Sie stand auf und lächelte Hortie an. »Hast du Lust, einen Rundgang durchs Haus zu machen? Ich stelle dich der Dienerschaft vor, und wir suchen uns ein Zimmer für dich aus.«

»Kann Angus bei mir bleiben? Ich habe Ihrer Ladyschaft versprochen, daß ich auf ihn aufpasse.«

Die beiden Frauen ließen Nathan allein, der sich noch einen Kaffee einschenkte und brütend aus dem Fenster starrte. Bienen summten um die üppige Blütenpracht der Pflanzen am Badehaus herum. Es war bereits sehr heiß.

Hunty und Xavier Crowe! Konnte das möglich sein? Noch unglaublicher aber war die Tatsache, daß Adrienne und er nicht einmal einen Tag verheiratet waren und schon wieder in eine mißliche, wenn nicht gefährliche Lage hineinzurutschen drohten.

In dem plötzlichen Bedürfnis nach frischer Luft ging Nathan hinaus, um Zachary zu sagen, daß er ausreiten und sein neues Land begutachten wollte. Es war an der Zeit, sich die fünfzig Hektar anzusehen, die ihn zum Nachbarn von Xavier Crowe und Huntsford Harms machen würden. Er würde endlich Cobbler's Reef im Auge behalten können, wo schon so viele Schiffe in ihren Untergang gelockt worden waren.

Huntsford Harms stand auf einem der Balkone, die hoch oben auf der Klippe über den Strand hinausragten, und litt unter der Hitze. Alles auf Barbados kam ihm extrem vor, ganz besonders dieses riesige, luxuriöse Herrenhaus und die türkisblauen Wellen, die unter ihm an den Strand rollten. Als sie an der Ostseite der Insel entlanggesegelt waren, hatte Huntsford gesehen, daß die meisten Bäume und Sträucher sich im Wind bogen. Etwas später hatte er festgestellt, daß die Pflanzen schief blieben, selbst wenn sich kein Lüftchen regte.

Xavier Crowe hatte gelacht, als Huntsford seine Beobachtung angesprochen hatte. »Ja, der Wind hat ihre Form bestimmt, genau wie wir Engländer auf der Insel lernen, uns unter die harten Bedingungen dieses Lebens hier zu beugen. Bimshire ist leider nicht England, auch wenn der schöne Schein trügt.«

In der Tat schien Barbados nur aus Kontrasten zu bestehen. Für jeden atemberaubenden, spektakulären Ausblick auf das Meer, die Blumenpracht oder den Sonnenuntergang schien es ein häßliches Gegenstück zu geben: karges Land, wo nichts wuchs, oder roh zusammengezimmerte Sklavenhütten, die vom Wind geschüttelt wurden. Huntsford hatte feststellen müssen, daß er nicht einmal schwimmen gehen konnte, um sich abzukühlen, denn die Brandung dort unten war wild und tückisch.

»Was denken Sie?« erklang die Stimme seines Gastgebers hinter ihm.

»Ich denke, daß es doch nicht das Paradies ist, für das ich es immer gehalten habe.«

Crowe musterte Huntsford eine Weile, dann berührte er mit einem Finger Harms' sonnenverbrannte Wange. »Ts, ts. Nichts ist so empfindlich wie englische Haut, nicht wahr?« Er nahm eine Prise Schnupftabak und ließ seinen Blick über sein Anwesen schweifen. »Die restliche Insel ist eher so, wie Sie es sich sicher vorgestellt haben – grüner, sanfter ... Aber ich liebe meinen kleinen Winkel hier, gerade wegen der Wildnis. Hier belästigt mich keiner, und das Haus wirkt um so prächtiger in dieser Umgebung.«

Huntsford hätte gerne nach den Schiffswracks gefragt, von denen er auf seiner Reise von England nach Barbados immer wieder hatte flüstern hören. Aber das merkwürdige, kalte Leuchten in Crowes Augen hielt ihn davon ab. So paradox es war – manchmal kam es ihm so vor, als würde dieses Leuchten stärker, wenn der Mann lächelte.

»Ihr Anwesen ist in der Tat prächtig, Sir, und meine Mutter und ich sind dankbar, daß wir hier sein dürfen.« Huntsford war ungemein neugierig, was Xavier Crowes Einnahmequellen anging, denn er baute offenbar nichts an. Und auch wenn Huntsford schon etwas von einem Frachtunternehmen gehört hatte, schien Crowe eigentlich gar nichts zu tun. »Ich bin begierig darauf, für Sie zu arbeiten. Wie ich ja schon sagte, war unser gemeinsamer Freund Frakes-Hogg der Meinung, daß Sie und ich blendend miteinander auskommen würden.«

»Meinen Sie, mein Junge? Nun, freut mich, das zu hören. Und noch mehr freue ich mich, daß Walter sie noch vor seinem Tod überreden konnte, nach Barbados zu reisen.« Sein Gesicht nahm einen melancholischen Ausdruck an. »Ich habe immer seinen Instinkten getraut, wenn es darum ging, andere Menschen einzuschätzen. Und, ja, ich suche schon lange nach einem vertrauensvollen . . . Assistenten.«

Während sie sich hineinbegaben und den Flur entlanggingen, überlegte Huntsford, ob er es wagen sollte, nachzufragen, wobei er denn assistieren sollte, entschied sich dann aber doch dagegen. Er würde abwarten. »Ich werden gerne behilflich sein, Sir, und ich kann sehr gut arbeiten.«

Ein zynisches Lächeln verzog Crowes Mund. »Kommen Sie mit, mein Freund. Ich möchte Ihnen etwas zeigen.« Sie waren gerade bei Lady Thomasinas Schlafzimmer angelangt und hielten an, um hineinzusehen. Die alte Frau lag schnarchend in ihrem mit einem Moskitonetz verhängten Bett, die Fensterläden waren fest geschlossen.

»Die liebe Frau Mama«, schnurrte Crowe. »Ich hab' sie sehr gern.«

Huntsford wußte nicht, was er darauf antworten sollte. Eine innere Stimme warnte ihn, daß Xavier Crowe noch begieriger als er selbst darauf war, das Vermögen seiner Mutter in die Finger zu bekommen, aber er konnte sich einfach noch keinen Reim daraus machen. Also lächelte er und nickte, und sie gingen weiter auf Crowes luxuriöse Zimmerflucht zu.

Als sie eintraten, keuchte Eloise Crowe erschreckt auf und wirbelte am Fenster zu ihnen herum. »Oh . . . Xavier! Du hast mir einen Schrecken eingejagt. Ich dachte, ihr wäret ausgegangen –«

»Was tust du hier?« fragte er knapp. Er blickte sich rasch um, als wollte er überprüfen, ob sie irgend etwas angefaßt hatte. »Sind irgendwelche Arbeiter in deinem Zimmer?«

»Nein, natürlich nicht. Ich ... ich dachte, ich hätte ein Geräusch gehört und bin hereingekommen, weil man von hier aus die beste Sicht nach draußen hat.«

Huntsford betrachtete die beiden interessiert. Zum ersten Mal hatte er einen kurzen Blick auf das wahre Verhältnis der beiden zueinander erhaschen können. Bei den Mahlzeiten unten waren sie stets höflich und plauderten gelöst, aber andererseits war dies etwas, was jeder britische Adelige beherrschte. Ein scheinbares Einverständnis vor anderen sagte so gut wie nie etwas über die Qualität der Ehen oder Beziehungen aus. Eloise erinnerte Huntsford an einen seltenen Schmetterling, der in einem unsichtbaren Netz gefangen war.

Die Crowes hatten keine eigenen Kinder, hatten aber den Sohn von Xaviers verstorbenem Bruder aufgenommen. Der zehnjährige Martin schien sich mit Eloise verbündet zu haben. Xavier gab sich ihm gegenüber zwar immer recht freundlich, aber der Junge sah ihn auf genau dieselbe Art und Weise an, wie es Eloise tat. Und Huntsford hatte den Eindruck, als wäre es weniger Angst, was er in ihren Augen lesen konnte, als Resignation.

»Kann ich unter vier Augen mit dir sprechen?« Crowes Stimme klirrte vor eisigem Charme.

Die schlanke, blasse Frau mit dem sandfarbenen Haar ging hinaus auf den Flur, und Crowe folgte ihr. Draußen packte er ihren Arm und murmelte: »Hast du Lady Thomasina ihren speziellen Tee gebracht?«

»Oh, Xavier, muß das sein? Ich finde es so traurig, wenn sie nur benommen –«

»Hast du noch immer nicht begriffen, daß du mit mir nicht streiten sollst?« Er küßte sie, bis sie sich von ihm zu befreien versuchte. »Tu, was ich dir sage, und du darfst ein bißchen an der Küste entlangreiten. Eine Stunde, verstanden?«

Ihre riesigen Augen leuchteten auf. »Oh, danke!« Sie schluckte, dann sagte sie langsam: »Ich hole den Tee.«

Crowe kehrte zu seinem Hausgast zurück, schloß die Tür und schüttelte den Kopf. »Ich muß mich für meine Frau entschuldigen. Sie kommt immer hier herein, um die Straße nach ihrem Geliebten abzusuchen.«

»W-was?«

»Oh, natürlich kommt Nathan Raveneau nie, aber sie glaubt immer, sie hätte ihn gehört. Sie wünscht noch immer, sie hätte ihn statt meiner geheiratet.« Er zuckte die Achseln. »Sie tut mir leid.«

Huntsford konnte beinahe nicht atmen. Hatte er richtig gehört? Hatte sein Gastgeber den Namen Nathan Raveneau ausgesprochen? Wenn Huntsford ihm einen seiner wahren Gründe für seine Reise nach Barbados anvertrauen wollte, dann war nun der richtige Augenblick gekommen. Doch Huntsford traute seinem neuen Mentor noch nicht ganz.

Statt dessen fragte er: »Sind Sie schon lange verheiratet?«

»Fast vier Jahre jetzt. Ich muß gestehen, daß ich sie nur geheiratet habe, um Raveneau zu ärgern, und es kann durchaus sein, daß ich mir diesmal ins eigene Fleisch geschnitten habe.« Er lachte kalt. »Ach, eine dieser Dummheiten, die man in London begeht. Ich kannte Raveneau schon und konnte ihn nicht ausstehen, und als ich sah, wie er Eloise den Hof machte, konnte ich einfach nicht widerstehen.«

»Wie ist es Ihnen gelungen, sie ihm auszuspannen?«

»Ich habe sie mit schönen Worten und teuren Geschenken umworben, dann lockte ich sie auf mein Schiff und setzte Segel, bevor Eloise protestieren konnte. Da fing sie an, zu begreifen, daß ich nicht ganz der war, für den ich mich ausgab.« Crowes Grinsen ließ seine weißen Zähne aufblitzen. »Es war ein herrliches Erlebnis. Raveneau verfolgte uns bis auf See und verlangte, daß ich die zarte Maid herausgeben solle. Doch zu diesem Zeitpunkt hatte Eloise schon begriffen, daß sie ihm nicht die Wahrheit sagen durfte. Sie nahm meine Drohungen ernst genug, um ihm zu versichern, daß sie *mich* liebte und den umwerfenden Nathan Raveneau nicht mehr sehen wollte.«

Huntsford kicherte. »Ich wünschte, ich hätte sein Gesicht sehen können.«

»Ein Anblick, der sich wie ein kostbarer Schatz in meine Erinnerung gebrannt hat, das kann ich Ihnen versichern.« Crowe machte eine Pause, um das Bild noch einmal heraufzubeschwören. »Wie auch immer – ich habe einen schlechten Handel gemacht. Meine Frau ist unfruchtbar.«

»Oh, wie traurig für . . . Sie beide.«

»Ich tröste mich mit anderen Dingen, und mir macht es Spaß, ihren Willen niederzuzwingen, damit sie mir gehorcht. Eloise tut nichts anderes, als von Nathan Raveneau zu träumen und Martin mit Liebe zu überschütten. Der Junge wird zu einem rückgratlosen Weichling heranwachsen.«

»Ich finde, daß er ein prächtiger Junge ist.«

»Genug. Ich habe Sie nicht hergebeten, um mit Ihnen über die beiden zu reden.«

Huntsford blickte sich in dem großen, luftigen Raum um und fragte sich, wie der gigantische Schrank wohl durch die Tür gekommen war. Daneben hing ein Spiegel mit massivem Goldrahmen. Xavier Crowe bedeutete seinem Gast, ihm zu dem Mahagonibett zu folgen, das so hoch war, daß man ein Treppchen mit drei Stufen davorgestellt hatte. Als Crowe sich nun an der Treppe zu schaffen machte, erkannte Huntsford, daß es eigentlich eine Kiste war, deren obere Stufe als Deckel fungierte.

»Haben Sie schon einmal etwas von Stede Bonnet gehört?« fragte Crowe.

»Der Gentleman-Pirat? Ja, ich habe über ihn gelesen. Er stammte von Barbados, richtig? Wenn ich mich recht entsinne, verbündete er sich vor einem Jahrhundert mit Blackbeard, der die Gewässer vor der Küste Carolinas unsicher machte.«

»Sehr gut, mein Junge. Sie sind klüger, als ich zu hoffen gewagt habe.« Er griff in die Treppenkiste hinein und zog zwei Pistolen heraus. Als er Huntsfords schockierten Blick spürte, erklärte er: »Ein Mann kann nie wissen, ob er nicht einmal in seinem Bett attackiert wird.« Dann öffnete er etwas, das offenbar eine Art Geheimfach war, und zog ein zerfleddertes Stück Pergament heraus. »Ich habe Gründe zu glauben, daß dies Stede Bonnet gehörte.«

Huntsfords Augen weiteten sich vor Staunen. »Aber ... aber das sieht ja aus wie eine Schatzkarte.«

»Reden Sie doch leiser!« Crowe drehte das Papier um, so daß Huntsford es nicht mehr sehen konnte. »Nun, wie auch immer, Stede Bonnet ist tatsächlich auf dieser Insel geboren worden. Er erbte die Familienplantage, heiratete und wurde Vater, aber dann plötzlich entschloß er sich, alles stehen- und liegenzulassen und statt dessen Pirat zu werden. Vermutlich hat seine Frau lange Zeit geglaubt, daß er nur geschäftlich unterwegs war.« Er lachte mit echtem Vergnügen.

Huntsford, der ihn beobachtete, sagte: »Das war ein Mann, was?«

»O ja! Männer wie Stede Bonnet sind der Stoff, aus dem Legenden gesponnen werden.«

»Aber haben sie ihn nicht aufgehängt?«

»Ja. In Charles Town, glaube ich. Vielleicht war er unachtsam geworden.«

»Wollen Sie damit andeuten, daß man aus dieser Geschichte lernen kann?«

»Ich lerne von allem, was mir begegnet. Das ist das Geheimnis meines Erfolgs.« Sein Blick glitt über die Karte.

»Darf ich fragen, wie Sie in Besitz einer solchen ... Antiquität gekommen sind?«

»Ich – ähm, entdeckte das Papier in der Kapitänskajüte eines Schiffswracks.« Crowe nestelte an einem lockeren Knopf an seinem Hemd herum. »Cobbler's Reef ist bekanntermaßen gefährlich. Aber das ist eine andere Geschichte.« Er öffnete diese Karte und winkte Huntsford heran. »Sehen Sie das? Dort unten in der Ecke steht ›Bonnet 1718‹.«

Huntsford starrte auf das Pergament. Die Karte war grob gezeichnet und teilweise voller Flecken, aber er konnte sehen, daß sie den südöstlichen Bereich von Barbados zeigte. Der Name der Gemeinde St. Philip war mit Tinte geschrieben worden. »Und wo ist Ihr Haus auf dieser Karte?«

»Hier«, erwiderte Crowe und zeigte auf einen Punkt bei Long Bay. »Und hier ...« Sein Finger glitt ein paar Meilen nördlich hinauf, bis er an einem Punkt hielt, der Cave Bay hieß. »Hier am Strand befindet sich der vergrabene Schatz. Sehen Sie, wie er die Stelle markiert hat? Ich nehme an, daß Bonnet sich entweder von der Obrigkeit oder von seinem ehemaligen Partner Blackbeard bedroht fühlte und deswegen nach Barbados zurückkehrte, um sein angesammeltes Vermögen hier zu verstecken. Er zeichnete eine Karte, damit er den Schatz eines Tages wieder würde heben können ... Doch dummerweise sollte er das nicht mehr erleben!«

»Gehört jemandem das Land, auf das Sie zeigen?«

»Oh, ja, aber er ist so gut wie nie hier. Er lebt in Frankreich. Ich reite so oft über seinen Besitz, wie es mir beliebt.«

»Aber ...« Huntsford hatte sagen wollen, daß jeder Schatz, der auf diesem Land vergraben war, rechtmäßig dem Besitzer gehören würde, aber ihm dämmerte langsam, daß sein Gastgeber keinerlei Absicht hatte, solchen ›Kleinigkeiten‹ Beachtung zu schenken. Die feinen Härchen in seinem Nacken stellten sich auf, und er lächelte. »Wenn ich Ihnen helfe, bekomme ich dann einen Teil von dem Schatz?«

Crowe lachte laut. »Sie hören sich schon ganz wie ein Pirat an. Ja, natürlich teile ich den Schatz mit Ihnen, mein Junge. Sagen wir ein Viertel?«

»Wunderbar!« Huntsfords Augen leuchteten auf. »Ich kann Ihnen gar nicht sagen, wie sehr ich mich freue, daß ich Walters weisem Rat gefolgt und nach Barbados gekommen bin.«

»Nicht weniger als ich, schätze ich. Nun denn, reiten wir zum Strand und versuchen wir, die Stelle auf der Karte zu finden, einverstanden?«

»Aber ja! Ich bin dabei! Kennen Sie irgendwelche Piratenlieder?«

Crowe schloß die Treppentruhe behutsam und warf dem anderen Mann einen Blick über die Schulter zu. Nur mit Mühe gelang es ihm, seine Miene ausdruckslos zu halten. »Nein«, sagte er sanft. »Warum sollte ich?«

Kapitel 21

Adrienne straffte die Schultern, stemmte die Hände in die Hüften und funkelte ihren Mann quer durch die ganze Bibliothek trotzig an. »Wenn du unser neues Land begutachten willst, dann reite ich mit dir.«

»Mir wäre es lieber, wenn du hierbliebest, bis ich es einmal gesehen habe.«

»Warum?« Sie verengte die Augen. »Glaubst du wirklich, du könntest mir weismachen, daß du noch nicht dagewesen bist, seit wir in Bridgetown vor Anker gegangen sind? Ich kenne dich zu gut, Nathan. Du hast es bereits gesehen, und nun will ich es auch sehen.« Sie entschied sich für einen raschen Strategiewechsel, trat zu ihm und nahm seine Hand. »Ist es schön?«

»Wunderschön. Und du bist schlau wie ein Fuchs. Also gut, du kannst mitkommen. Aber es könnte gefährlich werden.«

Adrienne begann zu strahlen, als sie auf die Treppe zuging, um sich oben umzuziehen. »Beweg dich nicht. Ich bin gleich zurück.«

Natürlich hatte Adrienne recht gehabt. Beinahe sofort nach ihrer Ankunft auf Tempest Hall hatte Nathan sich allein davongestohlen, um einen Blick auf das Land zu werfen, das ihm nach seiner Hochzeit gehören würde. Er war im Begriff gewesen, seine Freiheit für diese fünfzig Hektar aufzugeben, und das Bedürfnis, sie zu begutachten und den Nutzen abzuschätzen, war schier überwältigend gewesen.

Nun, da Nathan und Adrienne verheiratet waren und das Land rechtmäßig ihm gehörte, war er bereits sehr zuversichtlich, daß der Besitz ihm nur Vorteile bieten konnte. Huntsford Harms' Anwesenheit auf der Insel verstärkte das Gefühl nur. Alle Teile fügten sich zu einem Ganzen.

Die Raveneaus ritten auf Compass und Ben in Richtung Süden immer an der schroffen Ostküste entlang. Die Straße wand sich an den Klippen entlang, und gelegentlich passierten sie ein kleines Dorf oder eine Plantage, aber sie kamen ziemlich schnell voran.

Es kam Adrienne vor, als würde das Wasser immer intensiver leuchten, je weiter sie nach Süden kamen. Normalerweise hätte sie es nicht für möglich gehalten, daß solche Blau- und Türkistöne in der Natur vorkamen, aber sie waren da, und sie waren echt. Die Aussicht war schlichtweg atemberaubend. Sie zügelte ihr Pferd und starrte auf die Ruine eines Plantagenhauses, das ganz allein am Rand einer Klippe kauerte. Der Kontrast der verblichenen roten Steine zu dem strahlenden, reinen Blau war dramatisch.

Nathan, der vorangeritten war, stoppte Compass und sah zu Adrienne zurück. Dann zeigte er auf das einsame Haus, lächelte und nickte.

Adrienne war entzückt. Als sie abstiegen und die Pferde in einem kleinen Wäldchen anbanden, schaute sie mit aufgerissenen Augen zu ihrem Mann auf. »Es ist wundervoll hier. Aber was ist denn mit dem Haus passiert? Hat es auch einen Namen?«

»Ich glaube, es heißt Victoria Villa.« Sie betraten das Haus über die Veranda mit den klassischen Bögen und sahen sofort, daß die Bausubstanz nicht mehr zu retten war. Die Böden waren verrottet, die Decken waren an manchen Stellen eingestürzt, und das Dach war leck, so daß sie den Himmel hindurchsehen konnten. »Wahrscheinlich sind die Besitzer irgendwann vor ein paar Jahren ausgezogen, und es ist einfach verfallen. Die Seeluft zersetzt alles sehr schnell.«

Adrienne blickte aus dem Bogengang auf den Ozean hinab und erschauerte. »Victoria Villa . . ., wie romantisch. Glaubst du, daß es hier spukt?«

»Mich interessiert der restliche Besitz mehr.« Nathan griff nach Adriennes Hand und zog sie ins Sonnenlicht hinaus. »Schau mal nach Süden. Hinter dieser Felsnase dort liegt *Crowe's Nest.* Ich habe das Fernrohr mitgenommen, um zu prüfen, wieviel man von unserer Südgrenze aus wirklich davon sehen kann. Und dort«, fuhr er fort, während er sie zum Rand der Klippe führte, »ist Cave Bay. Weißt du jetzt, warum ich das Land haben wollte?«

»O ja«, flüsterte sie. Die kleine Bucht, die unter ihnen lag, war schlicht und ergreifend traumhaft. »Es sieht aus wie in einem romantischen Märchen.«

Cave Bay bestand aus einem kleinen, halbkreisförmigen Strand. Der dunkle Stein der schützenden Klippe erhob sich senkrecht über dem schneeweißen, feinen Sand, auf dem Kokospalmen wuchsen. An beiden Rändern ragte der Fels in die tosende Brandung hinein, so daß die Bucht wie eine Schüssel wirkte, in der das Wasser ruhig und sanft plätscherte.

»Laß uns runtergehen und nachsehen, ob es dort wirklich eine Höhle gibt, wie der Name besagt«, drängte Adrienne. Irgend etwas in der Seeluft und dem Tosen der Wellen erfüllte sie mit unbezähmbarer Energie. Es hatte aber auch etwas mit Nathan zu tun, denn schon immer hatten sie sein Wagemut und sein spritziges Temperament gelockt.

Nathan zog sie in die Arme und spürte die Formen ihres Körpers unter dem dünnen Stoff ihres Kleides. Ein Hauch Flieder drang in seine Nase, und die Begierde wallte ohne eine Warnung in ihm auf. Der weiße Sand und das türkisfarbene Wasser lockten ihn. Stufen, die aus dem Fels gehauen worden waren, führten in die Bucht hinab. Nathan malte sich aus, wie er Adrienne liebte, während das Wasser über sie schwappte und die Sonne warm auf ihre Körper schien . . .

In diesem Moment glaubte er Stimmen zu hören. Hatte er es sich eingebildet? Er nahm das Fernrohr und suchte den Rand der Klippe ab. Und da sah er sie: Xavier Crowe und Huntsford Harms kamen eindeutig in Richtung Cave Bay.

»Unglaublich. Crowe und Harms sind auf dem Weg hierher«, flüsterte er. »Geh ins Haus und such dir einen Platz, an dem du dich verstecken kannst, am besten einen, von dem du die Bucht einsehen kannst. Auch ich werde mich irgendwo verstecken, wo ich etwas sehen – und hoffentlich auch hören – kann. Wenn irgend etwas schiefgeht, reitest du mit Ben sofort nach Tempest Hall zurück, klar?«

»Ja, aber ich habe keine Angst vor ihnen.«

»Keine Diskussion jetzt. Gehorch nur dieses eine Mal blind, ja?«

Adrienne nickte, wußte aber, daß sie niemals ohne ihn von hier fortreiten würde. Sie sah zu, wie Nathan den Felsen ein Stück hinabkletterte und sich dann hinter einen großen Busch duckte. Dann verschwand sie rasch in der Villa. Bald hatte sie eine Sturmschutztür entdeckt, die an einer Angel im Türrahmen hing. Sie bog den Laden zurück, so daß sie sich in dem Winkel dahinter verstecken konnte.

Unten auf dem Fels zog Nathan sein Fernrohr auseinander und beobachtete, wie Crowe und Harms auf den Steinstufen in die Bucht hinabstiegen.

Auf halbem Weg stieß Huntsford einen spitzen Schrei aus. »Himmel! Das ist keine Treppe, das ist eine *Zumutung!*«

Crowe wartete unten im Sand und verdrehte die Augen. »Lieber Junge, wenn Sie in Bimshire leben wollen, dann sollten Sie besser lernen, ein wenig mehr Mumm zu beweisen.«

Nathan schob behutsam die Blätter des Busches, hinter dem er hockte, auseinander, um mehr sehen zu können. Es hätte nicht besser laufen können, wenn er es geplant hätte. Die beiden Männer kamen direkt auf ihn zu. Beide trugen weiße Hemden, die der Wind blähte, und er konnte erkennen, daß Huntsford einen starken Sonnenbrand hatte. Crowe entfaltete ein Pergament und zeigte darauf.

»Wie in aller Welt wollen Sie denn nur die genaue Stelle ausmachen?« In seiner Empörung über die Zustände auf dieser Insel hob Huntsford seine Stimme gerade genug, um Nathan zu erlauben mitzuhören. »Ihre Karte ist uralt!«

»Mein lieber Freund«, erwiderte Crowe in gleicher Lautstärke, »vertrauen Sie mir denn nicht? Eine Karte wie diese ist ein Vermögen wert! Wir müßten verrückt sein, ihre Bedeutung zu unterschätzen.« Er machte eine Pause, um sich umzusehen. »Und welchen Unterschied macht es, ob sie vor hundert Jahren gezeichnet worden ist? Es ist ja nicht so, als wäre plötzlich eine Stadt auf Bonnets Versteck entstanden, nicht wahr?«

Nathan blinzelte. Redeten sie etwa über Stede Bonnet, den Gentleman-Piraten? Was für eine alberne Geschichte hatte Crowe dem naiven Huntsford denn da aufgetischt? Was wollte sein Erzfeind damit bezwecken?

»Aber, Sir«, quengelte Harms, »haben Sie nichts Besseres zu tun, als Ihre Zeit damit zu vergeuden, Löcher in den Sand zu graben?«

»Oh, allerdings habe ich das«, kam die barsche Antwort. »Deswegen haben wir uns ja darauf geeinigt, daß Sie Ihren Anteil bekommen, wenn *Sie* den Schatz gefunden haben. Ehrlich gesagt verstehe ich Sie nicht, alter Kumpel. Erst sind Sie Feuer und Flamme, und nun wollen Sie aufgeben? Es kann doch nicht wahr sein, daß ein kräftiger Bursche wie Sie sich vor ein bißchen körperlicher Arbeit scheut!« Crowe ließ seine Worte einsickern, dann fuhr er stärkeres Geschütz auf: »Was bedeutet es schon, ein paar Löcher zu graben, wenn Sie dafür einen Schatz heben können, mit dem Sie für den Rest des Lebens ausgesorgt haben?«

»Aber was . . . was, wenn jemand ihn schon gefunden hat? Oder wenn er gar nicht so groß ist, wie Sie denken?«

Raveneau konnte nicht verstehen, welche Antwort Huntsford darauf bekam, aber was immer Crowe sagte – es schien zu wirken. Kurz darauf sah man Huntsfords blonden Schopf zwischen den Bäumen auf und ab hüpfen.

»Ja, ja, ich fühle mich geehrt, daß Sie das Geheimnis der Karte mit mir teilen«, brüllte er. »Ich tue mein Bestes.«

»Sie kamen mit der Empfehlung meines geschätzten Kollegen Walter Frakes-Hogg zu mir«, ließ sich Crowe vernehmen. »Es wäre doch traurig, wenn ich zu dem Schluß kommen müßte, er habe Ihren Wert überschätzt.«

»Nein!« schrie Harms. »Ich finde den Schatz! Sie werden sehen, wie nützlich ich sein kann, Sir! Wir haben mehr gemein, als Sie glauben. Ich bin nämlich nicht nur auf Anraten von Frakes-Hogg nach Barbados gereist.«

»Sondern . . .?«

»Wegen Nathan Raveneau. Sie sind nicht der einzige, der ihn haßt! Er hat die Frau, die ich liebe, entführt und auf diese Insel verschleppt!« Huntsfords Stimme schwoll noch mehr an. »Ich werde sie aus seinen Klauen befreien!«

»Ach, Gott, welch edles Motiv. Ich muß Ihnen gestehen, daß ich Miss Beauvisage am Tag, als sie hier ankamen, bereits kennengelernt habe.«

In seinem Versteck in den Felsen riß Nathan erstaunt die Augen auf. Wieder fragte er sich, woher Xavier Crowe Adriennes Namen gewußt hatte. Hatte er Spione engagiert? Vielleicht hatte Walter Frakes-Hogg sie aber auch in Briefen erwähnt. Walter Frakes-Hogg . . . Nathan hatte nicht gewußt, daß er und Crowe miteinander bekannt gewesen waren.

»Wenn Sie sie kennengelernt haben, dann wissen Sie ja, was für ein entzückendes Wesen sie ist.«

»Da haben Sie recht. Viel zu entzückend, als daß dieser Schuft Raveneau sie verdient hätte.« Crowe schien einen Moment zu überlegen, dann fuhr er fort: »Ich werde tun, was ich kann, um Ihnen zu helfen, aber es könnte zu spät sein. Ich habe gehört, daß die beiden verlobt sind!«

»Was?« Huntsford stieß einen erstickten Laut aus, dann rammte er seine Faust gegen den Stamm einer Kokospalme. »Nein! Der Gedanke, daß dieser Kerl sie befleckt, ist unerträglich!«

Crowe wirkte gelangweilt. »Vielleicht kann ich es arrangieren, daß Sie sie treffen. Major Carrington, dem eine prächtige Plantage in St. James gehört, hat uns zu einem Ball eingeladen, der in sechs Tagen stattfindet. Die Sklaven hier feiern ein drolliges kleines Fest zum Abschluß der Ernte; sie nennen es Crop Over. Die Carringtons haben dies zum Anlaß genommen, ebenfalls zu feiern – auf zivilisiertere Art und Weise versteht sich –, und der Party den Namen Crop-Over-Ball gegeben.«

»Ich hatte bisher den Eindruck, daß Sie sich nicht für derartige gesellschaftliche Ereignisse interessieren. Sie müssen nämlich wissen, daß die Leute Lügen über Sie verbreiten, zum Beispiel was –«

Crowe unterbrach ihn mit einer wegwerfenden Handbewegung. »Solche Gerüchte lassen sich am besten beseitigen, indem man den Leuten zeigt, daß ich ein Mann bin wie jeder andere auch. Im übrigen möchte Eloise zweifellos hingehen, und unsere kleine barbadische Gesellschaft ist gewiß schon ungeduldig, unseren Hausgast aus London kennenzulernen!« Er stieß ein freudloses Gelächter aus. »Sehen Sie? Ich bin gar kein so schlechter Mensch, für den die Allgemeinheit mich offenbar hält.« Dann konsultierte er wieder die Karte und wies auf eine Stelle, die ein paar Schritte entfernt war. »Ich denke, dort sollten wir anfangen, mein Freund. Sollen wir die Schaufel holen?«

Nathan und Adrienne hatten keine Möglichkeit, sich auf

dem Nachhauseritt zu unterhalten. Ein kräftiger Wind war aufgekommen, und dunklere Wolken ballten sich am Himmel zusammen. Es hatte zu regnen begonnen, und bald waren sie bis auf die Haut durchnäßt.

»Ich kann es kaum erwarten zu erfahren, was du gesehen hast«, schrie Adrienne gegen den starken Wind an, als sie ihre Pferde einen Augenblick hinter einem Karren voller Krüge mit Zuckersirup zügeln mußten. »Hast du auch irgend etwas hören können?«

»Wir reden zu Hause darüber«, brüllte er zurück. »Ich bin froh, daß ich ein bißchen Zeit habe, über alles nachzudenken.«

Das war Adrienne auch, denn auch sie hatte jemanden beobachtet: Die schöne, geheimnisvolle Frau, die sie neulich am Strand gewarnt hatte, war ein Stück nördlich der Victoria Villa vorbeigeritten. Aus ihrem Versteck hatte Adrienne gesehen, wie die Frau um die Villa herumgeritten und an der Klippe stehengeblieben war, um einen Moment über die See zu blicken. Erneut überschlug sich Adriennes Phantasie. Vielleicht war sie Lady Victorias Geist . . .?

Minter wartete schon auf Nathan, als sie in Tempest Hall ankamen. Der böige Wind hatte ein paar Probleme in der Zuckermühle verursacht, und Zachary wollte mit Nathan besprechen, was zu tun war. Adrienne betrat das Haus alleine, und sobald sie sich gewaschen und umgezogen hatte, tauchte Hortie auf und bat um den Rundgang durchs Haus, den Adrienne ihr versprochen hatte.

Eine halbe Stunde später blieb Hortie stehen und schürzte die Lippen. »Alles ist hier so anders als in England, Ma'am«, bemerkte sie klagend. »Ich glaub' nicht, daß ich mich hier je wohl fühlen kann.«

Adrienne, die gerade eine Tür öffnen wollte, hielt inne. »Was stört dich – das Klima? Oder die Sklaven?«

»Ich gebe zu«, flüsterte Hortie, »daß es mir gar nicht

behagt, mit Heiden unter einem Dach zu leben. In *Crowe's Nest* wohnen noch viel mehr als hier. Und das war auch ein Grund, warum ich gegangen bin. Ich meine . . . was, glauben Sie, Ma'am, wie man sich fühlt, wenn man von 'ner Negerin Befehle entgegennehmen muß?«

Adrienne mußte sich auf die Zunge beißen, um die scharfe Antwort zurückzuhalten. Statt dessen nahm sie sich einen Augenblick Zeit, um ihre Worte zu überlegen. »Ich habe größten Respekt vor Orchid, Lily, Philip, Retta und vielen anderen Sklaven hier. Ich finde es entsetzlich, daß sie keine freien Menschen sind. Natürlich sehe ich ein, daß du es nicht gewöhnt bist, mit Menschen anderer Hautfarbe zusammenzuarbeiten, und ich bin zuversichtlich, daß du bald denken wirst wie ich. Aber in der Zwischenzeit, Hortie, muß ich darauf bestehen, daß du jeden hier in unserem Haus mit Respekt und der gebotenen Höflichkeit behandelst.« Sie blickte eindringlich in Horties blaßblaue Augen. »Haben wir uns verstanden?«

»Ja, Ma'am.« Das Mädchen wurde noch eine Spur blasser. »In *Crowe's Nest* hab' ich gehört, daß es hier vor nur zwei Jahren einen schrecklichen Sklavenaufstand gegeben hat. Zuckerrohrfelder standen in Flammen und –«

»Nicht ein einziger Plantagenbesitzer oder ein Mitglied seiner Familie wurde auch nur *verletzt.* Dafür starben mehrere Hundert Sklaven!« unterbrach Adrienne sie scharf. »Es ist wohl kein Wunder, daß die Sklaven sich gegen ihre jetzigen Lebensbedingungen auflehnen, zumal sie vor zwei Jahren glaubten, daß die Freiheit in greifbare Nähe gerückt wäre! Ich kann nur hoffen, daß dieser Sklavenaufstand dazu beigetragen hat, die Weißen zum Nachdenken zu bringen. Man *darf* andere Menschen nicht besitzen!«

Hortie preßte die Lippen zusammen. »Ja, Ma'am.«

Sie betraten nun Nathans Schlafzimmer, und Adrienne zeigte der Dienstmagd, nach welchen Aspekten das Ankleidezimmer geordnet war. Es freute sie, daß die Veränderungen, die Nathan angekündigt hatte, bereits ausgeführt worden waren, während sie sich das neue Land angesehen hatten. Ihre Sachen waren nun säuberlich neben seinen eingeräumt worden, genau wie sie es von ihren Eltern kannte – auch sie hatten ihr ganzes Leben lang Schränke und Kommoden geteilt. Anschließend gingen sie in das Zimmer, in dem Adrienne bis zur vergangenen Nacht noch geschlafen hatte, und traten dort auf den Balkon hinaus. Der warme Wind trug den Duft der tropischen Pflanzen zu ihnen herauf.

»Ich kann durchaus verstehen, wie du dich fühlst, Hortie.« Adrienne schenkte ihrer Begleiterin ein Lächeln. »Im Vergleich zu England ist dies wirklich ein ziemlich befremdliches Land, und du bist ja nicht einmal freiwillig hergekommen. Auch ich habe mich anfangs hier verloren und einsam gefühlt, aber es wird mit jedem Tag besser. Und ich werde tun, was immer ich kann, um dir dabei zu helfen, dich einzuleben.«

»Allerdings haben Sie und ich doch recht unterschiedliche Voraussetzungen, nicht wahr?« erwiderte Hortie. Ihre Miene verriet, was sie nicht aussprechen konnte, und Adrienne fragte sich einen Moment überrascht, ob es wahr sein konnte, daß Hortie in Nathan verliebt war. Doch die Dienerin sprach schon weiter: »Es wird schon werden. Ich bin froh, daß ich hier sein darf . . . *Crowe's Nest* ist wirklich schauderhaft. Kein einziger netter Mensch auf dem ganzen Anwesen, abgesehen von Mrs. Crowe.«

»Heißt sie mit Vornamen . . . Eloise?« Adriennes Herz begann zu hämmern.

»Hm? Oh . . . ja. Ich glaube schon.«

»Ich habe seltsamerweise erwartet, daß sie ein unangenehmer Mensch sein muß, wenn sie mit jemandem wie Crowe verheiratet ist.«

»Männer wie der heiraten immer Frauen, die eigentlich Engel sind. Merkwürdig, aber wahr.«

»Ist sie hübsch? Und freundlich?«

Hortie sah ihre neue Herrin mit leicht zusammengezogenen Brauen an. »Sie ist nicht hübscher als Sie, wenn es das ist, was Sie wissen wollten. Und, ja, Mrs. Crowe ist sehr freundlich, aber sie hat irgendwas Trauriges an sich. Wissen Sie, so was kann man oft bei Menschen aus höheren Schichten beobachten.« Ihre dünne spitze Nase hob sich ein wenig höher. »Geld ist keine Garantie für Glück. Ganz im Gegenteil, denk' ich. Ich habe schon viele verquere Ehen gesehen ... gedankenlose, gemeine Männer und einsame Frauen!«

»Nun, wir sind nicht reich, also brauchst du dir wegen uns keine Sorgen zu machen«, erwiderte Adrienne geistesabwesend. Ihre Gedanken waren noch immer bei Eloise Crowe.

»Sind Sie wegen Lady Thomasina beunruhigt?« fragte Hortie plötzlich. »Mrs. Crowe ist sehr nett zu ihr, aber Lord Harms ist ständig mit Mr. Crowe unterwegs, und so bleibt sie die meiste Zeit in ihrem Zimmer. Ständig ist der Raum abgedunkelt, und als ich ging, schlief Lady Thomasina beinahe jeden Tag ...«

»Aber das ist ja furchtbar. Arme Lady Thomasina.«

Gerade als Hortie nickte, kam Nathan durch das Ankleidezimmer herein.

»Ich habe Stimmen gehört und wollte nur mal eben hereinschauen. Ah, gut, du zeigst Hortie das Haus. Wir möchten doch, daß sie sich wohl fühlt bei uns.« Nathan konnte seinen Blick kaum von seiner Frau abwenden. Wie schön sie war, wie wunderbar ihre Stimme klang ...

»Es ist nicht wie in England«, meinte Hortie verlegen.

»Nein, das ist wohl wahr«, stimmte Nathan zu. »Aber Veränderungen können sehr positiv sein. Und da du nun einmal hier bist, sollten wir das Beste daraus machen.«

Da die neue Haushälterin keine Anstalten machte, das Zimmer zu verlassen, ging Nathan zur Tür und öffnete sie. »Vielleicht könntest du hinuntergehen und dich mit Orchid unterhalten. Sicherlich gibt es noch eine Menge in bezug auf die zukünftige Haushaltsführung zu klären.« Da auch dieser Wink mit dem Zaunpfahl keine Wirkung zu haben schien, setzte Nathan hinzu: »Ich glaube, Angus sucht dich auch schon. Ich denke, du siehst besser nach, ob er sich nicht aus dem Außengang davongestohlen hat. Nicht, daß er sich nachher noch auf unsere Polstermöbel erleichtert!«

»Oh! Angus hätt' ich ja beinahe vergessen!« Mit diesen Worten sauste Hortie förmlich aus dem Zimmer und zog die Tür lautstark hinter sich zu.

»Endlich allein«, murmelte Nathan. Gleichzeitig stürzten sie aufeinander zu und fielen sich in die Arme. »Das ist nicht ganz das, was ich mir unter Flitterwochen vorstelle.«

»Du meinst, du hast nicht so gerne eine englische Kammerzofe, die dich beobachtet, dabei?« Ihre Stimme klang nach Lachen. »Ich glaube, sie will mich nicht mit dir alleinlassen. Vielleicht denkt sie, sie könnte uns davon abhalten, diese Verbindung . . . ähm, inniger zu machen.«

»Zum Glück ist es dazu schon viel zu spät.« Er küßte sie lange und ausgiebig. »Du schmeckst besser als alle Delikatessen der Welt. Das ist erstaunlich.«

»Und du bist albern. Jetzt erzähl mir, was du in Cave Bay gehört hast! Ich hatte schon Angst, daß Crowe und Huntsford dich entdecken und zum Duell fordern!«

Nathan lachte. »Kann ich mich beim Reden umziehen?« Er drehte sich um und betrat, gefolgt von Adrienne, das Ankleidezimmer, wo er begann, sich die verdreckte Reitkleidung abzustreifen. Seine junge Frau setzte sich abwartend auf einen Hocker. »Ich habe erfahren, daß Hunty Höhenangst hat und sich außerdem nicht genügend vor der Sonne schützt.« Nackt griff er nach einem sauberen Hemd und spürte ihren Blick, der über seinen Körper glitt. »Hörst du mir überhaupt zu?«

»Hm?«

»Vorsicht, Süße. Ich zerre dich ins Bett und falle über dich her, wenn du nicht aufhörst, mich so anzustarren.«

»Im Ernst?« quiekte Adrienne hoffnungsvoll.

»Nun ja . . ., sobald ich etwas gegessen habe. Ich bin so gut wie ausgehungert!« Als er sein Hemd zuknöpfte, stellte er fest, daß sie sich wieder auf das Thema konzentrierte, und wurde ernst. »Ich glaube, es war kein Zufall, daß wir Crowe heute auf unserem Land entdeckt haben. Ich hatte den Eindruck, daß er den Besitz deines Vaters praktisch als sein Eigentum betrachtet, da Nicholai auf der anderen Seite der Erde lebt. Und ich habe keine Eile, ihn wissen zu lassen, daß er durch die neuen Besitzer beobachtet wird.«

»Was haben sie denn gesagt?« Adrienne sprang auf und lief ihm ins Schlafzimmer hinterher. Sie setzten sich auf die Stühle an Nathans Schreibtisch, wo er sich die Stiefel überstreifte. »Du machst mich wahnsinnig. Ich sterbe gleich vor Neugier.«

»Ich weiß. Und es gefällt mir.« Sein Grinsen war unverschämt. »Schon gut. Sie redeten über eine nachgemachte Schatzkarte, die Crowe gezeichnet hat, um sich Huntsford vom Leib zu halten.«

»Woher weißt du, daß sie falsch ist?«

Er zog eine seiner schwarzen Augenbrauen hoch. »Crowe behauptet, daß die Karte von Stede Bonnet stammt – jenem Gentleman-Piraten, der ein Jahrhundert zuvor die Gewässer zwischen Westindien und Amerika unsicher machte. Bonnet war von Barbados, und Crowe hat Harms offenbar überzeugt, daß der Pirat seine Reichtümer auf unserem Besitz vergraben hat.«

»Und du glaubst nicht, daß es möglich wäre?«

»Ich habe diesen Gedanken noch nicht einmal in Betracht gezogen.« Er schnaubte verächtlich. »Erstens kann ich mir nicht vorstellen, daß eine solche Karte hundert Jahre lang unentdeckt geblieben wäre. Irgend jemand hätte gewiß schon längst nach dem sogenannten Schatz gegraben. Zweitens kenne ich Xavier Crowe. Eine solche List ist ganz nach seinem Geschmack.« Er stand auf, nahm Adriennes Hand und zog sie in seine Arme. »Ich hasse es, über ihn zu reden. Er ist wie ein Schmutzfleck auf unserem Leben.«

»Ich weiß, aber rede bitte weiter.« Sie küßte ihn zur Ermutigung, dann gingen sie Arm in Arm zur Tür. »Ich bin nicht sicher, ob ich es richtig verstanden habe.«

»Crowe wird einen Weg finden, um Harms für seine Zwecke einzusetzen, aber er ist noch nicht bereit, ihn in seine wahren ›Geschäfte‹ einzuweihen. Also lenkt er Huntsford ab – indem er ihn in der Cave Bay Löcher buddeln läßt!«

»Hast du herausbekommen, warum Huntsford nach Barbados gekommen ist?«

»Ich hörte, wie sie über Walter Frakes-Hogg sprachen, der offenbar ein Geschäftspartner von Crowe war. Es sieht so aus, als hätte Frakes-Hogg Hunty von Xavier Crowe erzählt. Und das bestätigt meinen Verdacht, daß die beiden sich in Winchester nicht nur kannten, sondern auch regen Kontakt zueinander hatten.«

»Aber die Schlüsse, die man daraus ziehen kann, sind ja erschreckend.«

»Richtig. Ich denke, Hunty hat *geplant*, Frakes-Hogg in jener Nacht umzubringen.«

»Aber was will er denn nun hier auf Barbados?«

Er öffnete die Tür zum oberen Flur und erwiderte in einem leicht ironischen Tonfall: »Ich weiß nur, was er Crowe heute erzählt hat – daß er mich genauso verabscheut, wie sein Gastgeber es tut. Offenbar beabsichtigt Harms, dich aus den Händen des Bösen zu befreien.« Nach einer kleinen Pause setzte er hinzu: »Und natürlich ist das Geld auch ein Motiv, das man nicht vernachlässigen sollte. Hunty möchte gerne Geld scheffeln, ohne viel dafür tun zu müssen.«

Adrienne hatte Angst, daß ihr Mann die Unterhaltung beenden würde, da im Flur alles, was sie sagten, belauscht werden konnte. »Warte!« rief sie und packte ihn vorne am Hemd. »Ich habe heute etwas sehr Merkwürdiges gesehen, als ich mich in der Villa versteckt habe. Meinst du, dort könnte ein Geist umgehen? Victorias Geist vielleicht?«

»Machst du Witze? Nein. Gott, hab' ich einen Hunger!«

Adrienne ließ sich nicht ablenken. »Hast du noch mehr über Crowe erfahren?« drängte sie.

Seine Zähne blitzten im schattigen Dunkel des Korridors auf, als er grinste. »Wir gehen nächste Woche auf einen Ball. Major Carrington und seine Frau veranstalten eine Party, um Crop Over zu feiern. Das ist eigentlich ein Fest der Sklaven, das stattfindet, wenn das allerletzte Zuckerrohr geerntet worden ist, aber anscheinend ist Carrington bestrebt, aus diesem Anlaß ein Ereignis zu machen, das dem kaum vorhandenen gesellschaftlichen Leben der englischen Gemeinde auf Barbados etwas mehr Würze verleiht . . .«

»Und was hat das mit Huntsford und Crowe zu tun?«

»Sie wollen mit anderen Mitgliedern ihres Haushalts hingehen. Normalerweise würde ich es weder dir noch mir zumuten wollen, einen Abend mit der hiesigen höheren Gesellschaft zu verbringen, aber diesmal sollten wir es uns nicht entgehen lassen. Crowe hat Hunty versprochen, daß er dich auf der Party zu Gesicht bekommt. Ich glaube nicht, daß er von unserer Hochzeit weiß.« Nathan ging zur Treppe voran, von wo aus er schon den Duft des geschmorten Pfefferfleisches wahrnehmen konnte. »Im übrigen denke ich, daß ich als verheirateter Mann ein paar meiner Angewohnheiten ändern sollte, auch wenn ich in der Vergangenheit nichts mit konventionellen Vergnügungen zu tun haben wollte.«

»Verändere dich nicht zu sehr«, sagte Adrienne gespielt drohend. »Wenn du dich in einen verstaubten Gesellschaftslangweiler verwandelst, dann verzeih' ich dir das nie!«

Sie lachten noch, als sie die Treppe hinabstiegen und Angus unten auf sie warten sahen. Eine von den kleinen grünen Eidechsen, die Adrienne so ins Herz geschlossen hatte, baumelte aus seiner Schnauze.

Angus knurrte.

Bevor Nathan etwas sagen konnte, schrie Adrienne: »Du brauchst es gar nicht erst auszusprechen. Ich sage Hortie, daß sie Angus *unbedingt* in ihrem Zimmer halten muß.«

»Dieses verwöhnte Vieh hat wahrscheinlich meine Lieblingsechse ermordet.« Nathan funkelte den Terrier wütend an, der wiederum seinen Kopf senkte und noch lauter knurrte. »Ich hätte nie gedacht, daß ich so etwas einmal sagen würde, aber ich glaube, ich fange an, Hunty zu verstehen.«

»Nun ja, wenigstens hast du keine blauen Handschuhe.«

Wieder begannen beide zu lachen, diesmal so heftig, daß sie sich auf die Stufen setzen mußten. Angus ließ die Eidechse fallen und fing an zu kläffen.

Northmont, das Plantagenhaus, das Major Carrington und seiner Frau Honoria gehörte, stand auf einem Hügel in der Nähe von Speightstown. Dickstämmige Palmen mit breiten Wedeln und gewaltige Feigenbäume schützten das Haus, das im georgianischen Stil gebaut war und zu dem nur die Veranden an drei Seiten des Gebäudes nicht recht passen wollten. Vom Haupteingang aus konnten die Gäste auf die Karibische See weit unter ihnen blicken, und die untergehende Sonne machte den Anblick atemberaubend.

Adrienne, die zwischen Nathan und Zachary stand, bewunderte mit träumerischem Blick das vergoldete Meer, als sich die Tür öffnete und ein gutaussehender schwarzer Lakai sich vor ihnen verbeugte.

»Willkommen auf Northmont.«

Das Innere des Hauses war beinahe so faszinierend wie der Sonnenuntergang draußen. Sie betraten einen mit Marmor ausgelegten Eingangsflur, und Adrienne stellte sich auf Zehenspitzen und reckte den Hals, um in die Räume weiter hinten blicken zu können. Nathan erklärte ihr flüsternd, daß das gesamte Erdgeschoß von Northmont aus Gesellschaftsräumen bestand: unter anderem befanden sich ebenerdig ein prächtiger Ballsaal, ein geräumiger Speisesaal und die größte Bibliothek auf der ganzen Insel! Adrienne hatte bei all der konventionellen Pracht beinahe den Eindruck, als wären sie in Europa. Doch die schwüle Luft, die Düfte der verschiedenen einheimischen Speisen, die schwarzen Diener und die zahlreichen flackernden Sturmlampen erinnerten sie daran, daß dies Barbados war – nicht Gloucestershire oder das Loiretal.

Als sie auf den Ballsaal zugingen, hörten sie Musik: Violinen, Flöten, ein Cembalo und andere Instrumente, die zusammen wunderschöne, harmonische Melodien spielten. Exquisit gekleidete Gäste tanzten unter funkelnden Kerzenleuchtern, und Diener trugen gewaltige Tabletts und Schüsseln mit Gerichten in den Speisesaal, der an den Saal angrenzte.

»Du freust dich, daß wir hergekommen sind, nicht wahr?« flüsterte ihr Nathan ins Ohr.

Ein strahlendes Lächeln erschien auf Adriennes Gesicht. »Ja.« Sie hob den mit Perlen besetzten Saum ihres Atlaskleides und zeigte ihm ihren weißen Schuh, der in gespannter Vorfreude auf den Boden tappte.

Minter meldete sich zu Wort. »Sie sind ohnehin zu jung, um sich mit einem ältlichen Herrn wie Captain Raveneau einsperren zu lassen.«

Sie kicherte. »Ja, manchmal vergesse ich, daß mein Gemahl über dreißig ist. Kein Wunder, daß er nicht mehr mit mir tanzen mag!« Sie streckte ihre Hand nach Minter aus, der einen schlechtsitzenden Anzug trug. Sein widerspenstiges Haar stand am Hinterkopf ab. »Tanzen Sie, Zachary?«

Nathan riß sie an an sich. »Du bist eine verheiratete Frau! Die Leute werden zu reden anfangen, wenn du dich weiterhin mit Junggesellen abgibst.« Seine Mundwinkel zuckten, aber er versuchte, streng zu blicken, und das Ergebnis war beeindruckend. Mit seinem untadelig geschnittenen Frack und der gestreiften cremefarbenen Weste wirkte er ganz wie das Musterbeispiel des zivilisierten Piraten. Sein Gesicht war braungebrannt, und seine ozeanblauen Augen blitzten vergnügt. Sein schwarzes Haar sah aus, als hätte der Wind es in Form geweht.

Adrienne legte ihre Hand in einer besitzergreifenden Geste auf seine Hemdbrust. Eine Woche war seit ihrer Hochzeit vergangen, aber sie war mehr denn je bezaubert von seiner Ausstrahlung. »Wie könnte ich mich mit einem anderen abgeben als dir? Du siehst ausgesprochen appetitlich aus.«

»Danke gleichfalls, Mrs. Raveneau.« Sein Blick wanderte von ihren hochgesteckten kastanienbraunen Haaren, in die Seidenrosen geflochten worden waren, über ihr glückliches, ausdrucksvolles Gesicht bis zu ihrem eleganten Ballkleid aus weißer Seide, das ihre Schultern und viel von ihren Armen und ihrem Busen freiließ. Das Kleid war von Sally Ann, der Schneiderin aus Bridgetown, genäht worden, und sie hatte ebenfalls für ellenbogenlange Handschuhe gesorgt, die Adriennes neue weibliche Eleganz vervollständigten.

»Ah, da sind Sie ja, Captain Raveneau!« Ein hochgewachsener alter Herr mit rosigen Wangen kam raschen Schrittes auf sie zu. Er trug einen Rock, an dem ein ganzes Sortiment von diversen Abzeichen prangte. »Bitte vergeben Sie mir, daß meine Frau und ich Sie nicht gleich bei Ihrer Ankunft haben begrüßen können. Es herrscht ein enormer Andrang heute.«

»Aber, Major Carrington, wir sind doch gerade erst hereingekommen«, versicherte Nathan ihm. Dann stellte er dem alten Mann seine Frau und seinen Ersten Maat vor.

»Raveneau, Sie können sich wirklich glücklich schätzen, daß es Ihnen gelungen ist, dieses entzückende Wesen zu überreden, nach Barbados zu kommen.«

»Oh, ich kann wirklich sehr überzeugend sein«, erwiderte Nathan mit todernster Miene.

»Mein Mann hat so romantisch um mich geworben, daß ich einfach nicht widerstehen konnte. Niemals in meinem Leben werde ich vergessen, wie er um meine Hand angehalten hat. Es war so ... so poetisch.« Adriennes Augen blitzten schalkhaft. »Es war sehr, sehr nett von Ihnen, uns zum heutigen Abend einzuladen, Major Carrington. Ihr Haus ist ein Traum.«

»Gehen Sie hinein und tanzen Sie ein bißchen, bevor das Essen serviert wird.« Während sie sich auf den Ballsaal zubewegten, sagte Carrington plötzlich an Nathan gewandt: »Ich muß zugeben, daß es mich an Abenden wie diesen ein wenig verwirrt, Sie mit Captain Raveneau anzureden, mein Freund.«

»Äh ... wie meinen?«

»Ihr Vater ist hier, wußten Sie das nicht? Manchmal

vergesse ich, zu welchem von Ihnen ich denn nun gerade spreche.«

Nathan blinzelte. »Ich . . . ich bin gar nicht auf den Gedanken gekommen, daß Vater –«

»Oh, aber natürlich. André und ich kennen uns schon seit Jahren. Wir kämpften damals im Krieg um die Unabhängigkeit Amerikas auf gegnerischen Seiten, und ich habe mich sehr gefreut, als er meine Einladung für heute abend annahm!« Carrington deutete auf die offenen Türen, die zur Veranda hinausführten. »Ich glaube, Sie finden ihn dort draußen. Das letzte Mal, als ich ihn sah, wurde er von Lady McGrath belagert, die ihm alles über Ihre Hochzeit erzählte. Er schien es recht seltsam zu finden, daß sie eingeladen war, er aber nicht.« Der alte Mann zog eine seiner Augenbrauen hinauf.

»Nathan«, sagte Adrienne streng. »Du solltest besser mit deinem Vater reden. Ich kann mir vorstellen, daß er verletzt ist, weil wir die Hochzeit ohne ihn abhalten mußten.«

»Du hast recht«, sagte Nathan nickend. »Vielleicht tanzt Zach mit dir, bis ich zurückkomme.«

»Mach dir um mich keine Gedanken. Ich kann mich bestens allein amüsieren.« Sie schenkte ihm ein strahlendes Lächeln und sah ihm hinterher, als er sich seinen Weg am Rand der Menschenmenge zu den Verandatüren hin bahnte. Als sie sich umdrehte, um Zach etwas zu fragen, sah sie, wie er ein hübsches Mädchen angrinste, das mit seiner Mutter ein paar Schritte entfernt stand. »Zach, fordern Sie sie doch zum Tanzen auf«, flüsterte Adrienne.

Zachary wurde rot und schüttelte den Kopf, ließ sich aber schließlich doch überreden. Als er fort war, wich Adrienne zurück zur Wand und öffnete ihren Fächer. Sie fächelte sich im Takt der Musik Luft zu und beobachtete vergnügt lächelnd die Tänzer auf dem Parkett, bis sie plötzlich jemand ansprach.

»Verzeihen Sie –«

Adrienne drehte den Kopf und blickte in die riesigen dunklen Augen einer wunderschönen Frau, die in etwa in ihrem Alter sein mußte. »Guten Abend!« Die Frau in ihrem sichtlich teuren bestickten Ballkleid und den Straußenfedern in ihrem aufgesteckten Haar kam ihr seltsam bekannt vor.

»Ich hoffe, Sie finden es nicht zu dreist, daß ich Sie einfach so anspreche«, meinte die Fremde. »Aber ich wollte Ihnen sagen, daß Sie den schönsten Fächer haben, den ich je gesehen habe!«

»Er gefällt Ihnen? Das freut mich aber! Der Besitzer des Geschäfts, in dem ich ihn erstanden habe, hat mir gesagt, daß der Fächer von Marie Antoinette selbst in Auftrag gegeben wurde.«

»Oh, wie faszinierend.« Die Augen der schönen Frau weiteten sich. »Dann ist das ja eine echte Kostbarkeit!« Sie beugte sich zu Adrienne und flüsterte: »Haben Sie den Fächer zufällig bei Eugene Ralna gekauft? Meine Mutter war immer hingerissen von seinen Kreationen.«

»Ja! Genau getroffen. Ich finde zwar, daß er ein komischer, kleiner Mann ist, aber in seiner Branche ist er zweifellos einmalig.« Sie lachten beide, und Adrienne stellte mit einem Mal fest, wie sehr sie die Gesellschaft einer gleichaltrigen Frau vermißt hatte.

»Es ist lange her, daß ich jemanden wie Sie getroffen habe«, sagte die fremde, junge Frau. »Hier auf Barbados kann man sich manchmal schrecklich einsam fühlen.«

»Ich bin noch nicht lange auf der Insel«, erwiderte Adrienne. »Sie sind ursprünglich auch aus London?«

»Ja. Ich lebe nun seit vier Jahren hier.« Sie seufzte. »Ich vermisse England ... und meine Freunde.«

»Nun, vielleicht können wir beide Freundinnen werden.« Adrienne streckte ihre Hand aus. »Ich würde mich jedenfalls darüber freuen. Wissen Sie, ich habe das seltsame Gefühl, daß Sie und ich uns schon einmal irgendwo getroffen haben. Kann das sein?«

Ein Schatten huschte über das Gesicht der Frau. »Nein. Ich habe seit langem mit niemandem mehr Kontakt gehabt.«

Ihre Miene brachte Adriennes Erinnerung zurück. Vor ihr stand die Frau, die sie am Strand gewarnt und die sie für Victorias Geist gehalten hatte! »Warten Sie! Wir *haben* uns bereits getroffen. Ich weiß es noch . . ., es war am Strand in der Nähe von Tempest Hall. Ich habe Sie nur aus einiger Entfernung gesehen. Sie sagten mir, ich sollte nicht allein ausreiten, weil die Insel gefährlich sein könnte . . .«

Die Frau war so weiß wie ihr Kleid geworden. »Ich . . . ich weiß nicht mehr –«

»Und vor ein paar Tagen sind Sie an Victoria Villa vorbeigeritten. Ich dachte, daß Sie ein Geist wären, aber mein Mann hat mich ausgeschimpft, daß ich eine viel zu lebhafte Phantasie hätte.« Lachend legte Adrienne ihr eine Hand auf den Arm. »Sagen Sie mir, wie Sie heißen.«

Bevor die Frau ihr antworten konnte, kehrte Zach von der Tanzfläche zurück und baute sich beinahe trotzig vor Adrienne auf. Als diese sich ihm zuwandte, fragte er mit gepreßter Stimme: »Sie haben sich also schon miteinander bekannt gemacht?«

Beide schüttelten den Kopf und sahen einander an. Da Zach Schwierigkeiten zu haben schien, die offizielle Vorstellung vorzunehmen, ergriff die dunkeläugige Frau das Wort. »Mein Name ist Eloise Sinclair Crowe, und ich freue mich, Sie kennenzulernen, Mrs. . . .?«

Adrienne hätte fast laut nach Luft geschnappt. Himmel, hoffentlich konnte die andere ihr den Schrecken nicht vom Gesicht ablesen. »Ich . . . ich bin Adrienne Beauvisage –« Ihre Stimme wurde leiser. »Raveneau.«

Eloise sah sie verwirrt an. *»Raveneau?«*

»Ja. Ich habe vor kurzem Nathan Raveneau geheiratet.«

»Ich hatte befürchtet, daß Sie das sagen würden. Tief in meinem Herzen wußte ich es.« Tränen schimmerten in ihren wunderschönen Augen. »Und Sie sind glücklich, nicht wahr?«

»Ja.« Es tat Adrienne zutiefst leid, der anderen wehtun zu müssen.

»Natürlich sind Sie glücklich.« Eloise zwang sich zu einem bittersüßen Lächeln. »Wie könnte es anders sein?«

Kapitel 22

Als André Raveneau seinem Sohn zurück in den Ballsaal folgte, bemerkte er: »Du hast dich an deinem Hochzeitstag widerwärtig und gemein benommen, aber immerhin kann ich mich mit dem Wissen trösten, daß du deine Frau inzwischen nicht nur anders behandelst, sondern auch echte Zuneigung zu ihr zu empfinden scheinst. Die Vorstellung, daß Adrienne mit einem egoistischen Schuft zusammenlebt, würde mir gar nicht gefallen.«

»Ja, ich habe mich geändert«, erwiderte Nathan verärgert. Er warf seinem Vater einen knappen Seitenblick zu. »Du warst vermutlich das Musterbeispiel eines Verehrers und Ehemanns, richtig?«

»Nein, aber ich war auch noch jung und unerfahren.« André wanderte zu einer Wand des überfüllten Ballsaals, um die blaßgoldene Seide zu begutachten, die den ganzen Raum auskleidete. Auf die Seide waren Palmen gemalt, so daß der Saal von den schlanken Bäumen gesäumt zu sein schien. Nur sehr wenige Häuser auf Barbados waren derart reich ausgestattet, denn Material wie Seide verrottete viel zu schnell in der Feuchtigkeit.

»Aha. Warst du nicht älter als ich, als meine Schwester Mouette geboren wurde?«

Der ältere Raveneau wandte sich von der Wand ab und räusperte sich. »Kann schon sein.«

»Und ist Mouette nicht zufällig noch *vor* eurer Hochzeit zur Welt gekommen?« Nathan beobachtete, wie sein Vater widerwillig nickte. »Du warst doch noch ekelhafter als ich, Vater. Gib's schon zu.«

André lächelte, dann plötzlich fing er an zu lachen. »Ich glaube, es liegt an meiner glücklichen Ehe, daß ich die Jugendsünden aus meiner Erinnerung verbannt habe.« Sein Lachen erstarb, und endlich sah er seinem Sohn in die Augen. »Nathan, seit du erwachsen geworden bist, habe ich dich mit Ratschlägen meinerseits weitgehend verschont. Doch nun, da du verheiratet bist, möchte ich dir doch etwas sagen ...«

Nathan nickte nur und wartete respektvoll ab.

»Wenn du dich mit diesem Bereich deines Lebens – deine Beziehung zu Adrienne arrangierst, wenn du sie akzeptieren kannst, dann wird sich alles andere von allein finden. Und wenn eure Ehe erfüllend ist, dann wirst du bald feststellen, daß die Freuden des Junggesellenlebens verblassen. Die Ehe kann etwas Wunderschönes sein. Das Wichtigste im Leben!« Um seine Worte zu bekräftigen, berührte er den Arm seines Sohnes.

Nathan nickte. »Ich habe früher immer gedacht, daß ich niemals eine so wundervolle Ehe haben könnte, wie ihr sie führt, Vater. Adrienne war der gleichen Ansicht, was ihre Eltern betrifft. Und leider erkenne ich jetzt auch, daß ich mich von der Enttäuschung mit Eloise noch nicht so vollständig erholt habe, wie ich es gedacht hatte.« Lächelnd begann Nathan, den Ballsaal nach seiner Frau abzusuchen. »Aber alle Dinge brauchen Zeit. Adrienne und ich sind diese Verbindung aus ganz anderen Gründen eingegangen. Keiner von uns hat etwas erwartet, doch nun glaube ich, beginnen wir, uns ineinander zu verlieben.«

»Deine Mutter wird vor Freude in Ohnmacht fallen, das dürfte dir klar sein.«

»Ist es. Oh, Vater, es gibt noch etwas, über das ich mit dir sprechen möchte. Es geht um die *Golden Eagle.* Könntest du uns zu Hause besuchen?« Nathan sprach geistesabwesend, während sein Blick Adrienne suchte. Dann wurde seine Miene plötzlich düster. »Ich hätte es besser wissen müssen. Wieso habe ich sie nur allein gelassen?«

»Was ist los? Kannst du sie nicht entdecken?«

»Oh, doch«, erwiderte Nathan grimmig. »Sogar sehr deutlich. Sie unterhält sich mit Eloise.«

»Eloise Sinclair – Crowe?« André folgte verdattert Nathans Blick. »Aber ich wußte gar nicht, daß sie sich kennen –«

»Taten sie auch nicht, bis ich ihnen ein paar Minuten lang den Rücken zugekehrt habe!« Schon setzte sich Nathan in Bewegung. André zögerte, entschied dann aber, seinem Sohn nicht zu folgen. Nathan erreichte die beiden Frauen kurz nach Zachary.

»Oh, Nathan!« Eloises Gesicht nahm eine tiefrote Farbe an. »Ich habe gerade deine charmante Frau kennengelernt.«

»Ja, das sehe ich«, sagte er knapp.

»Wir wußten es nicht«, setzte Adrienne hastig hinzu. »Ich meine, wir haben uns einfach unterhalten, als Zachary plötzlich auftauchte und –«

Eloise wandte sich nervös an Minter. »Ich habe noch nicht gesagt, wie sehr ich mich freue, Sie wiederzusehen, Zachary. Es ist lange her.«

Auch Zacharys Gesicht war leuchtendrot. »Ja, Miss Sinclair – ich meine, Mrs. Crowe.«

Bevor Nathan etwas sagen konnte, richtete Eloise ihre

wunderschönen, feuchten Augen auf ihn. »Ich wußte nicht, daß ihr verheiratet seid.« Sie versuchte zu lächeln. »Es ist ein Glück, wenn man wahre Liebe findet.«

»Ja«, antwortete er, ohne eine Gefühlsregung zu zeigen. Doch sein Inneres war in Aufruhr. Sein Herz tat weh, und er verabscheute das Gefühl. »Schau, Eloise, ich glaube kaum, daß es deinem Mann gefällt, wenn wir beide uns unterhalten. Also ... wir wünschen dir noch einen schönen Abend.«

»Sicher«, flüsterte sie.

Adrienne legte der anderen Frau eine Hand auf den Arm. »Warum können wir denn nicht Freundinnen sein? Sollten Frauen nicht über den kleinlichen Differenzen, die ihre Männer miteinander haben, stehen?«

Eloise wirkte trauriger denn je. »Ich glaube, in diesem Fall –«

»Nein, das akzeptiere ich nicht. Sie werden zum Tee kommen. Oder ich komme. Ich schreibe Ihnen.« Adrienne hielt inne und sah Eloise mit blitzenden Augen an. »Im übrigen kenne ich Ihren Gast, Lady Thomasina, recht gut. Ich möchte sie gerne wiedersehen.«

»Sie ist auch hier ... irgendwo.« Mit einem leeren Lächeln blickte Eloise sich um. »Ein schreckliches Gedränge, nicht wahr? Und doch macht es Spaß. Es war mir ein Vergnügen, Sie kennenzulernen, Mrs. Raveneau. Es wäre schön, sich zum Tee wiederzusehen, aber mein Mann ist sehr eigen, was Gäste betrifft. Guten Abend.«

Nathan war sehr blaß unter seiner Sonnenbräune, als er Eloise hinterhersah. In ihm tobten widersprüchliche Gefühle, aber er hatte keine Zeit mehr, mit Adrienne zu reden, denn in diesem Moment wurde das Essen angekündigt, und die Gäste bewegten sich in Richtung Speisesaal. Dann wurden sie getrennt, und Nathan fand sich an einem riesigen Tisch zwischen Bekannten wieder, während sich Adrienne ihm gegenüber mit zwei rumseligen Pflanzern unterhielt. Das Dinner war reichhaltig; es gab Spanferkel, Hammel, drei verschiedene Sorten Geflügel und Unmengen von Schellfisch. Nathan wußte nicht, wofür er sich entscheiden sollte, und griff schließlich nur zu einem Stück Schweinefleisch, Brotfrucht, Maispudding und einer Scheibe warmen Brotes mit Guavengelee. Dazu schenkte man ihm kräftigen Madeira ein.

Während des Essens ließ sich Nathan in eine hitzige Debatte über die Sklaverei hineinziehen, in der er zu seinem eigenen Erstaunen die Partei der Schwarzen ergriff. »Die Sklaven wollen frei sein! Das haben wir bei dem Aufstand 1816 deutlich genug zu spüren bekommen«, argumentierte er. »Wir alle wissen, daß sie im Recht sind. Wir können nicht länger Ausreden vorschieben.«

Lord McGrath hatte eine tiefrote Gesichtsfarbe angenommen. »Meine Sklaven haben bei der Revolte nicht mitgemacht!« brüllte er. »Sie wüßten doch gar nicht, was sie mit sich anstellen sollten, wenn sie frei wären! Diese Nigger können nicht für sich selbst sorgen! Sie sind von mir abhängig!«

»Sie belügen sich selbst, Mylord«, erwiderte Nathan ruhig. »Wir reden uns solche Dinge nur ein, damit wir uns morgens im Spiegel ansehen und ruhigen Gewissens jeden Sonntag in die Kirche gehen können. Tief in unserem Inneren wissen wir alle ganz genau, daß die Sklaven Menschen sind wie wir alle auch. Wenn wir wollen, daß sie für uns arbeiten, dann müssen wir ihnen schon selbst die Wahl lassen. Und sie bezahlen.«

Ein anderer Pflanzer mischte sich ein. »Wir wissen aber auch alle, daß die Zuckerindustrie auf Barbados an Bedeutung verliert. Der Boden ist ausgelaugt, und andere Inseln machen uns Konkurrenz. Wenn wir die Sklaven befreien oder ihnen Lohn zahlen müssen, dann verlieren wir unsere Plantagen.«

»Ich habe nicht behauptet, daß es leicht werden wird. Aber der Weg ist der richtige«, sagte Nathan.

Ein paar Plätze entfernt erhob sich Major Carrington mit seinem Glas in der Hand. »Mir scheint, daß ein Streit auszubrechen droht, und so ist es an mir, die Gemüter zu besänftigen.« Er lächelte jovial. »Immerhin bin ich Ihr Gastgeber, und ich möchte meine Gäste doch lieber lachen sehen. Wir sind zusammengekommen, um Crop Over zu feiern. Also, meine Damen und Herren, lassen wir unsere Sorgen und Differenzen doch draußen vor der Tür, einverstanden?«

»Hört, hört!« rief Xavier Crowe vom anderen Ende des Tisches.

Carrington wirkte ein wenig peinlich berührt. Nathan nahm an, daß er Crowe nur wegen der anderen Personen in seinem Haushalt eingeladen hatte. Gerade Honoria Carrington war bekannt für ihr großes Herz und ihr Bestreben, jeden Neuankömmling auf Barbados willkommen zu heißen.

»Da fällt mir gerade ein, Crowe«, fuhr Carrington mit lauter Stimme fort, »daß ich noch gar nicht auf Lady Thomasina Harms und ihren Sohn, Lord Harms, getrunken habe. Sie sind erst vor kurzem von Hampshire in England gekommen.«

Überall am Tisch wurden Gläser gehoben, und das Kristall blitzte im Kerzenlicht auf, während ein Gemurmel von Begrüßungsworten und guten Wünschen einsetzte. Weit entfernt von Nathan erhob sich Lady Thomasina mit Hilfe ihres blonden Sohnes von ihrem Stuhl. Sie trug einen juwelenbesetzten Turban ein altmodisches, unförmiges Kleid und hatte viel zu viel Rouge aufgelegt. Huntsford hatte blaue Handschuhe an. Mutter und Sohn lächelten, nickten in die Runde, und man hob erneut die Gläser.

Nathan lehnte sich in seinem Stuhl zurück, denn er hatte noch keine Lust, mit den Harms' Blickkontakt herzustellen. Seine Frau ihm gegenüber machte den Eindruck, als würde sie erst jetzt begreifen, daß sie alle auf derselben Insel waren.

Nun sprach Lord Carrington den nächsten Toast aus und stellte seinen Gästen die neue Mrs. Raveneau und ihren Schwiegervater vor. Weitere Begrüßungen und Trinksprüche folgten.

Während Nathan lächelnd zuhörte und -sah, spürte er plötzlich, daß er beobachtet wurde. So unauffällig wie möglich, ließ er seinen Blick über die Gäste wandern, bis er bei Eloise ankam. Eine ganze Weile starrten sie sich an, während Nathan immer unruhiger wurde. Mit einem Mal wurde ihm bewußt, wie wenig Kontakt sie gehabt hatten, seit sie verheiratet war.

Es tat immer noch teuflisch weh, an jene Wochen im Jahre 1814 zurückzudenken, als er sich in jene scheue, elegante Schönheit verliebt und alles daran gesetzt hatte, ihr Herz zu gewinnen. Es war das erste Mal gewesen, daß er eine Frau mehr begehrt hatte, als sie ihn. Er hatte die Aufregung und das Kribbeln dieser Herausforderung geliebt, und jedes Wort von ihr, jeder züchtige Kuß, jeder Blick aus ihren dunklen, großen Augen hatte ihn mit unbeschreiblicher Freude erfüllt. Eloise war so zart und so unsicher gewesen, daß er sich nichts mehr gewünscht hatte, als sie beschützen zu dürfen. Dann war Crowe aufgetaucht und hatte begonnen, sie hartnäckig und aggressiv zu umwerben, und Nathan war außer sich vor Zorn gewesen.

Wie hatte sie sich nur in einen solchen Schurken wie Crowe verlieben können? Nathan wußte darauf noch immer keine Antwort. Obwohl sie ihn damals mit ihrem knappen Abschiedsbrief gewaltig in seinem Stolz verletzt hatte, so hatte er doch genug für Eloise empfunden, um sich Gedanken darüber zu machen, ob sie vielleicht nicht freiwillig mit dem anderen gegangen war. Also war er den beiden gefolgt. War er ein Narr gewesen, als er sie aus Crowes Händen hatte befreien wollen?

Nun, da sie sich quer über den ganzen Tisch in die Augen sahen, stieg all der Schmerz wieder in ihm auf und trat an die Oberfläche. Ihre Zurückweisung auf dem Deck von Crowes Schiff, als er sich anerboten hatte, um sie zu kämpfen, falls es nötig sein sollte, hatte ihn direkt ins Herz getroffen. Wenn ein scheinbar so gutherziges, zartes Mädchen wie Eloise so falsch sein konnte, warum sollte ein Mann dann überhaupt lernen zu lieben?

Inwiefern hatte seine Besessenheit, Crowe ein für allemal das Handwerk zu legen, mit Eloise zu tun? Es war durchaus möglich, daß er gehofft hatte, Eloise für sich zurückgewinnen zu können, wenn sich am Ende herausstellte, daß sie einen Verbrecher geheiratet hatte. Gott sei Dank war Adrienne in sein Leben getreten. Er wußte nun, daß er einen ganz anderen Typ Frau gebraucht hatte.

Es war nicht zu übersehen, daß Eloise Sinclair Crowe nicht glücklich war, aber Nathan konnte aus dieser Tatsache keine Befriedigung ziehen. Was sollte er nun unternehmen? Sollte er Adrienne überzeugen, daß sie sich von Eloise abwenden sollte, ganz so wie diese sich damals von ihm abgewandt hatte?

Offenbar waren nun alle Toasts ausgesprochen worden, und Honoria Carrington, die zu seiner Rechten Kuchen mit Zuckerglasur aß, holte Nathan wieder in die Realität zurück. »Würden Sie mit Ihrer Gastgeberin tanzen?« fragte sie lächelnd. »Dadurch signalisieren wir den anderen Gästen, daß sie in den Ballsaal zurückkehren können, wenn sie möchten.«

»Es ist mir eine Ehre, Mylady.« Er erhob sich und bot ihr seinen Arm. Als sie an Adrienne vorbeigingen, blinzelte Nathan ihr zu und bekam als Belohnung ein strahlendes Lächeln von seiner Frau.

Adrienne machte es sich in ihrem Stuhl bequem, um auf Nathans Rückkehr zu warten, als sie plötzlich sah, daß Lady Thomasina ganz allein am Tisch saß und sich Luft zufächelte. Einen Moment später ließ Adrienne sich auf den Stuhl neben der alten Dame gleiten und legte ihr eine Hand auf den Arm.

Ihre Ladyschaft stieß einen erschreckten Schrei aus. »Was ... was wollen Sie?«

»Erkennen Sie mich denn nicht? Ich bin Adrienne Beauvisage ... Miss Beau!«

»Heiliger Strohsack, Sie sind es ...« Zitternd vor Aufregung beugte Lady Thomasina sich vor und streckte die Hand aus, um Adriennes Gesicht zu berühren. Der abgestanden riechende Puder aus ihrer Perücke rieselte auf ihre beiden Kleider. »Hunty wird sich schrecklich freuen. Er ist gekommen, um nach Ihnen zu suchen, wußten Sie das? Und Sie haben mir sehr, sehr gefehlt, mein liebes Kind.«

Adrienne empfand eine Woge von Zuneigung und Mitleid. Lady Thomasina wirkte verwirrt und seltsam unkonzentriert, und Adrienne kam es vor, als wäre es mit dem Verstand der alte Frau in den Monaten, die seit der Flucht von Harms Castle verstrichen waren, rapide bergab gegangen. »Auch Sie haben mir gefehlt, Mylady. Wie steht es um Ihre Gesundheit?«

»Schlecht. An manchen Tagen komme ich gar nicht mehr aus dem Bett.« Ihr glasiger Blick wanderte wieder ins Leere. »Dieser gemeine Schurke hätte Sie niemals von meinem Schloß wegbringen dürfen.«

»Nathan hat sich mir gegenüber tadellos verhalten.« Sie brach ab, als Lady Thomasina schmollend die Lippen schürzte und demonstrativ den Kopf abwandte. »Wußten Sie, daß Angus jetzt bei uns ist?«

Diese Neuigkeit ließ ihre Augen aufleuchten. »Wirklich, Miss Beau? Wie geht es meinem Liebling? Ist er so süß wie immer?«

In diesem Augenblick tauchte Huntsford Harms neben ihnen auf. »Ah, Adrienne! Sie können sich nicht vorstellen, wie oft ich von diesem Moment geträumt habe. Seitdem dieser elende Hund Sie aus dem Fenster gehoben und verschleppt hat, habe ich mir um Ihr Wohlergehen Sorgen gemacht –«

»Das bezweifle ich«, antwortete Adrienne knapp.

»Ich habe eine weite Reise unternommen, nur um es Ihnen zu beweisen. Tanzen Sie mit mir?«

Adrienne nickte. Wenn sie mit Huntsford tanzte, konnte sie ihm die Meinung sagen, ohne daß Lady Thomasina etwas mitbekam. Ihre Ladyschaft strahlte über das ganze Gesicht, als Adrienne aufstand und sich von Lord Harms zum Ballsaal führen ließ. In einer Ecke des Saales stand Xavier Crowe neben seiner Frau und beobachtete jede Bewegung der beiden.

Als die Kapelle einen Walzer zu spielen begann, und Huntsford Adriennes Hand nahm, sagte sie: »Ich war ziemlich überrascht, als ich hörte, daß Sie und Ihre Mutter nach Barbados gekommen sind. Sind Sie sicher, daß Lady Thomasina das Klima vertragen kann?«

Er neigte den Kopf zur Seite. »Tja, wer kann das schon sagen? Sie ist sehr alt, und niemand entgeht dem Tod, ist es nicht so? Aber wenn Sie so besorgt um ihre Gesundheit sind, wie konnten Sie dann einfach ohne ein Wort des Abschieds verschwinden und sie allein lassen?«

»Sie ist nicht meine Mutter, sondern Ihre!«

»Sie sind für sie wie eine Tochter!« Sein bewundernder Blick glitt über ihr Gesicht. »Sie wissen doch, daß meine Mutter am schnellsten wieder gesund werden würde, wenn sie miterleben dürfte, wie Sie und ich –«

»Oh, Huntsford, das ist leider nicht mehr möglich. Haben Sie es denn noch nicht gehört? Nathan und ich haben geheiratet!« Sie sah ihn einen Moment an, dann setzte sie mit fester Stimme hinzu: »Wir haben erkannt, daß wir schon lange ineinander verliebt sind. Ich bin sehr glücklich.«

Das Tempo des Walzers steigerte sich. Muskeln zuckten in Huntsfords jungenhaftem, weichen Gesicht, doch er schaffte es, sein Lächeln aufrechtzuerhalten. »Wann hat die Hochzeit stattgefunden?«

»Ich sehe keinen Grund, warum ich diese Sache mit Ihnen besprechen sollte. Sie wünschen uns ja offenbar kein Glück! Im übrigen habe ich eine Menge Fragen, die die Ereignisse auf Harms Castle betreffen. Ich bin leider zu der Auffassung gekommen, daß Sie nicht, wie Sie immer behauptet haben, mein Freund waren, sondern sich mit Walter Frakes-Hogg verbündet haben. Frakes-Hogg, der mir etwas antun wollte! Und nun wohnen Sie im Haus von Xavier Crowe, der der Erzfeind meines Gemahls ist. Und Sie erwarten allen Ernstes, daß ich Ihnen gegenüber freundlich bin?«

»Nun machen Sie nicht gleich eine Szene.« Huntsford verzog beleidigt das Gesicht. »Sie wissen doch, wieviel ich für Sie empfinde! Ich habe Ihnen das Leben gerettet! Ich sagte Ihnen doch schon, was Sie mir bedeuten, aber –«

»Es ist nicht nötig, daß Sie sich um mich Gedanken machen«, unterbrach Adrienne ihn barsch. Plötzlich kam ihr der Ballsaal viel zu warm vor, und Huntsford wirbelte sie so schnell herum, daß ihr schwindelig war. »Ich schlage vor, daß Sie sich lieber um Ihre Mutter kümmern, denn die braucht Ihre Aufmerksamkeit weit dringender als ich.«

Nur einen Lidschlag lang huschte etwas über sein Gesicht, daß ihr eine Gänsehaut verursachte. Bevor einer von ihnen etwas sagen konnte, tauchte Nathan hinter Huntsford auf und tippte ihm auf die Schulter. Erleichtert trat Adrienne zurück und ließ ihr Gegenüber los.

»Ich wollte meine Frau abholen«, sagte Nathan mit einem kühlen Lächeln.

Adrienne war überglücklich, seinen Arm nehmen zu können. Neben dem von der Sonne verbrannten Engländer wirkte ihr Mann verwegener und attraktiver denn je.

»Anscheinend haben Sie gewonnen, Essex«, murmelte Huntsford, während die Tanzpaare um sie herumwirbelten.

»Oh, haben Sie es für einen Wettkampf gehalten? Sie Armer. Kein Wunder, daß es nicht so funktioniert hat, wie Sie es sich vorgestellt hatten.« Nathan zog amüsiert eine Augenbraue hoch. Bevor er seine Frau davonführte, drehte er sich noch einmal zu Huntsford um und fügte hinzu: »Meine Name ist Raveneau, aber das wissen Sie natürlich sehr gut. Gute Nacht!«

Durch die Palmen war das Meer zu sehen, das im Mondlicht schimmerte. Der Strand erstreckte sich wie ein weißes Band zwischen Klippen und Wasser, und die Wellen rollten sanft am Ufer aus. Die Luft war warm und duftete nach Blumen und Salz.

»Es gibt Augenblicke, da denke ich, daß Barbados ein Märchenland sein muß«, flüsterte Adrienne. »Es war eine wunderbare Idee von dir, heute abend hierher zu fahren.« Adrienne war barfuß und hielt Nathans Hand, während sie mit der anderen den Saum ihres Abendkleides gerafft hatte. In der Ferne funkelte das Wasser, in dem sich Millionen Sterne spiegelten.

Nathan, der nur noch seine dunklen Hosen, sein Hemd und die Weste trug, erwiderte ihr Lächeln. Seine Hand umschloß die ihre fester, als er sie in seine Arme zog. »Du hast gesagt, du wolltest noch einmal an den Strand, um zu schwimmen, und irgendwie schien mir dies genau der richtige Moment.«

Sie schmiegte sich an ihn und schlang ihre Arme um

seinen Nacken. Eine allumfassende Zufriedenheit überkam sie, als sie sich küßten. »Können wir uns über ein paar Dinge unterhalten, bevor wir ... schwimmen?«

»Natürlich.« Nathan zog die Hosenbeine bis zu den Knien hoch, und sie wateten durch das seichte Wasser. Es hatte etwas wunderbar Dekadentes an sich, mit aufwendiger Abendkleidung durch das Meerwasser zu wandern. »Um was geht es?«

»Eloise.«

Nathan schwieg einen Moment nachdenklich. Dann nickte er, sah Adrienne aber nicht sofort an. »Ich hätte mir denken können, daß du irgendwann mehr über sie wissen möchtest. Und ich hätte es dir erzählen sollen, ohne daß du mich erst danach fragen mußt.« Er brach ab, drückte ihre Hand kurz, dann hob er sie an die Lippen. »Ich glaube, bis zu dem heutigen Abend habe ich alles getan, um sie aus meinen Gedanken zu verbannen ... Mir ist einfach nicht in den Sinn gekommen, daß sie in deinen herumspuken könnte.«

»Bitte, Nathan, erklär es mir, ja? Was war zwischen euch, und was ist noch da?«

Sie wanderten weiter durch das knöcheltiefe Wasser, während Nathan überlegte, wie er anfangen sollte. »Wir lernten uns in London kennen, wie du ja, glaube ich, schon gehört hast. Ich war zur Hochzeit meiner Schwester Lindsay hingefahren, und ein gemeinsamer Freund stellte uns einander vor.« Er legte den Kopf in den Nakken und blickte zu den Sternen hinauf.

»Und wie paßt Xavier Crowe ins Bild?«

»Er sah uns eines Abends miteinander tanzen. Eloise liebte gesellschaftliche Ereignisse, und obwohl ich hätte wissen müssen, daß wir nicht im geringsten zueinander paßten, war ich bezaubert von ihr. Sie hatte etwas an sich, das meinen Beschützerinstinkt weckte ...«

Adrienne rümpfte die Nase. »Ich glaube kaum, daß das als Basis für eine Ehe ausreichend ist.«

»Womit du absolut recht hast, Liebling. Es wäre eine Katastrophe geworden obwohl ich befürchte, daß Eloise es nicht schlimmer hätte treffen können als mit Crowe.« Er blieb stehen und nahm auch Adriennes andere Hand in seine. Mit behutsam gewählten Worten erzählte er ihr, daß Eloise sich vor seiner stürmischen Leidenschaft und seinem unsteten Lebenswandel beinahe gefürchtet hatte, während ihr Crowes Reichtum und Charme wahrscheinlich weniger riskant vorgekommen waren. Zumindest hatte Zachary diese Vermutung angestellt. »Crowe überschüttete sie mit teuren Geschenken und machte ihr wohl auch eine Menge Versprechungen. Als sie mit ihm fortging, war ich von ihrer Zurückweisung zuerst wie gelähmt, aber bald schon fragte ich mich, ob er sie vielleicht mit Drohungen dazu gebracht hatte, mir das anzutun.«

»Du hast versucht, sie zu retten?« Adrienne hatte Mühe, den Klumpen in ihrer Kehle hinunterzuschlucken, als sie sich vorstellte, wie tief seine Gefühle für sie gewesen sein mußten.

»Ja.« Er redete in beiläufigem Tonfall weiter. »Ich verfolgte sie. Ich hätte eine Seeschlacht veranstaltet, wenn es nötig gewesen wäre, aber Crowe lud mich ein, an Bord zu kommen, um mich selbst zu vergewissern, daß es Eloise gutging. Ich konnte es noch immer nicht glauben! Dann forderte ich ihn zum Duell, aber Eloise verbot es. Und schickte mich weg.«

Adrienne spürte den Schmerz, als wäre es ihr eigener. »Und all die Jahre hast du sie geliebt?«

»Nun, ich begreife langsam, daß ich erst lernen muß, was Liebe ist.« Ein selbstkritisches Lächeln huschte über seine Lippen. »Und ich erkenne jetzt auch, daß diese alte Geschichte die ganze Zeit über noch viel tiefer gesessen hat, als ich es geglaubt habe. Es war nicht leicht, mit ihr und Crowe auf ein und derselben Insel zu leben, und um allem aus dem Weg zu gehen, was mich an Eloise erinnern könnte, flüchtete ich, sooft ich konnte, mit der *Golden Eagle* hinaus auf See.«

»Glaubst du, daß Eloise ein Grund dafür ist, daß du Crowe so haßt?«

Er biß sich auf die Lippe, und sie setzten sich wieder in Bewegung. »Wer weiß? Ja, vielleicht. Aber ich habe ihn schon vorher verabscheut. Ich bin mir sicher, daß ich recht habe, was die gestrandeten Schiffe und die ertrunkenen Seeleute angeht!« Einen Moment lang schwieg Nathan, und nur das leise Plätschern des Wassers war zu hören. »Ich möchte dir aber noch etwas Wichtiges sagen, Adrienne. Heute abend habe ich erkannt, wie sehr ich mich verändert habe, seit du in mein Leben getreten bist. Deine Liebe hat meine alten Wunden geheilt ... und mir geholfen, mich selbst zu verstehen.«

Adriennes ganzer Körper begann zu kribbeln. Er hatte das Wort Liebe ausgesprochen! Sicher, er hatte nicht gesagt, daß er sie liebte, aber sie konnte spüren, daß sein Widerstand zu schmelzen begann. »Auch du hast mir geholfen, mich selbst zu verstehen«, sagte sie. »Und ich glaube, ich bin erwachsen geworden.«

»Ich denke, wir beide sind uns sehr ähnlich. Du und ich haben beide stets versucht, uns gegen jede Art von Zwang und Einschränkung aufzulehnen.«

»Vielleicht ist genau das der Grund, warum wir beide uns mit der Hilfe des anderen verändert haben, *weil* wir uns so ähnlich sind!« Adrienne brach ab, um ihren Mut zusammenzusammeln. »Ich ... ich wollte dich noch etwas fragen, Nathan. Die ... die Kleider, die du an Bord der *Golden Eagle* hattest ...«

»Ja?« Nathan konnte nicht widerstehen, sie zappeln zu lassen.

»Gehörten sie Eloise?«

Ihre kleinlaute Stimme drang direkt in sein Herz. »Das hast du wirklich geglaubt? Liebste Adrienne, Eloise war niemals mit mir auf See. Ich habe nicht mit ihr geschlafen; ich hätte ihr das niemals antun können, bevor wir nicht verheiratet gewesen wären. Ich will nicht behaupten, daß noch nie eine Frau in dieser Kabine gewesen ist, aber im Grunde genommen habe ich immer die Segel gesetzt, um irgendwelchen Liebesbeziehungen zu *entgehen.*« Er sah sie lächelnd an. »Die Kleider gehören meiner süßen Schwester Lindsay. Sie hat sie aus Versehen an Bord vergessen, als ich sie das letzte Mal von England nach Connecticut brachte, wo sie unsere Eltern besuchen wollte.«

Adrienne mußte plötzlich lachen. »Hast du eigentlich eine Ahnung, wie eifersüchtig ich die ganze Zeit über gewesen bin?«

»Hm. Vielleicht.« Er stimmte in ihr Lachen ein, doch dann hörte er plötzlich abrupt wieder auf. Der Anblick von Adrienne, wie sie in ihrem glänzenden Kleid im Mondlicht stand, war atemberaubend. Wie mochte sie wohl aussehen, wenn sie nur noch die Seidenrosen in ihrem Haar trug ...?

»Ich könnte jetzt schwimmen gehen«, verkündete er.

»Gerne. Bist du sicher, daß niemand in der Nähe ist?«

»Ja, aber um dir deine Befürchtungen zu nehmen – ich kenne eine vollkommen abgeschlossene kleine Bucht, die nicht einsehbar ist. Komm, meine Süße, es ist nicht weit.«

Ihr Herzschlag beschleunigte sich, als sie um eine kleine Landzunge herumgingen und eine Bucht betraten, die vollständig von hohen, schlanken Palmen gesäumt wurde. Es war, als wäre dieser Strand ganz für sie allein geschaffen worden.

Nathan streifte sich seine Kleider ab, während Adrienne verträumt ins Wasser blickte. »Der Gedanke daran, daß wir wirklich schwimmen gehen, kommt mir –« Ihre Stimme brach ab, als sie sich umdrehte und ihren Mann komplett nackt vor sich sah. Sein Körper erschien ihr herrlicher und begehrenswerter als je zuvor.

»Was wolltest du gerade sagen?« Sein schelmisches Grinsen blitzte in der Dunkelheit auf.

»Ich ... ähm ... weiß nicht mehr.« Sie spürte das Blut in ihre Wangen steigen. »Ich glaube, ich meinte, daß der Gedanke, jetzt schwimmen zu gehen, mir irgendwie ganz richtig und natürlich vorkommt, gleichzeitig aber auch ... unanständig!«

»Aber wieso denn das? Du bist eine verheiratete Frau, und der Mann an deiner Seite ist dein Angetrauter.«

»Wie schön du das sagst. Ich glaube, die Ehe ist romantischer, als ich es mir je habe vorstellen können.« Nathan hatte sich hinter sie gestellt, um ihr das Kleid im Rücken aufzumachen, und als seine Finger ihren Nacken berührten, wurden ihr die Knie weich. »Warte! Halt dein Hemd hoch, während ich mich ausziehe.«

Nathan schüttelte in Gedanken den Kopf. Die letzte Woche hatte sie sich in seinem Bett wie eine Löwin gebärdet, und jetzt ...? Er würde sie wohl niemals verstehen. Aber irgendwie schien das die Anziehungskraft, die sie auf ihn ausübte, nur zu verstärken ...

Grinsend wanderte er zu seinen Kleidern zurück und hob sein Hemd auf, dann wandte er sich zu ihr um und hielt das Hemd mit ausgestreckten Armen vor sie, damit sie sich im Schutz des Stoffes ausziehen konnte. Als Kleid, Strümpfe und Unterwäsche zu ihren Füßen lagen, spähte sie spitzbübisch über den Rand des provisorischen Vorhangs.

»Mach die Augen zu.«

Er seufzte vernehmlich, gehorchte aber.

»Jetzt kannst du sie wieder öffnen!« Ihre Stimme klang weit weg, und als er die Augen aufschlug, sah er sie aus dem Wasser winken. Er ließ das Hemd fallen und sprang kopfüber ins Meer.

Ihr Gesicht leuchtete, und ihre nasse Haut glänzte, und Nathan fand, daß sie nie schöner, nie glücklicher ausgesehen hatte. Als Nathan sie erreicht hatte, legte sie ihm die Hände auf die Schultern und murmelte: »Oh, das Wasser ist herrlich. Es ist so warm.«

»Ich weiß. Das ist einer der Gründe, warum ich Barbados so liebe. So nah wie hier kann man nirgends auf der Welt dem Himmel kommen ...« Er hielt inne und legte ihr eine Hand an die Wange. »Jedenfalls dachte ich das in unserer Hochzeitsnacht.«

Adrienne kam näher, schlang ihre Arme um seinen Nacken und schmiegte sich an ihn, so daß Nathan unwillkürlich seufzte. Getragen vom Salzwasser und liebkost von der lauen Nachtluft hielten sie einander umarmt und küßten sich. Sie hatten keine Eile.

Nach einer Weile machte Adrienne sich los und schwamm ein Stück von ihm weg. Sie löste ihr Haar, tauchte unter und ließ sich anschließend auf dem Rücken liegend treiben. Sie blickte in den sternenübersäten Sommerhimmel, während die Seidenrosen sanft an ihren Lokken zupften. Sie fühlte sich glücklich und frei, und das warme Wasser, das ihre nackten Glieder umspülte, erregte sie.

Auch Nathan schwamm ein wenig in der Bucht umher, doch er ließ seine Frau keinen Moment aus den Augen. Als sie sich auf dem Rücken treiben ließ, schwamm er zu ihr hinüber, schlang einen Arm um sie und senkte den Kopf. Seine Lippen liebkosten ihre Brüste, und als er die Spitzen erreichte, waren sie hart und geschwollen. Er nahm Adrienne in die Arme und schwamm mit ihr ans Ufer. Seine Hände glitten um ihre schmale Taille, dann wanderten sie zu ihren Schenkeln. Sanft drückte er ihre Beine auseinander und begann, sie zärtlich zu liebkosen, bis sie aufstöhnte. Eine ganze Weile verstrich, und sie lag nur da, gab sich seinen geschickten Fingern hin und versank ganz in der Wonne intensiver Empfindungen.

Als er seinen Kopf noch mehr beugte und seine Lippen

erst die kleinen dunklen Löckchen, dann ihre nasse, heiße Weiblichkeit berührten, schrie Adrienne auf. Jeder Nerv ihres Körpers schien sich zwischen ihren Beinen zu konzentrieren, und sie wußte, daß sie es nicht mehr lange aushalten konnte.

Resolut drückte sie ihn weg und kam statt dessen in seine starken Arme. Ihre Lippen fanden einander, und sie küßten sich immer leidenschaftlicher, während ihre Erregung wuchs.

»Ich will dich«, hauchte Nathan. Er war sich nicht sicher, ob er überhaupt laut gesprochen hatte. Adriennes Hände strichen rastlos über seine Brust, und er erkannte jetzt, daß er schon den ganzen Abend erregt gewesen war.

»Oh, Nathan, ich will dich auch.« Sie schluckte die Tränen hinunter, und schlang ihre Beine um seine Taille. Sie küßten und streichelten sich eine lange Weile, als hätte sie sich seit Wochen nicht mehr berührt. Dann bewegte Adrienne sich, bis sie seine pulsierende Erektion berührte. Nathan hielt ihre Hüften fest und dirigierte sie, bis ihre Körper vereint waren.

Adrienne vergrub ihre Hände in seinem nassen Haar. Es schien, als würde sie ihr eigenes Herz berühren. »Nathan!«

Ihre Blicke trafen sich, sie sahen die Seele des anderen, und es gab keine Worte dafür. Das Feuer, das sie gemeinsam schürten, war stärker und mächtiger als irgend etwas, das einer von ihnen allein hätte erschaffen können, und es brannte heller und heller, während sie ihren Kopf zurückwarf und sich seinen Stößen entgegenbog.

Als sie beide ihre Erfüllung fanden, hörte Nathan sich sagen: »Ich liebe dich.«

Sie preßte sich an ihn, schmiegte ihre Wange an seine und begann zu weinen. »Du könntest mir kein schöneres Geschenk machen. Oh, Nathan, ich liebe dich auch!«

Kapitel 23

Goldenes Licht strömte durch die Lamellenfensterläden und über das Mahagonibett. Nathan Raveneau lag mitten in einem Berg zerknautschter Laken und betrachtete seine schlafende Frau. Von draußen drang das friedliche Gurren der Tauben herein.

»Der Regen hat extra für deinen Geburtstag eine Pause gemacht«, flüsterte er, als er sah, daß ihre Augenlider flatterten.

»Hmmm. Ich mag die Regenzeit«, murmelte sie. »Du bist viel öfter im Haus.« In der Befürchtung, daß er aufstehen wollte, rutschte sie rasch näher an ihn heran, so daß ihr Hinterteil sich an seine Lenden preßte, und begann den Arm, den er um sie legte, zu streicheln. »Bleib doch noch liegen.«

»Ich bin schon spät dran, Liebes. Ich bin nur noch geblieben, weil ich dir sagen wollte, wie froh ich bin, daß du endlich einundzwanzig bist. Jetzt muß ich mir keine Gedanken mehr machen, daß dein Vater es sich anders überlegt.« Er spürte, wie er eine Erektion bekam, und befahl seinem Körper, sich zu benehmen. Aus dem Lächeln auf Adriennes Gesicht zu schließen, spürte auch sie, daß sich bei ihm bereits etwas regte. »Hast du vergessen, daß wir zum Mittagessen Besuch bekommen?«

»Oh, stimmt ja . . . André!« Sie riß erfreut die Augen auf. »Wie sehr ich mich darauf freue, ihn wiederzusehen. Darling, hab' ich dir erzählt, daß Orchid *callaloo* macht? Ich liebe es! Orchid hat mir erzählt, daß es ein Gericht aus Afrika ist, das ihr Volk mit nach Barbados gebracht hat.«

Er küßte ihr schimmerndes Haar. »Du scheinst dich inzwischen ja hier zu Hause zu fühlen.«

»O ja.« Ihr Lächeln wurde noch eine Spur breiter. »Jeden Morgen, wenn ich aufwache, bin ich noch ein bißchen glücklicher als noch am Morgen zuvor. Ich sehe die gelben Wände an, und weiß, daß dies meine Welt ist. Selbst der Regen gefällt mir. Ich rieche die frische Luft, höre das Perlhuhn draußen, und es ist, als hätte ich immer hier gelebt.« Sie drehte sich in seinen Armen um und vergrub ihr Gesicht an seiner breiten Brust. »Und wenn ich dich neben mir in meinem Bett habe, ist mir, als wären wir schon immer verheiratet!«

»Verzeihung, aber *du* liegst in *meinem* Bett.«

»Ein kleiner Versprecher. Ich meinte *unser* Bett.«

»Unverschämtes Gör. Ich laß dich jetzt allein. Es gibt einiges für deinen Geburtstag zu tun –«

»Warte, Nathan. Ich weiß schon, was ich mir am meisten wünsche: Ich möchte, daß du mir hilfst, Lady Thomasina aus *Crowe's Nest* zu befreien. Und vielleicht auch Eloise!«

André Raveneau blickte sich im Inneren von Tempest Hall um und lächelte. Endlich war das Haus seines Sohnes zu einem anheimelnden Zuhause geworden. Gewiß hatte Orchid in den vergangenen Jahren ihr Bestes gegeben, um das Anwesen instand zu halten, aber nur eine Ehefrau konnte einem Raum soviel persönlichen Charme verleihen.

Überall standen leuchtende Blumen in Porzellanvasen und Glasgefäßen aller Größen und Formen, und der Duft der Blüten erfüllte die Luft. Die Wände waren frisch gestrichen, die Möbel poliert, die Holzböden frisch gebohnert worden. Jedes Messingteil glänzte, und selbst die Fenster waren geputzt worden.

»Das Haus sieht wunderschön aus«, sagte André, als sein Sohn eintrat.

»O . . . ja.« Lächelnd nickte Nathan. »Das ist Adriennes Werk. Aber das hast du dir sicher gedacht.«

»Allerdings. Und es geht über die reine Äußerlichkeit hinaus. Irgend etwas liegt in der Luft!«

»Ja. Ich glaube, es ist ... Glück.«

Als Retta mit einem Tablett eintrat, auf dem sich zwei Planter's Punch befanden, schnupperte André anerkennend. »Hm. Was duftet denn da so köstlich?«

»*Callaloo,* Sir«, erwiderte sie.

»Was?«

»Das ist eine Art Eintopf«, erklärte Nathan. »Ich glaube, er besteht aus Okra, Krabben, Kokosnuß –«

»Un' Schweinfett«, unterbrach Retta ihn.

»Adrienne liebt es, und ich glaube, sie ist gerade in der Küche, um bei den Vorbereitungen zu helfen.« Nathan führte seinen Vater zum Sofa. »Bevor wir essen, möchte ich gerne etwas mit dir besprechen. Unter vier Augen.«

»Ohne deine Frau?«

»Im Augenblick ja. Hör zu, Vater, ich möchte, daß du deine Pläne bezüglich der *Golden Eagle* änderst. Wir können verlauten lassen, daß du nach Europa fährst, aber ich brauche dich zu etwas anderem.« Er brach ab, und beide tranken aus ihren Gläsern. »Ich glaube, mir ist etwas eingefallen, wie wir Xavier Crowe auf frischer Tat ertappen können.«

Die weiße Narbe an Andrés Kiefer trat einen kurzen Moment hervor. »Du machst mich neugierig.«

»Bisher war es immer so, daß Crowe schon lange Zeit im voraus wußte, wenn ein Schiff sich näherte, so daß er sorgfältig planen und sicherstellen konnte, daß er irgendwo weit weg und unter Leuten war. Das Hauptargument seiner Anhänger lautete immer: ›Aber Xavier Crowe war noch nicht einmal in der *Nähe* der Ostküste, als das Schiff verlorenging.‹ Ich denke aber, wenn wir die *Golden Eagle* als Köder nehmen und Crowe sehr kurzfristig wissen lassen, daß sich ein Schiff seinem Küstenstreifen nähert, dann könnten wir ihn dazu bringen, sich an dem Raubzug zu beteiligen.«

»Das ist ein brillanter Plan.« Andrés graue Augen

leuchteten auf. »Wenn wir die gesamte Mannschaft auf die Konfrontation vorbereiten, dann wird er keine Chance haben. Sein Erfolg basiert ja darauf, daß er das Überraschungselement auf seiner Seite hat.«

»Genau. Ich werde natürlich auch mitkommen . . . und Zach! Du wirst jeden verfügbaren Mann brauchen, und ich möchte mir die Sache bestimmt nicht entgehen lassen.«

»Das kann ich gut verstehen«, erwiderte sein Vater nikkend.

In diesem Augenblick trat Adrienne aus dem Eßzimmer ein. »Also, das begreife ich wirklich nicht, Nathan! Wie kannst du dir nur so einen gefährlichen Plan ausdenken, wenn du erst so kurze Zeit verheiratet bist? Ich könnte Witwe sein, bevor noch unsere Flitterwochen zu Ende sind.«

Die beiden Männer sahen sich an. Dann stand Nathan auf und ging zu seiner Frau. »Liebling«, sagte er und ergriff ihre Hände. »Mir wird nichts passieren. Ganz im Gegenteil.«

Adrienne sah die Entschlossenheit in seinen Augen und wußte, daß kein Argument ihn von seinem Vorhaben abbringen würde. Seufzend lehnte sie sich an ihn, dann versuchte sie es mit einer anderen Strategie. »Na gut. Wenn du unbedingt so etwas Gefährliches unternehmen willst, dann mußt du mich auch Lady Thomasina retten lassen.«

»Worum geht es denn jetzt?« fragte ihr Schwiegervater. Sein Blick wanderte anerkennend über ihre Gestalt und blieb an den Orchideen in ihrem Haar hängen. »Du siehst heute wirklich besonders entzückend aus, meine Liebe. Weißt du, wann wir essen können? Ich bin halb verhungert.«

Hortie betrat das Zimmer, um die Dienstboten beim Servieren des Essens zu überwachen. Nathan, André und

Adrienne nahmen im Eßzimmer Platz, und Retta brachte jedem eine halbe Ananas und warmes Brot. Dazu gab es Marmelade aus einheimischen Beeren und süße Butter.

»Und jetzt, liebe Tochter«, nahm André den Faden wieder auf, »hätte ich gerne gewußt, was du vorhast.«

»Ich mache mir schreckliche Sorgen um Lady Thomasina. Obwohl sie ein bißchen exzentrisch ist –«

»Sie ist vollkommen verrückt«, verbesserte Nathan sie. »Du hast sie doch gesehen, Vater.«

Adrienne warf ihm einen drohenden Blick zu. »Wie ich gerade sagte, ist Ihre Ladyschaft ein wenig seltsam, aber auf dem Ball der Carringtons hatte ich den Eindruck, als wäre sie mit irgend etwas betäubt worden. Sie hat mich zuerst gar nicht erkannt, und ihre Augen waren glasig und blickten ständig ins Leere! Außerdem hat Huntsford sich richtig widerlich benommen, als ich ihn auf den Gesundheitszustand seiner Mutter angesprochen habe. Irgend etwas in seiner Art hat mir Angst eingejagt.«

»Ich gebe es zwar nur ungern zu, aber du könntest recht haben«, sagte ihr Mann nachdenklich. »Ich habe vom ersten Moment an, als ich hörte, daß Lady Thomasina und Hunty auf Barbados gelandet sind, befürchtet, daß Crowe versuchen würde, an ihr Vermögen zu kommen. Es sieht ihm ähnlich, Hunty zu seiner Marionette zu machen und dann zu versuchen, Lady Thomasina loszuwerden, damit der Sohn erben kann. Lady Thomasina dauerhaft unter Drogen zu setzen, könnte der erste Schritt dazu sein.« Nun wurde das *callaloo* serviert, und Nathan sog genießerisch den Duft ein. »Habe ich euch eigentlich schon von Crowes Bruder erzählt? Francis und Xavier kauften das Land, auf dem jetzt *Crowe's Nest* steht, gemeinsam. Francis und seine Frau ertranken beide, als sie in der Nähe von Cobbler's Reef schwimmen wollten. Francis Erbe, der damals fünfjährige Sohn Martin, lebt jetzt bei Crowe.«

»Willst du damit sagen, daß dem Jungen die Hälfte des Landes gehört?« fragte André erstaunt.

»Ja. Und viele glauben, daß Martin auch schon nicht mehr leben würde, wenn Eloise nicht dazugekommen wäre. Sie kümmert sich sehr liebvoll um Martin, heißt es.«

»Das ist ja entsetzlich!« schrie Adrienne. »Kein Kind sollte in so einem Haus aufwachsen.«

»Nun, du kannst nicht einfach dort hineinplatzen und alle Leute retten, meine Süße. Im übrigen könnte es ja auch sein, daß einige sich dort wohl fühlen, oder? Es ist durchaus möglich, daß Lady Thomasina nur ein bißchen mehr übertreibt, als sie es sonst schon immer getan hat. Oder daß sie einfach unter den üblichen Alterserscheinungen leidet. Sie ist wirklich nicht mehr die Jüngste, und du weißt es.«

André hatte seinen Teller leergegessen, und Hortie bedeutete Retta, nachzulegen. Adrienne hatte derweil keine Lust, sich von ihrem Mann beruhigen zu lassen. »Wie kommt es nur, daß deine Vermutungen immer zu Taten führen, meine aber nicht? Vor allem ist *dein* Plan weit gefährlicher!«

»Laß uns später darüber reden, ja?«

»Ich werde in dieser Woche noch mein Versprechen einlösen und Eloise Crowe zum Tee einladen. Vielleicht erfahre ich von ihr ja mehr.«

André Raveneau hielt es für besser, das Thema in eine andere Richtung zu lenken. »Adrienne, ich wollte dich fragen, ob du weißt, wie Nathan seinen Namen bekommen hat.«

Adrienne erinnerte sich an ihre Pflicht, die charmante Gastgeberin zu spielen, und lächelte. »Nein. Es gibt eine ganze Menge Geschichten, die ich noch nicht kenne. Langsam komme ich zu dem Schluß, daß ich sie wohl nur über seine Familie erfahren werde.« Sie beugte sich vor und lächelte augenzwinkernd. »Wie hat Nathan denn seinen Namen bekommen?«

»Devon, meine Frau, ist in New London, Connecticut, aufgewachsen. Sie ging in eine kleine Dorfschule, in der ein Mann namens Nathan Hale lehrte.« Er hielt eine Hand hoch, bevor sie etwas sagen konnte. »Devon hat immer schon Bücher geliebt, und so entwickelte sie zu Master Hale eine starke Zuneigung. Sie war sehr traurig, als er in den Krieg ziehen mußte –«

»Und wo warst du, André? In Frankreich?«

»Nein. Auch in New London. Ich war der Captain eines Kaperschiffs, das die Amerikaner unterstützte, und ich lernte Devon 1775 kennen – sie war damals erst zwölf, und ich sehr alt und sehr französisch.« Er lachte auf. »Erst 1781, als die Briten New London angriffen, kamen wir uns näher. Aber Nathan Hale wurde im Krieg verhaftet, als er für den Feind spionierte.«

»Er wurde gehängt, nicht wahr?« fragte Adrienne. »Ich bin zwar in Frankreich aufgewachsen, aber meine Eltern sind Amerikaner, und sie haben mir viel über den Krieg erzählt.« Sie wandte sich zu Nathan um und sah ihn beinahe vorwurfsvoll an. »Du hättest mir sagen sollen, daß du nach Nathan Hale benannt worden bist! Es ist schrecklich traurig und schrecklich romantisch, daß er der Lehrer deiner Mutter war.«

»Ich wußte nicht, daß ich dir über jede Einzelheit meines bisherigen Werdegangs Rechenschaft ablegen muß. Aber ich kann dir versichern, daß noch genügend Geschichten übrig sind, um dich für den Rest deines Lebens zu unterhalten.«

Als der Kokospudding kam, unterhielten sie sich über die nächste Zuckerrohrernte. Nathan erklärte seinen Tischgefährten, daß Zach und er beschlossen hatten, erst einmal nichts mehr zu pflanzen, um dem Boden die Möglichkeit zu geben, sich zu erholen. »Owen Horners Methode brachte in der Gegenwart viel, ist aber leider nicht auf die Zukunft ausgelegt.«

»Und ich zweifle nicht daran, daß die Feldsklaven ebenfalls eine Pause brauchen, um sich zu erholen.« Adrienne schob trotzig das Kinn vor. »Mir wird allein schon übel, wenn ich das Wort ›Sklaven‹ ausspreche. Wie kann man nur so vermessen sein und glauben, daß man andere menschliche Wesen *besitzen* kann?«

»Adrienne –«

»Nein, sieh mich bloß nicht so finster an! Also gut, ich bin stolz auf dich, daß du auf dem Ball der Carringtons wenigstens das Richtige *gesagt* hast ...«

»Ich habe die Absicht, meinen Worten auch Taten folgen zu lassen, aber es gibt ein paar Dinge, die vorher noch erledigt werden müssen.«

André trank sein Glas aus und grinste. »Ich glaube, ihr zwei werdet euch niemals langweilen. Obwohl mir schleierhaft ist, woher ihr die Energie nehmt. Diese Insel und der Rum haben eine besondere Wirkung auf mich ... Am liebsten möchte ich mich nur in einen dieser Pflanzerstühle legen und den ganzen Nachmittag vor mich hin dösen.«

»Oh, wir stellen dir gerne unseren zur Verfügung«, sagte Adrienne. Dann fügte sie etwas kleinlaut hinzu: »Ich hoffe, unsere kleine Meinungsverschiedenheit hat dir nicht den Nachmittag verdorben. Ich weiß, daß ich als Pflanzersfrau noch eine Menge zu lernen habe, aber ich bin mir nicht sicher, ob ich diese Rolle jemals beherrschen werde.«

»Unsinn. Ändere dich bloß nicht. Du bist ein ausgesprochen unterhaltsamer Mensch.«

»Wohl wahr«, stimmte Nathan trocken zu. »Barbados hat dringend einen Satansbraten nötig gehabt.«

Alle begannen zu lachen, bis André ein samtbezogenes Schmuckkästchen aus seiner Rocktasche zog. »Zufällig habe ich ein Geschenk für meine Schwiegertochter dabei.

Es ist sowohl für deinem Geburtstag als auch zur Hochzeit gedacht.«

»Aha, und wo ist mein Hochzeitsgeschenk?« beklagte Nathan sich fröhlich.

»Sch«, machte Adrienne und nahm das Kästchen mit feierlicher Miene entgegen. Als sie den Deckel behutsam öffnete, erblickte sie ein funkelndes Halsband aus Saphiren und winzigen Diamanten. Tränen schossen in ihre Augen. »Oh, André, das ist wunderschön! Ich –«

»Ich schenkte es Devon vor unserer Hochzeit, und sie hat immer gewollt, daß Nathans Frau es bekommen würde. Als sie wußte, daß ich nach Barbados segeln würde, hat sie es in meine Truhe gepackt, weil sie wider besseres Wissen hoffte, daß eine Frau in Nathans Leben getreten sein könnte ...«

Adrienne tupfte sich die Augenwinkel mit einem Taschentuch ab. Sie brachte kaum ein Wort hervor. »Das ... das ist eine große Ehre. Ich werde es mein Leben lang in Ehren halten.« Sie stand auf, um ihren Schwiegervater zu umarmen, und er legte ihr die Kette um den Hals. »Es ist das schönste Schmuckstück, das ich je gesehen habe.«

»Es steht dir, meine Liebe.«

Nathan, der ihnen zusah, spürte, wie ihm die Kehle eng wurde. Niemals hätte er sich träumen lassen, wie wichtig es ihm sein würde, eine Familie zu gründen und die Bande zu seinen Eltern wieder zu verstärken. Adrienne schien tatsächlich die Frau zu sein, die Gott für ihn erschaffen hatte, und er sprach ein stummes Dankgebet zum Himmel, daß sie einander gefunden hatten.

»Ich habe auch ein Geschenk für dich«, sagte er leise. »Komm mit in meine – ... ich meine, *unsere* Bibliothek.«

Alle drei standen auf und gingen durch den Flur, während Adrienne ihr Halsband betastete und in jeden Spiegel blickte, an dem sie vorbeikamen. An der Tür zur Bibliothek erzählte Adrienne ihrem Schwiegervater, wie Nathan anfangs versucht hatte, sie von seinem Junggesellen-Heiligtum fernzuhalten. Vergnügt fügte sie hinzu: »Er war so selbstsüchtig und arrogant und –«

»Das überrascht mich nicht.« André lachte. »Devon würde dir erklären, daß dieser Charakterzug erblich bedingt ist.«

»Nicht mehr«, erwiderte Nathan ernsthaft, als er seiner Frau einen Arm um die Taille legte. »Ich habe mich geändert.«

Als die Tür aufschwang, entdeckte Adrienne ein nagelneues Möbelstück, das vor dem Gartenfenster, Nathans Tisch gegenüber, aufgestellt worden war. Es war ein einladend aussehendes Sofa aus Mahagoni, dessen Polsterung mit blaugold gestreifter Seide bezogen war. Die Sitzfläche war wie Muschelschalen geformt, die an beiden Seiten hochgezogen waren.

»Oh, Nathan, das sieht ja wundervoll aus!« Sie eilte hinüber, zog ein Buch aus dem Regal und schmiegte sich probeweise in ihre neue Sitzgelegenheit.

»Ich war mir nicht sicher, ob du es lieber hier oder oben in unserem Schlafzimmer haben wolltest. Aber dann fand ich, daß die Bibliothek einen gewissen Symbolwert hat, und du kannst von dort aus das Meer sehen.« Er grinste. »Mir gefällt der Gedanke, daß du in einer Muschel liegst.«

»Wieso«, sagte André vorwurfsvoll, »habe ich das dumpfe Gefühl, als steckte da eine verborgene Bedeutung dahinter?«

Adriennes Wangen färbten sich, und ihre grünen Augen funkelten. »Kommt her, ihr zwei, und setzt euch zu mir.« Als sie gehorchten, legte sie jeweils einen Arm um die Taillen von Vater und Sohn und strahlte sie nacheinander glücklich an. »Ich danke euch beiden für eure Geschenke. Sie sind beide wundervoll. Aber eigentlich hätte ich keine gebraucht. Ich habe auch so mehr, als man sich nur wünschen könnte – einen wunderbaren Mann und einen wunderbaren Schwiegervater. Mein ganzes Leben ist ein einziges, kostbares Geschenk.«

Spielerisch hob André einen mahnenden Finger. »Wenn ich das nächste Mal herkomme, möchte ich, daß *du* mir ein Geschenk machst. Ich will hören, daß du und Nathan Devon und mich zu Großeltern macht, ist das klar?«

Nathan lachte, und Adrienne stimmte ein, verbarg aber ihr Gesicht an der Schulter ihres Mannes, so daß ihr Schwiegervater nicht sah, wie ihre Wangen zu glühen begannen.

Eloise Crowe beobachtete den Neffen ihres Mannes vom Türrahmen des Eßzimmers aus. Martin saß an einem kleinen Spieltisch und spielte gegen sich selbst Schach. Er schien nicht zu bemerken, daß die Frau seines Onkels ihn betrachtete.

Es ist eine Schande, dachte Eloise nicht zum ersten Mal, daß praktisch niemand je die Gelegenheit bekam, dieses prächtige Haus bewundern zu können. Die verzierten Stuckdecken, die aufwendig verarbeitete große Haupttreppe, die Mahagonisäulen, die als Raumteiler in den Zimmern fungierten, der Eßtisch für vierundzwanzig Gäste, dessen Löwenfüße aus poliertem Messing bestanden, die kostbaren Gemälde . . . Nie kam ein Gast hierher, um sich all diese Schätze ansehen zu können. Nur der traurige Haufen, aus dem der Haushalt in *Crowe's Nest* bestand, konnte sich all das ansehen. Aber kaum einer von hier schien die Pracht zu schätzen wissen.

»Martin«, rief sie, »es ist so schön heute. Willst du nicht ein wenig hinausgehen?«

Der Junge schaute auf. Durch zwei Doppeltüren konnte

er auf die Rasenfläche hinaussehen, die sich von Beeten und Springbrunnen unterbrochen, bis zum Meer hinunter erstreckte, wo Crowe ein Schildkrötenbassin gebaut hatte. Jenseits der Palmen war das Meer mit seinen weißen Schaumkronen zu sehen. Martin zog die Augenbrauen zusammen. »Nein. Onkel will nicht, daß ich rausgehe. Er hat gesagt, daß mir was zustoßen könnte, so wie meinen Eltern.«

»Aber er hat damit bestimmt nicht gemeint, daß du die ganze Zeit im Haus eingesperrt bleiben mußt.«

»Aber mir gefällt es, Tante. Ich bin gerne drinnen.«

Es tat ihr in der Seele weh zu sehen, daß das Kind sich wie ein greiser, alter Mann verhielt, der sich nicht in die Öffentlichkeit hinauswagte. Aber jeder in diesem Haus schien sich Xaviers Willen zu beugen, und es gab keine Ausnahme. Seit vier Jahren trank sie nun seinen mit Laudanum versetzten Tee, um den Schmerz in ihrem Herzen zu betäuben. Doch nun hatte Eloise einen Entschluß gefaßt. Sie wollte alle Kraft zusammennehmen und versuchen, von dem Teufelszeug loszukommen.

Unwillkürlich glitt ihre Hand in die Tasche ihres Kleides und betastete die Einladung zum Tee von Adrienne Raveneau, die ihr vor drei Tagen von einem charmanten alten Freigelassenen namens Philip Smythe ausgehändigt worden war. Zu ihrer unendlichen Erleichterung war Xavier in diesem Moment nicht im Haus gewesen, denn wenn er herausfand, daß sie und Nathans Frau in Kontakt standen, dann wußte Gott allein, was er tun würde.

Der Einladung nachzukommen, stand natürlich außer Frage.

»Ah, da sind Sie ja, Mrs. Crowe. Und bezaubernd wie immer.«

Eloise wandte sich um, als sie die Stimme ihres Mannes vernahm. Die Höflichkeit, mit der Xavier sie behandelte, behagte ihr gar nicht; es war, als wollte er sie damit verspotten. Bevor sie etwas sagen konnte, packte er sie am Arm und führte sie hinaus auf die breite Steinveranda, die die ganze Front des Hauses entlanglief.

»Hast du getan, was ich dir aufgetragen habe? Hast du Clarice gesagt, daß sie eine Schildkröte holen und Suppe machen soll?« fragte er.

»Ja«, erwiderte sie. »Wo ist Lord Harms denn heute?«

Xavier nippte an seinem Glas mit Rum. Seine weißen Zähne blitzten auf, als er lächelte. »Warum fragst du? Findest du seine blauen Handschuhe so unwiderstehlich, daß du –? Nein, schon gut, deine Antworten sind immer vorhersehbar. Harms wollte ein bißchen am Strand spazieren.«

»Spazieren?«

»Ich habe ihn auf Schatzsuche geschickt.« Wieder blitzten die Zähne auf. »Ich fand, daß er etwas brauchte, mit dem er sich beschäftigen kann. Das ist das Anstrengende an diesen Londoner Bübchen, findest du nicht? Sie müssen immer beschäftigt werden!«

»Ich mache mir Sorgen um Lady Thomasina, Xavier. Sie scheint von Tag zu Tag mehr zu verfallen.«

»Ja, du lieber Gott, das wollen wir doch hoffen.« Seine Augen glitzerten. »Die alte Kuh ist schließlich ohnehin zu nichts mehr nütze, nicht wahr? Und sie ist reich. Wenn sie stirbt, braucht Harms nicht mehr nach Schätzen zu graben.«

Während Eloise sein lachendes Gesicht betrachtete, fragte sie sich, ob er betrunken war oder nur einfach noch bösartiger, als sie gedacht hatte. Als Crowe seinen Lieblingssklaven Abraham sah, der neben Owen Horner über den Rasen wanderte, wandte er sich um und ließ Eloise ohne ein Wort des Abschieds stehen.

Neugierig bewegte Eloise sich lautlos bis zum Rand der Veranda und blieb hinter einem dicken Busch stehen. Wenn die Männer nicht mit Absicht leise sprachen, dann müßte sie in der Lage sein, ihrem Gespräch zu folgen.

»Und? Hast du mehr darüber erfahren können? Stimmt die Information über das holländische Schiff?« fragte Crowe.

»Ja, Massa Crowe«, antwortete Abraham. »Ein Schiff aus Amerika liegt in Careenage, und wir hören an den Docks, Schiff aus Holland kommt nach.«

Owen Horner nickte. »Es ist wahr. Ich habe die Gerüchte nicht nur im Pub gehört, sondern auch einen jungen Burschen namens Crenshaw bezahlt, damit er sich für mich erkundigt. Er hat mir erzählt, daß dieses holländische Schiff die Laderäume bis oben mit kostbaren Gütern vollgestopft haben soll. Seine Brigg hat es vor zwei Tagen überholt. Der Captain dieses Schiffes hat angeblich verlauten lassen, daß sie um die Südküste herum in die Carlisle Bay einfahren wollten. Die Mannschaft steuert zum ersten Mal Barbados an. Als ich mich laut fragte, wann das Boot wohl in den Hafen einlaufen würde, meinte Crenshaw, daß das wohl schätzungsweise morgen früh sein müsse.«

»Was bedeutet, daß sie diese Nacht an der Ostküste vorbeisegeln werden. Das klingt fast zu schön, um wahr zu sein, nicht wahr?« Eloise konnte in ihrem Versteck Crowes schweren Atem hören. »Wieso haben wir nicht schon früher davon gehört?«

»Vielleicht war Bridgetown ursprünglich nicht auf ihrer Route vorgesehen gewesen. Möglich, daß der Captain sich kurzfristig entschlossen hat, den Hafen anzulaufen. Vielleicht will er noch zusätzlich Fracht aufnehmen.«

»Oh, Jesus, wenn er nicht nur Güter, sondern auch noch Gold mit sich führt, dann kann ich wohl kaum widerstehen.«

»Massa, Sie lieber planen, damit weg von Küste, wenn

Schiff untergehen«, warnte Abraham und schüttelte den Kopf. »Gefährlich, zu gefährlich.«

»Unsinn. Niemand außer der Mannschaft des Amerikaners weiß, daß das Schiff an unserer Küste entlangsegeln wird, und wenn das Boot nicht in Bridgetown ankommt, kann es zahllose Gründe dafür geben. Du hast doch gehört, daß der Captain die Gewässer nicht kennt. Er könnte zum Beispiel Angst bekommen und erneut den Kurs ändern.«

»Also, ich für meinen Teil finde, es hört sich verdammt gut an!« sagte Owen Horner. »Ich warte auf eine solche Nacht, seit ich in Ihr Haus eingezogen bin, Sir.«

»Was Sie tun mit andere Mann?« fragte Abraham.

»Du meinst Lord Harms?« Crowe lachte und trank sein Glas aus. »Oh, der ist gut beschäftigt. Er gräbt den Strand auf der Suche nach dem Schatz von Stede Bonnet um.«

»Aber wir schon gesucht!« rief der Sklave erstaunt.

»Ein Piratenschatz?« Horners Stimme wurde lauter.

»Nun bleiben Sie auf dem Teppich, alter Mann«, beruhigte Crowe ihn. »Wir heben den echten Schatz heute nacht, wenn alles gutgeht! Harms sucht nach Reichtümern, die nicht existieren. Als ich die Karte vor ein paar Jahren gefunden habe, ließ ich ein paar Sklaven an der bezeichneten Stelle graben, weil ich mir dachte, daß ein Versuch ja nicht schaden konnte. Nicht, daß ich ernsthaft geglaubt habe, wir könnten nach einem Jahrhundert noch etwas finden. Tja, dann gruben wir aber doch etwas aus: die Knochen von drei Piraten nämlich!«

Abraham schauderte, als er daran zurückdachte. »Schlecht Omen! Böse!«

»Und Sie glauben, er würde die ganze Nacht graben?« fragte Horner.

»Ich habe ihm gesagt, ich hätte erfahren, daß das Land, das vormals einem Franzosen gehört hat, von jemandem aus Barbados übernommen worden ist. Das ist sogar die Wahrheit, obwohl ich keine Ahnung habe, wer der neue Besitzer ist. Vielleicht betritt er sein neues Land ja niemals. Nun, wie auch immer – ich habe Harms gesagt, daß der neue Eigner morgen früh sein neues Grundstück in Besitz nehmen will. Er hat also nur noch diese Nacht, um den Plunder zu finden.« Crowe stieß ein schrilles Gelächter aus, das Eloise eine Gänsehaut verursachte.

»Ich kann mir richtig gut vorstellen, wie dieser Pfau am Strand steht und sich mit der Schaufel abmüht!« Horner stimmte in Crowes Gelächter ein. »Wenn er die Knochen findet, dann fällt er bestimmt in Ohnmacht!«

Crowe legte einen Arm um die Schultern seines Aufsehers, den anderen um die seines Lieblingssklaven. »Abraham, du wirst die Mannschaft zusammentrommeln und alles für die heutige Nacht vorbereiten. Ich verlasse mich auf euch beide, daß das Unternehmen ein Erfolg wird. Und ich muß gestehen, daß ich mich freue, heute zu Hause zu sein. Endlich kann ich bei dem Spaß einmal dabeisein!«

Kapitel 24

Im Licht einer flackernden Kerze zog sich Adrienne eines von Rettas alten Kleidern an, legte sich ein Schultertuch um und versteckte ihr Haar unter einem rotgestreiften Turban. Als sie fertig war, begutachtete sie ihr Aussehen in einem Spiegel. Hinter sich sah sie Angus, der neben Hortie auf dem Bett saß und neugierig den Kopf schief legte.

»Was denkst du?« fragte Adrienne. »Wird es funktionieren?«

»Hoffen Sie, als weiße Sklavin durchgehen zu können?« Horties Lippen preßten sich zu einer dünnen Linie zusammen. »Captain Raveneau würde aus der Haut fahren, wenn er wüßte, was Sie vorhaben. Es gefällt mir ganz und gar nicht, meinen Teil dazu beitragen zu müssen.«

»Ich habe ihm sehr deutlich gesagt, daß ich Lady Thomasina retten will, und ihn um Hilfe gebeten. Leider war keine Zeit mehr, irgendwelche Pläne zu schmieden, bevor er mit seinem Vater und Minter fortgegangen ist.« Adrienne drehte sich zu ihrer Haushälterin um und bedachte sie mit einem flehenden Blick. »Was ist aus Ihrer Treue zu Lady Thomasina geworden?«

Plötzlich begann Angus klagend zu heulen. Hortie stieß einen erschreckten Schrei aus. »Sei still, du Höllenhund!« fauchte sie und schüttelte den Kopf. »Ich schwöre, daß dieser Köter Englisch versteht! Er trauert um Lady Thomasina, seit wir *Crowe's Nest* verlassen haben, und jedesmal, wenn ihr Name genannt wird, fängt er mit diesem abscheulichen Geheul an. Jedes meiner Kleidungsstücke, das sie berührt hat, findet er und versteckt es in seinem Bettchen.«

»Oh, der arme Kleine ... Siehst du es denn nicht ein? Wir *müssen* Lady Thomasina helfen. Wir müssen sie herbringen, damit sie wieder mit Angus vereint ist!«

Der Terrier sprang vom Bett und stob zu Adrienne hinüber, um seinen Kopf in ihre Hand zu schieben. Die ganze Zeit über heulte er weiter.

Hortie verdrehte die Augen. »Habe ich denn eine Wahl?«

»Oh, Hortie, danke! Du wirst es nicht bereuen. Und dafür darfst du auch noch ein echtes Abenteuer erleben!«

»Ich verstehe schon, warum Sie und Captain Raveneau geheiratet haben«, brummelte Hortie. »Sie beide lieben das Risiko. Ich hoffe nur, daß keiner von Ihnen vorzeitig stirbt, weil er einmal zu viel gewagt hat!«

»Unsinn.« Adrienne bemühte sich, ihr Lächeln beizubehalten. »Ich bin ziemlich sicher, daß wir beide noch lange leben werden. So, und nun sollten wir uns auf den Weg machen. Wir haben eine ziemlich weite Strecke vor uns, und Philip wartet schon. Er hat die Kutsche anspannen lassen, da Lady Thomasina ja schlecht auf einem Pferd mit uns zurückkommen kann.«

»Hoffentlich finde ich mich noch in diesem riesigen Haus zurecht. Es ist ein wahres Labyrinth an Räumen und Gängen . . . Manchmal wußte ich nicht mehr genau, wo das Zimmer Ihrer Ladyschaft war – und das am hellichten Tag! Und, wirklich, Ma'am, ich fühle mich nicht wohl dabei.«

»Ach, komm schon. Alles wird so laufen, wie wir es uns wünschen.«

Als die zwei Frauen das Schlafzimmer verließen, huschte Angus auf seinen kurzen Beinchen hinter ihnen her. Philip wartete mit der geschlossenen Kutsche hinter dem Haus, und als Adrienne und Hortie aus dem Hinterausgang traten, beeilte er sich, ihnen entgegenzueilen.

»Da sind Sie, Mistress.« Entsetzt musterte er Rettas Kleid, das sie trug.

»Philip, bist du sicher, daß du Orchid heute alleinlassen kannst?« Adrienne runzelte besorgt die Stirn, als sie an Philips Frau dachte. In den letzten Tagen hatte Orchid zwar unverändert gearbeitet, um den neuen Hausmädchen soviel wie möglich beizubringen, aber wer sie kannte, wußte, daß es von Tag zu Tag schlechter um ihre Gesundheit bestellt war.

»Sie sagt, ich muß aufpassen Sie, Mistress. Captain wird sonst wütend.«

»Es regnet ja!« rief Hortie entsetzt, als sie aus der Tür hinaustrat.

»Nur Nebel, Miss Hortie«, erwiderte Philip.

»Sind diese primitiven Straßen denn nachts auch sicher? Vielleicht sollten wir diesen verrückten Plan nicht heute –«

»Nein«, unterbrach Adrienne das Gejammer ihrer Haushälterin. »Wenn Nathan sein Vorhaben heute durchführen kann, dann weiß nur Gott allein, was in *Crowe's Nest* geschehen wird. Wenn etwas schiefgeht und Crowe entwischt, dann könnte Lady Thomasina in noch größerer Gefahr sein, als sie jetzt schon ist. Wir können nicht warten.«

Angus begann wieder zu heulen – diesmal lauter und klagender denn je. Bevor jemand ihn daran hindern konnte, schoß er zur Kutsche, sprang hinein und setzte sich auf eine der gepolsterten Bänke.

»Warte, Philip. Laß ihn ruhig. Hortie hat mir gesagt, daß der Hund Lady Thomasinas Geruch erkennt. Vielleicht können wir ihn in *Crowe's Nest* gebrauchen.« Grinsend wandte sie sich an die Haushälterin. »Ich wußte doch, daß mir noch etwas einfallen würde.« Mit diesen Worten kletterten sie zu dem Terrier in die Kutsche, und Hortie folgte ihr resigniert. Philip setzte sich auf den Kutschbock, schnalzte mit der Zunge, und die Pferde zogen an.

Die Fahrt zur östlichsten Gemeinde von Barbados war per Kutsche sehr langweilig. Adrienne kuschelte sich in ihrer Ecke zusammen und döste ein. Sie träumte von Piraten und Schiffswracks und einem Haus, dessen Gänge und Korridore noch verwirrender waren als die von Harms Castle, bis Angus' Schnarchen sie wieder weckte. Die Kutsche holperte über eine zerfurchte Straße, und Adrienne sah, daß sie gefährlich dicht an steil abfallenden Felsen vorbeifuhren, unter denen das tosende Meer zu sehen war. Der Regen hatte aufgehört, und die Luft war frisch und duftete erdig. Dunkle Wolkenfetzen jagten über den Himmel und schoben sich immer wieder vor den vollen Mond.

Sie schauderte vor Aufregung.

Hortie hockte zusammengekauert in der anderen Ecke der Kutsche. »Ich wünschte, ich hätte Hampshire nie verlassen müssen.« Sie schniefte leicht und setzte dann schmollend hinzu: »Hier find' ich bestimmt nie 'nen Mann!«

»Oh, nun hör aber auf, Hortie. So schlimm ist es doch auch wieder nicht. Findest du es nicht angenehmer, für mich und Nathan zu arbeiten, statt in dem staubigen, vermoderten Kasten von Harms Castle herumzulaufen?«

In diesem Moment klopfte Philip aufs Dach, um ihnen zu bedeuten, daß ihr Ziel in Sicht kam. Angus begann wieder zu heulen, und Adrienne schloß eine Hand um seine Schnauze.

»Du mußt still sein, mein Kleiner, sonst werden wir niemals Lady Thomasina befreien können.« Als sie ihre Hand wieder wegnahm, starrte er sie in erwartungsvollem Schweigen an. Adrienne fand, daß es nicht schaden konnte, Horties Theorie von Angus' Englischkenntnissen zu testen. »Du willst doch Lady Thomasina finden, nicht wahr?«

Der Terrier winselte herzzerreißend.

»Dann darfst du uns auch helfen. Aber du mußt sehr, sehr leise sein, Angus. Verstehst du das? Gut. Wenn wir ins Haus gehen, wirst du uns zu Lady Thomasina führen. Es ist bestimmt ein sehr großes Anwesen, also mußt du dich konzentrieren, Hündchen. Vielleicht nehme ich dich auch auf den Arm, wenn wir uns verstecken müssen! Noch einmal: Wir werden uns so lautlos wie möglich bewegen, weil wir nicht wissen können, ob jemand uns etwas antun will. Und wenn es sein muß, fliehen wir sofort!«

Angus legte seinen Kopf in ihren Schoß und schien zu nicken. Dann stieß er einen kleinen, quiekenden Laut aus.

Adrienne hätte Hortie beinahe gesagt, wie albern sie sich vorkam, aber sie war sich plötzlich nicht mehr sicher, ob sie damit nicht vielleicht Angus' Gefühle verletzte. Also lächelte sie nur und tätschelte dem Hund den Kopf.

Hohe Bäume säumten die Auffahrt zu *Crowe's Nest*, und ihre Kronen hoben sich scharf vom mondhellen Himmel ab. Als eine Windbö durch die Bäume ging, begannen die Blätter so unheimlich zu rauschen, daß Hortie unwillkürlich die Arme um ihren Körper schlang.

Philip zügelte die Pferde zum Schritt, und man einigte sich darauf, daß er zwischen den Bäumen warten sollte, bis es Zeit war, die Kutsche für Lady Thomasina näher ans Haus heranzufahren. Das Gewicht und die Trägheit der alten Dame würde ihnen ein echtes Problem bereiten. Selbst bei klarem Verstand war sie kaum in der Lage, sich ohne Hilfe aus einem Sessel zu erheben; niemand konnte von Ihrer Ladyschaft erwarten, daß sie die Auffahrt hinabjagen und zur Kutsche bei den Bäumen rennen würde, falls sie fliehen mußten. Die Möglichkeit, daß Lady Thomasina unter Drogen stand, erhöhte nur das Risiko, das sie eingingen.

Adriennes Handflächen waren feucht und klamm, aber sie entschied, daß dies ein ausgesprochen schlechter Zeitpunkt für Angst war. Wenn sie sich fürchtete, brauchte sie gar nicht erst ins Haus zu gehen, denn dort konnte hinter jeder Ecke eine Gefahr lauern.

Seit sie sich am Morgen tränenreich von Nathan verabschiedet hatte, war ihr ein paarmal in den Sinn gekommen, daß sie dieses Abenteuer nur deshalb unternahm, damit sie sich von der Gefahr, in die er sich begab, ablenken konnte. Adrienne war einfach nicht geduldig und passiv genug, um zu Hause zu sitzen und händeringend auf die Rückkehr ihres Mannes zu warten. Sie mußte handeln.

Die Kutsche hielt, und Philip öffnete ihnen die Tür. Adrienne stieg mit Angus im Arm aus, und Hortie folgte ihr.

»Ich paß auf Zeichen, daß kommen mit Kutsche«, flüsterte Philip. »Warte 'ne Weile, dann ich komm und retten Sie.«

»Du bist wirklich ein Schatz«, sagte Adrienne, plötzlich den Tränen nah. Sie beugte sich vor und küßte ihn auf die Wange, woraufhin er sie wie vom Donner gerührt anstarrte. »Wir dürfen uns sehr, sehr glücklich schätzen, dich und Orchid bei uns auf Tempest Hall zu haben.«

»Wir die Glücklichen, Mistress«, erwiderte er feierlich.

Hortie ging voran durch eine Ansammlung von Palmen, und kurz darauf kam das große, eckige weiße Gebäude mit seinem mit Zinnen versehenen Dach in Sicht. So gut wie jedes Fenster war dunkel, und Adrienne fiel plötzlich ein, daß sie keine Ahnung hatte, wie spät es war. Es konnte Mitternacht sein, aber auch schon später. Aus der Ferne hörte man die Wellen, die gegen die Klippen brandeten.

»Sehen Sie – da«, wisperte Hortie. Sie waren gerade weit genug gekommen, um die vom Mond erhellte Rasenfläche einsehen zu können, die sich bis zum Ufer erstreckte.

Adrienne folgte Horties Blick, und ihre Kinnlade fiel herab. Zwischen den Palmen unten am Strand waren etwa ein Dutzend Gestalten erkennbar, die kurze weiße Hosen trugen, wie sie von männlichen Sklaven bevorzugt wurden. Die Gestalten wurden teilweise von Laternen beleuchtet, die überall in den Palmen hingen und sogar an den Hörnern von Rindern befestigt waren. Panik durchfuhr Adrienne, als sie begriff, daß diese Männer darauf warteten, daß die *Golden Eagle* auf Grund lief.

»Kommen Sie!« Hortie zog ihre Herrin am Arm und führte sie eine Treppe zur Veranda hinauf. Kurz darauf traten sie durch eine Hintertür, die sonst nur von Dienstboten benutzt wurde. Im Haus war es totenstill. Adrienne konnte den Geruch von Möbelpolitur wahrnehmen und erkannte in der Dunkelheit die Umrisse von riesigen, goldgerahmten Gemälden.

Hortie bog in einen schmalen Korridor ein und bedeutete Adrienne, Angus am Fuß der Hintertreppe abzusetzen. Als der Terrier frei war, warteten beide nervös darauf, daß er sie die Treppe hinaufführte. Doch Angus schnupperte nur kurz, dann machte er kehrt und rannte ihre eigene Spur zurück, bis sie die Empfangsräume erreichten.

Die prächtige große Standuhr unten an der gewundenen Mahagonitreppe schlug eins. Adrienne schreckte zusammen und preßte sich die Hand auf den Mund, um einen kleinen Schrei zu unterdrücken. Angus nahm am Fuß der Haupttreppe Witterung auf und lief dann zielsicher hinauf. Die beiden Frauen hatten keine Wahl, als ihm zu folgen. Adriennes Knie waren zittrig vor Furcht, und als sie Horties Hand nahm, spürte sie, daß auch die Dienstmagd bebte.

Es war vollkommen verrückt, die prächtige Treppe im Zentrum des Hauses hinaufzusteigen! Die Wahrscheinlichkeit, erwischt zu werden, war hier größer als in jedem anderen Teil des Hauses! Warum hatte Angus nur nicht den Weg genommen, den sie ihm ursprünglich ans Herz gelegt hatten?

Als sie oben angekommen waren, wandte er sich nach rechts und senkte die Nase, um an jeder Tür zu schnuppern. Adrienne und Hortie ließen sich ein Stück zurückfallen und warteten ängstlich ab, daß er sich für ein Zimmer entschied. Plötzlich hob Angus ganz unerwartet ein Beinchen, markierte den Türrahmen, an dem er zuletzt geschnuppert hatte, und trabte in ihre Richtung zurück. Als Adrienne sich entsetzt zu Hortie umwandte, konnte die Haushälterin sich das Grinsen nicht verkneifen. »Lord Harms' Zimmer«, flüsterte sie ihr zu.

In diesem Moment blieb Angus vor einer Tür auf der anderen Seite des Flurs stehen. Sein Schwänzchen rotierte beinahe, doch er gab keinen Laut von sich. Hortie nickte bestätigend, und Adrienne drehte versuchsweise den Türknauf. Ihr Herz hämmerte so heftig, daß sie glaubte, es hören zu können. Vorsichtig drückte sie die Tür auf und spähte in ein karg eingerichtetes Zimmer mit einem gewaltigen Bett. In der Mitte dieses Bettes lag Lady Thomasina, und Adriennes erster Gedanke war, daß das Möbel viel zu hoch war, als daß die alte Dame ohne Hilfe hinein- oder hinausklettern konnte.

Angus schoß so schnell über den Holzboden, daß er mehrmals ausrutschte. Dann sprang er mit einem Satz auf das Bett und begann, Lady Thomasinas Gesicht abzulekken.

»Mein kleiner Liebling«, murmelte sie verschlafen. »Du bist zu Mammi zurückgekommen!«

Während der Terrier sich glücklich an sie schmiegte, eilten die beiden Frauen zum Bett. »Mylady, ich bin's, Adrienne. Und Hortie ist auch hier. Wir werden Sie von hier fortholen.«

»Sie . . . sie vergiften mich«, keuchte Lady Thomasina. »Nur in der Nacht ist mein Kopf einigermaßen klar.«

Obwohl Adrienne schockiert war über die verquollenen Augen und den heruntergekommenen Zustand der alten Dame, war sie doch froh, daß Lady Thomasina bei Verstand war – und vielleicht sogar körperlich kräftiger als zu jeder anderen Tageszeit sonst. Hortie starrte auf die dicken, geschwollenen Finger ihrer Herrin und begann zu weinen.

»Wir haben keine Zeit zu verlieren«, sagte Adrienne streng. »Wir müssen Sie aus dem Bett befreien, Mylady, und dann von hier verschwinden.«

»Aber Hunty . . .«

»Er ist nicht hier, machen Sie sich keine Gedanken«, log sie. »Wir werden ihm eine Nachricht zukommen lassen, sobald Sie bei Nathan und mir in Sicherheit sind.«

Während Hortie der alten Dame half, sich aufzusetzen, hastete Adrienne ans Fenster, das zum Meer hinausging. Sie schob die Vorhänge zurück und blickte hinaus auf den Strand, in dessen Palmen inzwischen noch mehr Laternen hingen, die im Wind hin- und herpendelten. Adrienne richtete ihren Blick angstvoll aufs Meer. Als sie in der Ferne die Umrisse eines nahenden Schiffes ausmachte, stieg die Panik mit aller Macht in ihr auf. Einen Moment lang konnte sie nicht mehr atmen.

»Nathan!« Obwohl ihre Stimme kaum hörbar war, kam es ihr vor, als hätte sich ihrer Seele ein Schrei entrungen. Es war Angus, der sie wieder in die Realität des Augenblicks zurückbrachte, indem er an ihrem Rockzipfel zupfte.

»Ma'am!« rief Hortie. »Wir brauchen Ihre Hilfe!«

»Natürlich.« Adrienne ging hastig zum Bett zurück, und gemeinsam hievten sie und Hortie Lady Thomasina auf die Füße. Hortie half ihr in einen lockeren Hausmantel. »Mylady, wir müssen sehr leise sein, wenn wir nicht erwischt werden wollen, verstehen Sie?«

»Ja doch!« jammerte die alte Dame. Dann musterte sie Adrienne von Kopf bis Fuß. Offenbar hatte sie erst jetzt die Verkleidung bemerkt. »Warum haben Sie denn ein Tuch um den Kopf? Und dieses Kleid! Sind Sie hier etwa auch eine Sklavin?«

Adrienne hätte beinahe gelacht und war dankbar dafür. »Ich habe mich nur verkleidet, Mylady.« Langsam setzten sie sich in Richtung Tür in Bewegung.

»Hm.« Lady Thomasina rümpfte die Nase. »Ziemlich albern, da Sie ja eindeutig nicht farbig sind.«

»Ja, vielleicht. Aber ich wollte einfach so wenig Aufmerksamkeit wie möglich erregen.«

Sie hatten nun die Tür erreicht, und Adrienne spähte in den langen Korridor hinaus. Obwohl sie in der Dunkelheit kaum etwas erkennen konnte, schien die Luft rein zu sein. Sie nickte Hortie zu, und sie verließen das Zimmer.

Lady Thomasina war eine gewaltige Last, denn sie stützte beinahe ihr ganzes Gewicht auf die beiden Frauen ab. Während Hortie und Adrienne sie voranschleppten, stöhnte und ächzte sie immer wieder, und Adrienne war zutiefst dankbar, daß die alte Frau wenigstens ihre Füße bewegte.

Angus trottete voran, schnupperte mit hocherhobener Schnauze und verschwand plötzlich in dem Zimmer, das er zuvor markiert hatte. Als die drei Frauen die Treppe erreicht hatte, kam er mit einem blauen Handschuh zwischen den Zähnen zu ihnen getrabt.

Doch plötzlich blieb er stehen und stieß ein tiefes Knurren aus.

Am anderen Ende des Flures flog eine Tür auf, und eine Jungenstimme rief: »Tante, sieh nur! Ich hatte recht! Da ist jemand, und sie haben ein wildes Tier dabei!«

Adriennes Herz sank. Sie befanden sich noch im ersten Stock, und ein Fluchtversuch war aussichtslos. Um einen möglichen Angriff von vornherein abzuwehren, rief sie über die Schulter zurück: »Wir sind keine Einbrecher. Ich bin Adrienne Raveneau. Wir sind gekommen, um Lady Thomasina mit ihrer Zustimmung nach Tempest Hall zu bringen. Und das Tier ist nur ihr kleiner Hund Angus.«

Ein Licht erschien in der offenen Tür. Der Schein der Öllampe beleuchtete das Gesicht von Eloise Crowe und das eines kleinen Jungen mit dunklem, lockigen Haar. Eloise ergriff die Hand des Jungen und ging durch den Flur auf die drei Frauen zu. Ein paar Schritte von ihnen entfernt blieb sie stehen.

»Siehst du, Martin? Es gibt keinen Grund, Alarm zu schlagen«, sagte sie sanft.

Adrienne hob den knurrenden Angus vom Boden auf und strich ihm über den Kopf. Es fiel ihr schwer, in Eloises traurige Augen zu blicken. »Bitte ... lassen Sie uns gehen?«

»Nur, wenn Sie uns mitnehmen.« Ihre Stimme wurde kräftiger, während sie sprach. »Ich will nicht länger bei Xavier bleiben, und Martin soll ein Leben führen, wie es für einen Jungen in seinem Alter angemessen ist.«

»Tante! Ich kann nicht –« Der Junge brach plötzlich ab und senkte den Blick. Einen Moment lang starrte er schweigend auf den Teppich. »Ich darf Onkel nicht verraten!«

»Ich will nur dein Bestes, Liebling«, erwiderte Eloise. »Dein Onkel kann sehr gut für sich selbst sorgen ..., und ich glaube nicht, daß er unsere Treue verdient. Er würde uns niemals freiwillig gehen lassen.«

»Wir würden uns freuen, Ihnen zu helfen«, sagte Adrienne.

»Sie sind sehr lieb, Mrs. Raveneau. Wir stehen tief in Ihrer Schuld.« Eloise schenkte Adrienne ein verzagtes Lächeln, dann setzte sie hinzu: »Beeilen wir uns, bevor mein Mann nach Hause kommt und uns erwischt.«

Lady Thomasina lächelte schwach. »Braves Mädchen. Ich mag Sie.«

Die jüngere Frau brachte kein Wort mehr heraus. In ihren Augen brannten die Tränen. Sie war zu einem nicht unbeträchtlichen Teil schuld an Lady Thomasinas momentanem Zustand. Würde die alte Frau ihr das jemals verzeihen können?

Während die Frauen sich mühten, Lady Thomasina die Treppe hinabzuschaffen, rannten Martin und Angus voraus, um sich zu vergewissern, daß die Luft rein war. Alles ging reibungslos, bis sie durch die Türen zur Veranda blickten und eine vertraute Gestalt entdeckten, die dort auf und ab ging und eine Zigarre rauchte.

Martin war stehengeblieben und wandte sich nun zu Adrienne um. Er war leichenblaß. »Onkel beobachtet das Schiff, das auf das Riff zusteuert«, flüsterte er. »Vielleicht bemerkt er uns ja nicht –«

Adrienne blickte überrascht auf den Jungen hinab. Er wußte also von den heimlichen Aktivitäten seines Onkels! Sie legte ihm eine Hand auf die Schulter und bedeutete ihm, weiterzugehen, bis sie den Flur zur Hintertür erreicht hatten. Sie glaubten sich schon beinahe in Sicherheit, als die Verandatür klackend zufiel und Xavier Crowes Stimme ertönte.

»Eloise? Bist du das?« Der Geruch des Zigarrenqualms drang durch das Treppenhaus. »Ich kann dein Parfum riechen!« Einen Moment herrschte Stille, dann waren Schritte zu hören. »Spiel nicht Katz und Maus mit mir, schönes Kind!«

Alle sechs, Angus eingeschlossen, erstarrten vor Entsetzen. Martin packte Eloises Arm, aber sie befreite sich von ihm. »Ich treffe euch draußen«, flüsterte sie. »Geht!«

Adrienne erkannte, daß sie keine Wahl hatten. Hastig riß sie die Hintertür auf und scheuchte alle hinaus, während Eloise kehrtmachte. Ihre Stimme klang wie aus einem Alptraum, als ihre Worte den Flüchtenden hinaus in die Nacht folgten.

Martin tat, wie ihm aufgetragen war, und rannte voraus, um Philip zu holen. Doch als die Kutsche beinahe lautlos heranrollte, wußte Adrienne, daß sie Eloise nicht zurücklassen konnte.

Hortie und Martin zerrten und schoben Lady Thomasina schon in den Wagen, als Adrienne Philips Arm packte. »Bring sie zurück in das Wäldchen, wo euch niemand sieht, und wartet dort – nur eine kleine Weile noch. Ich muß nach Mrs. Crowe sehen . . .«

»Gehn nur, Mistress.«

Adrienne sah in Philips weise Augen und wußte, daß er nach bestem Wissen und Gewissen handeln würde. Dann raffte sie ihre Röcke und eilte zurück ins Haus. Fast augenblicklich drangen laute Stimmen an ihr Ohr.

»Wenn Sie auf Raveneau hoffen, Madam«, sagte Crowe gerade, »dann lassen Sie sich gesagt sein, daß Sie vergeblich warten. Er wird nicht kommen, um Sie zu retten.« Seine Stimme wurde kalt. »Nicht heute nacht, nicht morgen – überhaupt nicht, verstehst du? Er hat nur Augen für seine Frau, nicht für dich!«

»Ich sagte dir doch schon, daß das Mondlicht mich geweckt hat. Ich wollte nur ein bißchen frische Luft schnappen.«

»Muß ich dich erst einsperren? Willst du dich zu Ihrer Ladyschaft gesellen?« Ein schrilles Lachen folgte seinem Vorschlag. »Gut, daß es Laudanum gibt. Es ist das beste Mittel, um Frauen brav und folgsam zu machen.« Eine Weile herrschte Stille, dann fügte er hinzu: »Du hast doch nicht vergessen, Lady Thomasina ihren Tee zu geben, nicht wahr? Du weißt, was mit Martin geschieht, wenn du es wagst, dich mir zu widersetzen.«

»Keine Sorge. So dumm bin ich nicht«, erwiderte Eloise mit einer Stimme, die verriet, wieviel Mühe es sie kostete, die Tränen zu unterdrücken. »Ich tue alles, was du willst, solange du mir zugestehst, einen klaren Kopf zu behalten. Die ganzen langen Jahre über konnte ich mich nicht entscheiden, was das geringere Übel ist – mich zu Tode zu hungern oder deine Mahlzeiten zu essen und Gefangene dieses Gifts zu bleiben!« Sie begann zu schluchzen. »Weißt du eigentlich, wie sehr ich mich selbst dafür hasse, daß ich Lady Thomasina dieselbe Tortur aufgezwungen habe?«

»Aber natürlich. Was denkst du denn, warum ich wollte, daß *du* ihr den Tee verabreichst?«

»Keine Ahnung, Xavier. Sag's mir!« Eloises Stimme drohte zu kippen.

»Weil es mir Spaß macht. Vergnügen. Das Vergnügen ist mein *raison d'être*«, antwortete Xavier gelangweilt. »Und du, liebste Eloise, bereitest mir gar kein Vergnügen mehr. Außerdem hältst du mich davon ab, mir woanders meinen Spaß zu holen . . . Heute nacht zum Beispiel. Geh wieder in dein Zimmer und bleib dort.«

Selbst in ihrem Versteck konnte Adrienne den drohenden Unterton in seiner Stimme ausmachen. Und das, was sie eben gehört hatte, bestärkte sie nur noch in ihrer Entschlossenheit, Eloise keinesfalls in *Crowe's Nest* zurückzulassen. Auf Zehenspitzen schlich sie sich die Dienstbotentreppe hinauf. Oben angekommen rief sie mit hoher Stimme: »Mistress, Ladyschaft ruft! Kommen schnell!«

»Wer ist das?« bellte Crowe.

»Oh –« Eloise brach ab, dann rief sie: »Es ist die neue Magd – Addie. Sie kümmert sich um die Bedürfnisse von Lady Thomasina.« Langsam ging sie auf die Treppe zu. »Nein, nein, ich gehe schon hinauf, Xavier. Du brauchst dich damit nicht zu belasten.« Doch er war noch immer hinter ihr.

Adrienne trat in die Schatten zurück, so daß nur noch das Kopftuch und ein Teil ihres Kleides zu sehen war. »Schnell, Mistress!«

Als Eloise die Treppe hinaufstieg, blickte Crowe interessiert hinauf zum Geländer, hinter dem Adrienne zu erkennen war. »Addie, hm? Eine unserer süßen Mulattinen?« In diesem Moment rüttelte ein Windstoß an der Verandatür und erinnerte Crowe an das, was draußen am Strand auf ihn wartete. »Ich komme zurück . . . versprochen«, sagte er und machte auf dem Absatz kehrt.

Zitternd klammerten sich die Frauen oben auf dem Treppenabsatz aneinander, bis die Verandatür mit einem

Krachen zufiel. »Los«, flüsterte Adrienne. »Wir müssen uns beeilen.«

Mit hämmernden Herzen rannten die beiden die Treppe hinunter. Unten wäre Eloise beinahe gestolpert, doch Adrienne zerrte sie einfach mit, und dann waren sie an der Hintertür, stürzten hinaus und liefen barfuß über den Kies auf die Kutsche zu, die hinter den Bäumen verborgen war. Philip stand abwartend an der offenen Kutschentür, und als sie hastig hineingeklettert waren, sprang er behende auf den Bock und ließ die Zügel knallen.

Erschöpft ließ sich Adrienne gegen die Lehne sinken und zog ihren Turban vom Kopf. »Gott sei Dank. Es ist vorbei. Und jetzt –«

»Und jetzt«, unterbrach Eloise sie, »müssen wir ein paar Meilen nach Norden fahren und Huntsford holen. Er sucht in der Cave Bay nach einem Schatz, den es nicht gibt. Ich habe Xavier heute belauscht, wie er sich darüber lustig gemacht hat. Es ist schon schlimm genug, daß Huntsford seit Stunden ziellos Löcher aushebt! Mich fröstelt bei dem Gedanken, was ihn erwarten mag, wenn er nach *Crowe's Nest* zurückkehrt und wir nicht mehr dort sind!«

»Nein!« stieß Hortie empört hervor. »Für heute haben wir genug Abenteuer erlebt.«

»Ich denke, sie hat recht«, stimmte Adrienne zu. »Wir alle sind todmüde, und ich –«

»Mein Sohn! Ich will meinen Sohn!« sagte Lady Thomasina plötzlich. Einen Moment zuvor hatte es so ausgesehen, als ob sie eingeschlafen war, aber nun waren ihre Augen weit offen und ihr Kinn trotzig vorgeschoben. »Wenn Sie meinen Hunty nicht retten, dann brauchen Sie sich auch nicht um mich zu kümmern.«

Angus fing wieder an zu heulen, und Adrienne hob ergeben die Hände. »Also gut. Sobald wir auf der Straße sind, werde ich Philip anweisen, Cave Bay anzusteuern. Ich hoffe bloß, daß wir alle diese Geschichte überleben.«

Der Wind wehte warm in Nathans Gesicht, als er sich über die Reling beugte und das vom Mondlicht beschienene Wasser begutachtete. »Ich glaube, ich kann Cobbler's Reef sehen«, sagte er zu Crenshaw, ohne sich umzudrehen. »Hol meinen Vater her.«

Einen Moment später trat André zu ihm. »Wenn du sicher bist, sollten wir Anker werfen.«

»Und zwar ganz schnell«, setzte Zachary Minter, der André Raveneau gefolgt war, hinzu. »Du kannst das Risiko nicht eingehen, daß wir tatsächlich auflaufen.«

Nathan richtete sich auf und starrte beide kühl an. »Wir können aber auch nicht das Risiko eingehen, uns zu verraten, indem wir zu früh Anker werfen. Xavier Crowe ist leider kein Dummkopf. Im Gegenteil. Er wird sofort Verdacht schöpfen, wenn ihm irgend etwas seltsam vorkommt.«

»Warum zum Teufel sollte er auf die Idee kommen, daß ihm jemand eine Falle stellen will? Das was wir hier tun, würde *jedem* verrückt vorkommen«, bemerkte Zach. »Ich meine, wir machen hier schließlich keine kleine, harmlose Kreuzfahrt. Wir könnten alle umkommen!«

»Und eben darum dürfen wir nicht einfach annehmen, daß er ohnehin nicht mißtrauisch wird«, erwiderte Nathan ruhig. »Crowe nimmt nichts einfach als gegeben hin, daher sollten wir das auch nicht tun!«

Die See war kabbelig, und in der Ferne blinkten zahllose Lichter. Diese Nacht hatte irgend etwas Magisches an sich. Feine salzige Tröpfchen wehten den Männern ins Gesicht, und es lag eine Spannung in der Luft, die auf ein Unwetter hindeutete. Der Mond warf ein unwirkliches, unheimliches Licht über das Meer, und der Gedanke, daß vor ihnen Strandpiraten lauerten, die nur darauf warteten, auf das auf Grund gelaufene Schiff zu kommen und jeden Mann seiner Crew zu töten, jagte Nathan einen Schauder der Erregung über den Rücken.

Doch eben das Wissen um die Skrupellosigkeit von Crowes Männern hatte Nathan dazu veranlaßt, alles noch einmal genau zu überdenken, bevor sie am Abend abgelegt hatten. Er hatte inzwischen genug Weisheit erlangt, um zu wissen, daß die Verheißung eines Abenteuers nicht Grund genug war, das Leben anderer aufs Spiel zu setzen. Aber dann hatte er sich einmal mehr vor Augen gehalten, daß sehr viel mehr Männer in den kommenden Jahren sterben würden, wenn es ihnen nicht gelang, Crowes Treiben ein für alle Mal ein Ende zu bereiten.

Inzwischen hatte er verstanden, wie die Schiffe in der Vergangenheit in die Irre geleitet werden konnten. Von dieser Entfernung aus mußte man die vielen, sich bewegenden Lichter am Strand für die Bootslaternen im Hafen von Bridgetown halten. Was sonst hätte es sein können? Wenn es sich um ein großes Anwesen gehandelt hätte, dann hätten die Lichter sich nicht bewegt. Erst wenn man sich über dem Riff befand, konnte man am Strand die sich im Wind wiegenden Palmen und die Laternen daran erkennen. Kapitäne, die zum ersten Mal nach Barbados segelten, mußten einfach in diese Falle tappen. Und wenn sie begriffen, daß sie einem Irrtum aufgesessen waren, war es längst zu spät für sie ...

»Die Männer sind bereit«, sagte Zach leise. »Sie freuen sich, dir wieder zu Diensten sein zu können.«

»Mein Vater hat weit mehr Erfahrungen mit Seeschlachten. Wir können froh sein, daß er bei uns ist.« Nathan legte eine Hand auf Andrés Schulter, und beide empfanden plötzlich eine so tiefe Liebe zueinander, daß sie sich nur wortlos in die Augen sehen konnten. Nathan faßte sich als erster wieder. »Vielen Dank.«

André nickte. »Wir werden es schaffen, mein Junge.«

»Ich weiß.« Einen Augenblick lang tauchte Adriennes Bild vor seinem inneren Auge auf. »Die wirklich wichtige Periode meines Lebens hat gerade begonnen, und ich habe die Absicht, meine Frau glücklich zu machen.«

Nathan machte eine Handbewegung zu Zach hin, und dieser gab den Befehl weiter, den Anker zu werfen. Die erfahrenen Matrosen auf dem Vorderdeck hatten klare Anweisungen bekommen, und nun begannen sie, die Ankerketten so dicht wie möglich am Schiffsrumpf vorbeischrammen zu lassen. Nathan hoffte, daß das Geräusch in etwa dem häßlichen Knirschen eines Kiels, der auf das Riff auflief, gleichkam. Und er wollte, daß Crowe glaubte, die Besatzung sei sich nicht sicher, *was genau* das Schiff gerammt hatte. Wenn sie taten, als würden sie einen Angriff befürchten, und sich beim Anblick von Crowes Männern sofort auf eine Verteidigungsposition zurückzogen, dann konnte das allein schon ausreichen, um den Anführer hervorzulocken.

Wie abgemacht brüllte André so laut, daß es an der Küste zu hören sein mußte: »Alle an Deck. Wir sind beschädigt.«

Da die Möglichkeit bestand, daß Xavier Crowe sie durch ein Fernglas beobachtete und seinen Erzfeind erkannte, setzte Nathan nun die Brille auf, die er auf Harms Castle getragen hatte, und versteckte sein Haar unter einem von Crenshaws gestreiften Tüchern. Trotz der Gefahr, die ihnen bevorstand, konnten einige Männer sich das Grinsen nicht verkneifen, als sie ihren Captain in dieser Verkleidung erblickten.

»Ich sehe Bewegung an der Küste«, sagte André, der durch ein Fernglas blickte.

Zach kehrte aufs Deck zurück. Er war bleich und deutlich angespannt. »Ich habe den Männern deine Anweisungen weitergegeben«, sagte er. »Wir verschonen, wenn möglich, das Leben der Männer. Gott, immerhin sind die meisten Sklaven, die tun müssen, was immer ihr Herr ihnen befiehlt!«

Eine dicke Wolkenbank hatte sich vor den Mond geschoben, was Crowe zweifellos noch besser gefiel als Nathan. Dennoch konnte man erkennen, wie die Männer am Ufer nun in Boote stiegen oder ins Wasser sprangen und sich auf sie zu bewegten. Alle schienen bewaffnet zu sein.

André brüllte knappe Befehle über das Deck, dann blies er eine Pfeife. Beinahe augenblicklich quoll die Mannschaft der *Golden Eagle* aufs Deck, und es waren weit mehr, als die Anzahl der Männer, die sich mit ihren gezogenen Waffen in ihren Booten näherten.

Von der *Golden Eagle* wurden Netze hinuntergelassen, um den Feind davon abzuhalten, über die Reling zu klettern. Oben auf den Plattformen der Topmasten begannen Seemänner Granaten in die Brandung zu werfen, wobei sie absichtlich ihr Ziel verfehlten. Crowes Sklaven sahen sich unsicher und ängstlich um.

»Wir haben sie«, murmelte Nathan neben seinem Vater, »aber ich weiß nicht so recht, was wir jetzt mit ihnen machen sollen. Wo ist Crowe, dieser feige Hund?«

In diesem Augenblick zeigte Owen Horner sich im Bug des Bootes, das dem Schiffsrumpf am nächsten war. Er stand auf, mühte sich um sein Gleichgewicht und nahm seinen zerknautschten Hut ab. »He, Captain!«

André Raveneau trat vor, sagte aber nichts.

»Wir sind gekommen, um Sie zu retten! Legen Sie die Waffen nieder.«

»Wir haben zuviel Gold und Silber an Bord, um ein Risiko einzugehen«, erwiderte André. »Sie haben auf uns geschossen, und ich soll Ihnen vertrauen?«

»Das war kein Kanonenschlag. Ihr Schiff hat Cobbler's Reef gerammt!«

Am Strand stand Xavier Crowe im Schutz der Palmen und überlegte, was er tun sollte. Horner war ein Narr. Offensichtlich konnte nur er, Crowe selbst, den Captain und seine Mannschaft ausreichend beruhigen. Selbst wenn es bedeutete, daß er sie alle nach *Crowe's Nest* einladen und ihnen ein Abendessen servieren mußte, um sie nachher in seine Kellergewölbe einzuschließen – er würde seinen Plan ausführen.

Als Abraham seinen Meister am Strand winken sah, kehrte er mit seinem Schiff zurück, ließ ihn einsteigen und ruderte durch die Wellen erneut zur *Golden Eagle.* Crowe hielt eine Laterne in der Hand und machte ein besorgtes Gesicht.

»Dummer Captain denkt, Riff ist Kanonendonner«, brummelte Abraham kopfschüttelnd.

»Ich werde ihn schon vom Gegenteil überzeugen.«

Die Boote mit Horner und den Sklaven machten Platz, um Abraham mit seinem Meister durchzulassen. Als sie näherkamen, trat ein Mann, der offenbar der Captain war, an die Reling und rief in die Dunkelheit hinunter. »Pfeifen Sie Ihre Haie zurück, oder wir greifen an.«

Crowe lachte auf, als hätte der andere einen besonders guten Scherz gemacht. »Mein lieber Freund, Sie sind neu in diesen Gewässern und kennen sich offenbar auf Barbados nicht aus.« Er hätte sich beinahe vorgestellt, befürchtete aber plötzlich, daß die Gerüchte über ihn bis nach Amerika gedrungen sein könnten. »Ich bin ein geachteter Plantagenbesitzer auf dieser Insel, und die Männer, die Sie töten wollen, sind nur meine Sklaven. Ziemlich harmlos, das kann ich Ihnen versichern. Wir hörten das Geräusch, als Sie auf unser Riff aufgelaufen sind, und so schickte ich meine Männer aus, um Ihnen zu helfen. Ich fürchte, Sie werden von Bord gehen müssen.«

»Ach ja? Und was ist mit diesen Laternen an Ihrem Strand? Wir dachten, wir hätte die Carlisle Bay erreicht.«

Wieder lachte Crowe. »Lieber Himmel, wir hätten nie gedacht, daß ein solcher Irrtum aufkommen könnte. Sehen Sie, meine Sklaven sind sehr freundlich, aber auch sehr primitiv. In vielen Nächten vertreiben sie sich die Zeit mit irgendwelchen seltsamen afrikanischen Ritualen. Sie waren es, die die Laternen in die Bäume gehängt haben.«

Der Captain schien über Crowes Erklärungen nachzudenken. »Ich gestatte Ihnen – aber *nur* Ihnen – an Bord zu kommen, Sir. Ich möchte Ihnen in die Augen sehen, bevor ich entscheide, was zu tun ist.«

»Nun, was immer Sie wollen!« Vergnügt glucksend packte Crowe die Strickleiter, die jemand von oben herabließ. Während er hinaufkletterte, sagte er: »Sie werden aber wohl oder übel einsehen müssen, daß Sie keine große Wahl haben, als mir zu trauen. Ihr Schiff ist mit Sicherheit leck, und es ist nur eine Frage der Zeit –«

Nathan Raveneau stand an der Reling, als Xavier Crowe, verschwitzt und mit feuchtem Haar, auf Deck sprang. Nathan zog Brille und Kopftuch ab, während Crowe sich sein Hemd abklopfte.

»Ich fürchte«, begann Nathan, »daß Ihre Argumente nicht überzeugend genug sind.«

Crowe stieß einen empörten Schrei aus. »Wo zum Teufel kommen Sie denn her? Das war doch nicht Ihre Stimme, die ich da eben –«

»Nein, es handelte sich um meinen geschätzten Vater.« Als Nathan einen Handbewegung machte, trat André vor, und Crowe wich vor der Respekt gebietenden Ausstrahlung des Siebzigjährigen zurück.

»Crowe«, murmelte André und vollführte eine spöttische Verbeugung.

Nathan entzündete sich eine Zigarre und sah seinen Feind mit verengten Augen an. »Mir scheint, daß Sie sich in Ihrer eigenen teuflischen Falle verfangen haben. Sollen wir mit Ihnen genau das tun, was Sie mit uns vorgehabt haben?«

Schweiß rann Crowe in die Augen. Sein Atem ging schwer. »Wenn Sie mir auch nur ein Haar krümmen, dann werden meine Männer Sie bis ans andere Ende der Welt hetzen.«

Nathan hielt abwehrend die Hände hoch. »Oje. Verschonen Sie mich mit solchen Drohungen. Dafür ist es schon längst zu spät.« Einen kurzen Augenblick sahen die beiden Feinde sich in die Augen, und Nathan erkannte, daß Xavier Crowe tatsächlich Angst hatte, und zwar, weil er sich ausmalte, was er an Nathans Stelle tun würde! »Sie glauben, daß ich Sie bei Ebbe bis zum Hals in den Sand eingraben werde, nicht wahr? Ich gebe zu, daß das ein verlockender Gedanke ist.«

Crowe wurde leichenblaß. »Bitte. Bitte nicht. Ich gebe Ihnen, was Sie wollen. Sogar Eloise –«

»Sie sind eine widerliche Imitation eines menschlichen Wesens. Tun Sie mir den Gefallen und schweigen Sie!« Ein Muskel zuckte in Nathans Kiefer, und er warf seinem Vater einen kurzen Blick zu. »Sie haben den Tod auf Piratenart zwar verdient, aber leider mag ich solche Grausamkeiten nicht. Im übrigen ist es auch nicht an mir, über Ihr zukünftiges Schicksal zu entscheiden. Wir werden Sie nach Bridgetown bringen und dort dem zuständigen Richter überantworten ...«

Crenshaw und ein paar andere Matrosen hatten etwas abseits gewartet. Nun kamen sie heran, fesselten Crowe und führten ihn unter Deck. Nathan hatte das Gefühl, als hätte man ihm ein gewaltiges Gewicht von den Schultern genommen.

»Gut gemacht«, sagte André. »Ich bin verdammt stolz auf dich!«

»Warum? Weil du festgestellt hast, daß ich so wie du geworden bin?« Sie lachten beide, umarmten sich, und Nathan spürte, wie seine Augen brannten. »Vor noch nicht allzulanger Zeit hätte ich gesagt, daß wir grundverschieden sind und ich auf deine Anerkennung verzichten kann. Aber nun kann ich mir selbst eingestehen, daß sie mir sehr viel bedeutet. Vielen Dank, Vater. Heute nacht haben wir Crowe in einem Gemeinschaftsunternehmen zur Strecke gebracht. Ohne Zach, dich und die ganze Mannschaft hätte es nicht funktioniert!«

»Zum Glück *hat* es das aber«, sagte Minter schwach. »Ich hatte ein paar Zweifel ...«

Nathan trat an die Reling und rief zu den Männern in den Booten: »Ich bin Nathan Raveneau, und wir sind nicht auf Grund gelaufen. Wir sind an diese Küste gekommen, um Xavier Crowe eine Falle zu stellen, und in diesem Moment befindet er sich bei uns unter Deck in Ketten ...«

Einen Moment herrschte Stille, dann brachen die Männer unter ihm in Jubel aus. Die Sklaven hatten all die Jahre ihrem Herrn gehorcht, um nicht unter seinem Zorn leiden zu müssen, doch jetzt durften sie endlich ihre wahren Gefühle zeigen. Als der Lärm ein wenig abebbte, suchte Nathan nach Owen Horner.

»Horner, ich muß Sie bitten, freiwillig heraufzukommen und Ihrem Arbeitgeber Gesellschaft zu leisten. Ich habe den Verdacht, daß es nicht schwer sein wird, Ihnen ebenfalls ein paar Verbrechen anzuhängen, die für eine Verurteilung ausreichen ...«

Der Aufseher versuchte, über Bord zu springen, doch der andere Mann in dem Boot packte ihn und hielt ihm ein Messer an die Kehle. Abraham erbot sich, Horner an Deck der *Golden Eagle* zu bringen.

Bevor die Boote mit den Sklaven wieder zum Strand zurückkehrten, wandte sich Nathan an Zach und seinen Vater. »Ich verlasse mich auf euch und die Mannschaft, daß ihr unsere beiden Gefangenen zum Richter nach Bridgetown bringt, so daß sie noch heute eingesperrt werden.«

»Und wo willst du hin?« fragte Zach mißtrauisch.

»Ich werde von hier aus nach Hause gehen. Adrienne ist bestimmt halbtot vor Sorge um mich. Sie ist die erste Frau in meinem Leben, die soviel für mich empfindet. Ich möchte ihr Gesicht sehen, bevor es Morgen wird.« Ein verlegenes Lächeln huschte über seine Lippen. »Da seht ihr's. Ich habe mich tatsächlich verändert. Glaubt ihr, daß ich mir von Crowe ein Pferd leihen kann?«

André lachte, doch dann fiel ihm etwas anderes ein. »Adrienne wird sich über die Neuigkeiten freuen, und das aus mehreren Gründen. Nun, da Crowe hinter Schloß und Riegel gebracht wird, braucht sie sich keine Sorgen mehr um Lady Thomasina und Eloise zu machen.«

Kapitel 25

Als Nathan in *Crowe's Nest* vergeblich nach den Bewohnern gesucht hatte, ging er zurück zum Strand, um auf Abraham zu warten. In der Ferne sah er die *Golden Eagle*, die mit vollen Segeln Kurs Südwest nach Bridgetown steuerte.

Die Sklaven hatten sich am Strand versammelt und redeten aufgeregt miteinander, und Nathan begriff, daß er sie in ihrer Unsicherheit nicht allein lassen konnte. Da es eindeutig war, daß Abraham der Anführer der Männer war, wandte Nathan sich an ihn.

»Ich möchte gerne eine ehrliche Antwort, Abraham«, begann er. »Du warst Xavier Crowes rechte Hand. Was denkst du jetzt, da wir ihn geschnappt haben?«

Der große, gutaussehende Mann sah Nathan ernst an. »Es ist gut. Wirklich gut. Ich sehen soviel Böses in vergangenen Jahren, und ich konnte nichts tun. Nur mitmachen. Jetzt kann ich wieder anders sein.«

»Woher kommst du? Du klingst nach –«

»Amerika«, bestätigte er. »Master Crowe hat mich von Pflanzer in Carolina gekauft. Viele Bajans leben dort.« Er schüttelte den Kopf. »Ich nie Respekt vor Master Crowe, ich haßte, was ich mußte tun, aber er erlaubt, Frau zu haben, und mich nie geschlagen! Er uns behandelt wie Haustiere, nicht wie Menschen!«

»Abraham, würdest du zu mir kommen und für mich arbeiten? Ich lasse dich frei, aber ich kann nicht viel zahlen – noch nicht. Ich werde so viele von Crowes Sklaven anstellen, wie ich kann. Wenn ich mehr Arbeiter auf den Feldern habe, dann gelingt es mir vielleicht, euch alle, meine Sklaven eingeschlossen, freizulassen.«

»Ich bin geehrt, als freier Mann für Sie auf Feld zu arbeiten. Ich gehe mit Ihnen. Ich sag' anderen, was Sie gesagt haben, und komm' morgen wieder.«

»Ja. Lieber Himmel, ich bin so müde. Und ich habe auch noch den langen Weg nach Hause vor mir! Wenn du mit mir kommst, könntest du vielleicht aufpassen, daß ich nicht vom Pferd falle.« Nathan hielt inne. »Ich wollte dich übrigens auch fragen, ob du weißt, wo Mrs. Crowe oder die Gäste sind. Ich war eben im Haus und habe niemanden finden können. Mrs. Crowe sollte aber noch heute nacht erfahren, was mit ihrem Mann geschehen ist. Hast du eine Ahnung, wo sie sein könnte?«

Abraham blickte auf seine nackten Füße. »Ich weiß, wo der junge Englischmann ist. Massa Crowe hat ihn nach Schatz graben geschickt . . .«

»Ah, danke, dann weiß ich sogar ganz genau, wo er sich aufhält. Und vielleicht kann Harms mir dann auch sagen, wo ich die anderen finden kann. Ich kann nicht eher nach Hause reiten, bis ich mich vergewissert habe, daß niemand in Gefahr ist.«

Mit Abrahams Hilfe fand Nathan rasch einen großen grauen Wallach, und wenige Minuten später befand er sich auf der Küstenstraße, die an der zerklüfteten Küste entlangführte. Abraham hatte zu seiner Hütte laufen wollen, um seiner Frau zu erklären, wohin er reiten würde, doch es dauerte nicht lange, bis er seinen neuen Arbeitgeber zu Pferd eingeholt hatte.

Schweigend galoppierten sie Seite an Seite, bis sie einen Hügelkamm erreicht hatten und in der Ferne eine Kutsche erkennen konnten.

»Was zum Teufel –!?« brüllte Nathan plötzlich. »Das ist doch *mein* Wagen! Wie kann denn das sein?«

»Ein Dieb?« überlegte Abraham. »Haben Sie Pistole, Sir?«

»Ja, aber ich glaube eigentlich nicht, daß es sich um einen Dieb handelt.«

»Wer sonst fährt nachts mit Ihrer Kutsche, Sir?«

»Tja, eigentlich nur –« Nathan stöhnte. »Ich fürchte, meine verflixte Frau hat heute nacht ihren eigenen Plan in die Tat umgesetzt.«

Abraham zog neugierig und leicht amüsiert die Augen hoch. »Plan, Sir? Wozu?«

»Um die Bewohner von *Crowe's Nest* zu retten, vermute ich. Sie ... äh, hat so etwas erwähnt.«

Da Abraham keine höfliche Antwort einfiel, sagte er nichts.

Als sie die Kutsche beinahe eingeholt hatten, brüllte Nathan Philip zu, daß er anhalten solle. Sobald der alte Mann seinen Verfolger erkannte, gehorchte er, zog aber ein wenig den Kopf ein, als Nathan vom Pferd sprang und sich mit forschen Schritten auf die Kutschentür zubewegte. »Sie meint nur gut, Captain.«

»Dieser verdammte Satansbraten läßt mich jeden Tag um Jahre altern«, fauchte Nathan, dann riß er die Tür auf. Der Anblick, der sich ihm bot, war zu bizarr, als daß er seinen Augen trauen mochte: Lady Thomasina wirkte, wenn überhaupt möglich, noch monströser mit ihrem wirren Haar und dem weiten, offenen Hausmantel. Eloise und Martin kauerten Arm in Arm auf der gegenüberliegenden Sitzbank und starrten Nathan mit aufgerissenen Augen an. Angus sprang von der Bank und duckte sich knurrend vor dem Neuankömmling, während ein blauer Handschuh aus seiner Schnauze baumelte. Eine bleiche, übernächtigt aussehende Hortie versuchte, ihn zu beruhigen. Und endlich machte Nathan auch seine Frau aus, die sich in einer Ecke der Kutsche regte und sich die Augen rieb, als sei sie soeben aus einem tiefen Schlaf erwacht. Sie trug das Kleid einer Sklavin und hielt ein gestreiftes Tuch auf ihrem Kopf.

»Ich bitte um Vergebung, Madame, wenn ich Sie geweckt haben sollte«, grollte Nathan. »Aber ich hätte Sie gerne kurz gesprochen!«

»Tu ihr nichts!« stieß Eloise flehend hervor.

Er warf ihr einen scharfen Blick zu. »Und du tu mir den Gefallen und stell mich nicht auf die gleiche Stufe mit deinem Mann!«

Adriennes Kinn zitterte, als sie sich mühsam aus der überfüllten Kutsche kämpfte. Als sie schließlich vor Nathan stand, sah sie ihn scheu von unten her an. »Ich ... ich hatte solche Angst um dich.«

»Ach ja. Interessante Verkleidung, die du dir ausgesucht hast.« Er schüttelte den Kopf. Dann öffnete er seufzend die Arme, und Adrienne warf sich ihm an die Brust. »Wenn ich gewußt hätte, was du heute nacht vorhast, dann hätte ich dich ans Bett gekettet. Nackt.«

»Ein neues Spiel?« neckte sie ihn. »Hm, das könnte mir gefallen, wenn du in der Nähe bist!« Ihre Arme schlangen sich fest um seinen Nacken. »Oh, Nathan, ich liebe dich mehr, als ich es für möglich gehalten habe.

Bitte, bitte versprich mir, daß du dich von nun an von allen möglichen Gefahren fernhältst.«

»Ich hatte gerade vor, nach Hause zu kommen, damit du dich nicht mehr sorgen mußt, als ich feststellte, daß in *Crowe's Nest* praktisch kein Mensch war! Wie kannst *du* dich nur in eine solche Gefahr begeben, ohne mir vorher etwas davon zu sagen?« Er vergrub sein Gesicht in ihrer Halsbeuge und sog ihren Duft ein. »Wenn Crowe euch erwischt hätte, dann hätte er euch umbringen können.«

»Ach was, ich bin viel zu schlau für ihn. Hast du denn überhaupt kein Vertrauen zu mir? Im übrigen habe ich dir von meinem Vorhaben erzählt und dich gebeten, mir zu helfen, aber du hattest ja wichtigere Dinge zu erledigen.« Sie begann, ihm eine gekürzte Version ihres Abenteuers zu erzählen, und als sie geendet hatte, berichtete Nathan ihr in knappen Worten, was auf der *Golden Eagle* geschehen war.

»Ich erzähle dir alles ganz genau, wenn wir zu Hause sind, aber jetzt möchte ich vor allem wissen, warum Eloise und Martin hier in der Kutsche sind. Und was macht ihr auf der Küstenstraße?«

»Eloise bestand darauf, daß wir Huntsford suchen müßten. Sie hatte mitgehört, daß Crowe ihn nach einem Schatz graben läßt, den es gar nicht gibt.« Sie senkte die Stimme und fuhr fort: »Oh, Nathan, ich habe heute so vieles über Eloise und Xavier Crowe erfahren. Er ist *böse!* Ja, er hat sogar –«

»Adrienne, dazu ist jetzt keine Zeit!« sagte Nathan drohend.

»Was Huntsford angeht«, beeilte sie sich fortzufahren, »so glaubt Eloise wohl, daß auch er von Crowe zu einem Werkzeug degradiert worden ist. Sie hat Mitleid mit ihm. Ich glaube, sie will Martin wieder nach England bringen, wo niemand etwas über Crowe und seine Machenschaften weiß, so daß der Junge auf vernünftige Art und Weise aufwachsen kann. Vielleicht können Huntsford und Lady Thomasina ja gemeinsam mit ihr nach Hause fahren . . .«

»Wie mir scheint, fängst du schon wieder an, dir die Probleme anderer zu eigen zu machen. Wir werden dies aber nicht auf der Straße diskutieren, hast du verstanden? Ich bin mir noch immer nicht sicher, was ich wegen Harms unternehmen soll. Meines Erachtens *hat* er in Winchester mit Walter Frakes-Hogg gemeinsame Sache gemacht.«

»Komm, gehen wir und sprechen wir mit ihm. Ich gebe zu, daß Huntsford viele Fehler hat, aber vielleicht ist er es dennoch wert, daß wir ihn verschonen!«

»Du gehst nirgendwohin. Außer nach Tempest Hall. Und zwar jetzt.«

»Oh, nein. Ich werde mit dir und —«

»Abraham«, sagte er und fügte dann als Erklärung hinzu: »Ich habe mir erlaubt, Crowes Sklaven zu befreien, ob das nun legal ist oder nicht, und will sie bitten, bei mir auf den Feldern zu arbeiten.«

Adrienne strahlte ihn glücklich an. »Ich bin stolz, Ihre Frau sein zu dürfen, Sir!« Und dann stellte sie sich auf Zehenspitzen, legte ihre Lippen auf seine und küßte ihn so innig wie nie zuvor. »Ich glaube, ich wäre heute nacht vor Angst um dich gestorben, wenn ich mich nicht hätte ablenken können!«

»Oh, schon gut, du hast gewonnen«, stöhnte er. »Philip wird die anderen nach Tempest Hall fahren. Du kannst meinetwegen mit uns kommen.«

Vom Mondschein geleitet, ritten die drei an der Klippe entlang, die das tobende Meer überragte. Adrienne, die vor Nathan auf dem grauen Wallach saß, glühte vor Erregung und Glück.

Als sie die überwachsene Straße verließen und der Biegung des Pfades folgten, ragte plötzlich vor ihnen Victoria Villa auf. Die schwarzen, leeren Fensterhöhlen und das brüchige Mauerwerk wirkten unheimlich, und einen Augenblick lang glaubte Adrienne, ferne Walzerklänge und das Stimmengewirr von Gästen zu hören. Im Schein des Mondes, der immer wieder hinter grauvioletten Wolkenfetzen verschwand, flatterten riesige Fledermäuse unter den Bögen der Veranda hin und her. Als sie die Brandung, die unter ihnen gegen die Felsen donnerte, hörte, seufzte sie.

Nathan legte einen Finger über Adriennes Mund. »Sch.« Dann hob er eine Hand, um Abraham zu signalisieren, daß sie sich nun in der Nähe des Strandes befanden, an dem Nathan Huntsford zu finden glaubte. Nachdem sie die Pferde angebunden hatten, nahm Nathan Abraham beiseite und beriet sich mit ihm eine lange Weile. Als sie sich offenbar einig waren, ging der Schwarze in Richtung Süden davon, während Nathan zu ihr zurückkam.

»Was habt ihr denn besprochen?« fragte Adrienne leise. Sie platzte beinahe vor Neugier.

»Das kann ich dir jetzt nicht genau erklären. Ich würde nur vorschlagen, daß du vergißt, daß jemand mit uns gekommen ist. Tu einfach so, als wären wir allein. Einverstanden?«

Sie zupfte an seinem Ärmel, als sie sich in Bewegung setzten. »Ist das nicht eine Verletzung des Ehegelübdes? Hast du nicht versprochen, mir immer die Wahrheit zu sagen?«

Nathan sah sie mit einer hochgezogenen Augenbraue an. »Der einzige Satz aus dem Gelübde, der im Augenblick zählt, ist dein Versprechen, deinem Mann stets zu gehorchen. Alles andere kann warten, bis –«

Nathans leise Stimme brach ab. Sie hatten nun den Rand des Felsens erreicht, der senkrecht zum Strand hin abfiel, und Nathan zog seine Frau hinter einen Oleanderbusch. Als eine Fledermaus über ihre Köpfe hinwegflog, zuckte Adrienne heftig zusammen.

Nathan spürte ihr Entsetzen und flüsterte: »Bist du immer noch froh, daß du mitgekommen bist?«

Adrienne nickte und straffte die Schultern. Sie blickte hinab auf das weiße Halbrund des Strandes, der von Kokospalmen gesäumt wurde. Eine Bewegung fing ihren Blick ein. War das ein Mann? Als die Wolkenfetzen, die über den Himmel jagten, den Mond einen Augenblick freigaben, erkannte sie helles Haar und Schultern, die eindeutig zu Huntsford Harms gehörten. Unermüdlich bearbeitete er mit einer Schaufel den Sand.

Nathan tastete nach ihrer Hand und drückte sie. Langsam wanderten sie um die Klippe herum bis zu der Stelle, an der die Stufen in den Stein geschlagen waren. Ein plötzlicher Anflug von Furcht ließ Adrienne stehenbleiben. Der Fels fiel steil nach unten ab, und in der Dunkelheit waren die Vertiefungen kaum auszumachen. Nathan senkte den Kopf, küßte sie kurz und heftig und murmelte: »Ich passe auf dich auf.«

Und so bewegten sie sich langsam, Nathan zuerst, Adrienne direkt hinter ihm, Stufe um Stufe die ungleichmäßige Treppe hinunter. Nur wenig später sprangen sie auf den weichen Sand hinab.

Huntsford machte genug Lärm, um alle anderen Geräusche zu übertönen, so daß sie sich relativ schnell durch die Palmen an ihn heranschleichen konnten. Als sie näherkamen, sah Adrienne, daß der ganze Strand mit tiefen Löchern übersät war, von denen die meisten mit Wasser gefüllt waren. Es war eine seltsam-unheimliche Szenerie, und Adrienne war an ihre Vorstellung vom Mond erinnert. Huntsford selbst bot einen ähnlich schockierenden Anblick. Er stand in einem dieser Löcher, schaufelte Sand und Wasser hinaus, und sein vor Anstrengung und Besessenheit verzerrtes Gesicht glänzte vor Schweiß.

»Das ist die Stelle«, murmelte er wieder und wieder. »Hier muß es sein! Ja, ja, mach weiter, das muß sie sein!«

Nathan und seine Frau wechselten einen Blick. In diesem Moment war das Geräusch von Metall auf einem harten Gegenstand zu hören. Huntsford Harms stieß einen Schrei aus, der von Schluchzern und Lachen gefolgt wurde. Er bückte sich und begann, wild mit den Händen in dem schlammigen Wasser zu seinen Füßen zu tasten. Einen Augenblick später hievte er etwas heraus, das viel zu klein für einen Schatztruhe war.

Adrienne hätte beinahe laut gekeucht, als Harms das helle, ovale Ding höher hob und es im Mondlicht blinzelnd anstarrte. Nacktes Entsetzen zeichnete sich auf seiner Miene ab.

Es war ein Schädel – ein menschlicher Schädel!

Ungläubig bückte sich Huntsford wieder, suchte hektisch zu seinen Füßen und zog diesmal einen Oberschenkelknochen heraus. In ihrem Versteck mußte Adrienne sich eine Hand auf den Mund pressen, um einen Schrei zu unterdrücken. Wie furchtbar mußte es sein, nach einem Schatz zu suchen und statt dessen ein Grab zu entdecken!

Gerade als Huntsford aus dem tiefen Loch zu klettern versuchte, ertönte eine tiefe, hohlklingende Stimme von oben herab. »Du Verräter, Harms! Ich hab' dir vertraut, und du hast mich umgebracht!«

Adrienne glaubte, ohnmächtig werden zu müssen, aber Nathan wies nur stumm nach oben, und sie entdeckte Abraham, der sich an den Stamm einer Kokospalme klammerte, deren Wedel ihn vor Blicken schützte. Huntsford Harms jedoch war mitten in der Bewegung erstarrt und blickte zum Himmel. In dem Zustand, in dem er sich momentan befand, hätte er wahrscheinlich alles geglaubt! So entging ihm auch der starke Akzent der Stimme . . .

»Walter?« wimmerte er. Dann preßte er sich eine zitternde Hand auf den Mund. »Sind Sie das?«

»Gestehe! Dann alles wird –« Abraham machte eine

Kunstpause, um dem nachfolgenden Wort mehr Nachdruck zu verleihen, »– *besser*!«

Huntsford Harms blickte sich hektisch um, als befürchtete er, daß der Geist von Walter Frakes-Hogg ihn in das nasse Grab mit den Knochen eines Unbekannten stoßen könnte. Das Grauen, das ihn erfaßte, löste seine Zunge. »Es tut mir leid! Wirklich leid! Auch wenn wir eine Abmachung hatten, konnte ich nicht zulassen, daß Sie ihr etwas antun. Ja, ich gestehe es. Ich wollte Adrienne für mich! Ich dachte, wenn ich ihren Peiniger umbringe, dann würde sie vielleicht dankbar sein –«

Mit Adrienne an der Hand trat Nathan aus dem Schatten der Palmen ins Mondlicht hinaus. »Sie brauchen nicht mehr zu sagen. Wir haben gehört, was wir erfahren wollten.« Er nickte langsam und musterte Huntsford, der nun überhaupt nichts mehr zu begreifen schien. Mit offenem Mund starrte er auf Abraham, der von der Palme herabkletterte und sich zu ihnen gesellte. Nathan machte eine Handbewegung zu dem ehemaligen Sklaven hin und grinste. »Tut mir leid, Sie enttäuschen zu müssen, Hunty, aber das war nicht Frakes-Hogg, der da zu Ihnen gesprochen hat, sondern Abraham.«

Trotz allem war Huntsford in erster Linie erleichtert, an diesem verfluchten Strand andere *lebende* Wesen zu sehen. »Beim Jupiter, wissen Sie, was da in dem Loch vergraben war? Tote! Piratenknochen! Denken Sie nicht, daß man *alles* gestehen würde, wenn man sich fürchtet, daß ein Haufen toter Freibeuter wiederaufersteht und sich auf einen stürzt?«

Nathan schüttelte den Kopf. »Zu spät, Harms. Sie haben uns nur das bestätigt, was ich von Anfang an vermutet hatte. Nicht, daß es mir leid täte, daß Walter Frakes-Hogg tot ist, aber mir gefiel es gar nicht, daß Sie sich in die Brust werfen und als Held aufspielen konnten. Die Wahrheit ist doch, daß Sie anfangs gemeinsame Sache mit

Frakes-Hogg gemacht haben. Schließlich sind Sie zum Verräter geworden und haben einen Plan ausgearbeitet, bei dem Sie sich als heroischer Retter hervortun konnten. Sie haben nachts in Adriennes Schlafzimmer auf der Lauer gelegen, um Frakes-Hogg zu töten!«

In Huntsford schien ein Damm zu brechen. Taumelnd kam er auf sie zu. »Ja, ja, aber es ging mir doch wirklich nur um Adrienne, und der Mann war ein abscheulicher Teufel! Er hat mich gezwungen, ihn zu ihrem Zimmer zu bringen, damit er ihr Gewalt antun konnte.«

»Keine Sorge«, murmelte Nathan mit einer abfälligen Geste. »Ich werde Sie dafür nicht an den Galgen bringen. Aber ich will wissen, was in *Crowe's Nest* passiert ist. Sie haben zugelassen, daß Crowe Ihre Mutter mit Betäubungsmitteln ruhigstellt, nicht wahr?«

»Oh . . ., ich habe mir so etwas gedacht, aber ich habe versucht, wegzusehen. Verstehen Sie doch, ich war mit meinen Gedanken bei diesem verfluchten Schatz! Er hat Stede Bonnet gehört, und Crowe hat mir einen Teil der Beute versprochen. Er hat gesagt, damit hätte ich für immer ausgesorgt!«

»Ich verabscheue es, Ihre Träume zerstören zu müssen, aber Sie haben hier unten nur graben dürfen, weil Crowe Sie aus dem Weg schaffen wollte. Er hatte nämlich heute nacht vor, ein Schiff zu plündern, ohne daß Sie davon etwas mitbekommen würden. Ich nehme an, daß er Angst gehabt hat, Sie könnten ihn verraten, wenn Sie wüßten, mit was für Geschäften er sein Geld verdient!«

»Woher wissen Sie das alles? Und wie haben Sie mich gefunden?« Plötzlich schienen Huntsford auch seine letzten Kräfte zu verlassen, und er sackte gegen einen Baumstamm. Sein Gesicht sah im Mondlicht blauweiß aus.

»Mir gehört dieses Land, alter Knabe«, erwiderte Nathan kühl. »An dem Tag, an dem Sie und Crowe zum ersten Mal hier waren, um sich die Örtlichkeiten anzusehen, habe ich dort oben in einem Versteck alles mitgehört.« Dann erzählte Nathan ihm alles, was in dieser Nacht geschehen war, und endete mit Crowes Gefangennahme und der Rettung von Lady Thomasina, Eloise und Martin. »Die Frauen sind anscheinend der Meinung, daß auch Sie in Sicherheit gebracht werden sollten. Ich habe Crowes Sklaven freigelassen, und wer weiß, auf welche Art und Weise Sie empfangen werden, wenn Sie jetzt zurückkehren . . .«

Abraham, der sich ein wenig im Hintergrund hielt, schüttelte langsam den Kopf.

»Bitte!« schrie Huntsford. »Nehmen Sie mich mit!«

Nathan mußte plötzlich feststellen, daß es überhaupt kein Triumph war, den einst so eingebildeten Stutzer am Boden zu sehen. Der Mann war zu jämmerlich, um ein würdiger Gegner zu sein. »Einverstanden. Aber nur wegen Ihrer Mutter. Ich denke, Sie werden Sie nach England zurückbringen müssen. Hoffen wir, daß Sie sich wieder erholt, obwohl es mich nicht wundern würde, wenn ihre Gesundheit unwiderbringlich ruiniert ist, und daran sind Sie nicht schuldlos!« Er brach ab und bedachte Huntsford mit einem kalten Blick. »Wenn es ihr nicht noch einen zusätzlichen Schlag versetzen würde, die Wahrheit über ihren Sohn zu erfahren, dann würde ich Sie dazu bringen, ihr Ihre abscheulichen Taten zu gestehen.«

Harms wäre fast auf die Knie gefallen und hätte um Vergebung gefleht, aber irgend etwas in Raveneaus Augen sagte ihm, daß das seine Lage nur verschlimmern würde. Selbst Adriennes Blick hatte nichts Mitfühlendes an sich. »Ich beweise Ihnen, daß ich mich geändert habe«, sagte er etwas ernüchterter.

»Kehren wir nach Hause zurück«, sagte Nathan.

»Ich habe mein eigenes Pferd«, beeilte Huntsford sich zu sagen. »Ich habe es versteckt.«

Adrienne ging mit ihrem Mann zurück zu den Treppenstufen, die sie zu ihren Pferden hinauf führen würden. Sie war zu Tode erschöpft, doch sie genoß das Gefühl seines starken Armes um ihre Taille. »Ja«, flüsterte sie. »Kehren wir nach Hause zurück.«

Einige Stunden später sah Nathan endlich Tempest Hall wieder, und es kam ihm vor, als hätten die drei Giebel nie prächtiger ausgesehen. In allen Fenstern standen Laternen, die sie willkommen hießen, und die Dienerschaft wartete an der Tür auf sie.

Hortie warf einen Blick auf den verdreckten, erschöpft aussehenden Lord Harms und verkündete, daß sie ihm sein Zimmer zeigen würde. Abraham verschwand im Schlepptau von Philip, und Adrienne und Nathan fanden sich plötzlich allein am Fuß der Treppe wieder.

»Offenbar schlafen alle unsere anderen Gäste schon«, murmelte sie. »Heißt das, daß wir heute nacht mit keinen weiteren Dramen rechnen müssen?«

Bevor er etwas erwidern konnte, schwang die Tür der Bibliothek auf, und sie sahen Eloise im Licht einer Lampe stehen. Sie trug zwar immer noch das Kleid, das sie bei ihrer Flucht von *Crowe's Nest* angehabt hatte, doch sie hatte ihr Gesicht gewaschen und die Haare neu aufgesteckt. »Bitte. Ich möchte nicht unhöflich erscheinen, aber ich kann nicht schlafen, bevor ich mit euch . . . Ihnen gesprochen habe. Mit Ihnen beiden! Es ist mir wichtig, daß ich es erklären kann . . .«

Adrienne sah, daß Eloise nur Nathan anblickte. »Ich habe vorhin in *Crowe's Nest* ein wenig von Ihrem Gespräch mit Ihrem Mann belauscht, also weiß ich wahrscheinlich schon, was Sie uns mitteilen wollen.« Sie brach ab und faßte dann einen Entschluß. »Ich denke, in Wahrheit müssen Sie mit Nathan reden, nicht wahr? Ihr beide habt noch eine alte Rechnung offen, die endlich beglichen werden sollte.«

Zu müde, um mit ihr zu streiten, gab Nathan nach. »Du hast gewonnen. Ich komme gleich zu dir hinauf.« Er sah Adrienne nach, die schon die Treppe hinauflief, dann wandte er sich wieder an Eloise. »Ich habe Lust auf einen Brandy, und ich kann mir vorstellen, daß du auch einen gebrauchen könntest.«

Eloise setzte sich auf die Kante von Adriennes neuem Sofa und nippte an ihrem Glas. Nathan fand es merkwürdig, seine alte Liebe in dieser Umgebung zu sehen. Wie oft hatte er davon geträumt, daß sie zu ihm kommen und mit ihm auf Tempest Hall leben würde!

Endlich fand Eloise ihre Stimme wieder. »Es ist pure Ironie, nicht wahr? Nun, da ich endlich frei bin, hast du eine andere geheiratet.« Sie nippte wieder an ihrem Glas, dann setzte sie hinzu: »Aber ich mag Adrienne. Sehr sogar.«

»Jeder mag Adrienne.« Er lächelte. »Sie ist unwiderstehlich. Außerdem ist sie ein Sturkopf, der Fehler macht, und hat daher viel Verständnis für Menschen, die mit sich nicht im reinen sind. Wie du, zum Beispiel. Eloise, willst du mir nicht sagen, was in dir vorgeht?«

Eloise blickte sich traurig um. Sie befand sich in seiner Bibliothek, so nah bei ihm, umgeben von seinen persönlichen Sachen, und doch ... Sie schüttelte langsam den Kopf. Dies hätte ihr Zuhause sein können. »Ich wollte nicht bei Xavier bleiben«, platzte es plötzlich aus ihr heraus. »An dem Tag, an dem du auf sein Schiff kamst, glaubte ich, daß du es irgendwie spüren und mich mitnehmen würdest.«

»In London hast du gesagt, daß du dich für ihn entschieden hast, und auf See hast du exakt das wiederholt«, erwiderte Nathan. Mit leichtem Erstaunen erkannte er, daß nichts von der damaligen Pein übriggeblieben war. Nun konnte er nur noch denken, daß Adrienne einen Weg gefunden hätte, ihn wissen zu lassen, daß er sie retten sollte, wenn sie anstelle von Eloise von Xavier Crowe verschleppt worden wäre. »Es tut mir leid, daß du unglücklich warst.«

Tränen füllten ihre großen, dunklen Augen. »Er hat mir Laudanum verabreicht und mir mit allem gedroht, was mir lieb war, so viele Jahre lang . . .«

»Oh, Gott, Eloise! Wenn du es mir nur irgendwie hättest mitteilen können!«

»Ich hatte Angst, daß er uns beide umbringt, Angst, daß du mich nicht mehr wolltest.« Sie tupfte sich die Augen mit einem Taschentuch ab, während sie um Fassung rang. Nathan hatte nie attraktiver ausgesehen, und nun war er auch noch reifer, verständnisvoller geworden . . . »Aber das ist jetzt Vergangenheit. Du hast eine Frau, die du liebst, und ich denke, wir beide schulden ihr sehr viel. Ohne Adrienne wäre ich nun nicht hier. Ich wollte dir nur erklären, was damals geschehen ist, damit du nicht glaubst, ich hätte dich zurückgewiesen.«

Nathan machte Anstalten, sich zu erheben. Er war todmüde. »Ich verstehe.«

»Das ist noch etwas.« Jetzt strömten die Worte nur so aus ihr heraus. »Ich bin diejenige, die Lady Thomasina das Laudanum verabreicht hat. Er hat mich gezwungen, ihr jeden Tag den Tee zu bringen. Die Schuldgefühle zerfressen mich beinahe, und ich fürchte, daß es keine Entschuldigung dafür gibt . . . außer, daß Xavier ein gemeiner Schuft ist, der mit Drohungen und Beleidigungen sehr geschickt umgehen kann.«

»Ja, ich weiß. Eloise, du hast heute nacht geholfen, Lady Thomasina aus *Crowe's Nest* hinauszuschaffen, also würde ich sagen, daß du es damit wiedergutgemacht hast.« Er tätschelte ihre Hand und setzte hinzu: »Wir werden dafür sorgen, daß du nach England zurückkehren kannst. Viel frische Luft und die Liebe deiner Familie werden dir sicher helfen, die vergangenen Jahre zu vergessen, hm?«

Sie ging mit ihm bis zur Treppe und sagte plötzlich eindringlich: »Xavier hat Martins Eltern umgebracht, ich weiß es. Und er hätte auch eines Tages Martin getötet. Er hat überhaupt keine Skrupel.«

»Ich werde es dem Richter morgen sagen.« Nathan strich ihr mit dem Handrücken über die Wange, und einen Augenblick trafen sich ihre Blicke. »Und jetzt gehst du hinauf und schläfst dich aus. Das ist auch genau das, was ich tun werde, sobald ich mit Hortie gesprochen habe.«

Eloise nickte und gehorchte. Nun, da sie die Last, die ihr Gewissen niedergedrückt hatte, losgeworden war, war sie zum Umfallen müde. Nathan begab sich auf die Suche nach Hortie, um mit ihr über den nächsten Tag zu sprechen, und schaute anschließend bei Orchid vorbei, die schon auf ihn zu warten schien.

Orchid lag, den Kopf auf ein dickes Kissen gestützt, im Bett. »Geht besser«, sagte sie lächelnd. »Ich Sorgen wegen Crowe. Is' böse. Manchmal siegt Böse, weil besser ducken kann.«

»Du mußt dir keine Sorgen mehr machen, liebste Orchid. Crowe und Horner werden vor Gericht gestellt, und Eloise, Martin und Mutter und Sohn Harms kehren nach England zurück, sobald wir eine Passage für sie bekommen.«

»Gut mit Sklaven von *Crowe's Nest.* Sie sind braver Mann.« Sie schloß die Augen und schwieg einen Moment. »Sie auch Leute hier freilassen?«

Nathan nickte. »Es ist Adrienne zu verdanken. Sie hat mir die Augen geöffnet. Ich fand es bisher ganz bequem, Ausreden zu finden, aber seit sie bei mir ist, habe ich keine Chance mehr dazu.«

Sie öffnete die Augen wieder und zwinkerte ihm zu. »Mistress schon wichtige Neuigkeit erzählt?«

»Neuigkeit?« Nathan zog die Brauen zusammen. »Du meinst, daß sie mit Philip und Hortie heimlich nach *Crowe's Nest* gefahren ist? Aber das weiß ich –«

»Nein . . .«, unterbrach Orchid ihn und tätschelte seine Hand. »Sie gehen und fragen.«

Nathan beugte sich hinab, um sie zu küssen, und stellte fest, daß sie schon wieder schlief. Ihr Atem ging mühsam. Als er sich umdrehte, sah er Philip im Türrahmen. Dem alten Mann standen die Tränen in den Augen.

»Wird nicht mehr lang sein«, murmelte er. »Wollte sehen, wie Geschichte ausgeht.«

Langsam ging Nathan durch das Haus und schaute in die stillen Zimmer hinein. Das weiche blaurosa Licht der hereinbrechenden Dämmerung drang durch die Fensterläden, und die Luft wehte den Duft der exotischen Pflanzen im Garten herein. Angus lag zusammengerollt in einem Pflanzerstuhl, den Handschuh zwischen den Zähnen, und beäugte Nathan mißtrauisch, als dieser näherkam. Nathan schenkte ihm ein schiefes Grinsen.

Das Gespräch mit Eloise hatte ihn betäubt, doch nun, als er die Treppe zum ersten Stock hinaufging, stiegen widersprüchliche Gefühle in ihm auf. Seine Augen brannten bei dem Gedanken, Orchid zu verlieren, und doch verspürte er einen tiefen Frieden über das Wissen, daß er und Adrienne das ganze Leben noch vor sich hatten. Die Liebe, die er für seine Frau empfand, war etwas, das er niemals erwartet hatte und daher um so mehr zu schätzen wußte.

Seit sie sich damals in der Oxford Street vor dem Geschäft des Fächermachers zum ersten Mal getroffen hatten, war viel passiert, und sie beide hatten sich verändert. Keiner von ihnen hatte sich binden wollen, beide haßten Einschränkungen aller Art, und doch waren sie verheiratet, glücklich, wußten, was sie an dem anderen hatten. Nathan konnte sich einfach nicht mehr vorstellen, wie ein Leben ohne Adrienne aussah.

Lady Thomasinas Schnarchen drang bis in den Flur, und die Tür zu Martins Raum war ein Stück aufgegangen. Nathan hielt an, spähte ins Zimmer und seufzte, während er den Riegel zuschob. Es war entsetzlich, sich vorzustellen, daß Xavier Crowe die Eltern des Jungen umgebracht hatte, nur um an die andere Hälfte des Herrenhauses zu kommen. Wieviel Zeit wäre vergangen, bevor auch Martin bei einem ›Unfall‹ umgekommen wäre?

Als er sein Schlafzimmer betrat, erwartete Nathan eigentlich, seine Frau fest schlummernd im Bett vorzufinden. Statt dessen saß sie an seinem Schreibtisch und studierte ein Stück Papier. Die Fensterläden waren geöffnet worden, um das Licht der Dämmerung hereinzulassen.

»Was zum Teufel machst du da, schöne Frau?« fragte er. Er zog seine Kleider aus, trat zur Kommode und begann, sich mit dem Wasser in der Schüssel zu waschen. »Ich dachte, daß du bewußtlos im Bett liegen und lauter schnarchen würdest als Lady Thomasina.«

Sie schaute geistesabwesend auf. »Es ist lustig, sie wieder bei uns zu haben, nicht wahr?«

»Vielleicht, wenn man einen seltsamen Sinn für Humor hat, aber das heißt nicht, daß ich sie unbedingt hier auf Barbados festhalten möchte.«

»Wie war dein Gespräch mit Eloise? Ich meine, du mußt mir natürlich nicht erzählen, was –«

»Wie bitte? Willst du mir etwa ausnahmsweise kleine Geheimnisse zugestehen?« Nathan lachte und schüttelte den Kopf. »Tut mir leid, das kann ich kaum glauben. Aber zurück zu dem Gespräch; so sehr ich Szenen wie diese verabscheue – ich nehme an, daß es für alle Beteiligten nur gut sein kann, die Vergangenheit zu begraben. Ich weiß nun, daß damals mein verletzter Stolz eine große Rolle gespielt hat, und eben habe ich deutlicher als je zuvor erkannt, daß wir nicht zusammengepaßt hätten. Ich war nur in ihre Schönheit verliebt.« Wieder schüttelte er den Kopf. »Es ist abscheulich, was sie alles durch Xavier Crowe hat erleiden müssen, aber ich habe auch begriffen, daß ich dafür keine Verantwortung übernehmen muß –«

»Du rettest ihr genau in diesem Moment das Leben, Nathan.«

»Du noch mehr als ich. Aber wir werden sie nach Hause zu ihrer Familie schicken, so daß sie sich erholen kann. Sie hat gewiß viel zu verarbeiten.«

»Es ist kaum zu fassen, daß Crowe seiner eigenen Frau Laudanum verabreicht hat!« Adrienne senkte den Kopf und betrachtete wieder eingehend das Papier in ihrer Hand.

Während Nathan sich Haare und Gesicht abtrocknete, ging er zu ihr, um ihr über die Schulter zu sehen. »Adrienne! Wie bist du denn an diese lächerliche Schatzkarte gekommen?«

»Du hast Huntsford so nachhaltig davon überzeugt, daß die Karte falsch ist, daß er sie wegwerfen wollte. Ich habe sie wieder aus dem Müll gefischt und finde sie ganz faszinierend!« Sie schenkte ihm ein gewinnendes Lächeln. »Stell dir nur vor, wenn –«

»Liebes, wenn es *jemals* dort einen Schatz gegeben hat, dann hätte man ihn schon vor langer Zeit gehoben. Ich denke ja noch immer, daß Crowe den Wisch selbst gezeichnet hat, aber selbst wenn die Karte echt ist ... Sie ist hundert Jahre alt und durch viele Hände gegangen.« Er schüttelte den Kopf. »Vergiß das Ding und komm mit deinem Mann ins Bett! Ich gebe dir einen *echten* Schatz!« Er grinste anzüglich, und ihr lief ein angenehmer Schauder den Rücken herab.

Adrienne seufzte und rollte die Karte auf. »Aber ich werde sie trotzdem nicht wegschmeißen. Ich verstecke sie, damit sie unsere Nachkommen finden können. Vielleicht haben sie mehr Abenteuergeist als du!«

Er hob sie auf seine Arme. »Madame, was Sie mit dieser Aussage andeuten wollen, ist überaus ungerecht. Mit Ihnen zu leben, erfordert ein gewaltiges Maß an Abenteuergeist. Da bleibt nichts übrig für eine alberne, nutzlose Schatzsuche.«

Beide ließen sich auf das große Bett plumpsen und stießen zufriedene Laute aus. »Es ist unfaßbar, wie müde ich bin«, gab Adrienne schließlich zu.

»Wir sind schon darüber hinaus.«

»Und was sind wir dann? Im Delirium?«

Ihr Gelächter vermischte sich mit dem Gesang der erwachenden Vögel und den ersten, noch vereinzelten Stimmen aus den Sklavenhütten. Nathan stützte sich auf einen Ellenbogen und blickte auf sie hinab. »Versprich mir, daß du dich nie wieder heimlich in ein so gefährliches Abenteuer stürzt, ja? Wenn dir irgend etwas zustößt . . .«

Sie legte ihm einen Finger über die Lippen und betrachtete das geliebte Gesicht über ihr. »Ich verspreche dir, daß ich sehr vorsichtig sein werde. Schließlich geht es um das Wohl unseres Kindes.«

»Unseres . . . *Was*?« Er sah sie erst schockiert, dann zornig, dann zärtlich an. »Du bist wirklich ein unverbesserlicher Satansbraten! Das hat Orchid also mit ihrer Neuigkeit gemeint. Warum hast du es mir nicht eher gesagt?«

»Ich mußte mich doch erst noch um Lady Thomasina kümmern. Ich hatte Angst, daß du mich einsperren würdest, wenn du es wüßtest!«

»Ja, das hätte ich auch tun sollen!«

»Aber ich *war* ja vorsichtig, Nathan. Ich kann dir versichern, daß ich kein Risiko eingegangen bin. Ich hätte niemals etwas getan, das dem Baby eventuell hätte schaden können.«

»Ein . . . ein Baby.« Er ließ sich auf den Rücken zurückfallen und starrte in das Moskitonetz über ihm. »Unser Baby. Unfaßbar. Wie ein –«

»Wunder«, beendete sie den Satz glücklich. Sie schmiegte sich an seine breite Brust. »Es wird im Frühling zur Welt kommen, und ich dachte, wir könnten unsere Familien zur Taufe einladen. Wäre das nicht schön?«

»Laß uns noch einmal heiraten«, sagte er plötzlich. »Wenn alle hier sind. Dann machen wir alles richtig. Bei der ersten Hochzeit habe ich mich wirklich unmöglich dir gegenüber benommen.«

»Wenn du willst, können wir das tun, aber es ist ja nicht die Hochzeit, auf die es ankommt, sondern die Ehe selbst.«

Nathan drückte sie auf den Rücken, schob sich zwischen ihre Schenkel und begann, sie heiß und innig zu küssen. »Ich gebe mein Bestes, glaub mir. Aber es ist eine sehr *lohnende* Arbeit!« Aus seiner Stimme klang Lachen heraus.

Adrienne schlang ihre Arme um seinen Nacken und ließ sich von Wellen der Wonne emportragen. Nathans Lippen wanderten über ihren Hals, ihr Schlüsselbein, dann öffnete er ihr Hemd und widmete sich ihren Brüsten. »Ich liebe dich so sehr.« Ihr Finger zeichneten die Umrisse seines Gesichts nach.

Nathan hatte sich ein Stück von ihr gehoben, um ihre Brüste zu betrachten. »Es war ziemlich begriffsstutzig von mir, daß mir die Veränderung nicht aufgefallen ist, nicht wahr?«

»Nicht begriffsstutzig.« Sie lächelte. »Du bist eben ein Mann.«

Die Liebe, die er für seine Frau empfand, ließ ihm die Tränen in seine vor Müdigkeit brennenden Augen steigen. Er schloß die Lider und stellte sich das kleine Wesen vor, das sie gemeinsam erschaffen hatten. »Wann, glaubst du, ist es passiert?«

»Wenn ich zurückrechne, dann muß es damals in deiner Kabine auf der *Golden Eagle* gewesen sein. Unser erstes Mal ... Vielleicht wußte das Schicksal besser als wir selbst, was gut für uns ist.«

Nathan legte sein rauhes Kinn an ihre Brust, während eine Träne aus einem Augenwinkel rann. »Wir werden ein wundervolles Leben führen, nicht wahr?«

»Hmja. Und wenn wir unsere Sklaven befreit haben, wird sich die Stimmung auf der Plantage grundlegend ändern.«

»Du meinst, es hat auch etwas mit einem guten Gewissen zu tun?« Er küßte ihre Kehle und strich ihr eine Locke aus dem Gesicht. »Tempest Hall wird ein Haus sein, auf das wir alle stolz sein können. Ein Haus, in dem wir unsere Kinder zu –«

»Wundervollen Menschen aufziehen können.« Sie streichelte sein Haar, während sie über das Wunder ihrer Liebe nachdachte. Nathan war still. »Schläfst du?«

»Noch nicht.«

»Bring mich zum Strand.«

»Du bist verrückt. Ich kann kaum noch reden, geschweige denn gehen.«

»Natürlich kannst du. Ich will zurück an den Strand, an dem wir gebadet haben. Da können wir uns lieben und unsere Zukunft besiegeln ...«

»Am hellen Tag?« Er lachte. »Im übrigen brauchen wir beide unseren Schlaf.«

»Hat die Ehe dich gezähmt?« Ihre Augen wanderten genüßlich über seinen Körper. »Ein bißchen Verrücktheit kann doch sehr anregend sein.«

Die Perlhühner scharrten unten im Garten nach Körnern und stießen ihre krächzenden Schreie aus, und ein rosig-goldenes Licht erhellte das Schlafzimmer. Eine weiche, warme Brise wehte herein und brachte das ferne Donnern der riesigen Atlantikbrecher mit sich.

Nathan blickte in die verhangenen Augen seiner Frau und spürte, wie sich die Hitze in seinen Lenden ausbreitete. »Ist das eine Beschwerde? Du beklagst dich, daß dein Mann sanft geworden ist?«

»Niemals würde ich dich auf so dumme Art und Weise beleidigen.« Sie grinste.

»Darf ich dich daran erinnern, daß ich heute eine Seeschlacht geschlagen habe?«

»Mein Held!« Adrienne kletterte auf ihn und sie küßten sich ausdauernd. »Du kannst mir alles darüber auf dem Weg zum Strand erzählen. Dort kannst du dich dann hinlegen und dich vom Wasser umspülen lassen, während ich mich auf dich drauf setze und . . . du weißt schon, was ich meine.«

»Also gut. Du hast mich überzeugt. Schlafen können wir schließlich morgen auch noch.«

Und dann krochen sie beide lachend aus dem Bett, streiften ihre Kleider über und machten sich auf den Weg, um einen weiteren atemberaubenden Sonnenaufgang auf Barbados zu genießen.

Anmerkungen

Wie die meisten meiner Romane ist dieser über mehrere Jahre hinweg entstanden, und ich kam auf die Idee, als ich 1987 eine kurze Zeit auf der Insel verbrachte. Dort hörte ich von Sam Lord, »The Regency Rascal«, von dem man sich erzählt, daß er Schiffe auf die Felsen vor der Ostküste gelockt haben soll. Da es aber viele Zweifel an der Geschichte gibt, habe ich beschlossen, meinen eigenen Bösewicht – Xavier Crowe – zu erschaffen, dessen Charakter aber auf der Legende von Sam Lord basiert. *Crowe's Nest* ist so gut wie identisch mit Sam Lord's Castle, das inzwischen, prächtig restauriert, zu der Hotelkette Marriott gehört.

Während mein Mann Jim Hunt und ich für dieses Buch recherchierten, haben wir Barbados kennen- und liebengelernt und in dem uralten Ocean View Hotel ein zweites Zuhause gefunden. John Chandler, der Besitzer, seine Angestellten und seine Freunde haben uns zahllose Fragen beantwortet und die unglaublichsten Geschichten erzählt. Wir durften all die köstlichen Bajan-Gerichte kosten und lernten alles über die Flora und Fauna der Insel von John, der sein Hotel stets mit frischen, heimischen Blumen, die er selbst pflückt, dekoriert. Bei unserem letzten Besuch überredete John uns zu einer Inseltour, die uns schließlich nach Cave Bay führte. Unglaublich! Man kann sich kaum vorstellen, welche Farbe das Wasser hat, wenn man es nicht gesehen hat, und in der Tat gibt es dort oben auch die Ruine eines ehemaligen Herrenhauses (»Victoria Villa«), dessen Baujahr John allerdings auf 1910 schätzt. In Wirklichkeit heißt die Villa Harrismith.

Wenn Sie einmal nach Barbados reisen, dann werden Sie Menschen der unterschiedlichsten Hautfarbe Bajan sprechen hören. Diese Sprache ist aus einer Mischung von afrikanischen und europäischen Idiomen entstanden und hat im Laufe der Jahrhunderte eine reiche Ausdrucksform entwickelt. Vielleicht werden Sie auch die Sehenswürdigkeiten von Barbados besichtigen und sich St. Nicholas Abbey ansehen, das ich mir zum Vorbild für Tempest Hall genommen habe. St. Nicholas Abbey ist ein sehr gut erhaltenes Plantagenhaus im Stil Jacobs I. aus dem 17. Jahrhundert, und man kann dort sogar noch die Perlhühner beim Scharren beobachten.

Es gibt soviel zu erleben auf Barbados. Probieren Sie Fliegenden Fisch und *callaloo*, atmen Sie tief die wundervollen Düfte ein, sehen Sie den grünen Meerkatzen beim Spielen zu und schwimmen Sie in der türkisfarbenen See beim Sonnenaufgang . . . Und stellen Sie sich bei all dem vor, wie die Insel zu Adriennes und Nathans Zeit gewesen sein muß!

Jim hat mich auf all meinen Recherchen begleitet und mir geholfen, die Insel kennenzulernen. Danke, Liebling, daß du mich so geduldig um die Insel und zu jedem einzelnen Herrenhaus gefahren hast. Du bist der Beste! Danke auch an meine Mom und an meine Tochter Jenna, die diese leicht verschrobene, wunderbare Familie vervollständigen.

Aber der größte Dank gebührt Ihnen, meine Leser. Ich hoffe, daß Sie alle den Nachfolgeroman lesen werden. Er spielt teilweise in Newport, Rhode Island, doch zum größten Teil auf Barbados im Jahre 1903. Der Held ist Adam Raveneau, Nathans und Adriennes Enkel, der beinahe das ganze Familienvermögen verspielt hat und nun Geld braucht, um das heruntergekommene Tempest Hall wieder aufzubauen. Cathy, die Heldin des Romans, ist eine reiche Erbin aus Newport, die einer arrangierten Ehe mit einem langweiligen Duke entgehen will. Cathy und Adam brauchen einander, aber kann auch Liebe daraus entstehen? Kehren Sie mit mir nach Barbados zurück, um es herauszufinden!

Band 12637

Barbara Cartland

Die Rache des Verschmähten

Der Earl von Ardwick ist außer sich. Heloise Brook, mit der er heimlich verlobt ist, hat ihm soeben den Laufpaß gegeben und kalt lächelnd erklärt, daß sie sich für einen anderen entschieden hat – nicht nur für den bevorstehenden Ballabend in Devonshire House, sondern fürs Leben.
Auf dem Nachhauseweg wird er Zeuge eines Unfalls, in den Lupita, ein bezauberndes Mädchen, und deren kleiner Bruder verwickelt sind. Spontan lädt er Lupita ein, ihn auf den Ball zu begleiten. Doch was dann geschieht, ist nicht Teil des Plans, den er gefaßt hat, um die treulose Heloise zu bestrafen und seinen Stolz und seine Selbstachtung wiederzugewinnen...

Band 12611

Julie Garwood

Melodie der Leidenschaft

In der Entführung von Lady Madelyne sieht Baron Duncan von Wexton die angemessene Vergeltung für ein Verbrechen, das deren Bruder, Baron Luoddon, an ihm verübt hat. Doch als Duncan Madelyne zum ersten Mal gegenübersteht, ist es um ihn geschehen. Er bringt sie auf seine Burg und schwört, sie wie seinen Augapfel zu hüten. Bald erliegt die junge Frau seinem Werben und gibt sich ihm mit ganzer Leidenschaft hin.
Um sich für die angetane Schmach zu rächen, faßt Luoddon einen hinterhältigen Plan: Er will das, was er sein eigen nennt, zurückholen. Doch Madelyne ist fest entschlossen, für den Mann zu kämpfen, der ihr mehr bedeutet als das eigene Leben ...